U0613604

贾平凹文选

短篇小说卷

黑氏

23

贾平凹／著

作家出版社

目 录

黑　氏

一

黑氏的年龄比丈夫大，黑氏把什么都干了，喂猪，揽羊，上青崖头上砍柴火。一到晚上，小男人就缠她。男人是个小猴猴，看了许多书，学着许多新方法来折磨。她又气又恨，一肚子可以把他弹下炕去。“你是我的地！”小男人却说，他愿意怎么犁都可以。夜黑漆漆的，点点星辰，寒冷从窗棂里透进来。小男人压迫着她，口里却叫着别人的名字，黑氏知道那是些村里鲜嫩的女子，泪水潸然满面。等丈夫滚在一边大病一场地睡着去了，她哽咽出声，嗟啜不已。

这边厢房一动静，那边厢房就发恨声，公公骂道：“长声短叹地发什么贱气！好吃好喝得肚子鼓胀睡不着吗？”公公的脾气越来越暴躁，黑氏就不敢再出声，听得还在骂了一句：“在娘家吃什么了，穿什么了，跌到福窝里了还不顺心?！”劈里啪啦拨算盘。公公是镇上的信贷员，算盘上的功夫深，双手打得“狮子滚绣球”。这两年日胜一日富起来，家人就给她难看脸色，恶色败气，批点她的面粗，手脚肥胖，丑。黑氏是知足人，深山的娘家穷，茶饭是比以前好。哥哥的脸色黄蜡蜡的，十天半月来镇上赶集，拿些山货到这家，吃一顿饭就走了，总说：“我妹子有福！”她心里苦苦的。好哥哥，吃得好了就有福？这话却倒不到人面前去，只是越发伏低伏小。私下里盼着养个儿来，有个贴己，送子娘娘却偏不光顾。如此睁着大的眼睛在黑暗里思想，窗外就没了星星，淅淅沥沥落起雨来，倒熬煎这雨一下，坡上的红苕蔓子就要沿蔓生根，得去再一次翻锄了。

这当儿，院门很响地被人拍了一下，接着是门环“哐哐哐”三声摇动。那边厢房的公公立即应声：“来了，来了！”趿了鞋出去开门。是一个男人的声音，压声问：“又和谁喝酒？”公公说：“没外人，专等着你呢。”俩人就骂了一阵天雨，进屋到那边厢房了，叽叽咕咕，鬼念经般说话。

婆婆已经起来了，拿那杆竹管烟袋敲打她的厢房门框，叫：“黑，起来！你爹和客人要喝酒，你下厨炒几个菜去。你装什么呀，睡得这么深沉！”

家里时常来人，黑氏已经习惯了，她不解的是客人常要半夜里来，有时扛来好多东西，用木箱和麻袋装着，公公不让任何人动，她也就装个猫儿狗儿，不言语。厨房里炒得一盘鸡蛋，一碟变蛋，一碟臭豆腐，一碗熏肉。一箕盘端了进公公房里，瞧见客人是个极风流的人，正将桌上一沓钱推给公公说：“这些是你的，怎么样？只要……”公公用脚在桌下踏了客人的脚，抹下头上的帽子，随便一放，钱票盖住了。黑氏乖觉，全装混沌，怯怯地看着客人说：“黑漆半夜的，没好菜的。”客人便大胆地看她，看得生怪，黑氏慌得用手抚扣子，害怕扣子扣错了，惹人耻笑。

公公便说：“睡去吧，你还待在这里干啥？”

黑氏放赦一般回来，坐在炕上了，小男人已经转醒，悄声问：“谁来了，是马乡长吗？”黑氏说：“马乡长鼻子大，这个人气派呢。”小男人说：“这是东村姓王的，他跑运输发了大财了，有了钱讨了个县城女子，嫩面得能弹出水！”黑氏黯然无语。小男人又说：“他发了财了，敢不到咱家来？爹又落一笔钱了！”黑氏说：“人家跑运输，爹落的什么钱？”小男人说：“爹入股呀！”黑氏一直对这家人疑惑，就再问：“爹哪有钱入股？”小男人黑暗里眼里放光，说：“你以为你嫁给我平凡吗？我爹虽不是什么领导，我爹却是和什么打交道的？你丑人倒有丑福！”黑氏说：“我不稀罕那么多钱，当初嫁你，你也是没钱的光棍！”小男人说：“我知道你害怕我家发财哩，怕你越来越不配我哩！”黑氏咬了嘴唇，听那边厢房公公劝客人酒，喝得已经晕头，有盘子翻跌桌下，发着破裂的声响。小男人说：“怎的不说话？”黑氏说：“我不是为我想，我是为你想的，钱来路不明，多了会瞎人的。”小男人说："哟，你那么清高，结婚时你娘怎的要我出个棺材钱？隔壁的钱来路明，你跟他过活去？！"

黑氏拉过被子连身子带头裹严睡倒了。

眼睛闭着，心却睡不着，一股黑血在肚里翻腾。恨娘家人穷，不能门当户对，又恨小男人家有了钱，口大气粗……直挨到鸡叫三遍，窸窸窣窣又起来，得给猪熬食了。雨还在落着，院子里水汪汪一片白亮。忽见得隔壁那家院子上空红光一片，甚是吃惊，爬上院墙头的梯子看时，隔壁人家台阶上生着一堆篝火，一个人蹲在旁边，将一条新制的扁担一头支在门限下，一头伸过火上，双手趁趁地往下压。八尺余长的桑木扁担就两头翘，翘得一张弓。黑氏便叫："木犊，起得早？难得落了雨，也不蒙头睡个懒觉！"

木犊回过头来，倒是吓了一跳，火光映在脸上，红堂堂的像酱了猪血，瞧见是黑氏，笑，哧哧啦啦响。

黑氏又说："一条扁担，还那么伺候？"

木犊说："不收拾软和，它砍肩哩！"

黑氏说："反正它是压人的，你也要去南山担龙须草吗？"

木犊说："南院秃子，三天一来回，赚得三块多钱的，我比他有力气。"

黑氏说："人家都出去跑大生意，千儿八百的挣哩……"

木犊说："咱没车，就是有车，没恁个本事的。"

黑氏在墙头上长长叹了一口气。黑氏可怜这木犊，家底缺乏，人又笨拙，和一个老爹过活，三十二三了，还娶不下个女人做针线，裤子破了，白线黑线揪疙瘩缭。本要说句"你哪有秃子灵活，担龙须草走山路，瓷脚笨手的可要小心"，话到口边又咽了。待要走下梯子，木犊却叫："黑，给你个热的！"手就在火堆里刨，刨出个黑乎乎的东西，两手那么倒着，大声吸溜，跑过墙根处了，踮脚尖往上递。黑氏看着是颗拳头大的洋芋。

黑氏说："我不吃，还没洗脸哩！"下了一节梯子。下去了，又上来，见木犊又换了一只手，还在努力往上递，黑黑的肚皮露在外边。她伸手接住了，烫得如火炭，掰开，黎明里白花花两半，蹿一股热气，她咬了一口。

木犊问："面不面？"满足得想笑，又哧啦一下。

黑氏已经走下梯子，头上让雨淋湿了，滴滴答答顺着头发往下流水。

二

到了冬天，木犊担折了两条扁担，肩头上隆了很大的肉包，指甲掐也不觉生痛。家里却并没见有大变样，顾住了油盐酱醋，和爹新做了一身棉衣，光景不宽展也不太寒碜。十一月初六，出了个大红日头，父子俩新做了一条更长的扁担，在火上烤了，用瓷片刮磨，一遍又一遍上了豆油，能照出蓬头和垢脸。中午时分，于院中设了香案，将那扁担两头挂红横放案上，木犊跪倒在尘埃里磕头作揖，敬扁担神。木犊感念扁担使他家有了零用碎钱，他不再去担龙须草了，趁天寒地冷，去更深远的山里担木炭。祀奠之后，老爹将一口袋干粮缚在扁担头上，别六双草鞋在木犊的后腰带，送儿子出门。木犊反身退至院门口，转正身，齐足立于门内，叩齿三十六通，以右手大拇指在地上先画四纵，后画五横，毕，咒曰："四纵五横吾今出行禹王卫道蚩尤避兵盗贼不得起虎狼不侵行远归乡故当吾者死背吾者亡急急急如九天玄女律令。"咒毕，再不反顾，大步而去。老爹望儿走远，捡一土块压在四纵五横上，倚在门上，热泪肆涌，遂听得隔壁院子里劈劈啪啪一阵鞭炮轰响。

黑氏一家是要搬迁了。

腊月里，信贷员又入了一股到镇上一家蘑菇厂，天晓得这厂子那么大的本钱，买了许多菌种，盖了许多作坊，培育成功，收入成倍成倍往上翻，他家就得了流水一般的钱路，便也就卖了旧屋，在镇上盖了一院房，一砖到顶，堂皇得似了爷庙。这家暴发，村人皆目瞪口呆，黑氏也惊魂落魄。好多人来帮忙搬家，黑氏把从娘家带来的一块儿石枕也放到拉车上，小男人将它撂了。

黑氏说："这是我的枕头。"

小男人说："到镇上住呀，你还学那野人？"

黑氏说："我从小枕惯了，不枕，脑壳儿烧得疼哩！"

小男人骂道："贱命！"还是把石枕撂了。

黑氏怔怔地立了一会儿，旁边的人都看她，她没有顶撞丈夫，也不哭，后来抱了石枕，油污污的，过来给了木犊爹。

她说："伯，我们要走了，这块石枕给你留下，它是天星落下来的，我爷枕了一辈子，我爹枕，出嫁时娘陪给我。它好生凉，枕上从不害眼哩。"

从此黑氏住在镇上，她更忙累了，要做了家里老少吃的喝的，鸡、猪、狗、猫她要经管，地里的活也全是她，且公婆讲究起体面，日日强调屋里院外一星灰尘不要，一根麦秸不留，她睡得比以前更少了。小男人老嫌她多吃，要求不能再胖，人一瘦脸更黑，又骂她是黑豆皮。年终家里买给她一双鞋，人造革的，皮货，逢集便要她穿，黑氏脚肥，塞进去疼得难受，从集上回来，鞋脱到一边去就噙着眼泪哭。她知道小男人不是疼她，是嫌她丑，但娘生她丑样，也不是一双皮鞋能改变的！小男人就打她，用刀子吓唬她。打她打得太过分了，她一下子发了凶，反身一抱，小男人就脚手并作地端在怀里，丢粪筐一样丢在炕上。她说："我是让你试试我的力气哩！"

这消息被外人得知，全都耻笑，黑氏在地里干活了，有人就问："黑，又教训你男人了吗？"黑氏缄口不答。那人就又问："黑，你怎的不穿皮鞋了？你们家那么富，你怎不向你公公要一个手表戴戴！"

这话说得多了，黑氏也嘀咕：怎的这家这般有钱，村里镇上做生意的人家多，也不见钱这么来得容易？夜里小男人回来，她问根底，小男人说："这话我也听得多了，人都在发忌恨哩！外边再有人问你，你就说：政策允许哩，怎么着？！"

黑氏越发奇怪的，夜里总有客来，和公公在卧房里说话，她一进去，那话就住了。白日里，却总是请乡上的干部来吃酒，乡长一次吃醉了，指着公公鼻子说："你他娘的，活得倒比我乡长强，管一个信用社，什么都有了！我可告诉你呀，有人联名写信说你在贷款上有手脚！"公公登时脸面煞白，忙扶乡长睡在他的炕上，供喝茶喝醋，结果吐得满炕皆是。不久，突然镇上有了风声，说是公公提出赞助办学，要拿出三万元扩建镇上小学。黑氏着实惊骇，公公能拿出这么多钱！这些钱平日放在哪里，家底拢共有多少？又不久，县上就来了人，召集了镇村大会，公公站在会台上，披红戴花，满面红光。从此，一面红底黄字的大锦旗就挂在了中堂，院门敞开，过路人老远便瞧见一片红堂堂。再不久，学校崭然一新，公公做了名誉校长，小男人破例做了教师，教授体育，日日率领学生打篮球，快活得如做了神仙。

黑氏不明白公公那么吝啬的人竟又那么大方，黑氏现在是明白了。小男人夜里折磨她，说她现在不是农民的婆娘了，是公家干部的夫人。黑氏不知道干部的好处，她受的是更粗野的罪，不许点灯，他叫她是镇上最俏的一个女子的名字，要求叫一声，让她应一声。她气愤不过："她是她，我是我，你有本事寻她去！"

此话不幸言中，丈夫果然夜里不回来了。一日不回，两日不回，黑氏到学校去，丈夫的房里有一个女人。女人是镇上最俏的，小男人说，我们在谈学习哩。黑氏心下想：或许真是学习，那咱就无趣了。临走说："你几夜不回了，这房子潮，晚上得买些炭烘烘。"

小男人一月两月不来缠她，她轻省了许多，夜里能睡囫囵觉，后来却感到了空落。小男人不是省油的灯，身子一日不济一日消瘦，她心上又犯了疑，去学校看时，人家又在学习哩，她没证没据的，闷闷地又转回来。

学校里有一个校工，是很远的西川人，给教师白日做一顿饭，夜里教师全回家了（这学校教师都是民办教师），他看守门户。黑暗里拿凳子坐在门口，一边明灭抽烟，一边放最大音量听一台收音机。黑氏到学校去，与这校工认识了，知道他叫来顺，眉心有一颗痣，人长得又老实又乖觉，却穷得可怜，脚上老是一双黄胶鞋，走动咕咕响，像是灌了水。

黑氏一来，来顺就叫，同时将屁股下的小矮凳让出来，让她听收音机里的女人唱。

黑氏说："来顺，你那么会过日子，挣国家的钱，脚上老穿那黄胶鞋，你不嫌烧吗？"

来顺就把脚收了，老实得如一只猫，说："我何不想穿得体面？月挣二十八块钱，我爷八十了，老得糊糊涂涂，我娘又是病身子，三个妹妹都在上学……我能像你男人那么有福？"

黑氏说："你还有个爷？"下边话没有说出，意思是：上头三个老人，光三副棺材就够半辈还不清账了！就又问："来顺，你女人身体还好？"

来顺说："我哪儿有女人？前年订了一个，人家又退了，跟了个万元户的跛子儿子，我一气才到这里干了校工。"

黑氏为他叹了一口气。

三天后，黑氏从箱底取出一双布鞋来，拿给来顺穿。来顺以为是趣话，夸了一通针脚好，却是不敢收。黑氏说："来顺你好争气！嫌这料面不是灯芯绒吗？这可是新的，做给我那一口人，他穿了一天又去穿皮鞋了。你试试，合脚不？"来顺端盆水洗了脚，脚又长又厚，穿进去好夹。黑氏笑了一回，说用剪子铰开一点鞋口，将就穿几日是几日吧。来顺口里应着，却并未去铰，干完活了，就穿了新鞋，扭秧歌似的走。

小男人知道黑氏给了来顺鞋，并不恼，说："来顺薄命，三十多了还是个童身子。"黑氏说："没婆娘了想婆娘，有婆娘了一月两月不回来！"小男人说："你给他送鞋，你也给他个稀罕东西去！"黑氏说："放你娘的屁！"塞给他个冷枕头。小男人却认真说："我说的是真话，咱谁也不管谁。"黑氏问："你这啥意思，让我给你放缰绳吗？我问你，你在学校玩着打球，和那些女的有多少习要学？"两人捣起嘴来，小男人就动了手，他力气不行，手脚却利索，一拳戳在黑氏肚上，自个儿翻身却往学校睡去了。公公婆婆又一顿臭骂，气得黑氏一夜未合眼，天明起来眼圈都乌黑。她有心去学校闹一场，一到校门口，心却软了：小男人这不好那不好，毕竟现在是教师了，闹开来也太丢人。来顺见是她，热情招呼，问她眼圈怎的黑了，她泪水婆娑，拉来顺到没人处，说："来顺，你是实诚人，你不要哄我，我那口子在这里可本分？"来顺吓了一跳，半天没有作声。黑氏问得紧了，说："这我不知道啊，这事要捉双，我怎能七说八道？他这等人物，光头整脸的，他还能作孽胡来？"黑氏想了想，也不再问，"你黑白在学校，你替我留神他。这事天知地知你知我知，不要对外人提起，人倒笑我没能耐。"来顺点头，看着她走了，发了许多感慨。

一日，吃罢晚饭，黑氏到河里去担水，河沿上蹲着来顺洗衣服。来顺似乎要对她说什么，欲言又止，黑氏狐疑，说："你有事在瞒我？"来顺越发尴尬，口里含糊不知所云。黑氏就说："常言道，人只可皮相，不能骨相。你也是这般角色！"来顺就放沉了脑袋，说了小男人如何如何长久同镇上一女人私通，那女的又翻了脸，新近又与乡长的小女子撮在一处，今日夜里，那女子又去学校了，也不避他，先是房里亮着灯，后来灯也灭了，如此云云。黑氏听罢，身子闪了几闪有些不稳。来顺说：“这话我万不该对你说，可不说良心上又过不去……你不要生气，他反正是你的人，那女的她爹就是乡长，她也不能明打明……”黑氏没说一句话，挑了水回去了。

黑氏挑水到村口，一丢担子把水倒了，坐下来呜呜地哭，她料到小男人会走这一步，但真真正正知道这事了，却感到是如此突然，受不了打击！当下只身跑到学校去，来顺还没有回来，校内一片漆黑，她却有些害怕了。这事是天下丑事，冷不丁破门进去，那女的也是没结婚的货，再色胆包天，也是有脸面的，弄不好上吊投河，那也是出性命的祸事！黑氏想，罢了，罢了，只要截散他俩，男的怯胆，女的羞愧，囫囵自己一对夫妻罢了。就立在院子喊小男人的名字，小男人应了声，说他睡了，有事明日说。她说：“爹让我给你说件要紧事，你快起来，我先到茅房去一下！”她是让那女子趁机出门逃去，就故意放重脚步，真的到后院厕所去。

返回来，小男人的房子亮了灯。她进去，被子并没有叠，丈夫坐在床上吸烟，屋里燃着一炷香，香香的。小男人说：“什么事，等不到天明？”口气冷淡。黑氏说：“这地方我来不得吗？你多时不回去，这夫不夫妻不妻的……”小男人便说：“就说这些？说完了回去吧！”黑氏站起来要走，却听见柜子后有些微响动，低头看时，柜下有着一双脚，小小巧巧的。她无声地哼笑一下，又稳稳地坐下，直勾勾看起丈夫说：“我今日就不走了，我要你给我倒一杯水来。”小男人已经发觉她的用意了，脸上有了慌张，倒一杯水放在她面前。黑氏再说：“再倒一杯水。”又一杯倒上了。她平平静静地说：“来吧，喝口水吧，喝口热水不会伤了身子的。”柜子后旋闪出一个女子，粉红内衣，鬓发蓬松，一脸狐妖。黑氏看了，心下也惊叹：这骚货也真艳乍！那女子脸并不红，在床沿坐了，仰眼盯房上顶棚，全无羞愧之色。黑氏倒大惊，有这等厚脸的！气血登时上脸，平静了半日，还是说：“我不打你们，也不骂你们，我是求你们，别使这个家活活拆散，事情闹大了，于我不好，于谁也不会好。去吧，喝了这水去吧。”那女子穿好衣服走出去了，从门口又转回来，带走了桌上的香脂盒。黑氏忽地嘴唇抖动，脸色无血，从凳子上跌下来，不省人事。

之后，小男人并不收敛，依旧同那女子如漆如胶，做出龌龊肮脏之事。

黑氏倒后悔那夜自己的宽容，和小男人打闹过几次。小男人仗着爹的财力，乡长的权力，倒越发一意肆行，苦得黑氏常找着来顺哭诉，来顺也陪她掉两颗三颗热烫眼泪。

一日，逢集，天寒地冻，黑氏瑟瑟地在市场买炭。偏巧遇着木犊，木犊身脸乌黑，形如饿鬼，见黑氏却惊道："黑，你病了，瘦得这样？"黑氏想起墙头送洋芋之事，肠肚皆软，不觉欷歔不已。木犊是善心人，当下也吸溜鼻子问道："是不是你那口人欺辱你？村里人都在说……"如此这般问了情况，黑氏就哭得泪人一样，木犊劝了半日才止。

下半晌，木犊寻着来顺，将来顺骂了个狗血淋头，说是不该把事情告诉黑氏！来顺好委屈，说不告诉黑氏，他良心上不得下去。木犊说："那起什么作用，信贷员的儿子是那路坯子，狗忘不了吃屎，你让黑知道了，只能让她人不人鬼不鬼！如今瘦成那个样子，你就良心安妥了？"噎得来顺无言以对。两个男人苦了半天，不知如何解救黑氏，木犊就骂信贷员父子钱瞎了眼也瞎了心，偏偏乡长对他们是好的，这信贷员暗中又给乡长使了多少黑钱！到底来顺脑子快，说："锅底里抽柴火，咱收拾那女子去！那女子没了脸面再到学校，黑的男人就或许会安生！"当夜俩人蒙了脸面，来顺放哨，木犊伏在路边，见那女子往学校去，木犊虎扑上去，擂拳便揪，末了五指在那嫩脸上抓出血道，骂："你既不要脸，就抓了你这皮！"

乡长的女子被打，只有小男人和这女子明白为何被打，对人却无法说出，只告爹有人夜半拦路行奸。乡长责令乡派出所破案，这女子提供罪犯说话声像木犊，把木犊抓去，木犊供言不讳，却说了原委。派出所没有呈报县公安局，但也未放了他，以乡长旨意罚他十五天拘留。

三

但是，小男人却极快与黑氏离了婚；重结二婚，小男人娶的是乡长的女子。

黑氏离开了暴发户，并不远走高飞，她变得刚强起来，拒不要原夫家的一椽一瓦，回到村里，借居在早先生产队一间牛棚里。娘家的哥闻风赶来，叫一声“妹子！”泪水涟涟。黑氏说：“你哭啥哩，你妹子做了什么丢人事体？！”哥不哭了。又埋怨妹子逢着好光景不过，落到这步田地，要领她回到娘家去。黑氏说：“我偏不走，我看着这家人能唱什么好戏！”

白日里精心伺候分得的一亩田地，样样都行，不比任何男人差半分。夜里自个儿烧锅做饭，用一把扫帚磨扫了路边枯草末末，将炕煨得烫热，躺下去，这边身子烙了翻那边，舒服而省心。她先前以为女人离了男人，就是没了树的藤，是断了线的筝，如今看来，女人也是人，活得更旺实！来顺时常到她家里来，帮她劈一抱柴，挑一担水，陪着说说话，她也逢饭了让吃饭，没饭了泡杯茶，天一黄昏，就说：“你走吧，寡妇门前是非多哩！”

来顺不在乎这些，来顺照常来，说起信贷员那一家，又入了一家草袋厂的股，赢了许多大钱，俩人就叹一阵世事。末了她突然问：“那两个男女过得好吧？”来顺说：“有钱使得鬼推磨！那女的肚皮子大了，年内怕要坐月子。”黑氏就痴眼看河对岸的山，她无意于天上的云，远村的烟，来顺不知道她想什么，她也说不清。末了，一个很轻的很淡的笑留在嘴边，打发来顺去了。

村子里却有了议论，说来顺要打这女人的主意。议论先是黑氏不晓，到后碎言断语捕捉了些，心里也扑扑腾腾跳动。早晨对着镜子梳头，镜子里有一张脸，脸黑是黑，却比先前光润得多。她惊奇自己并不老，甚至也并不丑恶，自言自语道：“我难道就剩下了不成？”双耳下也染上两点红晕，心里有一种说不出的意味。

当来顺再来时，黑氏就留神他的眉里眼里，来顺果然说出许多话来，让她听了耳朵发烧。但每当这个时候，黑氏就想起一个人，木犊，顽强地在眼前晃。木犊为了她，被抓去受了十五天拘留，那驼子老爹日日送饭，竟一次绊了石头，罐子破了，稀饭泼了一地，老老的人坐在地上哭，她心里就惨惨地像刀子割！放出木犊那天，她见着木犊了，他胡子很长，脸色寡白，见了她却说：“黑，没想我倒害了你，让你守寡了……”可她住到这牛棚里，木犊却再不闪面，他是还觉得对不住她，不来见面，还是天热了，不担炭了又去深山担了龙须草？黑氏这般一走神，来顺作乖，就嗟叹数声，说：“那没良心的东西弃了你，也算他心坏了，眼也瞎了！他说你丑，丑在哪里？这般整齐的人物，你也不愁没个新窝的。”黑氏也便把脸弄成柔和样子，微笑一下，让来顺不必多说。来顺即刻回去，想入非非，自此衣衫破旧，却洗浆干净，脸子白白的，也有心和小男人在学校里说些闲话，笑过几回。

黑氏稍稍充足的精神又消乏了，最害怕的秋雨到来，她坐在炕头上，看门前水滩里明灭雨泡。再往远处，是田埂，是河流，是重重叠叠的山。黑氏文化浅，不懂得作诗之类，但却全然有诗的意味，一种沉重的愁绪袭在心上，压迫着。她记起了在娘家做女儿的秋雨天，记起在小男人家的秋雨天，今日凄凄惨惨可怜的样子，心中悲哀怫郁无处可泄，只在昏昏蒙蒙的暮色下，把头埋在两个手掌上，消磨了又消磨，听雨点嘁嘁嘈嘈急落过后，繁音减缓，屋檐水隔三减四地滴答，痴痴想起做寡以后事情，记出许多媒人和包括来顺在内的许多男人，觉得都不过一个当时无聊而一过去即难作合的幻梦罢了。

她突然操心河边的那一块儿地，地是她新拾的，种有萝卜，夜里涨水能否被冲掉呢？雨已经衰竭，风势依然，黑氏察看萝卜无恙，河水并不怎样变化，水闪着镏光活活流着，像是很凶。忽然在极远的地方闪一下火亮，倏忽又灭了，定睛看去，河的对岸有了微微一点红，如狐的眼睛，忽而不见了，忽而又出现在下方，同时有了水波声，不久一切消失，响一种咯吱细音到了这边滩上。

黑氏以为是鬼，气全屏住，窥觑黑影走近，才是一个担龙须草的人蹚河过来，那结实的块头，拙笨的步姿，黑氏认出来，叫一声："木犊！"

木犊骇绝，骤然如跌在地上，嘴上掉下一个烟蒂，划一道暗红不见了。等分辨面前是黑氏，黑暗里将裤子穿着好，就笑了，哧啦声比以往重了许多。

黑氏说："这风雨天，你还过河？水涨会卷你到老河口去！"

木犊说："草收齐了，不连夜回来，那我就困在山里饿死。你一个人不在家，敢到这里来？"

黑氏说："我来看萝卜，担心被水冲了。"

木犊说："你要没菜吃了，到我家去，今年我萝卜好哩，又白又长的，够你吃的！"

黑氏说："我吃你的做啥？！"

这话使木犊沉若深渊，明白面对着一个女人，一个年纪轻轻的寡妇，热情仿佛骤然下沉，半天冒不出水面，略显粗鲁地问：“黑，你还没个男人？这年头，没有男人怎么过日子！要找了，你就看准准的，嫁一个疼你的！”

黑氏登时觉得鼻子不通，见塞作热，身子只是惫懒，靠在一棵河柳上。

木犊说完，亦无别话，见女人不言传，慌得忐忑不安。俩人皆陷入缄默，各把思想放在这看到的河水、柳树，以及对面而立的人物以外的一个地方去了。直待到远方一声野狗的嗥吠，方清醒过来，黑氏说：“回吧。”木犊方觉起肩上担子的沉重，俩人一路无话。

十天后，有媒人找黑氏，说有男人出三百元聘礼娶她，问是哪个，说是来顺。黑氏心里作念：果然是他，他是敢有这份主张的！慌了手脚。媒人说：“人穷是穷，皮相齐整，况且老家不在这里，成亲后他带你离开这里，眼不见那一家人，心里不生气。”黑氏却说：“我不在乎穷，我就是穷家女子。我拿定主意是不走的，我要争口气，比试着那一家人！”媒人倒着了恼，说道：“你也是不掂轻重！那一家人成了乡长的亲家，有钱有势，你能奈何人家？”黑氏说：“我不奈何，政策奈何哩！”媒人说：“你好瓜，落到这地步！政策是什么？政策是烤洋芋。人熟了，洋芋是软的；人生了，洋芋是硬的。”黑氏说：“像你说的，真没世事了？”媒人又说：“依你说是不悦意来顺？你和来顺眉里眼里都有情意，正经提了，却不愿意？”黑氏说：“这是谁说的，我和来顺有什么瓜葛？”俩人言不投合，媒人走了，几天里再不闪面，黑氏倒窝了一肚子气。

忽一晚，又一媒人来家，提的是木犊，她倒噗地笑了，说：“光棍子都来寻上门了！”媒人说，这全是木犊老爹缠她不放，问及木犊，木犊只说黑氏好，但却不敢配黑氏，夜里本是搡着木犊一块儿来的，走到半路，抱住一棵树再拉不来了。黑氏听着，又忍不住轻轻笑，笑着笑着，眼里噙一颗大的泪珠。黑氏一落泪，泣不成声，趴在炕上难受去了。媒人以为黑氏动心，说句：“木犊家境你知道，人穷却心正，你也是吃过钱多的亏。模样嘛，虽除了忠厚没别的出色处，但人样光堂了，心里野，吃了五谷想六味……听说来顺出的是三百财礼，木犊这三百五放在柜上了。”媒人走了，黑氏抓了三百五十元追出来，没追上，回来痴痴坐了半夜。

种罢小麦，黑氏结婚了。木犊把头和下巴剃得铁青，腰里系了一截红绸子，戴了一顶新帽子，在院子里招呼众亲众邻喝酒。他不会喝酒，却陪着来客喝了几盅，头重脚轻，言语放浪。硬逼着来客多吃多喝，不相信别人肚饱，瓮着声说："再吃呀，三碗能饱吗？我一顿加饭都加两碗哩！"

黑氏坐在炕上，按规矩只能呆坐，听院子里吃声繁响，继之是笑语呐喊，全戏逗木犊。她从窗格往出看，看到那堵墙头，想起以前是院墙那边人，两个人隔墙头递洋芋吃，想不来人是什么动物，一生要闹出什么折腾？目光斜视来客，偏偏没见来顺，忽然心头又重新加上什么颇重的东西，气也屏住，呼吸不匀。木犊进来，说声"头痛"，倒在炕就醉了。驼背老爹后进来，连唤几声，木犊不醒，说道："这木犊，你要招呼客哩，客还没走，你倒醉了？！"去取了枕头让儿子枕，黑氏看时，枕是石枕，是她当年送的。

入夜，木犊醒来，见黑氏穿了一身新衣，坐在灯下，那衣服把黑氏几年前的青春寻回来，心里万般涌动。叫声："黑！"却无下语，哧啦一笑，又哧啦一笑，欲近来又怯胆，搓手不已，可笑如顽童忸怩。黑氏知道他是童子身，人丑家贫又欠言辞，从没有安排女人的经验，可笑了顿生可怜，她梳理了光生生的头发，心想：今日嫁他，就是他的人……黑氏是过来的，偏也做几分羞色，眼角眉底漾一种风情。木犊噗地便吹灭了灯，像饿虎样扑来。

天明醒来，气象一派更新，黑氏看压在身上的一只胳膊，强健如铁棒，筋络凸起，黄毛丛生。最后落眼到卧房门的桑木扁担上，漆铿铿发亮，就想这根扁担养活了两张口，今添一口，这蛮牛一样的丈夫将会日复一日、年复一年在她的身上，更是在这扁担上耗去精力和生命，鼻子不觉发酸起来。他终于醒了，给她讲好多新的感觉和体验，讲他如何要疼她爱她，他可以一拳打死一条狗，拳头却决不落到她身上，讲他只守这一个女人，一生就心满意足，决不采路旁的野花。他，木犊，似乎还说到他当光棍时的苦楚，在苞谷地里看见一对狗……黑氏就说："木犊，你昨日怎的不请了来顺来喝酒？"

木犊说："请了，他说来的，他却没来。"

黑氏说："他也是个好人，你在他面前不要气盛，几时了，好好待他喝场酒。"

木犊说："嗯。"

第三天，木犊卖龙须草回来，才路过村前打麦场上，麦秸堆后走出来顺。来顺突然间瘦了许多，眼睛浑浊无光，说："木犊，你好快活！有了婆娘，活成人物了！"木犊就拱手，埋怨那天为何不来。来顺说："那日没去，今日给喝喜酒吗？"木犊说："好的，才卖了龙须草，口袋有钱，你等着，我买酒去！"即刻返镇上提了一瓶酒风卷而至，要到家炒了菜喝，来顺说不必，就在这儿干喝。俩人到麦秸堆后握瓶子你一口我一口喝将不止。

木犊是不善喝人，陪了几来回，眼里就出双影，来顺还是自喝又劝喝，自个儿一口酒一声祝贺，就呜呜哭起来，说："木犊，你是我的朋友，你可以穿我的衣，不可占我的妻！"木犊吓了一跳，说他并不敢做这六畜不如勾当。来顺又说："黑，是你婆娘，也是我婆娘，这女人我比你提亲得早，我掏三百元，你掏三百五，你把她娶了！我没钱，我就是缺钱！"木犊知道来顺有心思，喝了酒说酒话，他也是听黑氏说过来顺让人提过亲，拿了三百元的事。当下说："来顺，你这冤枉我，也冤枉了黑，她不嫁你，不是你掏的钱比我少，她也没要我的钱！"来顺愣了半晌，打着酒嗝问："这是真的？"木犊指天发咒。来顺就举着瓶子说："我冤枉她了，我没有再去，我迟了一步。来，咱喝，我喝，你喝！"木犊这时倒觉得很过意不去，有些对不住了来顺，就强撑着再喝，不久天旋地转，身软如泥。当时有一孩子在旁边看到，急去报告驼子老爹，老爹赶来时，木犊已醉得不省人事，来顺还在给他灌酒。当下夺了酒瓶，摔个粉碎，骂道："来顺，你好没德行，你要不下女人，恨我儿子！你知道木犊人瞎，心里没道数，你是要用酒殃死他吗？"来顺也醉了八成，忙道没那歹心。驼子老爹气上来扇他一个耳光，背木犊回家去，骂不绝口。

四

无端风波，来顺落得一片骂名，多久也不敢到黑氏家来。

黑氏倒时时悬念于他，认为来顺不至于那么心坏，说知给木犊，木犊却讷讷说不清个是非。驼子老爹却猫头鹰一般，老远一见来顺就骂，在家里也当着儿子和儿媳骂，骂毕了就说一通“咱家穷，家穷风正，哪个野猫子也不能欺负了这门户”之话，木犊省不开老爹的话，黑氏听得出，那意思全说给她，是：木犊配你是配不上，既然你做了她的婆娘，你就得把篱笆儿扎好，不敢有个三心二意！黑氏脸粗心不粗，她受过小男人吃里爬外的亏，将心比心，她是清白怎么做婆娘的。

但黑氏黎明醒来的时候，总听到镇子学校的铃声，铃声悠悠，钻进这屋里，钻入她耳中，她就想起那个白脸脸敲铃人，想不来此人夜里怎么睡得稳，敲完铃了，又独独一人坐在校门口在想什么，干什么？

木犊偏在这铃声敲响之后，便醒过来，已经成了习惯。他又要到地里去，光了脊梁刨地，那汗冲着尘土在背上弯曲流下，如爬一背蚯蚓。或者，他再往深山去担龙须草，担木炭，浑身黑得像烧出的瓷壶，大白着眼仁，在锯齿一样的过风梁上彳亍而行。极度的奔波，深沉的疲倦，木犊的支持能力已经到了极限，他似乎是忘却了炕上还有一个酥软软的女人，他睡去如死去一般。但是，家境并不为之起色，多了一个黑氏，衣服有人缝了，父子的肉露不到外边，茶饭有了滋味，可穷家深坑，那钱入不敷出，比较左邻右舍，没个出人头地可能。一家三人愁得不知如何为好。

黑氏说：“木犊，你一根扁担溜山，人把力出尽了，挣不来钱，信贷员那家钱却那么好赚，咱也得想想别的法子。”

木犊说：“你是不是又想那一家了？”

黑氏说：“我想那家作甚，那么不廉耻？我想别人能做赚钱的生意，咱就不行了？咱不说能像那家一样暴发，也不至于这么老穷下去。”

到底做些什么，木犊老虎吃天无处下爪，黑氏也两眼乌黑。木犊有一天到镇子上去，路过信贷员入股的草袋厂，齐刷刷一院子的绞绳机、织袋机，各色男女在手脚忙乱操作，阵势甚是气派。一时企羡，强烈的欲望恍恍惚惚摇动其心，似乎有些招架不住。便走进去，这儿看看，那儿动动，登时攫住一个夸大的念头，见信贷员从大门进来，便说：“阿叔，这厂子还要人不要人？”信贷员有一副眼镜，半戴半挂在鼻梁上，用镜子上边的半圆眼睛看人，说：“当然要人！”木犊说：“那收下我吧，我也织草袋呀！”信贷员当着做工的人，倒笑笑，说：“墙边有个石础子，你提起来看能砸几下？”木犊脱了衫子，一口气运进肚，肚皮黑黑地凸一张鼓，提了石础子一下，两下，连砸了四十八下，已热得满头大汗了，做工的人全都匿笑不已。木犊说："我肚子饥了，吃四碗饭，能砸六十下！"信贷员说："好了，你就是干这一行的，你去镇上看谁家垒墙打根基，你去吧！"木犊方知人家戏谑了他，气得满脸黑红。

回家来对黑氏说了，黑氏浑身哆嗦，骂道："谁叫你去找他？咱就是饿死，也不去他门上要饭！"木犊说："他不让我在厂里做工，我也不做了，明日我去再找他，我去信用社贷款，咱有了本到镇上去做买卖。"黑氏说："甭寻他！他能给你贷款？贷款的人谁不暗里送他东西！咱有东西送他不如撂到河里听个响声！"两个人说来议去，到后来相对无言。

翌日，木犊灰沓沓出门，中午返回，却鼻里眼里透笑。黑氏问时，木犊说，他在镇上遇见王家老七了，老七也是本分人，无脚蟹，没钱少本事做生意，就到山外铜官煤矿上去下窑。下窑是和鬼打交道，到阎王殿去做客，但他却安安全全，三个月挣得一千三百元，回来买椽置瓦要盖新屋呀。黑氏没去过铜官，知不晓下窑是什么情景，出蛮力挣大钱，心里也颇高兴。两口筹备着出外的衣物、盘缠，驼子老爹回来得知了，头摇得如拨浪鼓。说："旧社会我去过那儿，那钱是拿命换哩。听说好女子都不嫁那边人，嫁了要尿三年黑水，且差不多要做寡妇！"说寡妇，儿媳就是寡妇来的，驼子觉得失口。黑氏说："凭力气挣钱，那钱都不好挣，咱把王家老七问问，看看那里情况到底如何？"结果老七叫来，问个仔细，老七说："苦是苦，也不像你爹说得可怕，钱确实挣得多，就看你命小命大。"木犊说："我命好，三十三四了还能娶个婆娘，命还不好？"立意要去，黑氏和老爹也不强拦。

出门那天，这家人特意请吃了王家老七，叮咛一路承携，木犊人笨眼瓷，在外全靠他了。老七拍了腔子。老爹便又是设了香案，要木犊拜天拜地拜列宗列祖，再退至门口，反身立于门内，念出门咒语，画四纵五横护身符，泪水婆娑送他上路。

木犊一走，偌大土炕又睡个黑氏。木犊在家打呼噜，她已经习惯在呼噜声中蒙头酣睡，如今没了雷打的轰响，她一夜要醒来数回。从窗子往外看夜空，星稀月明，银光泻炕，千声万声为丈夫祈祷，却每每在黎明之中，听得到学校的铃声，婉转凄凉，像是一首悲悲的歌。

地里的活全部留给黑氏了，她锄地，她挑粪，她收获，别人的秋已经种下了，她的地还没有刨完。月光底下，驼子老爹帮她，年迈人累得咯血，睡倒了。她只好又在家给老人请中医，在火炉上煎熬草药。

再到地里去，两天前刨的一半的地，却剩下了一小半。黑氏生疑：馍不吃有人会吃，地不刨也会有人来刨？这人是谁，如此亲善？夜里是二十九，乌云吞了月亮，黑氏再去刨地，地畔上有一个黑影，忽大忽小。她惊着过去，刨地人竟是来顺！

她没有叫他，立在他的身后，呼吸觉得不匀。来顺为这些微的特异的声息注了意，回过头来，也没有说话，但眼睛放光，黑暗里看得清有奇异之色。

黑氏说："谁叫你替我刨地？"口气倒有些愤怒。

来顺说："我不能到家里去，我还不能到地里来？"

黑氏不知道再说些什么话，默了半天，拿了镢头刨地。来顺也刨地。俩人离得很近，也不说话，各自的慌恐和茫然中俩人又觉得离得很远很远。

这夜里，天黑得涂炭，田野空无人影，连一只游狗也没有，土拨鼠有，它悄悄扒土，不理人的事情。一直刨到鸡叫了，地刨完，虽不是处女地，但静夜里的新土在潮气和露水里散发出一股浓烈的清馨。黑氏和来顺坐在地头上，激动使他们并不感到疲劳，慌恐却更是在消失了繁重劳作之后陷于凝固的沉默中。黑氏压抑不住了，同时感到了一种不该的情绪，说："来顺，多谢你了，你快回去睡吧。"

此语说得十分无劲，充满了柔情，夜色也有些冲淡了。来顺说："我不要你谢我，我睡也睡不着。"

黑氏说："那……到我家去，给你做了饭吃。"

来顺说："你敢？！"

黑氏确实不敢。驼子老爹虽然病着，他的耳不聋眼不瞎，况且丈夫木犊不在家，三更半夜领一个壮实男人回去，别人不说，自己也害怕。她埋下了头，再一次说："来顺，你再不要帮我家了。"

来顺却发疯地站起来，说："我就要帮，我不能看着你苦得这样！"黑暗里，来顺走近了，浓重的烟味和酸臭的男人汗味堵住了黑氏的鼻孔，她感觉到了一双抖颤的烫热的又是粗糙的手来抓她的手，她忽地触电般地跳开，随即挥打一下手，打在空里，夺原路跑走了。

第二天的中午，乡邮员送给了一封信，是远在千里的地下另一个属于黑暗的木犊来的。木犊的字认得并不比黑氏多，信是写在一张烟盒皮上的，寥寥数字，唯有一句：

“天要冷了，夜里睡不好觉，把我的毛○○捎来。”

黑氏念了三遍，看不懂画○○是何意思？又是“夜里睡不好觉”的事，就想到不点灯的事情上，虽然恨木犊只忘不了那事，但毕竟在想着她，她想起了那一张丑陋但还可爱的嘴脸来，就嗔怒骂一声：“这瞎人哟！”驼子老爹手捏着随信寄回的五十元，神情亢奋，专注看儿媳读信的表情。此时疑惑，问信上内容，黑氏又念了一遍，正羞正慌，驼子说：“噢，这是让捎他那件羊毛夹袄袄哩。这木犊，一定是不会写袄袄二字，就画了圆圈代替了。”说得黑氏登时面上无光。

于无人之处，黑氏倒为自己的猜想荒唐而窃笑，丈夫终是文墨不多的下苦人，写一封信，难如下一次窑，必是万不得已的事才写上，哪里会是有情趣有闲致写那逗情取骚的文字？黑氏嘘一口长气，倒操心起那憨人远门在外，举目无亲，吃什么，睡什么地方，怎样在那地穴里不用眼睛又浑身得长眼睛地爬行拉煤？她庆幸昨天晚上没有被来顺拉住手，她对得住为她去挣钱的丈夫！

一想到来顺，黑氏就竭力以排外的警惕来完满自己对丈夫的忠诚，但是这种完满，于远在千里的木犊是最宜的，于这个正在疯狂如狼虎的少妇年纪而空守一面大炕的人是极不平衡的，她多少感觉到了一种内疚，对来顺不起。“他说到底是好人，”她暗中给自己说：或许，当初重嫁时，她极可能就是嫁给来顺。人生的婚姻实在无法估量，一个女人要不将身心交付这个男人，要不是那个男人，交付给这个了，他在家一尽享用，而那个在这个不在家之时却也无法占有，这也就是人生的命运吗？

当黑氏再一次在田野的地埂上采打蔓花菜，远远地看见来顺了，就主动打招呼。女人一高兴，来顺也就高兴了。他们站在暖洋洋的初冬的太阳下，说了许多话，来顺也让她注意到了田地那边一河活活的流水，注意到河对岸山崖下腾浮的一道蓝如火焰的雾霭，以及阳光云雾所致使远山呈现的虚幻的抛物线。黑氏三十多年里生在山里长在山里，山里的奇景妙色第一次领悟，她感到美如做梦。

她日益丰润，早先那一身黑瓷滚圆的肌肉，现在变得细腻绵软，口角边添上了细细皱纹，却愈发使嘴唇圆满如一颗沙果。木犊每月捎回的五十元钱，除了替老爹添置了一顶毡帽，她给自己也缝制了一件蓝底小白花的套衫。这衫子得体而大方。把头发光光地梳理贴在头上，提一篮萝卜到河里去洗，她显出几分风韵。有一次从小路上匆匆跑过，正背着出山的日头万道霞光，一个人在路头看了，大声叫了一下“美！”羞得她蹲下不动。那人是来顺，还在夸说她跑过来时，霞光在她的人体轮廓上幻出一层像绒毛一样的红晕，“是菩萨身上的灵光！”

使黑氏最沉重的负担，是驼子老爹的病情，老不见好，身子一日不济一日。家里粗茶淡饭尚有，吃荤啖肉却不敢奢侈。她就赤了脚到水渠淤泥里去打捞螺蛳，山地人称海巴牛的，回来热水烫了，剜出一点肉在铜勺中炒了奉爹。一日晌午，吃罢午饭，驼子老爹在炕上歇身，黑氏趴在院墙头上卸架干的红苕枝蔓下来铡猪糠，来顺在门前轻轻叫她。

来顺神色神秘，用嘴努努上屋，小声问：“老爹在？”

黑氏说：“睡了。”

来顺就跳进门限，站在一架纵横交错覆盖院子一角的葡萄架下，说：“睡了好，要不他看我是老虎豹子一样可怕！”

黑氏说：“你有事？”

来顺并不作答，脸诡诡笑，葡萄蔓筛下的光点落其全身，顽皮可笑如一童子，从怀里往外掏一个霜杀得朱红的蓖麻大叶包。

来顺说：“灶上今日改善伙食，每人四块，我见你下水里捞海巴牛儿，知你胃里寡，我吃了一块儿。”

蓖麻叶里包着三块肥嘟嘟的酱赤赤的熟猪肉。

黑氏呼地有一股热东西冲在心口，双手接过来时，却说：“瞧你，孩子一样，我哪里嘴馋！你吃吧，我不吃的。”

来顺说："怎么能不吃？"

黑氏说："我这么胖的，越吃越胖了，你吃了吧，别让外人看见，倒碜眼！"

来顺说："那我吃一块儿，你吃两块！"

黑氏吃了一块儿，满口油香，另一块儿却用蓖麻叶包了说要留给老爹，话未落点，驼子从门里走出来，两眼凶光，破口大骂："我哪里少了这一块儿肉，木犊屋里的，你不怕那肉里有毒药？你把它吐了！"趔趔趄趄横过来，夺过肉摔在地上，用脚踩得一片油渍，那枯瘦的指头就戳在了来顺的鼻子上，吼："来顺，你这不正经的东西，你送她什么肉？！她穷死饿死与你有何干系，亏你这份好心！木犊没在，你竟能欺负到我家门上，你是个能行角色，你到乡长的女儿那里要骚去！"骂得来顺眼睁不开，灰溜溜夺门逃走。他自己还余怒未消，返回屋去时，却软坐在门限上，虚汗直冒，一口白沫。

黑氏立即便将院门关了，免得四邻知道，扶老爹上炕，做了许多解释，就到自己屋里痴痴呆坐。她怪这驼子太是多心，没事的事惹出事来，倒让她重新审视这来顺，愈觉让他委屈。女人之所以称为女人，自多了一份比男人所没有的柔水一般的同情心，她满足于男人对她的爱悦，一个动作，几句言语，就可以换得万般感念。而男人，若野蛮无赖式的一味施侵略政策，这感念就随之消灭，但乖觉的男人则来一种小技，装作受屈受辱，那女人的柔水就海一样深，四处溢流。来顺正是如此，在第二天黑氏主动去了放学后的学校房门，安慰一下来顺，来顺一脸苦相，黑氏就多待了一会儿，在盆子里搓起泡好的衣服。

这夜里月光冰洁，蛐蛐鸣叫不是十分寒冷，亦不多少潮闷，正是心性勃发之良机。来顺见黑氏真心待他，愁情忧绪很快从心上退却，说了许多话，许多话说在一条既出线又未出线的边缘地带，常常是双关语，后来见黑氏双手搓衣，鬓角发动，飘飘飞飞，多几分娇媚，便自己把握不住自己，那一双饥渴的爪子就钳住了黑氏的腰。黑氏惊慌挣扎，但全无效，先是叫"来顺！来顺！你疯了？！"后来就一语不发，处于昏蒙状态，完全被放倒在了那张小床上。同情心是女人的优点，缺点却往往根源于这同情之心，今晚上黑氏吃了亏。

她清白过来，房子的灯，芯小如豆，忽而暗下来，要灭又不灭，焰浅蓝像雾，微漾不静。她记起刚才身子被放倒后，这个强有力的人却并没木犊那种粗暴，耐心抚爱，一派文明，明白他是处理女人的老手，或是初试，则无师自通，这是比木犊高明之处。但后来，脑子又一片空白，翻起床，也不看来顺，无言返回家去。

来顺也不明了她所思所想，寻不出一句安妥的话对她说，默默望她去了，她听见学校里突然有了收音机声，且音量颇大。

五

到了四月，木犊回来了。木犊原本面黑，粗而大的毛孔里嵌了煤屑，水洗不净，黑得如鬼如魔。羊毛袄袄已被磨成布絮，永远存之地下的另一世界，但那一件布做的裹兜里，有一个特大的口袋，缝得严严密密，内部是二千一百二十元。千里外坐火车，搭汽车，睡旅店，三天四夜未能脱衣，二千一百二十元的钱票在家取出时，汗水已经将其浸湿发软，臭不可闻。村人视木犊为英雄，数月光景，旋即获得这么多钱！木犊大讲铜官，犹如异国归来。钱使信贷员的儿子堕落，钱也使木犊喜欢得差点死去。只是夜里，他才如实说起地下那另一世界的黑暗和可怕，说一个班一天一夜，他带三十二个饼子下去，于坑道里狼虎一样地吃嚼。说从井下出来，井口站满了下井者的家属，直愣愣瞧着亲人出现，他没有人等他，于阳光下刺激双眼寸步难行，蹲在那里半天适应，完全是一个黑蜘蛛，瞎眼狗熊。说他学会了敬神，买了护身桃木符，在一次塌方里，眼瞧着一个同班被石头砸死，血从头上喷水一样射流。黑氏听得毛骨悚然，捂了嘴，不让再说，扑上去把丈夫搂在怀里，用泪水潇潇的脸温存那发散汗臭的胸膛，手臂，头上的五官各部。决然不愿提及和来顺的事。

木犊在镇集上遇见了信贷员，信贷员问:“木犊发财了？”木犊说:“比起你，小拇指头和腰了！”信贷员哈哈大笑，说:“我当初没收你做工，没贷你钱，也是激你去发愤，你还真的发财了！二千多元，你怎么处理呀，能不能存蓄到信用社，让生儿子生孙子取利息呢？”

木犊说知黑氏，黑氏坚持这二千元不必存，更不能乱花，有本钱了就干一项营生。结果选中开店，因为木犊除了下苦力外，别无所长，而镇子东街头有一间小门面，月租四十元，是合算的。自此，一家小小饭店开张，日里黄昏，店前的一株大柳，万千枝条迎风微漾，深绿浅绿之中就飘闪一面招旗。镇上不繁华，人皆没有白日在街面买吃习惯，而以镇为枢纽，南来北往东西复返的生意人，做工人，赶路人，却全在饭店用膳。吃客便是上帝，笑脸赔着在柳下的石凳上歇了，沏一壶茶过去，两口就烧水擀面，黑氏在案头上抖动着两颗硕大丰腴的垂奶，将面擀得薄纸一张，待木犊烧水未开之时，俯身在窗台上，与吃客搭讪会话。吃客经见多，见了女人兴趣正好，也乐意说些老鼠成精、人妖结婚之类奇闻，惹得黑氏，讶一通乐一通，表情丰富。女人的极有奇特趣味的印象就刻在吃客心上，到处扬说，这饭店生意倒日日兴隆，入夜，镇上人有喝烧酒之风，店里便顿时热闹。酒可以使山地的男人变成另一个种族，放肆地说粗言秽语，拉木犊入座。木犊不喝，就嚷黑氏陪酒，竟三个五个男人的胳膊按住她的手，非要她陪喝不可，木犊就也劝黑氏喝，哧哧啦啦只是呆笑。酗酒者就不免骂一通木犊有艳福，守住这么一个中看的又能干的婆娘，木犊也自高自大，夸口几句自己做男人的气魄。如此，日复一日，月复一月，远近人皆知这家饭店，说饭店就说到店老板娘，少不得有些浮浪子弟，对着黑氏不三不四。

一日，店里过了饭辰，木犊去家照看驼子老爹，黑氏刷了案板正坐着歇息，小男人一透一透在店门往里看，见黑氏抬了头，忙一脸正经，便显出大有漫不经心之神气！小男人说："别那么翻脸不认人，我也是你的男人哩！日子过得不错嘛！"黑氏说："要不了饭的！"低头将刷过的案板又刷一次，以为小男人已经走了，一抬头，他还在，一条腿跨在门限上，软软地闪，专心看手里的一件东西。说："这是什么呀？"黑氏没料到他竟未走，听了这话，不觉顺口说句："什么东西？"小男人就走进来，手一伸，一只蓝色的电子表，其显示面上有两个黑点不停变幻。小男人说："要不要，给你吧？"黑氏"呸"地吐一口，将他掀出店门，门也随之关个严实。

但是，信贷员却时有到店来预备饭菜，招待来找他的客人，来了，黑氏当认他不得，平静着脸算账，一分不少，一文不赊。木犊却涎了脸让座让茶，饭菜吃罢，便又拿自己的烟末匣子放在桌上，让人家来吸，信贷员问起行情，又事无巨细说明，反复强调生意比不得信贷员的工厂收入。其恭敬卑怯，为黑氏所不齿，当面暗示，背后数说。木犊说：“人家毕竟是这地面的大人物！”黑氏平生第一口将唾沫喷在他的面上。

钱来路活泛，极有盈余，不幸的是驼子老爹却病情沉重，卧炕半月之后，汤水不进，阳寿殆尽，伸腿入天去了。夫妇俩关店十天，痛哭一场，葬老人入土。驼子一生贫苦，性情刚硬，却死得清白，使这店家又少了一分后顾之忧，却苦了黑氏和木犊夜夜一人看守饭店，一人看守老屋。日久，木犊就将不点灯之事淡冷，后来一月两月竟似乎要忘却了。

来顺依旧在学校烧水做饭，敲铃打杂，每每看得小男人与乡长之女好时两件东西贴拢一起，唧哝有声，就如眼中钻沙痒痛不堪，恶时又桌翻椅倒，于窗口将枕头抛出，将茶壶和裤衩抛出，就又想起与黑氏交情。按捺不住一份心绪萦绕于另一个人身上。驼子老爹死后，他从心底里嘘出一口长气，却买了纸去到驼子的灵前，点化了，哭了一场。木犊见他哭得伤心，大受感动，双手去扶，黑氏却说：“让他哭吧，哭一哭也好！”话中意思，只有她知道，来顺知道。

此后，木犊消除了对来顺的反感，来顺没事之时踱到店来，热乎招待，逢吃也让吃，逢喝也让喝，这来顺是聪慧之极，眼中有水，手脚勤快，也帮这家刷碗收筷，门口应酬，介绍饭菜，招揽吃客倒确实比木犊强出十倍八倍。

但黑氏最明白来顺的心，见他殷勤，总是不安，好言好语要他一边歇去。愈是这样，木犊愈觉来顺人好，来顺愈要加劲为黑氏殷勤。黑氏私下对木犊说：“店是咱的店，要人家帮什么忙？他要再来，什么也不让他做！”木犊说：“他愿帮忙就帮忙，一片好心，硬要阻拦，倒显生分，冷他一个热肠！”黑氏只好不语。

一个晚上，月色朦胧，黑氏从饭店赶老屋来睡，正坐院里捶腿揉腰。院门敞着，门外的几棵老槐树下，新生了许多幼株，黑黝黝在风里摇曳。倏忽听得有细响，蛇样爬行的沙沙声音，好疑，槐树丛子里有一点烟火，暗红如萤，便惊起，询问：“谁在那儿？”那人走近来，却是来顺。

黑氏说："你鬼鬼祟祟，以为是贼呢！"

来顺说："你夜里有屋，木犊还睡在店里？"

黑氏说："我们也分了班的！夜里他要剁肉馅的。你是到哪儿去的，路过这里？"

来顺在月下说："从学校来的，专到这里来的！"

黑氏腔子里的一颗心别地一跳，便说："你坐吧。今夜月亮蛮好，你近日没回老家去吗？算黄算割（四声杜鹃）是不是又叫了？"

女人的慌口慌心，来顺全觉察到，他要想办法稳住她的情绪，说道："昨天夜里叫过两声，再过四天，就是小满。人过小满说大话，今年麦子成色要比往年好。我们山里麦才扬花，和川道差二十多天，到时候我来做你们家的麦客。"

黑氏轻轻笑了一下，说："你也是，恁事也帮我们……"

来顺就说："黑，我这几天尽是做梦，我也思想，我是不该到你家来，可梦里老梦到你，醒来心就慌慌的……"

黑氏果然平静下来，问道："做什么梦？"

来顺说："有时梦你穿一身新衣，到镇上去，好多人给你吹奏唢呐，你唱起戏文，样子像十七十八的一样。有时梦你坐在店前柳树下哭。梦到好的，心里就叽咕，说，梦是反做的，会不会有什么不好的征兆？梦到坏的，又担怕应了实际，就要来看看，你说好笑不好笑？"

黑氏就真的好笑了，说："来顺你嘴甜，说得中听哩！"

来顺正色道："这可是真的，有半句假，让鬼摄了魂去！"

女人就看着来顺，瞧那一张白光光瘦脸，被瞧的也不回避，反以更加的勇敢用眼睛回敬，看出她的情味溢在眉里眼里，不觉神思荡漾，如升架云头。

后来，这女人就偏过头去，看天上的月亮，看院墙根边的一株柳上栖息的一对鸟。鸟是夫妇，以爪平衡身子于细枝上，一只已经睡熟，一只蒙眬复蒙眬。想到人生如鸟类，白日比翼齐飞，夜来依偎而睡，这原本是活在世上的内容。可眼前的来顺，孤身独影，夜夜为别人的婆娘做梦，着实是活人的可怜！不觉气伤神黯，又轻轻叹息一声。

黑氏说："来顺，你要闷得慌，就来我家坐坐。你也是这般年纪的人，无论如何，你还是找不下一个女人吗？"

此话触到痛处，来顺却没落泪，反倒笑了。

黑氏问："你笑什么呀？"

来顺说："我活该是光棍命！那时节，我本是再多找你几回，事情就成了，可我没有……木犊命比我好。"

黑氏没有言语。

来顺又说："黑，木犊待你还好？开店是好事，也实在累人，你要保重身子，月月到你们女人家身上有红的日子，你不要见冷水，你却还到河里挑那么满两桶水？！"

黑氏一惊，这些事他哪里知道？是观察她的脸色吗？这些，木犊也是从不知道的，陪自己吃喝睡觉的木犊不知，这一个来顺却看得出！黑氏突然觉得白脸汉是将她完全装在心上的，就大为感动。

黑氏说："他人呆，只是肯听我话。"两人说此说彼，来顺忘了时间，黑氏也忘了时间。离开深山，嫁到这平川道来，她和小男人没有这么说过家话。嫁给木犊，木犊虽不欺她打她，但木犊别的一点儿不会，甚至压根儿想不到，使她时常寂寞袭心。人毕竟是人，除了备受尊重的人格之外，还有接受抚爱的欲望，尤其是女人，说老虎时就是老虎，该小猫小狗就是小猫小狗啊！

说说话话，不知不觉，自自然然，来顺就把黑氏的手握住了，用软和的舌头舔，用牙轻轻地咬。黑氏没有吱出一声。事毕了，她送他出门，星月满空，夜更深沉，村外四面包围着的即将成熟的麦子，在清风中涌动，将月光漾出波般的亮闪，浓重得令人心醉的四月田野地气使黑氏饱饱地吸了几口，涨满了全部胸膛。

店日日开门，连麦收天也未停止，木犊像一头任重耐劳的牛，夜里割麦，碾场，翻地，播种，白日开店卖饭，人累得失了形体，一收拾完当日的工作，就如一条从树梢跌下来的死蛇一样，趴在炕上沉睡不醒。

黑氏夜半醒来，摇不起他，后来就等着学校的铃响。

这一家再不是往日的穷人了，他们也是有钱，村人企羡，黑氏碰见信贷员和小男人了，也不远远避开，目光直直地走过去。一次逢集，一家私人经营的衣服铺里，小男人偕着乡长的女儿在问一条丝织围巾的价，大声吵闹，为五角钱论高论低，黑氏走近去，虎虎地问：“多少钱？”回答是：“十三块。”黑氏说：“取一条！”随手从口袋抽出钱来，拎围巾扬长走了，逊得小男人和乡长女儿脸红不已，难堪不已。这围巾黑氏却没有系，冬天里也不系。木犊说：“那你何苦，买这干啥？”黑氏说：“为了啥，你还不明白？！”木犊见黑氏用钱大方，慢慢也手大起来，外人常捉弄他，动不动和他打赌，赌输了就罚他买酒买烟，或者到店里来啃几个猪蹄，吃两碗面条。到后，竟要起钱来，打扑克赢输，一玩起性则通宵达旦，也不光顾黑氏一个人睡在偌大的土炕上。

黑氏很有一些意见了，吃饭时，炒两个小菜放在桌上，桌边安好两个椅子，一心让木犊一块儿吃，木犊却一只海碗里盛完饭，将菜夹在饭上，端着到门外找人，一边聊一边吃。晚饭过后，黑氏让木犊和她坐坐，木犊说：“店里的事，你安排，需要干啥你给我说！”黑氏说：“你不会说说别的话吗？”木犊说：“还有什么话？没有啥了！睡吧。”一躺下来就呼呼入睡。

这时节，来顺来了，黑氏就不让走，问这问那地说话。一夜，木犊又去耍钱，来顺和黑氏在家聊天，聊到夜深，说起木犊，黑氏长吁短叹，眼噙泪水。来顺劝慰，反倒愈劝慰愈使她伤心，后来伏在来顺腿上，竟低低抽泣不住。……鸡叫二遍，门被拍响，木犊推门进来，屋里没有点灯，倏忽间似有什么影子从后窗一闪，问道：“黑，窗外像有什么？”黑氏恐极，却说：“有什么，有鬼？”木犊脱衣上炕，睡下了说：“我这眼睛不行了，还以为有个什么在窗外动！人都说有鬼，虽没见过，晚上还是早早把窗关了。”黑氏说：“你还这么想到我！让鬼来吧，屋里没人，鬼给我做做伴也好。”木犊说：“说有鬼，哪里就有鬼了？睡吧。”就鼾声顿起。

六

从来不曾预料的事，往往它就发生了，发生得突兀，当事的人和旁观的人皆措手不及。信贷员一夜之间陷入了困境，自此锒铛入狱，一去十五年不能生还。

信贷员触犯了法律，三年来，一共贪污挪用公款去入股办私人企业三万三千元，利用贷款，明敲暗诈，从中收到不义之财六千六百元。事情败露，穷追不舍，他便被一辆囚车装着走了。

县调查组到镇上住了十天，第十天的早晨，一阵刺激人耳的汽车喇叭声吵醒了饭店里熟睡的黑氏。她隔着窗棂往外看，东方欲晓，囚车停在信贷员家的门口。黑氏心惊肉跳，使劲儿蹬那头死睡的木犊，小声叫："起来，公安局要抓人了！"两人开门出来，镇街上已经站满了人，全在嘁嘁啾啾。

黑氏过去问："是抓谁了？"

那人说："你还不知道吗？恶有恶报，善有善报，信贷员到他受罪的时候了！"

黑氏却终不明白这事她怎么能知道?！信贷员的为所欲为，黑氏在做他的儿媳之时，便疑心他的不法不正，离开这家，她再未过问这家事，她盼望有朝一日他会受到应有惩罚，但当明晃晃的铁铐套在了信贷员的手上，小男人哭死哭活撵着囚车跑，黑氏竟有些心软，口里作念：这一家完了，全完了！

回到饭店，脸色有些发白，木犊问："黑，调查组来，你提供什么证据了？"

黑氏说："人家没找我，就是找来，我能说出个什么证据吗？"

木犊说："外边有人说是你写信告发的，你和这家是仇人，把信贷员整死了！"

黑氏方明白街上人对她说话的意思，就说道："这是胡猜测哩。他也是天怒人怨，咱不告他，自有告他的人呢！"

木犊说："这世事真摸不透，那一阵他是万元户，是名誉校长，披红戴花的，这一阵便成坏人！"

黑氏说："你懂得什么？别人哄着吃了你，你也不知道。他投资办学，那是买后路钱哩，可天到底不容恶人！"

木犊问："这么说，那儿子再当不了教师了？"

黑氏说过："那是可能的。"但不再言语。

小男人果然从学校开销了，依旧做他的农民，再不能领着学生在操场打篮球，于双杠上腾翻飞动。人蔫得霜杀一般，蓬头垢面，人不人鬼不鬼。老子作孽，欠下的赃款儿子得还，小男人将新盖的砖顶楼房出卖了一半，还欠八百元，听说愁得夜里在家里呜呜地哭。

来顺将小男人的近况告知黑氏，黑氏对木犊说："木犊，他家挥霍了公家的钱，那得一分不少还给公家，可他现在没钱，也够愁得可怜……"木犊击掌叫道："这好，这好，他应该上吊去死！"黑氏说："我想咱日子好过了，又眼看着他家报应，咱受的气也算出了，如今他毕竟年轻，又有老母、婆娘，日子也是要让他过的，咱拿了钱，替他填了这笔钱窟窿，你的主见如何？"木犊说："你这是怎么啦？你这不遭人耻笑吗？"黑氏说："外人笑甚？当初我被离婚，外人耻笑我，今日我救济他家，只能外人耻笑他家！"主意不改，木犊只好依她。

黑氏去找小男人，小男人的娘自愧难容，躲在内屋不敢见面，小男人一人独坐自己房间，四面光墙，衣柜衣箱俱无，见了黑氏掏出钱来，扑倒在地，要给黑氏磕头。黑氏才知道信贷员抓走之后，乡长受到党内严重警告，削去官职，调到另一乡政府去当一名小干事了。那女儿，小男人的婆娘第二天，卷了家里物什往娘家去住。

不久，风声迭起，尽说小男人和乡长女儿二婚事：先，新夫新妇，如胶如漆，恨不能白白夜夜俩人合了一人，大天白昼的在房里做那种勾当，让学生隔窗也觑见。到后，那婆娘就厌烦起来，时常不到学校过夜，有人看见在县城的旧城墙的洞处与一英俊年少生客搂抱相啃。这事人人皆传，小男人却蒙在鼓里，渐渐发觉婆娘不与他睡，殴打了几回，后虽夫妇同床，却各自为政。再后，双方协定星期天晚上过一次那动物生活，而那婆娘却总是晚饭之后即吞服三粒安眠片，于昏昏沉沉无知无觉之中随他便。黑氏听说了，好不心伤，一面幸灾乐祸，一面又怨乡长的女儿心底残酷！

小男人总算没有离婚，但婆娘不回转家来也如同离了婚一般。此日，木犊和黑氏正在饭店和面，小男人胆怯怯坐在店前柳下叫："木犊哥！"木犊招呼他进来，沏了茶喝，来顺也来了，三个男人各怀了心思说话。小男人说："木犊哥，我想到山外铜官去下煤窑，那路线是怎么走的？"来顺说："你也要去下窑，那是什么苦，你能耐得？"小男人说："我得要钱呀！"木犊说："去去也好，可得头提在手里。你要是个命大的，挖个三月五月，回来也可办个正事。”黑氏于灯影暗处立定，不到桌边来，想这小男人若早有此心此志，也不会落魄到这般狼狈，由此想到自己一生所遇，不禁流下几滴眼泪。

钱害了小男人，如今小男人又得去找钱，小男人一生都被钱压迫着。

他果然去了铜官，但不出两月，一封电报拍来，一次井内塌方，小男人砸死了。尸体运回来，黑氏去看了，已经没有脑袋，空剩一张脸皮，她哭了一声，昏在地上，醒来从饭店取了一个干葫芦装在脖上，将那脸皮贴出脑袋的模样。

这年秋天，社会越发时兴改革，大城市的工厂、单位见天有人到镇子上来，推销产品，购买山货，镇子扩大了两条街道，往日两边街面的门洞里坐着做针线的女人，一边手中忙活，一边说着有盐没醋的闲话，如今都装了板门，安了比门还大的斜窗，于里边摆了货架经营。黑氏的饭店也应时扩建，一间改作三间，直到了门前大柳树下。经营项目已不是面条，可以炒各种肉菜。大师傅是月薪百元聘请的一位县城关老者，木犊还是那一身打扮，不破烂，也不干净，做粗笨重活，而黑氏衣着整洁，光头整脸，专在桌前招客接待。洗碟刷锅的，则是一个并不苗条，屁股硕大的女子，女子没爹没娘，与哥嫂过活，请来帮工，吃喝管后，月薪三十。

黑氏颇爱这肥胖女子，好吃好喝从不避过，天黑收店关门，也拉她同自己睡，说好多关于男人的事，关于做女人的事。这女子人粗心细，早开那一份窦情，也问到入店来怎不见他们夫妇去一块儿睡觉，黑氏就以话支开。

来顺时常来店，与主人、帮工说笑，三盅热酒下肚，眼却发痴，死死盯住从屋顶破洞之处斜射下来的光柱出神。肥胖女子不解，看那光柱，并无异样，有无数的活的小飞物在其中沉浮。黑氏就说了：“去刷碗吧！”自己却坐在桌前喝酒，亦复一语不发。

入夜，黑氏要肥胖女子和她回老屋去睡，木犊又睡到店里，老厨师就说：“木犊，你怎么不回去陪婆娘，你是信不过我吗？”木犊说：“回去睡和这儿不一样吗？”老者说：“当然不一样，你让人家没个暖脚的吗？”木犊就哧啦作笑：“一把年纪了，又不是少年夫妻！”老者说：“多大年纪？你有我大吗？我像你这般时候，夜夜不想出门的。”木犊就又笑，说：“我也是回去的，不也就是那回事吗，一月半月的那么一次就罢了！”老者说：“你这男人！也该回去说说贴己话，县城里的夫妇，每晚城外河堤上肩挨肩散步的。”说毕，就叹息一声，说出一句旧不旧新不新的话，“城乡到底有区别的！”

但是，木犊睡在店里了，黑氏却有几次支使肥胖女子半夜到店里去取什么东西。有一次回来很委屈，黑氏装着不理会。

八月十五的晚上，月亮出得特别圆。人人都在家里吃团圆月饼，剥花生、栗子，来店用膳的人极少。老厨师下午也回县城关家去了，肥胖女子早早收了店，在门前石桌上摆了水酒茶点，招呼店主人夫妇来享用，却远近不见了黑氏的踪影。木犊说：“八成去学校了，来顺今夜一个人孤零零的，她是去叫了。”一等不来，二等还不来，木犊遣肥胖女子去看。回来说学校门锁着，狗大个人儿也不曾见。

而同时在通往深山的五十里外，一个小山村里，村子里发生了一件事。一个小孩子于村口锐声叫：“快去看呀，好看得很的东西，一条绳子拴了，村长也去了！”正家家吃月饼的男人和女人以为是山外来了耍猴的主儿，要趁这月明风清佳节之夜为村人助兴，还是某某猎户又从山上提回什么稀罕、珍贵飞禽走兽，一齐跑去观看。在村口的山溪，过了横卧的独木老柳渡桥，一块儿瓜田的作废的草庵里，一对赤身男女被绳缚，身上被人盖了一张被单。村长正在审问：

——你们是哪里人？

——西川村的。

——为什么到这儿？

——回家去，天黑了，路不好走，在这歇一夜。

——你们是什么关系？

——夫妻。

——有什么证明？带结婚证吗？是不是私奔的一对贱东西？是不是人贩子，骗拐了这女人？

——不是。我还带着被盖卷，我们是往外做工的，要赶着回去团圆，赶不及了……

言之有理，村长便解了绳，喝退看热闹的人，还他们衣服穿。但村人却有认为既是夫妻却野外过夜，又偏是于这么好的月夜在他们村口，有败兴他们之罪，便提了一桶凉水从头至脚哗地倾倒在这男女身上，以示惩罚。那男女各叫了一声，双双顺路急跑，女的跌了一跤，“唉哟”连声，那男子扶起，发急地说:“要跑，跑出一身汗了，凉气就渗不到骨头里去！”

女人抬起头来，被架着跑，终不明白这路还有多少远程，路的尽头，等待着她的是苦是甜，是悲是喜？

一九八五年

猎 人

戚子绍在礼拜五的下午去秦岭打猎时要带上一个叫夏清的女子。王老板问是不是情人。戚子绍说才认识的，应该是熟人，女熟人。王老板就认为打猎带女人不好，又累又不安全，而且三天里住宿也不方便。戚子绍噎了一句:“你舍不得花钱了?!”王老板便不再嘟囔，将车开到A路B楼外的花坛边按喇叭，一长一短地按得生响。楼道里跑出来的却是两个女人，打头儿的是个胖子，四肢短短的，跑起来像是鸭子。戚子绍迎着阳光，把眉头皱成一疙瘩，等胖子跑过来了，一边替后边的夏清拿了大包小包，一边却对着胖子笑。

“怎么个给你拨电话也联系不上！我还担心你不能去呢。”戚子绍说。

“怕不是吧，”胖子做着鬼脸。胖子做鬼脸的时候很性感。“认识了夏清就不想见我了？这我知道。可我和夏清是笼沿连着笼襻儿，不拆伴的！”

夏清站在车尾，抿着嘴笑，戚子绍又一次笑了。

“我怀疑你俩是同性恋！”

“或许是吧！”

王老板已经把车门打开，胖子的一只腿伸进去，又取出来，哇地叫了一下，瞧见了装在里边的长舌帽、爬山鞋、军用水壶、雨伞、毛毯、一袋子矿泉水和三支长长短短的猎枪。说:“戚处长，你还真的是个猎人了！”

“干啥就要像啥么！”戚子绍在后车厢帮夏清将一个大旅行袋放好，这是一顶军用的野营帐篷。戚子绍低声说:“是你通知了她？”夏清说:“你打电话过来时她就在旁边，我不能瞒了她。”戚子绍说:“傻女子！”夏清说:“我是傻。”蓝底碎白花的裙子在阳光下一抖。戚子绍觉得满地都是坠落的花瓣了。胖子在问王老板：“这是你的三菱吉普？多有个性的车，我就喜欢红颜色的！”王老板说：“是小了点，但爬山功能好。”戚子绍关了后车厢盖，悄悄说：“他是我的客户。”揩了夏清手背上的一点土，夏清忙把手塞进了口袋里，戚子绍却冲了胖子说：“车不错吧，老王可是个大老板喽！”胖子说：“你净结识大老板！”戚子绍说：“也结识美女哇！”走到前面，为胖子拉开车门，很绅士地说：“请！”胖子却说：“是要我坐在前边，你们坐后边呀？我也偏坐在后边！”把吃的喝的用的东西，往前边座位上堆，堆成一个小山。

“不愿意我坐后边？”胖子让戚子绍坐在后座位的中间了，自己挤进来。戚子绍说：“这盼不得么，东宫西宫，我过的是皇帝生活么！”故意摇晃着身子，将手在胖子的膝盖上拍了一下，便问：“最近做啥哩？”胖子说：“啥也没做，只做爱。”四个人都噗地笑了。戚子绍说：“这话说得好！王老板，你瞧我这女熟人有意思吧？”胖子说：“我可告诉你，下次再出来玩不首先通知我，我会生气的。你要待我好些，我可以继续给你批发美人。我是胖了点，我的女朋友却没有不漂亮的！”

戚子绍确实是先认识了胖子，然后通过胖子认识了夏清的。那日他在一个朋友家搓麻将，麻将桌上有胖子，她是一家公司的职员，询问他们银行能不能采用她经销的UPS不间断电源器，这是微机上使用的配件，一旦使用上了就能长期使用。“这有什么问题呀，”戚子绍是当场拍了腔子，“用谁的配件都是用，辞掉别的供货用你们的就是了！”但过后他却没有动静。有一天胖子又来了，领着的是夏清，夏清是一个瘦高瘦高的女子，戚子绍就有些拘谨。戚子绍是见着了漂亮的女人就拘谨的。“你是上海来的？”他舌头硬硬地说了普通话。女人说：“鄂不是。”一听把我念成鄂，戚子绍才知道夏清是本城人，他就说西安还能有这么漂亮的女人呀，而且气质好。那天戚子绍说了许多话，都很幽默，简直是妙语连珠，胖子说你爱上她了？他说：哪里？胖子说，这你瞒不了我的感觉，瞧你想象力多好！第二天戚子绍就约了夏清去茶楼吃茶，夏清应约而来，来的还有胖子。戚子绍是有了许多话想要给夏清说，但胖子老在旁边，她们总是一块儿来一块儿去。戚子绍没有了机会，但戚子绍还是帮忙推销了。

秦岭在城南五十里外，车行驶了半小时，进了沣峪口，路就在峡谷的半崖上蜿蜒盘旋，每每车在拐弯处就倾斜，坐在座位中间的戚子绍就一会儿靠在胖子的身上，一会儿挤着了夏清，夏清被挤得嗷嗷地叫。戚子绍说："这是身子要倒的，与道德品质无关啊！"头与头要挨上的时候，戚子绍瞧着夏清的眼睛说贴这么长的睫毛，夏清说不是贴的。戚子绍用手去拔了一下，果然不是贴的，就感叹什么叫天生丽质。王老板故意把车开得很猛，三个人就颠得像在舞蹈。戚子绍就势用双臂搂住夏清和胖子，却叮咛王老板把反光镜拧上去，专心开车。王老板真的把反光镜拧了上去，声明他不会看的，他什么都没看见。就听着他们在后边说女人的高跟鞋和香水。戚子绍的观点是高跟鞋是世界上最伟大的一项发明，但香水却破坏了女人特有的体味。这话惹得胖子坚决反对，因为她今天没有穿高跟鞋而喷洒了强烈的香水。夏清立即将双腿收缩在身下。戚子绍也就说了一句胖子的丝袜好，丝袜是女人的第二层皮肤。胖子说："只许看不许摸！你们常进山打猎吗？"戚子绍说："当然喽，差不多的礼拜都来！"胖子说："有钱有权的人真会生活！政府不是禁止民间有枪吗，你长长短短三支枪？"戚子绍说："这办了许可证呀！你需要办不？我可以帮你办一张。"王老板说："这可是真的，在西安市里戚处长没有什么事情搞不定的！"夏清说："这我信的，你就是要颗原子弹，戚处长就说你要圆头的还是方头的？"车突然地一个急刹，胖子和夏清从座位上滚下去，而戚子绍一个前倾头撞在了前边的椅背上，哎哟叫了一声。一辆车从拐弯的对面擦身而过，在后面发出了剧烈的机器响。戚子绍脸色愠怒，遂之解嘲说："王老板你是牺牲我呀？！瞧见了吗，刚才那辆车上坐着一位少妇！"

"你眼睛那么尖的？"胖子重新坐好，但她的丝袜被座位上的硬垫角剐破了。

"这就是猎人的眼睛！"戚子绍说，"看女人瞥一眼就知道什么模样了！那少妇倒有些姿色。"

三个人扭过头了，看见那辆车在后边二十米远停住，先是司机下来查看轮胎，接着是一个女人也下来，腰身很好，但脸是刀把脸。两个女人同时地噢了一声，汽车也已转过了弯道。

"戚处长是这样个欣赏水平呀？！"

戚子绍似乎也不好意思了，从前边的座位上拿起了一支枪，向窗外做着瞄准的姿势。

“我是侧面看她的，”戚子绍说，“侧面看了想犯罪，正面看了想自卫。”

“我现在也不能不怀疑你的枪法了。”胖子说。

“可以说，来秦岭打猎的没有谁能和我比枪法的！”戚子绍说，“我曾经一枪打下两只鸟的！”

“是两只鸟，”王老板作证，“鸟落了一树，一枪放上去，掉下来了一只，过一会儿，又掉下来了一只。”

“第二只是吓昏了的吧。”夏清说。

“不打鸟而让鸟掉下来才是高手！”戚子绍说。

两个女人却听不懂这样的话，相视着格格地笑。

“你瞧着吧，这次打猎我不往崖鸡子身上打一枪，却要猎到十只八条的！”

两个女人还是在笑。

戚子绍就给女人讲他和王老板上次猎崖鸡子的经历。如何潜伏在一个土沟里，看着对面崖畔上落着一群崖鸡子，咚地朝天放一枪，崖鸡子就扑棱棱地起飞了，飞过沟就落在这边崖畔上，咚地朝天又是一枪，崖鸡子又飞落到那边崖畔上。“崖鸡子是没脑子的，就像是夏清。”戚子绍趁机敲了一下夏清的鼻子。夏清回击了，捏了戚子绍的鼻子。戚子绍的鼻子被捏得发红，他继续说，他和王老板不停地朝天放枪，崖鸡子就不停地飞过来又飞过去，崖鸡子就累死了，接二连三地从空中像石头一样掉下来。

“哦。”

两个女人终于相信戚子绍是个猎人，一个真正的猎人了。

车愈往秦岭的深处去，景色愈好。山有开有合，云忽聚忽散。两个女人兴奋不已，后悔着从来没有进过深山，这般好的去处，住十天八天也不想回城了。戚子绍说：“那就不回去了，咱们就住在山里，到时候咱们六个人……”胖子说：“四个人怎么成了六个人？”戚子绍说：“那还有孩子呀！”胖子说：“想了个美！”车从一个隧道里穿过去，一阵黑暗，隧洞外是一个小的山村。

山村河的这边有几户人家，河的那边有几户人家。河这边的人家除了路边高高地架着皮管子接引了山泉里的水，为过往车辆冲洗外，又都开着饭馆。洞开的土窗外挂着酱黑色的腊肉、干蕨菜和酱条串成的卤汁豆腐干。卖饭的男人或女人圪蹴在门口的石头上。刚才车到的时候，一个肥胖的女人从厕所里出来，站在公路中间，一边系裤带一边乍了一下腿，车就地停了。肥胖女人扒住车窗往里一看，就乐了。

“是戚处长呀，不挡车你还不停哩！又来打崖鸡子啊？”

“打崖鸡子！”

“守着凤凰还要崖鸡子呀？”

“凤凰只能看不能吃么！是漂亮吧？”

“漂亮得像是狐狸变的。”

夏清低声说了句：“你是猪托生的！”下了车和胖子看这看那，看啥都稀奇。戚子绍觉得很得意，提醒着山里路不平，走路脚要抬高点，继续和肥胖女人搭讪：“近来打猎的多不多？”

“来得少了，你不知道吧，山顶上有了狗熊啦！都怕啦！”

“狗熊有啥怕的，以前又不是没出现过狗熊？！”

“这狗熊可是成了精了！上一个月来了个打猎的，也是开着辆小车来的，遇着了狗熊。狗熊一巴掌把半个屁股挖去了，人昏迷不醒地抬了下来，醒来说狗熊会说人话哩！”

“人会学着野物的声叫，哪里会有野物学人的话？”

“人都能学着野物的声叫，野物又怎么不能说人的话？”

“他一定是没打败狗熊，脸面上不能下来，胡诓哩。”

“反正是风声传得紧，来打猎的人少了。”

“那你就看着我怎么收拾这狗熊了！”

夏清和胖子听到他们说狗熊，已围过来听，听得面色都苍白了。待到戚子绍说他能收拾狗熊，就问：“你打过狗熊？”戚子绍说：“当然打过狗熊的，不管是什么厉害的野物，你只要摸清它的习性，没有猎不了的。狗熊么，也是个笨，它只会直线扑，你就只拐着弯儿和它斗。如果你碰到了一群狗熊，那你就更好打了。你只需藏在一个地方向它们开枪，一枪或许撂倒一只，另一只便顺着子弹也冲过来，你姿势不动地一个一个打。再如果你能引诱着一只向你扑来，一闪身让它扑下崖畔，后边的也就一条线地扑下崖畔。你可以直接到崖畔下收获罢了！”两个女人眼里闪动了惊异的光，说道：“这太精彩，太有刺激了，咱们不打那些崖鸡子了，一定要到山顶去猎狗熊！”

王老板用油布一直在擦拭着车身，他不愿意把车继续往山顶上开。

“怎么能不去呢？”戚子绍说，“咱们不是打过熊吗？”

王老板含糊地点着头，说要去的话只能是他和戚子绍去，两个女人就留在这儿。这儿有吃有住的，又好玩，若去山顶遇见狗熊了，是该打狗熊呀还是顾及她们呀？

“咱是老猎手，还保护不了两个女人吗？”

两个女人欢喜跳跃，说：“要去么，我们一定要去么！”

车重新发动起来，向深山钻去。两个小时后，路拐着之字形向秦岭的主峰爬。两边都是大的松树，路面上不时地出现了松鼠，但都是影子般地穿过公路。两个女人又是大呼小叫，要汽车停下来，王老板没有听使唤，用力扳动着方向盘，因为弯道很大而路面又窄。突然间汽车油门加大，人似乎都飘起来，车的前面一只野兔在拼命地跑，不一会儿，车嘎的一声刹住了。戚子绍首先下去，从路上捡起了一条兔子的尾巴，兔子则泥浆般贴在地上。

到了道班，天就黄昏了。山顶道班是全程公路上最小的一个道班，只是一幢三间木屋，两个上了岁数的养路工。两个女人麻雀一般地喳喳乱叫，说这里是童话的世界，就在松树林子里捡蘑菇，采繁星般的小花。夏清说：“我相信这里有各种各样动物的，动物都会说着人的话！”胖子噎道：“你相信你也会长翅膀的！”两个女人闹起了小小的别扭。

可能是养路工寂寞得太久了，他们应允了客人就歇在这里，又提供吃的和喝的，但言语不多。尤其两个城市的女人向他们问这样那样的时候，显得手脚无措。木屋分两个小房间，原本两个养路工分住着，现在腾出一间来睡胖子和夏清，而在路的北边撑了军用帐篷，只有戚子绍和王老板去睡了。夏清对睡帐篷感兴趣，但帐篷里毕竟潮湿，保不住夜里又有什么野物闯进来。胖子便把木房里的旧的被褥抱出来，替换了带来的毛毯。“如果被褥上有虱子，”她说，“让吸有钱有权人的血去！”

戚子绍换上了一身猎装，在林子里踱过来踱过去，感觉非常的好。后来采着了一朵红色的七瓣花回到木屋，夏清已烧了一盆水洗脸洗手。戚子绍将花插在她头上了，说："让我也洗洗。"手伸进盆了，在水里抓住了一双嫩手。夏清往出抽，抽不动，拿眼睛看了一下帐篷边的胖子，不动了，手觉得越来越小。

"要是只来你一个人多好。"

"这不可能。"

"为什么？"

"第一次见你的时候，她并不想让我见你的，后来想了想，才领我上去……"

"你要是没上来，我也不用她的配件了。"

"……"

"她真会利用你！"

"她也保护我。"

"傻姑娘！"

"……她也漂亮哩。"

"是吗？我没感觉。"

帐篷边胖子在嘎嘎地笑，王老板在系帐篷门口的绳子时说了什么趣话，胖子拿拳头捶王老板的背，嚷叫："你坏，你坏！"夏清再次要把手抽出来，戚子绍低下头去，迅速地吻了一下那根中指，夏清就鹿一样地跑去了，叫喊着："打牌，打牌呀！"

帐篷里的光线已经幽暗，四个人并没有玩"升级"，戚子绍要教给大家一种扑克算命法。他光是默想了一个念头算了一次，情绪颇高。胖子问你算的是什么，他笑而不答。胖子说你不说我也知道，是谋算着夏清吧。戚子绍说："即便爱夏清，那也是我的权利，这没什么错呀！"夏清已经脖脸通红，把扑克拨乱，说："都胡说，胡说！"戚子绍趁机张狂了，当场挑明他就爱上了夏清，爱上了夏清但能不能离掉现在的老婆，会不会最后娶了夏清，这得看天意了。就以某种牌代表能结婚，以某种牌代表不能结婚，重新洗牌起牌。大家都屏了气息看翻牌的结果，竟然是代表能结婚的牌首先翻了出来。戚子绍就说："夏清，你也是亲眼看了，你要等着我！"夏清一时无语，眼睛扑忽扑忽地闪。胖子说："夏清真老实，你以为他说的真话？"戚子绍说："信不了我也该信牌呀！"王老板就让给他的房地产生意算一下，算出来的结果也是好的。王老板就说："既然做房地产能成功，你得支持我了。"戚子绍没有回应，却问："你觉得夏清怎么样？"王老板说："好么。"戚子绍问："怎么个好？"王老板说："五官好，身架子也好。"戚子绍说："夏清有综合之美！"胖子说："呀呀，世上还有什么好词？可别忘了，这么好的人是谁给你介绍的？"戚子绍说："这一句话你说得好，得感谢你，晚饭咱要喝酒，炒熊掌吃！"

当戚子绍从帐篷里出来，似乎觉得夏清差不多已经是他的人，哼着小调往木屋去，一进门就喊："晚饭吃什么呀？"

木屋里烟雾腾腾，锅灶边只看到养路工汗油闪亮的脑袋，他在把面条往开水锅里煮。

"没有炒熊掌吗？"戚子绍说。

"哪儿会有熊掌。"养路工说。

"别的野味呢，譬如黄羊、果子狸、崖鸡子？"

"用菌子做了汤。"

"只有菌子？"

这使戚子绍很丧气。

胖子说："瞧，他的话落实不了吧？"拉了夏清到房间里去了。戚子绍听见夏清在房间里还说了一句："我就要吃熊掌么！"于是，故意提高了声音和养路工说话："听说山上又有了狗熊呀？"

"是有吧。"养路工说。

"怎么不打了狗熊吃呢？"

"我们都在这山上。"

"你们？你是指你和狗熊吗？"

"是吧。"

戚子绍进了房间，说两个养路工是素食主义者，他们常年待在山上认那些野物都是同类了。"我现在明白了，"他说，"山下边嚷道狗熊成精了，会说人话，一定是他们传出来的，为的是不让别人捕猎。你们没注意他们的模样也差不多快要像狗熊了，腰粗屁股圆的，行动迟缓，还不停地吭哧吭哧着。"

戚子绍说没有道理，夏清却仍在说："我偏要你给我熊掌吃！"

"我会的，小姐！"

"戚处长，这可是你说的，"胖子说，"吃不到熊掌我们就不走啦！"

吃过面条，两个女人就在房间的炕上歇下了，她们光着脚，披散了头发，脱去了外套而紧窄的内衣使身体该瘦的地方都瘦下去，该胖的地方都胖起来。戚子绍和王老板在房里赞美了一通女人形体的艺术，对面房间里的养路工就起了鼾声。屋外十分地安静，偶尔有车辆呼啸地从公路上驶下山去，听到的就是松塔落地的声音。说好的今晚上都不要睡，直聊到天亮，两个女人却很快就显出倦容。慵懒的姿态是特别惹人爱怜的，戚子绍满嘴的口水，言语开始放荡，王老板就说他是困了，打了哈欠去了帐篷。王老板一走，两个女人就并排靠在炕头上和戚子绍说话，越说身子越往下溜，后来就躺下去，而且胖子的眼睛也合上了。戚子绍真想胖子是睡着了，他就敢去和夏清接近一番。但胖子偏是躺在炕的边上，让夏清躺在靠墙的里边，又不知道胖子是真的睡着了还是假睡，他不敢造次。

"养路工在山上待久了，真的能和野物和平共处吗？"夏清说，"那么，山上所有的野物都能认识他们了？"

"动物都是有灵性的。"

屋外有什么鸟在叫，一声长一声短，长长短短的。

"听见了吗，鸟在说话了。"

"你能听懂它们的话？"

"我是猎人呀！"

"这鸟在说什么？"

"一个说：你在哪儿？一个说：在你心里。一个说：干啥哩？一个说：想你哩！"

夏清挤了一下眉眼，她知道戚子绍在给她骚情。戚子绍却走过来，一下子捏住了她伸在炕边的脚。她吓了一跳，用手指指胖子。胖子睁开眼来，说："你去睡吧，我可困得不行了！"

"那你怎么就不睡着呢？！"

戚子绍说了一句，离开了房间，胖子猴一样跳下炕就把房间门关了。戚子绍听见了快速的关门声，心里有些不悦，站在门外了发现山顶上的夜黑，黑得伸手不见五指。这时候，公路上有一辆车驶过，他往路边闪了闪，但车依然挂了他的衣服就跌倒了。车剧烈地刹住，司机从车窗探出头来，看见他已经爬了起来，问：没事吧？戚子绍勃然大怒："你是怎么开车的？你要把我轧死了，我再和你小子说！"但车却呼的一声开走了。

王老板闻声从帐篷里出来，瞧着真的没事，就说："真把你轧死了你怎么和人家说？！"戚子绍气咻咻又骂了一句，自己也笑了。

第二天早上，四个人又坐在车里往山上行驶了一段路，戚子绍和王老板就拿了枪往树林子深处走。胖子和夏清不愿意留在车里，也要厮跟着，和王老板吵了一架。戚子绍没了办法，就叮咛王老板要寸步不离她们。他们走过了一面斜坡，草丛里就发现了熊粪。胖子不相信是熊的粪，戚子绍便用树棍拨着粪讲解。扭头见王老板和夏清还在后边，就趁势抱了一下胖子的腰，胖子说："你不爱我，你爱夏清的。"戚子绍说："也爱的。"胖子说："我这腰粗，你抱不住的。"戚子绍用力抱了一下，放下了，说："你要不是我乡党的老婆我肯定就把你……"戚子绍知道自己在应付，但胖子也是女人，需要安慰的，果然瞧见胖子高兴了，在说："我其实不是胖，是丰满哩。"

夏清去了坡下的崖坎后小解。三个人坐在坡上等了一会儿，夏清还是没有上来，却有了一声尖叫。戚子绍立即让王老板拉了胖子往坡上去，自个就跑下崖坎。原来是夏清也发现了一堆熊粪，而且熊粪是湿的。戚子绍就又喊王老板快把两个女人送回到车上，不管发生了什么事情都不要开车门下来。夏清才一走，他就提枪继续往坡上走，走了一里，果然就看见了一只狗熊，狗熊正蜷成一团在蒿草丛里睡觉哩。

啪！戚子绍瞄准着放了一枪。

狗熊翻了一个滚儿，滚出了草丛，窝在一块儿长满了苔藓的石头后。

戚子绍兴奋地跑过去，他没有想到今天打猎是这么顺当和容易，在他动手去提狗熊的后腿要把它翻过来的时候，他想到这只狗熊的掌真大，是让养路工来烹饪呢还是拿到山下那个小饭馆去爆炒？"不，养路工是反对吃荤的，"他自言自语道，"让肥胖女人做，要做得没一点腥味。"但是，戚子绍刚刚提住狗熊的后腿，狗熊却忽地站了起来，黑乎乎的一座小山一样，他被压住了，那只熊掌就踩在他的胸口，他有些喘不过气来。

"你想死还是想活？"

戚子绍听见了一句人声，扭头看看周围，周围并没有人，声音是从狗熊的口里发出的。狗熊真的会说人话呀，戚子绍眼前一阵漆黑，他知道他是遇见了那只传说中的成了精的狗熊。

“想活。”他说，他还能说什么呢？

“想活？那让我把你干一下。”

戚子绍脑子里还没有转过弯来，他已经被狗熊提起来翻了个身，而且裤子就被抓了下来。他感到了屁眼儿非常的痛。然后，眼看着狗熊顺着一行白桦树一步步走远了。

戚子绍狼狈地返回来，他的衣衫肮脏不堪，屁股撅着，一跛一跛的。大家忙问怎么着，是碰着狗熊了吗？戚子绍说他和狗熊突然遭遇了，他打了一枪，把狗熊的前腿打折了。他去追时狗熊却一抱头从荆棘丛里往沟下滚，他也滚，滚在半坡被树杈挡住了，只好回来。

他们回到道班的木屋里吃饭。王老板和两个女人为戚子绍敬酒，虽然没有猎到狗熊，但他们已为他的不凡的身手而佩服了。戚子绍是喝了很多酒，心里郁闷，脑袋就晕晕乎乎，说要睡觉就睡下了。一觉醒来，又是个黄昏，但这个黄昏比不得昨天的黄昏，月亮早早的就挂在西边山峰上。戚子绍听见王老板和两个女人在房间的土炕上打扑克，他就提了枪往山上去了。

越往山上走，越是风清月明，露水已经潮上来，渐渐湿了裤腿。戚子绍在林子里的一块儿草坪上长长嘘了一口闷气，看见了狗熊在一口山泉边喝水。忙呸了一口，呸出了半截咬断的牙齿，同时开了一枪。狗熊在枪响中一只脚栽倒在了泉里，接着脑袋也栽倒在了泉里，不一会儿整个熊都栽倒在了泉里，水哗啦地扑溅出泉沿。戚子绍跑近去，才要想着怎样才能把死了的狗熊从泉里弄出来，狗熊忽地又从泉里腾跃而起将他压在熊掌下了。

“你是想死还是想活？”狗熊又在说人话。

“想活。”他说。

“那让我再把你干一次。”

戚子绍自个翻了个身，把裤子拉下来，他听见了水声，屁眼儿更是钻心的痛。

戚子绍是踉踉跄跄地赶回来，王老板和两个女人还在木屋土炕上打扑克。他们不知道戚子绍又出去打猎了，也没有听到枪声，当戚子绍进了木屋，他们嘲笑着戚子绍一醉竟能醉大半天，睡起来还是形容憔悴，衣衫不整！戚子绍只好笑笑，说他也要打牌的。

“你走路怎么啦！”夏清说，“框着腿？”

“上了火，痔疮犯了。”

“烂屄子！”

两个女人哈哈笑起来，她们开始用一种暗语对话，音调极轻极快，戚子绍觉得是外语，听起来嗡嗡一团。

“请说汉语！”戚子绍有些难堪，他听不懂她们的对话，但他猜想一定是在说着他的坏话了。

“我们说的是重叠音。”夏清说。

两个女人又对话了一番，戚子绍听出是把每个字音重复一次，但因为说得轻而快，他只能听出前边一句，后边的又不知说什么了，而夏清的脸顿时绯红。

“你们再这样说话，我得抽你们舌头了！”

“他俩合伙欺负我！”夏清说。

“是王老板喜欢上你的搭档了？”

“是喜欢上了，戚处长，”胖子说，“但你一定不会吃醋的，因为我们决定要牺牲夏清了！”

说罢，王老板竟揽了胖子的腰走出了木屋。

“哎哎，”戚子绍故意地叫着，却把木屋的房间门掩了，笑笑说：“再不牺牲，贷款和推销的事恐怕就吹了。”回过头来，夏清却端端直直坐在炕上。戚子绍去摸了一下她的脚，她的脚缩了，又去拉她胳膊，她往炕角退，说：“他们要牺牲我，我却不愿意哩。你坐好，咱们说说话不行吗？”

但戚子绍一时没话可说。

“说狗熊的事吧。”夏清说。

“那就说狗熊吧，”戚子绍说，“狗熊是世上最丑的野物，也是最坏的野物，我和它不共戴天。我一定要把它打死，我一定能把它打死！”

“戚处长，你怎么啦？”

“你应该叫我戚哥！”

“戚哥，你怎么突然恨起狗熊啦？”

戚子绍哦了一声，恢复了平和，说：“我是有过猎狗熊的经历的。那一年我们猎狗熊，我是没经验的，放了一枪，它竟顺着枪子朝我扑来。狗熊的掌只要抓一下你，就会抓下你一个膀子的。旁边人就喊快趴下装死！我告诉你，狗熊是不吃尸体的，但它不知道人会装死。我就趴下装死了。狗熊过来拨我的腿，我不动。狗熊又过来拨我的头，我还是不动。狗熊就把鼻子凑近我的鼻子试，还有没有气儿，我闭住了气，仍是不动。我是猎人，我斗不过狗熊吗？！狗熊真以为我就是尸体了，就坐在那里发呆。我开始摸枪，拉动了枪栓，但拉动枪栓要出响声的，我必须在它扭头过来的瞬间一枪打死它，要不然狗熊即使不抓我，它一屁股坐在我身上我也会被压死的。狗熊果然扭过了头，瞧我还活着，就张开了嘴要来咬我，我的枪响了，这一枪就打进它的嘴里，把它打死了。你不信？你到我家去，我家地上铺着一张熊皮，那就是我打死的狗熊的皮。”

“我信的，戚哥！”夏清说。

“好了，我可以把那张熊皮送你了！”

夏清简直视戚子绍是英雄了，她的身子放松开来，一双脚从屁股下伸开来，直直地在炕上。戚子绍口里又汪出了水，但他的手没有敢过去。“我真的送给你！”他再一次说。

突然有了一声奇怪的嚎叫，寂静的夜里十分响亮，似乎山林里有了回音，加长了音节和嗡声，传递着一种神秘的恐惧。两个人立即停止了说话，戚子绍侧耳又听了一下，叫道：“狗熊来了！”脸色寡白，随之通红，像喝过了酒，一下子跳起来就要往外走。夏清也跳下炕，炕下边却一时寻不着鞋，而在帐篷里的王老板和胖子已经跑了过来，他们拿了枪，惊慌地说狗熊就在附近。

“来了好！”戚子绍极快地把子弹装上膛，说，“我须报仇不可，这回我再不打死它，我就再不来打猎了！”从屋里跑了出去。

两个女人也要去。王老板这回发怒了，哐当把门拉闭，又在门栓上插上了木棍儿，提枪去撵戚子绍。夏清隔着门缝喊：“我真的要吃上熊掌了！”

戚子绍是听到了夏清的喊声，他朝林子的深处跑，他的屁股还火烧火燎地痛，仍疯了一般地跑。山坡上没有狗熊，草坪上也没有狗熊。戚子绍又跑到山泉边，狗熊还是没有。王老板是一直追着他的，但王老板没能追上，他自叹不如，就坐下来等待枪响而辨别戚子绍的方位。

戚子绍像一只没头的苍蝇，四处乱撞，越是寻不着狗熊越是复仇的火焰熊熊，又翻过一个崖嘴，终于发现了一个黑影在前边移动，他知道那是狗熊了。但这一次的戚子绍发誓要打死狗熊，又吸取了前两次的教训，他爬上了崖嘴。在崖嘴，他瞧见了月光下的一块儿平台石上，狗熊在那里蹭身子，就静静地瞄准着放了一枪。

啪!

这一枪是百分之百地打中了，狗熊是从平台石上跌了下去。戚子绍并没有立即下了崖嘴，他又瞄准了跌下去的狗熊放了一枪，狗熊就动也不动了。

“我要打烂你的 ×！”戚子绍骂着从崖嘴下去，站在了狗熊的面前，狗熊是四脚朝天地躺着，他踢了一下，已经不会动了，他端起了枪瞄准狗熊后腿中间的部位准备打三枪，不，打四枪，打它个稀巴烂!

但是，这一次仍和上两次的情况一样，当戚子绍刚刚把四颗子弹装进了膛，狗熊却一下子扑上来抱了他在地上了。这次狗熊不是一只掌压着他，而是两只掌压着了他。

“你是想死还是想活？”

戚子绍是彻底地绝望了。他想起了夏清，不能给她吃熊掌，也不能送给她一张熊皮了。狗熊张合着满是牙齿的大嘴，锋利的掌爪搭在他的脖颈，月亮下他瞧见爪甲闪闪发着白光。戚子绍没有再说“想活”，其实他哪里不想活下去，也没有主动去拉脱裤子，他知道狗熊即使不侮辱他，也不会再让他活着离开了。

“随便吧，”他说，“要干要吃你随便吧，我只是想问你一句：你到底是狗熊还是魔鬼，这么厉害？！”

“你问我？”狗熊说，“我正想问你呢，你到底是猎人还是卖屁股的？！”

这个时候，趴在木屋窗口上的胖子和夏清听见了连续的两声枪啊，欢叫如雀，急切地盼望戚子绍回来，她们可以吃到稀罕的熊掌了。

二〇〇一年十月二十四日下午写毕

太白山记

寡　妇

一入冬就邪法儿的冷。石块都裂了，酥如糟糕。人不敢在屋外尿，尿出尿成冰棍儿撑在地上。太白山的男人耐不过女人，冬天里就死去许多。

孩子，睡吧睡吧，一睡着权当死了，把什么苦愁都忘了。那爹就是睡着了吗？不要说爹。

娘将一颗瘪枣塞进三岁孩子的口里，自已睡去。孩子嚼完瘪枣，馋兴未尽，又吮了半晌的指头，拿眼在黑暗里瞧娘头顶上的一圈火焰，随即亦瞧见灯芯一般的一点火焰在屋梁上移动，认得那是一只小鼠。倏忽间听到一类声音，像是牛犁水田，又像是猫舔糨糊。后来就感觉到炕上有什么在蠕动。孩子看了看，竟是爹在娘的身上，爹和娘打架了！爹疯牛一般，一条一块儿的肌肉在背上隆起，急不可耐，牙在娘的嘴上啃，脸上啃；可怜的娘兀自闭眼，头发凌乱，浑身痉挛。孩子嫌爹太狠，要帮娘，拿拳头打爹的头，爹的头一下子就不动了。爹被打死了吗？孩子吓慌了，呆坐起定眼静看，后来就放下心，爹的头是死了，屁股还在活着。遂不管他们的事体，安然复睡。

天明起来，炕上睡着娘，娘把被角搂在怀里。却没见了爹。临夜，孩子又看见了爹。爹依旧在和娘打架。孩子亦不再帮娘，欣赏被头外边露出的娘的脚和爹的脚在蹭在磨在蹬，十分有趣。天明了炕下竟又只是娘的一双鞋和他的一双鞋。

又一个晚上，娘与孩子坐上炕的时候，孩子问爹今夜还来吗？娘说爹不会来，永远也不会来了。娘骗人，你以为我没有看见爹每夜来打你吗？娘抱住了孩子，疑惑万状，遂面若土色，浑身直抖。他们守挨到半夜，却无动静，娘肯定了孩子在说梦话，于门窗上多加了横杠蒙头睡去。孩子不信爹不来的，等娘睡熟，仍睁着眼睛。果然爹又出现在炕上。爹一定是要和儿子捉迷藏了，赤着身子贴墙往娘那边挪。爹，那样会冷着身子的！因为爹的头上没有火焰。但爹不说话，腮帮子鼓鼓的。爹在被人抬着装进一口棺木中时口里是塞了两个核桃的。爹，那核桃还没吃吗？爹还是不说话，继续朝娘挪去。孩子就生气了，恨恨爹，继而又埋怨娘，怎么还要骗我说爹永远不会回来呢？孩子想让爹叫出声来，让娘惊醒而感到骗人的难堪，便手在炕头摸，摸出个东西向爹掷去。掷出去的竟是砖枕头，恰砸在爹身子中间的那个硬挺的东西上。娘醒过来。娘，我打着爹了。爹在哪儿？灯点亮了，却没有爹，但孩子发现爹贴在墙上的那个地方上，有一个光溜的木橛。你这孩子，钉一个木橛吓娘！娘在被窝里换下待洗的裤衩，挂在那木橛上。木橛潮潮的，娘说天要变了，木橛上也潮露水。

翌日，娘携着孩子往山坡上的坟丘去焚纸，发现坟丘塌开一个洞。惊骇入洞，棺木早已开启，爹在里边睡得好好的，但身子中间的那个东西齐根没有了。

孩子在与同伴玩耍时，将爹打娘的事说了出来。数年后，娘想改嫁，人都说她年轻，说她漂亮，人却都不娶她。

挖参人

有人家出外挖药，均能收获到参，变卖高价，家境富裕竟为方圆数十里首户。但做人吝啬，唯恐露富，平日新衣着内破衫罩外，吃好饭好菜，必掩门窗，饭后令家人揩嘴剔牙方准出去，见人就长吁短叹，一味哭穷。

此一夏又挖得许多参，蒸晾干后，装一烂篓中往山下城中出售，临走却在院门框上安一镜。妇人不解，他说这是照贼镜，贼见镜则退，如狼怕鞭炮鬼怕明火。妇人奚落他疑神疑鬼，多此了一举，他正色说咱无害人之意却要有防人之心，人是识不破的肉疙瘩，穷了笑你穷，富了恨你富，我这一走，肯定有人要生贼欲，这院子里的井是偷不去的，那茅房是没人偷的，除此之外样样留神，那些未晾干的参越发藏好，可全记住？妇人说记住了。他说那你说一遍。妇人说井是偷不去的，茅房没人偷，把未晾干的参藏好。他说除了参，家里一个柴棒也要留神，记住了我就去了。妇人把他推出门，他走得一步一回头。

妇人在家里果然四门不出。太阳亮光光的，照在门框上的镜子，一圆片的白光射到门外很远的地方，直落场外的水池，水池再把圆片的白光反射到屋子来。妇人守着圆片光在屋中坐地，直待太阳坠落天黑，前后门关严睡去。睡去一夜无事，却担心门框上的镜子被贼偷了，没有照贼的东西，贼就会来吗？翌日开门第一宗事，就去瞧镜子，镜子还在。

镜子里却有了图影。图影正是自家的房子，一小偷就出现在檐下的晾席上偷参，丈夫与小偷搏斗。小偷个头儿小，身法却灵活，总是从丈夫的胯下溜脱。丈夫气得嗷嗷叫，抄一根磨棍照小偷头上打，小偷一闪，棍打在捶布石上，小偷夺门跑了。妇人先是瞧着，吓得出了一身汗，待小偷要跑，叫道我去追，拔脚跨步，一跤摔倒在门槛，看时四周并不见小偷。觉得奇怪，抬头看镜子，镜子里什么也没有了，一个圆白片子。

又一日开门看镜子，镜子里又有了图影。一人黑布蒙面在翻院墙，动作轻盈如猫。刚跌进院，一人却扑来，正是丈夫。蒙面人并不逃走，反倒一拳击倒丈夫，丈夫就满口鲜血倒在地上。蒙面人入室翻箱倒柜，将所有新衣新裤一绳捆了负在背上，再卸下屋柱上的一吊腊肉，又踢倒堂桌，用镢挖桌下的砖地，挖出一个铁匣，从匣中大把大把掏钱票塞在怀里。妇人看着镜子，心想丈夫几时把钱埋在地下她竟不知？再看时，蒙面人已走出堂屋，丈夫还躺在地上起不来，眼看蒙面人又要跃墙出去了，丈夫却倏忽冲去，双手在蒙面人的交裆里抓，抓住一嘟噜肉了，使劲儿捏，蒙面人跌倒地上，动弹不得。丈夫将衣物夺了，将腊肉夺了，将怀中的钱票掏了，再警告蒙面人还敢不敢再来偷？蒙面人磕头求饶，丈夫却要留一件东西，拿了剪刀一铰，铰下蒙面人的一只耳朵。遂扯着蒙面人的腿拉出来，把门关了，那只耳朵还在地上跳着动。妇人瞧得心花怒放，没想丈夫这般英武，待喊时，镜子里的一切图影倏忽消失。

以后的多日，妇人总见镜子里有自家的房子，并未有小偷出现，而丈夫如始终坐在房前，威严如一头狮子。妇人不明白这是一面什么镜子如此神奇？既然丈夫在门框上装了这宝物，家里是不会出现什么事故的，心就宽松起来，有好多天已不守坐，兀自出门砍柴，下河淘米，家里果真未有失盗。

一日，开门后又来看镜子，镜子里又有了图影。一人从院门里进来，见了丈夫拱拳恭问，笑脸嘻嘻，且从衣袋取一壶酒邀丈夫共饮。丈夫先狐疑，后笑容可掬，同来人坐院中吃酒。吃到酣处，忽听屋内有柜盖响动，回头看时，一人提了鼓囊囊包袱已立于台阶，一边将包袱中的参抖抖，一边给丈夫做鬼脸，遂一个正身冲出门走了。丈夫大惊，再看时屋后檐处一个窟窿，明白这两贼诡秘，一人从门前来以酒拖住自己，一个趁机从后屋檐入室行窃。急伸手抓那吃酒贼，贼反手将一碗酒泼在丈夫眼上，又一刀捅向丈夫的肚子，转身遁去。丈夫倒在那里，肠子白花花流出来，急拿酒碗装了肠子反扣伤处，用腰带系紧，追至门口，再一次栽倒地上。

妇人骇得面如土色。再要看丈夫是死是活，镜子里却复一片空白。

三日后，山下有人急急来向妇人报丧，说是挖参人卖了参，原本好端端的，却怀揣着一沓钱票死在城中的旅馆床上。

猎　手

从太白山的北麓往上，越上树木越密越高，上到山的中腰再往上，树木则越稀越矮。待到大稀大矮的境界，繁衍着狼的族类，也居住了一户猎狼的人家。

这猎手粗脚大手，熟知狼的习性，能准确地把一颗在鞋底蹭亮的弹丸从枪膛射出。声响狼倒。但猎手并不用枪，特制一根铁棍，遇见狼故意对狼扮鬼脸，惹狼暴躁，扬手一棍扫狼腿。狼的腿是麻秆一般，扫着即折。然后拦腰直磕，狼腿软若豆腐，遂瘫卧不起。旋即弯两股树枝吊起狼腿，于狼的吼叫声中趁热剥皮，只要在铜疙瘩一样的狼头上划开口子，拳头伸出去于皮肉之间嘭嘭捶打，一张皮子十分完整。

几年里，矮林中的狼竟被猎杀尽了。

没有狼可猎，猎手突然感到空落。他常常在家坐喝闷酒，倏忽听见一声嚎叫，提棍奔出来，鸟叫风前，花迷野径，远近却无狼迹。这种现象折磨得他白日不能安然吃酒，夜里也似睡非睡，欲睡乍醒。猎手无聊得紧。

一日，懒懒地在林子中走，一抬头见前边三棵树旁卧有一狼做寐态，见他便遁。猎手立即扑过去，狼的逃路是没有了，就前爪搭地，后腿拱起，扫帚大尾竖起，尾毛拂动，如一面旗子。猎手一步步向狼走近，眯眼以手招之，狼莫解其意，连吼三声，震得树上落下一层枯叶。猎手将落在肩上的一片叶子拿了，吹吹上边的灰气，突然棍击去，倏忽棍又在怀中，狼却卧在那里，一条前爪已经断了。猎手哈哈大笑，迅雷不及掩耳之势将棍再要磕狼腰，狼狂风般跃起，抱住了猎手，猎手在一生中从未见这样伤而发疯的恶狼，棍掉在地上，同时一手抓住了一只狼爪，一拳直塞进弯过来要咬手的狼口中直抵喉咙。人狼就在地上滚翻搏斗，狼口不敢合，人手不敢松。眼看滚至崖边了，继而就从崖头滚落数百米深的崖下去了。

猎手在跌落到三十米，岸壁的一块儿凸石上，惊而发现了一只狼。此狼皮毛焦黄，肚皮丰满，一脑壳儿桃花瓣。猎手看出这是狼的狼妻。有狼妻就有狼家，原来太白山的狼果然并未绝种啊。

猎手在跌落到六十米，崖壁窝进去有一小小石坪，一只幼狼在那里翻筋斗。这一定是狼的狼子。狼子有一岁吧，已经老长的尾巴，老长的白牙。这恶东西是长子还是老二老三？

猎手在跌落到一百米，看见崖壁上有一洞，古藤垂帘中卧一狼，瘦皮包骨，须眉灰白，一右眼瞎了，趴聚了一圈蚊虫。不用问这是狼的狼父了。狡猾的老家伙，就是你在传种吗？狼母呢？

猎手在跌落到二百米，狼母果然在又一个山洞口。

猎手和狼终于跌落到了岸根，先在斜出的一棵树上，树咔嚓断了，同他们一块儿坠在一块儿石上，复弹起来，再落在草地上。猎手感到剧痛，然后一片空白。

猎手醒来的时候，赶忙看那只狼。但没有见到狼，和他一块儿下来已经摔死的是一个四十余岁的男人。

杀人犯

某年的春季，鸡肠沟一位贫农被杀。村人发现时满屋鸡毛，尸无首级，只好在脖颈倒插了葫芦，炭画眉眼，哀而葬去。

十八年后，山下尤家庄有后生十五岁，极尽顽皮，惹是生非，人骂之“野种”。后生挨骂倒不介意，其母却以为受欺，欲与村人厮斗。此户三代单传，传至四代，仅存一女，招纳了女婿上门，虽生下后生维系了门宗，终是根基不纯，最忌被人揭短。丈夫竭力劝慰，一场事故，善罢甘休。也从此，村人念及这上门婿忠厚，再不下眼作践。上门婿善木工，制器坚美绝伦，箍木盆木桶日晒七天风吹七夜盛水不漏，故常被村人请去做工。做工从不收费，饭食也不挑拣，只是合卯安楔时需鸡血蘸粘，最多有一碟鸡肉就是。

木匠唯有一癖好，珍视一只木箱，每出外做工，随身携带，无事在家，箱存炕角。平日寡言少语，表情愁苦，便要独自一人开箱取一物件静观，然后面部活泛，衔一颗烟于暖和和的阳坡上仰躺了坦然。箱中的物件并不是奇珍异宝，而是分开两半的头壳模型。后半是头的后脑壳儿，前半则是典型的面具。面具刻作十分精致，老人面状，长眼、撮嘴、冲天短鼻，额皮唇上纵横皱纹。后生的娘一见面具就要说是自己的丈夫刻的，木匠却否认。不是你刻的谁能有这等手艺？瞧瞧这是木质吗？是垢甲做的。妇道人拿在手里端详，果然是垢甲做的。垢甲竟能做面具，垢甲简直和土漆一样了！问哪儿能弄到这么多垢甲，做面具好是好，却肮脏死人了！扬手就要撂出门去。木匠却赶忙夺了，安放箱中，且加了铁锁，一脸严肃，再不示外人看。

后生长至十七，依然不肯安生。四月初八太白山祭祖师爷，村中照例要往山上送“纸货”，做了许多山水、人物、楼阁的纸扎，又皮鼓铜锣中出动千姿万态的高跷、芯子。更有戏谑之徒扮各类丑角，或灶灰抹脸，或男着女装，或以草绳绕头做辫，或股后夹扫帚为尾，呼呼隆隆往山上三十里远的庵中拥去。木匠家的后生不甘落后，回家扭开父亲木箱上的锁，取了那半个头壳的面具覆在脸上，挤入队列。到了山上，庵前庵后放满了别的村舍送的“纸货”，不乏亦有各种竹马、社虎在演动，进香的和瞧热闹的更是人多如蚁。这后生戴面具舞蹈，一个小儿身却有老头脸，人群叫好，后生愈发得意忘形。恰鸡肠沟有人也来进香，忽见一人酷像当年被杀的老贫农，遂上前一把抱住叫说我爷你怎的活着？后生取下面具说爷我就没死！那人方知不是被害的贫农，却一口认定这面具是二十年前被杀的贫农的头脸。于是后生被扭到山下公安局。木匠遂也被传来，稍一问，木匠供认贫农是他所杀，但强调他并未要了贫农老头的命。

那天夜里我安木楔没鸡血，便去他家偷鸡，鸡已经抓到手了，被他发现。我放下鸡就走，他拉住我说要把贼交给公社去斗争，要叫人人知道我是贼，以后娶妻生子，也要让人知道妻是贼妻子是贼子，叫我永远揭不下贼皮。我说你这么狠，不给我一条活人路吗？他说贫农对你这富农成分的儿子就要狠，水不容火，天不共戴。我想他是铁了心，我也只有咬咬牙，杀人灭口。一斧子砍在他头上，头立即断了，又裂成两半。用衣服包了头逃，一路上真后悔，无论如何我也不该杀了他的头啊！我坐下来，决意要给那颗头忏悔，然后自杀谢罪，可解开衣包看时，那竟不是他的头。阿弥陀佛，亏他长年不洗头不洗脸结了一层垢甲，我砍来的是垢甲壳。我没罪的，我把他的垢甲壳砍了还他一个白净的头脸，所以我没有去自首投案，所以我活了二十年。

香　客

太白山顶有一池，池围三百六十五丈，不漏不泄，四季如然。池水碧清如玻璃，但凡有落叶漂浮，便有水鸟衔走，人以为神事。于是池左旁建一道观，太白山上下方圆求神祷告避灾驱邪的人都来进贡，香火自是红火。

一日，道观的香客厢房住下了两位男人，本是陌路人，磕头上香，将大把的钱扔进布施箱后，天向晚各蒙被睡下无话。天将明，一人睡梦中被哭声惊醒，坐起听哭者正是对面床上那人。

这人问睡起来你哭什么呀？

那人说我才睡醒一摸头头不见了。

这人大惊，拉开窗帘，看见对面床上那人被子裹体坐着，果然没有头。说你没了头怎么还能说话呀？

那人说我现在是用肚脐窝儿说话。说着掀开被子，真是用肚脐窝说话，且两个乳长长流泪。

这人知道那人的乳也已做了双眼。便说你不要哭看头是不是掉在被窝里？

那人将被子抖开，没有头。

这人说你到床下看看是不是掉到床下了？

那人跳下床，爬着进去看了一会儿，没有头。

这人说你半夜上茅房尿尿是不是掉到茅房了？

那人披衣去茅房查看，没有头。用长竿搅动粪水也没有头。哭着回来了。

这人说不要哭你好好想想昨日天黑时你去过哪儿？

那人说我去大殿里给神磕过头。

这人说那去殿里找找说不定掉在殿里。

那人便去殿里，刚要出门，这人说我也糊涂了怎么能去殿里你在殿里磕头当然是头还在肩膀上的不会掉在殿里了。

那人就又回坐床上。

这人说你还去过哪儿？

那人说擦黑月亮出来我去池边看水中的月亮。

这人说这就好了肯定掉到池边了我帮你去找。

两人跑到池边把每一块儿石头都翻了，每一片草都拔了，没有头。掉到池里是不可能的，因为水鸟不允许有杂物落进去，要掉在池里水鸟会衔出来扔到岸上的。两人又往来路上往回找，仍是没有头。回到厢房那人又哭，这人瞧见那人哭，也觉伤心，后来就也哭起来。哭着哭着，那人却不哭了，反倒笑了一声，还劝慰这人也不要哭。

这人说你没头了你还笑什么呢？

那人说你这么帮我让我感谢不尽我还从来未遇过你这好人我怎能也让你哭我没头我也不找了我不要我的头了！

那人说罢，头却突然长在了肩膀上。

丈　夫

过了馒头疙瘩峁，漫走七里坪，然后是两岔沟口穿越黑松林，丈夫挑着货郎担儿走了。走了，给妇人留一身好力气，每日便消耗在砍柴、揽羊、吆牛耕耘挂在坡上的片田上。

货担儿装满着针头线脑，胭脂头油，颤悠，颤悠，颤颤悠悠；一走十天，一走一月。转回来了，天就起浓雾，浓得化不开。夜里不点灯，宽阔的土炕上，短小精悍的丈夫在她身上做杂技，像个小猴猴。她求他不要再出去，日子已经滋润，她受不得黑着的夜，她听见猪圈里猪在饿得哼哼。他说也让我守一头猪吗？丈夫便又出门走。丈夫一走，天就放晴，炸着白太阳。

又是一次丈夫回来，浓雾弥漫了天地，三步外什么也看不见，呼吸时喉咙里发呛。雾直罩了七天七夜，丈夫出门上路了，雾倏忽散去，妇人第三天里突然头发乌黑起来，而且十分软，十分长，像泻出黑色瀑布。她每日早上只得站在高凳子上来梳理。因为梳理常常耽误了时光，等赶牛到了山上，太阳也快旋到中天了。她用剪刀把长发剪下，第二天却又长起来。扎条辫子垂到背后吧，林中采菌子又被树杈缠挂个不休。她只得从后领装在衣服里，再系在裤带上，恨她长了尾巴。

丈夫回来了，补充了货品又出门上路。妇人觉得越来越吃得少，以为害了病。却并不觉哪儿疼，而腰一天天细起来，细如蜂腰。腰一细胸部也前鼓，屁股也后撅，走路直打晃，已经不能从山上背负一百四十斤的柴捆了。天哪，我还能生养出娃娃吗？

丈夫在九月份又出动了。妇人的脸开始脱皮。一层一层脱。照镜子，当然没有了雀斑，白如粉团，却见太阳就疼。眼见着地里的荒草锈了庄稼，但她一去太阳光下锄薅，脸便疼，针扎的疼。

丈夫一次次回来，一次次又出去，每去一趟，妇人的身子就要出现一次奇变。她的腿开始修长。她的牙齿小白如米。脖颈滚圆。肩头斜削。末了，一双脚迅速缩小，旧鞋成了船儿似的无法再穿，无论如何不能在山坡上跑来跑去地劳作了。妇人变得什么也干不成，她痛苦得在家里哭，哭自己是个废人了，要成为丈夫的拖累了，他原本不亲热我，往后又会怎样嫌弃呢？

妇人终在一天上吊自尽。

丈夫回来了，照例天生大雾。雾涌满了门道，妇人美丽绝伦地立于门框中。丈夫跑近去，雾遂淡化，看见了洞开的门框里妇人双脚悬地，一条绳索拴在框梁。丈夫号啕大叫，恨自己生无艳福，潸然泪下。泪下流湿了脸面，同时衣服也全然湿淋。将衣服脱去，前心后背竟露出十三个眼睛。

公　公

夏天里，长得好稀的一个女人嫁给了采药翁的儿子。采药翁住在太白山南峰与北峰的夹沟里，环境优美，屋后有疏竹扶摇，门前涧水湉湉。傍晚霞光奇艳，女人喜欢独自下水沐浴，儿子在涧边瞧着一副耸奶和浑圆屁股唱歌，老翁于门槛上听着歌声，悠悠抽烟。八月份的第七个天，儿子去主峰上采药，炸雷打响，电火一疙瘩一疙瘩落下来撵。儿子躲进三块巨石下，火疙瘩在石头上击，儿子就压死在石头下。女人孝顺，不忍心撇公公，好歹伺候公公过。

公公是个豁嘴，但除了豁嘴儿公公再没有缺点。

夜里掩堂门安睡。公公在东间卧房，女人在西间卧房，唯一的尿桶放在中间厅地。公公解手了，咚咚乐律如屋檐吊水，女人在这边就醒过来。后来女人去解手，当当乐律如渊中泉鸣，公公在那边声声入耳。

日子过得很寡，也很幽静。

傍晚又是霞光奇艳，女人照例去涧溪沐浴。涧边上没有唱歌人，公公呆呆在门槛上抽烟叶，抽得满口苦。黎明里，公公去涧中提水，水在他腿上痒痒地动，看见了数尾的白条子鱼。做了钓竿拉出一尾欲拿回去熬了汤让女人喝，却又放进水。公公似乎懂得了水为什么这么活，女人又为什么爱到水里去。

公公告诉女子他要到儿子采过药的主峰上去采药，一去没有回来。女人天天盼公公回来，天天去涧溪里沐浴。女人在水中游，鱼也在水中游，便发现了一条娃娃鱼。娃娃鱼挺大，真像一个人，但女人并不觉得害怕。她抱着鱼嬉戏，手脚和鱼尾打溅水花，后来人和鱼全累了，静静地仰浮水面，月光照着他们的白肚皮子。

女人等着公公回来告诉他涧溪中有了这条奇怪的娃娃鱼，但公公没有回来。十个月后，女人突然怀孕，生下一个女孩来。孩子什么都齐全，而嘴是豁唇。女人吓慌了，百思不解，她并没有交结任何男人，却怎么生下孩子来？且孩子又是个豁嘴？！女人在尿桶里溺死孩子，埋在了屋后土坡。

又十个月，女人又生下一个豁嘴孩子。女人又在屋后的土坡埋了。再过了三个十月，屋后的土坡埋葬了三个孩子。三个孩子都是豁嘴。

公公永远不会回来了吗？或许公公明日一早就回来。

女人已经极度地虚弱了，又一次将孩子埋在屋后土坡时，被散居于沟岔中的山民瞧见。他们剥光了她的衣服，用鞋底扇她的脸和她的下体。然后四处寻觅采药翁，终在溪边的泥沙中发现采药翁的药镬，哀叹他一定是受不了这女人的不贞而自溺。山民便把女人背负小石磨坠入涧溪。水碧清，女人坠下去，就游来了许多鱼，山民们惊骇着有一条极大的似人非人的鱼。

自此，娃娃鱼为太白山一宝，山归于重点保护。

村　祖

山北砬子坪的村里，一老翁高寿八十九岁，村人皆呼作爷。爷鸡皮鹤首，记不清近事能记清远事，爱吃硬的又咬不动硬的，一心欲尿得远却常常就淋在鞋上。因为年事高迈，村人尊敬，因为受敬，则敬而远之，爷活得寂寞无聊，兀自将唯独的一颗门牙包镶的金质牙壳取下来，装上去，又复取下。

过罢十年，算起来爷是九十九岁。一茬人已老而死去，活上来的又一茬人却见爷头发由白转灰，除那颗门牙外又有槽牙。再过罢十年，一茬人再皆死去，另一茬活上来的人见爷头发由灰为黑，门牙齐整。如果不是镶有金牙，谁也不认为他是那个爷的。不能算作爷，村人即呼他伯。又过十年，又是一茬人见他脸色红润，叫他是叔。又又十年，又又又十年，八十年后，他同一帮顽童在村中爬高上低，闹得鸡犬不宁。一个秋天，太白山下阴雨，直下了三个月。一切无所事事，孩子们便在一起赌钱。正赌着，村口有人喊：公家抓赌来了！孩子们赌得真，没有了耳朵，只有凸出的眼泡。他已经输尽了，同伴欲开除他的赌资，他指着口里的那枚金牙，这不顶钱吗？执意再赌。抓赌人到了身边，孩子们才发觉，一哄散去。他又输了一顽童，顽童要金牙。他赖着不给，再赌一次，三求二赢。顽童说没牌了怎个赌？划拳赌。抓赌人在后边追，他们在前边跑，口里叫着拳数。抓赌人追不上不追了，他却还是又输一次。输了仍不给金牙。两人就绕着一座房子兜圈子。忽听房子里有妇人在呻吟，有老妪将一个男人推出门，说生娃不疼啥时疼。他忽地蹿上那家后窗台，不见了。追他的顽童撵过墙角不见人。瞧瞧树，树上卧只鸟儿。掀掀碌碡，碌碡下一丛黄芽儿草。猛地转过身，身后也没有。顽童呆若木鸡。恰屋里又扑地有响，产妇呻吟声止，老妪喊生下了生下了。这顽童骂过一句，烦恼忘却，便爬后窗去瞧稀奇。土炕上血水汪汪，浸一个婴儿，那婴儿却不哭。老妪说怎个不哭，用针扎人中，仍不哭。用手捏嘴，嘴张开了，掉出一枚金牙壳，哭声也哇地出来了。

多少年后。

这个村一代一代的人都知道他们的村祖还在活着，却谁也不认识。自此他们没有了辈分。人人相见，各生畏惧，真说不得面前的这位就是。

领　导

县上领导到太白山检查工作，乡政府筹办了土特山货，大包小包地堆放在办公室，预备领导走时表示一点山区人民的心意。不料竟失盗。紧张查寻，终于捉到小偷，欲让派出所拘留时，小偷请求立功赎罪，问如何立功，说是身怀特异功能，能数十米外知道屋中人的活动，若能饶恕，往后可协助派出所缉拿别的罪犯。领导生了兴趣，同意明日一早来验证。

明日，领导收了礼品，马上坐车要返回了，记起那个小偷，提来问道：

“你既然有特异功能，我问你，我昨夜一更天做什么事？”小偷说：“回答领导，昨夜一更天领导没有休息，还是抓紧时间和妇联主任谈工作。领导是坐在床上的，后来不小心掉了床下。”领导说：“胡说！我一个大人，怎么会掉到床下？”小偷说：“那我怎么听见妇联主任说：‘上来，上来。’这不是领导掉到床下了吗？”领导想想，点了头，说：“那么，二更天我干什么了？”小偷说：“二更天领导吃夜宵，吃的是螃蟹。”领导说：“胡说，我从不吃夜宵，我的肠胃不好，吃了睡不着觉的。”小偷说：“那我听见领导说：‘掰腿。’这不是吃螃蟹是干什么呢？”领导想了想，“嗯”了一声，说：“那三更天我干什么了？”小偷说：“三更天是领导为了进一步了解山区群众生活状况，特意请来了妇联主任的母亲问情况。”领导说：“真是胡说！白天我了解情况了，晚上压根儿没请妇联主任的母亲。”小偷说：“我听见妇联主任叫了一声‘哎哟妈呀’！”领导不言语了，问：“那四更天呢？”小偷说：“四更天领导谈工作谈累了，用凉水洗脸，清醒头脑哩！”领导说：“又在胡说了！根本未洗脸！”小偷说：“如果没洗脸，领导怎么说：‘你擦了，给我擦一下。’”领导若有所思地咕嘟了数语，说：“五更天，五更天干什么？”小偷说：“五更天工作谈完，领导真会调剂生活，与妇联主任下起棋了。”领导说：“胡说胡说！什么时候了还下棋？”小偷说：“我明明听见领导说：‘再来一回，再来一回。’这不是下棋吗？”领导嘎地笑了起来．说：“还行，有特异功能，我让派出所免你的罪了！”

自此，小偷被太白山派出所器重，据说协助参与了几起破案工作。

饮　者

太白山北侧有一姓夜人家，娶妻欢眉光眼，智力却钝，不善操持，家境便日渐消乏，夜氏就托人说情租借了丫树坳一块儿门面开设饭馆。因要生意顺通，自然不敢怠慢地方，常邀乡政府的人来用膳。

中秋之夜，月出圆满，早早掩了店门，特摆酒菜与乡长在堂中坐喝，两人都海量，妻就不住地筛酒炒菜。吃过一更，乡长脖脸通红，说：“你也是喝家！让我老婆替我几盅。”便趴在桌上，手蘸酒画一圆圈。圆圈中出来一个妇人，肥壮短脖，声明用大杯不用小盅，随之一杯，仰脖灌下。夜氏吃了一惊，也用大杯。连喝五杯，妇人醉眼蒙眬，摆手说：“我喝不过你呢，你却不是我儿子的对手！”遂也蘸酒画圈，出来一个青年，英气勃勃，言称闷酒不喝，吆喝划拳。夜氏甚精拳术，划毕常拳，又划广东拳，复又划日本拳、老头拳。青年善饮，但败于拳路，喝得脸色煞白，说：“让你瞧瞧我妻弟的拳吧！”又画圈出来一少年。少年腿手奇瘦，肚腹便便，形若蜘蛛，说：“让我先吃些菜垫底。”低头一阵狼吞虎咽。夜氏妻就又一番烧火炒菜。两人对过一杯，相互要检查杯底里是否干净，规定滴一点罚三杯，一来二往竟将桌上三四瓶酒喝完。又启一罐，少年举杯过来要碰，酒杯哗啦落地，已立站不稳，说句：“我服你了，你敢与我小姨子对杯吗？”酒圈刚画毕，人就呕吐。夜氏也早头重脚轻，待要去扶少年，却见一个窈窕少女已坐在了桌边，笑吟吟地说：“你不陪我吗？”夜氏说：“几杯淡酒，怎能不陪的？姑娘你喝好！”少女说：“咱不划拳，联连成语定输赢。”夜氏应允，无奈肚中文墨欠缺，少女说“恭喜发财”，夜氏说“财源茂盛”，少女说“盛情难却”，夜氏却连不上来，输酒便喝了。如是一个顿时，输喝十杯，醉倒桌底，说：“失礼了，失礼了。”不省人事。少女笑道：“我喝酒还没有人能陪到底的。”兀自入了酒圈不见。又，少年入了青年酒圈不见，青年入了妇人酒圈不见，妇人也入了乡长的酒圈不见。乡长笑眯眯对夜氏妻说：“在咱这儿开饭馆，没酒量不行哩！”邀其再喝。

天明，夜氏酒醒，见满屋酒瓶，倏忽记得昨夜事，忙呼叫其妻。妻未回应，却见一人跳窗而走，似乎是乡长的身影。翻坐起视，妻竟沉醉床上，被褥狼藉，不觉心中森然，掀开被子看时，果然床上留有一脱壳之物，尖硬如牛犄角。便打醒妻子，令其速去屋后阴沟里小解。妻去一会儿回来，喜悦说：“尿出来了，尿出来了，果然是个小乡长！”夜氏去阴沟查看，阴沟的一块儿松沙被尿水冲开一坑，正有一只螃蟹往外爬，行走横侧着身子，口吐泡沫，似乎还有酒气。夜氏一石头将螃蟹砸烂，用沙埋了叮咛妻子不能外漏，遂返回店去，一身轻快。

儿　子

山北侧的沟里磨了四十年的寡，熬到独儿长大了读书了干事了做上某县的一个主任了，跟儿享享福去啊，城市中待半个月却害红眼，口舌生疮，大便干燥，还是回居太白山。太白山的空气可以向满世界出售，一日绿林里出一个太阳，太阳多新暄。

孝顺的主任叹一口气，送回来一只波斯猫为娘解闷。

猫长至数月，本事蛮大，或妖媚如狐或暴戾如虎，但不捉鼠。大白日里要叫春，声声殷切，沟中人家的鸡和狗就趋来，乱哄哄集在门口，猫却懒坐篱笆前做洗脸状，遂以后爪直竖，蹒跚类似人样，倏忽发尖利之声。鸡狗则狂躁安静，一派驯服，久而悄然退散。娘初觉有趣，而以后鸡狗常来便生厌烦，知道这全因了猫叫春的缘故，遂将猫挑阉做兽中寡。但鸡狗依然隔三间五日必来，甚至来了，狗要叼一根木棒鸡要生一颗热蛋。木棒枯黑，分明是从哪儿的篱笆上弄的，鸡常常小步跑来将鸡蛋生在路上，是特意要来贡献的。娘好生奇怪。木棒拿去烧了饭，蛋却不敢吃，提着去沟中人家问谁家鸡不在家中生蛋，竟所有的都荒窝，遂计算日期退还蛋数。娘博得贤惠人缘，沟中人家无事要来聊天。每有妇人抱了小儿，小儿拉屎，猫则立即去舔屁股。狗舔屎，猫怎的也舔屎？娘顿生恶心，不让它再跳上案板去吃剩饭。到后来，有大人去茅房，猫竟也去舔，被一巴掌打落进茅坑。这是什么猫呀，该猫干的不干，尽干不该猫干的，避！娘夜里把猫关在门外，猫哀叫了一夜，娘不理睬，狠心嫌弃。猫到第三日就发疯，狂叫不已，且咬断屋檐下吊笼绳，一笼豆腐坠落灰地。将院中的花草捣碎。在厨房的水瓮中撒尿。娘终于大怒，把猫用裤带勒死。

丑　人

儿子常常发呆，寻找着那个火球。

娘是凶死的，村人看见她站在凳子上，将脑袋套进了绳圈里，凳子就蹬翻了。那绳圈套的正是地方，舌头没有伸出来：灵魂遂出了壳，是一个火球，旋转着进了树林子。后来在很长的日子里，火球就出现，或在谁家的院墙头，或在巷口的碾盘上，或在树梢上，坐着像一只鸟。人们都在说，娘是挂牵着她的儿子的。

任何孩子都有爹，他没有爹。美丽的娘因为美丽而世上一切东西都想做他的爹，娘终于在一次采菌子的时候于树林子贪睡了一会儿，娘就怀孕了。他的爹是树精，还是土精？这始终是个谜，待他生出来的时候娘就羞耻地死去了。

儿子长大，逐渐忘却了身世，与村中顽童在夏日的艳阳下捉迷藏，他的影子特别深重。他肯定不是一位年迈精衰的老头的野子，因为精疲力竭所留下的孽种是没有影子的，但他也不是哪一位年少者的种子，他的影子浓黑为人罕见。这一切也还罢了，奇怪的是他的影子还有感觉。偶然一次，一个孩子踩住了他的影子，他立即尖锐地痛叫，并且不能行走，待那孩子松了脚，他一个踉跄就仆倒了。这一秘密被发觉之后，他从此就不自由了。他常常进门后随手关门时影子就夹在门缝，像夹住了尾巴。他在树林子里追捕野兔时，树杈和石头就挂住了影子。恶作剧的人便要在他不经意地行走时突然用木楔钉住他的影子，他就立即被钉住，如拴在了木桩上的一头驴，然后让他做什么就得做什么，大受其辱。

他想逃脱他的影子，逃不脱。他想挽袍子一样要把影子挽在腰间，挽不成。他开始诅咒天上的太阳和月亮，害怕一切光亮；阴雨连绵的白天和三十日的夜晚是他最欢心的时期，他在雨地里大呼小叫地奔跑，在漆黑的晚上整夜不睡。

但是，太阳和月亮在百分之九十的日子里照耀在天空，生性已经胆怯的儿子远避人群，整晌整晌寻找着那个火球，他要向他的娘诉苦。火球却一次未被他寻见。

有一次他听村人议论，说很远了的“文化革命”时期，有一群人从城市里逃到太白山的黑松峡去避难。不知怎么，他总觉得他应该到那里去，那里似乎有他的爹，娘的灵魂的那个火球也似乎是从那里常来到村中的。他独自往黑松峡去，走了很远很远的路，终于在一片黑松林子里发现了一些倒坍的茅舍和灶台，一块儿巨石上斑驳不清地写着“逃□村□”字样。但没有人。他住下来，捡起茅舍中已经红锈了的斧子和长锯砍倒了松树伐解成木板要背负到山下去换取米面油盐。当他伐解开了木板，木板中的纹路却清晰得是一个完整的人形。他吃惊地伐解了十多棵树，每一棵树里都有一个人形纹。他明白了黑松峡里为什么最后还是没有人的原因，骇怕使他把斧子和长锯一起丢进了深不见底的峡谷去。

村人都知道他出走了，良心使他们忏悔了对这个丑陋人的虐待，他们没有侵占和拆毁他曾居住的那三间房子，企望着他某一日回来，但他没有回来。只是空荡的房子里，屋梁上有了一只很大的蝙蝠，白日里便双爪倒挂，黑而大的双翼包裹了头和身，如上吊的丑鬼，晚上就黑电一般地在空中飞动。

少　女

这一个冬季，太白山还不到下雪的时候就下雪。下得很厚，又不肯消融，见风起蒙蒙，只好泼上水冻一夜，结一层一层冰块，用锨铲到阴沟去。年关将近，还不曾停止。有人蓦地发现雪不是雪，没有凌花，圆的方的不成规则，如脂溢性人的头屑，或者更像是牛皮癣患者的脱皮。人们就惊慌了：莫非是天在斑驳脱落？天确实在斑驳脱落。

脱过了年关，在二月里还脱，在四月里还脱。

害眼疾已失明了一目的娘在催促着儿子，没日子了，快去山顶寨求婚吧。后生把孝顺留下，背着娘的叮咛，直往山顶寨去。

三年前，后生相中了山顶寨的一个少女，在山圪塄里两人亲了口。当少女感觉到一个木橛硬硬地顶在她的小腹时，一指头弹下去，骂道："没道德！"戴顶针的手指有力，木橛遂蔫下去，原是没长骨的东西。后生却琢磨了那三个字，便正经去少女家求婚。但少女的娘掩了门，骂他是野种，你娘是独目难道也要遗传给我个单眼外孙？甚至还骂出一句不共戴天。

现在，天要斑驳脱落了，还共什么天呢？

勇敢的后生来到寨上。正是晚上，一群鸡皮鹤发的年迈人在看着天上的星月叹息，说天上的月亮比先前亮得多了，也大得多了。原来月亮是天的一个洞窟，一夜比一夜有了更多的星星，这是已经薄得不能再薄的天裂出的孔隙了。后生知道年迈人已无所谓，他没有时间参与这一场叹息，只是去找他的少女。但寨子里没有一个年轻人，打问之后方得知他们差不多于一个晚上都结婚了，这个还算美好的夜里，不愿辜负了时光，在寨后的树林子里取乐。他一阵心灰，却并未丧气，终于找到了少女。少女披散着长发，长发上是一个腊梅编成的花环，妖妖地在树林子里骑着一头毛驴，一边唱着情歌，一边焦急地朝林外探询。他们碰在对面的时候，都为着对方的俊俏而吃惊了。

他说，你是结婚了吗？

她说当然是结婚了。

他没了力气地喃喃，那么，你是在等着你的丈夫了。

是等我的丈夫，她说，也是等所有爱过我的人。说罢了，又诡秘地笑，同时后生听到了一句"我知道你也会来的"。仅这一句话，后生勃发了狼一样的无畏，他们在毛驴的上下长长久久地接吻了。

后生高兴的是少女毫无反抗，当看见她首先将外衣脱下铺在地上，还说了一句"能长在手心多方便，一握手就是了"，他倒微微有一些吃惊。世上最急不可待的莫过于此了，但她却一定要他使用她带来的避孕套，他不愿意，他希望不合法的妻子能为他生出一个儿子来。她严肃异常，谁还生儿子，让自己的儿子降生下来受罪吗？这么争执着并没有结果。其实一切都发生了，他们几乎是昏过去几次，几次又苏醒过来。在少女的头脑里，满是一圈一圈的光环，她在光环中出入，喝到了新启的一罐陈年老醋，吃到了上好的卤猪肉，穿着一双宽鞋走过草地。她说：我的花骨朵儿绽了，我不亏做一场人人人了了了……声音由急转缓，高而滑低，遂化作颤音呻吟不已。

从此后生被安置在树林里，少女天天送来吃的，吃饱了他的肚子，也吃饱了他的眼睛，吃饱了他的心。不免要想起那个古老的故事，说是一个男人被劫进女人的宫中，享受着王子一样的待遇，最后却成为一堆药渣。现在的后生没有药渣的恐惧，倒做了一回王子。他在树林子里跳跃呼叫，如一头麝，为着自身的美丽和香气而兴奋。他甚至不再忧天，倒感念起天斑驳脱落的好处，竟也大大咧咧地走到寨子里，不害怕了少女的娘，还企望见一见少女的那一位小丈夫。寨子里的人并不恨他，并且全村人变得平和亲热，不再殴斗和吵架，忏悔着以前的残酷是因为制造了钱币。钱币就弃之如粪土了。善心的发现，将一切又都看作有了灵性，不再伐木，不再捕兽，连一棵草也不砍伤。

天继续斑驳脱落，肤片一样的雪虽然已经不大了，但终还是在下。

少女日日来幽会，换穿着所有的新衣。在越来越大而清的月亮下，他们或身子硬如木桩，或软若面条，全然淫浸于美妙的境界。他们原本不会作诗，此时却满腹诗意，每一次行乐都捡一蓬槲叶丛中，或是一株桦下，风前有鸟叫，径边乱花迷。后生在施爱中，看见雪似的天之肤片落在少女的长发上，花花白白地抖不掉，心中有一股冲动，想写些什么，便用她的发卡在桦皮上写道：

谁在殷勤贺梨花
昨也在撒
今也在撒

他还要再写下去，但已经困倦至极没一点力气，他软软地睡着了。少女小憩后首先醒过来，她没有戳醒后生，她喜欢男人这时候的憨相，回头却瞧见了桦皮上的诗句，竟也用发卡在下面写道：

假作真来真作假
认了梨花

又恨梨花

末了便高望清月，思想哪一日天不复在、地壳变化，这有诗的桦皮成为化石，而要被后世的什么什么动物视为文物了。

不知过了多久，后生听见深沉的叹息而醒了，身边的少女，亲吻时粘上的那节草叶还粘在额上，却已泪流满面，遂拥少女在怀，却寻不出一句可安慰的言语。

咱们数数那星星吧。后生寻着轻松的事要博得少女的欢心。这夜里只有星月，他不说明那是天斑驳后的孔隙。

两个人就数起来，每一次和每一次的数目不同，似乎越数越多，他们怨恨起自己的算术成绩了。

后生的想象力好，又说起他和老娘居住的房子，如何在午时激射有许多光柱，而每个光柱都活活地动。少女却立即想到了房顶的窟窿，没有笑起来，却沉沉地说：你要练缩身法的。

是的，他的一切都是她所爱的，唯独怨恨的是他的个子，他的个子太高了。后生并不解她的意思，自作了聪明，说不是有个成语，天塌下来高个子撑吗？她狼一样凶恶地撕裂了他的嘴，咆哮着说不许再胡说八道，因为寨子里人都习练这种功法了。

后生自此练功，个子似乎萎缩下去。而不伐的树木长得十分茂盛，不捕的野兽时常来咬死和吃掉家畜家禽，不砍伤的荒草已锈满了长庄稼的田地。老鼠多得无数，他一睡着就要啃他的脚丫子；有一次帽子放在那里三天，取时里面就有了一窝新生的崽仔。后生有些愤恨，它们在这个时候，竟如此贪婪！这么想着，又陡然添一层悲哀，或许将来没有了天的世界上，主宰者就是这些东西吧？

一日，少女再一次来到树林子，他将他的想法告诉了少女。少女没有说话，只是领他进寨子去。寨子里再没有一个人，巷道中、墙根下到处是一些奇形怪状的石头。他疑疑惑惑，少女却疯了一般地纵笑，一边笑着走一边剥脱一件件衣服，后来就赤条条一丝不挂了，爬到一座碾盘上的木板上，呼叫着他，央求着他。等后生也爬上去了，木板悠晃不已，如水石滑舟，如秋千送荡，他终于看清碾盘上铺着一层豌豆，原是寨中人奇妙的享乐用具。他们极快进入了境界，忘物又忘我，直弄翻了木板，两个人滚落到碾盘下的一堆乱石上。乱石堆的高低横侧恰正好适合了各种杂技，他们感到是那样的和谐，动作优美。他说，寨中的人呢，难道只有咱们两个人在快活？她说他们就在身下，在快活中都变成石头了。后生这才发现石头果然是双双接连在一起的。他想站起来细看，少女却并不让停歇，并叮咛着默默运作缩身的功法。后生全然明白了，于是加紧着力气，希望在极度的幸福里昏迷而变成石头，两个在所有石头中最小的连接最紧的石头。

天仍在斑驳脱落。斑驳脱落就斑驳脱落吧。

后生和少女已经变化为石头了，但兴奋的余热一时不能冷却。嘴是没有了，不能说话，耳朵仍活着并灵敏。他们在空阔的安静的山上听到了狼嗥和虎啸，听见了天斑驳脱落下来的肤片滴沥，突然又听到了两个人的吵架声。少女终于听出来了，那不是人声，是鬼语。一个鬼是早年死去的老村长，一个鬼是早年死去的副村长。他们两位领导活着的时候有路线之争，死了偏偏一个埋在村路的左边，一个埋在村路的右边，两个鬼就可以坐在各自的坟头上吵，吵得庄严而有趣。

少　男

一个人出去采药再没有回来，以为已经滚坡横死，他却在一个晚上给村里人托梦：他是在鸡肠沟的瀑布崖上做仙了，让村里的人忘记他的好处，也让他的家妻忘记曾嫌弃过她的坏处。第二天，村人都在议论这个梦，那人的家妻却忘不了丈夫，哭天嚎地，央求人们帮她去找回自己的男人。

村里的人就一起去鸡肠沟。鸡肠沟乱石崩空，荆棘纵横，他们以前从未去过，果然在一处看见了那个崖。崖很高，仰头未看到其顶，长满了古木，古木上又缠绕了青藤。此时正是黄昏，夕阳映照，所有的男人都看见了崖头有一道瀑布流下来，很白，又很宽，扯得薄薄的如挑开的一面纱，风吹便飘。从那古木青藤的缝隙里看进去，却是许多白艳的东西，似乎是一群光着身子的人在那里洗澡，或者是从水中才沐浴出来坐卧在那里歇息。如果是人，什么人都有这么丰腴、这么白艳呢？托梦人说他是成了仙，仙境里没有这么多丰腴、白艳何以称作仙境呢？天下的瀑布能有这般白这般柔？于是，男人们的神色都变化，一时沉醉于非非之想中，样子发憨发痴。男人的变化，女人们觉察到了，但并未明白他们是怎么啦，因为她们未看懂隐在古木中的东西。但她们体会最深的是自己只有一个丈夫，当男人们一步步往崖根下走时，她们各自拉住了属于自己的那一个。

一位勇敢的少男坚持往前走，他是新婚不久的郎君。他往前走，新娘往后拖，郎君的力气毕竟大，倒将新娘反拖着越来越走近崖根，奇妙的事情就发生了。远远站定的男女看见他们在崖根下的那块青石板上，突然衣服飘动起来，双脚开始离地，升浮如两片树叶一样到了空中，一尺高，三尺高，差不多八九尺高了，但他们却又静止了一刻，慢慢落下来。落下来也不容新娘挣扎，再一尺高、三尺高升浮空中，同样在七八尺的高度上静止片刻再落下来。这次新娘就一手抓住了石板后的一株树干，一手死死抓住丈夫的胳膊，大声呼救：帮帮我吧，难道你们看着我要成为寡妇吗？村人同情起这新婚的少妇，她虽然并不漂亮，但也并不丑到托梦人的那个家妻，年纪这么轻，真是不忍心让她做寡。并且，男人们都是看见了古木内的景象，那是人生最美好的仙境，而自己的妻子已死死阻止了自己去享乐，那么，就不能允许和自己一样的这个男人单独一个去，况且他才是新婚，这个不知足的家伙！于是乎，所有的男人在女人的要求下一人拉一人排出长队拖那崖根的夫妇，将那郎君拉过来了。新娘开始咒骂他，用指甲抓破了他的脸。他们在劝解之中，真下了狠劲在郎君的身上偷击一拳或暗拧一把。

少年郎君垂头丧气地回来，从此不爱自己的新妇。每日劳动回来，脱光了衣服躺在床上抽烟，吆喝新妇端吃端喝，故意将自己的那根肉弄得勃起，却偏不赐舍。新妇特别注意起化妆打扮，但白粉遮不住脸黑，浑身枯瘦并不能白艳。有时主动上来与他玩耍，他只是灰不沓沓，偶尔干起来，怀着仇恨，报复般地野蛮击撞，要不也一定要吹灭了灯，满脑子里是那丰腴白艳的想象。

这少男实在活得受罪了。

他试图独自去一次鸡肠沟，但每次皆告失败。村中所有的女人都在监视着自己的男人，所有的男人也就在监视着其他的男人。这少男的行动每次刚要实施就被一些男人发觉，立即通报了新娘。新娘就越发仇恨那个已经做仙的男人，她联合了村中的女人，用灰在村四周撒一道灰线，不让那做仙男人的灵魂到村中游荡；各自将七彩绳儿系在自己丈夫的脖子上，以防做仙男人托梦诱惑。而且，她们仇恨仙人的遗孀，唾她，咒她，甚至唆使自己的丈夫去强奸她，使她成为村中男人的公共尿壶，而让那做仙男人的灵魂蒙遭侮辱。

但少男还是偷偷地去了鸡肠沟。他背了猎枪和猎刀，说是去山林打猎而出走。他果然逆着鸡肠沟的方向去了山林，新娘和男人们暗中跟踪了半日后放心地回来，但少男在走出了遥远的路程之后又绕道去了鸡肠沟。他走到了崖根，也恰是一个黄昏，那古木青藤之内的东西看得真真切切。当他一走上那青石板，顿感到一种极强的吸力，身体为之轻盈，衣服鼓起犹如化羽，头发也水中浮草一样竖直摇曳。这一种美妙的体验使他立即想到了新婚夜的感觉，还未真正进入仙境就如此令人酥醉，他深深悟到了托梦人为什么宁肯抛弃家妻的缘由。他还未来得及捡起石板上的猎枪，双脚已离地三尺高了，他有点后悔不该将猎枪遗在这里，将来一定会被村人发觉他是到了仙境中去了而仇恨他。但这想法一闪即逝，他听着耳边的风声，甚至伸手抚摸了一下擦身而过的白云，身心透满了异常的幸福感。在愈来愈高的空中，那些丰腴白艳的东西越来越清晰了，突然觉得不应在背上还背着长长的猎刀，想拔下来丢到很远的洞中去，但他没有了力气，吸引力陡然增强，似乎是大坝底窟窿里的急流将他倏忽间吸了去了。

少男自然再没有回到村中去。首先是新娘惊慌了，接着是所有的男人都惊慌了。他们又是手拉手，甚至各自腰上系了绳索互相牵连着去了鸡肠沟。果然远远看见了青石板的猎枪，他们统统哭了，新娘为丈夫的抛弃而哭，男人们为自己的命薄而哭，哭声遂变为骂声，骂得天摇地动。但是当他们集体站到了青石板上，谁也没有一点要升浮的感觉。先以为是大家连在一起分量太重，慢慢是撒开手，解开绳索，还是没有感觉。大家都觉得奇怪了，男人们怀疑这一定是仙境中去了两个男人后已不需要更多的男人了，就吼叫着这世道的不公，而仙境也不公！有人喊：咱毁了这个崖！立即群情激愤，动手烧崖。崖上的草木燃烧了三天三夜，但因为有瀑布，仍有未烧尽的，而大火中那些黄羊、野猪乱跑乱窜，有的掉下崖来皮开肉绽，却没有什么人的惨叫。男人们背负了利斧开始登崖，见草就拔，逢木便砍，然后垂下绳索让别的人往上攀登。这项工作进行得十分艰巨，但无一人气馁，发誓攀到崖顶，彻底捣毁这个最美好也最可恶的地方。

他们终于爬到了崖顶，四处搜索，就在瀑布旁的崖头上，发现了一个天然的洞窟。火并未烧到这里，但一片刺鼻的腥臭味。走进去，一条巨大无比的蟒蛇腐烂在那里，在蟒蛇的腹部有一把刀戳出来。人们剥开蟒蛇，里面是一个人尸，一半消化模糊，一半依稀可辨，正是那位少男。

在洞后形成瀑布的山溪道上，满是一些浑圆的洁白的石头。

阿 离

阿离在太白山上打猎，整个冬天一无所获，老听到山上繁乱吵嚷之响，疑是人声，却四下里不见人影。一日，又甚嚣尘上，鼎沸如过千军万马的队伍，且有锐声喊：“数树，数清山上的树！”树能数清？阿离觉得荒唐，不禁开笑，忽感后脑壳儿一处奇痒，有凉风泄漏。用手去摸，灵魂已经出窍，倏忽看见了坡下黑压压一片人正没入林中，一人抱定一棵树，彼此起伏着吆喝有没有遗漏，又复返坡下，一须眉皆白人物状若领袖，开始整队清点，一面坡的树数便确定了。阿离惊叹这真是个好办法，却蹊跷这是哪儿来人？前去询问，来人冷淡不理，甚至咒骂：避！你是哪儿来的？！阿离很窘，不再多言。后，山上的人一日比一日多，长什么模样的都有，穿什么服装的都有，不但多如草木，几乎没有了空闲之处。原来阿离独自孤寂，现在常常被挤到某一隅，有时守坐，他觉得脚痒，抱起一只脚来抓，竟抱起的是别人的脚。出去小解，鞋跟便磕了睡卧在地上的人的牙齿。阿离不停地要赔笑，说：对不起！对不起！

这么拥挤着，阿离终于与周围的人熟悉了，终于有了对话：

"你们是从哪儿来的？"

"风从哪儿来我们就从哪儿来。"

"还到哪儿去吗？"

"脚到哪儿去，我们就到哪儿去。"

"这儿真挤。"

"可不，市场上什么都贵了！"

阿离这时方知道了在山林后的洼地里，有一个好大的市场。

阿离去赶市，市场上更是人多如蚁，物价火苗似的蹿，一根蒜苗已经卖到一元，一只碟子也涨到五元。饭馆的门口，一人吃馒头，数十人涎着口水看，忽有乞丐猛地抢过一位食客手中的馒头，边吃边跑，食客去撵，眼瞅着要抓住了，乞丐却呸呸直往馒头上吐唾沫，食客便不撵了，娘骂得烟山雾罩。阿离正感叹万分，一人挨近身来说："先生，可要眼镜？"一只手在襟下一抖，亮出一副眼镜，又收缩回去。阿离说："不要。"那人俯耳道："这是好石头镜哩，值一百八十元。不瞒先生，这是我偷来的，我只想急于出手，你给几个钱就是。"阿离说："你要啥价？"那人牵了他，走到避背处，四下观望后，拿出眼镜让他看，说："二十元，等于我送你了！"阿离说："十元。"那人说："这不行。"阿离起身就走，那人头勾了一会儿，闷闷地说："好了，先生，就给你吧！"阿离付钱拿货，回坐到一棵古木下，直唱一首歌子，突然一阵晕去，醒来自身横躺在一堆落叶上，苍茫山林，涛声正紧，面前峪谷寒溪色暗，鸟鸣凄清，远近并无一人，惚如隔世。

阿离寻思前事，明白了自己去了一趟幽灵世界；阳界的人有生有死，阳界总还平衡；灵魂不灭，难怪冥界那么拥挤了。急按口袋，口袋有硬硬的东西，掏出来果然是一副眼镜，便欣喜捡得冥界便宜，就无心再打猎，下山回家，要倒卖眼镜的好价钱了。阿离去了眼镜行，眼镜行的人却说，这根本不是石头镜，纯粹的有机玻璃片儿。阿离顿足捶胸，骂鬼也骗人，羞得数日不出门。又作想，我吃了鬼的亏，何不也去骗鬼？便也做了大批的有机玻璃镜重新上山，也就是先前的地方独坐，听到浮嚣之声，仰首开笑，果然后脑壳儿有了凉风泄漏之感，不觉置身到市场上。他大声叫嚣着出售石头镜，第一天便赚得许多钱币。第二天，生意正好，有二人前来闹事，说眼镜是假的。

阿离矢口否认，那二人就拉了阿离的领口去见官，阿离被推搡着走，已经面如土色，但忽然想到鬼怕唾沫，唾沫唾之让变什么就可变什么。便一口浓痰唾在一人头上，说声：“变棵核桃树！”那人立即不见，就地生一核桃树来。另一人则骇然痴呆，阿离说：“你也认为这是假货吧？他变成了核桃树，结了果就砸着吃，我让你变个漆树，割漆时可以受千刀万刀！”那人伏地求饶。阿离说：“那好，你帮我一块儿推销吧！”那人真的一直帮阿离，眼镜卖得十分快。后来，有知道阿离的货是假的，谁也不敢说；不知道的，都来买，阿离赚了一麻袋的票子。

阿离终于又恢复了真身，把钱袋背下了山。当夜同家人一起清点钱数，却发现钱币上都按有“冥国银行”的章印。家人生气，说：“这就是你做的营生？！都送给阎王爷去吧！”一把火就烧了。

钱烧了，阿离就死在炕上了。

阿离见到了阎王爷，阎王爷告诉说：“这里灵魂已经够多了，但无功不受禄，得了你这么多贿赂，再有难处我还是要了你。”从此，阿离的灵魂再没有回到窍里，永远在已经拥挤的灵魂中拥挤了。

观　斗

阿兑十八岁时上太白山捡菌子，太阳很好，坐地解衣逮虱子，腰带便挂在身后的矮树丛上。太阳西斜，红嫩似一枚蛋柿，忽然那矮树移动，将那腰带带去，看时竟是一头美角的鹿，急忙呼喊穷追。鹿跑得快，阿兑未能追上，拐过一个山嘴，却见草坪上有两只虎在搏斗。一条白额，一条赤额，皆庞然大物。草坪上乱花已碎，土末飞扬，两虎翻扑剪腾，正斗得难分难解。阿兑吓了一跳，反身逃躲，但虎仍在厮斗，却总是挡了去路，他向哪个方向跑，虎都在前边斗，阿兑急得双目流泪，说：“难道是让我观虎斗吗？”两虎同时大吼，旁边树叶簌簌坠地。阿兑便不再逃走，坐在那儿观看。虎愈斗愈凶，身上绒毛片片脱落，飘散如絮，竟落了阿兑一头一身。一虎斗得发狂处，竟分不出阿兑是虎还是人，便扑向了阿兑。阿兑也看得心热，忘了骇怕，跳将起来迎之而斗，另一虎则坐地观看。那虎扑来之时，阿兑侧身一闪，顺之一脚踢中虎眼，虎咆哮纵起，举爪打过来，阿兑早已跳开，没想虎尾接连一扫，砰的一声如棍磕在阿兑面门，血顿时四流，跌坐地上。那虎嗷嗷长啸，若得意状，阿兑急中单手撑地，双脚蹬去，恰在虎的前右腿，虎一个趔趄退卧在那里一时难起。另一虎呼地扑到，又与阿兑搏斗。阿兑想，我要死了，也不能便宜了你这么死去。强忍着疼痛跳起，拳脚并用，腾挪躲闪，使虎不能近身。此虎恼羞成怒，一直逼阿兑到山嘴根，已无法脱身，双爪搭上了阿兑双肩，血盆大口来吞头颅。阿兑说："你吞吧！"竟猛地将头直塞虎口，顶到喉咙。虎无法合齿，气息难通，人虎便寂然相持，看得那一条虎也呆了。如此一个时辰，虎终支持不住，松口倒在地上。阿兑满头血糊，双耳已没有了，定神了片刻，嘿嘿大笑，说："我怕虎吗？我也是虎了！"两虎却同时又扑起共斗阿兑，阿兑又迎斗，前打后挡，左拦右防，终气力渐渐不支。绝望之际，见旁有一株大树，疾速攀上。两虎上望树端苦不能上，遂在树下又相互搏斗。阿兑居高临下，反复看虎的斗法，明白了自己失利有原因，且看出许多从未见过的技巧，一时也忘了后怕和疼痛，渐渐进入观赏艺术之境。不知过了多久，肚子饥饿，摘树上野果来吃，一边吃一边下观，却见两虎渐渐缩小，已经形不是虎，是相斗的两犬。后，犬又在缩小，形若斗鸡。最后竟是两只蟋蟀了，跳跃敏捷，却声鸣细碎。阿兑遂觉得没了意思，说："我是不是看得太久了？"从树上下来回村，村人皆不识他，屋舍全已更新，唯村口那口井还在，井口石盘上磨出了四指深的绳痕。

母　子

娘在树林子里采蕨，突然天裂了缝，又合起，落下一疙瘩雷来。娘躲在槲下，雷把槲顶决了，娘逃到窝崖去，窝崖是佛窟，雷还是撵进来。娘不跑了，说："龙你抓我了去！"轰然一声，光火飞腾。娘并没有烧成一截黑炭，鞋尖上绣的那朵绒花还艳艳红；崖壁上的石佛没了头。

娘的胆便破了，吐很苦的唾沫，再不采蕨，挨门守望儿子。儿子去太白的深处围猎，山深似海，儿子是最勇敢的猎手。世界的一切都又安静，娘去河边提水，一篙之水流动湉湉，心不敢兢，冷看落日里飞鸟已远，一朵云滞留屋上，就回坐堂前。这时候，却听见了蚂蚁叫，又听见了蚯蚓叫，叫声如枯木上长喙的鸟，三下快，三下慢；有草的涩味，有土的咸味；还有类似七星瓢和萤火虫的气味；接着有敲门声。

娘将门打开，门口并没有人，关上又听见敲门声，再打开，还是没人。娘疑惑了半刻，立即骇怕，很苦的唾液从口里流出来，门牢牢地关上了。

笃，笃，笃。谁又在敲门，门响着金属声。

“谁？”

“把门开开。”

“你是谁？”

“我。”

“我是谁？”

娘就是不开门。数天数夜的时间里，她把家中所有的竹竿都截了，做成一截一截的竹管，套在了手指上和脚趾上，提心那门终有被敲破的时候，有什么人要来捉她，她的手脚可以从竹管里抽掉。

终于儿子回来了，是个晚上，门还是不开；娘不信是儿子。

“娘，是我。”

“是我？”

“我是你儿。”

“我是你儿？”

儿子把佩戴的长剑从门下缝伸进半截，说娘识得儿的剑，娘说不是剑是一道月，但却闻出了儿子膝盖上的那一片垢甲的味，说你是我儿，儿从后窗你进来。儿子进来，肩上是枪，腰间是剑，提了十三只黄皮狐狸。问娘为什么不开门，娘说总有敲门的。说话间，娘又说谁敲门，儿子说没有，娘说有，儿子说没有就没有，把门开开。门很沉重，门口没有人，门扇却比先前厚了几倍。

“你瞧，多亏这门！他们没能进来，影子全留在上面。”

门的厚度果然是一层一层奇形怪样的图影的印叠。

儿子豪气顿生，在屋中燃起火堆，拔刀剥下一层图影，图影是一个高瘦的人，面目并不熟悉，一刀劈二，丢进火堆烧了，娘说有人肉的焦煳味，也有牛肉的味。儿子用刀又剥下一层，图影是一只模样怪异的熊，却生有人之脚。儿子将熊身烧了，断下人脚，用刀尖划出一截，拿手往下捋，像剥柳皮一样。儿子在春天里有剥柳做口哨的手艺，但脚皮没有剥下来，一气乱刀斩成碎末。再剥一层，是三只眼的奇物。再剥再剥，剥下的有野猪有马有蛇舌的女人和长角的男人。儿子说："我怕你吗？不怕！"一层一层丢在火堆去烧，屋里充满了难闻的臭味，但没有血和肉。儿子是懂得只要有肉煮在锅里，漂上来的油珠即可知这些是人还是兽。

"人油是半圆珠，兽肉的油珠儿才圆。"

儿子心情激动，遗憾没有刺激到一个猎手的强烈的快感。如果一刀砍下去，是人是兽，肥嘟嘟的肉分开，殷红的血溃在墙上如一个扇面，在火光的映照下鲜亮发明，或者血如红色的蚯蚓沿着皮肤往下滑移，那该是奇艳无比的景象！儿子剥到最后一层了，不甘心地叫道："来一个活的！"图影突然凸出，还未看清是人是兽，那物已张口向儿子扑来。儿子一刀剁去，哐啷滚下头来，果然是颗人头。待去捡拾，那没头的身子却压过来，儿子被压在下边了。儿子被压得喘不过气来，肋骨咔咔地发出欲断的声音。急一脚勾踢，身子飞起来撞在木柱上，再跌下去不动了。这却是猪的身子，还是母猪，十八个奶头紫红肿大，如两串熟透的葡萄。而同时有四只五爪般的脚在方向不定地乱跑。儿子笑道："往火堆中跑，往火堆中跑哇！"四只脚便果然入火，已经成炭团，发出爆响。

儿子将刀提起来，用衣襟揩上边的血，叫道："娘，你儿子怕谁呢？门不要再关，我要看看谁敢来敲门？！"将刀哐地扎在门扇上，一扭头，火光将自己的影子正照在墙上，兀然吓死。

人草稿

太白山一个阳谷的村寨人很腴美，好吃喝，性淫逸，有采花的风俗，又听得懂各种鸟鸣的乐音，山林中得天独厚的资源，熊就以熊掌被猎，猴就以猴脑丧生，凡是有毛的不吃鸡毛掸子外都吃了，长脚的见了板凳不发馋其余的都发馋。结果，有人就为追一只野兔而累死，有人被虎抓了半个脸，而瞄准一只黄羊时枪膛炸了常常要瞎去某人一只眼睛。吃喝好了，最大的快乐是什么呢？操 ×。其次的快乐呢？歇一会儿再操。下来呢？就不下来。喂了自家的猪，又要出外粜糠。一个男人是这样了，别的男人也是这样，于是情形混乱。到了某年的某月，一家的小儿突然失踪，另一家的人在吃包子时被人发现馅里有了半枚手指甲，凶犯查出来，凶犯说人肉其实并不好吃，味儿发酸。六十二岁的老公公强吮了儿媳的奶头被儿子责骂，做父亲的竟勃然愤怒，说你龟儿子吮我老婆三年奶头我没说一句话，我吮一回你老婆的奶头你就凶了？！终于召开了村寨全体村民的会议，实行惩治邪恶，当宣布凡是有过乱伦、爬灰，或做了情夫或做了情妇的退出会厅中堂靠于墙角去，中堂竟没有留下一个人，大家都全哭了。这不是某个人的道德问题，一定是这个村寨发生了毛病，由馋嘴追索到贪淫，末了便悟出是水的不好。

村寨中是有一眼趵突泉的，围绕着泉屋舍辐射为一个圆。“这是一个车轮哩！”年老的人坐于山头的时候会这么说，年轻人便想入非非：大深山中哪儿会有车呢？既是一个车轮，那一定是天王遗落，而另一个车轮就是孤独的太阳了。或许是平面的水轮，旋转着才使泉水趵突出来。现在泉水成了万恶之源，再不食用，于村外重新凿井。井凿七十三丈，辘轳庞大，须十二人合力起绞，村寨中便有了固定时间打水。若没有赶上这时间去打水，那就一整天炒爆豆吃。

半年后，村寨安然无事，人已无欲，目不能辨五色，耳不能听七音，口鼻不能识九味。慢慢，田地里不种了香菜、葱、蒜、花椒和辣子，到后也不种菜，只是五谷。饭食明显的简单了，一日三顿片片面、面片片，记不起面粉还能做什么麻食、饺子、馄饨。狐狸进村拉鸡，麝坐于村口翻弄脐眼，废了的泉池里滋生了虾，也有了声如婴啼的鲵。人都懒起来，生活就贫困，连面片也开始懒得做，懒得吃。先是孩子们不吃，大人说吃呀，不吃怎么活命呀！孩子说吃为了能活吗，宁愿不活也怕出那份力。大人就还理智地去吃，要把东西洗净，做熟，一口口塞进嘴，不停地嚼；冬天冷，夏天一碗饭一身水。他们不明白原先怎么馋吃呢，吃饭是多么繁重的劳作呀！也不好好吃了。村寨的人都失了腴美，卧于阳坡晒暖暖，怨这天长。

夜里，他们更懒得性交，怀孕的极少。年老的就抱怨年轻人："怎么还不生个崽呀，怎么传宗续代呀？！"儿女说："怎么个传种续代呢？！"那事体还需要教授吧，但夜夜听儿女的房，房内安静，真恨儿女不教不行，就编出男的阳具是鸟，女的阴器是窝，要鸟进窝，进窝了又不停让鸟出鸟进几十次，数百次，询问鸟是否屙在窝里？儿女们就火了，说拽头在腿上按数百次皮肉都疼，何况那种大面积的摩擦哩！儿女们不愿干那劳作，老年人自己干，但也是苦不能言，奇怪先前怎么有那样大的兴趣呢？

到后来，他们发现人在说话、笑、吃饭、劳作时，口鼻竟然在不停地呼吸，想想，日日夜夜不停地一呼一吸，多紧张，多痛苦呀！怎么长这么大就全然不晓得呢？现在晓得了，何必再去从事这愚蠢的工作？！不再呼吸，这个村寨的人便先后死去。

太白山的一个阳谷中的村寨就这么消失了，天上的太阳真正成了孤独的车轮。太白山下有人偶尔到了这里，看见似乎是有人住过的村寨，而到处是如人形状的石块和木头。石头生满了苔藓，冬夏春秋更变绿黄红黑，木头长着木耳。这人返回后却写了数十万字的书，说他发现了人之初，论证女娲造人不是神话，确有其事，这些石块和木头就是当时女娲所造的人之草稿。以此又阐述，人为石木所变，一部分人为石，一部分人为木，为石虽还未有根据，但木所变确凿，说他亲眼见那木头上不是木耳，是驻落着蝴蝶，历史上不是庄子曾化蝶吗？不是梁山伯祝英台化蝶吗？这人遂成为人类学家。

小　儿

"× 俊！"

× 俊抬起头来，老泪纵横，并没应声，又俯下身在新拢的土丘上哭泣；又觉得不对，疑惑地乜视着面前这个小儿，甚至有些愤愤然了。

"× 俊，你耳聋了吗？"

× 俊又瞪了一眼，要抓起土坷垃打过去，但止住了，土坷垃在蒲扇般的手里捏成粉碎。要不是 × 俊现在心中充满了剧痛，他绝不会饶过这个乳臭未干的缺乏家教的小儿！他哽咽着说：

“× 贵，你就这么生不见面、死不见尸地走了吗？常言说，当你知道你身上某一个部位的时候，这个部位就生病了；当你懂得一个人的好处的时候，这个人就死了。× 贵，你真的是死了？可你死在哪儿呢？我真后悔没能珍惜我们的交情！还是昨日，你要我翻几个跟头给你看，我说七老八十的了，硬胳膊硬腿的，翻跟头惹人笑话，我没翻。现在，我为你修了这个坟，盼你灵魂到来，我要给你翻个跟头了！”

× 俊果真用手扫去地上的乱石，脑袋着地翻了个跟头，那骨架咯咯响着，像要散裂了似的。

五岁的小儿格格地笑起来，肥嫩的手鼓着几片掌声，说：“翻得好，翻得好，再来一个要不要？要！” × 俊终于忍无可忍，一巴掌将小儿扇远了。

“× 俊，你疯了，你敢打我？”

× 俊吼道：“你是谁？谁是你爹？小王八羔子！”

“唉，× 俊真的是认不得我了。”

× 俊停止了打骂，觉得蹊跷，但他真的不认识这小儿，村里也从未见过这小儿。

“我是 × 贵啊，狗日的！”

× 俊简直吃了一惊：这个小儿竟是 × 贵，× 贵活着的时候，口头禅就是“狗日的”，声音一模一样。可这五岁的小儿怎么会是 × 贵？

“我真的是你 × 贵哥！”

× 俊却还是摇摇头。

小儿说，中午吃过饭，他准备睡一觉后就去找 × 俊喝茶，就和衣睡了。睡起来又觉得该换一身新衣服去，就开始脱身上旧衣。脱下一件，怎么还有一件；脱了，还是有一件；竟越脱衣服越多，脱到最后，才发现他是个小孩子，原来那么高大的个头儿都是衣服穿成的！这时候的他突然明白那过去的七十多年是一个悠长的梦。

“胡扯淡！” × 俊说，“× 俊这么长胡子的人了，不是像你这样的小儿好哄！”

由小儿的话又想到了死去的 × 贵，× 俊扑在坟上嚎啕起来。

小儿任 × 俊恸哭，却开始讲他的过去的长梦。他说，他小的时候就和 × 俊要好，他们恨村口老妪在桑葚树干上涂抹粪尿而咒骂，将老妪家长在地里的南瓜切了口，屙进一泡屎去，又将切口封好，使南瓜疯长到筛子大而臭不可闻。他说，是你 × 俊四十岁的时候与方 × 的媳妇偷情被方 × 发觉并盖头浇下一桶凉水，是我在喊：快跑，跑出一身汗来！你才听的，你才免了一场寒病。他说，× 贵还知道 × 俊的左腿根下有一颗豆大的痣。

× 俊不哭了，他觉得这小儿句句讲得都对："你真是 × 贵哥吗？"

"× 俊！"小儿手伸出来，亲昵地在 × 俊的头上抚了一把。

× 俊却又疑惑了，这哪儿可能呢，一个七十多岁的老头怎么会是五岁的小儿？突然，脸色大变："你是鬼！"

小儿说："你唾唾。"

一口唾沫唾上去，小儿还是小儿。

"你还在梦里哩！"小儿可怜了 × 俊，"你信也罢，不信也罢，反正你还在梦中。"

"我做梦？做七十八年的梦？"

"梦是几代人的事常有哩。"× 俊用指甲掐自己的脸，怪疼的。

"是梦怎的还疼？疼也疼不醒？"

小儿不知怎么说服他了。

"你要在梦里就在梦里吧！我告诉你，我还知道你将来要长条尾巴，等长出尾巴了，你就信我是不是唬你。"

× 俊回到家去，从此再没有见到 × 贵老汉，便一阵儿信那小儿就是 × 贵，一阵儿又不信起来，好像很羞涩的样子拿不了主意。他每天大小便时，手却不自觉地去摸摸屁股，看有没有尾巴长出来。五天过去了，没有尾巴。十天过去了，觉得屁股上胀胀的不舒服，有一块儿发硬的东西。又十天，那硬东西似乎又长大了些，终于在一个月后，一条小小的没毛的尾巴长了出来。

父　子

儿呀，爹要走了，谁都要走这步路的，爹想得开，儿你也不要难过。爹咽了一口气后，你把爹埋到尖峰上你就是孝子了。

儿子一直伏守在爹的床前，泪水婆娑，想爹是患的脑溢血，或者心肌梗塞就好，爹无痛苦地走，儿女们也不看着爹的难受而难受。脑子清清楚楚的，就这么在爹的等待下和儿女的看护下，一个人绝了五谷，痛失原形，肿瘤慢慢地消平了呼吸。爹有过千错万错，现在的爹全剩下好处了，儿子咬着牙，再不让眼泪流到脸上，他却不停地去上厕所。厕所在檐廊那头。天正下着雨。

十五年前，儿子是爹的尾巴，父子俩一块儿到集市上去。太阳红光光照着，爹脱了毡帽，一颗硕大的剃得青白的脑袋发亮，两只虱就趴在后脑处，而且相叠在一块儿了。“爹，虱在头上 ×× 哩！”爹正要与熙熙攘攘的熟人打招呼，狠劲地一甩，将儿子牵襟的手甩掉了。“爹，真的是在 ×× 哩！”爹已经瞪了一眼，骂出一句最粗土——其实是散佚在太白山的上古雅辞——“避！”儿子就也生气了：“避就避，哪怕虱把你的头 × 烂哩！”从那时起，爹对于儿子失去了伟大的正确性。

“德！”这是爹又在叫着儿子的乳名训斥了，“吃饭不要咂嘴，难堪，猪才吃得这么响的！”儿子的咂嘴声更大了，直至饭完，长舌还伸出来刷掉唇角的汤汁，弄出连续的响音。

儿子正在兴趣地扫除院土，爹突然高兴，说今日没有给老爷画胡子了。儿子不作声，将扫除的土复又撒回原地，掀开了捶布石，石下面有两只青头蟋蟀，专心去以草拨逗了。爹动火起来，抓过儿子开始教训，教训是威严而长久的，儿子却抬起头说：“爹，你鼻子上的一颗清涕快掉下来了！”爹顿时中止训话，窝到一边去了。

儿子到了恋爱的时节，爹认真地叮咛着恋爱就恋爱姣好的姑娘，不要与村中的年轻寡妇接触，免得平白遭人说三道四。儿子末了领回来的，却偏就是那个寡妇。

雨还在下，儿子立在尿缸边上尿，尿得很多。他疑心是眼泪倒流进了肚里才有这么多的水又尿出来。

病床上的爹并不知道天在下雨，他还以为这檐前长长久久的一溜吊线的水是儿子在尿，脑子里想象着那尿由一颗一颗滴珠组成落下去，他不懂得文章中的省略号，但感觉却与省略号的境界相同，便寻思他真的要死了，留在这个世界上的将是一个缩小了的他，但这个他与他那么不和谐，事事产生着矛盾。父子是人生半路相遇的永不会统一的缘分吗？他已经琢磨了十多年自己的儿子，相拗的脾性是不可能改变了。既然你娶了寡妇做妻就安生去过你们的日月，却要吵闹，发凶性砸家具，越说媳妇快把锅拿开别让他砸了，一榔头就砸在锅上。“我的儿子会怎样处理我的后事呢？”爹唯一操心的是这件事了。太白山七十二座尖峰，我的一生犹如在刀刃般的峰尖上度过，我不愿意在我另一个世界里仍住在刀刃上，儿子能满足我的意愿吗？

“德，你还没尿完吗？”爹在竭力地呼唤了。

儿子也错觉了屋檐的流水是自己在尿，慌忙返回床边。

“爹，屋檐水流哩。”

爹想把自己静静思考后要说的遗嘱告诉儿子，听了儿子的回答，认定儿子又是在拗着他说话了，长长地叹一口气，说：

“儿呀，爹死后，爹求你把爹埋在那尖峰上，爹不愿埋在山下那一片平坦的洼地中，也不需要洼地四周植上松柏和鲜花，你记住了吗？”

儿子点着头，看着爹微笑地闭了双目，安详长息。

儿子嚎啕起来，突然悔恨起自己十多年执拗了老爹。“把我埋到尖峰上。”这是爹最后一次对儿子说的话，儿子不能再违背着爹的意愿啊！儿子邀请了众多的山民，开始将爹的棺木往尖峰上抬。尖峰高兀，路陡如刀，实在抬不上去，运用了很长很粗的铁绳牵着棺木往上拉，棺木虽然破裂，但是爹终于埋在了爹想埋的地方。

一九九〇年

库麦荣

库麦荣给我讲她的故事。天近黄昏，一朵云像白棉花一样就挂在瞭望林火的木架上，成群的蝴蝶飞来，在每一棵草上闪动如花。还有猫、狗、三十二只鸡和一窝兔子，都热闹了土场子。屋门口的那棵痒痒树于无风中摇，是黑压压的蚁队上下爬移，时不时团结成一疙瘩便掉下来。“它们都是我剪的，”库麦荣说，“我上子午岭的时候，拉泡屎都不会来个苍蝇。我用纸剪了它们。”

在陕西西北角的山区，曾经出现过许多民间剪纸艺人，库麦荣是最著名的。每个人都是为着某一种事业降生在了世上，这我已深信不疑。比如李昌镐对于围棋，奥本海默对于原子弹，罗纳尔多对于足球。但是，为剪纸而生的库麦荣只知道她就是喜欢剪纸外，剪纸对于社会和她本人有何等意义却浑然不晓，甚至有些痴呆。她不肯离开子午岭，诚然当初是被丈夫强迫来的，子午岭上的树现在已蔚然成林，丈夫又成了植物性瘫痪，而且岭下的镇子里住着前来购买她作品的省城人。

“我等着那一只狼再来哩。”她固执地说。

天渐渐地黑下来，子午岭上的夜像渲染的墨，林子和岭和天很快成了一个颜色。我们也被埋在黑里，没有了腿和胳膊，只有火塘里火若即若离地跳跃了焰，使她的脸上不见皱纹和雀斑，白得像一只空静的瓷盘。

“你见过狼没？”库麦荣顺手从篱笆里长得扑撒过来的绿蓖麻上摘下一片叶子，黑暗里剪着。说她剪的是那只狼，然后递给我让用手摸。“我等着那只狼再来哩。”

子午岭上确实是有一只狼的，库麦荣上山后的第一个冬天她就发现了。这件事她首先告诉给王顺山，过后我才知道也就是我同王顺山在镇上纸店里闲聊的那天下午。我和王顺山闲聊着，提到了库麦荣。王顺山说库麦荣其实和丈夫生活得很糟，丈夫一直不愿意她剪纸，因为一个农妇的职责就是劳动着扒拉着粮食和伺候丈夫的白天和晚上。但库麦荣就是爱剪纸，整晌出去给镇上剪婚礼上的喜纸或窗花，回到家里又常常剪这样剪那样以致把锅里蒸着的馍蒸成了黑炭。丈夫承包管理了子午岭山林，最后能将家也搬上山去，为的是绝断她剪纸的兴趣。而库麦荣仍是爱剪纸，上山了总还是十天八天里来镇上买彩纸。“这女人是不可理喻的。”穿着丝绸褂子的王顺山摇着头，他的眼里有一种异样的光，我那时傻，并没有想到另外的意义上去。

那天，吃过早饭丈夫的脾气就不好，库麦荣不明白他又怎么啦，想了想，是丈夫没有吃好。男人家没有安顿好胃便要发火，尤其肚里似乎有个掏食虫的丈夫。库麦荣说：早起没给你磨豆浆也不至于就要饿死呀？丈夫说：你头明搭早就剪纸，给你剪丧衣呢还剪冥钱哩？两人就吵起来。丈夫口笨，吵不过，提了拳头便打，最后是用簸箕盖住她的身子拿树条子抽。这是山区人驱邪的方法，中邪的人在簸箕下会变了声调，是一个熟悉的死人生前的声或发出怪异的兽叫，证验着亡魂和野物如狐狸的精灵的附体，在鞭挞之中就求饶而离去。但是，丈夫的树条子已经抽断成一节一节，问：你是谁？库麦荣依然说：你老婆。再问还剪纸不，回答还剪。丈夫扔下树条子，流了眼泪，呼号着我这是前世造了孽了，去沟梁查看林子。库麦荣却号啕大哭起来，她想死去，就走出来到一个崖畔，崖畔上有一块儿突出的平面石头，可以跳下去，穿过那一层云，尸体就掉到深涧里。但是，石头上坐着一只狼。库麦荣先是吓了一跳，从来没听说子午岭上还有狼呀，随即就镇静了，想，反正要跳崖的，让狼吃了也罢。狼却没有吃她的意思，拿眼睛看着她，好像还有些羞涩和畏惧。

“喂，”库麦荣说，“你不吃我？那你就离开那里呀！”

狼坐着纹丝不动，似乎那块石头属于它的。这时候她听见了断断续续飘过来的歌声，扭头看到从山下像绳一样甩上来的小路上有人爬着，是王顺山，竹篓里装着一卷大红色的纸。库麦荣怔了一会儿，就转身回去了。

王顺山是在草棚里待过了一个下午，女人的腮上一直泛着红。她重新洗了脸，用油抹头梳得光光溜溜了，催督着王顺山赶快离开，王顺山却不。“你背了鼓寻槌呀？！”王顺山说：“我要见他！”库麦荣觉得王顺山还真像个人物，但她知道一场恶斗就要在山上发生了。库麦荣没有想到的是两个男人平安无事，而且待在一起叽叽咕咕，最后是丈夫吆喝着她炒腊肉。王顺山从竹篓里取出瓶酒两人在土场上划了拳喝。

从此，丈夫并没有反对过库麦荣剪纸，并且他把她剪出的花鸟鱼虫飞禽走兽山水人物都保存起来。库麦荣奇怪丈夫怎么变得这么好了，问那天王顺山对他说了些什么？丈夫不告诉她。库麦荣也就不告诉了她和王顺山的事以及子午岭上还有着一只狼。

在很长很长的日子里，我看见过王顺山背着竹篓上了子午岭。也数次瞧见过库麦荣下山来到镇上，女人长腿软腰，坐在纸店的条凳子上为一群人表演剪纸。精明的王顺山从县城贩来了学生用的作业本，糊窗户的麻纸，奠祭的烧纸，再就是花花绿绿剪窗花和纸扎的彩纸，任着库麦荣来剪。又还能说话，说着让库麦荣心痒痒的话。库麦荣欢得像风中的旗子，红着脸一边骂起他，一边剪，图案越剪越复杂，竟剪出了宽四尺长丈二的一幅四月八日山神庙会图。

我就是在那一日认识了库麦荣，我喜欢上了这女人，那一张小小的脸长满了雀斑并不好看，但她的眼睛细长而幽幽放光，使你真的有遇上狐狸精的感觉。因为在纸店里剪纸时间过长，库麦荣眼看在天黑赶不及子午岭，我邀请她到我家去睡，她便同意了。但当我们刚刚在我家坐定，库麦荣却又决定要回山上去。我说是不是在外边过夜丈夫该打你呀？她说不会的，那老东西——她比丈夫少十岁，她一直这么称呼他——好久没打她了，现在就是不如以前节俭，好个吃喝，常常下山就背回整捆整捆的瓶酒，然后嚷道口寡，要她给他炒腊肉吃。人嘴是越吃越馋的，后来就在树根下挖蝉的幼虫吃，炒蚕蛹吃，也捉了麻雀和松鼠烧着吃。“你瞧他怎么喝蛇血的？逮住蛇一刀剁了头，就握着蛇在嘴里吸，蛇尾啪啪地抽打着他的脸，他还是吸。”她说，“我真丢心不下我那群鸡和兔的。”

我陪库麦荣在鸡上了架的时分赶到子午岭，护林员独自喝着酒已经醉了。他完全不顾及着我在场，红着眼斥责着库麦荣疯到哪里去了，说他中午到现在还没有吃饭。库麦荣赶紧添水烧火。那醉汉就一头伸进鸡棚里去，一抓抓一把鸡屎，气恼起来拿磨棍捅得鸡群炸鸣。库麦荣说："鸡睡觉了你泼烦不泼烦？"醉汉说："那个冒疙瘩母鸡呢？你得给我杀了它！"库麦荣就压灭了灶火，出来护鸡，两人便吵起来。醉汉口拙，气换得不快，挥了拳头来打。库麦荣拿了剪纸的剪刀，说："你过来，我不扎死你我就扎死我！"这时候我看到了奇异的场面，鸡棚里的所有的鸡，还有兔圈里的兔，猫和狗都跑过来护在库麦荣的身边，叫唤一片。

那天晚上，护林员就趴在屋门口醉了一夜。我和库麦荣坐在土炕上说了一阵话，我困得睡下了。天明睁开眼，库麦荣还在灯下剪纸。她是剪了一整夜的纸，全剪的是花鸟走兽，摆得满炕都是。我佩服这女人有这么好的心态，就琢磨她要么太有心劲，要么就是神经不对，有艺术天才的人往往神经有问题。我悄声问醉汉醒了没有，她说醒啦，嘟囔吃不上家鸡肉他吃野鸡肉呀，背了枪到后沟去了。

但是，当我和库麦荣将那一批剪纸全摆在屋外的阳光下欣赏的时候，护林员垂头丧气地回来了。他提着枪，双手空空。丈夫的一只眼是生来斜着，天上飞来的野鸡，地上跑过的黄羊和果子狸，他瞄得准准的，一声枪响，它们却带着毛跑得无踪无影。他歪过头来看到了新剪的纸，竟说了一句："剪得好！"库麦荣没有理他，我见库麦荣没有理他我也没有理他。这批剪纸，却正导致了库麦荣的人生从此变化，也使我现在再一次来到子午岭。她的丈夫已经是植物一样人事不醒地躺在床上，而她的脸上布满了紫黑的雀斑和皱纹。

她是又一回来镇上买纸，并且给我提了一篮晾干的金针菜。但她先到了纸店，在王顺山的抽屉里发现了那天她剪出的各类动物图案，很是吃惊。她问了王顺山，王顺山才把她丈夫定期偷她剪纸拿来卖钱的事说了。库麦荣怔了半日，再看着王顺山，王顺山起先还说："你的眼睛真好看，"后来就不敢看了，说："你不要这样看我么。"库麦荣说："原来你也瞒了我呀？！"起身回山了。她没有到我那儿去，一篮子金针菜就扔在王顺山的门道里。在山中河沟的流水潭里，她洗了一回澡，要洗掉王顺山留在她身上的气味，但老觉得王顺山的气味没有退掉，到崖根采了薄荷叶捣碎了又涂洗了一遍。回到子午岭，屋前的树上挂着一条绳，地上是一摊血，丈夫却在火塘边用沙锅炖着肉，旁边有一张展开的猫皮。

“你把猫杀了？”

“它是个懒猫，我嫌它不逮老鼠么。”丈夫说，“你尝尝，猫肉是酸的哩。”

这是六月六日发生的事，从六月六日晚上起，库麦荣和丈夫不再同床共枕，她把铺盖移到了西边屋里。她总是夜梦里梦见丈夫把什么都偷着杀了去吃，每日起来就要清点她所饲养的狗、兔、鸡。但她有什么办法呢，她的鸡在减数着，兔也在减数着。丈夫的肚子越来越大，大得像一个坟墓，在那里埋葬了她饲养的好多生命。丈夫的肚里肯定有个掏食虫，她想，他就是一个吃虫。

“人活在世上还不就是为吃来的？”丈夫说。

“那么……”库麦荣要反对他，但她说不出个理论，就想到了在山下他们家曾经有过的拖拉机，她说：“拖拉机也是加油的，拖拉机总不能只是加油加油，买拖拉机就是为加油呀？”她害怕起来，担心丈夫终有一天要把她饲养的鸡兔全部吃掉，还有山林里那些野鸡野兔、果子狸和松鼠。山上还有什么呢，山上还有着一只狼。

子午岭的山林在深秋后出现了虫灾，一大片一大片的树木枯死。护林的丈夫要背着药桶去喷洒，或者去挖防火沟和追截砍伐树木的偷盗者，库麦荣就坐在屋后的一个崖背处剪纸。崖背处向阳，又避风，她能看见天上流动的云朵，能看见草上的花和花一样的蝴蝶，不明白鲜艳的颜色为什么在风雨里不能褪掉；还能听到树林子里彼起此伏的鸟声，觉得好奇，也叫了一下，猜想着鸟是否听得懂她的话。这女人并不识字，可血液里很艺术很浪漫的东西在流动，她身处这种环境中显得十分冲动，剪刀下就极快地出现着各种各样的山林中的生灵。她没有见过老虎、狮子，她也能剪出老虎和狮子，她甚至也剪出了狼。她只见过一次狼，而剪出的狼那么威风和漂亮。等一抬头，那只狼竟匆匆经过前面的一条石径。

“它不像狼。”

库麦荣现在可以清清楚楚看着狼了，但她认为这狼不像是狼。因为她剪出的狼是威风和漂亮的，而这只狼是那么的瘦，毛色也不油光，脱落过一片一片，露着皮的肉红，像是害了斑秃。狼是回头看了她一眼，就匆匆离开了。她不知道它是急着要去干什么，在子午岭上，它又是住在什么洞穴里呢？她几乎每一个下午都看见狼从那石径上经过，而第二天的早晨，她起来倒尿盆子，云雾如开锅的水气弥漫在石径上，又见到狼出现在那里。“它是早出晚归去寻找食物的，”她这么想，也证实着狼居住的洞穴离他们并不远，就在附近。

库麦荣还是没有把这一发现告诉给丈夫。

糟糕的是终于一个晚上丈夫丢魂失魄地跑进屋，说他看见了狼：这山上是有狼的！她听见了，心上一紧，正在灯下缝补一件肩垫，针刺中了她的中指，她说：“你是胡说，现在哪里还有狼？十几年都没听说子午岭上有狼！”丈夫说：“真的是狼，灰色的，尾巴拖在地上像扫帚。”她说：“你那眼睛能看清是狼是狗，一定是游狗，山下谁家的狗走失了。”丈夫想了想，也以为自己看错了眼，说：“要让我再碰上，我会逮住它，冬天里你得一块儿毛褥子哩。”

库麦荣轻轻骂了一句，她瞅了瞅墙上，墙上贴着一张剪出的菩萨像，她求菩萨能让那只狼尽快地远离子午岭。

秋天过去就进入了冬季，撕棉扯絮的雪压折了子午岭上许多树。有几次天明起来，库麦荣拉开门，门外的雪像墙一样堵着出不去，只好端着烧红的铁锅，烫出一条道道。雪天里山林不易起火，也不大会有人进山偷砍木料，吃得壮壮实实的丈夫精力充沛，就隔三岔五去山下一趟，现在轮到他去山下买彩纸了，又将山下来买剪纸的人引到了山上。库麦荣见不得丈夫和那些人讨价还价，她坚持不卖，她剪纸是她的富裕，高兴了能整日整日地剪，剪出的纸贴满窗户和四壁，不悦意了又将所有的剪纸一把火烧了。她不肯卖，丈夫就和她吵，又是偷着抢着一部分卖给人家。

“卖了你再剪么。”丈夫说，“那你剪着不是白剪啦？”

“我高兴呀！”库麦荣说，“嘴是说话用的，话说过了还唱歌哩，唱歌就是高兴了才唱呀！”

丈夫有了钱，又是买酒买肉，然后就死皮赖脸爬上她的身体。

“你给咱生个娃娃！”

丈夫的动作野蛮而毛躁，犹如他干别的事情一样，她没有感到一点愉快他便起身又坐在一边喝酒了。他从来不想到她有她的快乐，他也似乎不求快乐，只想着他需要个儿子，不至于这氏族脉气断了。这个时候，库麦荣就想到了剪纸是那样的美好，也会想到那个叫王顺山的温柔男人。

王顺山是在过后的十二天早晨来到了山上，她已经原谅了曾经伙同着丈夫偷卖她剪纸的行为，她看着冻得满脸通红的王顺山，帮他卸下装着各种彩纸的背笼，拉着他的手给他搓。王顺山告诉说，镇子上又来了一些省城人，他们都冲着她的剪纸来的，但他不能引着他们上山来，他得事前征询她的意见。

她喜欢王顺山说话，但她却说：“你又骗我呀？”

“他们有的是钱，已收集着你的剪纸要出版一本画册。”

“印一本书？”

“是的，书印出来了，你就更出名了！”

“出名？”

库麦荣并没有王顺山想象中的那份激动，甚至有些茫然。在她的心目中，别人知道库麦荣和不知道库麦荣有什么区别呢？“只要你能给我供纸就好了。”库麦荣说，“你能供我一辈子纸吗？”王顺山点了头在笑。他一嘴的牙在闪着白光，她闻见了他身上的一股烟味，烟味是那么好闻。她为自己在水潭里用薄荷洗身的事格格笑起来，王顺山把她抱在怀里的时候她还笑得喘不过气。

整个上午，她的脸色特别红润，尤其在白皑皑的雪的衬托下，她开始给王顺山表演剪纸。剪出了起起伏伏的子午岭和子午岭上的树林，剪出了老虎、狮子、猴子、兔子和鸡狗，也剪出了狼和老鼠、蝎子、蟾蜍、七星瓢虫。剪出一个，让王顺山就摆在雪地上，银白的雪地上一片一片红。她眼里这些动物都活了起来，都在雪地上奔跑撒欢。她最后剪出的是她的形象，她已经人到中年了，剪出的却是头上插了花的娘子模样，娘子在舞蹈着。“我是剪花女娲。”她说，眼睛眯眯的，十分妩媚，觉得她和这些动物充满了爱，和子午岭充满了爱，和眼前这个脸刮得干干净净会说话又会温柔的男人充满了爱，她同外界的关系就是爱的关系。库麦荣不知道诗是什么，她竟是忘却了日子的艰难和琐碎，忘却了那个粗鲁和打着嗝儿臭气的丈夫，她只想拉了王顺山坐在火塘边的草铺上说话。

王顺山渐渐身子发困，眼睛也涩起来，半躺在那里，库麦荣却愈加眼睛光亮，神采飞扬。她说："瞧你这样子，我给你剪个你，像个懒猴，下了竿的猴。"

"我是你剪出的猴呀？"王顺山说，"你是我的狐狸精，吸我的精神气儿！"

库麦荣过来拧他的嘴，说你坏，你真坏，自个就一边剪着猴子一边唱歌。

歌声是"云想衣裳花想容，天上地上……"啪，一声枪响了。

枪响在悠远的地方，但很清脆。库麦荣冷丁了一下，王顺山也起了一身鸡皮疙瘩，他们都说了一句："他去打猎了？！"

丈夫确实是打猎了，半个小时后，那男人连爬带滚出现在了屋前的痒痒树下。他的猎枪上没有吊着一只野鸡或野兔，而一只手使劲儿地捂着另一只手，殷红的血滴下来，在雪地上溅若桃花。

"我见着狼啦，那不是狗，是狼，子午岭上真的有狼了！"丈夫说。

丈夫碰见了那只狼。他端起了枪瞄准，他当然又是瞄不准的。子弹射出去从狼的后腿之间射到了对面的石头上，子弹在石头上碰出一朵火花又弹过来击中了他的手掌，他是看着狼的屁眼儿里冲出一股稀粪而消失在树林子里的。

"你为什么打它，是它要吃你吗？"库麦荣尖声叫起来。

"我想吃它！"丈夫说。

"你怎么不就吃了它呢，你什么都想吃，你吃枪子吧！"

王顺山为受伤的护林员包扎了手，他也为子午岭上有狼而吃惊。但他不肯相信护林员的话，护林员却感念着王顺山今日来得是时候，他可以有个帮手了：狼使他吃了亏，他一定要再寻着狼，合伙把狼杀掉。

库麦荣对于王顺山接受丈夫的请求留下来十分失望，虽然她也明白王顺山之所以留下来的更重要的原因。她收起了雪地上所有的剪纸，回坐到屋里默默为狼祈祷。翌日，她早早起床倒尿盆，就跑到狼出没的那个山崖后。盼望狼能在那里出现，要告诉它赶快离开子午岭，她相信狼会听懂她的话的。果然，狼就在那里，狼一定是整夜地在寻找食物，而冰天雪地里哪里有食物可寻呢，已经精疲力竭，在雪地上走动着如上了年纪的老人。“噢，噢，”她口中发出了叫声，狼就站住，狼的眼睛却目光游离，看着她的身后。她说道：“你也是个斜眼？”狼的头忽地垂下来，发出咔的响声，似乎是脖颈的骨节在错位了。她明显地发觉狼的一只眼在看着她，另一只眼仍盯着她身后。库麦荣回转了头，身后已经走近了丈夫和王顺山。

“狼，狼！”王顺山首先叫起来，一个箭步扑着将她拉走，她的脚下一滑，两人都倒在了雪窝里。

丈夫在瞬间里端起了枪，但他的眼睛不好，一只手又受了伤，端起的枪摇摇晃晃。

狼并没有走，狼依然站在那里，好像是冻僵成了一尊雕塑。狼不肯走，使丈夫也惊呆了，端着的枪软下来。一只狼和三个人就那么对视着，库麦荣可怜着狼又瘦去了许多，几乎是一张皮裹着骨架，一双眼睛由白到黄到黯然无光。她大声吼叫了，推开王顺山，也一个侧身用头撞倒了丈夫，她说：“你们不要欺负它，不要欺负它！”狼在雪窝里艰难地拔动了腿，腿细得像麻秆儿，然后离开了，雪地上出现两道深深的沟。

那只狼依然还在子午岭上，库麦荣夫妇还在子午岭上，人和狼就共存着。狼没有侵害过库麦荣饲养的鸡呀兔呀，甚至连库麦荣的住屋周围也未去过。这有些像后来的王顺山。王顺山在子午岭上受过了一次惊，回来后就患了胃癌，手术后并没有死去，生命和癌共同寄存在他的身子里一天一天地活下来。但是，库麦荣和丈夫的关系彻底恶化了，发展到白日黑夜几乎不再说话。那杆枪还在墙上挂着，但没有了枪栓，丈夫知道是库麦荣藏匿了，自个儿就谋划着一个更残酷的阴谋。他在镇子里购买了火药，又将瓷碗砸碎和火药拌搅一起，然后用鸡皮包成小包儿。这些库麦荣全然不知道，等到丈夫从山下提了一篮子炸药小包儿挂在屋梁上，又晚上偷偷去沿着狼的出没地安放，库麦荣才明白了他的用心。她没有言语，也不说破，等丈夫又在喝酒，悄悄去将炸药包儿移开，回来后安然无事地剪纸，看丈夫在火塘边喝得油脸赤红，模样是那么的丑陋。

“你喝到什么时候，”她说，“还不睡吗？”

“我还有事哩。”

她知道他的事是等着那一声爆炸，但这一个晚上鸡在黎明里叫过三遍了都没有爆炸。

天明后，丈夫出去了，回来灰不塌塌地，说：“我只说人狡猾，狼比人还狡猾！”将一小口袋的炸药包儿重新放回到屋梁上的吊笼里，这个时候却轰地一下爆炸了。吊笼的绳子原本挺结实的，不知怎么就突然断了，吊笼掉在地上又弹起来。爆炸的巨大声浪将库麦荣从炕上掀落在地，她看见丈夫无声无息地躺在火塘边，像一条死在滩上的鱼。

这就是库麦荣告诉我的全部故事。她不愿意说起丈夫受伤以后怎样运到镇上医院，从此变成了植物人。还有那个患了胃癌的王顺山，她是否还和他往来，这一切她都不愿意说。我知道的也是来要劝说她的就是镇政府决定取消她管理山林的合同，付给她一大笔钱让她搬回镇上。但库麦荣不肯下山，依然在山上生活着，依然剪她的剪纸。在我来到的两天里，王顺山没有来，什么人都没有来，也没有见到她所说的狼，是狼从子午岭上真的走掉了吗，还是狼在冬天里已经饿死在某个山洞里？

“我等着那一只狼来呢，”她固执地说，“你瞧，那边林子上是出现了星星吗？”

天地间一片是黑，星星先是没有的，倏忽就出现了，孤零零地发着冷光的一颗星星。那应该是天狼星。

我钻进了屋里，漆黑的屋里弥漫着酸菜和臭鞋的味道，撞翻了放在木桌上的竹笼，笼中的蒸馍在桌面上弹了弹掉在地上，发出木木的沉响。我摸进西边的卧间，贴着植物人的床，睡在麦草上铺就的被褥上。库麦荣不愿意和植物人睡在一起，也不愿意和我睡在一起。

植物人均匀地呼吸着，但他没有知觉，我想象着我是躺在秋天的苞谷苗地里，苞谷苗在吧吧地拔节。再一次听见还坐在屋台阶上的库麦荣于黑暗里幽幽地说：“我等着那一只狼来呢。”

梅 花

那一年的冬季，天特别冷，远在秦岭深处的阿南来了信，邀请石鲁去看梅花。秦岭的梅是整整有一条沟，下了雪，花就红得像一点一点的血。

阿南是烧炭翁。五年前背了一藤篓木炭给石鲁，想要石鲁画一幅火神像的。石鲁画了，没有收他的炭，却解开了他腰带上的酒葫芦来喝。酒里泡着未绽的梅花骨朵，甜丝丝的有一股清香。待到一葫芦酒喝干，两人已经成了朋友。梅花酒是先绵后烈，石鲁在这个下午沉醉如泥，阿南则天黑走进石羊峡时酒力发作，仆倒在雪地里一夜，落下了哮喘的毛病。今冬里他气短得几次都要过去，自知熬不过春天，才写信给石鲁，他想最后见上一次高贵的朋友的面，但他没有这样说，只报告着整整一条沟的梅的消息。

石鲁收到那张写在油乎乎纸上的信，知道这纸是垫帽壳儿的头油纸，痛痛快快骂了一句：这龟儿子！眼里就簌簌流下泪来。已经是很久的时间，没有收到任何人的来信了，敢来信的只有十指黑黑两鬓白的烧炭翁！这么个雪天，整整一条沟的梅，是何等壮景。他急急地撕了纸条卷那烟末，点着了狠狠地吸，直吸得腰缩成马虾，眼睛憋得红红的，才纡纡地往外放烟，似乎他和阿南已经在那地窝棚里睡了很久很久，听见了一种很奇妙的叫声。“是狐狸！”阿南立即抓起了枪，将他推醒，他第一眼看到的便是棚门角的一根梅枝倒伸下来，枝头上湿润润的一朵花。昨日进棚，这梅枝迎风在门口晃荡，一夜间竟开了如此鲜活的颜色！他伸手去牵梅时，却发现棚门已被雪堵严，拉开门，雪并没有进来，齐楞楞一堵白墙，梅就如从白墙上长出来。阿南嘿嘿笑着，牙很黑，牙龈露出来粉红，没有再做解释，低头去烧干锅。烧得锅发红了，一拔起锅耳，像持着盾牌一般，从棚门口往出走。他就跟着走，走出了一条融消的雪洞，他看见了一个银白的世界里，梅花在各处泛红，一团金黄色的影子向远方疾去。咚的一声枪响，枪是朝天打的，枪口上冒起青烟，人被枪的后坐力击倒在雪上，呵呵大笑。

现在，被剧烈震动，石鲁却倒坐在藤椅上。藤椅已经朽烂不堪，吱吱地呻吟着，他看见青烟正从嘴角里飘出，长长的烟灰终于支持不住，掉在了棉袄外的黑色对襟罩衫上。阿南，阿南兄弟，他喃喃着，一下子衰老得满脸皱纹，窝在藤椅里如患了麻痹症的小儿。石鲁是不能出走了，这并不是因了一条跛腿，而是他被判了死缓，虽然最后没有执行，甚至已宣布解除，但他未经许可是不能擅自离开这个城市的。这座城市在中国之所以著名，是它有完整的一圈城墙，当每日的黄昏，太阳在城墙内斑驳的砖石上蚀成一个红片，墙头上逶迤而远的女墙凹垛就如监狱高墙上的挂电铃铁网的木桩。

三天前，小儿子将哺养的鸽子全放飞了，他习惯于注视窗台上的鸽棚，想象着突然那里又站着它们，但他又希望它们永远不要再回来。今日的窗口是个空白，玻璃隔风不隔寒，看得见土院豁口处卧着的病猫，院中间的冷飕飕的椿树。

“阿南，喝酒阿南！”石鲁突然叫起来，显得几分兴奋。漫长的那些岁月里，他清醒艺术家应该是孤独的，但他永远静不下来，也无法孤独，政治的召唤，事物的纠缠，以及无数爱好书画者的追随和崇拜，如一群狼一样撵着他跑。“文革”刚一开始，他即被批判了，他认真检讨着自己，竭力要改变自己的形象，企盼着他仍是这个时代社会所能信任和器重的人，但他失败了，批判在不断地升级，直至判为死缓，他才明白他们是不需要艺术的。既然如此，他倒完全地平静下来了，不邀众人赏，他可以潜心地为自己作画，为真正喜欢他的画的人作画，为后人作画了，这竟是多少年来他一直在内心深处向往的境界啊！

“你一盅！我一盅！”酒倒在了酒盅里，小小的木方桌上，石鲁端起一盅喝了，又端起方桌对面那一盅，叫着阿南的名字，酒却喝在自己口里。下酒的菜是一盘盐泡的尖椒，还有一罐茶叶，茶叶故意放霉了的，捏一撮在嘴角里嚼。他现在真正在享受着孤独，低矮的河芦做顶的平屋里，孤独得如一只瘦虎。

当石鲁耷拉下眼皮醺醺微醉的时候，这个城里的钟楼上钟声响起来，低沉悠长，响了三下，又响了一下。这使他睁开了眼，觉得奇怪。古老的钟楼离小院子并不远，其实钟楼上早已不敲钟。不敲钟石鲁是知道的，那口镌满了古文字的铁钟几十年前就从木梁上卸下来堆在楼台上，但一个月前，石鲁却每日听见钟在响，他告知家人：钟在自鸣。家人指出这是幻听，石鲁坚持他是真真实实听到的，并且每次自鸣三下。今日却怎么响了四下呢？于是他想，这一定有原因了，是钟楼有了危险的信息吗？据说钟楼下原是一口海眼的，修筑钟楼为了稳镇这座城的，钟楼下的过道中间仍有铁铸的一根碌碡粗的桩，挂着一道铁绳。石鲁听到了铁绳在响，哐啦哐啦的，直响在他的右脑壳儿里，像蚕在那里噬桑叶一样让他难受。海眼里的水要冒出来，钟楼要陷下去吗？

这个城市若没有了钟楼，这个城市是多么荒凉？！

石鲁决定去见见吴老觉。他把那条咖啡色的羊毛围巾叠得整整齐齐围住了脖子，但他不戴帽子。头顶朝天，他是从来拒绝帽子的。鞋也换上了软底毡毛棉鞋，女人的头，男人的脚，鞋是不能有灰尘的。步出了小小的土墙院，便是美术家协会的大杂院，数天前的一场雪还没有消尽，寒气一森，人脚踩过的雪泥已经成肮脏的冰块，一卷一卷风剥下来的大字报纸团软沓在那里，石鲁用拐杖戳打着冰块，笃笃地响。门房的三间小屋的那扇半掩的门立即打开了。

“石先生——你这是要出去吗？”老太太在问。

“先生？”石鲁觉得这称呼有些滑稽，但他没有纠正这位已经在门房工作了十多年的老女人。“出去，”他说，“不出城门洞的。”

“现在几点啦？”老太太说，“我没有表的。”

“中午一点。”

“石先生你来登记吧，你知道，我不识字。”老太太把一支钢笔拧开递给石鲁，石鲁看见那是一本登记册，上边的栏目里分别要求签上几点出门，往哪儿去，几点返回。

“这是新规定的，石先生，我只是看门的，看门狗……天没大晴，街上泥杂杂的，先生穿这么新的鞋？”

“人死了都要穿新鞋的。”

“……”

石鲁看着老女人笑了一下，说：“我是判过死刑的，死了的人。”

他用拐杖戳着大门过道墙上的标语，标语写着：“打倒黑画家石鲁！”拐杖就蘸着地上的泥，在“石鲁”二字上打了两个“×”，自己竟又一次笑起来。这一次笑出了声，不想竟笑掉了一颗门牙，落在了地上。

“我的牙呢？我的牙呢？”石鲁弯下腰在地上寻找。老太太帮他捡起来，牙黑得如一粒黑豆。他开始折身又往大院里走，因为门房太矮，大院右侧有一座仿古的楼阁，那曾是他接待外宾、共同交流艺术的地方，楼阁最高，落齿依风俗要撂到高处的屋顶上。

墙角影子一探，有人却在轻轻地唤石鲁的名字。这是驼背老陆，俯过身来告诉了：画家李唯自杀了。石鲁怔了一下，但并不惊骇。老陆问去不去家里看看，石鲁不去，口中吟了挽联：朝闻道，夕死可矣；今而后，尔知免夫。一步步往大门外走去。老陆一脸疑惑，听见石鲁跛脚跨过大门槛时，嘿嘿而笑：“我没闻道，老而不死必为贼啊！”

大街上，清冷异常，汽车从冰雪疙瘩上碾过，嘎里嘎哇响如爆竹。又经过了钟楼，放眼往楼顶上瞅瞅，未能瞅清那铁钟和铁桩铁绳，一堆人是集在那里叫嚣，高高的木架上弯腰站着一个受批判者。去年的夏天，那个位置上站着的是作家老杜，老杜的裤子皱皱巴巴，有人在骂：狗日的，稿费多得拿麻袋装哩！老杜说：我全交了党费了。那人伸手要扇打，却打不到脸上，一跃，吐一口唾沫，一跃，吐一口唾沫：狗日的？！谁见了！狗日的！反革命！他走过去，只是替老杜拉展裤管。这举动使批判人愣了许久，后来觉得是侮辱了他们，一阵拳打脚踢就把他打倒了，从此折了一条腿，一直在牛棚里自行长好。但现在自行长好的脚却长歪了，睡下两腿不齐，站着长短不一。他在左侧拐弯处的店里买了盏灯笼，匆匆穿过西大街，往南又往东，窄而潮的巷道里，骂起了路不平，一直骂到吴老觉小院门口。

这是一条幽长的巷子，石鲁轻摇着那染成黑色的木门上的铜环时，巷那头起了锣鼓声，一队人马逶迤而过。吴老觉这个瞎了双目的摸骨大师，如今不能公开亮着牌子，摸骨测命，却顺理成章地为人接骨按摩，他竟将门染了黑的，墙柱、椽头也染了黑。门咿呀打开，小脚的老嫂子嘴还吸着水烟袋，忽然笑道："哎哟，大白天的打灯笼，真是见鬼！"石鲁说："是鬼，要是死刑执行了，挨颗炸子，该是凶鬼！"老嫂子说："是雄鬼！"将灯笼挂在门脑上，"头发留得这么长，是不是长头发才是画画的？"石鲁说："不让人留胡子也不允许留长发吗？"

里屋内有人冷冷地哼了一声。石鲁呵呵地笑，笑得十分怪异。吴老觉在里屋后门槛上坐着，幽幽的只是背影。他原是一口好胡须，造反派说毛主席不留胡须，你为什么留胡须？吴老觉说马克思是大胡子。造反派愤怒他竟敢与马克思比，把他胡须一根根拔了。没有了胡须，吴老觉感觉似乎没有了嘴，但他终于没死掉，因为这个城市的新领导患腰痛，需要他按摩。吴老觉坐在那里，双手在一只布袋里忙活，布袋里装了小米糠，也装了敲破了的花瓶碎瓷，反复把碎瓷复原成花瓶，再搅碎，再复原。

"你把手艺越练得好，越是让领导中毒啊！"石鲁说。

"中毒？"吴老觉头拧过来，眼睛白花花翻着。

"按摩是上瘾的，上了瘾的和吸鸦片有什么不同？"

"那你嗜酒，嗜茶，还有嗜画，也是吸毒啊！"

阴影处一个人起身要走，躲不及，就站起身打招呼："石主席。"

"谁？谁是石主席？！"

"我叫惯了……"

"白老先生在这里啊？"

枯瘦如萝卜干的白葭一身红卫服，头顶上再不是那顶泰戈尔式的毡帽，软沓沓的军帽，不伦不类。

"你怎么一见他还是害怕？"吴老觉说。

"他管了我十多年。"

"我现在是行尸走肉，"石鲁说，"死刑犯嘛！"

白葭比石鲁年龄大，石鲁在延安还只是在黑板报上画插图的时候，白葭已在北京城里成了名画家。那时吴佩孚在北京，托人来要画，他画了一只鹰，后来蒋介石到北京，托人来要画，他画了一只鹰，再后来毛泽东坐了北京，他还是画了一个鹰。他们都是英雄，他只是小民。当年国民党要员让他去台湾，他问人：共产党来了让不让卖画？回答是：卖的。他就不去台湾了。但卖了几年画就不能卖了，京城里待不住，返回了老家来，仍是画不了新生活，又偷偷卖画，从延安来主持这里美协工作的石鲁，少不得要抓典型，点名批评。

石鲁坐在条凳上卷烟卷，跛腿怎么放都不舒服，抱起来架在另一条腿上，吃烟的样子像个猕猴啃梨。

“白老先生，听说判我死刑后，你为我烧过一沓‘上路纸’？”

“这谁告诉你的？”

“听了这话我兴奋得喝了一斤烧酒，我是喝醉了三天，身上脱了一层皮，像蚕一样的。”石鲁要站起来，没站稳，“夸啦”倒在地上，突然说：“白老先生，我对不住你！”

吴老觉和他的老婆莫名其妙，白葭却听得明白。

“吓，谁对不住谁呢？”他说，“石主席，我还真希望你管我，点名批评我，让他们批，他们把我的家都抄了！”

石鲁心里酸酸的。“你牙疼？”看见白葭捂着半个脸，吸冷气。

“他们扇我耳光，一颗牙掉了，满嘴牙全松脱了，动不动就疼。”

“我给你治治，”石鲁说，“老觉会接骨，却不一定能治了牙的。”

把白葭的头压在门扇上，掐左耳轮下的穴，白葭杀猪般地叫。叫声钻进脑壳儿里，石鲁感觉里又是蚕在那里吃桑叶，接着是钟楼的钟在鸣，铁绳在拉动。他问：钟楼上的钟一直是鸣三下的，今日怎地鸣了四下？

似乎吴老觉、吴老觉的老婆和白葭都没在意他的话。

“老觉，你测测，钟楼要塌陷吗？”

这下吴老觉是听清了，仄耳逮外面的声音。但钟楼上的钟没有鸣，院门外轰隆隆地涌进一阵锣鼓喧闹声。

“石主席你知道吗，毛主席发表诗词了！”白葭说，“今冬雪下得多，北京城里的梅花也开得好哩。”

“就为这个庆贺了？”石鲁说，“什么诗词，你念念。”

“……俏也不争春……她在丛中笑……”

“……”

三个都不再言语，吴老觉的老婆不停地吹着纸煤儿，呼噜噜呼噜噜吸足了一袋水烟，说：“伟大领袖还是伟大的诗人。石先生，你看看那幅画怎样，老觉是瞎子，我又不懂画。”

石鲁这才看清在门角靠着一卷画，画背面写着：呈北京中南海。打开是六尺整张的一幅《咏梅图》，梅繁如锦，红艳无比。

“石书记，”白葭有些不好意思了。“你看看，这是我为领袖诗词写意的，从来画梅萧疏冷艳，我画得热闹……”

“你是让老觉来预测呈画的命运吗？”

石鲁始终把画倒着看，说：“白老先生，看来我还得批评你，你这又想卖钱啊！”

“我这是画给中南海的，老觉要给省革委会主任治骨折的，他是能见着主任，让他呈上去的，我向中南海要钱吗？”

“那要什么？”

石鲁还是倒着看。“我不会画梅花。”他说。

“你怎么不会画梅花？石鲁能不会画梅花？！”

“你这梅花不是争春是霸春，我只知道梅花不是媚花！”

石鲁站起来往外走，一瘸一瘸的，拐杖敲打着地，把吴老觉的谷糠布袋也撞翻了，吴老觉顺势夺过了拐杖，叫道：“石鲁，石鲁！”

石鲁还未回头，一拐杖打在了他的跛腿上。石鲁哎哟倒在地上不得起来。吴老觉说：“你就这么要走吗？钟楼塌不塌关我屁事，可我得给你这四川龟儿子治腿啊！怎么样，打断了吗，不打断让我怎么给你重新接好？！”就蹴过去捏那断腿，捏得骨子碎片咯吱咯吱响。石鲁骂：“这龟儿子！”就是不叫唤。

“你疼了就叫。”

石鲁还是不叫，人却昏死过去了。

等石鲁醒来，他已经躺在自家的小屋里。吴老觉用一种鸡屎一样的膏药敷在腿上，又包了几袋中药让石鲁的老伴在家里煎熬，他看见那熬过的药渣中有蜈蚣、蝎子和簸箕虫。“把蝎子挑出来，你放在瓦页上往火上烙，烙焦了我来下酒的！”

雪又扯棉撕絮地下了一夜，接着红了三天太阳，消融的雪水滴滴答答从芦棚屋檐上往下滴。石鲁七天里没有下床，他听见了钟楼上依旧有钟鸣，铁绳哐啷哐啷在动。他让儿子一定去钟楼看看，儿子从钟楼下回来，告知每日有庆贺诗词发表的游行队伍，今日高音喇叭上已播放了为诗词谱的歌曲，一批画家把一批画梅的画也挂在了钟楼四面墙上。

傍晚，城墙箭楼上的寒鸦飞在了土院中的椿树上，那只老而病的猫还卧在院墙豁口，飞下来的寒鸦落在不远处，它也不理会。老伴拌了食招呼它下来，它也不来，也不说声：咪。老伴说：“它怕是要死去了吧？”石鲁转过头去，面对了屋墙壁，屋子里突然光线暗了一下，听见老马一脚踏进来，高喉咙粗嗓门地喊：“石先生，石先生，怎么腿又断了？断了也不让儿子来告诉我一声！我说哩，画家到底有架子，我不来请你去吃羊肉泡馍你就不来，还得我送上门来呀！坐起来坐起来！”

石鲁坐起来，一海碗热腾腾的羊肉泡馍放在桌子上，高颧骨的老马还在连说带笑地催促他，声音震得芦棚上落下几粒土来。“文革”以来，石鲁隔三岔五要去老马家的羊肉泡馍馆吃一海碗，这个四川人的胃除了天生的能吃尖椒、虎皮椒外，这座北方古城的饭就唯一喜欢上了羊肉泡馍。老马是不怕石鲁的，他是百姓，出身又好，也不需要什么前途出路，给石鲁免费吃了羊肉泡馍了，还要灌酒喝。石鲁贪酒，酒量却愈来愈小，常常就醉了，脱了鞋蹴在条凳上要说：老马，别人上批斗会吃不下睡不着，我倒能吃能喝，只是吃昧心食，老不见胖嘛！老马说，吆头牛进你肚里也体现不出个社会主义优越性来，难怪是反革命！石鲁就说：今日白吃，或许是你前世欠我的。待到我死了，你记住，要在我棺材里再放一碗羊肉泡馍的，要优质的！但吃喝毕了，却嚷道取纸拿笔来，就画一幅画给老马。

现在，石鲁就坐床上吃完了一碗，说：“我不能给你画画了。”

“我不要你的画！”老马说。

“画账是要还的！”石鲁说，“明日起，你每天送一碗过来，一碗一张画，你爱不爱我的画，我是要给你画的，拿去糊窗子是你的事！”

老马咧嘴就笑，嘴大得能塞个拳头，头一歪悄声说："我给你保存画哩，将来我要给你出个大画册！"

隔日一晚老马又来了，提出往秦岭深处阿南那儿去的事，说城里规定死了人不准土葬的，但现在世道混乱，往往有死了人的，家属半夜装了棺材出城的：我们把你装在假棺材里抬出城。老马拍了胸膛，敢保证能成功，他的老表就在城南门口治安巡逻队里。

石鲁却对秦岭深处的梅花不感兴趣了。

"你听到没听到钟楼上的钟在鸣？"他问。

"没有。"老马说。

没有？怎么会没有呢？！他要求把他连人带床抬到院子去。

院子里终于没风。四堵土墙，一棵椿树，豁口处的老而病的猫不见了。石鲁嚷叫着要喝酒，掉了一颗门牙的嘴皱着像个黑洞，手指甲老长老长，用力地抓着酒盅，喝了一盅又一盅，接着嚼尖椒吃霉茶。说："老马，你是个好党员！""我不是党员。""不是？怎么能不是？！我现在才觉得，我这一生是为阿南活着，为你活着，把笔墨拿来，我为你画画，你要什么画？""我不要了。""我的画不好？""好，你是中国当代最伟大的画家！""那你为什么不要？"老马拿眼睛看站在门口的石鲁老伴。

老伴忙闪过门内，叫着老马帮她挪挪火炉子。老马立即进来。老伴低声叮咛：不能告诉他。老马保存的那一批画被邻居告发给街道办事处的造反派，于前一天中午造反派逼着老马交出来，当场一把火点着烧了。但老马拍有照片。

石鲁还在院子里发问："你不要我的画了？龟儿子你以为我那些画是敷衍你吗？我知道你会保存我的画的，格老子就是谋着你把它藏起来，将来出画册哩！你今日要什么画？我给你画这个院子，你说画什么？"他喃喃起来，大声追问老马，老马从屋里出来，却听见他在说：哦，四四方方的土墙围着，中间一棵木，四四方方的土墙围着，坐我一个人，是什么，是"困"字，是"囚"字……窝在床上渐渐声调低下去，一声不吭了。

第二十二天，石鲁站了起来，他的腿直了。他骂吴老觉是神人，提了酒要去谢吴老觉，经过钟楼前的肉铺，看见一大队人在那里排队买肉，寻思应该有下酒的东西。他排上了队，排到跟前了，卖肉的问买什么肉？他说：苦胆，猪苦胆。卖肉的疑惑地看着他，立即恼怒了：不卖！他还要争辩为什么不卖，卖肉的和所有的买肉的吼道：你捣乱什么，你是不是神经有病，滚！被轰出了队列。

他的学生，曾经跟他一块儿去陕北写生过的年轻的业余画家王镇恰巧经过钟楼，瞧见了老师在马路边叫嚣：岂有此理！忙拉了他到避背处，说是正要去老师家的，问老师知道不知道白葭把画托吴老觉送到省革委会主任那儿，主任大加赞赏，已特批解放了白葭。

石鲁叫道："他是伪装的！"

王镇说："这画主任准备要转呈北京的，没想中央来了一位大人物，看了画，突然萌生要一百个画家画梅花，举办个祝贺毛主席咏梅诗词发表的百梅画大展。这位大人物还问到你。现在省上已组织了筹备班子，让画家欧阳清具体负责，欧阳清让我给你口信，要你也出来画一幅。这意思你明白吗？"

"明白。"

"这可是个机会。"

"我不画。"

"不画？"

"不画。"

"老师……你得学会自我保护啊……"

"我不会画！！"

石鲁恨恨地扭身就走，他没有向学生告别，也没有去吴老觉家，硬着黑筋筋的脖子回到土院的家里。

王镇并没有生老师的气，去羊肉泡馍馆拉了正在汤锅下料的老马，一块儿到石鲁家劝说石鲁。石鲁并没有独自在家喝酒，而是将所有的墨汁倒在脸盆，放了胶，也倒进了那瓶酒，和着染刷土屋的门和窗，连椽头也染刷了，亮在土墙上的长长的柱子也染刷得乌黑，说："瞧，像不像青海的那些寺院？白墙黑柱，白的窗纸黑窗框，有明清家具那种简明的线条和色块味吧？"

王镇当然是小心翼翼地劝说，老马似乎直了嗓门在指责，但石鲁也生气了，狼一样吼叫：格老子就不画！爬到梯子上再去染刷檐角，颤巍巍地举着墨汁脸盆，人和脸盆一起摔下来。老马把石鲁抱在了怀里，他突然听到石鲁在哀求他："你能带我去秦岭阿南那儿吗？"老马说："我不带你去。"王镇在那一刻里瞧见了他的老师枯瘦的脸上有了两道泪，蠕蠕地往下滑行，泪水混浊而稠，向下滑行，后边的泪痕立即就干了，泛着白色，如同旱蜗牛爬过了墙壁。而一头粗硬漆黑，几乎乍起的长发，风掠过一般向四边倒伏，并且从发旋部开始发灰、发白，一圈一圈白成霜后的草，白成银丝。

这城里的一批画家画完了他们的咏梅写意图，国内各地一些画家也应邀画完了他们的咏梅写意图，这百幅梅花皆繁枝烂漫，大红热烈。在大型画展隆重开幕的那一天，土屋里的石鲁开始不吃饭，整日喝酒，他已经严重酒精中毒了，牙齿脱落了一半，手类如鸡爪，家人让他吃饭，他用没牙挡风的嘴含糊不清地说：院子里的椿树不吃饭，只喝水，我也喝水，酒是水。

在他将酒喝过之后，他似乎很有了精神。从藤椅上下来钻到床下，钻到杂物间去收寻工具：斧子，锯子，雨鞋，刀子，还有一节铁丝和布袋，布袋里装着毛笔、墨块和宣纸，准备去秦岭逃窜。并且绘制了秦岭路线表，上边密密麻麻标着红色的箭头，如电影里红军的作战图。

家人报告有关部门：石鲁疯了！

石鲁真的疯了。他终于走出了这座城的门洞，来到了苍苍茫茫的大秦岭。深如海一样的秦岭里，石鲁出奇地竟没有走错路，寻到了阿南的地窝棚屋。但阿南已经死了，梅花沟的梅花也差不多花落成泥，他站在阿南曾经病死的床前，看见了那用石块干打垒起来的墙上，贴着的正是自己画的火神像，拾起屋角一堆残留的木炭中的一块儿，在画像边写下了一副对联：

人去屋已空
我来梅正残

回头从门口望出去，山的远处是古城的方向，他再一次听见了古城的钟楼上的钟在自鸣，这钟声如天上的月亮一样，他走多远月随多远，钟声一直在伴着他吗？

写于一九九七年二月一日至二日

注：这篇小说其中一部分素材是根据王川同志掌握的史料创作而成。既是小说，除了石鲁之外，别的人物已不再具备原型的真实，请勿对号入座。

艺术家韩起祥

从榆林北的横山来到了延安，韩起祥就一直在延河桥头说书。那时的延河桥虽然还是一座木桥，冬天里铺架着，夏季长长的日子里却抽了木板放在小学校的土墩上当课桌，但那儿有一片空场子，有一个河神庙，来往的人多，三六九日又逢着集会。

那个早晨，太阳还暖和，韩起祥就坐在庙门口，他穿得臃臃肿肿，小腿上系着竹板儿，睁着一双瞎眼，拨怀里的三弦。手的拨动和腿的闪动配合着，丝竹一齐价响，嘴里却含混不清地发着肉声，像噙着了一颗核桃。韩起祥的声音原本洪亮，吐字也干脆，他的含混是在招惹行人，这如戏开演前的吵台。“铮铮啷铮铮啷，铮铮啷铮，铮啷铮铮铮铮铮”，节奏愈来愈激越，脚腿有力地踏动，一会儿就尘土飞扬，眉毛胡子都变灰变粗了。一群人遂立定了步看他，有挑担的，有背了筐的，有的赶着羊和驴。羊在主人的胯下温顺安静，驴却掀开厚厚的嘴，在寒气里长声嘶鸣。

韩起祥也扬着脸看着人群，但瞎眼永远看见的是黑暗，他就被完全陶醉在自己的音乐里了，眼皮眨得飞快，像鸡要产蛋时的屁眼儿。人们担心的是那鼻尖下吊着的一颗清涕，亮晶晶的，就要掉下去，却到底没有掉，大家就松了一口气。

“瞎子瞎子，你弹得好！”

韩起祥听见了叫好声，仍浸淫在音响里不能出来，腿是不动了，竹板安息，手指头还又拨了一下三弦，铮泠泠将一把豆子撒在盘中了，才收住，便仄了耳朵听瓷碗的响声。韩起祥的耳朵非常灵，从碗的声响里逮听出有人丢进去是一枚铜子还是一颗小石子，或者是一张面值多少的纸钞。遗憾的是瓷碗里细微的声音是一只苍蝇起飞的响动。

“瞎子，瞎子，”有人又在叫他，“你是真瞎子还是假瞎子？”

“我是说书的。”

在陕北，说书是盲人的专利，明眼人是不能抢残疾人的饭碗的。韩起祥要证明着自己的正统，把眼皮掰开来，红的眼圈里是一颗白的眼珠，他听见有人说：哟，像煮熟的鱼眼！韩起祥就笑了笑，从怀里取出个油乎乎的硬纸本儿，放在了脚前的地上，说：“我是白云山赛书会上的状元。”

白云山有陕北最大的道观，十年前曾有过千人赛书会。

“莫不是那个小书圣？”

“那时候是小，现在老了。”

“小书圣，小书圣，”人们兴奋起来了，“你给我们说一段，说得好了，晌午管你一顿捞饭！”

“要《封神演义》吗？”

“要短一点的，能抓人的！”

韩起祥摸了摸肚子，他的肚子很大，似乎里面全装了书，想了想，就抿了抿嘴，突然如折竹裂帛一般，弦音和板音一齐炸响，他说唱开了：

红洋布袄袄扣门门开
一对对奶奶滚出来
上身身搂定下身身筛
　　哎哟
好盛（注：太好了）的妹妹你解不开

好几双的拳头砸在韩起祥的头上。韩起祥的感觉里那是几双棉花锤儿，而且从“太酸了，你瞎子太酸”的骂声中，分辨出这是五个三十出头的婆姨，两个胖点，两个瘦点，一个牙齿稀得缝儿能藏米粒，爱抖胸摇腿。

“妹妹解不开，你一个瞎子就解得开？你混不上碗饭了！”她们说，“听说你会算卦？！”

“瞎子都能算卦。”韩起祥说。

“那你算算我们五个中谁是寡妇？”婆姨们说，“算准了，你摸摸，这枚铜子就归你，算不准了这个瓷碗我们可要拿去喂猫呀！”

韩起祥说：“让我算算。”手指在掐，耳朵却在动。韩起祥的耳朵高过了眼眉，耳尖像兽耳一样往上耸。“谁是寡妇？寡妇的头上有三根白发哩。”

四个婆姨就扭了头往一个婆姨的头上看，韩起祥立即逮听了四个扭头的声响，他指着了一个婆姨，这婆姨哇地就叫起来。

从此，这寡妇天天来桥头帮韩起祥哄场子，唾了唾沫，把烟叶在腿面上搓成卷儿让他吸，又把两颗铃铛系在他的探路棍儿上。许多许多的人十年前就风闻过白云山赛书会的“小书圣”，但从未见过，跑来让说《三国》，韩起祥连着说了五天，让说酸曲，韩起祥一段一段能说上百个。他们就将馍馍往他怀里塞，提了米酒给他，说：“毛主席是福星，他一来延安，什么样的能人奇人都来了！可惜是瞎子。”寡妇说：“他银盆大脸的！”众人就取笑寡妇，寡妇捡了驴粪蛋掷多嘴的人，偏对韩起祥说：“我家有孔废了的窑，你住去！”韩起祥只是笑着，叫她是大嫂。韩起祥在延安了多半年，没有人撵他，也没有人拿了麻绳威胁着要抢劫，晚上睡在河神庙的泥塑后，巨大的鼾声从庙门缝中传出很远。

又一个落雨天，韩起祥在庙里说《岳飞传》，三弦紧拨，如一锅的炒豆在蹦，他面前的孩子就越坐越近，越坐越近，仰着的脸被飞溅的唾沫全淋湿了。这时候，一匹马噔噔噔地从桥的那头跑过来。孩子还以为三弦在弹，弹出了马蹄声，待到庙里忽然光线暗下来，一个黑影又正好印在塑像上，金河神变成了黑河神，孩子回过头来，一个穿军装的人站在那里。

“汪东兴！”有人说了一声。

汪东兴是毛主席身边的人，听说书的孩子就见过，毛主席走在杨家岭的小路上，汪东兴常提着一把锨在后面厮跟着。毛主席喜欢在空野里大便，汪东兴就先用锨挖个坑，然后将大便埋掉。但韩起祥认不得汪东兴，他的感觉里，庙里是进来了一个有头有脸的人物，因为有头有脸的人物脚步沉稳，虽然一路驱马奔来，呼吸仍然舒缓。

汪东兴说："韩先生，毛主席请你去说书。"

"毛主席？！"韩起祥忽地站起来，不敢相信自己的耳朵，"我是个要饭的，毛主席请我？"

汪东兴并没有多说话，转身就往庙门外去，韩起祥拿了三弦也就跟着走，走出庙门了，却顺着庙后的一条斜路朝河边去。汪东兴说："你往哪儿呀？"韩起祥说："我洗洗脸。"斜路上他走得一步都不差，径直踩上一块儿石头，掬水洗脸，然后返上来。汪东兴让韩起祥骑到马上，韩起祥不敢。韩起祥不敢骑马，汪东兴也不敢骑了。延安城的街道上，人们看见汪东兴在前边牵着马，韩起祥拿了三弦跟在马的后边，他们已经知道是毛主席请了韩起祥去说书，又羡慕，又嫉妒，嚷嚷道：水坑！水坑！韩起祥不管了水里泥里，只是往前走。

韩起祥一直被领到杨家岭毛主席住的窑洞前，汪东兴让韩起祥在一棵枣树下站定，就去禀告毛主席，毛主席从窑里走出来，两只手在身后边甩，说："韩先生来了！"让进了窑里坐，韩起祥没有坐，手心已经出了汗。

"你坐嘛。"毛主席说。

韩起祥还是不敢坐。

"立客难待啊！"毛主席说，掏出一支纸烟要吸，但口袋里没装火柴，喊汪东兴把厨房里的火柴拿来，韩起祥说："我这儿有"，从怀里摸出一根火柴，在窑壁上一擦，擦着了，递到毛主席的纸烟前，说："毛主席你要听个啥？"

"不急，不急，"毛主席说，"东兴，给厨房说一下，韩先生中午在这儿吃饭，吃一碗稀饭。"

韩起祥说："不，不。"心里却嘀咕：给我管饭，却只吃一碗稀的？

"不能多吃，"毛主席说，"吃得饱了说不成书了，是不是韩先生？"

毛主席竟然连说书前不能饱饭都知道，韩起祥就不拘束了，坐在了凳子上。毛主席也是坐在他的对面的，一边吸着纸烟一边问他的话。先问他是哪里人，韩起祥说榆林横山的。问眼睛是生来就坏了还是半路坏的，韩起祥说四岁上患了天花，满脸的痘儿，他抓破了痘，毒水钻进眼里，眼就瞎了。问几时开始说书的，韩起祥说六岁。问师傅是谁个？韩起祥说师傅叫高文旺。再问师傅怎么没来延安，韩起祥说师傅死了，师傅在横山遇到过刘志丹，他把红军的标语藏在三弦里，被民团发现枪毙了，他没有救下师傅，但枪毙的那天，有人用馒头要蘸师傅的脑浆吃，他护住了尸首，买棺材埋了师傅，才来延安的。

毛主席嗞儿嗞儿吸烟，把烟头从窑里扔了出去，说："你来了延安，你觉得延安怎么样？"

"延安好！"韩起祥说，"陕北十年九不雨的，日怪得很，毛主席来了，延安三天两头的雨，沟沟岔岔都涌扎了庄稼。"

毛主席哈哈笑起来，说："韩先生，听说你还会算命，你给我毛泽东也算一算？"

"毛主席不用算，这世界一满都是你的。"

"嗨，话不能这么说，世界是人民的，毛泽东是人民的勤务员嘛！"

饭熟了，毛主席吃了两碗，韩起祥吃了一碗，他拿起三弦就要给毛主席说书，他说："毛主席，我给你说个啥书？"

"随便。"毛主席说。

汪东兴却走过来，抹了抹韩起祥的嘴，嘴角沾着有一粒米。韩起祥就闪电般地眨着瞎眼，开始长声唱起来了：

说一个女子本姓刘
不长个子只长奶头

汪东兴脸色都变了，说："哎，哎，你怎么说这个？"

毛主席挥了挥手，说："让韩先生说么，韩先生你往下说。"

韩起祥被打断，只好从头又说：

说一个女子本姓刘
不长个子只长奶头
一长二长像拳头
三长四长像葫芦
五长六长像皮球

长呀长呀长大啦

赛过了西安的钟鼓楼

毛主席哈哈地大笑了，说："韩先生，你去过西安的钟鼓楼？"

韩起祥说："没。"

毛主席说："革命成功了，你就到钟鼓楼上说书去！"

毛主席让韩起祥继续说，韩起祥又说了三个段子，但不是酸的就是情歌，说毕了，问："毛主席爱听说书？"毛主席说："三弦说书这形式好啊！"韩起祥又问："我说的这些书是不是旧了？"毛主席说："是旧了些，你可以编些新书嘛。"韩起祥说："我不会编新书。"毛主席说："那我让周扬他们帮你编。"韩起祥说："周扬是谁？"汪东兴说："是些文人，他们会找你的。"毛主席就说："三弦说书延安需要呀，韩先生，你就留在延安，我毛泽东把你养活了，你就多说新书，多带徒弟，韩先生不仅是三弦艺人也要成为三弦战士啊！"

韩起祥从此结束了流浪要饭的生涯，他没有穿灰色的土布军装，但他属于了边区文工队的一员。周扬带了几个作家为他编写新书，却怎么编都不生动，反倒是他们一出新点子，韩起祥很快就以他的话说出一大溜。周扬便说："韩先生真是个天才，你就看着延安的新生活自个儿编吧。"韩起祥说："我是个瞎子。"周扬说："你这瞎子比明眼人还清亮！"韩起祥开始游走于延安城和延安城的周围村镇，遇见什么新鲜事儿随即编说，他真的就能出口成章，惹得一群娃娃和婆姨总跟着他。跟着韩起祥的娃娃、婆姨伙里，那个寡妇是最积极的，除了给他做饭外，总想弹一弹三弦，但这寡妇手笨，怎么弹都是噪音，只好在韩起祥讲他过去恓惶时做忠实的倾听者。她说："你咋不把你的经历编成书？"韩起祥说："编我的经历？编出来了算不算新书？"寡妇说："你到延安是翻身了哇，现身说法怎不是新书？"韩起祥说："你识字不？"寡妇说："识不下多少。"韩起祥激动了，伸出了手来握寡妇的手，寡妇塞给他了个大萝卜。韩起祥把萝卜吃了，说："这萝卜水真大！"

韩起祥在寡妇家废弃的土窑里住了半个月，他说一段，寡妇用炭在窑壁上写一段，然后再念给他，他记住了又往下说。寡妇所在的那个村里人都知道韩起祥是住在了寡妇的窑里，叽叽咕咕地就说他们倒厮配，有好多人借故就跑来了，说："你家有扫帚吗？借我用用。"寡妇将扫帚取了出来，人却并不拿扫帚就跑走了。或者有人立在窑前喊寡妇，寡妇出去问什么事，来人只是笑了说："韩起祥眼睛不好，可身体好哇！"韩起祥在窑里听见了，没有言语，当天夜里就又回住到了河神庙。

韩起祥最后在河神庙里完成了他最长的新书，起名就叫《翻身记》，能说六个小时。周扬来听他说了《翻身记》，激动得给韩起祥买了一坛子烧酒，那个晚上，韩起祥是喝醉了，拉着周扬的手，说："你说《翻身记》好，那你要给我办一件事哩！"

周扬说："啥事？我办不了，还有毛主席哩！"

"门头沟有个婆姨，是个寡妇……"

"噢，这事我也听说了，你让我做媒人呀？"

"不，不，"韩起祥说，"你去门头沟要给那寡妇洗清白哩，我韩起祥没有碰她，我担了个赖名义。你信不信？你要信的！"

周扬把《翻身记》笔录下来，让毛主席过目，又汇报了韩起祥和寡妇的事，毛主席当场批示了要边区的报纸刊登《翻身记》，就说："那小寡妇你见过？"周扬说："没见过。"毛主席说："让韩起祥娶了她，不就清白了嘛？！"

周扬再找韩起祥的时候，韩起祥正在枣园村说他的《翻身记》，黑压压坐了几百伙人。说到经受过的苦，韩起祥没哭，台下的哭成一片。说到了延安的好光景，台下的全站起来，踢踏着脚，拍打着屁股上的土，喊："毛主席万岁！"呼声和尘土轰得树上的鸟儿都飞了。待说书完毕，周扬拉韩起祥到一边，才要祝贺他说书成功，韩起祥却说他把《翻身记》改了一段，要周扬听听改得如何：

早起馍馍晌午糕
晚上捞起切面刀
头道韭菜二分半
冷调猪头捣辣蒜
轿上来马上去

丫环伙计听使唤

韩起祥说："这是财主家的日子，改得行不行？"

周扬说："改得好！"

穷汉穷汉
揽工受难
早上是钱钱饭
晌午黑豆捣两半
晚上滚水把肠子涮几遍
提上篮篮满山转
苦菜根根噎着咽

韩起祥又说了一段，说："这是说穷人的。"

周扬说："改得好！"

这时候了，韩起祥才问周扬："你寻我有事？"周扬说："我告诉你，你可以娶了那个寡妇。"韩起祥生气了，说："你把我韩起祥当什么人了？！"周扬说："这是毛主席说的。"

但是，韩起祥带着毛主席的指示去找寡妇，寡妇却出事了。寡妇没有经受住村里人的闲言碎语，要求参加了民工队，随部队去了南泥湾。她在南泥湾挖一孔窑时，窑塌了，被土埋在了里面。韩起祥赶到了南泥湾，扑倒在寡妇的坟上不起来。陪他的人说："你哭一场吧，哭了心里好受些。"韩起祥没有哭，将探路棍插在坟头，风刮着，棍儿上的两颗铜铃撞得叮叮地响。

从南泥湾返回延安的路上，韩起祥病倒在了双合镇。他歇了八天，却听到了镇上一个婆姨闹离婚的故事。这婆姨先是嫁给了人，却爱上了一个参加了革命的后生，经过了千辛万苦，终于成亲。韩起祥一个晚上编了段说书，就沿途直说到了延安：

对面价沟里拔黄蒿

我男人倒叫狼吃了
先吃上身子后吃上脑
倒把我老奶奶的害除了
黑了吃来半夜里埋
投明做一双坐轿鞋
吃菜要吃白菜心
寻汉我要寻上个八路军

回到了延安，城里城外相当多的人家在办婚礼，数天里总能听到噼里啪啦的爆竹响，倒纳闷：怎么连续着都是好日子？清早起来，韩起祥往南街“马记羊肉店”去吃杂碎汤，一支迎亲队吹吹打打地就过来，他往路边闪了闪，才站到门面房的台阶上，就听见有人喊：“韩先生，韩先生！”韩起祥等候来人说话，却听旁边有婆姨说：“你喊韩先生干啥呀？”那人说：“我那三女子也要结婚的，韩先生会掐算，选个吉日。”婆姨说：“他才从南泥湾回来，你不知道他的事吗？”那人噢了一下就不言语了。韩起祥便大声说：“我给你算算，但你得请我吃水盆羊肉！”

在羊肉店里，韩起祥问了生辰年月，一边搬弄着指头在心中默算，一边说：“刚才是谁家结婚？”“油坊老三的儿子。”“老三的儿子不是还小着吗，老三看着别人抱孙子也急啦？”“他儿子这次要去黄河那边的山西去。”“山西去？”韩起祥忙问怎么回事，弄明白了，原来是在延安的部队定期轮换着去各抗日战区，这次山西吕梁山那儿有战事，北边还要攻榆林城，部队上调动的人多，支前队的数量也多，好多人家就都在出发前给孩子办了婚事。韩起祥嘴里噢噢着，说：“这应该，这应该。”仰了脸，把生辰年月又掐算了一遍。

吃毕了饭，韩起祥去了一趟文工队，文工队也酝酿着组织两个小组，准备着去山西和榆林，韩起祥就要求他也要去，队长不同意，说他眼睛不好，韩起祥说：“那我咋从榆林来的？”队长说：“这是随军哩，不是沿途卖艺的。”两人谈不拢，韩起祥便置气走了，走过一条小巷，狗咬得汪汪汪，他走不过去，旁边一户院门哗啦打开，有人就把他拉进院去，说：“这不是韩起祥吗？”韩起祥说：“我是韩起祥。”便听见上房屋里有嘤嘤哭声。韩起祥便问：

“咋有人哭呢？”那人说：“是我新过门的儿媳。”韩起祥说：“才过了门小两口就打架啦？”那人说：“不是的。”上房屋里就走出个后生来，说：“我说吃饱了吃饱了你还是让吃，还没上前线哩倒要我吃死呀？！”后生的爹就骂道：“你给我闭嘴，啥子活呀死呀的话！”后生说：“你来闻闻么，出气都是鸡蛋味！”原来新娘子过门了三天，天天三顿煮了鸡蛋让新郎倌吃，煮的吃伤了又炒着吃，炒的吃伤了又蘸着辣子蘸着糖让吃，为吃鸡蛋小两口置气捣嘴。韩起祥笑了说：“没人吃了，我肚子还饿着哩！”新媳妇给韩起祥端了一碗，韩起祥用筷子搅搅，一碗开水里一颗荷包蛋。他嘴唇咂得生响，瞬间说吃完了，将碗放在窗台上，开门就出去了。

韩起祥一走，新娘子把门就关了，说：“这样好了，好过了瞎子！”去窗台收拾碗时，却发现开水是没了，荷包蛋还在，院门外的巷子里是韩起祥弹着三弦在唱：

老麻子开花结疙瘩
八路军家的老婆守活寡
你当了八路军我守寡
革命成功了再回家

这段新书词，三天里传遍了延安城。毛主席派汪东兴给韩起祥送来了一篮子鸡蛋。韩起祥说：“毛主席怎么给我送鸡蛋？”

汪东兴说：“你不是没吃上鸡蛋吗，毛主席要你饱饱吃一顿！”

韩起祥说：“这事毛主席都知道了？毛主席还说啥了？”

汪东兴说：“毛主席说你是艺术家！”

韩起祥说：“你不要走，我要请你吃荷包蛋！”

这一顿，煮了二十颗鸡蛋，汪东兴吃了六颗，韩起祥吃了十四颗，说：“果真吃多了就不香了！”夜里肚子鼓得睡不着觉，起来绕着房子跑圈圈。

攻打榆林的部队开拔，韩起祥到底还是跟着去了。战士们很热火他，一休息下来就叫嚷着“来一段！来一段！”但战士们老爱听酸段子，韩起祥先是不说，耐不过死缠硬磨，就让放了哨，不要首长知道，便说开了。到了榆林城外，宣传小组站在行军路边表演节目鼓动士气，韩起祥坐在土峁上，弹着三弦说了一段又一段，战士喊：“编个新的！”韩起祥白花花的瞎眼就激烈地眨动，手指头在三弦上一拨，口里的词随即出来了：

麦叶子黄来竹叶子青
八路军要打榆林城
长枪短枪马拐子枪
胸前还挂个望远镜
一举打下榆林城
一人领一个女学生

师政委骑马刚刚路过，听见了，下了马，把韩起祥叫到一边，骂道：“你是谁？”

“我是韩起祥。”

“知道你是韩起祥！你是来卖艺的吗？”

“我是三弦战士。”

“三弦战士有你这样动员的？共产党闹革命是为人民谋福利的，不是为自己抢老婆！”

韩起祥被剥夺了随军的资格，打发着让他走了。韩起祥坐在山峁上被风吹着，就从破棉袄的窟窿里掏棉絮子擦眼泪，掏一疙瘩擦了，再掏一疙瘩擦了，脚下的酸枣丛上白花花一片。半夜里，韩起祥背着三弦下了山峁，顺着无定河岸滩走，走了十里，又返回十里，他不知道该往哪里去，鸡娃叫着天就亮了。

无定河边是韩起祥的故乡。三岁的时候，娘背着瞎了眼的儿子去投靠舅舅，舅舅不收留，还骂了妹子回全人都难活着你还留这个瞎子干啥？娘背着他在无定河岸上灰沓沓走，天又下了雨，河里起了洪，娘觉得当哥的也骂得对，真不如一死了了，就在雨地里哭了一场，抱着他往河里去，在岸上避雨的苏老泉瞭见了，硬是过来把他们母子救下。这苏老泉认识高文旺，韩起祥才从此跟了高文旺学说书。无定河是韩起祥的救命河，这一回，韩起祥在一个村庄口的麦草垛里睡了一觉醒来，没想到远处竟也传来了一阵三弦声，他走近去，遇见了他的师兄马步云。马步云原本不是瞎子，小时候讨饭让狗咬瘸了一条腿，为了跟高文旺学说书，自己用剪刀剜了自己一只眼，师傅被枪毙后，马步云没有南下，独自在无定河边卖艺。两人见了，抱头痛哭。马步云提议一块儿去内蒙。韩起祥说："内蒙人稀少，谁个听说书，寻着饿死呀！"马步云说："咱可以算命么，大前年我带了一包针，换了二十头羊哩。"韩起祥说："你说天话，一苗针硬换一头羊？"马步云说："那里人就这么质问我哩，我说，这一苗针细是细，却是用铁棒磨出来的，还不值一头羊？他们就信了。"韩起祥没有去，他说他还是回延安去，而且要马步云一块儿跟他去延安。马步云说："师傅闹红哩，闹死了，说书的就是说书的，我不和官府的、当兵的黏！"韩起祥就二次南下去延安。

一路上，韩起祥当然以说书讨吃喝，弹起了三弦，旧书说着说着就冒出新书来，旁边的人问起延安到底怎么样，韩起祥说延安好，问怎么个好法，韩起祥说有吃的有穿的有毛主席。结果，一大批穷人跟着韩起祥投奔了延安。沿途的人都把韩起祥一段书词又编了歌子唱：

千里雷声万里闪
去了延安红了天
牛走大路虎在崖
不到延安你白活来

毛主席听说了，又接见了韩起祥，说："韩先生，你可是立了功啊！"韩起祥说："毛主席，我还立什么功呀，不挨骂就好了！"韩起祥知道骂他的那个政委也在场。政委就说："韩先生，我以前以为你是个木墩墩，原来你还是个金钟！"

韩起祥第二天再给人说书，开场就加说了毛主席怎样说他是三弦战士，是艺术家，又说了打榆林立了大功的政委也向他道歉哩。

我以前把你当木墩墩

原来你是个金钟
今后我这土不再埋你
让金钟升在空中
有光有亮
有响有声

一九四八年，毛主席离开延安去了西柏坡，韩起祥还在延安留着，住的是毛主席住过的窑洞。窑洞外的那棵枣树结了枣，韩起祥一颗一颗都给毛主席留着。但毛主席再没有回延安来，他进了北京，在天安门城楼上宣告中华人民共和国成立了。韩起祥作为边区的革命干部进驻西安，被任命为西北文联的主任。他的眼睛当然还是瞎的，但已穿上了中山装制服，而且还有一双皮鞋。皮鞋的口沿儿很硬，第一天把脚就磨了水泡，他用棉花垫着。韩起祥上到了西安城中的钟鼓楼上，弹三弦说了一段书。他说："嗨，我真的在钟鼓楼上说书了！"

当上了文联主任，韩起祥就组织西北民间艺人要成立个曲艺团，他打电话到榆林，要求当地政府找着他的师兄马步云，一定得用马让他骑着来西安。一个月没有消息，终于有人给韩起祥捎来一信，信是马步云托人写的，只写着七个字：我有野心去不得。韩起祥说：我这师兄是贱命。

机关的人一上班都说："韩主任！"韩起祥有些不习惯。共产党的会多，韩起祥在会场坐上一半个钟头了，便说："歇一会儿吧。"就休会了。干事们说："来个说书吧！"韩起祥就笑笑地让人去他的办公室拿三弦，仍是在腿上系了竹板儿，一条腿那么踏着打节奏，三弦一响，嘴就张开了。牙齿上粘着一片韭菜叶，秘书过去帮他擦了，说："主任，咱以后不要随便说书了。"韩起祥说："为啥？"秘书说："什么人都起哄着，主任就不像主任了。"韩起祥觉得对，却说："说了几十年了，不说憋得慌。"秘书说："那也得看给什么人什么场合说。"秘书又买了一副墨镜给韩起祥戴上。

韩起祥住的是一所小四合院。院子原本的主人是警察局长的小老婆，收没房产时，吊死在窗棂上。韩起祥的三弦挂在墙上，每晚上老听见三弦在响，点上灯了又没有动静，疑惑闹鬼，买了一刀纸在院子烧了，说："你走！

房子是共产党分给我的！”自后方安闲下来。院子里以前铺着花砖，韩起祥改成了菜地。陕北的沟岔里种向日葵的多，菜地里也种了一片，向日葵苗长出一寸高的时候，半夜里他撒热尿，只说为向日葵施肥的，热尿却把嫩苗儿烧死，只长成独独一棵。每天早上，韩起祥在院子里坐，向日葵面朝了东，他就朝东坐着，到了下午，向日葵面朝了西，他就也朝西坐着。脸上总能晒热太阳，脸上的颜色从此是酱红色。

“怎么有些口寡？”韩起祥对秘书说。

秘书上街买了红烧肉，又灌了一坛酒。韩起祥吃喝了，还说：“口里还是寡。”

秘书挠了头，低头咕呐“当了主任就难伺候了！”没好气地把三弦塞给他，韩起祥一弹三弦就唱，尽唱的是很久很久以前的旧书。他说：“把他的，口寡着是没说书么！”

一天，韩起祥害头疼，让秘书给他太阳穴上拔火罐，从陕北来了个也背着三弦的少年，偷声换气地说要见韩起祥。秘书一乐，也是个小瞎子，问你找韩主任什么事？小瞎子说他是说书的，找韩主任在西安寻个工作。秘书说韩主任病了，不会客。韩起祥在屋里说：“谁个？”秘书说：“来了个眼睛不好的。”韩起祥说：“啥人找啥人么。”秘书领了小瞎子进了四合院，韩起祥从头到脚摸了一遍，又抓起小瞎子的手，手指头上有茧疙瘩，一股眼泪就骨碌碌流下来，说：“孩子，你跟着我，有你吃的喝的！”小瞎子咚地跪在地上，说：“爹！”韩起祥说：“我不是你爹。”小瞎子说：“师傅！”就磕响头。韩起祥说：“你起来，肚里有几个本，说一段我听听。”

小瞎子弹了三弦，是南路派，嗓音尖锐：

高高山上一泉水
四个女子洗大腿
你也洗我也洗
一个一个好东西

韩起祥摆了摆手，让停下来，说：“这不行，说这些不行。现在解放了，文艺要为工农兵服务，说这个怎么行？！毛主席要我们做三弦战士，你知道吗？”

小瞎子说：“我不知道。”

秘书要打发小瞎子走，韩起祥拦住了，说小瞎子口齿好，三弦弹得有特点，就招收到曲艺团里，派人教文化编新书吧，并给小瞎子起了个名字叫李建。送走了李建，炊事员给韩起祥端来了熬好的药，韩起祥头却不疼了，说：“啥是好药，做好事是治病的良方，这李建有点像我，将来有出息哩。”

到了来年的三月，韩起祥接到从北京来的通知，要他参加全国文代会。韩起祥因为急剧发福，那件中山装制服穿着箍身，重做了一件。临走时他做了个皮套装三弦，秘书说：“还带三弦吗？”韩起祥说：“我不带三弦，谁能知道我是韩起祥呢？”机关的和曲艺团的人来欢送韩起祥，李建说：“师傅，你去了顿顿把饭吃饱。”韩起祥说：“嗯。”又说：“夜里起来不方便，睡前少喝些水。”韩起祥说：“这我知道。”再说：“到天安门了你带一块儿砖给我留个纪念。”韩起祥说：“你这才说对了！”

秘书陪同着韩起祥到了北京，韩起祥一定要去天安门城楼，他说这是毛主席新住的地方？要用手齐齐摸一遍。摸了城楼底部每一块儿石头，还要摸上边，要秘书寻一条绳把他从上边吊着让他摸，秘书四处寻砖头，寻不着，扭头往远处瞅，韩起祥的话没理会，一个警察就跑来，大声呵斥：“不能在此小便！”秘书说：“谁小便呀？！”警察说：“那你在干什么？”秘书说：“我数城楼上的灯笼哩！”警察说：“灯笼不准数！”韩起祥没敢再说寻绳让他吊着摸城楼的事，只说：“我是韩起祥。”警察说：“韩起祥是谁？”把他们赶开了。

文代会开幕的那天，毛主席来接见全体代表。韩起祥被安排坐在后排，他有些生气，想了想，自己是瞎子，坐在后排看不见，坐在前排也是看不见的。但韩起祥还是摘了墨镜，而且站着，盼毛主席能看见他。毛主席果真就看见了，说：“韩先生，韩先生，你往前边来嘛！”工作人员立即将韩起祥扶到前面。毛主席说：“韩先生你好啊！”韩起祥扑通就跪下。毛主席把他搀起，说：“韩先生不要这样嘛！”韩起祥说：“毛主席你是皇上么。”毛主席说：“共产党里没皇上，我毛泽东依然是人民的勤务员啊！”韩起祥说：“毛主席，我想你呀！”毛主席说：“我也想陕北人民啊！韩先生是陕北人，我在陕北十三年，说起来咱们是乡党嘛！乡党见乡党，你能不能来一段说书？”

韩起祥没想到毛主席在这个时候让他说书，他说：“好，好。”却不知说什么书好。韩起祥说：“毛主席，你要听甚？”毛主席提高了声音对大伙说：“大家恐怕还不了解他，韩起祥先生是一个天才的说书艺术家，是位三弦战士，他不识字，却装了一肚子书，又出口成章，欢迎他给大家来一段吧！”掌声哗哗地响起来，韩起祥却呜呜地哭了。毛主席说：“噢，乡党见乡党，两眼泪汪汪呀！”说得韩起祥不好意思又笑起来，把三弦拿出来，在腿上系了竹板，坐在椅子上了，眼睛眨得哗哗颤，不出声。众人又鼓掌，掌声未落，他却唱说起来了：

乡党见乡党
我两眼泪汪汪
我说个婆姨爱尿床
第一天尿湿了红巾被
第二天尿湿了象牙床
第三天尿得满床流
第四天尿成太平洋
乡亲们赶快来撒网
捞得虾米像杆枪
捞得鲤鱼丈二长
就是王八漏了网
跑到台湾当了小皇上

礼堂里静悄悄，韩起祥说到婆姨尿床，大家都面面相觑，看毛主席的脸，毛主席坐在那里听着微微地笑，大家就坐好了，也微微地笑。待韩起祥说到最后，原来在骂逃到台湾的蒋介石，毛主席哈哈笑了，礼堂里就热烈地鼓掌。

韩起祥说完回坐到后排，秘书悄悄拉着他的手让摭自己的脊背，韩起祥摭到的是后背的衣裳都汗透了。韩起祥说：“可惜咱没个照相机。”秘书说：“我把毛主席的话全记着的。”韩起祥说：“毛主席万岁啊！”秘书说：“万万岁！”

毛主席邀请韩起祥在文代会上弹三弦说书，全中国都知道了有个天才的说书艺术家。韩起祥在西安就待不下了，他被调进了北京，定为行政九级的干部。原来的秘书依然回了西安，而北京重新为他配了秘书，是大学毕业生，从小在城里长大，斯斯文文。

韩起祥在很长的时间里怎么也过不惯北京的生活，一是他的陕北口音好多人听不懂，他又不愿意学北京话，用北京话说三弦说书味道就没有了。他在大街上走，偶尔有人说陕北话，他就近前去认识。动物靠气味结群，韩起祥总把新交识的说陕北话的人召在家里，拿出好酒喝。二是北京没有小米饭，没有洋芋叉叉，韩起祥总觉得吃不饱，而且便秘，上厕所难拉得出来。后来上厕所成了大事，半个小时一个小时蹲在厕所不出来，秘书在外边问：成功了？韩起祥说：没成功。凡是终于解了手，出了厕所就快乐地喊：成功啦，又成功啦！更让韩起祥难受的是睡不了沙发床，他人胖，翻不了身。夜里秘书一走，他睡在地毯上。待到有一天早上秘书早早通知他去开会，卧室门一推，瞧他睡在地上，秘书害怕了，向上级领导汇报，说：韩起祥闹情绪啦！领导问怎么回事，汇报是绝食倒没绝食，就是不往床上睡。上级领导征询过韩起祥对工作有什么意见，韩起祥回来将秘书骂了一顿，就辞退不要了。再配秘书，韩起祥唯一的条件，一定得是陕西人。组织上考虑来考虑去，从西安又将他原来的秘书调来了。

在曲艺界，韩起祥和侯宝林是有头有脸的人物，大凡北京城里有什么大的活动，比如国庆节，共产党的生日，全国人大和政协会议，外国元首来华访问，举办晚会了，他们必然演出。侯宝林会应酬，台上台下潇洒自如。韩起祥不上台没话，总是沉静地坐在一边，他看不见人，免了去和别的人搭讪。许多人看见他了，以为他看不见，也不多和他招呼，但韩起祥能逮听到周围一切说话声，能分辨谁从他面前走过去了。一到台上，韩起祥像个狮子，虽然每次他都在说《翻身记》，一些人几乎都熟悉了其中的词句，但他的激情表现，总是赢得最热烈的掌声。回到家里，韩起祥就把外衣脱了，手在胸上往下挠，又在腿上往上挠，然后在腰里左右挠，秘书说：“累了，你泡个澡？”韩起祥说：“今日怎样？”秘书说：“好！”韩起祥说：“掌声比侯宝林多吧？”秘书说：“多！”韩起祥坐到浴盆了，问：“北京大学没有信吧？”秘书说："没。"韩起祥说："你去给李建打电话吧。"秘书知道北京大学聘请了侯宝林当名誉教授，韩起祥有些不畅快，就给李建打电话，问西安的情况，建议西安邀请韩起祥带一批文艺家能去西安办一次活动。

李建已经在西安成为名演员了，又接替了韩起祥原来的职务，十天八天就来一次电话向韩起祥问候。但是，邀请韩起祥回西安办活动的事却一直落实不下来。

这一天，李建又来了电话，韩起祥接了。

"师傅，我想死你啦！"李建说。

"我也是，"韩起祥说，"昨晚上还梦到回了延安，一大伙人，有你，有马步云。"

"真是巧了，我也做了梦，是咱们去高山上一个村子演出，我背了你上坡，整整背了一夜！"

"那不累死了你！"

"师傅，我在报上看了，侯宝林在北大当了教授，怎么没有你，这太不公平了！"

"不说这个！马步云还是没消息吗？"

"我去了一趟榆林见到他了，他还是不愿意来西安，我说我师傅让你写个申请入全国曲艺家协会，他还是没同意。"

"……"

"师傅是仁至义尽了，狗肉不上席面，谁有啥办法？再说，他就是入了会，有了工作，他或许惹事，他只会说酸书。"

"……"

"师傅！师傅！"

"我听着的。"

"月底我想来北京，你看给你带些啥东西？"

"啥都不要带。"

"咋能不带呢，要带的，我准备了小米和红枣。"

李建果然来了北京。李建是个瞎子，但不是实瞎子，他的右眼还朦朦胧胧能看见一些。李建来北京说的是看望师傅，汇报省内曲艺工作，更重要的来北京治眼睛。李建老相信他的眼睛能治好，一直在西安治，没效果，就想着北京的大医院能治。韩起祥说："眼睛是从小瞎了的，那怎么看得好？"李建说："都是人，别人五光十色的看着，咱就只看黑的？！"韩起祥说："眼睛不瞎能说书？你把眼睛治好了，或者就说不成书了！"李建说："不说书了咱当官么。"韩起祥说："你先治吧，你治好了，我再治。"

李建在北京跑了几家大医院，大医院对他的瞎眼都没办法。李建坐在天安门广场的路沿上哭了一场，就回去了。

韩起祥没有舍得把小米和红枣吃掉，他让秘书请了汪东兴吃了一次，又让秘书把彭德怀请来。彭德怀一来，韩起祥叫了声："元帅！"彭德怀把军帽军衣脱了，往床上一坐，说："今日我不是元帅了，老韩，快把小米红枣饭端来！"吃到兴时，彭德怀要韩起祥弹三弦，韩起祥从墙下取下三弦，三弦上满是尘土，才弹了三下，一根弦嘣地就断了。

"老韩当了官，是长时间不说书了？"

"也是，到了北京，没大型演出活动它就挂在墙上了。"韩起祥有些不好意思，"弦断了有知音，你是我的知音啊！"就握了彭德怀的手，又说："我不想在北京住了，想回延安去！"

彭德怀说："你韩起祥现在不是你的韩起祥了，你是人民的艺术家，是国宝了，说要走就能走吗？"

韩起祥说："再在北京待，我就没有新书说了。"

彭德怀说："《翻身记》不是很好吗，《翻身记》就是为工农兵服务的作品呀！"

韩起祥不再说话，两个人就喝酒，喝的是茅台，后来都醉了。临走，韩起祥一定要送彭德怀，说彭德怀醉了，他得扶扶，彭德怀说你眼睛不好还送我呀，一定要扶韩起祥进屋去。两人推推让让，都站在院子里。已是半夜，天上有一片星星，彭德怀说："老韩，你这院子树少，看的星星却多呀！"韩起祥说："我看啥都是黑的。"彭德怀知道自己说得有些那个了，拍了拍韩起祥，说："眼睛瞎着有瞎着的好，眼不见心不乱呀，老韩！"院门外停着车，彭德怀要上车了，韩起祥一再说："我要不回延安，你得常来看我啊！"彭德怀答应着，让秘书把韩起祥背回了屋，车才开走了。

事后，彭德怀让人给韩起祥送了一坛子湖南老酒，还有七八条活鱼。韩起祥把酒喝了，但韩起祥是陕北人不吃鱼，在院子里修了个小水池，把鱼在里边养着。鱼在水里自由的样子韩起祥看不见，他喜欢听鱼活泼的划水声。

那时候，秘书给韩起祥念报纸，总是“形势大好，越来越好”，韩起祥能感受到的却是政治运动多，确实是越来越多。任何运动一来，必然有文艺宣传活动，韩起祥少不了表演三弦说书。先是反右，哗啦啦一片一片的人都成了右派，韩起祥出身好，说书只说《翻身记》。韩起祥不是右派，但反右中表演节目，韩起祥犯愁了，不知该说些什么书。

“你还是说《翻身记》。”秘书说。

“人家要反右的内容，说《翻身记》怎么行？”

“前面加几句开场白不就得了。”

“不说行不行？”

“怕不行，你是三弦战士呀。”

“那你给我加个开场白。”

韩起祥就上台了，他说的《翻身记》，开场是一段新词：

手握三弦上战场
三弦就是机关枪
全国人民齐上阵
打断右派狗脊梁

熬过了反右时期，紧接着共产党在庐山召开了会议，把彭德怀揪出来了。消息传来，韩起祥两天米茶未进，他觉得这世事怎么也解不了。秘书把一碗面条端给他，调上很汪的辣子，还剥了一疙瘩蒜，说：“你得吃饭呀，身体是自己的，你又不是政治家！”韩起祥说：“你说说，政治是啥？”秘书说：“政治就是把自己的人逐渐提上来，把不是自己的人慢慢弄下去，使拥护我们的人越来越多，反对我们的人越来越少。”韩起祥说：“胡说！”秘书说：“这是毛主席说的。”韩起祥说：“毛主席说的？彭元帅不是毛主席的人？”秘书说：“过去是，或许现在不是了。”韩起祥说：“……我担心又要让我演出哩。”秘书说：“你考虑住不住医院？”韩起祥把面条吃了，又喝了一碗面汤，第三天就住了医院，他说他血压高。

不出所料，文艺演出的通知下来，内容就是反彭德怀的。韩起祥让秘书汇报他住院了，但再次通知书竟送到了医院，他不得不去了。韩起祥决定打申请报告回延安，他是怀里揣着那份报告去参加演出的。韩起祥的节目仍是《翻身记》，他把以前的开场白稍改了一下：

手握三弦上战场
三弦就是机关枪
全国人民齐上阵
打断彭德怀狗脊梁

演出结束的翌日，韩起祥坐车到中宣部大楼外，他没让秘书扶他，一根棍儿敲打着寻着部长，把申请报告交上去。部长以为韩起祥又闹什么情绪了，问他的级别、住房、坐车，韩起祥说：“我不是为这些，就是要回去。”部长说：“你是文艺界树立的一面旗，你要走了，这旗怎么办？”韩起祥说：“文艺界能人多，我算什么？再说，是面旗，我响应毛主席号召，更应该到工农兵基层去。”部长说：“这得研究研究了。”

韩起祥等待研究结果，却泥牛入海，再无消息。心里已做好了回去的准备，韩起祥度日如年，便秘严重起来。秘书陪着韩起祥一早一晚在院子里做气功降火，看到一夜寒冷将水池冻透了，六条鱼凝固着各种姿势被封在冰里。韩起祥赶忙让把冰块拿回家温化。但是，冰化成水了，鱼却再没有活过来，韩起祥不让秘书吃掉这些死鱼，叫嚷着挖个坑埋了。秘书挖好了坑埋鱼时，发现少了一条，才看见那只花猫偷叼了一条在院角的水道口吃，告诉了韩起祥，韩起祥让逮住猫吊着打，骂道：“你瞧着吧，我离开北京时绝不带你！”

韩起祥接连三次又去找部长，他已经不说那些堂而皇之的话，强调他在北京不服水土，每天便秘拉不下来，鼻子又出血，说着就抠鼻子，抠出血痂来。部长缠不过他，说：“韩起祥同志，我还从未见过像你这样的人哩！你要回，可以，但我把话说清，不要回去几天就后悔了，又来寻我把你往北京调！”韩起祥说：“我不后悔。”

韩起祥就回到了延安。他原本要在西安住几天，在宾馆里让秘书给李建拨电话，李建大惊，说：“师傅不在北京啦，他是到文联吗？”韩起祥就坐在电话机边，伸手就把电话按断了，说：“他怕我回来顶了他哩！”就没有在西安待，吃了一顿饭便径直回了延安。

汽车开到关中和陕北高原的宜君梁上，天下了大雨，远近都是白茫茫一片。一只狗冲着车一路狂吠着从土峁上跑下来，就卧在公路当中。韩起祥一直把脸贴在车窗玻璃上往外看，脸压成了一张柿饼，他什么也看不见，但他听见了狗吠声，说：“狗叫哩！”司机说：“一条游狗在前边路上。”韩起祥说：“停车，停车！”车一停下，韩起祥就下了车，端端往前走，竟准确地在离狗一米远的地方站住。狗被雨淋得毛全粘在身上，盯着他，呼哧呼哧喘，他说：“狗子，狗子，你在等候我呀？”狗一下子前爪举起，呜呜地叫。韩起祥弯腰把狗抱起来，泥泥水水地搂了，走到路边，一只手解开了裤带，舒舒服服尿了一泡，说：“我韩起祥回来了！”

韩起祥毕竟是名人了，他回住在延安，行政九级的待遇还在，地方的党政官员逢年过节必要去看望他，给他送了一卡车一卡车的煤，全垒在后院。食盐装了一瓮，菜油装了一瓮。冬季里了，储存的萝卜、白菜、葱、南瓜塞满了一间小屋。韩起祥的住宅成了延安城一个景点，但没有人敢进去。常有人路过就指点说：“知道韩起祥不？”“听说过。”“想见不？”“在哪？”“你从这门缝往里瞧。”趴在门缝往里看，门缝里也同时趴着了一只狗，人眼看着狗眼，狗眼看着人眼，人就吓跑了。

延安是革命的圣地，每年有几百万的朝圣者，他们一看见宝塔山就热泪长流，争着抢着抓一把土要带回去。这些人常常在街道上碰见瞎子，瞎子在弹三弦说书，以为是韩起祥，就近去合个影。延安横竖两三条街，又见到无数个瞎子，还是都弹三弦说书，便纳闷了：怎么这多韩起祥？！其实韩起祥已经不在街上说书了。只有北京的省城的什么领导到了延安，地区的官员才派小车来接韩起祥，韩起祥就刮了脸，戴上墨镜，拿着三弦往延安最高档的宾馆来。宾馆里已经早到了延安地区最著名的画家、书法家和歌舞团的女演员，他们见面了，相互说：“你来了？”“来了。”“最近还好？”“好。”便都笑笑，然后等待领导的接见。领导接见肯定要讲话的，说："你们都是艺术家，我来看望看望大家！一个省长一个县长是可以选出来的，一个艺术家却是几万人中选不出一个啊！"女演员就激动得哭了。女演员容易哭，说上几句话就哽咽，但揉揉鼻子又恢复正常了。地区的官员就开始布置，画家、书法家在一个房间为领导写字画画，而演员们就为领导表演节目。韩起祥声名显赫，他首先演第一个节目，他说的是《翻身记》。

韩起祥每一次被领导们接见回来，心情就烦躁，秘书在院子里为栽种的一片豆角浇水，韩起祥让他放下水桶，去郊区文化馆那儿取一份资料。秘书忙不迭地骑了自行车便去，可一个小时后，韩起祥忽然想起该召开曲艺创作会了，参加的代表名单应该被地区宣传部审查了，就说："皇甫，你去把名单取回来！"皇甫是秘书的姓，皇甫没回应。韩起祥便喊："皇甫！皇甫！"正喊着，皇甫推了自行车进院了，说："啥事？"韩起祥劈头就骂："你死到哪儿去了，七声八声喊不应？你是工作人员，你不是来我这儿的亲戚！"这样的骂，发生过数次，秘书钻在自己的厦屋里委屈地哭。哭声惊动了韩起祥，又骂："你浪够了你还哭？！"秘书说："我哪儿浪了，你让我去郊区文化馆取资料的。"韩起祥说："我让你去……"蓦地想起确实是自己让秘书去郊区文化馆的，就喃喃说："我让去的，我让去的。"用手拍自己脑门。韩起祥回坐到卧室发一阵呆，从柜子里取了一瓶酒，出来了，朝厦屋喊："皇甫，皇甫，咱爷儿们喝酒！嗨，我把我藏了六年的酒让你喝你还不领情吗？！"

韩起祥有酒量，但韩起祥还是喝醉了。秘书也喝醉了。韩起祥喝酒上脸，从头到脚都红通通的，皇甫却越喝脸越白。韩起祥说："你现在去杨家岭，听说马步云在那儿，你把他给我叫来！"秘书说："他再不来，我就把他赶出延安！"韩起祥说："他就是不认我这个主席，也该认我这个师弟吧，你就说，我要给师傅编一本书哩，让他提供些资料，看他来不来？"秘书就又骑自行车摇摇晃晃去了。

过了半天，秘书回来了。他是在半路上跌了一跤，爬起来，再没有管自行车，意识里似乎觉得自己是骑了自行车的，就双手架着，做推了自行车的姿势，一路竟又返回来。韩起祥则在院中的水池边撒尿，水池上的水龙头哗哗地流水，他对秘书说："这尿怎么总尿不完呀？！"他们没有再提起马步云的事，都倒在地上呕吐，狗舔着呕吐了的污秽，狗也卧着不动了。

韩起祥越来越沉溺于酒中，秘书都害怕了，为了阻止他多喝，秘书就戒了酒。到了夏天，延河上修建大桥，周围村镇的男劳力全上了工地，城里机关单位也轮流组织职工去参加义务劳动。韩起祥去工地说了几回书，说毕了总要坐在河神庙的旧址上，他说："酒！"秘书从怀里取了酒瓶，在酒瓶盖里倒满了递给他。他又说："酒！"秘书又倒了一酒瓶盖。喝了三酒瓶盖，酒是没有了，秘书出门只给他装这么多酒。韩起祥就开始讲他曾经在河神庙的故事，讲得是那样地仔细，甚至啰嗦。秘书先还"嗯"着回应他，后来就不吭声了。

"我是不是老了？"韩起祥说。

"你没老。"秘书说。

"我说过去的事你烦了。"韩起祥说，"我真不该记过去的事了。"

"应该的，忘记过去就意味着背叛，这是毛主席说的。"

"那你能跟我去一趟南泥湾吗？"

"去南泥湾干啥？"

"我想起那个寡妇了。"

秘书回过头来，看见韩起祥的样子很可怜。

但是，在南泥湾却怎么也寻不到寡妇的坟了。韩起祥硬说那个山梁梁下就是寡妇的坟，秘书瞅来瞅去，除了一棵树外，地上平平的没有土丘。韩起祥说："树是啥树？"秘书说："榆树。"韩起祥说："是不是树干有一个弯儿？"秘书说："你怎么知道？"韩起祥过去抱住了树，喃喃道："我只说把探路棍儿插在你坟上，没想它长成这么粗的树了！"就跪下来，要秘书也跪下来。

"你认我是不是师傅？"韩起祥说。

"当然认你是师傅。"秘书说。

"你要认我了，你就先认她，你给她磕个头。"

"这儿不是坟呀。"

"是坟！"韩起祥坚决地说，头就仰起来，对着树又说："妹子，是你在这儿了，你就让树上落个鸟儿吧！"

果然一只鸟飞了来，就落在树上，但鸟是乌鸦，哇哇哇地聒。秘书磕了一个头，浑身都发冷了。

临走的时候，韩起祥让秘书在树上折了一根枝条，他当做了探路棍。返回走了一夜山路，天亮到了双合镇，韩起祥一定要在镇上说书。双合镇听说韩起祥来了，就议论起陈年往事，上了岁数的人，说："韩先生，你听我是谁？"韩起祥说："你是谁？"他们说："你再听听。"韩起祥就指着一个一个说："你是不是白元？""你是曹希娃吧？""你一定是艾翠翠！"人们就呀呀地叫起来，说韩起祥没有忘他们。那时节，正是收麦天，强壮劳力上了修桥工地，镇子里满是老人和妇女，韩起祥让秘书极快地给他编了一段词，就给大家弹三弦说起来。新编的词儿是今年的麦子大丰收了，山也变得低，河也变得窄，人民公社的社员从山峁上背着麦捆，一边走一边唱道情。书一说完，一个农民就把韩起祥拉到家里去吃油糕，韩起祥一进了窑，突然说："这是她家过去的窑。"秘书说："谁？"韩起祥没再言声。在炕头上，农民说："你给我家娃娃起个名字吧。"韩起祥说："是男娃是女娃？"农民说："男娃，生下来八斤重哩！"韩起祥说："那就叫延红。"农民说："延红？"韩起祥说："延安闹红么。"农民说："这名字好，你给娃娃掐掐命。"韩起祥不掐，农民就让韩起祥说一段书，说旧书。韩起祥有些生气，说："我只会说新书！"农民说："你说的新书不好听。你说背了麦子上山还唱道情，累得气都喘不出来咋唱道情？"韩起祥憋得脸色通红。

下午，韩起祥亲自要去山峁梁上背麦捆子，果然气喘得走不动，他就骂秘书："皇甫，皇甫你写的狗屎段子，你是要毁我的名声嘛！"

以后，韩起祥又恢复他当年同寡妇一起创作《翻身记》的经验，让秘书先写成初稿，他再根据自己的体会，用自己的话说出，让秘书再记录。大桥建好后，延安城里锣鼓喧天闹腾了三天，韩起祥当然想说歌颂延安新面貌的新书，让秘书领着他桥上桥下走了一圈，又让秘书寻了绳吊了筐，他坐在筐里将整个桥壁摸了一遍。韩起祥就想起当年在北京天安门城楼前的事，说："延安是咱自己的，我想怎么摸就怎么摸！"到了桥底的河滩，韩起祥却弹了三弦唱起来：

上一回庙来打一回钟

交一回朋友伤一回心
人人都说我和你有呀
说哩笑哩
但没捏一下手

秘书说："你唱的是啥？"

韩起祥说："我唱的是旧曲儿。"

秘书说："你是老三弦战士了，你可不要再唱旧曲儿！"

韩起祥不吭声，闷了一会儿，却说："《翻身记》后，我再没像样的新书，我要再弄出一本来，要比《翻身记》还要长，还要好！你瞧瞧旧书这词，你要写不出像旧书这么生动的词，我就辞退你！"

秘书说："我编不出来，你也编不出来。"

韩起祥说："你说啥？"

秘书再没敢说话。

新书写了三千五十句，但韩起祥不满意。来年的开春，韩起祥和秘书拿着收录机走遍了陕北十二个县进行采风，直到了七月，一头毛驴把他们从佳县送回到延安，毛驴身上驮着两个口袋，口袋里全是录下的民歌、民间传说的磁带盘和秘书的采访笔记。在延河桥上，韩起祥说歇歇，脱了麻鞋换上了皮鞋，说："领导肯定对我韩起祥有意见了！"秘书说："咱下乡没花公家一分钱，还有啥意见？"韩起祥说："咱走了这么长时间，不知北京、省上来过多少人呢。"说罢了，却说："去㞗！"把麻鞋扔到了桥下。

这一回，韩起祥是估计错了，地区的领导没有怪罪韩起祥，甚至连来看望也没有，因为毛主席在北京发动了"文化大革命"，成千上万的外地学生涌进了延安，到处是红旗，到处贴的是毛主席的头像和革命造反的标语。秘书已经整整三天在街上看热闹，半夜里回来，韩起祥在屋里喝酒，说："你死到哪里去了？后院的煤烧完了，南瓜没了，洋芋没了，床底下存的酒就剩下这一瓶了，你还管不管？！"

秘书说："造反啦！"

韩起祥说："造反啦？怎么个造反啦？"

秘书说:“今日地委和行署的领导都游行啦！”

韩起祥愣了半天，说:“我说呢，怎么狗大个人都没到我这儿来?！”

此后的十多天，韩起祥在延安城里到处游走，他没有再带三弦，穿了件宽大的对襟袄，戴着草帽，他用耳朵逮听着街上任何响动，然后再返回家，坐在院墙根的阴凉处。天气很热，院中的树卷了叶，种的韭菜和葱都干枯了，街上腾起的黄土扬过了墙头，落在韩起祥的脸上，汗水又流下来，脸就成了花脸，但韩起祥窝蜷在那里，纹丝不动。秘书在水池边洗了头，在太阳底下站了一会儿，自言自语说:“中午吃啥呀，是揪面片呢还是去买些饸饹?”韩起祥说:“随便。”秘书吓了一跳。

“你没有打盹?”秘书说。

“瞎子眼睛老闭着的，都是打盹啦?！”韩起祥恨恨地说。

“你没打盹了好。”秘书说，“我给你打一盆凉水，擦擦脸。”

韩起祥却把他叫住了，说:“我思谋了，这是个运动，凡是来了运动肯定我得去演出，你这几天多写些新段子，准备着。”

秘书写下了许多小段子，一个段子写成个纸条，贴在墙上让韩起祥背诵。韩起祥认为这些词太拗口，但他也想不出更好的词，背诵了一会儿就烦了，说:“不背这些了，谁要叫我演出，我还是说《翻身记》，前面还是那个开场白，以不变应万变。”正说着，街上有了游行，高音喇叭声传过来，韩起祥说:“你记住，别人这一派那一派，这观点那观点，咱什么派都不入，什么观点都不是！”秘书说:“毛主席说没有正确的政治观点就等于没有灵魂。”韩起祥说:“咱就不要灵魂啦！”秘书关了院门，又在门扇上贴了纸条:院内有狗，小心咬你。

一天，秘书变脸失色地回来，低声说:“不好啦，李建到延安啦！”韩起祥说:“那有什么不好，他还不是来孝敬师傅的?”以前李建来过几次，每次都带烟卷和酒，韩起祥脚上的那双皮鞋也是他买的。秘书说:“李建组织陕北地区的曲艺界人来要打倒你啦，到处都贴了标语，你的名字全倒着写，还打了叉。”韩起祥说:“这不可能，李建要打倒谁也打不到我头上。”

第二天晌午，太阳刚滚下瓦槽，韩起祥在里屋听见院子里的狗叫得很凶，赶出来的时候，几个人站在院墙头上用绳索套住了狗，使劲儿地扯动两边绳子，狗先还挣扎着，蹄爪抓掉了院墙上的瓦，落在地上摔成粉碎，后来身子蜷起来像一个球，眼球突出，再掉下来，掉下来并没有掉到地上，有两根线牵着，像串着的枣儿。两扇大门被撞开了。

韩起祥被拉上街游斗。延安城出现了最奇特的风景，上百个瞎子全部戴着“造反有理”的红色袖章，每人都有个竹棍儿，竹棍儿前后拉着。这条盲人队伍从延安的几条大街上走过，他们翻着白眼，黑水汗流，高呼：打倒韩起祥！三弦说书要灭亡！

韩起祥最后被关在了延安大戏院里，大戏院里关押了各类的牛鬼蛇神。造反派要韩起祥交代，韩起祥就说《翻身记》，因为他的全部经历都在《翻身记》里。造反派不听这些，扇他嘴巴，韩起祥就喊“毛主席万岁！”没人再敢捂他的嘴。韩起祥实在没有罪恶，李建和那些瞎子们就在他家抄东西，把出席各种会议的证件和墙上所有的奖状全扔到院子烧，说：“他怎么就能有这些？！”

此后的韩起祥没再挨打，但他得陪斗，大凡把某个走资派拉出去游街，他就陪着。押在一辆大卡车上的牛鬼蛇神都战战兢兢，韩起祥一上车就扶着车帮瞌睡。他是瞎子，瞌睡了别人看不出来，只是起鼾声，淌流口水。靠近他身边的走资派用脚悄悄踢他，韩起祥醒过来，又瞌睡了。

韩起祥到底被放了出来，却不能再住在原来的院子，搬移到一间破窑洞里。一天晚上，有人敲门，韩起祥听见了，不敢开，光脚下来伏在门扇里听，门缝里就捅进来个木棍儿。韩起祥用手摸了，摸出木棍头上雕刻着一个盘龙，他说：“师兄！”门一开，跌进来一个三角形白光，马步云倒在白光里。韩起祥拉着马步云到了里屋，说：“师兄你狗日的这个时候才来看我！”马步云说：“我要早见你了现在就见不上你了！”韩起祥说：“要不是师傅的这探路棍儿，我真不敢开门的。”马步云已经老了，脸皱得像个核桃，韩起祥摸着他，眼泪就噗嗒噗嗒地掉。马步云说：“啥我都知道了，你跟了我走，咱到无定河边去，要么到内蒙。”韩起祥说：“还用针换人家羊呀？”马步云说：“这年月明眼人能饿死，饿不死瞎子，那里山高皇帝远，还能没咱一碗饭吃？”韩起祥说：“我再不说书了。”马步云说：“不说书了咱要饭么。”韩起祥说：“真的跟你走？”马步云说：“走！”两人就在这一夜消失了。

北京城里终于宣布急风暴雨式的“文化革命”运动结束了，一切又恢复了原来的秩序，又有北京的重要人物陪同外国元首来延安参观。这些人看过了黄土高原，当然还要看黄土高原上奇特的文化，就问：韩起祥不是在延安吗，让他表演表演三弦说书啊！新一代的地区官员赶忙着人叫韩起祥，才知道韩起祥早不在了延安，至于去了哪里，谁也不知道。于是给整个陕北各县打电话查寻韩起祥。有人在无定河边的杨家庄找到了韩起祥，连夜用小车运回延安，连夜在宾馆给他理发，洗澡，换下了长满虱子的破袄。第二天，韩起祥演出了，他说的还是《翻身记》。

延安的新领导又安排韩起祥回住到原先的院子，原来的秘门仍然做韩起祥的秘书，并且叮咛办公室主任定期去看望韩起祥，及时解决生活上的困难。办公室主任在墙上贴了接待工作条例。条例写道：

延安是革命圣地，中央首长和省上领导来得多，但凡有重要接待，必须做到；一、准备好工作汇报材料，土地面积，人口，植树造林，羊、牛、驴、猪，数字要准确。工业、农业本年度的增长指标要计算出百分比，越详尽越好。二、提先筹备地方土特产。羊皮要二道毛的，枣要滩枣。人工水晶眼镜，黑陶，玉石手镯，都要制作包装盒。三、五至六名画家、书法家当场写字画画，中午招待一桌饭。四、韩起祥三弦说书。注意，用小车接送。五、歌舞团女演员唱歌，是否办舞会，酌情而定。

韩起祥在这一年被推选为政协全国委员，陕西文艺界同时还有西安城里的李建。进京开会的时候，韩起祥原本带上秘书的，但李建说不用了，他能照顾师傅。会上，安排韩起祥和另外一个人住一个房间，第一个晚上韩起祥的呼噜就吵得那人坚决要调房间。李建就提出他和韩起祥住。晚上了，李建说：“师傅你先睡。”韩起祥说：“革命阵营里只称同志。”李建说：“师傅还记我的仇呀？”韩起祥说：“没仇，运动嘛。”李建说：“那你先睡，你睡下了，我给你擦擦皮鞋。”韩起祥说：“我打呼噜，你先睡了，睡死了，就听不见呼噜声。”李建刚睡着就被呼噜吵醒，蒙了被子还吵，掏出被子里的棉花塞了耳朵，还是吵。李建就坐在床上。韩起祥翻了个身，醒了，他知道李建在坐着，偏又歪了头又呼呼噜噜睡。天亮起身，韩起祥说：“你醒来早？”李建说：“我还没睡哩！”韩起祥说：“是不是我吵了你？”李建说：“我咋不就是一个聋子嘛！”

那时候，是邓小平才出来工作又被打倒了，反右倾翻案风是政协会上主要的议题。会议中有个文艺晚会，又点了名要韩起祥表演三弦说书。早晨通知的韩起祥，晚上就要演出，韩起祥犯了愁，不知该说哪一段书。他的秘书又不在，李建就给他现编：

地富反坏的总头头
就是中国的邓小平
邓小平大坏蛋
全国人民齐批判
……

下午排练，韩起祥说了一次总忘词，李建说："晚上我在幕后给你传词。"排练毕，《人民日报》的记者采访，问韩起祥说的是不是心里话？韩起祥指了李建说："你问他！"快步就下楼梯，已经下到一层了，一脚故意踏空，就跌倒了。韩起祥希望能把腿骨摔断，但爬起来后腿是好的，只把脖子歪了。

韩起祥成了歪脖子，他让李建去报告，说晚上演出不成了。组委会的意见是脖子歪了不碍事，演出不能耽误。李建说：实在不行，我替他演，词是我写的，我记得比他熟。回答是："你不是韩起祥呀，同志！"

晚上，李建躲在幕后准备传词，韩起祥说的却还是《翻身记》，开场的词还是那四句，只是把邓小平的名字加了进去：

手握三弦上战场
三弦就是机关枪
全国人民齐上阵
打断邓小个子狗脊梁

在那些年月里，国家领导人换了几茬，而韩起祥依然是政协的委员，依然又是文艺界的一面旗子。每次政协会上，领导人按惯例要参加文艺界小组的座谈，座谈一毕，领导人起身要走了，便立即有人前去敬献哈达呀、小花帽呀、披肩呀什么的。然后，歌唱家们、舞蹈家们也拥过去，又唱又跳。领导人走也不是，不走也不是，微笑着，接受献礼。韩起祥已经习惯了这场面，他看不见，但他不能走，站在一旁的李建个子小，发急说："咱应该献陕北的三道道蓝白手巾吧。"韩起祥说："陕北又不是个民族！"正说着，有人喊："韩起祥，你来段三弦说书啊！"韩起祥说："说书太长。"那人说："弹弹三弦！"韩起祥再不能拒绝，进去弹了一通。

回到房间，李建说："你真幸福，能献曲！"韩起祥说："我老了，以后就轮到你了。"

韩起祥真的是老了，人老先老腿，脚底下开始不利索。韩起祥压根没有想到几年之后邓小平又一次出来工作，北京的大型文艺演出中，他又被点名进京表演。韩起祥这回是被秘书搀扶着出现在舞台上，坐在那里白眼眨了半天：

只听中央一声说
小平同志出来工作
小平是一个大好人
他为人民掌了舵

然后就说《翻身记》。气息已经不饱满，还未说完，就大汗淋漓了。

演出一结束，当年采访他的记者又把话筒伸到韩起祥的口边，韩起祥吓了一跳，把话筒拨开了。记者说："韩老，这回是心里话吗？"

韩起祥说："我代表陕西二千二百万延安儿女，坚决拥护邓小平！"

记者说："你七六年唱的为啥和今天不一样？"

韩起祥说："你就不懂政治！七六年邓小平都顶不住，我一个瞎子有屌办法？！"

记者再说："下次来北京，韩老还说什么？"

韩起祥说："《翻身记》嘛。"

记者又说："你怎么老是《翻身记》？"

韩起祥说："你会烙饼不？饼不翻过来翻过去咋熟呀？！"

韩起祥却再也没能进北京了。因为政协换届，在审查委员资格时，有人不同意，理由是韩起祥是艺术家，但没有艺术家的骨气，他反对过邓小平。同意的人说，大风吹来，所有的草木都倒伏的，哪能怪韩起祥呢？那不是韩起祥的错，是政治运动的错，是人性的错。不同意的说：他反对邓小平可以理解，但他说“邓小个子”就是恶毒的侮辱，这一点不能原谅吧。结果，韩起祥没能推选上。李建还继续当委员。

李建要赴京了，来向韩起祥借三弦，说师傅的三弦弹奏效果好。韩起祥说：行么，行么。把三弦送给了李建。李建一走，韩起祥就觉得肚子疼。从此病得没有起来。

韩起祥是胃上的病。先是拉肚子，拉黑水，每每一感觉要上厕所了，还没翻下床，床单上就一片黑。他对秘书说：“往后我说不成书了。”秘书说：“不当委员，你还是中国最好的三弦说书艺术家。”韩起祥说：“你瞧，我把肚子里的黑水全拉了。”

有一天晚上，韩起祥做了一个梦，梦见了师傅高文旺。他还纳闷，师傅不是死了吗，师傅原来还活着！师傅就叫他一块儿去山西，他们就在白云山下的渡口坐了去山西的船。船到了河心，风雨大作，黄河水倒立了起来，船就翻了。船翻的瞬间，师傅在喊他，他也喊师傅，后来谁也不知道了谁。他落水后，死死抓着三弦，没想三弦浮了他游到了岸头，而师傅竟提前也到了岸上。韩起祥醒来觉得奇怪，几十年没梦到师傅了，怎么就梦见了呢？第二晚，韩起祥又梦见了师傅，而且梦还继续着头一天的梦，是他和师傅在山西流浪卖艺，大雨天又饥又寒，钻进了一座龙王庙，把供桌上的献祭吃了，然后就睡在庙里。没想天上就下了一场冰雹，把那个村庄的秋庄稼全打坏了。村人就说是他们吃了龙王庙的献祭而龙王爷怪罪了，便将他们五花大绑，又系上磨扇，抬起来往黄河里投。韩起祥这次醒来，身下又拉了黑水。心里想：师傅已经是鬼了，梦里连续着都在一起，莫非我要死了？就在床上为自己起卦推算，果真是要死了。但韩起祥没有对任何人说。

医院查出他身上有了肿瘤，动了手术。韩起祥昏迷了一天，醒了问秘书：“我得了什么病？”秘书说：“胃溃疡。”韩起祥说：“那不要紧，你不要哭。”

秘书整日背过韩起祥，以泪洗面。院子里有一棵梨树，每一年都繁果累累，今年却一颗梨也没有。秘书还想：梨是离，不结梨就不会离，师傅这病或许没事。但是，不知什么时候梨树身上长出了个大疙瘩来，秘书又想：树原本好好的，怎么长了疙瘩，莫非树象征了师傅，若把这疙瘩砍了去，那师傅的肿瘤就消失不在了吧。秘书很为自己的聪明得意，拿了斧头砍那树上的疙瘩。

韩起祥在屋里的床上听见了砍动声，摸起探路棍儿敲窗子。

“皇甫，你干啥的？”

“梨树身上生了个瘤疙瘩，我把它砍了。”

“砍下了？”

“砍下了。”

“那疙瘩原本是梨树为我转移肿瘤，你不让转移呀？”

秘书丢了斧头，吓得就哭。韩起祥说：“我哄你哩。”

韩起祥的手术伤口上很快就长出一个肉包儿来，硬得像核桃。秘书请医生复诊，医生出来说：得预备后事啦。

秘书在延安城里跑遍了老衣店，老衣店里全都是长袍马褂。秘书便去了百货商场，对售货员说；“凡是艺术家穿的衣服你都拿出来！”售货员看过电影电视里的那些风度翩翩的艺术家，拿出来的是像南瓜一样的帽子，呢子竖领大衣，皮鞋，长围巾，黄色风衣，白衬衣，西服，领带，还有墨镜。秘书说：“行，师傅也该穿这些！”一包袱包了回来。才进院子，便听见屋里有人大声说话，看时，床边坐的是马步云。

马步云拿着三弦竹板，还拿着他刚刚出版的《马步云三弦说书艺术精品选》，说：“师弟，我专门给你说书来了！”韩起祥摸着那本书，摸过来摸过去，说：“师兄，我说了一辈子书，还没出过一本像样的册子哩。”马步云说：“你的书我给你编！”韩起祥说：“你不要编，我除了《翻身记》外，别的都收编不成了。我实想把我的那本新书词写好，可到底没写好……师兄，不说这些了，不说这些了，你给我把你书上的从头到尾来一遍，我想听听马派的三弦说书哩。”马步云说：“什么马派，那是别人胡说的，我的书太土，怕你笑话。”韩起祥说：“我就要听土的，三弦说书就是土圪垃里生出来的，说土的好。”

马步云就住在了韩起祥家里，每天给韩起祥弹了三弦说一段。说了二十三天。二十三天里韩起祥一天比一天脸色灰黄，先是眼皮黄，再是鼻子黄，再是一截截黄下来，黄到了脚指头，最后和高原上的土一个颜色。

二十三天的晌午，太阳从延安的宝塔山上照了过来，把韩起祥家的山墙蚀得一派深红。韩起祥似乎精神好了点，要到院子里去坐坐。秘书扶他，他不让扶，拄了那根榆木探路棍，一步步挪脚到了院里，往那藤椅上坐的时候，坐不下去，还是不让扶，全身的重量都压在榆木棍上，最后是坐下了，榆木棍却深插在土里。秘书过去拔榆木棍，韩起祥说："不拔了，就让它长在那儿。太阳真暖和。"马步云说："你好好晒着，我给你弹三弦说书。这一段是我改编的曲牌，你听了提提意见。"马步去便舌头舔了嘴唇，开始又弹又说又唱，鼻音很重，韵味极长。先还身子端端的，后来便得意忘形，浑身都在摇动，一阵激越的三弦后，戛然而止，他说："完了。"一根根竖起的头发哗啦铺撒下来，把整个脸都遮埋了。韩起祥没有言语。秘书啪啪地鼓掌，但秘书说："师傅，师傅，你听这马派的三弦说书确实不同凡响啊！"韩起祥还是没言语。秘书弯腰看韩起祥，韩起祥头靠在藤椅背上，瞎眼依旧睁着，嘴没有合，用手一摸鼻孔，韩起祥已经死了。

饺子馆

在西安，常常被编成段子受戏谑的是上海人。说上海人如何地小气，买烧鸡只肯买鸡爪子，买一只鸡爪子从西安上火车，一路都在嘴里啃呀，啃呀，到上海了还没有啃净。西安人戏谑上海人，上海人不多理会，因为上海离西安远。河南人就不行了，骂西安人“日巴耍”。“日巴耍”是西安的土话，意思即没正经没品位。陕西和河南是邻省，西安城里五分之一又都是河南籍人，西安人和河南人就有故事啦。

这个故事是在西安的一家饺子馆里开始的。

时间是中午，咚，门被脚踢开了，胡子文领着三个中学时的女同学进来吃饺子。胡子文说：日巴耍，这么小个饭馆！同学说：不小啦，再大的饺子馆还不都是只吃一肚子。胡子文说：那就委屈各位了！同学说：是荣幸，文联外联部的主任平日都是吃请哪有过请吃的？胡子文笑着说：这倒是。勾着一个指头把服务员招来，问都有什么馅儿的饺子？服务员很热情，忙说了两个“中，中”。胡子文说：怎么说河南话？服务员说：老板是河南人，要求我们必须说河南话。胡子文说：这才是怪事，日巴耍，我就要你说西安话！服务员说：对不起，这是我们饭馆的特色。胡子文有些躁了：把你们老板叫来！服务员转身走去，同学劝胡子文：说河南话就说河南话吧，只要饺子好吃，生什么气呢？胡子文就笑了笑，把眼镜卸下来放在桌上，一边松着领带一边逐个询问同学的近况。三个女同学大概说了一下，因为都混得不好，有些不好意思。胡子文说：好日子会有的，以后就顺了。一仰头，瞧见从收银台处有一个黑矮胖子迈着步子走了过来，就把眼镜又戴上，说：工厂效益差，可以辞职自个儿干嘛，比如卖服装……一个同学说：老板真的来了！胡子文已经估摸过来的是老板，哼了一下：农民！接着说：人家农民进城都赚钱了，城里人倒混得没头没脑了？那个同学一直在看着过来的老板，低声说：这么个黑胖子，怕是黑道上的人哩。胡子文当然不能和一个黑道上的人论理了，老板站在了桌边，张口才要招呼，胡子文偏不理会，继续给同学说道理，甚至说到了古人：熬过一段，前景就光明了，古人也说了，"远上寒山石径斜，白云生处有人家"。黑胖子和蔼地说：斜字在这里恐怕不念邪音，该是念峡音吧。胡子文猛然觉悟斜字是要念作峡音的，耳梢红了一下，却随之眼睛乜斜了，说：你是这里的老板？胖子说：小门面，不成体统。胡子文轻笑了：我难道不知道会念峡音吗，我是故意试试你的！西安自古居不易，我要看看一个河南人在西安怎么就办红火了一个饭馆？！还行，老板！老板更加和蔼了，胖脸上开始出现酒窝，酒窝不是在腮上而在两眼角下，显得憨厚又滑稽，说：我是从河南乡下来的。胡子文说：这看得出来。老板说：我小学没毕业，到西安怕人瞧不起，多认了些生僻字罢了。胡子文说：平日看些什么书？老板说：就是字典。三个同学嘎地笑了，胡子文却说：这倒是捷径。书用不着看很多，这如口袋上插钢笔，不插是文盲，插一支是小学生，插两支是中学生，插三支四支就成修理钢笔的了。老板说：说得好，先生是文化人？胡子文把自己的名片递过去，老板立即惊乍：是文联主任呀，我没文化就最尊重文化人！服务员有眼无珠，她把界石当兔哩……胡子文对同学说：听懂了吧，这是乡下的歇后语。老板说：不好意思，说几句就露了底了……主任，我能不能和你照个相？胡子文说：行么。服务员立马跑到后室拿来了相机，就给胡子文和老板合影，说：主任你笑一笑。胡子文没有笑。拍照了一张，老板说他可能眨眼了，要求再拍一次，又是咔嚓一道闪光，胡子文的眼睛被光耀得发花，一边揉着一边说：那就和三位副处也合个影吧！胡子文指的是三个女同学，三个女同学面面相觑。老板说：副处？这么年轻的小姐都是副处级了？！三个女同学笑了一团，说：还是小姐？小姐都在家里，这里的是小姐的娘喽！老板说：城里人嫩面。一阵拍摄后，老板让服务员上菜上酒，说能结识三位文化人真是三生有幸，这顿饭就算是他请了。胡子文偏把钱包掏出来，说：那不行。老板说：这你就不给我面子了，难道以后不让我再求教你啦？胡子文就把钱包装进口袋，说：那就简单上几个菜。

胡子文就这样认识了饺子馆的老板。老板叫贾德旺。胡子文觉得这个河南人有辅导性，往后的日子就常到饺子馆去。胡子文每次去，显得很匆忙，一只手插在裤兜里一只手弯着抱一堆书和杂志，不是说吃罢饭要去审查一个歌手赴京参赛的节目，这个歌手是他在歌厅发现后推荐给音乐家协会的，就是说下午有一个业余作者要拜会他。他说：这孩子潜质不错，你瞧瞧，新发表在这份杂志上的小说蛮有味道啊！贾德旺就说他不懂小说，狗看星星一处明。胡子文说：你还是读字典？贾德旺说：字典够我读一辈子了。胡子文说：那你就好好给咱赚钱，如果人人都只读书，社会也害怕了。贾德旺就殷勤地把饺子端上来，又掏出两包香烟放在桌上，问照片放大了挂在墙上好看不好看。胡子文瞧着墙上已挂着的他和老板的合影，心里受活，嘴上却说：这让我给你做了广告么！贾德旺说：秃子要沾月亮光呀！胡子文吞进一颗饺子，舌头搅着，说：沾就沾吧，不帮朋友又帮谁去？贾德旺就忙添酒，胡子文说：酒不敢再喝了。又吞进一颗饺子，他觉得饺子很香。

胡子文再一次领了三朋四友去饺子馆，贾德旺没有在，他问服务员：老板呢？服务员在旗袍开衩处抓痒，赶忙侧身靠了墙，说：去银行了。一句话未落，贾德旺推门进来，一把将胡子文抱住，说：你不想饺子，我倒想你了！胡子文一一介绍了朋友，贾德旺说：那几个副处没来？胡子文说：哪儿的副处？贾德旺说：一起照过相。胡子文嘎嘎大笑：日巴要，我给你说个段子吧。贾德旺说：你们西安人就爱作贱我们河南人，胡子文说：那不是，我说的是一个干部在歌舞厅问小姐是不是处女，小姐说这该怎么说呢，要说是处女，我怀过孕，要说不是处女，我还没结婚，就算是副处吧。贾德旺恍然大悟，拿拳头捶着胡子文的肩大笑，一笑，一排牙掉下来。贾德旺是假牙，他把假牙又塞进嘴里，说：今日来的都货真价实？胡子文严肃了：虽不是干部，可尽是些文豪哩！贾德旺便指使厨房先弄一桌菜，专挑了那个穿旗袍的服务员往上端。服务员漂亮，几个人话就多了，不说人漂亮而说旗袍漂亮：小姐，能不能让我抱抱你那衣服？服务员害羞，端一盘菜放下了，慌慌就退下去。胡子文说：小姐，你得报名哩！服务员再端一盘菜了，说：王桂花！又端上一盘菜放上了，说：王桂花！胡子文说：让你报菜名不是报你的名！大家就笑这是个河南农民开的店，就议论起文化界的人人事事，有人说道：从北京来了个著名诗人，市上接待的规格很高，从机场接回来用警车开道哩。胡子文说：你知道他的代表作吗？那人说：不知道。胡子文说：我也不知道，恐怕谁也不知道，他是人人都知道的著名诗人而人人都不知道写过什么诗的著名诗人！那人说：日巴耍！不服一人或见人就服都是妄者。他是妄者。胡子文说：对不起，那不是妄者，是佞者。那人说：我把它念妄者。胡子文说：文化人老念错别字就丢脸了！那人说：好，好，你能行，我给你写个字你认认。指头蘸了酒在桌面上写，写的还是一个行字，但行字的左右两部分写得很开，成了两个字。胡子文认不得。在座的人都认不得。胡子文说：你说是什么字？那人说：我问你呢。贾德旺端了酒杯过来要给大家敬一杯，看见桌面上的字，说：这念耻音和厨音。大家都抬起头，对贾德旺刮目相看了。胡子文趁机说：贾老板可是满腹经纶哩！写字的那人喉咙干咳了一下，较了真儿，伸手又在桌上写了一个字：孑。说：这怎么念？胡子文瞅了瞅，说：那一笔是平的还是斜的？那人说：斜的。胡子文说：我认得它，它认不得我。贾德旺说：地耶杰的杰，念杰音。那人说：错了，念决音！贾德旺说：念杰不念决。双方各持己见，争执起来。胡子文说以字典为准，饭馆里有字典没？饭馆里当然有字典，服务员立即跑到贾德旺的办公室拿来了字典，字典已经污损不堪，翻了半天，查出来了，孑字是读杰音。桌面上的气氛有些尴尬，贾德旺一抹袖子，将那个字擦了，给大家斟酒，说：关公门前耍大刀，我玩胆大哩，正好碰上我认得这个字，瞎猫碰上死老鼠了！大家也就说：你这个河南人不像河南人。胡子文说：吃羊肉图膻哩，没腥味了就不叫羊肉。贾德旺说：我是河南人。大家说：河南人把耍猴能称作文化娱乐活动，你肚里墨水不少倒还开了饭馆！失败了的那人一时落寞，出气不顺，噘了嘴拿筷子也不夹菜，梆梆在桌沿敲节奏，旁边的一位便给他台阶下，随节奏哼了一句流行的歌，我们的大中华，五十六个民族五十六朵花……

“不对，”失败了的那人说，“是五十七个民族！”

“还有哪个民族？”

“担族。”

大家就拿眼睛看贾德旺。因为说担族，大家都明白是指河南人，上世纪三十年代河南遭水灾，大量的灾民挑着担儿逃来西安，西安人便称河南人为河南担。而现在在河南人开的饭馆里吃饭，又当着饭馆的老板说担族，大家就觉得贾德旺要生气了。但是，贾德旺没有生气，脸定得平平的，说：你还少说了一个民族。

“哪一个？”

“耍族。”

“耍族？”

“耍族。”

贾德旺笑笑的，一笑又出现了眼角下的酒窝，憨厚又滑稽。贾德旺笑过之后转身走了，大家猛地晓得了耍族指的是日巴耍族，是贾德旺在戏谑了他们这些西安人。西安人的好处是爱戏谑别人而受别人戏谑了也不上怪，贾德旺戏谑得有趣，就都也笑了，倒惹得失败了的那人骂道：真当的是日巴耍！

胡子文和他的朋友受了戏谑后，一连十天再没去饺子馆，第十一天，他却在一家茶社里拨通了贾德旺的电话。

“喂，儒商！”

“你这是在骂我哩么。”

“狗咬人不是新闻，人咬狗才是新闻。”

“可咱是卖饺子的呀！”

“你是想挣些零花钱了就回河南乡下去，还是要在西安当餐饮界龙头？”

“你要给鸡戴暗眼呀？！”

“日巴耍！”

胡子文咔嗒把电话挂断了。

电话突然挂断，还拿着听筒的贾德旺喂喂了几声，立在那里发了愣。发过愣了，拿过字典在翻，蓦地觉得不对，拔脚就赶往了茶社。

胡子文正要结茶水钱，让服务生打个折，服务生请出示打折卡，胡子文没有打折卡。没有打折卡是不能享受打折的，胡子文说：你们老板呢，让你们老板来！一扭头，瞧见玻璃窗外贾德旺往里瞅，一张脸压扁了个大柿饼状，挥手让服务生走了，继续吃茶。贾德旺就进来了，说：处长生气了？

“你要不来，我永远也不会见你了。”胡子文说，“弹琴不能给牛弹，朽木上雕花雕不成还坏我手艺哩！”

“上次冒犯了你和你的朋友还望包涵。”

“冒犯得我要让你发大财呀！”

贾德旺就坐下来，憨厚而滑稽地笑，并且用手指将胡子文面前桌上的茶水痕拭擦了一下。两人就叽叽咕咕说起来。胡子文说话要做手势，说着说着身子就坦靠在沙发上，贾德旺先是低着头，再是抬起头，渐渐距胡子文越坐越近，末了就侧了身子，只将半个屁股坐在沙发沿上了。

“就这么吧，”胡子文说，“下午我还要开个会的。”

“到底是文化人，点石成金！”

贾德旺满怀喜悦，主动将茶水钱掏了，两人出门，又抢先把门拉开，拦了出租车，付了车费，还叮咛司机开慢点，一定要安全送到。

从此，贾德旺每天在饭馆门口竖一块儿广告牌，上面写着一个极生僻的汉字，注明凡是来饭馆的顾客若能认得此字，所用饭菜酒水全部免费。头三天，广告牌上的生僻字竟无一人认得，但消息却传开来，说南大街那个开饺子馆的河南人是个儒商，办的饺子馆富有文化味。越是认不得的生僻字越是有更多的人前来要认，饺子馆的生意陡然火爆，往往顾客没有座位，就在饭馆门口排长队等候叫号。到了深夜，贾德旺把饭馆的前后门关了，让三个员工在那里点钱，自已则在旁边翻字典，寻着一个生僻字，写下来，问点钱的员工：认不认得这个字？员工不认得。又写一个，员工还是不认得。贾德旺说：你能认得个啥？员工说：我只认得钱。贾德旺发了一声恨，却笑了，说：这也是，认得钱就好！寻生僻字寻到十多个了，一时再寻不出，一个员工说：老板，我写个字也认认。贾德旺说：用河南话说！这个员工是从陕西乾县招来的，学说河南话说得不好，就不说话了，拿指头在地上写了个曌字。贾德旺当然认得这个字念照音，也知道这是埋在乾县的那个武则天在生前所自造出来的字，但贾德旺的脑子一下子活了：何不也自造些字呢？于是，第二天，饺子馆门口贴了一副对联，上联七个字谁也不认得，下联七个字谁也不认得。门口时不时有了争论，贾德旺听着十分得意，专等着一伙人进来让他定夺正误，贾德旺偏笑而不语。这一日饭馆才打了烊，有服务员慌张张过来说：对联的一半被撕了！贾德旺说：是谁认得了那些字？跑出去，一只游狗就在旁边，嘴角还叼着一团纸，就乐了：这是只文化狗嘛！着人把狗撵到饭馆，拴在厨房后每天喂骨头养着。

一年后，这只狗养得肥头大耳，贾德旺的饭馆也扩大了门面，左右两边的店铺全部吞并，又把上边的二楼买下，饺子的品种也越来越多，发展成了饺子宴。西安的电视台请他去做过节目，贾德旺当然说的是河南话，好多人都觉得这河南话蛮好听的。任何企业有了钱，肯定就有人来要拉赞助了，比如报社需要办个征文比赛，电视台需要播放一部新片，还有音乐会，艾滋病预防宣传，书画联展，贾德旺都掏了钱，胡子文也就来了。

“生意好得很啊！”胡子文用河南话说。

“你也说河南话了？”

“现在不是春节冷清而圣诞节热闹吗，前几年广东发达了到处是广东话，再过几年西安恐怕要规定河南话是第二语言了。”

“都是托文化的福！”

“是要打文化品牌！”胡子文说，“听说你又给一个观赏石协会赞助了？”

“要是五年前向我借二百元钱，那我拿不出来，现在也是回报社会么。”

“小勺子也会把一头牛炒完的！如今兴建设企业文化，你为什么不在饺子文化上想些招呢？你知道不知道‘马太效应’？”

“不知道。”

“不知道算了。”

“我是狗咬汽车不用脑子！”

“不要说这农民的话！”

“可我就是农民啊！”

“你不是农民！”胡子文说，“你记住，你现在是饺子王，是西安著名的儒商！”

“那你说怎么办？”

“我想了，开一个饺子文化研讨会，把国内的一些专家学者教授请来，研讨会的规格越高，饺子馆的声名越大，将来可以去北京上海广州开饺子宴连锁店么！”

“嘿嘿嘿。”

“嘿嘿啥的？”

“我这是狗吃麦苗装羊（洋）呀！”

“又说农民话了？！”

“我能把专家学者教授请来？”

“这有我哩，以文联外联部名义来请。”

“那你给咱整！”

“这还像个大老板的气派，办大事就得有八个字：整大，煽起，咚匀……”胡子文不说了。

“那最后可不能㞞管呀！”

“你也知道八字方针？”胡子文笑了，“我怎么能㞞管呢，我策划过的事没有不成功的。”

“那你做个计划表，看得多少钱？”

胡子文在夜里起草了一个详细计划表，各项开支用费一合计，得二十五万元，笔一挥，写成了三十万。翌日，贾德旺认认真真审核了计划表，他决定只拿出二十万元。贾德旺用一只破面口袋装了二十万元提到胡子文家里时，胡子文没在家，在朋友家里搓麻将，老婆电话里说：贾老板给咱行贿来了，你快回来。胡子文说：你尽想得好，那是会议经费哩。老婆说：还送来一只狗，狗肥得很肥得很。胡子文赶回来，问：这是多少钱？贾德旺说：二十万元，你点点，给我打个收条，将来会毕了你拿票证来换条子，花消不能突破这个数。胡子文有些不高兴。贾德旺说：我打问了，会议机票和宾馆客房都打折哩。胡子文还是阴沉着脸。贾德旺便拍着胡子文的肩称兄道弟了，拿出一份聘书，说：我请处长老兄当顾问，顾问当然要有顾问费，一个月一千元！你不是说嫂子喜欢狗吗，我把我的狗送来了，狗一分不取，拴狗的那条绳子是用皮子拧的，也一块儿送啦！胡子文说：我的大老板呀，你到处赞助，我以为你是出手大方的人，原来你和上海人一样，精明又小气，你要明白我这是在包装你，搭了台子让你唱戏哩，日巴耍！贾德旺说：这我怎么不明白呢？你瞧瞧这钱，都是零票子积起来的，每张票子都油腻腻的，也不容易啊！这些钱办会可能手头不滋润，以后事情真的弄大了，有我的就有你的。你知道我贾德旺毛病不少，但能从河南乡下到西安站住脚，得益于就是爱交朋友嘛！胡子文说：不说啦，那就这样办吧。贾德旺说：那你给我笑笑，你不笑，我心里不踏实。自己先笑起来。胡子文见贾德旺黑胖脸上又出现了眼角下的酒窝，也就笑了。

胡子文真的以文联外联部的名义邀请了十多位国内著名的专家学者教授，很快地在西安召开了“饺子文化研讨会”。贾德旺很谦虚，对各位专家学者教授毕恭毕敬，他愈是这样，专家学者教授愈尊重他，开幕的那天让他坐在主席位上，贾德旺坐在主席位上只让人拍照了一张相就离开了，此后就回到饺子馆再不露面。专家学者教授对贾德旺印象极好，也满意这次会议商业味道淡，便围绕着饺子文化畅所欲言了。专家学者教授却有一个秉性，什么都要往性意识上寻究竟，认为性是世界万物的根本，自然就论起饺子的形状便是从女性生殖器逐渐演变而来的，甚至大而化之，论证了大米就是阳具形状，小麦是阴器形状，还有油条和油饼的关系，春卷和馒头的关系……会议结束了，专家学者教授揣了红包坐上飞机都走了，胡子文带着一份整理出的会议纪要和一堆票据来向贾德旺汇报。

“会开得非常成功！”胡子文说，“纪要在报纸上一发，你得加紧练练字呀！”

“练字？”

“整天有人来请你签名，你那一堆麦秸字可不行喽！”

“你说说，纪要是怎么写的？”

胡子文就把眼镜卸下来，开始讲研讨成果，饺子文化如何是性的文化，饺子的形状又怎样从女性生殖器的模样一步步演变了过来。等等等等。胡子文的喉咙就发干了，喊：服务员，倒茶来！一抬头，瞧见贾德旺的一双脚搭在桌面上，手搓着脚指头缝。

“你有脚气？”

“往下说！”

“就这些。”

“就这些？”

“研究成果可不是和面包饺子，一包一大堆！《道德经》上有这样一句话：谷神不死是谓玄牝，玄牝之门是谓天地根，绵绵若存，用之不勤……”

“钱花完啦？”

“嗯。”

“哼，”贾德旺说，“花了二十万，就是证明我不是卖饺子而是在卖×？！”

胡子文一时噎得说不出一句话。

但胡子文的好处是干什么事情从不气馁，他骂贾德旺是农民，仍还是把纪要拿去报纸上发表了。纪要的观点使西安街谈巷议，认识贾德旺的都喊贾德旺是贾饺子。一日，饺子馆门前来了一个人，样子怪怪的，探头往里张望，服务员问：先生吃饭吗？那人说：不吃饭，和你们老板做个生意。服务员说：做什么生意？那人从怀里取出一个石头，石头的形状是活脱脱的阳具。服务员就踢了一脚，说：滚！那人不滚，却说你懂不懂奇石，这块石头比你小命值钱哩！别人介绍你老板肯定会买这个宝贝的。服务员这回是扇上去一个耳光，两厢就厮打开来。门口一闹腾，拥集了一大堆人，惊动了在饭馆里吃饭的一个老者，老者虎着脸问怎么回事，旁边有人说：卖屌的来配对了。老者说：怎么是配对儿？旁边人就说了研讨会纪要上对饺子形状的论述，大家都嘻嘻地笑。老者身边的人说：笑什么，这是政协的领导！政协领导很严肃了，说：都散去，散去。这饺子馆办得不错么，能在饭馆把文化搞起来，能把国内那么多的文化名人请来研讨饺子文化，这老板为西安争得了荣誉嘛！大伙见政协领导这么说，便一哄而散了。贾德旺在外办事回到饭馆，听服务员叙述了政协领导的话，大受感动，当天下午就去政协机关拜会那个领导。领导说：你是不是政协的委员？贾德旺说：不是。领导说：我要推荐你当个委员！贾德旺激动得不知说什么好，末了倒退着走出领导办公室，一路上拨打手机，将消息告诉了十多个熟人。但是，在审查委员资格时出了问题，因为贾德旺是从河南乡下来的，没有西安户口，几经商议，最后作为特邀委员。特邀委员也是委员，又是餐饮界唯一的委员，贾德旺在饺子馆大摆宴席庆贺，胡子文却没有接到通知。

胡子文的老婆问胡子文：那个河南担老板把什么人都请了，怎么你没去？胡子文说：等着吧，他会上门来请的。

果然贾德旺西装革履地来了，胡子文没有起身，只坐在办公椅上打手机。手机并没开通，却大声说：喂，喂，什么？市长请去他家吃家乡豆腐？那怎么不事先说一声呢，今日报社约我写文章走不开身啊！放下手机，说：真是的，中间人得事先打招呼才是，他市长有空了，我却没空呀！

“市长请赴家宴你还不去呀？”贾德旺有些吃惊。

“古人说：游大人之门，谄固可耻，傲亦非分，总不如萧然自远。”胡子文说，“你找我有事？”

“你是顾问啊。”

“顾问是顾不得去问的。”

“问不问也得有顾问费的。今日政协组织委员视察，路过这里，我给你送钱来了。”

“你还在卖饺子？”

“又骂我了？！”

“这倒不是。”胡子文说，“我问你一个问题，你回答，回答得好了我收你的钱，回答得不好，我一个子儿不取你的。”

“你让我认字最好！”

“一个人救过一个溺水者，而他在遭受歹徒刀刺时又被另一个人救了他，我现在问你，如果让他救过的人和那个救他的人其中必须死去一人，你说这个人希望谁去死？”

“你说谁去死？”

“希望救他的人去死。死了，他就再不觉得歉疚了！”

贾德旺哈哈大笑，眼角下的酒窝又出现了，过来抱住胡子文，将一千元塞在胡子文口袋，说：“我知道，你是盼我生意越做越大，当了政协委员以后再当政协主席，你就更有成就感了！”

胡子文的手也伸过去抱了一下贾德旺，将擤过鼻涕的指头在贾德旺的背上蹭了蹭，骂了一句：你这个河南担！

贾德旺主动上门修好了关系，胡子文也按月去饺子馆领取顾问费，胡子文的老婆也招呼三朋四友的去那里吃饭，每次去，都牵着那只狗，人在桌面上吃酒吃肉吃饺子，狗就在桌子下啃骨头。吃毕了，故意让服务员叫老板过来，说：我埋单吧。贾德旺说：“怎么会让你埋单？”出了饭馆，朋友说：胡夫人的面子大，吃饭都不掏钱。胡子文老婆说：这饭馆是我老公一手扶持起来的呀！回到家，就对胡子文说：贾老板让我捎个话，说他想在饭馆墙上装饰些字画，要你联系些书画家。胡子文说：我忙得很，哪儿有时间？老婆说：你总是忙，整天不沾家！胡子文说：你权当嫁了个大领导，你见过哪个大领导天天在家里？老婆说：可你不是大领导！胡子文说：那就权当是生意人吧，贾德旺不但不治家，老婆娃娃还都在河南乡下哩！老婆说：贾德旺日进斗金，你呢？胡子文说：这河南担还有什么，不就是有几个钱吗？老婆说：人家是政协委员！胡子文不言语了，独自坐在阳台上去喘粗气。

又是一日，贾德旺给胡子文打电话，说外地一个什么文化采风团要去饺子馆参观，而他在政协开会，让胡子文去饭馆陪陪客人。胡子文出门走的时候，老婆叮咛把狗带上，胡子文不带，老婆说：那你回来给狗捎块骨头。胡子文说：贾德旺吝啬得很，他饭馆里的骨头上就没肉！老婆说：狗啃骨头就嚼个味儿。胡子文在路上想，我这是日巴要么，他贾德旺要我陪客我就来啦？这个河南担，我把他煽圆了，他竟人模狗样地比我还牛了？！在饭馆里接待着采风团，替贾德旺没来打圆场，说老板怎么忙怎么忙，从来没有睡过六小时的囫囵觉，团长指着墙上的照片，说：名人是苦人么，可他倒还这般胖的？胡子文说：他身体好，早晚要喝一种汤的。团长说：什么补汤？胡子文说：钱汤。团长就惊奇了，说：钱汤？胡子文就说了，说他以前听别人说这话没有信，有一次和贾德旺开会睡在一个房间，天一亮贾德旺就起来，用剪刀剪什么，他就不吱声拿眼看着，贾德旺剪的是百元的人民币，剪成碎末儿冲了开水喝。团长便笑了，说：早听说西安人会编段子，胡主任你真幽默！掏了名片，要胡子文转交给贾德旺，希望饺子馆能在他们城市开分店，他一定会鼎力相助。采风团一走，胡子文就把名片撕了。

胡子文编派贾德旺早晚喝钱汤的段子自然有服务员传给了贾德旺，传话人很愤怒地谩骂胡子文不维护老板的形象，完全是嫉妒心作祟。贾德旺倒呵呵大笑，说：你觉得有人信不信这事？服务员说：没人能信的。贾德旺说：就是有人肯信，说我钱多也是吉利话。服务员说：老板不仅是富人，当政协委员了也是贵人。贾德旺说：你说得好，凭这句话应该当大堂经理，可现在的大堂经理干得不错，有机会我会考虑你的。

贾德旺虽然知道服务员打小报告是别有用心，但他记得了富贵二字，就把政协的事看得很重，积极参加着一切活动，并且每次政协开会就把一批委员请到饺子馆吃饭。贾德旺的威信很高，已经有人要帮他迁入户口，准备推选他做政协一个委员会的副主任了。贾德旺踌躇满怀，不久却又听到胡子文编派了他的一个段子。段子说贾德旺经常到城区和郊县去视察，到区上，接待他的人知道他是河南人，而河南人自小吃红薯，胃是有感情的，他一定还是爱吃红薯，就蒸了红薯请他吃。吃了一顿红薯，贾德旺没说话，去县上视察，县上人也得知他是河南人，而区上接待吃红薯，他一定是爱吃红薯的，又蒸了红薯给他吃。贾德旺还是没说话，就盼着到镇上视察时能吃一顿好的。可到了镇上，镇上的干部请示县上，县上说贾委员是河南人就是爱吃红薯，镇上依然蒸了红薯。这回贾德旺胃疼了，实在憋不住了，说：同志，我就是在河南农村吃红薯吃怕了才到西安来的！贾德旺听了段子生气了，一天胡子文领着一伙人来吃饺子，贾德旺当着众人直戳戳说：胡主任，你散布我的坏话了？胡子文说：没有，古人说群居防口独坐守心……贾德旺说：几个人都传过来你编的段子了！胡子文说：什么段子？贾德旺说：吃红薯的事，你编了没编？胡子文睁着眼睛，扑忽扑忽看着贾德旺，说：是吗，日巴耍，这都是那几个河南担给你胡传哩！大家嘎嘎大笑，气得贾德旺也笑了。

半个月后，政协组织委员们全面视察市文化建设工作，贾德旺要求把他分在第三小组。因为第三小组视察的重点正好是文联大厦娱乐场所。五年前，文联机关在一座旧四合院里办公，年年打报告希望市政府拨资建一个文学艺术家活动的大厦，政府多方筹资总算把大厦盖了起来，但大厦盖起后，文联便将它全部向社会出租，办成了美容美发厅、游戏厅、桑拿室、洗脚房，文联月月收租金，日子是富裕了，卖淫嫖娼却泛滥起来。得知政协委员要来视察，文联当然清楚被视察的原因，就一方面准备汇报材料，一方面派胡子文到各出租单位布置接待事项。当贾德旺他们听取完汇报又去各娱乐场所实地查看，胡子文已组织了所有娱乐场所的人员列队欢迎，胡子文说：等委员一来，我喊一句口号，大家就跟着喊口号，要整齐，有节奏，知道了吗？大家说：这个谁不知道？！胡子文说：好！指着一个女的说：来视察的都是些老保守，不要把眉毛画得那么翘。女的说：不画眉毛我就觉得没长眉毛似的。胡子文正要批评她，扭头看见巷口有人拿着照相机跑，就拍了一下掌，大声说：来了来了！众人立即有节奏地喊：来——了！来——了！但巷口的一伙人却没有过来，往另一个巷子去了。胡子文说：走了走了。众人又是有节奏地喊：走——了！走——了！气得胡子文说：看我的手势，没有手势不要乱喊！约摸半个小时，贾德旺他们是真的来了，胡子文喊了一声：热烈欢迎！手从下往上一扬，众人一哇声高呼：欢迎——欢迎！胡子文又喊了一声：反对嫖娼！众人一哇声又高呼：嫖娼——嫖娼！委员们脸色不好看，也不做任何回应，径直就进了各个场所。胡子文也跟了进来，对着贾德旺喊：贾老板！贾德旺却全然不做理会。胡子文又喊了一声：贾老板！陪同的文联主席训道：贾委员来视察的，你乱咋呼什么？胡子文讨了个没趣，脸脖都红了。

视察完毕，委员们并没有在文联吃招待饭，贾德旺带人去饺子馆吃饺子。委员里有一位是区政协主席，知道贾德旺和胡子文的关系，说：你和胡子文崩了？贾德旺说：没有呀。区政协主席说：我看你今日带理不理他的。贾德旺说：我故意晾他哩。区政协主席说：他可是能行的文化人呀！贾德旺说：是能行的文化人。可文化人毛病也多哩。他能帮你成事，也能给你坏事，远不得近不得，是属核桃的德性，得砸着吃。区政协主席一高兴，说："中，中。"贾德旺说：你也是河南人？区政协主席说：老家是河南洛阳的，十二岁来的西安。贾德旺说：那你说西安话说得顺溜。区政协主席说：我那单位河南籍的人少，一说河南话就遭戏谑，可我在家是说河南话的。你了不得哩，饺子馆里的员工必须说河南话，饺子馆又成了名店，你给咱河南人长了脸了！贾德旺说：你老得多指教哩！区政协主席说：好，好，什么都好，如果饭馆里还能卖"水席"那就更好了！水席是河南最有名的菜类，全部的菜都是汤菜。贾德旺说他早有此意，近日就想回一趟老家招些做水席的厨师。区政协主席就鼓动开设水席越快越好，若要回老家，他可以派个小车去。

贾德旺果真就乘坐了小车回了一趟老家。小车一直从村口开过巷子到了家门口，村人已经知道贾德旺在西安混成个大人物了，都跑来看，说：德旺，这是你的车？贾德旺笑着说：把娃娃管好，可不敢用石子在上面划道道。村人说：贾罗锅毒命，一辈子腰直不起，他一死，儿子果然顶天立地了！听村人提说到贾罗锅，贾德旺就怀念起自己的父亲了，他买了烧纸和高香去父母的坟上奠祭，瞧见两个坟堆平塌下去，荒草蔓生，就拿锨铲土拢了拢，跪下去焚香烧纸，磕了三个响头，说：爹，娘，我回来看你们了！你儿在西安把事弄成了，还当了官了，是政协委员。坟头上飞过来一只鸟，喳喳喳地叫，贾德旺挥手把鸟赶飞了，又说：给你们说这些你们也听不懂，政协委员是个啥，就像刘三胜一样，你儿现在就是过去的刘三胜！旁边的小车司机一直笑嘻嘻的，末了说：刘三胜是谁？贾德旺说：解放前大财东家的儿子，在郑州当过省参议，威风得很哩，戴礼帽，拄文明棍，出门有三个背枪的卫兵。

回到西安后，小车司机把贾德旺上坟的事说开了，司机的原意在夸奖贾德旺是个孝子，但一经传开，却成了贾德旺把自己比做伪参议，被编成了段子，而且用河南话讲，讲得有声有色的，听着的人听毕了，就笑着骂：这个河南担日巴耍！段子连市委书记都知道了，一次会议，市委书记在饭厅见到贾德旺，当着好多人的面说：贾德旺，你过来！

贾德旺过来了，倾着身说：书记好！

“听说你在你父母坟上说你现在是伪参议了？”

“这，这……书记你听谁说的？”

“你先说有没有这事？”

“我是上过坟……”

“你怎么能说这样话呢？！”

“书记，这怎么能当真呢，那是哄鬼哩么！”

周围的人哗地就笑了，但书记没有笑，大家也就停止了笑。贾德旺还要解释，市委书记却转身走了。

当再一次开政协会，没有通知贾德旺，贾德旺不再是特邀的委员。贾德旺苦闷了数日，脸就明显地瘦了一圈。终于在一个午后，胳肘下夹着一卷纸来胡子文的家，笃笃笃地敲门。胡子文从门扇的猫眼里看出去，贾德旺站在门外理头发，头发蓬乱，顺手心吐了唾沫往头上抹。胡子文说：谁？贾德旺说：我。胡子文说：你是谁？贾德旺说：是我也听不出来？贾德旺！胡子文说：贾德旺是谁？贾德旺说：有理都不打上门客的！胡子文说：是你呀，你怎么不用河南话说？等一等，我正在厕所，还提着裤子哩！胡子文返回厕所，在马桶上坐了吸过一支烟，过来开了门，一边系裤带一边说：你怎么来了，给我送礼啦？贾德旺说：我还不至于给你送礼吧？新买了一张字画，让你鉴定鉴定。打开了，是于右任的一副对联，胡子文念：梦久不知身是蝶，水清安识我非鱼。

“赝品！”

“我五千元买来的怎么是假货，假货能仿得这么真？”

“河南人什么假不了？你看没看昨天报纸，一个河南人拐卖儿童，买方买的是个男孩，回家给孩子洗澡，洗着洗着小鸡鸡就掉了，原来是个女孩。”

“这字要是假的，我就送你了。”

胡子文没有吭声，看着贾德旺将对联挂在墙上了，说：“挂在我家墙上了就算是我的，河南担，没文化就是没文化，我现在告诉你，这对联是真的。”

“你以为我认不得这是真的？我来给你行贿你也不沏一杯好茶给我喝喝？！”

“给我行贿肯定是有事了！政协委员抹了？”

“那段子是不是你加工改造了？”

“这倒与我无关。”

“那个司机我操他娘的！”

“古人说，人有一事不妥，后来必受此事之累，如器有隙者，必漏也。”

“所以我来请主意了。”

两个彼此笑笑，坐下来吸烟喝茶又吃酒，开始起草了一份材料。临分手，胡子文说：笼襻儿是离不了笼沿的，要做儒商，商就要一直和文化结合哩，贾德旺说：所以你始终是顾问呀！胡子文又说：河南出恐龙蛋化石，你那儿联系的河南人多，若能弄些恐龙蛋化石，我去见书记的时候，也不至于空着手。贾德旺说：这个容易。当天夜里，贾德旺就用三轮车运来了一块儿九颗聚在一起的恐龙蛋化石。待贾德旺一走，胡子文就将恐龙蛋化石送到了市职称评委会主任家，主任好收藏，喜欢得不得了，又觉得这礼重，问胡子文自己有没有？胡子文当然没有。主任说：既然你没有，咱俩一分为二。胡子文说：只要把我的高级职称能通过，放在你这儿就等于放在我那儿了。主任却坚持分开，胡子文便用锯子将九颗恐龙蛋锯开，主任拿六颗，他拿三颗，没想锯下来一颗发现那颗恐龙蛋底是平的，仔细看了看，原来是水泥伪造的。忙敲打另外的八颗，竟都是假的。胡子文怒不可遏，拿了假恐龙蛋去寻贾德旺，贾德旺也傻眼了，说：这毛海子坑我了！胡子文说：毛海子是谁？贾德旺说：一个文艺工作者。胡子文说：文艺工作者？贾德旺说：就是从河南过来的一个耍猴的。胡子文骂道：耍猴的算什么文艺工作者，日巴耍，事情办不成，你还让我丢老鼻子人啦！贾德旺忙自己打自己脸，说他再去找另一个人，那人以前倒贩过恐龙蛋化石，现在虽改行了，手里肯定还有存货。胡子文说：这人现在干啥？贾德旺说：他说他是从事轻工业的。胡子文说：是不是弹棉花的？贾德旺说：是吧。胡子文就笑了，要跟着贾德旺一块儿去。直到后半夜，恐龙蛋是买到了，虽然只有五颗，五颗确实是真的。

第二天，胡子文将恐龙蛋送到了职称评委会主任家，直脚就去拜会市委书记，先是汇报了全市文化工作的现状和今后发展的一些举措，末了便提起了贾德旺。书记说：你也认识贾德旺，这人到底怎么样？胡子文说：这个河南人文化浅，有时不会说话，可有雄心大志，在西安市的河南人中享有很高的威望。就呈交了以贾德旺的名义所写的材料。材料上写着贾德旺是如何从河南到了西安发展餐饮事业，如何经过几年奋斗成为西安餐饮界的龙头，而在西安挣了钱了，就要回报西安，为西安的城市建设做一份贡献。具体的方案是：以饺子馆牵头，组织河南籍人参会，筹集资金，为古城墙贴瓷片，在城河两岸铺地砖，用红漆刷大雁塔，把东西南北城门楼镶金边。

“这个贾德旺！”书记说，“他有多少钱？”

“他钱多得能砸死人！”

“他还是好好卖他的饺子吧。”

胡子文软不沓沓回来把书记的话转告了贾德旺，两个人无言地看着，都笑了一下，笑得都没声。然后两人到贾德旺的住处喝酒，就喝醉了，贾德旺歪着头，手指蘸酒在桌上写了一个字，说：处，处长，你文化高，你说这，这，这是个啥字？胡子文瞅了半天，是一个富字，说：不认得。贾德旺说：你日巴耍，这个字都不认得？！胡子文说：啥字？贾德旺说：富字！胡子文说：富字上边有一点，你这个字没那一点。贾德旺说：这叫富贵不能到顶。胡子文说：你还要咋个富呀？也指头蘸了酒在桌上写了一个字：章。说：立早是章，早写得出了头也念章，你懂不，这叫作写文章能出头，出头为贵，你就是再富也不可能贵，贵的。贾德旺说：贵字下边是个贝，贝就是钱，没钱贵，贵不了，有钱总有贵，贵，贵的时候！胡子文说：你到底有多少钱？你说你钱多得能砸死人，你还真以为，以为你的钱多，多得不得了？！

贾德旺就站起来，摇摇晃晃站不稳。胡子文说：你醉了，瞧你这本事，一瓶酒就喝醉了，我把你这样子照一张照片。就转身在沙发上找提包。胡子文觉得自己是带了提包的，提包里应该有照相机，但沙发上什么都没有。贾德旺说：你瞧么，你瞧么！胡子文就突然感觉他真的手里拿了照相机，手举着给贾德旺拍照。贾德旺扶着桌子作庄严状接受拍照，然后就拉胡子文到他的卧室去，胡子文手还做着拿照相机的姿势被拉进了卧室。卧室里有一张床，床前有香案，供奉着一尊瓷制的财神爷，而靠窗的墙上角是一个木架，木架上放着一个饱满的麻袋。贾德旺指着麻袋，说：你盯，你往那里盯，你知道麻袋里装的什么？

“什么？”

“钱！”

“钱？”

“是钱，钱，钱！现在硬币是不用了，可我积攒了这一麻袋，它是我的纪念品。”

胡子文嘴张开来，合拢不上，手还在做着拿照相机的姿势，他要求贾德旺就站在木架下，他要拍一张照片，他说他要把这张照片放得大大的公布于世，他说他要宣传贾德旺是多么有钱，而这些钱是卖饺子得来的，劳动致富了，应该成为一个贵人！贾德旺嘿嘿嘿地笑，说：我要给你钱的，大海里舀半盆水就够你喝了！胡子文说：把头扬高，胸挺起来！好，好，把手抓住麻袋！你笑呀，河南担，你个日巴要怎么不笑？！贾德旺还在说：给你半盆水你不嫌少吧，半盆水也能喝死你的，咱们的事情弄大了，顾问费要给你涨，涨的！

胡子文站在地上拍了几张，又站在床头柱上拍。胡子文还要拍，看见床下有一个盆儿，要取出来垫在脚下，盆子里却有半盆水，骂道：我闻得出来，这是你尿的，你早上不去倒尿，你真是不讲卫生的河南担！胡子文从外屋端来椅子，又将另一个小方凳架上去，然后爬上去再拍。胡子文这时候发现了墙上有一行粉笔写成的字，他数了数，是十一个字：世上有一个鬼名字叫日弄。他说：这字是你写的？贾德旺说：我写的。胡子文说：写得好。贾德旺得意了，说：这有个故事哩，我才到西安，身上只有二百元，一个月没寻着工作，钱也花完了，我白日讨饭晚上在火车站的候车室椅子上睡。一个卖饺子的小老板到车站送客，问我愿不愿到他的饺子馆干活，不给工资，可以管吃管睡。我说愿意，跟着他走了。在小馆子干了十天，我才知道他卖的水饺馅儿全是瘟猪肉。我说咱怎么能卖瘟猪肉？他说没人在馆子里吃了顺地倒，我卖的就不是瘟猪肉，你知道不知道，世上有一个鬼名字叫日弄？我记住了这句话。后来我辞了那份工作，又去了另一家饭店打工，有了积蓄开始自己卖饺子，我，我就把这句话写在那里了。胡子文说：你的饺子馆也卖的是瘟猪肉？贾德旺说：你胡说！我什么事都干过，但我没卖过瘟猪肉。我要的是日弄鬼的精神，你懂吗，精神！胡子文说：是的，精神！你抓着麻袋，要笑，一种自豪的笑。笑啊！

贾德旺在努力地笑，胡子文把双手举在面前，说：我给你照呀，一、二……还没有说出三，他听见了哐当一声巨响。把眼往下一瞅，瞅见木架坍倒了，饱满的麻袋砸下去。胡子文嘎嘎而笑，说：你这个河南担，用那么大的力气？！还举了手要拍摄砸下去的麻袋，就看见麻袋下的贾德旺没有吱声，半个脑袋扁了，一股血喷出来。胡子文说：日巴要，你是咋啦？脚下的椅子却晃动了，身子向前弓了一下，又往后弓，一前一后地弓，双手在空中抓，什么也没有抓住，就栽下去了。胡子文是脚朝上头朝下栽下去，撞翻了床边那个盆儿，盆里的水流开来，又聚在一个低洼处形成水潭，他从地上弹了一下又倒下去，整个脸面浸在水潭里不动了。

写毕于二〇〇二年二月二十七日夜

改毕于二〇〇二年三月六日下午

真　品

世上再没有比西安更古意的城市了。那里遗迹多，文物多，老街坊多。连寺庙也多呀，熙熙攘攘的街市上，你常会看到那些穿了黄袍的或木棍儿束了头发的和尚道士，就感觉他们是远昔的人，历史一下子与你拉近。可是，在很窄很窄的小巷里你往一家饭馆里走，粗糙的木桌边就坐着个老头寂然地喝酒，吃一碗羊肉泡馍，你可能轻视他，却保不准儿这正是某个大学的教授，或者是饱知天文地理的易学大师。西安这地方，实在是难于理喻，如同进了佛殿，你可以张望，但不容嚣张。我和我的老板为着淘寻古字画来到西安的那天，从河西走廊沙漠上刮起的沙尘正弥罩了古城，虽然太阳还悬挂在空中，已失去了颜色，在城楼的沉沉钟声里渐渐惨淡如纸。我们去的是碑林博物馆。碑林博物馆在海内外闻名，竟原来是一片灰砖灰瓦的老建筑，朴素着，也萧然着。而围绕着博物馆四周的一棵一棵合抱粗的古树古松间，则搭就了一排排店铺，色彩斑斓。这些店铺都清一色的经营着字画。据说这里在以前买卖得非常好，曾经有那么多日本的新加坡的游客如蜂如蚁，每一天里销量超过了二百幅，但现在却冷清了，因为大量的赝品败坏了声誉。我们在店铺巷里走过的时候，巷外的马路上正停着一辆旅游车，举着三角小旗子的旅行社导游员每每往外跑，他可能再难以让游客在这里购物，没有得到店铺的提成，也懒得停下脚来与女店主打情骂俏了。那些鲜艳的女人叫不住导游员，便都笑脸向我们招呼：哈罗，哈罗！

我的老板鼻子大，又是自来卷头发，鬼晓得怎么就认他是外国人？我的老板说:“请说中国话。”

“你不是外国的?”她们说,“自己人好说呀,进来看呀,看上什么都给你便宜啦!”

我们当然不敢再理,身后飘来的就是一句:傻 ×!

“西安人怎么这样?”我的老板气愤了。

“打着亲骂着爱么,”我嘿嘿笑起来,“你听,你听……”

我让我的老板听的是歌声:走头的骡子哟三盏灯,戴上了铃子哇哇的声。白脖子狗朝南咬,赶牲灵的人儿过来了。你是我的哥哥你招一招手,你不是我的哥哥哟你走你的路!这是陕西有名的民歌,在西安,尤其在沙尘笼罩的天气里,听起来是别一番的滋味。

“你听得懂歌词吗?”我说,“这是给你唱情歌了。”

我的老板驻脚细听的时候,歌声戛然却止了,回头四顾,店铺里的条凳上三个女人凑了一堆说趣话,一个人笑得从条凳上跌下来,而拴在门槛上的一只狗,埋头啃一根骨头,吞进去,吐出来,再吞进去再吐出来。歌声是从哪儿传来的呢?不远处的槐树下,那个老头已经蹴了许久,现在用手在剔牙缝。可能是风沙钻进了口里,一只手在牙缝里剔,一只手却在怀里掏东西,一时掏不出来,站起身了,穿着的是一件袍子,长过了膝盖。

“咹,”我的老板给我说,“那是个道士。”

“哪儿是道士?”我说,“那蓝衫是菜场的工作服。”

蓝衫人终于掏出来了,是个破旧的小录放机。录放机可能卡了盒带,他摇着,又啪啪拍打了几下。

“原来是录放的,”我有点丧气,“亏了这么好的情歌!”

“情歌?”蓝衫人并不看我们,只是继续摆弄他的录放机。“这是窑姐儿拉客哩。”

我愣住了。多少年来,北京的舞台上总保留着这首民歌,所有的人都以为是爱的缠绵而感动着,原来竟是路边野店的妓女们拉客情景的小曲!想了想,蓝衫人说的有道理,我们噢噢着,虽有一种被戏谑的难堪,却对这个枯瘦而邋遢的蓝衫人感兴趣了。

我们向他走近,并掏出了一支纸烟递他,他的录放机突然又出声了,几乎是撕帛碎瓶般地一阵激越的鼓点，夹杂着声嘶力竭的呐喊。“这是‘安塞腰鼓舞曲’么，”我挥了一下拳头，“多激越的旋律！”

“是吗，你们喜欢穷人的艺术？”

“穷人的艺术？”

“听口音是打北边的首都来的？”

“是从北京来的。”

“噢。”

蓝衫人将我递过的纸烟接住了，没有吸，却夹在树的枝桠上，目光仰视了树梢。树梢上正栖了一只鸟，鸟叫了一声：呀。

“老先生是……”

“鄙吝一销，白云亦可赠客；渣滓尽化，明月自来照人。”

我和我的老板面面相觑，我们知道我们又遇上了一位高深莫测的人，谁知道他是个什么角色呢？但蓝衫人似乎并没有要与我们交谈的意思，他重新蹴下去，靠住了树，眼睛已经微微闭上了。录放机里开始飘出另一种乐曲，似乎是《春江花月夜》，但又不似，蓝衫人摇头晃脑了起来。我们不敢造次，迟疑了一会儿，便往店铺门口的摊子上翻动那些各种各样的碑拓。

店铺里的女人立即迎上来，叫我们是老总。

“我们不是老总。这都是在哪儿拓的？”

“靠山吃山，靠水吃水，守着个碑林，你想想老总！”

“不是说那些碑子都罩了玻璃不准拓了吗？”

“正是不准再拓了以前拓的才珍贵啊！”

“这一幅欧阳询《皇甫诞碑》多少钱？”

“今日天气不好，图个吉利便宜给你了，一万二。”

“给个实价吧，我们要买就买得多哩。”

店铺外一声冷笑。这冷笑我和我的老板听见了，店铺的女主人也听见了，她脸上有了明显的愠怒，顺手将柜台上的一杯残茶泼出去。我的老板悄悄扯了一下我的衣襟，我扭过头看见了冷笑正是槐树下蓝衫人的鼻子里哼出来的。蓝衫人似乎压根儿就没有看着我们在挑选碑拓，也没有看着我们扭头在正看他，残茶的水点溅到了他的蓝衫上，他动也不动，又连续地哼着鼻子。我知道，他并不是患有鼻炎，连续的哼鼻子是为了掩饰那一声冷笑。

“这该不是假的吧？”

“你说对了，别的店铺是翻刻木板拓下的，只有我们店卖的是真拓。”

女店主越是这般说，我们越不敢买她的货了。离开摊子，一辆卖镜糕的三轮车就咿呀咿呀推过来，小贩脸上没表情，只盯着我们，吆喝：镜——儿——糕！西安的小吃品类繁多，但镜糕第一回见，瞧了瞧，觉得不卫生，却对挂在三轮车扶手上的小木牌上的字感兴趣了。

“认识么，这是于右任题的字哩！”

确实是于氏书体。多么大的一个书法家曾经给这么个小吃题过字？我们潜意识地扭过头，要看看槐树下的蓝衫人，但蓝衫人却不见了。天更加昏黄，而且开始起风，不远处的马路上行人都裹了纱巾，或竖了衣领侧着身子跑，博物馆高大的制着泡钉的大门敞开，守门人猫了腰大声地吐唾沫，几只麻雀才乱了羽毛站在门墩上，却又在风里线球一般地滚下来。我们购了票步入博物馆，大院里空旷静寂，间或有人从一处八角亭后走出来，又踅进另一处有檐角的屋后，传出空洞的脚步声。任何旅游参观点都是人满为患，如此的清静太合我们的心意了，便先一步一停地欣赏了长廊两边摆列的石羊、石狮、石麒麟和刻着山水人物的石礅石条，以及造型千奇百怪的拴马桩，最后在庞大的展室里脖子扭酸地观看那些石碑。西安的碑林博物馆确实是中国汉文字书法艺术的宝库，你简直无法想象会有这么多的石碑，往日里看到的那么多书法精粹册上的作品原来实物竟都在这里！站在唐代怀素的那块《圣母帖》字碑前，我们的脚步是钉住了，张开嘴，却呆得说不出话来。这位出家为僧的狂人，我们已经无法得知他生前嗜酒成病、不拘细行的形状，而他的草书熔汉代的张芝、晋代的二王和唐代的张旭于一炉，用笔瘦、肥、圆、方，得意肆恣，挥洒天成。字碑果然是玻璃罩封的，且碑下有铁制的护栏，不允靠近，亦不可拍照，我便一边伸长了脖子死盯着每一行每一字，一边下意识地用手在腹衣上临摹。我的老板说：“真是‘癫张狂素’！”我却疑惑：癫狂之人方能写草书呢还是写草书容易使人癫狂？

我的疑问，我不能回答，我的老板也无法回答，寂静的大殿中嗡嗡空响，却一个低沉的声音在说：“这是赝品。”

"赝品？这怎么可能？！"我脱口就问，问过了却不知那声音来自何方，我们进来时并没有别的游客，也没有解说员跟随呀！殿的飞檐翘角上，风铃在响着。难道是误听了风声吗？弯下腰从那一面面字碑排列的甬道望去，看风刮得是否又厉害了，那殿外的竹丛在忽聚忽散，台阶上坐着的竟是那个蓝衫人！

我顿时有些悚然了。

在西安，我已经遇到了好几宗离奇的事情，以至于看到城门楼下那尊石狮子是成了精的，巷道里偶尔看到的弯脖子老树是成了精的，街市上忙忙的人群里也怀疑是混迹了神祇和妖怪。试想想，这个蓝衫人是做什么的，他怎么再二再三地突然就出现在我们身边？

"博物馆里也有赝品？！"我怯怯地看着他。

蓝衫人又没话了，他始终要和我们陌生着，如撵一只兔子，撵着撵着它跑远了，待你不追了，它又停下来回头看你，你要再撵它又跑得没踪没影。蓝衫人呆若木石，竹在他的面前变幻着风的形态，当枝叶铺伏在地上的时候，我看到的是无数颠三倒四的"个"字。

我的老板似乎已经消失了对他的敬畏，凑近我耳语道："瞧见了吗，他一脸麻子。"

"这和麻子有什么关系？"

"俗语说十个麻子九个害。"

"他怎么老注意着咱们？不怕贼偷，就怕贼惦记！"

"国家级的博物馆里怎么能有赝品，他或许是高人，也或许压根儿就是个疯子！"

我们窃窃偷笑。正笑着，一只苍蝇就落在我的老板的额头，老板挥了一下手，苍蝇起飞了，再落在头发上，头发是梳得油光的那种，苍蝇一时站不稳往下滑，滑溜到大鼻梁上又站住了。"讨厌！"老板叫起来，"这么高级的博物馆有苍蝇？西安什么都好，就是环境卫生差！"

"那是活文物。"蓝衫人又在冷冷地说了。

我们没有理他。

"它是从唐朝飞来的。"蓝衫人还自言自语。

我们差不多认定这是个疯子了，起码是西安城里的一个尖酸的闲人。参观完了所有字碑，出展厅的大殿时偏不从后门走，又绕着到前门离开。

晚上，我们是住宿在大雁塔旁的唐华宾馆里。这是一座堂皇富丽的仿唐建筑，又具备了全西安市最豪华的现代设备，沙尘使我们满头满脖都肮脏了，就冲了个热水澡。可刚刚从浴室出来，突然有人咚咚敲房间门，进来一个光头矮子，问我们要不要购买名贵字画？不速之客当然引起我们的警惕，比如，他怎么知道我们要买字画，又怎么就寻到了唐华宾馆？矮子说："我给老郗跑腿的。"我们问老郗是谁？矮子说："在碑林博物馆你们不是已经熟悉了吗？"我说是那个瘦瘦的，麻脸，穿了件蓝布长衫？矮子说就是的。我和我的老板都惊讶起来，他是个什么角儿竟把我们一切都把握了？！便一把抓住矮子，要问个明白。矮子说："老郗说你们会扣下我的，果然你们就扣我了！"从怀里掏出个字条要我看。字条上写着："置珠于粪土，此妄人举，不足较。若本是瓦砾，谁肯珍藏？"口气蛮自信，我们就让矮子坐下，询问郗蓝衫的情况，矮子便张狂起来，要讨水喝，又吸上烟，说老郗是满人的皇族哩，如果现在还是清朝，要见老郗就难啦。现在是混背了，落架的凤凰不如鸡么，身上穿的那件长衫还是他送给的。"可是，"矮子揩了一下鼻涕，顺手抹在椅子腿上，"谁要把老郗当做个穷人那谁就错了！"我说："谁也没把老郗当穷人，老郗家里有一疙瘩金子哩。"矮子说："一疙瘩金子值几个钱？老郗家传的有一幅《圣母帖》真迹！你们知道不知道怀素，是怀素写的《圣母帖》？"我说："老郗把碑林博物馆里的石碑撤回他家了？"矮子说："那是宋代刻的，刻石和真迹差别就大啦！"

我的老板哈哈地大笑起来，说："你的意思是要出手那件真迹了？"

矮子说："老郗让我来问问你们。"

西安之行，我们原只指望能够买一批有价值的书画，没料到竟碰上了稀世之宝！我有些不敢相信，反复问这是真的吗？矮子指天发咒说有一句谎言他便是猪、是狗，是猪狗屙下的臭屎。我便让矮子先到走廊去，问我的老板：怎么样？我的老板说：你想这有可能吗？我说：那就让他走吧。我的老板却说：有好戏为啥不看，反正是没事，瞧瞧西安的风土人情呀！我的老板说的是，人都有当看客的秉性，如果街头上有行刑的场面，肯定要去看那人头被砍下来的情景的，郗蓝衫给我们行骗，我们就给他恶作剧，他就是再上个美人计，我们也将计就计。我们把矮子叫进房间，要他立即给郗蓝衫打电话，说当晚看货。

两个小时后，矮子带我们坐出租车在城中绕来绕去，我们差不多都转糊涂了，最后在一座公园的湖边，见到了郗蓝衫。他似乎在那里等了很久，身边的石头上还放着那个录放机，站起来和我们握手，人显得比白天更瘦，好像你不敢再靠近，否则会被那骨头撞疼。他的脸上是有麻子，路灯的辐射愈发坑凹明显，如暴雨后的沙滩。他说他姓郗，不肯说出名字，却一一要我们道出姓名和地址，并且看了名片，又要看身份证。我们有些不悦，他说：实在对不起，我还没问问你们公司规模如何，实力如何？就盯着我们，目光锐得像锥子。

我的老板在这时候也开始拿起他的架子了，他把眼镜卸下来，擦了擦，又戴上，只低声说：你是助理，你给郗先生介绍吧。就掏出一包软装的中华牌香烟撕开，自个儿吸着烟卷。我才说了两句，突然有了哗哗哗哗的响声，郗蓝衫立即示意我停下，扭头向周围巡视，湖边草坪中的一丛树下，有男女在相拥着。郗蓝衫说：“咱们到前边那块石头上谈吧。”

重新换了地点，我悄声对我的老板说：“看样子不像骗子。”我的老板说：“现在的妓女没有不像清纯的。”我详细地介绍我们公司的情况，郗蓝衫很认真地听着，就问起我们画廊有没有扬州八怪的作品，郑板桥的四尺长条墨竹能卖多少钱，金农的四尺整幅书法又卖多少钱，还有张大千的、石鲁的，甚至还问到了牛兆濂。

“牛兆濂？”我回答不上来。

“你不知道牛兆濂？”他说。

“你说的是你们西安的那个牛才子呀？”我的老板一直闷着头听我们对话，见我回答不上来，就插嘴了。“牛才子学问好，但他的书法一般，前年我们收购过一张，那不值钱，二千六百元。”

郗蓝衫慢慢地笑了，伸出手来，说：“你给我一根烟吧。”

我的老板把一根纸烟递给他，他在鼻子前闻了闻，却别在了矮子的耳根上，说：“同志，咱们有缘分了呢。”

“是有缘分，”我的老板也来了热情，“搞收藏我是信缘分的，珍贵的藏品都是有命运的，《圣母帖》或许是我在等它，或许是它在等我。”

“不，”郗蓝衫说，“任何藏品不是我们在收藏它，而是它在收藏我们。”

这话说得真好，凭这一句话，我断定了郗蓝衫不是一个骗子，他没有诓我们，他手中的《圣母帖》八成是真品。我赶紧就去湖里洗手，湖边的一块儿石头踩翻了，差点把我掉到水里，洗了手过来说要看真迹。但是，郗蓝衫从怀里掏出来的却是个硬纸夹，夹子里是三张剪贴的已经焦黄的报纸。三张报纸的内容一样，不长不短的一篇报道，标题：西安惊现《圣母帖》真迹。

“这可是官方的报纸，你们得信着！”郗蓝衫说。

“就这报纸？”

“你们得先信我呀！”

“我们已经信你了呀！”

“你们读读报道吧。”

我和我的老板凑近路灯分别读了一遍，报道中详尽地介绍了《圣母帖》真迹的尺寸和碑林博物馆宋刻字碑的同异处，但报道中没有写真迹保存人的姓名。

“郗先生，”我的老板说，“怎么证明真迹在你手里呢？”

“问得好，”郗蓝衫说，“我怎么能在这地方拿出真迹呢？若你们真心要买，咱们重约时间地点吧，真迹在市银行保险柜存放着。”

这一次见面就这么遗憾地结束了，但我们留下了手机号码，约定三天后郗蓝衫安排好地点了随时通知。我们请郗蓝衫去宾馆喝茶，他推辞了，矮子要跟他一块儿走，他偏让留下，矮子有点不愿意，他示了个眼神，自个就先走了，一边走一边扭头四顾着，然后便消失在夜幕中。我笑着说：“郗先生怕我们跟踪他呀。”矮子怔了一下，慌忙说：“这，这……不是的，他急着回去是他弟弟今日得了孙孙，他得过去看看。你猜，是男娃还是女娃？”我说：“男娃？”矮子说：“不对！”我说：“女娃。”矮子说：“呀，你真行，只猜了两下就猜准了！”

沙尘暴终于是停止了，第三天的早晨下了一场小雨，雨都是黄的，街上的行人全穿了雨衣或撑着伞，而所有的车辆被黄泥雨涂成了迷彩。雨一停，每家洗车房门前排着等待清洗的车辆，司机们三三两两站在那里骂天，抱怨着西安之所以做过十三朝国都而后来衰败至今，都是这风沙所害，要不，秦腔就该是普通话了。又恨着往往把车清洗了，隔二日三日又得下雨，雨是黄汤，又得来洗。西安做什么生意都难，唯独羊肉泡馍和洗车房把钱赚海啦。我们耐心地等待着郗蓝衫的通知，但哭笑不得的是，约定的地点竟是城东南角一条巷头的公共厕所门口。我和我的老板在那里等了许久，未见到郗蓝衫出现，连矮子也没个踪影。我安排了我的老板先到附近的夜市上吃饭，西安的小吃在国内有名，小吃又都集中在夜市上，我们吃过一碗鸡蛋醪糟，觉得肚子难受，就进了厕所蹲坑。厕所里光线幽暗，臭气烘烘，我听见紧挨的隔档里有人在大声努劲，似乎不是在出恭，而有物堵于肛门，憋得命悬一线。如此哼哼哈哈了半天，安静下来，却见一只手伸出隔档，企图去捡坑台前一张什么人已经用过的脏纸，而有趣的是恰恰一股阴风从厕所门口刮进来，竟将那张脏纸卷起，飘然落入另一个坑去，隔档里沉沉地发了一声恨。这实在是一场巧得不能再巧的风的恶作剧，偏偏让我瞧着，差点笑出来，便将一张手纸递过隔档，说："用这个吧。"那边的人说声"谢谢"，站起来了，我看见他竟是郗蓝衫！郗蓝衫也同时看见了是我，很窘地，立即缩回身子咳嗽，然后提了裤子出了隔档，将那张手纸又回给了我，说："是你呀！是你给我的纸吗？我不用纸的，我用钱揩了！"他走出厕所，一边走一边说："你瞧这墙上，这便是屋漏痕，黄宾虹的线条就这般画。"我没有去端详厕所墙上的脏迹，只疑惑：他真的是用钱揩过了吗？或许碍于面子压根就没有揩！在厕所门口，他又恢复了他的怪异，大声放着录放机中的歌曲，在音乐声中，告诉我巷子尽头的三十五号是他的朋友家，他已经把真迹从银行保险柜取来放在那儿，让我和我的老板过会儿来，说完扭头便走，那录放机中开始唱"你要拉我的手，我就要亲你的口，拉手手，亲口口，咱们黑屹崂里走"。声越来越小。

我和我的老板拐弯抹角地在巷子里寻到了三十五号，门是破旧的木门，上面用墨写了：院中有狗，小心咬你。我忙捡了一块儿石头在手，可一进院就爬梯子，并不见狗，刚刚扔了石头，还说：是空城计么！一只狗忽地向楼梯冲来，吓得我的老板险些跌倒。我急喊："郗先生！郗先生！"狗却停在楼梯上的平台上，原来一条铁绳拴着它，再扑不过来，就汪汪锐叫。是矮子先跑出来，唬住了狗，招呼我们进屋，我们还是不敢动步，一定要矮子将狗用双腿夹了，才迅速地跑进平台上的一间屋去。屋小得可怜，除了一张桌子上乱七八糟堆满了杂物外，几乎就是那张床了。我的老板不知道该往哪儿坐，我把床上的没有叠起的脏被子往床根拥了拥，要让我的老板坐在床头，没想褥子下压着一张百元的钞票，矮子赶忙拿了，塞给了郗蓝衫。

“我那里宽敞，”郗蓝衫说，“可这里安全啊！我这兄弟光棍一条，以替人讨债为业的，别瞧他个头小，好勇斗狠，比这狗要凶的！”

“能看出来。”我说，“你需要一个保镖！”

郗蓝衫干笑了一下，就对矮子说：“一回生二回熟，都是朋友了，你给我和两个朋友留影做个纪念吧。”

我明白郗蓝衫的意思，就说：“好么，好么，”让矮子拿了相机给我们拍照，我的老板偏又将汗手在墙上按了一下，又在一块儿破了半边的镜子上按了一下，说：“我再给你留个手印！”

郗蓝衫有些不好意思了，说：“你这同志有趣，我就爱和有趣的人交朋友。看货，看货！”

郗蓝衫就拍打了几下床铺，将一个报纸卷儿展开，里边是一个塑料卷儿，又展开，是一个布卷儿。布卷儿虽旧，却是湘绣，一下一下再展开了，露出画轴，郗蓝衫才从怀里取出一副白线手套，戴上了，说：“你把纸烟掐了。”我把纸烟丢在地上，用脚踩灭。他说：“把放大镜拿来。”矮子说：“放在哪儿？”他说：“枕头底下。”矮子翻开枕头，果然下边一个硬盒，盒中取出一面镜子，但枕头上的尘土扬起来，一股呛味直钻鼻子，我就咳嗽，走到平台上要吐痰。我的老板也咳嗽，跟出来擤鼻涕，悄声说：“这里就是姓郗的家。”还要再说，矮子就出来了，我们遂返回屋，矮子也跟进来。郗蓝衫说：“你们可以俯着身看，但不得用手摸，汗手。”慢慢将画轴展开。

这确实让我们大开眼界，整幅作品是横的，几乎和床一样长短。在展开的过程中你似乎能感觉到祥云缭绕，有一股神气扑面而来，再仔细看去，婉丽处如飞鸟出林，惊蛇入草，劲健处奔马走虺，骤雨旋风。我周身颤抖，且有热流迅速从丹田涌起，通向脑顶和四肢，回头看我的老板，他只是龇着眼，呆若木鸡。我说："好啊！宝气逼人！"我的老板怔了一下，俯身再看，手却在我腿上掐了一下。我晓得我的老板城府深，不再叫好，拿放大镜又细照了一遍。

"怎么样？"郗蓝衫说，"要看货，这就是一眼货，比碑林博物馆的字碑气韵强了数倍吧？"

"这……怎么这般干净的？"我说，看着郗蓝衫的脸。郗蓝衫脸上的麻子是黑麻子，好像没有洗过。

"算你看出门道了。"郗蓝衫说，"你瞧我像个乡下来城里打工的吧，可我世世代代都是城里人！真的往往看上去像假的，假的倒像真的。西装革履的显得气派，可一身行头能值几个钱呢，一万元穿得什么都有了！"

郗蓝衫缓缓地将《圣母帖》卷起来，一层一层包裹，矮子帮着往盒子里装，一失手，掉在地上，他哎哟叫，忙捡起来，轻轻地拍着，说：摔疼你了，摔病你了。然后说他得和矮子连夜将《圣母帖》送回银行保险柜去，如果愿意购买，改日再选个时间面议。

《圣母帖》肯定是真品，这已毋庸置疑，我的老板极尽和蔼，一定要请郗蓝衫和矮子去夜市上吃饭，郗蓝衫却表现得很不情愿，我的老板就说在吃饭时可以先议一议价钱，如果双方觉得合适，我们就要筹款了，至于安全么，四个人一块儿走，会万无一失的。郗蓝衫沉吟了一下，就从桌上取了一把菜刀让矮子揣在怀里，自个又将一个小瓶装在口袋。我说："不用带酒，夜市上都能买到。"郗蓝衫说："这是硫酸，谁要敢抢《圣母帖》，我就喷他的眼睛！"他说得狠，大家都没有言传，他又将裹着真品的纸卷儿装进一个帆布口袋，口袋里又放着了六七根竹笛，然后斜挂在肩上，四人方下得楼来。

"郗先生是个卖笛子的人了，"为了缓和气氛，我笑着说，"你这口袋，扔在街上也没有人捡的。"

"狐狸有好皮毛才遭猎杀哩。"郗蓝衫也笑了，却对矮子说："你急什么呀，让客人先下楼么。"

他让矮子断后，防备的还是我们，我们就知趣地先下楼，我的老板说："郗先生这么大年纪了住得这么高，越往后就越不方便啊！"

"是吗？"郗蓝衫说，"能走动的时候住高住低都能走，等走不动了，住在一楼你还是走不动。你说什么？这房子可不是我的。”他转过头问矮子：“你在这儿住几年了？”

矮子怔了怔，赶忙说：“五年吧。”

郗蓝衫说：“你想不想换个地方？”

矮子说：“谁不想？”

郗蓝衫说：“那就包在我身上啦！”

到了夜市，拣墙角的一张桌子，我故意让郗蓝衫坐在里边，并让矮子挨着他，我和我的老板坐在对面。夜市上十分热闹，那些卖饸饹的、煎饼的、粉蒸肉的、凉皮的、扯面的，灯火通明，热气腾腾，人声吵嘈。我们先是感叹着西安的小吃这么丰富又疑惑西安竟没有自己的大菜系，郗蓝衫就开口了，说：“你知道西安是几代首都？”我说：“十三。”郗蓝衫说：“你想想，十三朝的皇帝在这儿，各省市为了争宠，都要把他们的饭食贡献来，久而久之就形成菜系了，西安是一张大餐桌，它只摆贡献来的美味佳肴，知道了吧？”我说：“知道了。”郗蓝衫更得意了，说：“那我再告诉你，西安将来还是要做首都的，历史上有王气的地方只有三处，南京、北京和西安，在南京建都是短命王朝，在北京则容易腐败，只有在西安建都的都会强盛啊！”我说：“这可能。”郗蓝衫说：“你笑什么？”我说：“我想，西安建都了，我们公司就可以搬过来了，一想到这儿，我就笑了。”郗蓝衫看着我，半天不言语，突然说：“我对你这个人有个评价，一个字，只一个字……”我说：“是骂我了吧？”郗蓝衫还举着一个指头：“一个字：不错！”我的老板就大笑起来，一边让端饭的往上摆八宝稀饭，一边说再谈正经事吧，让郗蓝衫报个《圣母帖》的价格。郗蓝衫就一脸严肃了，只咬定一个底价，不再松口，几乎将八宝稀饭吃完，又吃了几十串烤羊肉串，讨价还价总算有了个结果。郗蓝衫就环顾四周，低声说：“你们是识货人，我也就委屈了。就你给的这个价，有人也出过，还外加一套红木家具，我是没松口的。项羽在乌江岸上，和刘邦的两个将军碰上了，原本是能搏杀一场的，但他说：我成全二位将军立功了，把这颗头献给你吧，就拔剑自刎……”郗蓝衫竟说起汉楚之争的故事来，我还未醒过神来，听他再说下去，他却垂了头，一颗眼泪吧嗒地溅在桌面上。他的突然落泪，遂使我感动起来，却不知说什么话好，他终于一抹眼睛，说：“活该《圣母帖》与我的缘分尽了……不说了，喝茶，再来一壶龙井吧！”

我赶忙让饭摊上的人上茶，一边起来用指头将郗蓝衫面前桌面上的泪水擦去，一边说：“这么大的数目，我们得让公司电汇，三天后怎么样？”

“不急，十天八天也不急的，你们再考虑考虑，即便不愿意了，那也没什么。”郗蓝衫说，并让矮子寻张纸，“你把电话留给他们，他们考虑妥了来个电话就是。”

矮子一直伸着脑袋看对面街上的一座高楼，有无数的亮的方块，郗蓝衫的话他没有听见，郗蓝衫又说了一句。

“你卖啥眼哩？”

“我数楼层的。”

“你想住几层，将来给你弄上。”

“我可不要三室两厅的，我一个人，我才懒得打扫卫生哩！”

“老婆难道不是你找的，没出息！像这个模样的怎么样？”

一个穿旗袍的高挑个头的女人从桌前走过，矮子低声说：“我有个瘸子烂眼的就行啦。”

“要娶就娶个时髦的！”

郗蓝衫一脸的麻子都涨红了，我看着他的脸，想到了猴的屁股，也笑起来。

“这有啥笑的，是瞧着我的麻子吧。”

“郗先生小时候出过麻疹？”

“不是，西安的风沙大呀。”

这一回，四个人全都笑了，惹得周围饭桌上的人就朝我们看，而路边柳树下的两男一女指指点点了一番，竟落座在我们旁边的桌上。郗蓝衫突然地不笑了，紧了紧身上的口袋，悄声说：“这些人是冲我来的！”

我抬头看看来人，说：“哪里会，就算他们不怀好意，咱这么多人的……”

郗蓝衫镇静下来了，却说：“谁来我都不怕的，公安局里有我的熟人。”掏出一张名片让我看。“我一打电话他立马就来的。”我没有看那名片。

但是，郗蓝衫却并没有再坐下去，匆匆离开了夜市，而且他让矮子厮跟着，拒不让我们送他。

在自后的三天里，我和我的老板带着郗蓝衫给我们的那些报纸，专门去找了西安字画界鉴定的权威，权威也已知道《圣母帖》真迹问世的事，并应允在购买时可当场鉴定，以免发生调包。就这样，我们筹齐了款额便给矮子拨电话，但矮子的电话却怎么也拨不通，便再一次去了那条有着公共厕所的小巷去找。

我的老板是个有心的人，他要给郗蓝衫带一份礼品，以示我们的诚意，因为他怀疑郗蓝衫是不是反悔了。在买礼品时我们费了思忖，先是要给他买些腊汁羊肉，后又准备买一件西服，结果还是买了个收录机觉得得体。我们穿过了纬十街，才到了城墙外丁字路口，听见有很大的吵骂声，接着就一阵稀里哗啦锐响，扭头看时，路斜对面的一家饭馆里，三四个穿着保安服的人在殴打一个人，被殴打者还在强辩，便被提了胳膊腿一下子扔了出来，骂道："没有钱你吃屎饭？你吃了饭不给钱？！"

"我有钱的！你以为我没钱吗？"被殴打者往起爬，没爬起来，头就努力地往上撅，像是个出头龟，口里的血沫使牙齿也看不见。"我有钱的，我的钱能砸死你！"

保安又跑出来，用脚踩下了他的头，说："你有钱？你掏么，一碗面三块钱你掏出来呀？掏呀！"

"我有……"

"你有你娘的 ×！"

头被保安再一次踩下去，踩下去头又往起撅。保安就在他怀里掏，他捂着怀，蓝衫就欻拉撕开，掏出来的是一个破旧的录放机，保安将录放机摔在了地上。

我突然看这是郗蓝衫啊，忙呼啸着跑过去，将保安推开。扶郗蓝衫时，他的手里握着那个公安局熟人的名片，要我打电话："我明白他们为什么打我了，他们要谋财害命……"

我说："你是欠人家一碗面钱吗？"

他说："他们是冲着《圣母帖》的！"

我说："他们认识你？"

他说："不认识，可包准儿是他们认识我了，我知道谋算我的人多，贼可以防，防不住的是贼惦记呀！"

我的老板也从马路那边过来，我们把他扶起来，他的口鼻血沫模糊，而且额角也有个口子，用手捂了，血水从指缝往出流。我问他家住在哪儿，可以送他回去，或者直接去医院。郗蓝衫已经站起来了，梗着脖子骂已退去的保安："你瞧着吧，我会收购你们店的，收购了还让你们当保安，你们给我当狗！"骂着骂着，却突然甩开了我，盯着我不言语。

我说："你怎么啦，感觉头晕吗？"

"你们为什么这么关心我？"

我说："你是被打晕了吗，认不得我们了吗？"

他说："我怎地认不得？把你们烧成灰我也能认得的！可……这么大个西安城，为什么巧不巧就遇上你们在这儿？"

郗蓝衫极快地往后一跳，指着我说："你们和这些保安在演双簧！你们是来救我吗？不，不是的，是要寻着我家，或者要把我绑架到别的地方！"

我和我的老板哭笑不得。我还要去扶他，他双手沾着血挥舞着，我的老板让我不要扶了，别让他的血沾在身上，别人还以为是我们殴打了他。我的老板说："你不就是有《圣母帖》吗，我们正是筹齐了款要寻你交易的，偏巧在这儿遇上。如果有不良企图，那次看到真迹时就下手了，是我们打不过你和你的那朋友呢，还是怕你小瓶里装的自来水？"

"你知道那是水？你知道了当时为啥不挑明，你这么鬼的，你越发有大企图的，你只是瞅机会，是不是？"

气得我的老板再不理他。

我瞧见郗蓝衫往前走了几步就摔倒在地上，便又去扶他去医院，他趴在地上，怎么也不肯起来了。"我朋友不在场，我是不跟你们走的。"

我和我的老板只好离开。当天晚上，第二天和第三天，我们一直给矮子拨电话，仍是拨不通，第四天终于拨通了，让他赶快找到郗蓝衫，还未告诉说郗蓝衫被人殴打了，矮子却开口便说："生意做不成了，他死了！"

他死了？郗蓝衫死了！问郗蓝衫怎么就死了，矮子说是被一家饭店的保安打伤后，就趴在饭店外的马路边，保安以为仅仅是打了一顿不会出事的，可两个小时后，他还趴在马路边，保安觉得不对劲，出来看时，他因失血过多已昏了过去，急忙往医院送，还未到医院就断气了。

“那,《圣母帖》呢？”

“谁知道藏在哪儿。”

“真可怜，他把《圣母帖》丢了。”

“是《圣母帖》把他丢了，先生。”

二〇〇三年一月十日草毕

二〇〇三年一月三十日改完

王满堂

王满堂在土改的时候是个积极分子，地主李百发的老婆给他骚情，鬼狐狐的眼，王满堂就把她放倒在了石堰背后。王满堂想：操归操，斗还是要斗的；照常给李百发背绳索。狐女人再来与他亲嘴儿，就把他的舌尖咬下来。王满堂自此口齿不清。

这件事王满堂不愿揭发"阶级斗争"，狐女人也不便炫耀，王满堂当然还是积极分子。但损失了一些舌尖，王满堂不愿多说话；不说话又显得不好，就常常闭了眼，做瞌睡状应付场面。

王满堂一闭眼，别人吵什么都不反应，以为他瞌睡了。但是有了好吃的，不想叫醒他，他却立即睁了眼。王满堂好吃，一日三顿愿意是捞长面，辣子要汪，汤要宽，吃得满头缸气。

王满堂先当过组长，后又当过小队长，又后当大队长。王满堂当干部当油了，懂得方针政策，懂得做庄稼，上边领导很器重，群众也拥护。王满堂爱下地，爱跑腿，不愿开会，但共产党的会多，所以去公社开会或回来给社员开会，王满堂就让识得字的会计念报纸，他只吸烟。王满堂的烟瘾就是那时惯的。烟吸多了头又昏，王满堂就闭眼做瞌睡。一瞌睡常常还起鼾声，大家就不讨论了，开始说女人，王满堂睁眼说："不要跑了题嘛！"有人说："大队长你醒来了？""我就没睡。""没睡大队长知道讨论到哪儿啦？"王满堂却说的恰恰是刚才讨论到的内容。大家知道他真的没睡。

王满堂为了证实自己闭眼不是瞌睡的，凡是会上闭眼嘴上就叼根纸烟，烟能从嘴的两角移来移去。烟移动的技法已经成熟，王满堂常常在移动时真的就瞌睡了，而烟燃到根，自动掉下来，竟不影响他的梦境。

因为这时期王满堂已经结婚。王满堂是迟婚，迟婚却娶了个很年轻的媳妇。王满堂每天早晨六时要起床，在大队部的广播室里讲一番时事、形势，安排一下生产，就得回去睡二遍觉。小媳妇偏习惯在这个时候要王满堂尽丈夫之责，常有人黎明去窗下喊着大队长问事，小媳妇在炕上就回应："大、大、大队长不、不、不在哟，哟，哟……"节奏起伏，声颤音软。来人明白了，便说："大队长忙，那我就走了。"

王满堂老喊腰疼，瞌睡真的是多了。

那年月各级领导常下乡检查，王满堂掌握了检查规律，让会计写长长的汇报材料，他拿着给领导念。王满堂识不多少字，会计的材料写得花哨，王满堂一急越发口齿含糊，索性到后来如鬼念经，领导也不记录了，说："把材料给我，你个没舌头的王满堂！"王满堂瞥见领导的记录本上并没记他汇报的事，画了许多女人头，王满堂就把材料交上去。领导说："满堂你应该去城里补补舌尖。"王满堂不补，王满堂庆幸他没有舌尖。但王满堂最害怕的是听领导指示，每个领导都要指示，每个领导的指示都差不多一样的内容。冬天里领导就坐在火盆的那边，王满堂坐了火盆的这边，王满堂静静地听着，放在膝盖上的手背溅着领导的唾沫星子，王满堂也不擦。王满堂看见领导的棉鞋太近炭火，已经一块儿烤黄、烤焦，王满堂不说，闭了眼。领导知道王满堂有闭眼的习惯，当然不介意，结果炭火烧透了鞋，伤到了皮肉，惊叫跳起，王满堂也睁了眼。赶忙舀水浇灭，忙乱半天，领导的指示没时间也没必要再进行了。王满堂接着是陪领导吃饭，这王满堂乐意，不管给领导吃人参燕窝，王满堂总是吃捞长面，辣子汪，汤宽，满头大缸气。

王满堂是好脾气，这年庄稼又丰收，大队是先进大队，王满堂是模范人物。

春节前县上开表彰会，上台戴红花，抱奖状的有王满堂，但王满堂头发胡子长得像茅草。县长说："王满堂呀王满堂，你就这么个长毛贼上台披红戴花呀？！"王满堂便去理发店剃头。剃头的是个女人，王满堂头仰躺在椅子上能很近地看清她的睫毛，王满堂就想到自己家里的媳妇，媳妇也是这般个水花眼。王满堂心里很受活，还想说什么，女人用热毛巾捂了他的下巴和嘴，王满堂觉得自己太那个了，偏又想起老早的李百发的老婆，害怕眼前这个女人会用刀子割自己喉管，心一凉，赶忙把眼睛闭上。王满堂闭上眼睛，任女人的棉花一样的手摩弄脸面，王满堂竟真的睡着了。女人剃刮完头脸，并没叫醒王满堂，王满堂梦中又吃捞长面，响响地咂嘴唇。天黑了理发店要关门，女人在王满堂的椅背上敲得笃笃响，王满堂不好意思起来，才想起把下午的大会误了。

王满堂第一回得罪了领导；轻视政治，花是不能戴了，奖状也考虑停发。但后来领导冷静分析不发不好，又让人捎给了王满堂，王满堂的声誉从那时垮下来。

王满堂准备辞职，理由是干部越来越需要口才，而他王满堂没舌尖。辞职还未通过，“文化大革命”开始了，王满堂少不得上批斗会，要交代罪行。

王满堂夜里找到老会计，破例给老会计揣了一瓶酒，求给他写个认罪书。老会计能写各种材料，却不敢给他再写。王满堂说：“天知地知你知我知，我不会供出你的！”认罪书写了，王满堂在批斗会上念时就念不下去，老会计的字仍是伸胳膊扬腿，王满堂习惯了，歪了头叫老会计：“你这是个啥字？”结果群众激怒，王满堂被揪到一条高凳上跪了，动不敢动，老会计也被拉出来做陪斗。

王满堂开始了无休止的游行示众，有一次被集中到县城去，与所有的牛鬼蛇神坐卡车游街。王满堂在乡间的土路上坐惯了拖拉机，而卡车在水泥铺就的城街上，王满堂觉得平稳得很。车厢的四周站满了牛鬼蛇神，一律要求脑袋垂下，王满堂正好又闭了眼睛瞌睡。王满堂瞌睡起鼾声，满街激愤的群众在呼口号，没有听见，站在王满堂旁边的牛鬼蛇神听着，吓得面如土色，用腿轻踢王满堂，王满堂就是不醒。整个城街游尽了，卡车返回到出发点，猛地刹住，王满堂醒了。王满堂抬头看看天，疑惑地说：“太阳都偏西了？怎么还不游呀？”身边的说：“都游完了，你只图瞌睡哩。”这话让车下的造反派听着了，一人上来扇他耳光，骂王满堂游行还瞌睡？一个倒劝阻了，说：“算了，这王满堂狗日的有闭眼的毛病，世上哪有游街瞌睡的人？！”王满堂心里很得意。王满堂真盼望每天能来县城游街，但游过这一次就再没游过。

武斗开始后，不再批斗牛鬼蛇神，牛鬼蛇神只集中在黄土坡上修梯田，王满堂毕竟当过大队长，王满堂还是当牛鬼蛇神的头。牛鬼蛇神里有李百发，还有李百发的老婆，他们心里还怯王满堂，不敢让王满堂干最累最脏的活。歇息时，王满堂就偷看李百发的老婆，李百发的老婆老得没了狐相，眼红得像烂桃，解了怀捉虱哩。王满堂想不来当年怎么就热黏了她，石堰背后的地多潮，把他铺在身下的棉袄都弄脏了，王满堂不忍看他们，就闭了眼。王满堂一闭了眼，牛鬼蛇神们就以为他睡着了，他们盼望王满堂睡得熟，歇起来劳动也不叫醒他。王满堂也装睡不醒，他知道这些人见他长睡必会很快收了工的，果然不久就全偷跑了。王满堂听他们走了，睁眼笑了，再一笑，说："我王满堂念及你们七老八十的故意让你们走，狗日的走时竟不说叫我一声的话，真个是阶级敌人！"翻起身，自已把最累最脏的活都干了。

运动终于熬到头，王满堂没有辞掉大队长。王满堂照旧得开会，开会就闭眼，但现在是实实在在瞌睡了，年轻的媳妇已经不年轻，黎明时王满堂不尽那份责，也不早起去广播室里喊喇叭，却瞌睡睡不够。王满堂自小不爱戏，却会了唱一句《寒窑》："十八年老了我王宝钏。"

这一年，雨水多得屋檐吊线，河里盛不下，扑闪扑闪要决堤，王满堂几天几夜提着锣吆喝在岸上。第四天里，一段堤还是出了险情，王满堂是第一个下的水，砸木桩，堆沙袋。总算忙毕了，大家都撤出来到岸上喝烧酒，喝了又用酒擦肚子，擦生殖器，王满堂却一人趴在那沙袋上闭了眼。有了喊："大队长，你不来擦擦，把那东西冻得缩回去了，看你老婆凶你不?！"王满堂不理，还是闭眼在沙袋上。有人便又说："甭叫了，他有瞌睡的毛病让睡去，等会儿送来捞长面，看他醒不醒?！"

送饭的妇女来了，果然是捞长面，但王满堂还是睡在那里。大家哄笑着去拉王满堂，说大队长你又作啥怪，却发现王满堂早已死僵了。

一九九〇年

二月杏

一

这个镇子是有特点的。

前边是浅浅的流沙河，水很清亮，沙也干净无泥，两岸长满了黑黢的秃桩似的毛丫，根须一直扎在河心，在沙里露出一团团浮动的嫩红；野雁，鹭鸶，老鸦，长腿鹳什么的，就常常落下来，悠悠地觅食。后边是荒荒的卧牛山，淳厚的，浑圆的样子，一早一晚，云雾笼罩，轮廓起伏着交叉分明的弧线，一片一片的却长满了各种树木；栲，栎，桦，青桐和松柏。山路就十分瘦细，纵横逼仄，时常和沁出来的溪水或合或离；上走五六里地，便驻扎着一支地质勘探队。据说这个队是来查什么金矿的，已经住过三年了，还在查着，白色的帆布帐篷撑得到处都是，山下的镇里仅仅一条街，沿着河沿建筑，房屋高低错落，临街是木板门面，靠河尽是栅栏，篱笆后院。从街上走，河水被人家遮蔽，常常看不见，没有人家的地方又露出来：吃水就从这里下河去挑。街上设有饭店、酒馆、旅社、影院，白天开门，晚上也营业；方圆几十里的人都再不去上县城，赶到这是来做买卖，热闹，看世面，贫瘠而清秀，偏僻而繁华，衣着时髦的和穿戴破烂的混杂，这就是这个镇子的一大特点。

山上的地质工人大都是外地人，黑瘦的多于白胖的，说着在舌尖上吐字轻而滑的话语。他们成年钻山跑野，挣有大工资，却苦于不能过家庭生活；

山里又没多少好玩的，钱花不出去，常常就在下班、休假日下山来，买鸡买鸭，进饭店，下酒馆，一场接一场地看电影。这些人养活了当地好多人，再不从事农业，做些小商小贩为生，同时也害了当地人：原先一颗鸡蛋六分钱，一下子猛增到一角二分。更有那些心术不正的，钱和精力过剩，就去勾引女人。山里的生活十分贫苦，水土却养得女人极有颜色。闻传这儿本来男女关系混乱，从此的丑事就更多了，好多外地人以此犯了错误，丢了党籍、公职。这便是这个镇子的另一大特点。

遇着节日、假期、星期天，工人们就穿着一新，装了大钱，下山去了，终日里白帆布帐篷里，就没有了人。为了守家，曾经养过一条黄狗，馒头、大肉喂着长大，样子很凶恶。如今却有了一个人在家坐地，这个人就叫大亮。

大亮是才调来的采样工，样子很气派，却极邋遢，头发长得老长，但不是城里人那种蓄起的长发型，而是长久不理不洗的长毛。一身质地很好的料子服，却油垢斑斑，散发着一股儿酸臭。他来的那天，工人们都去迎接。一见他的肮脏样子，就有人立即断定：他没有媳妇，甚至不会搞女人。来到之后，果然是个可有可无的角色，除了上班，就一个人独独地到什么地方去溜达，或者几个小时几个小时地坐着不动。从没有自个儿对着张什么照片看，也不给任何人写信，也不见下山去吃喝玩乐，也从不参与关于女人的闲扯。人们都以为他是“清教徒”“冷血动物”，也有人悄悄传说他“生理上有缺陷”。至于他的家庭出身、经历，至今谁也不大清楚。三年来，这地方里，这地质队里，唯独出了他这个神秘人物，使这个镇子又有了另一个特点。

今日里，又逢星期天，山上的白帆布帐篷里，照例又只有大亮一个人了。

二

太阳很暖和，开春以来，这样的暖和还是第一次。工人们都脱了棉袄，换上了紧身的高领毛衣，大亮还背着那件褪成白色的蓝棉制服。等人们都下山去了，他便坐在帐篷门口和黄狗玩。狗平日很不恋着他的，他却喜欢狗的肥胖，无虑无忧。玩了一阵，帐篷前边的林子里有狗儿在嗥，黄狗就摇起尾巴，终在他不经意之时，双双跑去，不见踪影了。这一带狗多，黄狗常不安分，望着这下贱东西，大亮反恶了一阵，可又笑了自己几声，一时百无聊赖，看起天来：太阳光很强，麦芒一样刺着他的眼。他以此想象太阳是一个光的刺猬吧，从东边滚到西边，整个宇宙也一定会蜇痛的。看天看乏了，就往山下看去，山沟底里，山镇人家簇簇地拥挤着，不见了房的那檐、那墙、那门窗，只是组合着一堆屋顶的三角和斜面。两边街房中的空间，黑黝黝的塞满了人。镇前的河湾处，看不见水，也看不见沙，一条白光带上，乱着无数的黑点，那是觅食的乌鸦。大亮终于感到烦闷，站了起来，踽踽地，往左下的山洼地里走去了。

洼地里的树很密，突出的有几株古柏，有的麻花式地扭弯着，有的笔直，皮纹呈沟楞儿，像匝匝地扎了一圈儿绳索，有的一出地面就分了枝丫，中间却已发空，透着黑的窟窿，有的两丈余高，枝叶茂密，再往上，却干枯了，数十枝黑的干条向四处高空伸展，像腾空欲去的一群虬龙。除此，就是青桐、白桦、药槐，虽然不多，枝叶繁荣，相交相错。更多的却是那些野藤野棘了，塞满了大树之间。大亮一时来了兴致，手脚分路，钻了进去。这么在里边站了一阵，他兴趣使尽了，回头要出时，身后枝叶收合，没了出路，当下惊骇。四顾时，看见前边过去，却有了一处空地，歪着一些乱石，疏疏斜几丛瘦竹。他走近去，拣一处干净石头坐了，才发现那石里草里有几处泉眼，泉水冒出来，像丝线一般，缠绕着，从林子的什么地方流去了。

大亮跑了好多年山地，还未见到这般好的地方，一时觉得心神清静，慢慢垂下眼睑，听轻风在林中袅袅起动，顿时不知到了何处，也不知自身的存在。正冥想之间，忽然有了响亮的“空空”声，他吓了一跳，定神看时，前边的坡坎上，一个人正伏在一株老柏上。柏树根扎在崖头，身屈出崖空，给人一种努力的支撑。那是一个女子，举着砍刀，正砍那干枯了的枝条。大亮知道这是山下镇子里砍柴的人了，却惊奇那动作优美。砍过一阵，那女子一手抱了树干，双腿踩在砍了半边的枯枝上，拼命儿一蹬，枯枝断了，那女子身子凌空，几乎要掉下来了。

“啊！”大亮大惊失色。

那女子手一直抱着树干，身子一收，轻轻伏在树身上，回过头来看着大亮。这是一张白极净极的脸儿，嘴唇抿合着，一双大眼睛看着他，眼光却十分平静。

那眼光却立即使大亮惊异不已了。这是何等熟悉的眼光！好像那是一束电光，立即在他的心灵的铁器上爆起了火花来。他已经来不及作什么考虑，也说不清是惊疑，是高兴，浑身所有的神经一齐反应，像兀然间一个梦幻，整个身心都浸着兴奋，叫出声来了：

“你？”

那女子已溜下树来，紧紧握着砍刀，在那里站住了。

“你是……？！”他又颤颤地说。

她没有反应，眼光还在看着他，平静里有了一种冷峻。

“你不认识我？”

“不认识。”她开口了，只冷冷地说出了三个字。

他的兴奋并没有减退，而且有些不能控制了，向她走去。

她却挥刀在老柏上砍了一下，老枯树剧烈地抖动了，出现一个白碴，一片木屑突然飞了过来，落在他的脚下。

他不敢走动了，有些惊慌，从梦中似乎突然醒来，有了几分慌恐，几分羞涩。

“啊？”

“啊！”

“我在哪儿见过你！”

“见过我的人多了！”

他看着她。

她也看着他。

他不敢看她了。

她却走过来：

“你是山上的？”

“山上的。”

“你们有钱，对吧，你来吧！”

她向他招手，还做了一个奇怪的笑。

他害怕起来了，不明白这是怎么啦，张大了嘴。

“你来吧，来呀！”

他不自主后退几步，衣服挂在一节树杈上，刺啦地撕裂了。

她却一收了脸上那种奇怪的笑，火爆爆地叫道：

“你原来是个肉头！哼，要勾引人却没勇气嘛！”

“我不是流氓。”大亮满头大汗淋淋地迷糊了眼睛，解释起来。

她却嘿嘿地笑了。

他一时羞愧，无地可容，反身就走。但是，密密的树木使他寻不着了出路。她用砍刀三下两下砍断了一些野藤乱枝，给他了一条出路，放他慌乱地逃走了。逃出了绿的山洼，还听见那女子笑着，笑得粗野，放肆，使人胆战心惊。

三

一口气跑上山腰，奋力地从一个石坎上爬了上去，大亮已经没有了一丝力气，瘫在那里了。慌乱中，看那身后，那女子并没有追来，洼地的绿树远远错落在后边。他坐下来，还心跳不已，觉得十分的窝囊，十分的丢人，在他的一生中，算是最难堪最不光彩的一件事了。他懊悔自己的荒唐，怎么就认错了人。但是，他的心里总隐隐牵涉着那个女子：是我真的认错了人吗？她太像了，实在太像另一个了。

这个人也是一个女子。

十五年前，他在县城的一所中学读书，他的同桌，是他邻村的一个女子。那时期，他热烈羡慕着她的成绩，羡慕着她的美貌。于是，他们终于成了好朋友。但是，“文化大革命”开始了，那女子的父亲被揪斗出来，定成了漏划的富农。后来学校里成立了造反队。他申请了几次，却都被拒绝了。原因很简单，他的同桌是富农的女儿。他整整苦恼了三天，终于决定和她断绝关系。她向他痛哭，苦求，但他最后还是坚定了信念，他成了造反派，上街辩论，游行，批判，武斗，那女子却从此声名扫地，在当地待不下去，最后投奔山外的姨家去。从此没有音讯了。他革命了一场，“四人帮”被粉碎了，群众清查他“文化大革命”中的行为，他好不容易在说清楚会上说清了，总算一切事情都过去了，然而他从此心灰意懒，县上招收地质工人，他第一个报名参加，又要求去当了采样工。几年来，他背着地质包，拿着手锤，钻山跑野，干着沉重的体力活。他想在这荒旷的山野里，一边寻矿，一边寻找自己的灵魂，让世界忘掉自己，让自己也忘掉自己。没想命运竟这么同他作对，他就在这么个地方见到了这个女子！一见到她，立即使多年来灵幻似的她，幽灵似的她，变得具体了，生动了。

而且使他惊奇的，往日灵幻似的她，幽灵似的她，也具体起来，感觉到了存在。一场“文化大革命”，十五年漫长的时间，竟这么一下子缩短了，拉近了。

他觉得这女子必定是她了，那眉眼儿太相似了。他一离开她，就这么坚决地认为，现在愈是这么想着十五年前的她，愈坚信她就是她了：高挑挑的个儿，一副白净得似玉似冰的脸，眼睛那么大的，几分清澈，又几分混沌，整个眉眼儿透着一种凄凄的伤愁，但伤愁在什么地方，却永远不能具体说出来。他深深地后悔了：为什么当时就又逃开了呢？

十五年前，他离开了她，带着一身的罪过，等“四人帮”一粉碎，他愈是心灰意懒，愈是思念着她。他想着她的美丽，她的善良，深深地明白了这些东西的价值，而他偏偏就将这一切都丢失了。他到处找着她，打听着她的下落，要追回自己的往昔，要赎回自己的罪过。然而，他见到了她，却害羞地走了。

“我真是个肉头！弱者！”

他坐在那里，一双手扒着身下的湿土，立即掘出一个小坑儿来。他突然想起小的时候，他们常常在纸上写下最恨的人的名字，来咒诅他，埋葬他。如今，他拾起了一块儿石头，用小石子在上边写了自己的名字，把石头放在土坑里，埋葬了。

他看着面前堆起的一座小小的自己的坟墓，他极想痛哭一场。但是，他却站起来了，而且快步地向那里的山洼树林子里跑去。

“我要追上她，我要追上她！”他恨着声地说。

洼地的树林子里，却没有了人影。山鸟在空地的上空成团成片地乱飞，喧闹，倏忽间，全然消失在树林里，好像那黝黝的树林，是偌大的吸铁石，一下子吸去了一切。风在起了，疏竹冷冷作响。乱石草丛中伏见的溪道，在夕阳下闪着红光，陡然间像一片流动的血的脉络。

“我是大亮，我是大亮！”

他大声叫着，钻出树林，看见山下的河滩上，一个人影在那里晃动，看不见头，看不见身，只是一个柴的小包，下边的两条细细的腿在换动；走过了河滩，走进了镇子，不见了。

残阳无力地坐在西山的豁口，像一个患了高血压的老人，垂暮暮老了。

四

夜晚姗姗来临了，今天来得又这般地快。下山去的工人陆续回来了，有的明显地喝醉了，被人搀扶，踉踉跄跄走着，有的人一进帐篷，就打开了收音机，打到了最大音量，有的开始叫骂着，去打扑克。大亮害怕的是在这难熬的夜里去睡觉，但也只有一黑就上床去睡觉了。

他们的帐篷里，一共住了八个人，大亮和他们都说不拢，一到晚上，他们就半宿半宿地打闹，谈话的内容多是女人。有一个天津籍的小个儿，是全地质队有名的“女人大字典”，大凡到一个地方，不出十多天，他就会摸清周围妇女的情况。比如她们的年龄呀，模样呀，家里状况呀，夫妻关系呀，有无风流韵事呀，全能说出个头头是道。今天晚上，他们都在镇上喝了酒，至今酒劲未过，就又谈起女人来了。有人说商店里的那女子好，有的说是旅社里的那女子好，“女人大字典”便说：

“大凡世上的女人，可分七类，第一类是‘红白香荃净’，二类是‘清丽雅淡素’，三类是‘黑红碌碡粗’……要说这镇上的女人，最好的该数镇东头的‘酒馆西施’了。”

“酒馆西施”是“女人大字典”经常夸耀的一个女子，大亮很少到过镇子，又口酒儿不沾，从未到那个酒店里去，但每每听见这些人津津乐道谈论这些，心里就感到一阵恶心。今天夜里，心绪儿特别纷乱，这些谈论，就更使他刺耳，他大声地咳嗽，翻身，来暗示提醒他们，他们却并不理会，说到高兴处，哄地笑一阵，说得难听处，大声骂娘几句；话越说越多，有些得意忘形了。

“今日你又去那儿喝酒了吗？”有人在问。

“我的酒量全是在那儿练出来的。”有人作答，“我是每次去喝一两，一上午去上它五次呢。”

“那不喝都会醉呢！”

“酒馆亏了这位西施，生意才红火了。”

“男人都是贱，自己的猪在家里饿得哼哼，偏要出来粜糠！看看有什么用呀？”

“那怪谁呢？谁让咱就是个地质工人哩！”

“谁能沾上她就有福了。‘大字典’，听说她很厉害，曾经唾过一个小伙子一脸。”

“别看她脸儿冷，我早打听了，她作风才叫乱呢。”

“就是，有那副眉眼儿还能安分？”

“可惜咱没那么多钱。”

“有一个人保行，手里有千儿八百的呢！”

“谁？”

“大亮。”

众人们就都哈哈哈地乐起来。

大亮再也忍耐不住，翻下床来，大骂道：

“你们这些混蛋，不是吃喝，就是谈论人家女子！”

众人都愣了，他们从来没有见过大亮还有脾气，竟会发这么大的火，反倒更乐了，当下就有人说：

“你别正经了！每一夜你都睡得那么早，你睡得着吗？”

“卑鄙！说那话还算个工人吗？”

“工人怎么啦，工人也得有爱情啊！”

“爱情就是乱来吗？”

“那怎么着呢？一角五买一个瓷碗，一天还摸三次，六百元买下一个媳妇，一年见不上一次。你算算，我结婚了二十年，一年回去二十天，和我老婆做夫妻能有一年几个月？”

“我管得了你几年几个月？”大亮气得发抖，用手指着那人，话却结结巴巴说不连贯，“下流坯子！”

“好了，我们都下流，向你学习，你保管不去那酒馆吗？”

“保管！”

“算了吧，我们只是嚷嚷罢了，有些人口里不说却干实活哩，瞧你今天的神气，不知又谋算着谁了呢！”

“放你娘的狗屁！”

“你敢骂人？”

“我还想打哩！”

吵闹已经伤了和气，谁也不顾及谁了，眼看着一场打斗就要爆发，“女人大字典”上来劝说，双方才熄下火来。帐篷里一时安静了，众人说声“没意思”，就各自抱头睡去。大亮重新爬上床去，肚子还气得鼓胀，他是一个指头从未碰过人的善人，却极想和谁打一阵，就算是被人打个头破血流，心里也就舒服了……这么思想着，不能入睡，就又坐在床上，一直看着窗外的月亮渐渐斜过了窗子左上角。

夜，才到深的时候。

五

第二天后，大亮却突然变得一语不发了，昨晚上的一场吵闹，对方似乎早忘得精光，照常和大亮说话，叫着他的名字逗趣。这使大亮不能明白。看着他们上班的时间里，拼着命儿劳作，钱挣得多，也花得慷慨，喝酒，穿新衣，谈女人，大亮突然间对他们有了感情，说不上是喜欢他们的豪爽，还是同情起他们的命运，只是后悔不该和这些人置气。但他却不肯给任何人赔情，做出一种笑容。一有空，就有意识加入他们的伙中，但却常常没有话说，而且他一去了，众人的话也就少了。他深深地感到了自己的孤独。

他盼着下班。

一下班，他避了任何人，就悄悄往洼地里的树林子去了。他留恋这个地方，追抚着那日见到砍柴女子的情景。他本来想到山下去打问她，但他觉得那想法是愚蠢的：这么大个镇子，到哪儿去找呢？而且，她一定就是这个镇子上的人吗？老早听说她投奔了山外的姨家，那是与这里远隔千里，她怎么会到这儿？即使住在这里，一定有了家庭、丈夫，那怎么去见呢？但他同时却做出了更愚蠢的决定：又到这林子里来等她了。

树林子里，果然什么人都没有。只是在空地的上角，发现了一株细枝儿杏树。这使他很惊奇，在这山上，是松柏桦的天下，杏树是从未见过的。他走近去，认得那并不是一株野杏，而是嫁接过的。这便又使他疑惑不解了。杏树已经有一人半高，枝条并不发达，叶子被虫啄得没有了几片完整，但就在梢头儿上，淡淡地开了几朵小花。他一时肃然起敬起来，感到了花开的伟大，就坐下来静眼儿看着，花是不怎么艳的，几乎是没有多少颜色，薄亮亮的，没有粉的感觉，也没有肉的感觉，似乎是纸儿做成的，他守着它坐了一会儿，发现并没有一只蜂儿来恋过它，也没有一只蝶儿来恋过它，他油然而感到十分的伤感了：这娇嫩的仙品儿，怎么长得不是地方，这冷冷清清的荒野，它怎么受得了？这寂寂寞寞的树林，它怎么活得下去呢？

大亮抱住了杏树，想起了自己，不觉眼泪流了出来。

“你又来了。”

须臾之间，似有如无，觉得身后走出一个人来。他——回头，立即要跳起来了，身后站着一个女子，正是她。身上扛着一大捆干柴，眼光还是那么平静。他有些拘束不安起来。

“是等我吗？”她眼睛并没有眨，又说了一句。

他不知道怎么回答了，死死地看着她：那头发，眉毛，鼻子，嘴巴，腰身……他慢慢垂下了睫毛，心里在叫苦道：这不是那个她，这不是那个她。该死，该死，原来自己果真是认错了人！那个她，很可能永远不能再见了。但他很快又睁大了眼睛，勇敢地盯着她，没有叫出，认错了，也没有立即走掉，说：

“是的。”

她放下了柴捆，坐下来，给他轻轻地笑了。

一个笑，使他骤然间又证实了这种笑就是他的那个她的笑容。是的，一个玫瑰色的、苦涩涩的笑！这正是他日日夜夜所思想的，正是他天南海北要寻找的，一个崇高无比的神灵人物。他不安宁的灵魂安宁了，他混沌的头脑清楚了，他几乎要跪下去，喊一声“万岁”，又几乎要跳起来，让兴奋的炸弹将他粉碎在半空，然而，此时此地，他却平平和和了，实实在在了。他说：

“你天天在这里打柴？”

“是在这里打柴，但不是天天。”

他一时接不上说什么，林子里十分的幽静，树林子的绿色是凝固了，一齐挤过来，他有些喘不过气。头上微微沁出了汗。

“我是地质队的。”他说。

她没有言语。

“我是秦岭南县人。”

她还是没有言语。

“让我给你帮忙吗？”

他说过一句，赶忙手扶着那杏树，杏花便哗哗哗地抖着颤动了。

她却显得更冷淡，用几分嘲弄的口吻说：

“谢谢，我不需要。”

他一下子瓷了，并且感觉到了脚正踩在一眼隐泉湿处，泉水在咕咕地冒着，浸上鞋底，脚心潮潮的了。他霎时脖脸烫烧，身子站立不稳，看着通往林子外的一条出路。

“我是老虎吗？”她说，似乎又笑了一下，却并没有笑出来。

他站稳了，重新扶着杏树，慌乱中说了一句：

“这杏树真好，可惜没长个地方。”

“怎么不是个地方？”

“太孤独了。”

“那是我移栽的。”

“你？”

他惊叫了一声，不明白这杏树原本长在哪里，为什么她要移栽到这儿？他问她，她却并不回答，问道：

“你怎不去酒馆喝酒？”

“我不会喝，我也不爱和他们一块儿去。你怎么知道我没有去？”

“我认识你们那些人。”

“你是酒馆的？”

“你听说了吧？我不是好人，是不？”

“我没有那么说。”他说着，“那些人不好。”

“我知道。”

她突然俯下身去，用砍刀削着一截树枝，突然间，刀刃划破了手，她含在口里。

他说：

“你很痛苦？”

“我不痛苦。”

“不，你痛苦！”

她却突然叫起来：

“我不需要同情！”

她站起来，扛起了柴捆，头也不回地从树林子钻出去了。大亮一时不知所措，叫道：

“你叫什么名字？”

“何必问呢？！”

她兀自去了。已经走进了树丛里，身子马上要消失了，大亮一急，大声叫道：

“二月杏！”

她陡然站住了，回过头来，说：

“你说什么？”

她突然身子摇晃了一下，几乎要跌倒了，依在一棵树上，定定地看了大亮一眼，一猫身，快极快极地走去了。

六

她是一个什么人呢？一张漂亮的脸，却透着一种伤感神色。看年纪，是三十一二的光景，她该一定是有了丈夫，有了孩子，可为什么要独自一人在山上砍柴呢？

大亮十分明白，他对这个女人是有了感情。对于女人，他在十五年前离开了她后，他就决心从此再不接触女人，他要让自己一生孤单，而惩罚自己在爱情上的罪恶。现在，这个山地里的女子竟充斥了他的整个心灵，他一闭上眼睛，她就出现了。他没有拒绝她的到来，他竭力去美化她，扩大她的形象，使她变得如白天的影子、晚上的梦幻一样而不可离去。但是，那女子却是那样平静，那样冷漠，她认作大亮是一个好色的流氓、歹人，而鄙视他，躲避他吗？一个长年钻山跑野、不接近女人的地质工人，一个血气方刚的青年男子，这样行为，是一种轻薄，一种浪荡，一种可耻吗？他曾严肃地责问过自己，审判过自己，他却否定了，但他解释不清这一偶然的相遇的“缘分”，不明确自己和这女子感情的色调。沉重的，无法排泄的苦闷，一时间压在他的心头，比任何时候都强烈！他每天晚上睡着得很迟，天一亮就醒了，第一个匆匆地就赶到了工地。

他是采样工，他们队部在这一带山上，已经钻了好多井，现在他们又在山顶上选好了一个地方，竖起了钻塔。他一赶到那里，就动手清理了昨日采样时抽上来的稀泥。往日里，这些稀泥总要两个人清理半天，但他却一个小时就干完了，热得通身湿汗。当队长和同志们赶来的时候，井台上收拾得干干净净。队长当众表扬他，说他是“活雷锋”。

“我不是，我不是。”他固执地说，“我没有雷锋那种精神，我也不是要学雷锋才这样干的。”

队长却更加表扬了他，他简直生了气，顶碰着队长，说队长根本不理解他。

“那你为什么要这样呢？”

“我不知道。”

“你是……”

“我是我。”

机器开动了，紧张的钻井采样开始了。他又抢先站在井台上，抱着沉重的钻头安好，就站在那里，操作起来。水从管子里灌下去，泥水又顺着钻杆喷上来，他一动不动地守在那里，让泥水哗哗地溅在头上，脸上，身上。他就在这隆隆的轰鸣中，在这繁重的肮脏的环境操作中，想着他过去的岁月。他觉得那钻杆千万次的旋转而下，是在挖掘着自己的灵魂的深处，那钻杆又千万次旋转着上来，好像那十五年前的她正从地层的中心走上来。她还是那么个眉眼，穿着一身浅蓝衫子。十五年前的夜里，他从造反总部回去见她，她正试着这新衣，问他好看不好看，但他却提出了断绝关系的话。

“你怎么会说出这样话？”她锐声叫着，扑在他的怀里，以为他又在说笑话了。

“真的，”他说，脸上很严肃，轻轻取下了她勾在自己脖子上的手，“这是总部的意见：要参加造反派，必须社会关系清白。”

她微微有些吃惊，脸上的笑容褪去了，说：

“你真要这样做吗？”

“我有什么办法呢？”

她“哇”地哭了，扑沓在地上。哭得伤心，如何劝也不止。突然，她站起来，大声说：

“难道富农成分都是坏人吗？”

“可现在谁会这么讲呢？”

“不念到我们的友情吗？或许我什么都不好，但我会一心爱你的！”

他没有言语。

“你会后悔的！”

泥水哗哗地溅在他的脸上，他似乎看见她就站在那钻杆之上。“你会后悔的！”“你会后悔的！”整个机械，在轰鸣里只是这么一个语调。他只是站着，让飞来的泥水溅在他的身上，脸上。同志们大声叫着他，他没有理会，有人一把推过了他，他无力地倒在井房的软土上，大声喘气，湿汗淋淋。同志们把他扶起，要他好好休息一下，他却拉住了扶他的手，苦苦哀求了：

“你揍我一拳吧！”

在场的人都莫名其妙起来，他还在叫着，叫着，成了愤怒的呐喊：

“揍我一拳吧！”

一拳打在他的胸上，他重重地倒在地上，唾沫和泥水从口里吹起泡沫来，脸上的皮肉却在笑着。

七

默默无闻的大亮，突然间成了新闻人物，很多人不明白他这是怎么了？有人便以此证明了以往的看法：他是一个神经质，一个太没有出息的可怜虫。而从此便也成了工地上一个取笑的角色。但是，也就在那以后，大亮却注意起卫生来了。这竟使人们又争议了几日。在这里，工人们中间坚信着一条真理：大凡一个男子，恋爱前是从不卫生的，一有了对象，就从不肮脏。

“大亮爱上什么人了呢？”有人这么猜测。

“他那个样子，有谁会爱他呢？”有人当即就否定了。

“那他的卫生给谁看呢？”

“要不怎么叫他没出息呢？”

其实，连大亮自己，也说不清这是为了什么。

往日里，工人们从来是不去山下的河里洗衣服的，山下的镇子里，就有一个老太婆，每隔三天便来山上收一批脏衣脏裤臭袜子的：洗一件一角钱；隔日干干净净地叠了送来。大亮的衣服从来也是这么洗的。但是，如今换得勤了，却一件也不让老太婆去洗。又是一天，下了班，他就抱了一堆脏衣下山去了，正好在河边遇见了那个老太婆。一见面，老太婆就瘪着没牙的嘴说：

“你家里孩子们多吗？”

“哪里，我没有结婚。”他有些脸红。

“噢，那你活该是应了越有钱越吝、越吝越有钱了。”

“这怎么说？”

“瞧你，一角钱也舍不得花，山上的工人哪一个像你来洗衣服？”

大亮明白了老太婆的话，笑了笑：

“我想自个儿来河边，清静清静。”

“年老人图清静，你也说这话？”

他又笑了，说：

“你老这么大的年纪，还这么要替人洗衣服呢？”

老太婆说：

“饱汉不知饥汉苦，我不洗衣，你会给我饭吃吗？”

“你儿子呢？”

“我还有儿子？”

“没生过儿？”

“有一个，比你还结实呢。‘文化大革命’中，一场武斗，死了。”

大亮心里突然被什么蜇了一下，隐隐作痛了。

“再没有人照顾你吗？”

“当时还挂了几天烈士牌子，吃过五十五元救济款。后来，说那死得活该，牌子就摘了。”

大亮将衣服泡在水里，却无力提上来揉打，呆呆地看着河水。猛地就拉起衣服，用拳头拼命儿捶起来，嘴里叫道：

“‘文化大革命’！‘文化大革命’！”

老太婆却笑了起来：

“儿子不养活我了，你们地质队不是养活我了吗？‘文化大革命’，总算过去了。”

是过去了，是过去了，过去了就算是完了吗？大亮使劲儿地捶打衣服，看着黑水流下来，立即在清凌的河水中印出一片黑色。他抬起头来，看见河对面的一排石头上，站着了一个女子，弯腰提桶打水，正是二月杏。他一时心慌手乱起来，眼睛却一直不离她身；衣服便滑下水去，悠悠地顺水漂去了。

“衣服冲走了！衣服冲走了！”老太婆发现的时候，衣服已冲出几丈远。大亮清醒过来，赶忙去追，二月杏早跑过去，一扬扁担，打捞上来了。

她提着湿淋淋的衣服站在那边，看他。

他站在隔五十米远的这边，看她。

“是你？”

“是你？”

“老碰着你，你叫什么名字？”

“我叫大亮。你好吗？”

“好。”

“你怎么好几天不去看望你的杏花了？”

“它不需要多少看望。”

“昨天又多了一朵花。”

“是吗？”

他激动起来，抬脚就要过河去。

“你不要过来！”

一扬手，衣服掷了过来，她跑过水桶那儿去，挑了，歪歪着身子一路走去了。

大亮怏怏地走过来，老太婆又快活起来，笑着说：

“你瞧，多么漂亮！我儿子要是活着，我一定要讨她做我的儿媳妇。我们这个镇子里，就数着她的人材儿了，坐有坐相，走有走相。”

“她是本地人吗？家里还有谁呢？”大亮问。

老太婆却长长叹了一口气，说：“咳，她也是个命薄人呢。她哪儿是本地人，她家在城里，‘文化大革命’中到这里插队的知青，后来，他们那个大队的支书强奸了她，风声闹得很大，支书就被法办了。她却落了个不中听的名儿，一直没有抽回城去。前年知青全部招工，她却哪里也不去了，就留在这里，一个人过活，日子实在艰难，才跟队上一个老婆子学着做稠酒卖。可惜她这么个人儿了，她却偏偏就不走开。唉，我儿子要是不死，我真想把她接过来，藏在屋里呢！你瞧她的后影，多么中看，你也喜欢吗？”

“……”

老太婆的话，使大亮几天来心头上的谜团散尽了，他长久地坐在石头上，没有说出一句话来。他想着接触她的这几次情况，他完全理解她了。她被人强奸过，落了个作风很乱的坏名，但她却偏偏不走，她是在以自己失去的东西来抗议那些欺骗她、污辱她的罪恶呢，还是她偏要在这被欺骗、被污辱过的地方再一次活下去，表示着自己的纯洁？！

突然间，他和她拉近了，融合为一体。他茫然地在沙滩上来回踱步。一直踱得月亮升了上来。他终于失声哭起来了。

他哭着她，也哭着自己。

八

他终于第一次到镇中的酒馆去了，那时候，正是这个夜的十一点过五分。

在这条镇街上，原本是有一家白酒店的，酒事曾经极盛。但是，两年前办了稠酒馆，人们都不去喝白酒了。白酒店曾也夜间开过门，但门庭更冷落，开过三天就关门了。一天晚上，看完电影的观众，旅社歇脚的行客，和那些夜里没事干的闲散浪子，就都拥到这稠酒馆里来了。大亮一到酒馆门口，看见灯光下出出进进的人，全是红脸的，黄脸的，白脸的，刺鼻的酒气和弥漫的烟雾，使屋里昏昏蒙蒙，他心里就发了潮：这不是个好地方，男人们的目光像狼一样馋，她必然就成了他们的追捕物；世界给了她独特的美丽，却没有给以美丽的保护，这正是她可怜的原因吗？她一个弱小的女子，硬是在这里活下去，这又是多么不容易啊！

大亮曳脚进去，看见这是三间房的地方，四分之一面积的柜台，四分之三的面积摆着五张桌子。凳尽人满，杯盏狼藉，酒令声，谩骂声，嬉笑声，咳嗽唾痰声，混杂腾浮，他头立时有些晕了。柜台里，一个白发老太婆坐着，似乎没有事做，双着手，耷拉着脑袋，好像是瞌睡了。靠窗边的地方，人拥得很多，二月杏就在其中收钱，打酒。他赶忙走进去，拣靠里角的一张桌子坐下了。

他从来不喝酒，一坐下来，强烈的酒味就刺得肠胃作恶。他强忍着，这么坐着。房子里人是很杂的，有三个一帮、五个一伙的进来，满脸的淫气，指指点点，窃窃一阵，就哈哈大笑，打着口哨，嚷道要酒。有的一进门来，跷脚儿伸脖往柜台前的人窝里瞅，闪那么一个笑，就又出走了。有的一进门，就用手理着头发，提着衣领。有的则羞羞答答，坐在桌前了，还偷眼儿往柜台乜视。人们都前俯后仰地喝着，他唯独端坐，人们都尽性儿寻欢，他唯独闷闷不乐地忧愁；立即引起了周围人的注意了：

“这是谁呀？”

“山上的吧。”

“山上的怎么能不喝酒？”

“瞧他那眼光，多怕人哟！”

那个白发老太太也注意上他了，走过来，说：

“你喝酒吗？”

“我不喝。”

“不喝腾地方，咱这店小。”

他有些为难，正要站起来，二月杏在柜台里站起说：

“我让他来的；你坐你的吧。”

老太太疑惑地看着他，满店的人也眼红地看着他。大亮不禁吃惊，她怎么知道我来了，她一直被人包围着收钱打酒，她是有了心灵感应吗？她给他点了一下头。

他呆呆地看着她，感觉到所有的人都在用不服的、仇恨的眼光盯他。他挺起了胸，十分自豪，那神情在宣告：她是不可侵犯的；一切邪念应该在她面前畏而止步！

她端了一大杯酒，过来说：

“你喝吧。”

“我不会喝。”

“一定要喝了！”

他毫不犹豫地喝下去了。耳脸发烧，醉眼蒙胧，却坐得更端直，俨然是一位凯旋归来的将军。

她高兴地笑了一下，去柜台里了。

这时候，一个流里流气的人进来了，在和她黏话：

“这酒卖吗？”

“展览的。”

“这酒甜吗？”

“苦的。”

“多少钱一杯？”

“你今晚来喝了三次了！”

哗啦，一把分币扔在柜台上。

“打一杯！”

“不卖！”

“我有钱，你为什么不卖？”

“你还有什么？”

“你，你这臭……”

大亮啪地站了起来，向这流氓走了过去。

“你要干什么？”

“想听你没说完的那句话！”

“你是她的男人吗？”

大亮一把揪住了流氓的领口，提起来了。白发老太太叫了一声，忙扳开了大亮的手；流氓夺门而跑了。二月杏却坐在那里，丢魂失魄了一般，再也不去收钱、打酒，任问不理，怎叫不答。白发老太太长长叹着气，自个儿去忙活了。

酒馆里的人，渐渐觉得无趣了，一时倒寂静下来，喝完自己杯里的残酒，伸伸懒腰，都出门去了。

酒馆里，只剩下了大亮一个人，他又重新在桌前坐了，再没有喝酒，只看着柜台；老太太又双了手，耷拉下脑袋，眯着眼皮，在那里打盹了。二月杏还是一动不动的姿势坐着，那一身月白衣服，灯光下和脸一个色调，白淡白淡的，有了一些使人伤感的青色。大亮觉得那样子很美，像艺术馆里的一件白玉雕塑。他不知道她心里在想着什么，他想说：“你办酒馆，这是你的错误，你不该待在这个地方！”但他说不出来，只是默默地看着她，一具庄严、典雅而绝色无比的雕塑。

“你还没有喝完吗？”老太太似乎一个盹已经打过，睁着眼问他。

“没有。”他说。

“夜深了，不要醉了，我们也不能送你。”

“你们不是昼夜开门吗？”

“已经没有人了，我们要睡了呢。”

她终于抬起头来，全身却没有动，看着他。

他迎着她的眼光，猜不透那眼里在说些什么话，却坐得更踏实了。老太太看看他们，又叹了一口气，便双了手，耷拉了脑袋，去打盹了。

酒馆里死一样寂静下来。

“你为什么到这里来？”她终于冷冷地说。

“我不知道。”他说。

“你会后悔来的。”

“我后悔今天才来。”

“你真坏。”

“我是坏。”

又是长时间的沉默。

老太太又醒了过来，说道：

“你怎么还不走呢？我们要关门了！”

大亮站起来，向门口走去，眼光一直在看着她。走出门了，他回过头来，看见她还在坐着，一具庄严、典雅而绝色无比的雕塑。老太太砰地将门关上了。

九

不知是一种什么怪缘故儿，大亮发觉自己在变了，竟喜欢喝点酒，往酒店里去了三次。这三次里，他和她又都没话，只是那么呆呆地看着，就又匆匆走了。一走开回到山上，又觉得后悔，心里空落得难受，夜里常常一个人坐在宿舍前的坪台边上，哼一种什么歌儿。

一天晚上，他正看着山下镇子的灯火，“女人大字典”来了，叼着一支烟，很是关心地问：

“这儿有什么好看的呢，你夜夜都在这儿？”

这个天津小个子，家里有一个老婆三个孩子，老婆每次来信，总要诉说着家里房破了，孩子闹病了，粮食短缺了，催着要钱。他月月寄回三十元，说老婆是他的债主。亏得他乐观，早年学习过相声表演，人并没有显出多少苍老来。

“家里来信了吗？”他又说，“什么也不要搁在心上，人来世上一场，不如一棵草呢，眨眼就过去了。”

“我很高兴哩。”

“啊，还高兴？你真是个怪人。大家都说你有什么苦愁事，又不可告人。我倒不认为呢，百人百性，你苦愁和我乐观是一样的天性的。听说你会唱歌呢。”

“我不会。”

“我昨天晚上就听到了，你唱得很好，谁也没有想到你还会唱歌！我很想听你再唱一次哩。”

大亮就唱起来了，他倒不是给这小个子唱的：

黑黑的天空一颗星星，
那是夜的眼睛。
孤独的眼睛，孤独的灵魂，
天空再也不是一个空白。

歌声唱得很低，很沉，夜风吹动着他的头发，使他的背影显得十分动人，微弱的星光就闪熠在他多皱的额角、鼻尖、牙齿上。“女人大字典”先是有些吃惊，慢慢也沉静下来了，瞅着天边的星星。

高高的荒岭一树杏花，
那是山的笑容。
寂寞的笑容，寂寞的灵魂。
大地从此有了颜色。

夜的气息从山下浮上来，有了洼地树林子的绿的清香。夜已经沉沉的了，白帆布帐篷里已经停息了吵闹声，那只肥胖的黄狗儿在什么地方叫了一声。大亮又重复地唱了，声越来越低，末了好像是从心胸里深深的一声呼吸，一切都寂静了；他坐在那里，动也没有再动一下。

"女人大字典"从地上支起上身，看着大亮的眼光，说：

"这是情歌，你是唱给谁的？"

"不知道。"大亮说。

"你唱得太好了，你简直是给我唱的，真的，我听见你的歌声，我心里就疼得厉害。"

他说着，突然哽咽了。

"你以为我乐观吗？人们都在说我活不老，但是，你知道吗，我常常背过人去哭。我告诉你吧，'文化大革命'前，我是一所中学里的高才生，我喜欢数学，我一心想当数学家。那时我认识了一个女子，我们深深地爱着，但我为了我的理想，我的事业，我不敢把精力花在恋爱上，很少去接触。她好，一直原谅我，等待我，在我三十二岁结婚的时候，我们这以前仅仅在一块儿过三天。但是，'文化大革命'开始了，我不能学我的数学了，我只有来当工人。你想想，那个时候，事业上一无所获，一生美妙的青春又过去了，我怎么对得起她？！我就想尽一切办法来弥补我对她的爱，可是，我们却远隔千里……事业，爱情，我有什么呢？什么也没有了！我是四十岁的人了，这一辈子就这么快要完了啊。大亮！"

大亮深深地感动了。他做梦也不曾想到，这个全地质队有名的乐观派，竟有这般痛苦的经历。他一下子相信起他来，把他认作知己。"女人大字典"就又说：

"这类歌我已经好长时间听不到了，你说说，你怎么就突然要这样唱呢？"

"我真不明白，这几天心里总是空慌。"

"女人大字典"突然抓住了他的肩臂，说：

"怎么个慌呢？"

"我也说不清楚。"

“你是爱上什么人了吗？”

“没有。”大亮有些慌。

“一定是爱上了。这我是有体会的，我那阵爱上我的老婆，就是这样的。”

“没有，没有。”

“女人大字典”凑过脸来，看着他的眼睛，叫道：

“你喝过酒？”

“下午喝了点。”

“在山下酒馆吗？”

“是的。”

“对了，爱上‘酒馆西施’了！”

“胡说！”

大亮惊慌地叫起来，使“女人大字典”的自信又动摇了。他重新点着了一支烟，说：

“或许你不是在爱她，但是，对于女人，我是比你知道得多，酒馆里的那个西施，人人见了人人都会爱的，但这类女人，是不能做老婆的。”

“为什么？”

“这类女人，正应了那种说的‘风尘女子’，她们团团被人围住，慢慢就学得浪荡，坏男子玩弄着她们，她们却会把好男人玩弄。”

大亮站了起来，有些气愤了：

“她不是这样的人，她不是这样的人！”

“女人大字典”却嘿嘿地笑了：

“是的，她或许不是那种人，但她一定是你所爱上的人了！这一点，你不要瞒哄我，要不我怎么就是‘女人大字典’呢？”

大亮一时羞愧，却一句话也说不出来。

十

很快，山上的地质队里，却有了风声：大亮爱上酒店的那个破鞋了；大亮天天晚上下山去喝酒，那女子从来不收他的钱。

不久，山下的镇子里，也有了风声：地质队的一个叫大亮的，是个流氓，夜夜到那酒店去。大亮已经花了好多钱，把全部存款折子也交给了破鞋。他们要私奔了。

一些人羡慕大亮，一些人由此而妒忌大亮。他们常常议论：

“大亮怎么就把那女的搞到手了？”

“除了大亮谁还去搞这破鞋？”

“那女人眉眼儿真够逗人。”

“她坏就坏在眉眼儿上。”

这些风言浪语，大亮也逮听了，他十分气愤，痛恨这人言太可怕了。在几次的全地质队大会上，他想当众反驳，追出造谣者，当场给他一个响亮的耳光，但是，他没有说一句话，觉得对于这些人，越是解释，越会更糟。他该怎么想，就怎么想，该怎么干，还怎么干，他相信只有这样，才对得起自己，对得起她；保持了自己的人格，也保持了她的人格。

但是，一件苦恼的事就发生了，地质队的队长，一个组织的代表人，竟找他谈了一场话，使他伤心裂肺。

这个队长，是近六十岁的老头子，“文化大革命”中，他受过冲击，重新复职后，各方面工作干得很出色，为人也极正派，在全地质队里有着崇高的威望。大亮自调来后，老头子就喜欢起了他的言语短，实干活，常常来过问他的工作情况，身体如何。他曾经激动过好长时间，也看着老头生活中有些照应不及，想去帮他些忙，总怕落下“溜尻子”嫌疑，又打消了。老队长找着了他，说：

“你怎么老不到我帐篷里去？”

“去了几次，走到门口又回来了。”

“那为什么呢？最近有事忙吗？”

“没有。”

“我来要给你谈一件事，或许，这不是我这个队长要管的，也可能不是我这个老头子要说的话，但我毕竟喜欢你，我得给你掏掏心底……”

“是关于风声的事吗？”大亮说。

“有这回事吗？”

“没有。他们尽瞎造谣。”

“没有就好了。千万要冷静，三十多年都熬过去了，还急什么呢？你个人的事我给你包了，我以前竟疏忽了这事，我一定要给你找一个满意的。酒馆的那个，影响太不好。”

“什么影响不好？”

“你知道那女子的历史吗？咱一个工人，堂堂正正的，为什么要找她？”

“她是个好人，你们冤枉了她，你们全不理解她！”

“但我们理解你！你真傻，在现在的世道上，你想为她作牺牲吗？”

“如果需要，我是可以的。”

“胡说！这值得吗？实在太幼稚了，竟然不顾一切去为别人！”

“也是为了我！”

“什么？”老队长却不明白了，他无法说通这个年轻人，第一次发现这个自以为得意的小伙，竟使自己这般不能理解！

他最后不禁生气了：

“无论如何，你要放弃她，从心上毅然放弃她！”

大亮焦急起来，而且有了激动，他说：

“能不能娶她，这不是我个人的事，而且我自己压根儿也就不知道。但是，我有权利爱她，我觉得我们有缘分。我不能再不是我自己！我可笑那些对我所造的谣言，但我却痛心你对我的善劝，难道还让我再是以前那样生活吗？”

当天晚上，他取了二百元钱，包扎好了，交给了洗衣服的老太婆，求她捎给二月杏，反复叮咛要说是一个不认识的人给她的。但是，就在那钱里，他却夹着了一个纸包，包着十几片无香无色而洁净完好的杏花。

十一

过了两天，大亮得到消息：酒馆女子病了。她为什么病了，得的什么病，大亮无从知道。他到镇子的酒馆去，店门却死关着，他又不知道她的家住在哪里，只好忧忧地回来了。

又过了一天，天就下起雨来，雨虽然不大，但淅淅沥沥地却下了一天。野外采样无法开工，队部决定临时放假一天。工人们都躲在白布帐篷里打扑克，下象棋，谈女人，逗乐子；大亮却闷闷地独自又下山去了。

他走到酒馆门口转了一圈，店门还关着，一时百无聊赖，便低头儿向镇西头走去。那里有一家电影院，传说这几天整日整夜演着一部惊险故事片；他想去消磨时间了。

电影院前果然拥了好多人，进场的铃声已经拉响，他去售票口买票，里边说票完了，只好叹声长气，立在雨地淋了一会儿，裹紧了衣服，准备回山去。突然，他听到有人在叫他，低低的，却是那么熟悉：

“大亮！”

他回过头来，一家房檐下，站着二月杏，腰身细了许多，白煞煞的脸儿，叫了他一声，按捺不下，一双脚儿下了台阶，又半前半却，脚麻颤颤地退去不得。

“啊，你在这儿？”大亮叫了一声，跑过去，“你病了吗？你好了吗？”

她给他苦涩涩地笑着。

他立即笑得出了声儿。

雨水在屋檐上注了股儿，哗哗地浇在他们头上，肩上。

“你要看电影吗？”她问。

“没票了。”他说。

她亮出两张票来，说她病是好了，心儿却乱着，出来解愁；看见买票，当下买了两张，她站在这里暗暗打卦，看谁来“钓鱼”，是男的，是女的，不管是谁，她会将两张票全送出去，她就回去了。

“你打的是什么卦呢？”

二月杏脸红了一阵，却冷了下来，说：

“女儿家的事也告诉你吗？”

他不再言语，便问道：

“那你现在就回去吗？”

“我要看电影。”

这一句对于他，是最有震撼力的；一颗皱皱的心舒展开了。

他们走进影院，电影已经开演了好大一会儿。摸黑寻着自己的座位，就各自看起来。电影是一部破案的离奇故事，观众们情绪非常高涨，时不时发出呀呀的惊叫声，或是哄堂大笑。大亮却麻木了一般，他斜眼看看身边的二月杏，她一动不动地看着银幕，身上传来一股少女才有的香气，和一种淡淡的香脂的气味，他强烈地控制着自己，想使全部神经很快进入剧情，但是，他的眼睛的余波却死死盯着那一张苍白而消瘦的脸的侧面。“她得的什么病呢？收到那二百元钱了吗？她打的什么卦呢？”他似乎觉得挨着她的那半边身子，这时全有了眼睛，知道她坐得很不安稳，那黑暗中的脚、手、鼻翼，都在颤抖。他禁不住说了一句：

“这电影没意思。”

“是没意思。”

她回答是很快，很显然，她一直没有进入剧情去的。

“咱们去休息室吗？”他说。

“去休息室吧。”她竟也这么说。

摸着黑，他们走出了剧场。

休息室是十分简单，但是地方很大。她坐在一根大圆柱的左边。他立在了大圆柱的右边。他们长时间却没有说话。

从窗子里看出去，外边的雨下得大了，剧院檐下是一丛美人蕉，肥硕的大叶，檐水落在上面，千百万次地弄出愁音。

“你瘦多了。”他说。

“是吗？”

“我去酒馆看过你几次，门却关了，我不知道你的家。”

“南巷十八号。”

“我一定去看你。”

“你不要来。”

“为什么？”

“因为那是我的地方。”

大亮回答不上来，休息室又静悄悄的了。大亮痛恨自己每次见到她，总要冷场，竭力想多说些话，但是，舌头偏就变得僵硬。

“你有什么需要我帮忙的吗？”

“你是城里人吗？”

“不，老家在乡下。真的，需要我帮忙，我一定尽力。”

“你到这儿过得惯吗？”

“我说的话你听明白了吗？我是真心。”

“我没有要帮忙的。”

“你这样说，我心里很疼。”

“我这病怕是不能好了。”

她说完，起身要进剧场去了。

“你等等。”

她没有理会，继续走她的。

“你等我一分钟。”

她已经走到剧场门口了，动手撩起了黑色的门帘。

“二月杏！”他叫了一声。

她一个趔趄站住了，回过头来，突然满脸泪水，“哇”的一声跑过来，却冲出休息室，冲出大门，从雨地里跑走了。

大亮茫然地站在那里，一时不知所措。剧场一阵哄响，电影散了，人群拥出来，大亮立即看不见二月杏跑去的身影。他木桩似的站着，被人冲撞着，脑子里乱得是一团麻。

戏散了，戏散了，人都走了。

难道人生就是剧场，人和人的关系就是剧场的观众，两个陌生人坐在一起了，就是夫妻，就是朋友，剧看完了，就都站起来各走各的了？！

我也是观众吗？

她也是观众吗？

十二

剧院的大门“咣当”一声关上了，大亮猛然一怔，才发现看电影的人群早已散去，街路上也很少行人，街灯昏昏地照着，雨还在下，看得见漫天扑地而下的是一张银亮亮的大网，他的衣服已经湿透了，额头上，雨水顺着发梢流下来，他嗦嗦地打起了牙花。他还站在那里，拍打起脑门，又仰起面来，使劲儿张大了嘴，让雨往脸上、口里落着，似乎脑子全然清醒了。回山上去吧，他踏着街面往前走着，走着。已经看见了那一节石阶，下了石阶，走一段沙滩，过了河，就是上山去的路了。他却在石阶前站住了，站得那么久，以致脚下发现了两个小水坑儿……后来，就顺了街一直走去。

他走到了南巷十八号门前。

这是一座破小的瓦房，窗口里亮着，窗棂是一条一条铁棍栅着，两扇窗页，碎了三块玻璃，用报纸糊着，雨点打上去，一角已经破了。他开始敲门：

“笃！笃！笃！”

屋里没有动静。他附在门缝往里瞧，什么也看不见，听见了低低的吞泣声。

他再敲了几下。

“谁？”是她在屋里问。

“我。大亮。”他说。

“你来干什么？”她有些惊慌了，“这么晚了，你快走开！”

他说：

“不，你要开门！”

门还是没有开。他站在门外，感觉到她已经是站在了门的那边，在闭着气儿听他的动静。

“你开开门，你开门嘛！”

“我不能给你开门！”

“那我就守在门口。守上一夜。”

他说着，开始拧身上的湿衣，拧好了，就蹲下来，真要这么呆一个夜晚。门却突然打开。一下子全部打开了，她站在灯下，冷冷地看着他。

“你为什么要来？”

“我觉得我应该来。”

“你不觉得半夜到一个女人家是什么行为吗？”

“我不觉得。”

“你有妻子儿女吗？”

“我只有我。”

“你为什么不成家？”

“我的罪过还没有赎清。”

“你有什么罪过！”

“‘文化大革命’中，我作为一只狼，一只咬人的狼，我拒绝过一个姑娘的爱情，那姑娘长得太像你了，不，什么都像你，我一直找她，但可能永远也找不着她了……”

“所以，你一看见我，就同情我，要帮助我，借此慰藉你的灵魂。”

“是的！”

“住口！”她突然怒不可遏，哗啦打开柜子，将一沓人民币摔了出来，说：

“这就是你的忏悔吗？这就是你的良心吗？算了吧，我不是你的那个姑娘，我也并不稀罕你这二百元！告诉你，遇着你这样的人，我已经不是一个两个人，当年你们是狗，是狼，如今才明白了，可是你知道吗，当你们良心发现的时候，我们，你懂吗，我们什么都完了，全完了！第一次一见到你，我就推测了你的情况，你果然是这样！我要报复，我要报复，我偏不能使你们的灵魂得以安宁！好吧，你现在走吧，如果你要跳起来，就揍我一顿，你打吧，一个像你这样男人的拳头，会一下子把我打趴在地上的！”

大亮站在那里，身子动也没动，像受训一样严肃，像听判决一样老实，那疯狂的、歇斯底里的痛斥声，落在他的心上，并不是尖刀，乱箭，犹如一锅豆腐，放浆进去，沉淀的沉淀了，清亮的清亮了。十五年来的包袱轻松了。十几天来的包袱轻松了，错综复杂的，说也说不清、理也理不顺的万千思绪，一下子全都条理清楚了。

“谢谢你，我真是感激你，我要得到的，我全得到了。你是我的知己，是我的老师，是我灵魂的工程师！”

他提了提衣领，从门里走出去了。

她却吃惊地看着他，突然在屋里大恸哭声。又一直追出来，在哗哗的雨夜里对他说：

“你等一等！”

他站住了。

“明天，你能在杏树下等我吗？”

他回答说：

“一定。”

十三

雨还在下着，而且越下越大了，漫山遍野尽是湿漉漉的，路道上，洼地上，水流冲开了无数的渠沟，一年一度罕见的春水涌下山去，涨满了河沟。

中午的时候，响起了一声春雷。

大亮早早赶到了洼地树林子里。洼地是绿茵茵的，只有风声，只有雨声。大亮走一步，总觉得身后响起了来人的响声，回头去，泥地上只有自己的脚印。他对着这密密的树林，疏林，乱石，隐泉，心里在高声叫着：我又来了！是的，一个奇异的故事是从这里开始，故事也要在这里结束吗？他站在杏树的面前，肃然起立，那杏树浑身已经全部绿了，似乎看见了那皮层里流动的绿的脉汁，花没有再开多少，也没有落去几朵，全都蓄了水，沉重重的，却显得鲜艳多了，娇嫩多了。

“你能在杏树下等我吗？”这是她的声音。

“她让我等她干什么呢？”他想。

“请原谅我，不该对你发那么大的火。”她会这么说吗？

“不，我知道你的身世，我理解你的内心。”他一定该这么说。

他们或许又在两目相视了。

“你为什么那样看着我？”她能说吧？

“我爱你！”他要说。

“我也爱你！”她突然会哭了。

他们坐下来，就在杏树底下，各自讲述着可怕的历史，一起将那一场“文化大革命”推远开去，一起将那十五年推远开去。她将送给他一件亲手绣成的枕巾，他送给她什么呢，是一个手帕，还是一面镜子……

但是，当二月杏来到的时候，她告诉他的，却是一件他想也想不到的事，而且谈话的时间出奇的短：

“你知道吗，我要告诉你一件事。”她双眼儿红肿得像两只桃儿，脸色更黄白了，但微微地笑着，那般的明丽、端庄、漂亮。

“什么事情？”

“我来征求你的意见：我要订婚了。”她说。

“订婚?！”他大吃一惊，“和谁订婚?！”

“和一个五十里外镇上的一个男人，我们队长做的媒。你说行吗？”

“你怎么要结婚?”他慌乱了。

“我不应该结婚吗？”她问。

“应该。”

他该怎样再回答下去呢？说：“不！不！谁也夺不走你的！”他摇头了：“我能配上她吗？我这个孱头、弱者，和她能结合在一起吗？”他身子抖动着。“可我爱她呀，爱她啊！”他轻轻垂下眼皮：“既然你爱她，你就盼她能得到幸福，那男子或许使她能得到这一点呢。”他终于理智了，说：

“那男的真的爱你吗？”

“不知道。”

“嫁给他你会幸福吗？”

“不知道，我听听你的意见。”

“一切由你决定吧。”他深沉地说。

“你相信了我？”

“我只衷心祝你能幸福！”

她笑了，笑得那么动人。

“我昨天骂了你。”她说。

“你骂得对。”他说。

“其实也骂了我。”

“是吗？”

“我真感激你。”

“我也一样。”

“我要走了，你能记住我吗？”

“我记住了。”

“我也记住了你。”

她走向了杏树，伸手摘下两朵花，一朵送给了大亮，一朵夹在了自己口袋里的小本子里。

“再见，大亮！”

“再见，二月杏！”

他们长久地握手。

她从洼地里走出去了。

十四

不久，这个地质队搬走了。

他们整整在这里驻扎了三年多，跑遍了这一带的山山洼洼，勘探了每一块儿沟沟岔岔，他们只说奇迹般地会发现出一个偌大的金矿来，但是，什么也没有勘出，他们突然接到通知，要立即开拔去另一个地方了。

临走的那天早晨，大亮帮忙把所有的机械搬运到山下，别的人先坐车离开了，他还忙得不可开交，他准备坐最后一辆车走。就在司机临时在饭店吃饭的时间，他急急忙忙地跑到酒馆去向二月杏告别，但是，店门却没有开。本来还想去南巷十八号她的家去，但一看表，时间来不及了。他只好在酒馆门口默默站了一会儿，走掉了。

他走掉了，永远从这个地方走掉了。

十五

地质队开走后，这个镇子就冷落了，镇街上人少了，两个饭店停止营业了一个，酒馆也自然倒闭了，使这个镇子少了一大特点。大亮走后，二月杏正式和五十里外的男人订了婚，很快又结了婚；从这个镇上搬走了。从此，再也没有了传说，这个镇子又少了一大特点。唯一留给这个镇子的特点，便只是镇前的浅浅的流沙河，镇后的荒荒的卧牛山。

一九八一年三月二十三日至三月二十四日草于静虚村

水 灾

长江最大的一条支流，一九八三年夏天暴发了百年不遇的洪水。临江建筑的一座边城，于七月三十一日遭到灭顶之灾。其下午 × 时 × 分，洪水冲垮了东北城墙，扑进了低于河床一丈余深的城区，顷刻间屋如漂叶，人为鱼鳖……数小时后，汪洋世界，死寂无声。

一

发水的那天，和满子的腿就疼得厉害。四年前，他在河里淘金的时候，患的关节炎，天气一变就要发作。明明已经在抽屉里找出爹的病历，催着往医院去，他口里应着，却又洞开了店铺门，在货柜前坐下，不动了。“爹，你是去不去？”

“明日去吧，这天还能老阴着吗？”

“什么时候了，谁还来买你的货？那你就别说你腿疼！”

“这鬼女子！谁家不开店铺门？！”

和满子说着，就看见斜对面的马二常家的店铺门也洞开了，货在架子上拥挤不堪，连柜台上也堆满了。一个骑三轮车的人正卸下纸烟来，高声寒暄，低音讨价。

和满子说：“他马伯呀，这几箱烟多少价的？”

马二常说："七角五一包的呀！顾客总嫌咱们烟涨价，不涨怎么行呢？你瞧瞧，六角五的烟咱进回来就涨了一角！娘娘的，除了咱个子再不长了，什么都涨！"

"咱也就涨吧！"

"涨吧！"

"河水都涨了嘛！"

说到河水，马二常就探出脖子来说："听说紫阳城的河街都淹了？你把筏子做好了吗？"

和满子说："筏子是做了，可能涨多大水呢，要把城也淹了？往年水道里渗水，它也是丈把高的，收拾东西一场放到筏子上，过后又得收拾半天！你知道东街的麻子吗？！"

马二常说："卖酒的麻子？"

和满子说："他这几日发了呢！人心都乱了，死着命灌黄汤的，据说一天就卖了三百瓶，儿媳妇把'嘉陵'也骑上了！"

马二常说："烧包！"

两人皆不再言语，心中燃一点妒火，将目光同时沉浸在街道正中的一口浓痰上，后来相视一下无声地笑笑，各人又木偶般的坐在货柜台前了。明明最烦爹和马二常这么隔着店铺议论行情，她瞧不起爹赚了钱却不肯花，有九千还要借一个凑成整数存起来！明明就到后院的木筏子上去。

后院里正好栽有一根高压电杆，像白杨一样高大，木筏子就套着圈儿在上边。往年城里进水，水涨多高，木筏子就升多高，家里的贵重东西全放在上边。今年爹不相信水会大涨，只是照常地进货卖货，明明就将装有自己四季衣服的木箱搬放上去罢了。远处有隐隐的乐器击打声，这是哪一家剧院又不演戏，开办营业舞会了，明明想，到了雨季，河水日日在涨，爹和马二常不作理会，抓紧时间在挣钱，这些舞男舞女也不作理会！明明陡然间感到自己的悲哀，把木箱放在筏子上的时候，身子也瘫坐在那里了。

店铺里，爹与人在争吵起来。

"钱找错了！"

"是吗？我点点。"

“我常在你这儿买烟，没有一次钱找对过！”

“眼睛不好使了。我的老花镜呢？”

“可你老是少找，没有多找过半次！”

“你这熟玉米棒子不错呀，多少钱一个的？”

“一角钱一个的，剩下这五个了，你要，给四角钱吧！”

明明听见爹开始在啃棒子。

“这是三角五，还欠五分的。”

“这棒子太老了，就这三角五吧。”

“这不行，对你这号人不行！你老老的人了，说话不像话，拉出来的还能再吃进去吗？”

话说得出格，两厢就骂起来，明明走出来，瞧见卖棒子的是一个丑脸汉子，气愤已经扭歪得脸十分难看，将笼中的四个棒子全摔在店铺门口，骂道：“我也不收你的钱了，我的棒子喂了狗了！”

明明很难堪，取了四角钱扔在汉子的笼中，爹又把钱抓回来，扇了明明一个耳光，明明气得伏在柜台上哭。马二常过来给了汉子一个棒子钱，推着他去，再就埋怨和满子不该当众打明明。明明哭得更伤情。

爹并不失了威风，将汉子摔掉的四个棒子用脚踢得远远的，还骂汉子瞎了眼了，讹钱讹到他头上了！随后又坐进柜台内，自己笑笑，再随后就一脸平静，招呼着来看热闹的人买他的货。

过了一会儿，爹说：“明明，你还哭吗，你还要生爹的气吗？”

明明听得出爹语调里的内疚和道歉，明明不哭了，但她并没有听爹的话到后院里去，她抬身往城墙头上去了。

明明没有娘，她一着气就要到城墙头上的荒草丛去坐。是黄昏，河的上游就落一个大大的太阳，红光从水面上过来，要将城墙腐蚀得十分灿烂，明明就会忘了一切烦恼的。现在，城墙头上站了很多很多的人，荒草丛几乎都踩平了，裸露出往日恋人们遗留下来的糖果皮，瓜子壳，卫生纸，甚至恶作剧的少年还用树棍挑起了一个破旧的避孕套。成群的水鸟和乌鸦不能栖落下来，哇哇在上空旋飞。

河里的水流得稠稠的。

一星期前，明明在河边洗过一盆衣服，那水极清也极浅，整个河道分为三股，船已经不能上下，只在北边的水流中往复摆渡。而河中心的大片沙滩上，淘金人挖下一个坑又一个坑，狼藉不堪。如今一切都消失了，水位淹没了往日留在城墙上的吃水线，水还在往上涨，眼瞧着离城墙头有一丈多远了。一群男女都到一个石鳖子上，那里一弯腰能手触到水，有人捞到一个萝卜，咔嚓嚓地咬着吃。接着就全部脱了鞋在那里洗脚。

在城墙头上洗脚，河水就不会再涨上来，这是边城人传统的做法。明明也将脚伸下去，但她的塑料凉鞋便被水抓走了，明明懊丧得又想哭。

城里的有线广播几乎在同一时刻里吼叫起来，命令市民赶快撤离城区，说东城墙头开始裂缝，河水还在上涨。广播中的市长的声音几乎变了腔，再不讲什么政治术语，而在喊："水要进城了！快逃命吧！"站在城墙头的人突然才感觉到自己正处于危险地带，因为那河水并没有因洗了脚而下落，反而就在他们刚刚离开石鳖子，石鳖子就被淹没了。人们哗啦溃散开来，急不择道，有人从城墙的石阶上滚了下来。

这时候，日近傍晚，天已苍茫，忽然起了狂风。

二

树林子像一块儿面团了，四面都在鼓，鼓了就陷，陷了再鼓；接着就向一边倒，漫地而行的；呼地又腾上来了，飘忽不能固定；猛地又扑向另一边去，再也扯不断，忽大忽小，忽聚忽散；已经完全没有方向了。然后一切都在旋，树林子往一处挤，绿似乎被拉长了许多，往上扭，往上扭，落叶冲起一个偌大的蘑菇长在了空中。哗的一声，乱了满天黑点，绿全然又压扁开来，清清楚楚看见了里边的房舍，墙头。

垂柳全乱了线条，当抛举在空中的时候，却出奇地显得清楚，刹那间僵直了，随即就扑撒下来，乱得像麻团一般。杨叶千万次地变着模样，叶背翻过来，是一片灰白；又扭转过来，绿深得黑青。那片芦苇便全然倒伏了，一节断茎斜插在泥里，响着破裂的颤声。

一头断了牵绳的羊从栅栏里跑出来，四蹄在撑着，忽地撞在一棵树上，又直撑了四蹄滑行，末了还是跌倒在一个粪堆旁，失去了白的颜色。一个穿红衫子的女孩冲出门去牵羊，又立即要返回，却不可能了，在院子里旋转，锐声叫唤，离台阶只有二步远，长时间走不上去。

槐树上的葡萄蔓再也攀附不住了，才松了一下屈蜷的手脚，一下子像一条死蛇，哗哗啦啦脱落下来，软成一堆。无数的苍蝇都集中在屋檐下的电线上了，一只挨着一只，再不飞动，也不嗡叫，黑乎乎的，电线愈来愈粗，下坠成弯弯的弧形。

一个鸟窝从高高的树端掉下来，在地上滚了几滚，散了。几只鸟尖叫着飞来要守住，却飞不下来，向右一飘，向左一斜，翅膀猛地一颤，羽毛翻成一团乱花，旋了一个转儿，倏忽在空中停止了，瞬间石子般掉在地下，连声响儿也没有。

窄窄的巷道里，一张废纸，一会儿贴在东墙上，一会儿贴在西墙上，突然冲出墙头，立即不见了。有一只精湿的猫拼命地跑来，一跃身，竟跳上了房檐，它也吃惊了；几片瓦落下来，像树叶一样斜着飘，却突然就垂直落下，碎成一堆。

池塘里绒被一样厚厚的浮萍，凸起来了，再凸起来，猛地撩起一角，唰地揭开了一片；水一下子聚起来，长时间地凝固成一个锥形；啪地摔下来，砸出一个坑，浮萍冲上了四边塘岸，几条鱼儿在岸上的草窝里蹦跳。

三

三年前，某电影制片厂的导演来选演员，看见了正在饭店里吃酒的和大川，直在饭店门口待了一个小时，后来看见他走出来右脚是跛子，才叹口气走了。这事和大川当然不知道，很久以后有人说起，他不恼也未遗憾，竟哈哈大笑说："要我去饰一位将军？即使我不是跛子，我真的到中越边界去了！"中越边界上，那一年正打得凶。

战场上不能去，就进考场，和大川考了三百八十五分，应该说是分数蛮不错了，可录取线是三百九十分。同班的女生马媛也是相差十分，寻死觅活，和大川小瞧了她，她邀他去乡下的一个学校再插班复习时，他说："这又何必呢。不上大学就活不成人了吗？！"从此待业，无所事事，学会抽烟，喝啤酒，去舞会跳迪斯科。

冬天里，市政府修建家属楼侵占了母校的操场，师生们阻止不住，准备上街集会游行，头一天晚上已经说好由和大川的姨家表弟打游行大旗，可第二天表弟却没有到校，学校派人来找，他藏在和大川家不露面。大川知道后，扇了一个耳光，逼表弟赶到学校去。结果游行是游行了，警察也没有干涉，但一个月后，表弟同其他五个同学被勒令退学了，理由是众所周知，名义上却因为学习不好，纪律涣散。姨怨恨和大川，爹也臭骂一顿，说在《水浒》，也该是上了梁山的人。表弟却出奇地从此与他极好。

一日，大川说："吃着闲饭，咱也脸红，你挣钱不挣钱？"

表弟说："当然想挣钱，有钱就不受我妈气了！"于是两人就卖包子。和大川并没有多少本钱，卖包子的肉馅价又涨得厉害，两人卖了一阵，生意很不兴隆，顾客们全在指责他们的馅儿肉量不够。眼瞧着铺子倒闭，大川忽地想出邪点来：卖地软包子。地软在城外的雨后山包上到处都有，虽然是吃什么屙什么，可味道挺好。先是两人去捡，后有人见有收购的，就捡了一袋一袋卖给他们。这种包子独家买卖，吃的人一传十，十传百，顾客竟一天到晚站长队，钱也水一样的进来容易。

这儿卖过半年，城里有了五家地软包子店，且做饮食生意起鸡叫、睡半夜，也够辛苦，和大川就说："老表，识时务者为俊杰，这么下去，钱也挣不得多少了，即使能挣，人也累得受不得，你我已有本钱，咱各自回去办个什么货店吧。"老表也明白大川要分手，是已经报还了逼他去游行而遭退学的责任，也便一口应允。此后老表在家开办了一个小五金商店，和大川开办了一个百货商店。

爹也同意大川的工作，将两间街房改作了门面，做货架，垒柜台，进得一批烟酒要出售。大川却主张暂不开张，他用红漆涂刷了门面，又特意花大价制作了招牌，起名"红房子商店"。待到开张那日，从店的柳树上七串丈二长的鞭炮，一起点响，又将一台录音机打开，播放起流行歌曲，闹得好不红火。

自后，爹坐镇店铺，大川采买。又不出半年，这所红房子又改建了一次，平房成了两层洋楼，在这条街上十分耀眼。

先是街坊四邻企羡，后就依法炮制，一条街上同时又开张了四家百货商店。更甚的是马媛复习了一年，仍没有考上，其父便不指望女儿成龙变凤，也开一百货店，恰恰就租借了和家斜对面两间街房。和家生意顿时萧条了许多。和大川为了阻止这四家百货商店的开展，曾花费了许多钱笼络公安局的，市管会的，税务所的人。这些部门都有他的朋友，故意刁难这些商店办理营业执照，三天两头又去收税，检查卫生，三家就只好又改作饮食店和旅社了。唯有马二常的店还在开。

一日，马家店修理店房，垃圾在街上堆了一宵，和大川就去告诉了管垃圾的人，且叫了那管理员在家吃喝，筹划去罚马家二百元，和满子和大川吵起来。

和满子说："儿呀，为人可不能这么做事，马二常是我的朋友，他来开店，也是我怂恿的，你怎么六亲也不认了？"

大川说："一个槽里怎么能拴两个叫驴，他办了百货商店，咱怎么做生意？"

和满子说："他办他的，咱办咱的，买卖上比经营嘛！"

大川说："我不管你这样，他是你的朋友，他是我的对手！"

和满子也躁了："可你是我的儿子！"

和大川到底没有破坏掉马家商店，和大川却和爹不和了。他埋怨爹是小买卖脑子，成不了大事，心一灰，也就不积极采买货物，隔三隔四向爹要钱，穿着新鲜，口舌又馋，竟又买了一部高级照相机整日拍摄洗印。待到马二常主动提出要将马媛许配给和大川，两亲家极力撮合，和大川则一口拒绝，甚至和爹闹翻，出门搬走，发誓再不回这个家了。

和大川在北街口租借了一所房子，开办了"飞云影社"，专门搞美容化妆照相。边城的少男少女都去光顾了。

明明和姐姐看过他一次，做哥哥的请吃了羊肉涮锅，又赠送了一套西服。明明要哥哥回家去看看爹，哥哥拒绝了。和满子大发脾气，骂道："他不回来？不回来，死也别想回来！”

四

边城在省的最东南，从明代起，就是长江支流上最大的码头，城市的人口并不甚多，繁荣却十分著名。物产丰富，且价格便宜，时髦风气为全省之先，往往新的潮流已经在这里一月半月了，省城里才能出现。这一点使边城的居民十分自豪，夸口得益于长江的水，该属南方，故越发发展当地土话，重削肩细腰而鄙肥胖臃肿，不演秦腔演歌舞，不吃羊肉泡馍，不喝“西凤”烈酒，开甜食店，办果酒坊，讲究坐式马桶。每日清晨妇人们就提着便盆在街道过水渠里倒了黄的，盛了白的，用竹刷子刷得哐啷啷价响。

从省城来的人，最稀罕观赏城墙。这城墙当然不及省城的宏大气派，但这城墙上没有女墙。且紧贴着河岸，说是河堤坝也好，说是北城墙也好，一边是百舸争流，一边是车水马龙，河里听得见城里的人声，城里听得见河里的水声。

北门则高高建筑在城墙上，进城要七十多个台阶上去，再七十多个台阶下去，而沿着城墙之外，就在水的慢坡之上，也以各种杂技之法修盖了各种屋舍，居住人家。他们像鸟儿一般，栖身于用木架和砖柱高撑的小阁楼里，依然生活得十分安闲自在，清早从阁楼缝里拉下粪尿，再提一捆菜去河里洗濯，在天晴日暖之时，于方桌在窗前摆三碟四盘小炒，一边吃着，一边招呼河面上的船夫。

这个城市里的人，什么都觉得好，只是为一种疥疮病而苦恼。因为城区比河床低，室内终年潮湿，藤条椅和竹桌不会裂散，衣服常要发霉，这疥疮病就要发了。新上任的市长不久就患上了这病，先是手指缝里出现，再是胳膊上也有，大腿上也有，后来就集中到交裆最阴暗的部位，久而不愈。这位市长原是三百里外的一个县委书记，因在一年的水患中，防洪治涝有功，提升到这个市的。他来了，当然就是这个城市的防洪委员会主任。他当然一来就翻阅了边城水防档案的，知道年年都涨水，年年边城无恙。当国家防洪专款拨下来要求进一步补修城墙的单薄时，他被疥疮已经困扰得坐卧不安。偶尔看到一本书，说当年希特勒之所以发动了战争，有一个原因就是害上了疥疮的。这市长拍案说道："这是可能的！疥疮使我们市民受害不浅，我们一定要全面根治才是！"

于是，城市的大街上开始行驶广播宣传车；到处张贴了防疥疮的标语，硫黄所需量就十倍百倍增加。硫黄是黄颜色的，正合了流行黄色的标准，时兴男女很乐意接受这种宣传，在他们开办的商店里也挂出了样式奇特的硫黄衫。

黄昏时分，市长从不坐了小车在大街上横冲直撞，他偕夫人一块儿在自由市场上溜达。这与民同乐的精神，普遍受到赞颂，有人就对市长说："市长，你是镇水的官，你在县上，洪水淹不了县，你到市上，水当然更不得进城，反将水汽带来的疥疮也根治了！"市长听了这话，是没有喜形于色的，但内心觉得也是，当官就是为民办事，消灭了疥疮也是自己就职后的一项政绩啊！

所以，国家防洪专款他拿出一笔拨给市政府职工盖宿舍大楼，却因为侵占了学校的一块儿操场，引起了学校师生的游行。当然这事虽然相当麻烦，最后还是安全妥善处理了，上级也因此没有怪罪他，反肯定他化险为夷，工作不简单粗暴。

但是，市上的报纸却刊登了边城志上记载的一则史料，说是 × 朝 × 代，一州官上任边城，年年为水患所困。一秋，水进了城，他偕夫人跪倒在城头，大呼："天呀，你要灭我吗？！"遂发动全城居民夜以继日抢修城墙。当时他身患重病，不回府内，让人抬着在施工现场，待到城墙加固完毕，方仰天大笑三声闭目而逝。

市长看到这份报纸，立即警觉到这是喻古讽今，不悦起来。叫来报社总编。责问发这样的文章用意何在？难道共产党的干部不如一个封建官员？"你们办的是党报，不能迎合民间一些胡言乱语，制造不和谐的气氛啊！怎么不多报道些全市人民改善卫生、改善居住条件的新的变化呢？"

总编退走，市长也好笑起历史上那个州官："他上任年年河水进城，也该他天怒人怨，如果真的水现在能进城，你瞧我的手段吧！"

市长的话不幸言中，水果然暴涨了。当水淹没了城墙外的那些小阁楼后，市府里的干部主张立即向省府报告，但市长制止了：这点损失也值得大惊小叫吗？水继续往上涨，城内的地下水道里开始往外溢水，对于是立即动员市民搬迁出城区，还是坚持在城内观察事态发展，市长主持了常委扩大会，意见极不统一，甚至吵得脸红脖粗。会议直开了十一个小时，最后让市长定点，他说："大水我也是见过的，水真的会翻越过那么高的城墙？即使真要翻越过来，还需一段时间的。水道里溢了水我们即惊慌失措，命令弃城，这么多人怎么撤，社会一乱，控制不住怎么办？我们做领导干部的，要临大事而不惊，先给省电台写一报道，稳住民心，就说我们遭到了水灾，但没有伤亡一个人，社会秩序安静！"

报道发出去了，可第二天里水还在上涨，北城墙头人已经能用水洗脚，接着东北城角裂开了三丈长的缝隙。消息传来，市长满头出汗，急忙要向省府报告，但通往外边的电话线中断了。只好紧急下令：全城撤离。他对着市政府的干部吼道："谁也不能擅自离开岗位！群众不撤完，我们就不能撤，就是死了，也要死在抗洪第一线上！"

这时候，一声巨响，城东北角的城墙崩溃了。

五

吃过午饭，姐姐就出去了。姐姐是城里的美人，她每天出门都要花很长时间化妆，原本就大而动人的眼睛，化妆后更加亮若星辰，明明也热羡得不得了。

去年春天，明明和姐姐在河边洗衣裳，待衣服洗完了晾在石滩上，姐姐就穿了红羊毛衫歪在石头上歇息，风吹动着头发，将秀目望眺入河的对岸，身姿绝丽，艳艳如石边倚出了一树桃花。河面上正驶过几只船，船头的人看见了，都停了橹。明明说："姐姐，咱快回！"姐姐说："回什么，衣服还没晾干呢。"明明说："那船上有人看咱的。"姐姐说："他看咱，咱也看他，谁不吃谁亏！"后来，船全在河湾处停泊了，船上人也都上岸去。姐姐说："船上没人了，咱上去玩玩！”两人爬上船头。姐姐学着船夫的模样在摇橹，只觉畅美无比，乐得大呼小叫。船舱里突然有人说：“小心把船摇翻了！”回头看时，舱内走出一个少年，白净面孔，倒不像是吃水上饭的人。明明方明白这少年并没有上岸，一直待在船上隔窗偷看着她们。不觉就气了，说：“你来干什么，你给我们下去！”少年说：“这是我家叔叔的船，你们要我下哪儿去？”那眼光就直溜溜舔着姐姐，明明说：“姐姐，咱走吧。”姐姐却并不看那少年，还在快活地摇着橹，说：“才上来玩的，怎么就走。这船是别人的，这河却人人有份啊！”明明赌气就下去走了。

这少年盼不及明明走了，也站在了船头上，问姐姐许多事情：是哪里人，在城里工作吗？工作的单位是什么？喜欢在船上来玩吗？姐姐当然问一句答一句。回答的时候头也不回，手里摇着空橹，目光倾注于船下活活的流水。且回答过了，又反诘着少年。知道他在尴尬处，偏朗声而笑，回首看少年那么一眼，就又玩她的了。越发使少年不能自禁，竟走近来说出他的名姓，他的工作单位，希望她有空去他那儿逛游。姐姐却说：“谢谢，可我忙得很，还没有那份空闲！”就跳下船，朗朗笑着走了。

自那以后，姐姐常到河边去。有一次明明去洗菜，一到河边，却看见姐姐正在一个船尾坐着，后来那船就漂开去，一直漂到下游一个拐弯处了。晚上，明明问姐姐：“那是谁的船？”姐姐说：“还不是那个小白脸的？！”明明说：“姐姐和他好上了？”姐姐说：“他人蛮不错的。”

以后，这小白脸就常到店里来，姐姐待他很热情，他们从不说是在谈恋爱，但明明这么认为，倒觉得见了那小白脸不好意思。

哥哥做采购，姐姐就常帮爹料理店铺。后来爹也发觉到了，姐姐只要在店里，买货的人就特别多。而有四个青年竟是经常来，反复来，每一次都要买去一件东西。姐姐就说：“傻蛋，昨天你买了三个铝壶，今日又是第二次来买，你是做铝壶贩子吗？”

那青年脸红无语。姐姐说：“要没事进来聊吧，花那冤枉钱干甚？”

于是，姐姐又有了四个朋友，他们待姐姐好，待爹好，待明明也好。但一共五个朋友，他们谁和谁也装着不认识，从不一块儿来、一块儿去的。明明问过爹：“爹，姐姐和谁真正在谈恋爱呀？”爹说：“谈恋爱？”爹也佯装糊涂。明明知道爹有爹的心思：女儿不给他讲明，他也不厚此薄彼。五个朋友虽然再不会买店里货了，但五个朋友是他的五个业余采购员，有什么炙手货，赚利货，他们会想方设法主动来给他筹办的。

明明在这一点上觉得爹不好。

她将这看法说给姐姐，姐姐也生爹的气，后来就不大在店忙活。她常出去看电影，更多的是跳舞。这年夏天，姐姐就怀孕了。

先是明明发觉姐姐身子不大好起来，常常说头昏，到后来一坐下来就反胃吐唾沫。一次，明明一进新盖的二层店楼上自己和姐姐的房间，发现姐姐歪在床上，而水泥地板上，唾沫已经湿得如下过的白雨点。明明当时就愣了，飞跑下楼要告爹，姐姐拦住她，说："明明，不要告爹，我怀孕六个月了！"明明吓慌了，瓷在那里不动。姐姐说："明明，你是反感姐姐了吗，看我是流氓吗？"明明说真的在恨姐姐，但明明立即意识到这事情告爹之后的可怕性，同时也惊奇姐姐身孕六个月，竟身材窈窕看不出一点异样！她抱着姐姐急得哭，姐姐却笑了，说她怀孕上了，她就要让孩子生下来，她不让爹知道，也不让哥哥知道，到了生产那日，再说知爹，爹也不可能对她怎么样的。

姐姐果真就生产了。她是住进医院生下一个女孩的，爹气得在家里发疯，骂姐姐，也骂明明，骂毕了却教训明明不要走漏风声，就说姐姐生病住院了。

明明到医院去看姐姐，病房里却来了那五个朋友，他们全都知道了这事，全带着滋养品和婴儿的服装来探视；后来就在病房吵打开来，这个说孩子是他的，那个说孩子应该叫他爹。

明明回家将这事告知爹，爹就气晕了，醒过来就让姑妈去医院抱了那孩子出来，自己偷偷送给外乡的一个陌生农民了。爹那一次很大方，掏给了那农民二百元钱。

姐姐从医院回来，知道没了孩子，真的就大病了一场，又住了一个月医院。可姐姐是奇特的人，病好之后，她并没有神经，青春美丽依样如旧，只是和爹没了感情，再不理会店铺中的事，舞跳得更频繁，几乎每一个晚上都泡在舞池里。

这一下午，爹是明明看着姐姐化妆之后出去了，爹偏问明明："你姐姐哪儿去了！”

明明没有言语。

爹就又说：“今儿那五个泼皮流氓没来吧？”

明明说：“爹说话多难听！”

爹说：“发现他们来，你就告诉我，我砸断他们的腿！”

明明又不说话了，低头干她的活，爹还在说：“河里涨水了，涨了好，把这些王八羔子全淹死！”

明明就偷着笑。

爹似乎是越想越气了，把柜台上的算盘使劲儿一推，说：“我也不卖货了，挣这么多钱干啥？给谁挣的，要不挣这些钱，家里也不至于尽出歪邪东西！”但算盘推动时用力过猛，直溜过柜台，撞跌了一个青花大瓷坛，落地粉碎，他失声痛惜：“唉，五块钱的，五块钱不明不白没了！”

六

一只温顺的猫，即近临产，它已经拉动了几天柴草、棉絮，将一个舒适的窝建造起来，但突然间情绪烦躁，甚至是歇斯底里了，用嘴和爪将窝捣掉，大声嚎叫。这叫声十分凄惨。主人以为听到了猫头鹰叫，后来发现是献媚玩物，又以为是在叫春。可是，门前屋后并没有循叫声而至的恋猫，主人就有些愠怒了，骂道：“小淫种，要下崽了还这么不安分！”可猫依然还在叫，长尾竖起，双目发红，竟有生第一次地跳上柜去，将花瓶扳倒了，将圆如满月的镜子撞碎。主人大声斥骂，这猫就只好逃出门去，一路哀叫着消失在远巷。

有人发现，光洁的水泥街面上出现了状若长绳的蚂蚁队伍。这些蚂蚁，平日在人家中偶然出来，钻进案板缝里，爬入碗橱柜中。人们曾经用开水浇那蚁穴，在厨房的四角放置“敌百虫”，以为它们早消失了，没想一下子竟出现这么多！这蚁队愈蔓延愈多，已经不是绳状，是带状，是席大的一片，黑压压地向前爬动，街上人都停下来，叹为观止。倏忽间却觉得浑身瘙痒，看时，那腿上胳膊上都跳动有虼蚤。虼蚤并不在吸血，但跳跃敏捷，终不离人身。

人哗然都回家去了。

所有的声音蓦地在一瞬间里全爆发。人的耳朵承受不了这种声音。人不知道是世界在疯了？世界也不知道人是在疯了？有的人就一动不动坐着，以为在做一场噩梦，噩梦中人往往是欲飞而不能飞的，欲走而不能走的，就看见了家里的一切东西都上升，那屋柱却在缩短，且愈来愈粗，爬满了平日很不易见到的螳螂、湿湿虫、蛐蜒、簸箕虫，还有蝎子。这些毒品顺柱往上爬，涌在大梁上，又集在屋檐上，又挤向房脊去。它们全栖身一起，团结一堆。

一位满头白发的老女人，什么也没有带，只抱着儿女们早早为她写好的铭旌。这铭旌是丈二长的红绸带，上边用金粉写着她一生的功德：含辛茹苦，勤劳省俭，孝敬公婆，和睦四邻，中年守寡，贞节清明，抚子成才，持家有方，名传后世，千古不朽。这是老女人全部的档案，终生的总结。她骑在了屋脊上，几百只老鼠就全站在她的腿上，肩上。她曾经为这老鼠愤怒过，如今却良心发现，追悔着她以前放鼠药伤害的鼠命。瞧着老鼠那么善良和可怜，尾巴全卷起来，浑身颤栗。她默默地念叨着什么，老鼠没有听见，她自己的耳朵也听不见，一眼一眼盯着左右斜面上的瓦片在减少，一行没有了，一行又没有了。她的脚发凉。裤腿也湿了。一只澡盆悠悠地漂过来，在腿下不动了。老女人完全可以自己享用，但她却将老鼠一只一只放进去，满满的一盆，手一推，木盆旋转而去。

三层楼的走廊里，同时有四个房门推开，立即，桌子、椅子、被褥、衣服无声地出去。有一只绣花拖鞋被草垫子托着，随后是一张床，床上装饰富丽堂皇，一个昏过去的孕妇仰躺其上，两条长而皙白的腿之中是一个血淋淋的还系着脐带的死婴。

礼堂的演出台上，粉墨登场的演员，突然间锣声、鼓声、笑声、拍掌声消失，清醒之时，他们的头顶着了礼堂天花板。这木制的演出台犹如一艘战艇，平稳地荡出来，昏茫中看见了礼堂的平顶楼上四腿僵直地站着一头奶牛。牛的尾巴上拖着一个男人，男人一动不动，但双手还抓着牛的尾巴。

几百条、上千条各种颜色的蛇都集中在一棵榆树上了。树上已经没有了位置，还往上爬的蛇扭成了链条，不停地往下垂吊，同时便有了三条几丈长的吊绳了。

一只丑陋的癞蛤蟆，高高地飞在了天上。它是被两只天鹅救的，天鹅的嘴衔着一根木棒，癞蛤蟆又用嘴咬住木棒，牙齿支撑着身子，飞过去了。

七

明明从城墙头下来，街上已经人车堵塞了。她惦念着爹，爹的腿又犯着病，能及时撤逃吗，能撇得下一店铺的货物吗？明明将辫子在脖颈缠了几匝，扎紧了裤管，但还是未从人缝里挤过去。这是一股直涌过来的人流，真是顺者昌，逆者亡。卡车、面包车、卧车、架子车、三轮车、手摇车，车后来就全卡在一起了，谁也开不动，车上的人就弃车去挤。明明头上挨了重重的一击，她还未明白是什么击打的，就听见前边临街的一幢楼的三层上，有人锐声叫喊：“抓强盗！”便见一个穿得臃肿又十分豪华的女人拦腰抱住了一个人。街上的人就一边往前挤，一边喊：“打死他！打死他！”女人的身后蹿出一条汉子，手持了一页砖在强盗的头上砸下，血淋淋的人从楼栏上跌下来，人流就从其身上踏过去了。明明想：“那人必定是死了，没有人会去报案的吧？”明明只想到这一点，就没有想下去，她已经挤进了一家商店，抓起那里的电话机了。

她大声“喂喂”着，喊：“我要和大川，和大川！”耳机里传出有人在叫和大川的声音，但电话突然断了，明明知道哥哥还没有走，让哥哥去和爹一块儿走，又已经不可能，就捶胸跺脚，泪婆娑而下。

明明刚一出商店门，发疯地逆着人流去回家，但她却被人流推着越走越远了。她没有走，甚至脚也没有着地，就被挟着去了。一直过了十字街心，那粉刷得十分漂亮的市政府大楼上，市长就站在平台上，用一个电喇叭声嘶力竭地喊话，有人愤怒，高声在咒骂着市长，责问为什么不提前命令撤退？！明明也是在骂，骂了一句什么，也记不清了。就听见后边有妇人在哭叫，说是谁把她的钱包偷了，她感觉有人在搋她的奶，心想搋就搋吧，死到临头了怕是年轻人还没搋过吧，可哪里知道是人家在偷她的钱包？！妇人的哭诉并没有引起反响，明明下意识地用手捂住了胸口。走过街心，人流是往东边大街方向去的，突然，东去的人又挤过来，并且一片惊呼：水从东街扑过来了，明明浑身发软起来，肚子开始扭疼，她又被人旋着往南街去。南街是一直能通往城外的山冈去的。明明就觉得自己像一个小木楔，小木楔没有嵌下去，越来越被挤出，至后竟几乎是被人流架在头顶上一般。回头看时，后边的人流断了，两人高的水浪压了过来，她啊了一声，什么也就不知道了……

不知过了多长时间，明明醒过来，她是横躺在一个巨大的三角屋架上。她的上衣全然脱去。明明不知道她的衣服是谁脱去的，怎么脱去的？看见从木架边浮漂过来了两条猪和三个死人，三个死人也都没了上衣，有一个女人连裤子也没有了，这才理会水会剥衣裳的。她大声叫："救命！救命呀！"一只手拉住了她，她朦胧意识到这只手会拯救她的，就将全身的力气集中在十指上，死死地抠住这只手。但她得到的则是一个沉重的拳击，就又昏迷过去了。

再一次醒来，明明是在一棵弯脖子苦楝树杈上。这棵树明明是知道的，是全城最高的一棵，往日暮色时分，树上就要栖一群老鸦的，它们是一个家族，有一对老鸦夫妇，生就一批儿女放出去，又生就一批。明明曾经痛恨过这一群与城市极不合宜的丑物，诅咒过一个风雷之夜击倒这棵苦楝树。明明抬头看那个乌鸦巢，巢却没有了，乌鸦也没有了，满树身是乌鸦屙下的如石灰水一样的白稀粪。一个声音在说："你醒过来了？"

明明扭过头来，就在她的身边坐着一位赤身裸体的男人，相貌十分丑陋，肋骨历历可数，但双腿交叉着骑在树杈上，平稳如一只黑乌鸦。明明赶紧缩了身子，不敢看他，说："你是谁？"却觉得这人好面熟的。

那人说："我是我，是我把你救上来的。"

明明才记起那一只手，说："你救的我？打我一拳的是你？！"

那人说："我要不打昏你，你会把我也拖到水底去的。我认识你，你是红房子店铺老吝鬼的女儿。"

明明立即清楚这个男人是谁了。她扭过头来，但一眼看见了他那黑腿之间的东西，一个惊悸，险些从树杈上掉下去。

那人说："要是老吝鬼，我是会不救他的！"

明明说："我爹生死不明，你还这么诅咒他？！"

那人说："你爹没事的，他那么挣钱，会卷了钱早早撤走的。"

明明说："你见到我爹了？"

那人说："我发誓再不到那条街上卖苞谷棒子了，我能见到你爹？"

明明就哭起来。她没有出声，双手抱着上身，抽搐成一团。

那人说："你是冷吧？你吃吃这个，肚里有东西就不会冷了。"

明明回过头来，看着那人爬到更高的树杈上，那里有一个衣服包，包着三个熟苞谷棒子。他在上边说："水一来，我什么也没有要，包了三个棒子，我知道这个时候苞谷棒子是金棒子哩！"

明明接住了一个啃了。树顶的也把一个啃了。

明明说："你把衣服穿上吧！"

树上的说："裤子早没有了，这只是一个褂子。"

明明说："褂子你就系在腰里！"

褂子却扔给了明明，并且在说："你穿上吧，我不冷的。"就听见有另一种水声，几滴溅在明明的脸上，有些发烫。那人在将尿一掬一掬捧起搓揉在黑肚皮上。

明明说："你快下来！"

他下来了，紧挨着明明，明明听见他粗壮的喘气声。她说："你转过身去，天快要黑了。"

天果然很快就黑了，黑得严严的。头顶上没有一颗星光，身底下不见丁点火亮。哪里是天，哪里是地，明明分不来，她只听着水的拍打声，和远处油一样的水的瓷色。

那人在说："什么也看不见了，你转过身来吧，咱们说着话，要么我一打盹，就掉到水里去了。"

明明转过身来，回答着对方的问话，知道了他是郊外人，农民，孤儿，早苞谷熟后他就走街串巷卖棒子，问他姓什么，说姓黄，问叫什么名字，他说："名字不中听。"终未说。

这时候，听到了一种脚手划动的水声，且微微有了"救命"的呼叫。两人就不说话了，屏息静听。姓黄的喊："谁在哪儿？"

一个微弱的答声："救命啊！"

明明喊："向苦楝树这边游！你在哪儿——？"

那人说："……我在一片汪洋大海中……"

姓黄的就骂道："你这臭文人，啥时候了还说文话？！淹死你个酸臭货！"

又一阵水响，接着什么也无声无息了。

八

大川什么也没有带，只背了一部照相机和二十四个胶卷，顺手又把袖珍收音机装口袋，就急急去找表弟。表弟是前五天借去了他一部照相机的。但到了街上，已无法赶到姨家去了，人挤成疙瘩，到处杂物，有一只棕红色的高跟尖脚女皮鞋"日"地被人踢了过来。和大川一肚子怒火，他怨恨市政府这几天麻痹大意没能好好抓防洪，洪水到来，又没能及早安排撤离工作，这么忙乱无章的逃难，实在在中国绝无仅有！可和大川有什么能耐，一个普普通通的飞云影社的照相的，此时只有一肚子愤怒而烧焚肠肝了。他并没有卷进这人流中逃走，爬上了附近的一家房上，按动了快门，一张张拍摄出这不堪忍睹的场面。他要记录下这灾难性的一天，让日后的世界清醒这血的记忆。

在房顶上拍摄了一卷，他就顺着人群往前走，随走随照，当走到市政府的大楼前，镜头瞄准了大楼平面上狼狈不堪的市长，和市长身后那些正从一楼往楼顶搬运档案的工作人员。后来，人群就把他的视线挡住了，且踩伤了他那条跛腿，他只好钻进旁边的工交局大院，想爬上工交局的楼上去拍摄。

大院里人一哇声叫喊，扶老携幼往一辆卡车上挤，因为挤的人特别多，被带上去的箱子和包袱就被撂下去，车上就有人对打起来。有一辆小车，一个大肚皮男人已经坐上去了，又探出头朝楼上躁声大喊。

二楼的走廊上，一个女人尖声地叫："煤还没有拉走啊？没有煤出去吃生的吗？哎哟，还有这花，这君子兰啊！"男人极不耐烦起来，吼道："不要煤了！把君子兰抱上快下来，再慢就别想出城了！"女人抱了花盆钻进车内，车发动了，冲出了门去。卡车还没有起动，车上的人就催督司机，司机终于把车开到大院门口，但街上的人将出路全部塞满，只按得喇叭像豹子一般吼。

和大川拍照了这一切，甚至专门拍了那小车的车号。正要上楼去，楼下的一间房子里电话铃丁零零响起来。有人在接电话："要局长？局长跑啦！谁知道档案转移了没有？君子兰是转移了！我是谁？我是你的市民！"大川冲进了房子，一个老头已经把电话放下了。

"大爷，你怎么还不走？"

"你怎么不走？"

"我到楼上去拍照片。"

"我这么大年岁了还怕死？水冲了好，省下我儿子的一口棺材钱了。"

"大爷，我给你照一张相吧？"

"照吧！你怎不给我局长照一张？！"

和大川上到二楼，二楼上已经能看到远处的城墙及城墙外的河水了。几乎就在那一瞬间，他拍照了河水翻越城墙的镜头，立即房屋倾倒，人物抛起，立即水从东大街齐楞楞压过来了，蚂蚁般的人顿时吞没，偶有翻起，又复消亡。一辆已经开向南街的汽车，水在后边撵着，这还是水浪前的溢水，刚刚没轮到胎，似乎最前是水在铺路，引着汽车，后是几丈高的水浪，又是车为先导。这么行驶了几分钟，前边公路上的水和别处的水相联一片，车一头开进一个洼地，恰大浪压过，白茫茫什么也不见了。大川跛腿一软，颓地坐下去，热泪潸然流下，但立即就跳起来，提了照相机往三楼爬去，因为二楼上水也上来了。这是一座三层楼，楼顶之上却修有一个假四层楼的木架屋盖，为的是美观而减少第三层楼的日晒。在三楼的平台上，和大川看见城区所有的高处：大树上，三层以上的楼顶上，烟囱上，水塔上，一座唐代文物塔上，全爬满了人。人们在呼喊，在哀叫。而斜对面的市政府大楼上，平台上站满了人，楼顶上也站满了人。去三楼的楼梯口已被水堵，市长努力地弯着身子，让一个人踏着自己的肩膀从二楼的凉台爬了上去。爬上去的人就垂下绳子，叫喊着让市长快上，市长抓住了绳子，体重太大，将上边的人几乎又要拉下来。楼顶上的人就一人抱一人的腰，组成长长的队伍，终于将市长拉上去。水也把二楼全部淹完了。

水还在无情地上涨，和大川不能再往高处去，就将三楼的桌子垒起来，恰好离楼顶不远有一个小窗，他探出半个身子加紧拍摄。

天已经黑下来，别处的什么也看不见，只影影绰绰看见市府的三楼顶上，水已经把人包围在一个极小的方圆里，女人和孩子们全哭起来。有人往楼边走，想去攀着从楼边拉向更高的一座楼上去的高压电线，电线早没有电了，这是通往生的唯一道路。那人探着身子踩水找楼顶的边沿，大声地喊着什么，突然间就没有了。立即第二个人又去探路，人相互牵着手，终于到达了电线处，人们抓住电线往远处游，差不多游走了十多个人。有人在喊："市长，市长，你快往外游吧！"没有回音，那个胖胖的身影只是还留在楼顶的那一小块白水泥地上。人差不多已经转移完了，市长刚刚走到电线处，电线突然断了。

大川不自禁地也喊了一声："市长！"就脑袋垂吊在窗口上。直到天完全黑严下来，水灌满了房间门，已经淹到垒起来的第二张桌子。和大川这才惊慌起自己的处境，他斜着身子，用力地捶打木架屋盖顶，但结构严紧，大川没有打开铁门。他想：难道水还要直淹没这间房间吗？如此作想，倒平静下来，就静静地圪蹴在桌子上。这时候，和大川想到了爹，想到了两个妹妹。是生是死，那只有天知道了，和大川现在感到满足的是他拍摄了二十四个胶卷。这些胶卷，或许是这个城市唯一在灾难中拍摄的照片，珍贵的资料，它是胜过于自己的生命的。极端的饥饿和寒冷中，他下意识地手伸进口袋去，想掏一块儿吃的，可是没有，连一根烟也没有，却掏出了那个袖珍收音机。旋钮打开，正是本省电台的声音，恰又报道着今年各地防洪情况。说到边城，竟是："今年洪水大大超过往年，但没有发生伤亡事故，市民生命、财产均完全无恙……"

和大川骂道："这是谁他娘的写的稿子？！"一怒之下，将收音机从窗口扔出去了。

这个时候，整个世界里一片寂静。

繁乱了几个小时，突然间的寂静，使和大川感到了恐惧。他知道这个边城从此是没有了，生活在边城中的漂漂亮亮的市民成千上万地死去了，他泪水肆流，放声大哭。而且第一次极强烈地产生了求生的欲望。他摸摸身下的桌面，水已经漫上来，又淹没了小腿，淹没了大腿，竟很快水到了肚脐眼。他一手举着相机和装着胶卷的背包，一只手拼尽力气捶打木架屋盖。手往上举打得不上力，他就用头去撞，直撞得头皮破裂，血从脑门上流下来，终于撞出一个窟窿了。他在黑暗里笑笑，首先将相机装在背包里，扎捆结实，从窟窿里塞出去，放在了斜面瓦槽里。为了害怕滚落，他又竭力伸长胳膊，将一页瓦揭起，压在背包上。现在，水淹到了胸部，他继续捣那个窟窿，想从窟窿里爬上木架屋盖。约摸有十分钟后，窟窿揭开有盆子大，他刚刚撑起身子，突然水涨了上来，将他的后背死死地挤在窟窿口，头只要扭那么一下，口鼻就可以吸到空气，但他转不过身来，水立即灌满了整个房间，空气没有了，水从嘴里灌进去……

这水在淹没了这间房子后，平稳了。平稳了两个小时，慢慢地降落下去。

九

终于，北城墙出现了，它残缺不全，如锯条一般。当太阳出来的时候，太阳也是齿齿豁豁的。魔方似的世界扭动到了另一个面上来，十座、十五座的孤岛，开始恢复着楼的模样，人们企望着水退之后，如梦幻一场，楼下边的一切一切还原如旧，但是，什么都不可辨认了，哪里是街道？哪里有百货商店？城的东西南北已经失却方向，成堆成堆的木头和砖头像是谁故意集中起来似的，而别的地方则空旷洁净。

一个老太婆被卡在了三层楼的窗口上，水退了以后，直直地掉下来，正掉在一摊泥水洼里，泥水也染成暗红色的了。不知从哪儿跑来的一只狗，静静地卧在水洼边。狗瘦得十分丑陋，腰极长，肋骨突起，大如蒲扇的耳朵耷拉在脸上。老太婆在水里泡了三天，狗在水洼边静卧了三天。人们看着这场面，并没有为这老太婆而悲哀，深深地为狗感动了。向它行注目礼，将怀里的一点饼干丢给它。但狗并没有吃，当老太婆的尸体被抬走之后，狗走掉了，从此不明下落。

有一根电线杆，竟然还直直地站着。一位女子坐靠在那里，似乎在安静地睡着了。这是位绝顶美丽的女子，披肩发在干了之后又蓬松地堆积在后脑、肩头，衣服完好，上是一件粉红色的短衫，下是一件黄军呢式的喇叭裤，白净的袜子，棕色的高跟鞋。

一条腿那么懒懒地拖着，一条腿微微曲蜷。拖着腿的那只脚上鞋不见了，脚窄窄的，弓弓的，小巧精致。四个青年，几乎是同时从四个方向赶来，几乎是同时发出了惊愕声，就围绕着这女子站住了。

他们在叫着她的名字，记忆着在舞会上的最后一幕。他们不应该在那里争风吃醋，又一次打闹起来，而使她赌气出走……

当他们轻轻地把她平放在地上，他们才发现她的靠着电线杆的那半面脸已经血肉模糊。她是美丽的，她死去之后也不让那半面脸暴露着而破坏了她对人的美好印象。四个男人全都捶胸跺足，叫道："怎么不让我替你死去？怎么不让我替你死去？！"他们就搂抱在一起痛哭。这女子已经不属于任何人所有，她是他们共同的，将她架起来，一直走出南城门，走向城南的山坡上。

这女子是边城唯一单独土葬的。

全城实行了戒严，城外的亲属不能入城来。城内的幸存者不能出城去。药物开始消毒着这个边城，推土机开始翻覆着这个边城，数以万计的尸体，不分姓氏性别，不论老少贫富，一统儿放入七八个掘开的土坑里埋葬了。

市政府的大楼，清除了三楼以下的淤泥，又挂上了新制的门牌。

旧街不复存在，最大的埋尸坑就掘在楼前的旧街上。这坑里是几千名不于同时生而在同地埋的亡灵，坑上的土里栽植了这里所有生存的花草。

十

和满子到底没有出城。当大街上一片杂乱之时，他是将店铺门关严了的，他害怕这些逃难的人会冲进来偷抱去店铺的东西，故关了门之后，又用一根木棒横挡在那里，且用长钉把窗子也钉死了。

他开始有条不紊地收拾东西。同类的商品装入一个一个纸箱里、木箱里，然后统一标上号码，用铁丝扎好或者锁上大锁，就开始将所有的贵重物品一箱一箱放到后院电线杆下的木筏子上。到了这个时候，和满子才似乎觉得木筏是太小了，但是，水已经从水眼道里流进后院，淹了台阶，淹了上窗台。他只好痛惜地看着那一箱箱还未装上筏子的东西，爬坐在木筏上去。

令他吃惊的是，这水并没有淹到屋檐下而停止，他同木筏子竟一直升浮到电线杆顶，那店铺全然消失了。木筏还在往上升，电线杆就剧烈地摇动，系在杆上的筏绳就断了，木筏子漂忽而去。和满子在筏子脱离电杆的刹那，企图抱住电杆，几乎跌下水去，就只好死死抓住筏子，一动也不敢多动。

天渐渐地黑下来，这只筏子颠簸着不知漂了多久，也不知漂到了什么地方，箱子已经有四五个掉下去了。他紧紧地保护着剩下的七个箱子，失声地呼叫："救命啊！救——命——！"

筏子到了一座楼前，楼顶上站满了黑压压的人，立即有一条绳抛过来。和满子第一次没有抓住绳子，第二次绳子再抛过来，他去努力抓的时候，木筏子失去了重心，又是两个木箱掉下去。绳还是没有抓住。和满子就将木筏另一边的五个木箱往筏中心挪，但是挪不动，筏子欲将倾翻了。

楼上的人喊："快将木箱推下去！"

和满子推下了一个箱子。但筏子还是倾斜得厉害。

楼上的人喊："都推下去！都推下去！"

和满子迟疑着，末了将一个箱子打开，开始往外丢东西，他不忍心将那一台电视机也丢出去，大喊："那是电视机，是十八吋的彩电！"

楼上的人在骂："老吝鬼，再不丢就没命啦！"

已经有一个人腰里系了绳子泅过来，抓住筏子，将所有的木箱推下去。那人翻上木筏，和满子竟发觉正是勾引自己女儿的那个小白脸。

和满子愤悲了，咆哮道："你这个罪犯！你坏了我的女儿，你又把我的财产全毁了！我什么也没有了，我还要这条命做什么？！"拿手揪住了小白脸的头发。

小白脸则一拳将他打昏了，将身上的绳子系在木筏上，让楼上的人慢慢拉曳到楼前，将昏死的和满子拖上去了。

楼顶上全部站着的是罪犯。

这批罪犯，关押在城里的一所监牢里，当洪水到来的时候，看守人员关闭了所有的牢门。他们全副武装，秘密打通了通往楼顶的天花板，将罪犯一个一个转移到这里，然后就让他们集体坐在楼顶中心，四边则荷枪实弹地站立着看守人。

这是边城里唯一的安全转移的集体。

小白脸半个月前同明明的姐姐去一个酒店喝酒，因别人偷看了姐姐几眼，他就打瞎了那人眼睛而被拘捕的。他站在楼顶上，目睹着这座城市的覆没，第一个最担心的是明明的姐姐。他作想着他如果没有被拘捕，他一定会竭力保护着她，或者洪水把他们冲到一个什么地方，要一个人死，他会在她的眼光下勇敢地死去；要是两个人都得死，他们就扭麻花一样，一块儿去死的。他在这群罪犯里边，大声吼着她的名字，看守人员用枪指着他，说："你要再乱喊乱动，我就立即打死你！"

他再不喊下去，给看守人员下跪了。说他绝不是想暴动，绝不是想破坏，他请求在被冲的人经过楼前时让他去救，他要立功赎罪！

小白脸说的是救人，其实他有了预感，总觉得明明的姐姐是被水冲走了，他希望在他所救的人中，能救到她。

他就这么将绳系在腰里，连连救上了七个人。在救第七个人时，那同时漂来的一男一女，那女的也是一头黑发，样子仿佛是明明的姐姐。他叫着她的名字，拼尽一切力气往跟前游去。但是，游到跟前的时候，他才发现那不是明明的姐姐。而那男的看见了他，竭力向他靠拢，女的紧紧地拉着男的，男的则一拳打在女的头上，女的沉没了。他在问："那是谁？"男的说："是我的老婆，快，快救了我，我身上有三万元钱，全给你的！"他则一脚将男的踹远了去，在水中抓住了仅漂浮着头发的女人游向楼顶去了。

他万万没有想到，第八个救上来的竟是和满子。和满子醒过来了，他看见了面前站着几位穿着警服的持枪人，突然指着小白脸叫道："他是罪犯，你们快抓住他，他是趁洪水进城后越狱逃跑的！"

但他得到的反应是，持枪的人动也不动，给他冷笑着。

几乎同时，小白脸声嘶力竭地喊起来，喊着明明姐姐的名字。楼顶上的所有人，包括罪犯，包括看守，包括和满子都吓了一跳。和满子这才记起了他的全家现在只仅仅是他一个人了。他也叫道：“我女儿？在哪儿？她在哪儿？！”

小白脸指着远处的黑暗，说：“就在那儿，她快要淹死了！”

人们都向指点的方向看去。天已经彻底地黑了。什么也看不清，水似乎凝固了，像一面铁板，远近没有了一点物象，也没有了一点响动。

小白脸还在说：“就在那儿，她是穿了红衫的，那是我给她买的衫子，就是她！”他开始抓住了绳往身上系，就要下水去了。

看守人说：“天太黑了，不能下去！”

小白脸叫道：“为什么不让救？她快要淹死了，为什么不能救？！”

看守人将绳子收起来，大声说：“不允许就是不允许！你要再下去，我就要开枪啦！”

小白脸竟扑通跳下去，往远处游去了。

罪犯们就乱起来，有人说：“他是逃跑了，他水性好，他真的这一次偷跑了！”

看守人终于端住了枪，向那一片水声处啪啪地射击了。清脆的枪声回荡着，一切又归于死寂了。

十一

水继续往上涨，栖身的苦楝树杈淹没了，明明和那赤身男子急忙往树股爬，水却撵着直上，直把他们逼上手腕粗的一枝树梢上了。树已经承担不起了他们的重量，发出啪啪的爆裂声。明明绝望地哭起来，叫着“黄，黄！”姓黄却不知名字的男子把明明抱住了，说：“不怕，断不了的。你不要动，不要动！”明明缩作一团，任男子光溜溜的身子死死抱住，听着他粗声喘息。

这么有一个小时过去，水再没有涨上来，树股也没有断，明明在黑暗里眼睛有了奇异的光亮，回头看见男子竟一直一手搂抱着她，一手攀着另一枝更细的树股，而双腿就死死地纠缠在下边的树杈上。

明明不忍心了，她要他松开她，她会平衡在树股上的。男子放开了她，却好久坐不直起来，那一条胳膊和双腿已失去了知觉，僵硬不能动。明明就流着眼泪，在揉搓他的胳膊，揉搓他的腿，揉搓他的身子。夜色使丑陋的男子失去了丑陋。明明第一次才知道男人的身子肌肉是这么发达，一块儿疙瘩一块儿疙瘩的。他身子终于热起来，软和了，在树股上站了起来，但同时在一个小部位里，一块儿肌肉却僵硬了。他使劲儿在腰里拧了一下，疼痛分散了精力，说："明明，你也站过来，坐着身子容易疲倦的。"明明慢慢站起，被男人的手牵引过来。

她一站起来，浑身突然发冷，牙花紧打。她说："你冷吧？"

男子说："不冷冷冷冷。"

明明听出他说话已不连贯，要将他的那件衫子脱下给他，他坚决不要。明明突然自主地搂住了他，口里喃喃地说："搂住就暖和了，暖和了。"

在手腕粗的树股上，他们紧紧地搂抱着靠在更细的枝股上，夜静悄悄的，也黑漆漆的，世界只给了他们这一根树股，水能涨不能涨，这树股能断不能断，天明之后他们又会面临着什么处境，他们全不知道。现在，他们互相用身子的热量温暖着身子，后背依旧冰凉，前腔前腹却热乎乎一片。这热乎乎的感觉使他们生命里有了新的萌动，竟会在不知不觉之中进行了一场能忘却冷、忘却饥、忘却死的活动。树股在晃动中又开始啪啪爆裂开来。男子最后吻了明明一下，就离开了树股，溜下水去，只用双手抓住树股在那里泡起来了。

明明说："你不能这样，冷水要渗骨的！"

男子说："你别管我，两个人在上边，一个也活不成了！"

明明只好蹲在上边，泪水肆流。

过了很久，两个人皆没有说话。明明脱下了那件衫子，把男子的身子系在树股上，她担心他的手膊再一次失去知觉而顺水漂去。

男子突然说："明明，你说，你以后会嫁给我吗？"

明明点着头，男子感觉到一颗热烫烫的水珠溅在他的脸上。

男子说："我要是瘫了你也肯吗？"

明明说："是你的腿又麻木了吗？！"

男子说："我已经不知道我有腿了……明明，我以后真瘫了，我并不希望你嫁我……我已经满足了，明明，你已经使我满足了。"

明明大声地叫着他，把他往树股上拉。但树股咔嚓断裂了，明明险些掉下来，她不得不抱住了树杈，两个人现在都泡在水里了。

明明说："要死，咱一块儿死吧！"

这时候，突然冲过来一截粗滚木，木头趴着一个人，朝这边小声问："树上有人吗？"

明明急叫："有人，快救命啊！"

滚木横了过来，上边的人来拉明明，明明却又拉住了男子，木头上的人说："只能上来一个人，两个人上来谁也活不了了！"

男子就说："明明，不要拉我，你快上！"但明明还是拉着不放。连接着滚木的是三个人的拉链，木头上的人急催着快点，说他实在拉不住了，男子就狠狠地咬了明明的手，手一松，明明被拉上滚木了。明明大叫："黄！黄！"男子无声无息。

这截滚木漫无目的地浮漂着，一直漂到天色放亮，经过一个地方，明明突然看见有一个竖起的人架，下粗上细，直端端地在水面出现。她以为已经死了，是看到阴间的什么怪景。滚木上的那一个男人大声叫喊着，说这是唐塔，极力拨动水面，向那里浮漂去。明明这才意识到这真的是城中那座唐代古塔了，塔上的每一个窗口，每一个棱角，每一个砖台，都趴满了生存的人。

经过一番紧张搭救，他们上了塔，塔几乎没有了空余之处，明明和那个男子硬挤到一个塔的小窗台，有人在叫："市长！是市长呀！市长也没有逃出城去吗？"明明知道滚木上的原是市长。她突然愤怒起来，但她没有叫骂，又想到了那死去的姓黄的男人。塔上却有人说："市长没有弃城逃跑，市长还像个市长。让市长到塔尖上来吧，塔尖上最安全的！"

市长拒绝上去，大家仍侧身让过地方，拉市长钻进窗去，从塔里到塔尖去了。

水开始下退。塔上的人得救了，有了生的可能，就想起死去的亲属和损失的财产，塔上的人开始哭起来，哭过了就又开始骂起来，他们骂这场水灾，也骂没有做好防洪的市长。后来就听见扑通一声，有什么掉下水去了。

塔上有人喊："什么掉下去了？"

大家谁也没有注意，所以没人作答。

有人说："是一块儿砖吧？"

人们开始在喝一瓶酒。这是一个幸存者唯一带出来的财产，他喝过一口，就从上往下、从下往上传递着让每一个人喝一口。

明明突然发觉塔的不远处冒出一个头来，立即又不见了，觉得眼熟，叫道："市长怎么在水里？"

这时候，大家齐声叫："市长。"塔尖上没有回答，看时，果然没见了市长。有人把喝剩的最后一口酒奠在水里了。

十二

市长的一生是离不开水的，一场水中，他由一个县委书记上升到边城市长，又在一场水中沉落下去。市政府的大楼里，重新任命了新的市长。新市长原是一名办公室主任，他在水前坚持动员市民撤退，意见遭到反对后，他私自打电话给市医院和市幼儿园，假借市长命令让及早撤离，结果市医院和幼儿园未有一人伤亡。洪水进城之后，他一直和市长在一起，但他安全过渡到了另一座高楼上，他现在是市长了。

全城开始了灾后的建设，成百上千的人在修复城墙，清理着淤泥。电喇叭上，市长的声音在动员："我们要在灾难中站起来！我们要重建我们的家园！"

幸存的人纷纷返回，他们努力在分辨他们旧居的方位、地址，抢夺着那一堆堆木头和砖瓦，搭起了临时屋棚。每夜每夜，全城又是一片通明。城内的电路并没有恢复，通明的是成千上万支蜡烛。他们没有办法寻领亲人的尸体，就在棚前的空地上画一个圆圈，写上死人的名字，为他们点烛化纸。

和满子和明明回到了店铺旧址，再也没有等到姐姐和哥哥。他们曾寻遍了全城，没有尸体，就知道已经葬在那大深坑里了。明明去每个填平的深坑上去落泪，默默地呼唤姐姐的名字、哥哥的名字，还有那个姓黄男人，当她来到市政府大楼前的大花坛前，看见那花坛里的花正在开放，红的黄的白的蓝的，十分灿烂。她偷偷采下了三朵，一朵为红，一朵为蓝，一朵是黄颜色的。回来在门前三个圆圈里点亮了三支红烛。

也就在这一个夜里，城南坡上的一座坟墓前，也点亮了四支红烛。

第三天里，人们在一座楼顶上发现了一架照相机和一背包拍摄过的胶卷。这批胶卷经过冲洗，作为珍贵的资料收藏在了市政府大楼，而在背包的带子上，发现了“和大川”的名字。全城都在传说着和大川的事迹。明明知道了，去市政府讨回了照相机和背包。这是哥哥唯一的遗产。她买了一个骨灰盒，将东西装在里边捧了回来。

和满子在街上接住了骨灰盒，热泪长流。他说：“大川呀，爹不好，爹和你闹翻了，你再没回来，现在，爹接你到屋里坐坐啊！”

端着盒子进了棚屋，屋里一片漆黑。和满子将儿子的骨灰盒放在那里，开始点烛，但是，点着的烛突然灭了，再点一支，又突然灭了，又点一支，还是突然灭了。和满子立即脸色大变，浑身发抖，说：“大川，大川，你还和爹置气吗？你还不肯到爹的家里来吗？！大川，你饶了爹吧，饶了爹吧！”

说罢，又去点烛，烛还是一点着就灭。

父女俩只好捧了骨灰盒，送到市政府去。

大街上，烛火通明得正如白昼一般，一群一群人站长队去一家临时商店买蜡烛和火纸。和满子看见开商店的是马媛，马二常已经在洪水中死去了，马媛的头上扎着白孝带。

一九八六年十一月

龙卷风

一、未名湖

据说北京城里有一个未名湖。湖畔是高等学府，出了许多文士名流。无独有偶，陕南 × 地也有个未名湖。湖畔有一簇村，村里几宗姓氏：赵、钱、孙、李、周、武、郑、王，只是没有几个识得文墨的。北京的湖以未名而有名，是故意的。这里的湖确实是没名，也就未名。这如当今流行郑燮的“难得糊涂”一样，家家中堂要高悬一条幅。郑燮由聪明到糊涂，乃大智者若愚。有些人则原本糊涂，还要糊涂，就一塌儿地糊涂了。

这湖面积不大，水很深。舀起来极清亮。在湖中便碧了，像书上讲的玻璃水。到南岸龙山下，水终年却是发黑。月夜里乍一看，岸上是亮的，湖里又是暗的。

村人的感觉，天上的太阳和月亮都是出自于湖中，像两个系着的葫芦，一个按下去了，一个就浮上来。日月的出没，其精神焕发于湖水的洗濯，就启发湖畔人到湖里沐浴。以至于好多人死于水中，也有好多人懂得解救落水者的方子。最能的要数“老军需”。他有一个偏方，是一包药末，只要抹在溺水者的鼻尖，肚里的水就哇哇吐出来。但是，使“老军需”头痛的是，那些因家中纠纷置气而刻意要死的妇人，不死在崖上，不死在绳上，扑通扑进湖去。扑进去身上还缚一块儿石头，所以等人发现，什么方子也救活不得了。

郑家的大儿媳，据说是秃女过门的第二年，妯娌不和，气迷心窍，就那么扑了湖。村人先以为跑出山了，后来见湖里鱼很多，终一日有尸体漂上来，人已经成了骨架，人肉全做了鱼饵。

从那以后，村里人是不吃湖里鱼的。到后来这里办了鱼场，声势闹得天摇地动，那当然是后话，在此不提。但即使这鱼产得如何多，也都是运到外地的。当地的孩子捉鱼，一律皆玩。一是喂猫，一是逗狗，一是剖开鱼腹，取出那小葫芦状的浮鳔，啪地在手里拍个脆响。

古书上讲：雾从龙，风从虎。这话是对的。湖对岸的龙山常年被雾绕着，有时看山很肥，有时就瘦得可怜，且没根没基的，像是天外飞来，又像是欲飞天外，但龙山顶上云一出岫，如丝如缕，正令人看得欲仙欲死，村后的虎山上就要起风。这风很辣。冬天里不必说，春季里也硬得冲，有湖上的鸟儿飞过来，常羽毛反卷，乱了队形。故虎山少生树木，有树木也皆侏儒种。有外地人来看一丛蒿蓬，当然是有些空闲多幻想的文明人，就要说这是一片原始森林，惊异不已，有挖了回去做盆景玩赏的。

湖里有几叶船，极简易的。有两个是很薄的木板用钉子钉成，有三个是朽空的老弯柳掏了心所改制。这是为每年四月五日备用的。湖畔的男人都会水，用不着以船代步，女人们虽也识得水性，但四月五日不能脱光了身子在湖里出没。这船就让她们坐着，用扬场的木锨划动，把无数的水的漩涡儿一溜儿拨到湖心去。

四月五日，也就是祭龙节。

陕南的风俗自有不同于别处的规定，除了通行节令之外，各村有各村的“社会”。这湖畔村的“社会”就是四月五日。外村的“社会”，只有亲戚来往恭贺，这村子“社会”，很远的人也要赶来看热闹。因为这湖里有一个石岛，石岛下有湖的源眼，源眼里四月五日往外出鱼。多则出十条八条的，少则也出三条四条。没有一年会不出的。这就奇得有些邪乎，但事实如此，观者莫不叹为观止。

鱼是从哪儿来的？谁也说不清。赵阴阳在世时，曾讨问过，赵阴阳说：人是哪儿来的呢？他也说不清。

湖心的石岛，见方只有四五米，呈鸡心状，深赭颜色，枯枯皱皱的，似乎当年是豆腐，又曾被布包揉过一样。水汽在四壁蚀锈，形成许多图案，如同雕饰。很有现代派艺术的味。村人不懂艺术，更不知什么现代派，也便没有人来剥凿，也没有临摹的。在石岛北边有一隙，水石相搏，嘭嘭而响，音韵美妙如人在瓮中。这便是湖的源眼，久经长年往外溢水。据说这源眼一直通地下的海，四月五日的鱼会不会是海鱼呢？

绕西边，石岛有一石阶。款款一百四十三台，可到岛上的草亭。那里供着一个龙王，人面蛇身，两只眼睛凸鼓，是瓷烧的，黑黢黢地骇人。

四月五日天明，村人就都要起来烧纸，放鞭炮，然后男人们用红布围了太字里的一点，浮水往石岛去。女人们则拿了贡献之品坐船而往。当年是赵阴阳做领头的。他前一天夜里观了天象，说今日山风不起水波不兴，果真风平浪静。他要说今日有风，果真是几股风从虎山倏忽踏过湖面，一时水涩舟胶，女人们奋力划桨也无济于事，男人们就浮到船头，牵着船绳而行。这时分，女人们就一边哧哧笑，一边撒纸钱，漂面角儿。面角儿说是贡龙王的，鱼却尾船而至，唧唧声不绝。一见到那些黑脊梁的生灵，女人们就神色严肃，想着那郑家大儿媳的骨架。但谁也不说出口。

上到石岛，来人一一去草亭前磕头祈祷。各人有各人的心思和内容，言轻得只有自己听着，当然龙王也听着了。正午的太阳炎红，湖面上经纬起无数的方格。每一方格里跳跃一颗金星，使人产生一种极乐世界的感觉，有女人突然间会思想到郑家大儿媳的死并不是一种悲惨。后来，人们全匍匐在亭前的石皮上，默而不动。听风和湖水在石岛下的咬噬声，听偶尔一两声水鸟声，再后就各人听自己的心跳。如此静伏一个盹时，样子极度滑稽，犹如爬出湖水晒盖的甲鱼。一俟水面起了蓝色的水雾，人方齐到石隙左右。那里已有两个人持了长长的捞兜，在等待湖源眼里银白白的东西出来。

这就犹如心急的男人守着产妇看儿子分娩。等连鱼带水瓢泼出来一条，人们就欢呼一下。他们只关心鱼出来的数目，出来了，人人观看一番，又于湖里放生。这规矩使远处来看热闹的大觉可惜，男性的就一群一伙地在湖里追鱼戏闹，女性的则在岸边彼此呼喊。各色人等姿态皆有，是湖畔村子最不荒寂的时候。

到后来，村人分散回去，怀一颗满足心理下厨做饭烧菜，款待外村来的亲戚。而无亲无故的来人，则有的顺路去“老军需”家看医生。“老军需”

已经弃医不干了，接替的是他的女婿，医道已是相当高深。有的则携了酒，三五一伙地野餐。把空瓶子摔在田埂上，明晃晃一堆碎玻璃，有的则诡秘地去串家游户，去收购“金银活儿”。如今湖畔村的“金银活儿”很少了，于是这些人就到虎山的某一坳去，玩“十点半”赌钱，输了赢了，输输赢赢。

未名湖上一时间十分安静。

而村左下方的虎山根下，却热闹了又一种世事。这里柏树丛丛，荒草萋萋，排列着好大一片坟茔。未名湖畔的村庄几经翻修，又几经破旧，依然没有大的扩展，人口以十五年来老死一人新生一人而保持平衡。赵钱孙李周武郑王的人家全都失存了家谱，坟茔却保留着一宗一氏的接续历史。在这坟丘与荒草之间，游狗在交媾着。那些并没有走去的外村年轻人，男性以恶作剧取乐于女性，将交媾的狗四下撵打，使四脚兽全变成八个蹄腿捉对儿厮跑。

女性们脸红，便集到坟茔后的樱桃林里去。樱桃正挂果，一树繁珠，馋人眼口。坐在树上的郑家老大先是看见有人在湖中偷偷钓鱼，甚是气恼。钓鱼是犯湖畔村人的忌的，尤其在四月五日。但老大虽然痴呆，却明白这些钓鱼男人与女性们有关，为了能多看到女性，也不去干涉钓鱼的了。待女性们到了樱桃林下，一起叫说：樱桃真鲜！待动手去摘时看见了他，样子凶恶，倒吓住了，说：

“这樱桃卖吗？”

老大说：“不卖。”他虽然说得很柔和，女性们听起来，还是怯怯的，且十分遗憾。一边看着树枝头，一边要走过去了。

“不卖。”老大又说了一句，“要吃可以给你们吃。”

女性们就驻了脚，疑惑地看他好久，突然像蝗虫一样扑到树下，不迭气地摘了往口中撂，竟有双手扯着树枝的，只拿嘴唇去吞樱桃的。老大看着便十分地乐。古书上曾写过女人吃樱桃的情景，说是：“一时不知樱是唇呢，还是唇是樱？”老大不识字，没读过古人的妙文，但这种感觉老大是有了，因为他嘿嘿地笑个不够。

女性们先是害怕，以为老大是流氓坯子，后见他光笑没有下流举动，遂近来逗他取乐，用一根树枝戳他的胳肢窝。老大就笑得发软，瘫在地上，其可笑样犹如一头黑猪经人抓挠就立即四蹄卧倒地酥软了。

结果，樱桃林被抢劫之后，女性们全走了。日近黄昏，未名湖四周已全无外人，老大不免怅然若失，怏怏返破屋睡下，作想：这些女子怎么都长得一个模样呢？但具体什么眉眼，又想不全面。这时候清楚的形象倒还是丑丑。

“明日是该去看看她了。”

照例，这一夜老大梦见了花。花是植物的生殖器；依照弗洛伊德的论点，人是有潜意识的。老大不懂得这些，村里人也作践他长了那副阳具是聋子的耳朵，是肉增生。但谁能知道老大的潜意识里还有这桩美事呢？

二、阴阳

四十年前，赵阴阳死了。家里人哭声价天，他忽闪忽闪睁开眼睛又活了。活着又活不旺，气如抽丝，汤水不进，身上生出虱来。其实不是虱，是一种小白虫，撮也撮不及的。有知道的人就说这是以阳事牵挂上不了阴路。便偷偷让儿子将衣服用拐杖挑起，挂到二十里外镇子上的城隍庙去，并将曾缠过他中指的彩花绳放在判官堂前。那堂壁上写着墨字：你来了！儿子替老子去报了到，但赵阴阳还是两天内不闭眼倒头。赵阴阳是在等待什么人吗？儿女全都在老人身边，跪着说：“爹，你放心上路吧！”接着又呜呜哭。这哭声很大，很悲哀。赵阴阳或许是听见了，微微又睁开了眼，且说了话：“秃女是回来了！”家人皆大惊。秃女是村口孙家的小女儿，自小头生疮疤，发毛稀疏。急差人去孙家叫秃女。差人到村巷，就遇着一头毛驴嗒嗒走来，驴背上倒骑着秃女。秃女方七岁，是半月前去外村舅家的，这时刚刚回来。差人就奇怪赵阴阳怎么知道秃女回来了！他死不瞑目等待的就是这个七岁幼女吗？！

秃女被背到赵阴阳床边，赵阴阳牵着秃女手，声音很大地说：“你不要走，你瞧着我入棺成殓吧！”说罢，喉咙里痰咕嘟了一下，双目闭上，腿一蹬就咽气了。家人连忙视秃女为贵客，不让她离开灵堂，忙乎为死者洗身梳头穿衣戴帽。至第三日，众亲广戚都来哭丧过了，就抱着秃女在旁，于棺木中放了柏朵，再放了灰包。赵阴阳那时家大名盛却并不豪华，生前就叮咛棺木里不要放银元首饰一类殉品。他就被家人放在灰包上盖棺了。

这事很奇异。村人皆不解其中原因。事后许多日月提起这事，倒觉得赵阴阳精明一世，滑稽一时，充了可笑角色。

赵阴阳的女儿心中有数，想爹必定有何预测，但她不说出口来。七年前一个夜里，爹观天象，沉吟道："明年成黑豆啊！"她偷偷记着，这夏里地里就没种苞谷，全是播了黑豆。果然，别的庄稼此年皆无收，黑豆竟大获丰产。村人惊奇，赵阴阳也惊奇。问女儿怎么知道今年只成黑豆？女儿说她是偷听了爹的话的。赵阴阳倒训唬起女儿来：天机怎么能泄露呢？

四十年后，赵阴阳的尸首或许已经化为泥土了。坟墓上的草很茂，又生了一种带锯齿刺的蓬蒿。这蓬蒿形如球状，秋天里开茸茸白花，孩子们采不着那花，花排列成圈，犹如生者贡献的花环。儿女们当年埋葬他时，将哭丧柳棒随便插在坟头，没想到那柳棒竟成活，至今是郁郁葱葱几株大柳了。柳上住着一对斑鸠，一雌一雄的夫妻，日夜啁啾。

七岁的秃女已经人到晚秋。头上虽然没了疮疤，但发毛依旧稀疏，裸露着红红头皮。终年包一块儿帕帕。她并没有远嫁外村，跟了湖畔村郑家的人，且生养了两个儿子。儿子皆一字连眉，双旋，发密色黑，乱如杂草。四十岁的时候，男人害痨身死。两个儿子已经成人，力气和饭量超群，喜欢生事斗殴。秃女管教不下，先哭哭啼啼，自怜命苦，后寻思：现在是太老实没出息，不安分的倒有所作为。便不再理会，任儿去随心所欲。

秃女除了田里做工以外，清早起床极早，抱一把扫帚去山根湖畔树下扫集落叶，以备炊柴。傍晚就挎篮出外剜野菜。家境贫，茶饭总是做得稀，两个儿子饭时就和娘吵，说："一天三顿都喝稀，活着吃不上一碗干饭吗？！"娘说："吃饭穿衣看家当啊！"儿子说："吃，吃了上顿再说下顿吧，走到啥时说啥话！"自己擀面烙饼。吃饱了，狼一样嗓子唱——

小伙长到二十五，
裤子破了没人补。

但老二却有一套本事，拉一手好二胡。湖畔村的人皆不识乐谱，弹奏乐器全是师傅口传手授。郑老二的师傅是刘林子，刘林子是粗人，却有过耳不忘的功能，将《辕门斩子》的戏从头背到尾，会吹唢呐，会拉二胡。郑老二只学会拉二胡，自刘林子死后就剩下他一个人常在家里自乐。郑老二拉胡琴有一个规律，村里人很快知道了，但凡一听得琴声呜呜咽咽，就是郑家又没吃的了，少不了引诱孩子们去听热闹，各自带了米、面、红薯和萝卜。

或许谁家红白喜事，请他去拉琴。吃得酒肉，末了还记得秃子老娘，他一跷大拇指说："带几片肉，让我母也享享口福！"郑老二将娘不叫娘，我母，他称呼得特别庄重，有一股匪气。

不知从什么时候起，这两个儿子干开伤天害理的营生，夜半三更偷偷去盗墓。十有十次，获得好多值钱东西。家境稍有好转，厕所里丢有很大一堆空酒瓶子。秃女先不知儿子哪儿有钱，常见有陌生人到家来，儿子就将娘支应开了。后村里纷纷传说谁家老祖宗的墓被盗了，骂天咒地，扎了纸人在村口槐树上吊着，满头满身插了针种。做娘的就怀疑是儿子作的孽。

果然证实了。要拉儿子去被盗者家里赎罪，儿子黑了脸，说："我们赚来的钱，你也吃过喝过，你就是同案犯！"

秃女说："是我揭发的。我怎么生这狼虎？！"

儿子说："你去报案吧，政府杀了我们头，你死了谁埋呀？"

秃女没有去报案，两个眼睛从此睁一只闭一只。到后也就保密。一日，郑老大说："听说咱村有过一个赵阴阳的，是个大能人。他的坟里能不埋值钱的货吗？"儿子打问赵家坟地里哪一座是赵阴阳的。

秃女骇绝，遂记起四十多年前的往事。说："谁的墓可盗，赵阴阳的盗不得。他死时，我看着入殓的，棺木里一件值钱的东西都没有，尽是柏朵和灰包！"自此，方明白赵阴阳死时等待她的缘故，说知给儿子。两个儿子虽然性恶，但赵阴阳四十多年前预测到他们的作孽，也顿时胆战心惊，魂飘魄散。第二天，郑老二就夹了胡琴出门远去，一走了之。郑老大则害了一场大病，病好后人变痴傻，但力气还是蛮力气，饭量还是好饭量。

三、姻缘

要说到钱一仁，是个知青，陕南 × 州城的人。下乡插队到湖畔村时，同舍有三人。二人是干部子弟，游手好闲，胡作非为。一夜，二人邀一仁去偷农家鸡，一仁拒绝，二贼子蹑脚靠近农家鸡圈，以手电光直射鸡眼，又以小木板搭在圈门，鸡被电光照射，竟不吱一声，乖乖踏木板出来，二人端木板一次便偷得三只。第二天，一仁告知农家，农家闹事，队长罚了干部子弟五元钱。从此三人恶眼相视，分舍另灶，不再往来。第二年，干部子弟皆招工入城，一仁还留在乡里，三个月回去一次看望老爹。爹是食堂师傅，父子少不得骂一场天下世事，抹一颗两颗大的泪珠。

一仁是阴柔之人，一派内秀，且生得明眸皓齿，很得村人喜爱，四时八节总被人请去吃喝。一仁逢人说笑，独自时却寂寞袭心，苦想不出回城妙法。

一日，到“老军需”那儿看病，闲谈起来，说：“唉，有权有势的都招工了，只留下我还在农村受罪呀！”“老军需”说：“你才来了几天，就感到从城里到乡下是受罪，那当农民的怎么办，天造的世世代代受罪吗？”一仁听之默然，知道失言，遂往后再不多言半句。

入冬，未名湖结了冰，白花花一个玻璃世界。村里的孩子们全上去玩耍。城里的孩子没有冰场有旱冰场，脚能踩小铁轮滑动，湖畔村的孩子有冰场却不会滑，将小凳子反放上去，人坐着推着跑。狗也到冰上来，狗往日是白的，一到冰上就成了灰的。钱一仁在岸头看得有趣，也多少忘了心中烦闷。

一连三天，虎山上的风刮得很毒，冰又厚了一层，一直冻到湖心石岛去。就有好多孩子和不会水的女子到岛上去瞧风景。到后来，冰层渐渐融消，石岛根处很薄很薄，就有人将一块儿木板在那里横搭着。这一黄昏，一仁独自到了石岛，瞧着木板，忽然想起一件事来，后来就走出冰湖坐在岸上抽烟。恰这时一群孩子又到湖上，大呼小叫地要上石岛去。领头的那个大女子第一个上木板，正走到木板中央，木板却翻了，大女子哎哟一声掉下去，木板下的薄冰就裂了，登时不见了人影。孩子们都惊呼起来，一齐喊救命。

那情景就像是罗盛教当年的情景。钱一仁也就学了罗盛教，飞跑而来，立即就下湖捞人。

冰下的水刺骨，钱一仁跳下去浑身就麻木了。他憋足一口气，很快触到了落水人。落水人发觉有可攀扯之物，死死扼住不放，钱一仁就被扼沉水底。钱一仁会水，知道这么被扼住，不但救不了人，自己反还得溺死，就用脚狠踹落水人腹部。落水人死一样不动了，他抓住她的头发，浮上来。这时，冰上已经站了好多村里赶来的人，拿两条棉被各自包了，飞也似的向村里去。

等钱一仁酒擦了身子，喝了生姜胡辣汤，身子暖和起来，才知道自己救的是“老军需”的独生女儿，名字叫阿媛的。

那年月是英雄辈出的时代，湖畔村还没有见过活生生的英雄，村人就极感激钱一仁，甚至大为感动。他们容不得对他们仇恨，却也受不得一点恩德，就将这事汇报公社，公社的知青干事又报功于团县委。钱一仁从此是一个先进，一个典型。三个月后，他已经填好了表，准备招工进城了。

钱一仁活该没有进城的命，这时候他的老爹在城里喝醉了酒，当众骂知青下乡的政策是黑政策，骂现在当官的共产党是国民党。在场的人全都呆了，接着脸就封黑，当一人说：“他说反革命话！”众人就立即扇他的嘴，七扭八扭，扭到派出所去了。

钱老爹酒醒了，他已坐在牢里。他用不着再给别人做饭了，吃着别人做的饭，一天两顿，一顿三两，长舌头伸出来将空碗舔得一颗苞谷渣儿也不剩。

钱一仁又恢复了他以前的光景，似乎还今不如昔。那张招工表，成了一个笑话，被公社的知青干部卷吃了烟末。他和爹断绝了关系，永没有去探监，但邻村的知青一批一批都进城了，永没有他的名字。一晃，已经是二十三岁的人，嘴唇上有了茸茸的短毛。

阿媛十八了，长成细细的腰。嘴喜欢噘，一噘，眼睛就似乎斜竖起来，拉出一条眯线，很狐很妖的。她常到姨家去，回来了也到钱一仁的房子来，她忘不了钱一仁恩人，帮他烧饭，洗衣服。然后说：

“你怎么不读书呢？”

"读书？"钱一仁就苦笑了，"读什么书？"

阿媛说："我表哥家书好多，表哥读砖头厚的大书呢！"

钱一仁看着阿媛，似乎阿媛在变了，她的胸部很高。

"我爹有书，你也不看吗？"

阿媛抱了"老军需"的一摞书，尽是《男科土单验方》《妇科土单验方》《小儿科土单验方》，每一册上注有"武氏五世祖传"。

钱一仁说："哎哟，这你爹能让我看吗？"

阿媛说："你是我的救命恩人啊！连我哥都说要来谢你的。"

但钱一仁合上药书，还是让阿媛拿回去了。

阿媛似乎生了气，好久不来见钱一仁了。但"老军需"却感念钱一仁忠厚，倒主动来找钱一仁，说："你是个心术正的人，我真想把医术授给你，你肯跟我学吗？"钱一仁想说，我在校数理化好，想将来做工程师。但他知道这是白日做梦了，就看着"老军需"，突然流下热泪，跪下了。

钱一仁能静下心来读医书，他聪明，背过了许多土单验方，会治了阳痿早泄症、癞疸症、产后无乳症、骨蒸热症、青带常下症、四溜风症、阴火牙痛症、遗尿症、红白痢疾症、阴阳脱发症。甚至也掌握了定生男孩的种子汤：白檀二十克，白叩仁六克，天南星十克，白茯苓九克，紫河车六十克。但具体服用法，"老军需"没有传授。钱一仁并不急躁，也不逼问，也不擅自在外行医，伏低伏小，乖觉如可爱小兽。

阿媛有半年都在姨家。忽一日回来，气色极不好的，在家摔碟子砸碗。钱一仁疑心阿媛是嫌自己在她家来往过甚了，有几日亦不再来，来了，"老军需"留着吃饭，也嚅嚅着，不知是走是留。

"老军需"说："一仁，就在家吃吧，让阿媛烧几个菜，咱们喝喝酒，我有话对你说的。"

酒桌上喝得微醉，"老军需"说："一仁，你爹最近有消息吗？"

钱一仁说："我没有爹。"

"老军需"说："断了关系也好，你还年轻，前途要紧。你没找找县上，让他们招工你吗？"

钱一仁说："我是没有希望了。"

“老军需”说：“不招工就不招工吧，你跟我好生学，有一门手艺，这世上也饿不死的。”

钱一仁就垂下脑袋，抹眼泪，说：“老伯能看起我，是我的救命恩人啊！”

“老军需”说：“你才是阿媛的恩人。如果你不嫌弃的话，我想招你做我的女婿。”“老军需”说罢，就拿眼睛看着钱一仁。

钱一仁心里好不慌。阿媛虽不是城里人，阿媛却有一股味儿，定得住神，牵得住魂。钱一仁回城已经无望，在湖畔村势单力薄的，如今有投靠的窝儿生自己的子，续祖宗的根，钱一仁只是喜昏了。

吹吹打打，钱一仁便被武家“娶”进门了。

“老军需”把他的全部医书交给了钱一仁，把所有的土单验方交给了钱一仁，“老军需”学医不是科班，全凭的这些书册，就等于把饭碗子全交了。钱一仁随之行医，知道了定生男孩的种子汤，是将那些药共面，男女各吃一半，每早或晚吃六克，禁忌房事一月，待下月月经过去第三天后性交，不但怀孕定生男孩，如将那些药再加益母草三十克，又是定生女孩。

小两口自己第一胎就生了男孩，叫毛旦。

结婚初，两个人之间似乎还隔着什么，两年后，情意深沉，为村里夫妻楷模。他们很喜欢散步，黄昏里双双绕湖畔走，到樱桃林里去，到森森的苞谷地中间的土路上去。村人先看不惯，后认为钱一仁是城里人，阿媛又是常到姨家去，姨家都是工作人，人家习惯这些，便不再说什么了。夜里郑老二一伙喝酒和玩牌，拉了钱一仁，玩到半夜，钱一仁就要回去，说：“不行，阿媛在家等我哩，我不回去她不会睡的。”郑老二就嘲笑他是老婆的乖娃。

一个夏天，两人散步在村外小路，路两旁苞谷都一人高，密如茂林，夹得那路像一条甬道。没有人，两人交了个口。阿媛说：“你舌头这么短！”

钱一仁问：“还有比我舌头长的？”

阿媛略停了一下，说：“没我的长。”

恰这时甬道尽头那一片光亮处，蹲着一人大便，阿媛就又说：“你能说那人是工作干部还是农民？”

钱一仁说：“谁知道？”

阿媛说：“看他过会儿用什么擦尻子，用纸的就是工作干部，用土坷垃就是农民。”湖畔村近一半年，常来些陌生的工作干部模样的人。

两个悄悄走过去，大便的人发觉了，则立即提上裤子而逃。逃了的是郑家老大。

四、鬼市

郑老二出走了以后，二十里外的镇子上漫衍着一种说法——

未名湖后的一个地方，也就是湖畔村坟地往虎山深坳去的洼地里，突然间在一个时期有好多人在那里集会，天一苍茫就开始。那里据说曾住过一户人家，但四代传一，人丁不旺，第五代不到婚娶就死了。从此没人再去居住，屋院倒塌，生就着奇形怪状的柏树。现在一下子有了许多人，热闹得像是过什么“社会”。湖畔村的郑老大首先发现了，一传十，十传百，大家都觉奇怪，走去看，果然不假。那些人都办有小货摊，在搞交易。看模样装扮，像是土著人，又全不认识。问其籍贯姓氏，亦支吾不答，只是叫卖。卖的有镜子，有盆子，有罐子，盆罐的式样很古怪好看。也卖妇人头上用的簪子、耳环、手镯，男人用的烟嘴、瓷瓶、好碗好筷、火盆、酒壶。价钱都极便宜。货品便宜，但湖畔村人并不富裕，粮食还够吃，钱却老紧缺。卖货人就说：“没钱可以以物易物。馍饼可以换，水果可以换，熟鸡熟鸭猪头肉也可换。”村人想，未名湖里产鱼，湖畔人不吃鱼，问用鱼换不换？卖货人说：“什么吃食都可，鱼不要。鱼有腥味，又有刺，我们不是猫！”

第二天夜里，村人就去买货，用钱买的少，以馍馍鸡鸭换的多。交易成交，皆大欢喜。这消息就传到附近几个村，夜里市场又多了人多了热闹。

买了市场的东西回来，放在箱里、柜里。一天正常，两天正常，过罢十天看时，那货物全成了旧的。镜子已不为玻璃，则是铜，且生满绿锈。盆子罐子全不是瓷的，是瓦的。村人皆大惊，以为卖货人会魔术，让人上当受骗。说给郑家兄弟，让他们起头去殴打教训。郑老二却叫道：“这不是现代的东西，是文物呀！”遂拿去让外边人鉴定，果是文物，珍贵异常，被人收买去，落得几百倍的价钱。

湖畔人方明白他们上的是鬼市。

有利可图，鬼也是不必怕的，且市场上的卖货人言语和蔼，态度诚恳。村人就开始拥向市场，大肆抢购。市场上的盆盆罐罐日用首饰之类日渐减少。这些鬼就抬高市价，由原来的价翻到一倍，又翻到五倍。村人见价高涨，就使出人的聪明，将馍馍里边包上石头，体积大，又见分量，在麦粉凉面里掺上苞谷粉，再掺上榆树皮粉、橡子粉。鬼不动声色，照样以物易物，反而市场上新添了各种家庭用什，牛马牲口，照例极是便宜。村人买回后，一到家这些东西就全变了，镢锨锄耙全是草扎的，牛马羊驴全是纸叠的。人知道上了鬼当。

郑家兄弟就领人去市场大打出手，鬼未防备，结果大败而逃，村人就获得了全部货物。以此只说再没鬼市了，不想第二夜，那里又是一派热闹。人欲是顺竿爬的，郑家兄弟又领人去抢，一个鬼，像是头儿，拦住说：

"你真是不怕鬼吗？"

郑老二说："我活人都不怕，还怕死鬼！"

两厢打斗起来，鬼全不分散，齐心合力，且不拿凶器，全用脚踢手捏，村人失败了。

回到家里，凡是遭鬼踢的地方，就开始生脓生蛆，类似连疮。幸好"老军需"有治连疮的土单验方，才免去苦痛。但遭鬼捏的部位，肉则发黑，终日生疼，"老军需"也无可奈何。郑老大被鬼捏了头，自此痴痴傻傻，成了废人。

也就从那夜后，鬼市再未出现，郑老二英雄一场，悲剧而终，羞愧就出门远走了。

这就是漫衍的传说。

二十里外的镇上，传说得越来越玄，便惹得许多人到未名湖来，寻查鬼市地址。但那仍是一洼平地，生就着奇形怪状的柏树。问村人，村人皆说不知，且面有愠怒，但看稀罕的人在樱桃林里发现了郑老大，他确实痴傻，一见了女人就笑。

人说："郑老大，你这般大了，怎么不娶媳妇呢？"

郑老大说："娶！"

人说："是胖身子，小脚，黑脸，大耳朵吗？"

"是白脸，胖奶。"郑老大没听懂人家说的是猪，他正经地纠正着。

"在鬼市上？"

"不，在镇上。"

郑老大说的是丑丑。丑丑在镇上的商店里卖百货。她是赵阴阳的孙女，赵家已绝了后，这孙女出嫁到镇上去。公公是个干部，丑丑当然有后门去做国家职工，也便将娘家的一院房上锁了，两年已不回来。

五、鱼王

到了 × 年，三月底，秃女夜里刚上了炕，有人在敲门。敲得很响。秃女披衣下来，问："谁？"门外说："是我。母，老二！"娘叫了一声，就软在堂屋台阶上。

郑老二这一二年到什么地方去的，去干了些什么营生？老二闭口不说，娘也不再问了。幸好老二出走村人不知缘故，事过日久，往事又不再提起，郑老二还是郑老二。

因为不是衣锦还乡，村人用不着趋附奉承，私下里都支棱起耳朵听那胡琴声。

村人再不是赵阴阳，所以就预料错了。

老二在屋里吃饭，大声吆喝："抄呀，抄肉！""喝哎，往醉着喝呀！"老二和娘其实夹的是萝卜片，喝的是稀糊糊汤。村人却在说："这东西在外发财了？！"

郑老二的手腕子戴了一块儿表，红卫服的左上口袋上插了三支钢笔，来到一些人家串门了。"老二，发了？几时来的？""昨晚。"老二说。"坐碗？"村人心里骂道，"说个文明，怎不坐个碟子回来？！"他们看着那三支钢笔，怯于文化，不能妄问，就说："老二，几点了？"老二看看表，表是不走的塑料齿轮表。郑老二受过城里人的骗，回来又骗村里人了，说："六点。"

"哟，六点了天还不黑！"村人看太阳还红着，但不知怎的，张张嘴，似乎真到睡觉的时候了。

郑老二并没有让他们睡去，他鼓动村人帮他办一件事，得利分红。这事却使村人把笑都僵住了。

“你要捕未名湖的鱼？”

“怕有三千斤的。”

“要在四月五日？”

“这日子外地来人多，一定出手快的！”

“你这是疯了！”

村人看着老二，觉得他不但疯了，且面目可憎。他们一致的意见是：不吃鱼是祖传的风俗，不捕湖里的鱼又是村里的规矩。即就要捕鱼，四月五日是什么日子，能让人把鱼捕去杀死？说到最后，痛心疾首，竟联合起来警告老二：敢在四月五日捕鱼，村人一块儿在石岛龙王面前咒他！

郑老二一回到家，气得将口袋的三支钢笔拔出来丢在炕上，一支是完整的，两支没有笔身，只是笔帽。后来将衣服也剥了。娘吓了一跳，瞧见双蛇缠在儿子身上。那是墨汁刺的，娘是看花了眼。

四月五日临明，天还黑咕隆咚。突然间，有了一声炮响，接着是七炮、八炮……十二炮！“老军需”听到了，惺忪着眼说：“起这么早就给龙王放鞭炮了？”沉沉又复睡去。村里人都没有醒来。天放亮了，人们起来打扫庭院，烧纸，鸣鞭炮，纷纷集到湖上去的时候，未名湖上已经有人撑了前几日做好的船。船上是一筐一筐的鱼，一尺的三尺的，红脊梁的黑脊梁的。船上的人十个有九个不认识。认识的一个是郑老二。他一脸的得意，让村里人看得目瞪口呆。

先是郑老二去外村雇了几个人，用炸药包子投在湖里炸。鱼以为是投什么食料，集去了，就炸昏了，白花花的翻起肚子来。郑老二是雨后捡蘑菇，荡着船只用捞兜捞。

村人眼瞧着鱼筐一担一担挑走了。

四月五日的祭龙节，成了全村人诅咒会。他们使用了最恶毒和粗野的言语恨骂郑老二。祈祷龙王让秃女的头更秃，让郑老大的傻脑更傻。让吃鱼者吃进去口烂，屙出去屁眼儿烂。

但是，世界安然无恙。

当郑老二把一袋子票子带回家后，他也学会吃鱼了。且左嘴角进鱼，右嘴角出刺。他又一次要在湖里捕鱼，联合几家人，几家人还是不肯与他为伍。“老军需”虽然不入股，“老军需”却支持他。出主意让他不要以炸药炸，制船用网捞，小的可以继续放养，大的就可以活生生运出山。郑老二果然采纳，且组织了一个贩鱼的生意网。他将鱼连水装在桶里，一夜之内运到镇上。镇是二道贩，第二天以橡皮包运活鱼到州城。州城的三道贩，连夜分摊，于第三天清早鲜鱼上市。

州城人爱吃豆腐，说豆腐就是命。有了鱼就又不要命了。州城吃鱼难，更稀罕吃鲜鱼，这种三道鱼贩子配合默契，沟通城乡，活跃市场，州城市政府便注意到了。他们表彰鱼贩子，称郑老二是“鱼王”。

湖畔村的人上告到乡政府，告不过。就刮目相看起郑老二，随之都来湖里抢捕。宣称：湖是大家的湖，你能捕，我也能捕，都捕。

湖被划分了，像划分田地一样，一家一长溜。但是湖深，不可能插竹的铁的网堤，鱼却自由，从你家的“领海”到我家的“领海”。未名湖的鱼谁家也不能捕了。

郑老二宣称：我承包全部湖，各家算入我的股，我月月给各家利钱。村人皆心中暗喜，却不喜形于色，说，也行吧。

郑老二这下才是发疯了，竟打报告给乡政府。报了他的规划：要扩大湖面。修筑湖栏。打水泥杆挂铁网隔大湖为若干小湖。引进鱼苗。购买饲料。建立售鱼联络网。一切的一切，足申请贷款十万元。

政府说，支持的，给贷了七万。

未名湖焕然一新，它绝没有往日的模样了。郑老二也不是往日的郑老二。他新盖了三间新屋，家里有了电扇、电热杯、电褥子、电视机。过的是州城人过的日子。不知什么时候，他的家里响起胡琴声，孩子们去时，才知道郑老二并没有拉琴，琴声是从一个台式录音机里播出的。音量放到了极限。

村里人都眼红这个郑老二，也都忌恨这个郑老二。他们在秃女的面前算账：七万元，一元钱全年的贷款利息是八分，七万元就是五千六。七万元加上五千六是七万五千六。鱼能卖多少呢？还起账来，郑老二还三十年，他该就活老了吧。这账就给儿子。儿子可以再给孙子。愚公移山，那就是世代挖山不止。秃女害怕了，连傻子老大也害怕了，在家和郑老二说怕怕。

一日，郑老二回来，置了一席酒，给娘敬了一杯，给哥敬了一杯，末了说："我母、我哥，我一人做事一人当，绝不连累你们。我已去乡政府打了手据，郑老二不知道我母、我哥，我母、我哥也没我这做儿做弟的。郑老二是光棍，只对政府有责任了！"

老娘和傻哥无言以对。

郑老二又说："我豁出去了，将来要么上北京进人民大会堂，要么下牢挨枪子！"

到了半年，湖里的鱼养得好肥。在修湖栏杆时，郑老二挖地基，挖到石层，撬出一块儿石板。石板上是十三条鱼。石板上的鱼游得自由自在，有的俯冲而下，有的斜刺而上，有的张口而来，有的摇尾而去。各具神态，款款可人。这鱼是上古年间的鱼，正自在着，地壳变化，骤然凝固，已经是万千年的化石了。郑老二喜不自禁，说这是吉兆，活该他要做"鱼王"。

这化石板就安放在郑老二的新屋门口。

但是，谁知道这是凶兆呢？当湖鱼起捕的前三天，郑老二一清早到湖里去，先是看见湖里白花花一层，以为是月亮反映。抬头看月，天上却是阴沉沉的，连一颗星星也没有。郑老二心下疑惑起来，上船进了湖，才发现白花花的一层是翻着肚子的鱼。

一湖鱼全被毒死了。

事情很明白，这是有人下的手。郑老二是有个媳妇，媳妇又离了，虽相好了几个女子，但还未办手续。如果有娃，这等于把娃投进井里去了。郑老二要公安人员来办案。查了来，告了去，查了个不了了之。秃女头上的稀疏的发毛一夜间白了。郑老二还是郑老二，卷了家中的钱，又远走高飞。

郑老二在南山某一处赌钱。第一次赢了三千，第二次赢了五千。第三次以为手气好，紫星高照，八千元全注上，输了个精光。赌场上是讲义气的，郑老二红了眼就不顾了，掏出刀子打起来。他有力有胆，一刀扎在对手腿上。自己胳膊上也挨了一砖，黑血咕嘟嘟冒泡。他翻起来照一个地方戳进去，力太大，手滑了，刀刃把五个指头切下来，那人也倒在地上吭了一声不吭了。人的性命真怪，说顽强好顽强，说脆弱也脆弱。郑老二没想到他竟杀了人。

郑老二卷了摊上的钱就跑。五个指头还在地上神经质地蹦。

五天后，在州城的一家小酒楼上，人出人进。突然一辆三斗摩托开了来，跳下两个带枪的公安就冲上去。街上都不知出了什么事，围在楼前看。一袋烟工夫，一个人被反捆了手揪下来，扔进摩托车的坐斗里。人们挤着要看这罪犯的五官，公安人员却将罪犯的头塞到坐斗里人放脚的暗处，只看见了一个屁股和捆在背上的双手，一只手缠着纱布。

六、"老军需"逸事

钱一仁招婿得子以后，按湖畔村的规矩，孩子姓武。此时在牢的老爹已死去两年，暗自想钱家从此绝后，常常潸然泪下。这心思阿媛告知爹，"老军需"宽宏，就同意以后的孩子姓钱好了。钱一仁拼死拼活，百般努力，终于第二个孩子出世，没想却是一个女儿。国家的政策是只生一胎。第二胎罚款，罚了款还要做结扎术。钱一仁有了行医执照，又新学会了结扎术，"阉"过了许许多多女人，也便"阉"了阿媛。

儿子是阿媛带大的。女儿生下来，"老军需"再不行医，终日背驮着孙女在村里游转。孩子是见风长的草。半岁能爬，一岁能走，三岁登高上低像猴子。"老军需"没事可做了。

俗话讲，人老有三：爱钱，怕死，没瞌睡。"老军需"最甚的是没瞌睡。夜里睡在东厢，听狼叫，听狗叫，听门外台阶上的蛐蛐叫。子时，一仁夜行医回来，阿媛光着身子去开门，听见一仁说："两个热馍头！"心里倒生岔气：从外带回吃食，不敬老倒孝顺媳妇了？！几天里脸色不悦。出外遇着秃女，说家常，叹人生，偶尔就提说此事。秃女找着一仁和阿媛，数说不是。阿媛一脸羞红，解释说：那夜开门，是一仁摭着她的胸脯说夫妇私话的。秃女就嘎地笑得岔气，又过去诮骂"老军需"不是个正经老子。

"老军需"去了心思，夜里还是睡不着。听见东厢房里嘻嘻哧哧，床动席响，不免又想起自己孤单。

一仁和阿媛待老人好，开夏给爹做第一件绸衫，入冬给爹缝第一身棉衣。早晨给爹烧洗脸水，夜里给爹取便盆。有一口好饭，先尽爹吃。爹吃剩下了再给儿子吃，再给女儿吃。吃得饱，穿得暖，身上总有零花钱，"老军需"是湖畔村的福佬儿！福佬儿就是没话说，瞧见女儿女婿在厨房说，在卧房笑，天一黄昏双双相厮去村外散步了，"老军需"就心里空落，一派孤寂，眼角里要溢出一颗大而涩的泪。

"老军需"开始寄情于未名湖。他做了长长的一柄鱼竿，整晌地蹲在那里静候。整晌地不能钓出一尾鱼来。因为他的鱼钩是一苗针，并不弯曲，而每十分钟就换一次鱼饵。姜太公钓鱼是愿者上钩，"老军需"钓鱼是愿者也不让上钩，而是来者得益，吃了饵肉去罢。他要享受的是垂手而坐，让长长的钓竿将寂寞传入水去，荡为湖上微波，波上微风。让长长的钓竿钓起慰藉，钓起清闲，挨过悠长暮年时光。

但他更多地钓起了回忆。

一次，甚至有两次，他在垂钓的时候，听得风里有一丝哽咽。回眸看去，湖水潇潇，落叶瑟瑟，秃女跪在远处一丛树下啼哭。那时郑老二已和娘声明断绝了关系，他是为保护娘，也害了娘。他过的日子花天酒地，娘依旧柜无余粮，灶无柴火。"老军需"过去安慰她，引她到武家吃一顿两顿茶饭。

当"老军需"再到湖边钓鱼时，这秃女也姗姗而至，两人临风说话，说得很投机。有一日村里有人拉锯，其音颇响。两人静听了一会儿。"老军需"说："你听这声音是'嚓、嚓、嚓'！"秃女说："不对，是'沙、沙、沙'！""老军需"又说："是'发、发、发！"秃女又说："是'啦、啦、啦'！"直争论了一下午，最后的结论是：你附这声是什么字音，也就是什么字音。

"老军需"勤到秃女家去，一仁和阿媛先不介意，后就干涉了，不让"老军需"去。"老军需"说："我去散散心。"阿媛说："那你到外边走走。郑家乱糟糟的，去那里干啥？""老军需"说："老二走了，他那新屋整洁，我们去那儿抹抹牌。"阿媛说："爹真是！"

终有一日，"老军需"说出了阿媛最担心的话：他想给自己寻个老来伴。

“老军需”没说出寻的是谁，父女俩心下都明白。阿媛就哭了，泪水汪汪的：“爹是七十的人了，孙子这般大，别人会怎么议论呢？是我和一仁不孝不顺吗？”“老军需”无言以对，看着女儿哭恓惶，自个也流了泪。

自此，做爹的再不谈及这事。阿媛却发现爹的饭量大不如前，话更加少，常常在院里呆呆看云。猫蹿到墙，撞下一页瓦，他也呆呆地看，猛然叫：“猫，猫……散了！”“老军需”反应迟钝了，在瓦落地脆响的时候，没听到响声，只见到瓦是“散了”。

阿媛也觉得爹可怜。

一仁劝爹是不是再行行医，有个占心的事，爹拒而不干，他专心要让女婿的医道和医名超过自己。阿媛就到了镇上，找着爹的一位早年同学。人家是政协的委员，每月拿补助十五元，而常去县上开会。阿媛托这委员来给爹劝说。委员说：“啥事我都可以依你，这事不行，人老了脾气怪啊！”委员又说：“怎不让你爹参加政协呢？县上常开会，出去走走……”

五十年前，阿媛的爹是个很俊的青年，在镇小学的学习非常好。秋天里背了被褥往县城读中学，半路里遇着一队当兵的。当兵的不是好东西。拦路抓了十八个人，一根绳子拴了带着走，阿媛爹从此就成了吃粮背枪的人。

他到了山西。又走过河北。又到关中。阿媛爹不是冲锋陷阵的人，他聪明，善于筹划，就先做炊事，再干事务。后来竟当了官，是“军需”了。再二年，这支队伍在陕北黄龙遇着共产党军队，两厢交火，恶战三天四夜。第二天里，阿媛爹就逃跑了。他扮成要饭的回到老家，开始读祖传的一捆医书。那支队伍三天四夜后全溃败了，他所在的那个师，逃到乔山，就宣布了起义。师长是认识阿媛爹的，事后派人到未名湖畔找着他，邀他再去。阿媛爹已经看医书入了迷，待来人三天好吃好喝，将人家送走了。

那些当年给国民党军队当团长的，解放后蹲了牢，现在亦成了县政协委员，吃补助，开大会的。“老军需”的部队还是起过义的，“老军需”还是农民。阿媛将这些告诉爹，爹也心动了，去找县政协。政协说：“这要原部队的人作证才是，否则有什么依据说明你是‘军需’？”阿媛爹说：“谁不知道，村里人几十年都这么叫我的。坐了牢的团长都成，我却不行，是罪恶越大越吃香吗？”政协说：“人家是国家大赦了的，上边有文件啊！”阿媛爹只好给那个老师长写信，老师长已经是江南某一军区的司令。

但司令没来信。司令是记得这个“军需”，却气愤他临战逃跑，背弃自己，更气愤他派人邀请也不肯再入军，司令就将来信丢到纸篓去了。

村里人皆为“老军需”惋惜。秃女却高兴。她说：“你又不缺吃，又不缺穿，当个委员干啥？未名湖多好。到县上开会又能说几句话？谁又听你那几句话？”“老军需”想想，也是，遂死了去政协的心。

郑老二的新屋秃女正式搬进住了，因为有了可靠消息，郑老二被公安局抓获了。当地没收了他的财产，折钱仅是他贷款的五分之一。这郑老二到底欠了一笔阴款，日后托生牛马也还不清了。这是后话。而当地政府没收了新屋后，又念及秃女可怜，以最便宜的价格卖给了她。秃女就在新屋里盘了一面土炕，垒了一个小灶，也同傻老大分锅另灶了。

秃女的家里成了抹牌的地方。谁来抹牌，谁带吃喝，到饭时了，秃女就做了让大家吃。牌一直抹到半夜。半夜牌客全走了，“老军需”不走，他陪着秃女到天明。

阿媛和爹闹过几次，闹得外人都知道了，也再无顾忌，上门到秃女的新屋来闹。这一年陕南大旱，新屋院子里有一小棵梨树，果子结得繁繁的，但叶子却发卷了。阿媛进了院，想了一肚子糟践秃女的话，话到口边卡住了。因为阿媛见爹也在院里，正从井里汲水浇那小梨树。“老军需”瞧见阿媛来，轻轻“呀”了一声，抬腰靠在梨树上。梨树晃了晃，落下一颗干了吧唧的小涩梨，骨碌碌滚到阿媛的面前了。

七、镇子上

赵阴阳的孙女在镇上的商店当了售货员，湖畔村不大不小地骚动了一场。村子里上百年里没有一个干国家事的，丑丑应该算是第一。“老军需”虽然当过官，但那是副官，历史并不光荣，且半路又回来当农民，是个没出息的。钱一仁虽也是城里出身，但现在土得掉渣，也是没什么可嚣张的。赵丑丑能经营百货，能坐在凉房下不晒太阳，吃国家工资，她凭的什么？有的说是赵阴阳的阴德，赵阴阳能看风水，掐算未来，他为自己选了好坟地，后辈才享了福荫。这坟地好还有佐证：那几年别人的坟差不多都被人盗过，赵阴阳的却完好无缺。有的说，既然赵家的坟地好，怎么第三代没个儿子？且别的孙女怎么不吃了国家工资的？这全是赵丑丑自己命好的缘故。可有人说：她怎个命好，她只上得小学，针线上不如阿媛，锅灶上不如秀绒呀！回答的是：你瞧瞧人家的模样！丑丑的模样是标致。如果湖畔村的人读过古书，一定会说：高一分就太高了，低一分就太低了，胖一分就太胖了，瘦一分就太瘦了。于是，大家有了新的结论：男人家有福没福不在俊丑，以本事为主。女人却要长得好。长得好了，有本事的男人就来娶，娶过去就夫贵妇荣，即便这女人的爹是讨饭的，这女人自幼是生在猪圈的。长得不好将来就是农民的老婆，长得好将来就是干国家工作的人的爱人，长得顶好，将来则是当官的夫人。

丑丑的爱人是个教师，丑丑的公公是个镇长，丑丑是属于长得好与顶好之间的女人。

村里人常到镇上去，路过商店门口，就探着头往里看，看见丑丑穿着白大褂，坐在柜台后嗑瓜子。她嗑得真好看，嚓的一声，瓜子裂开，红红的舌尖就粘了瓜子仁，那皮儿又同时飞出来。四年前，丑丑订了婚还没结婚，商店玻璃里的阳光照进去，那脸上有一层虚虚的像茸绒的光圈，村里人说那是庙堂里画的菩萨，看得庄重又神秘。恰那次，郑老大也进了镇，在凉粉摊上吃凉粉，被人问道："老大，想不想媳妇？"

老大说："想。媳妇能暖脚。"

那人说："我给你找个媳妇。你要叫叔。"

老大叫："叔！"

郑老大是个热黏皮，竟不吃凉粉了，扯着那人衣襟叫叔要媳妇。那人指着商店里的丑丑说："丑丑就是你媳妇！"这老大当下认真，就笑起来。从此得下见女人痴笑的病根。

丑丑做了郑老大的媳妇，老大活着有了主要内容，村人逗乐也有了主要内容。但郑老大一傻，把正经劲傻了，也把流氓劲傻了。他对丑丑没有动作，看一看就笑死了。

他有了固定的日子，每个月十五，要从湖畔村步行到镇上。在商店门口看几眼丑丑，就满意而归，以至兴奋一月。

一日，村人捉弄老大。说："老大，你知道吗，你媳妇病了！"老大不相信，说是瞎话，拿拳头擂在那人鼻根，擂出一摊鼻血来。打毕了，老大却还是步行去了镇上，瞧见丑丑活生生的，就又笑死了，被镇上的孩子把鞋也脱了，丢到房顶去。老大赤脚回来，脚磨得血淋淋的。

这年夏里樱桃熟了。郑老大摘了一小篮到镇上去，才委委琐琐出现在商店门口，丑丑倒先发现了。丑丑并不知道她已做了郑老大的媳妇，见了本乡本土的人就亲热，叫着："哎哟，郑老大，你也到镇上来了？！"

老大就嘿嘿笑，笑得快要死去。

商店里的女售货员就问："那是谁？丑丑也认得？！"

丑丑说："老家的，傻子！"偏叫道，"傻老大，是给我们吃樱桃吗？"

郑老大立即双手将篮子反倒在柜台上。所有的售货员都来吃。郑老大看着，脸就变了，拿着空篮子掷打贪嘴的人。丑丑就乐了，说："哟，傻老大是只认乡党，让我吃呢！"

郑老大又是笑。笑着就出门走了。

丑丑回家吃饭，饭桌上说给退了休的公公。公公说："傻子也知道爱我丑丑！瞎人心还乖啊！"

公公已经六十五岁。在职的时候威风很大，家里常来男的，也来女的。自个常熬人参汤喝。丑丑不明白公公喝了人参汤，为何还是那么瘦，而且背也弯了。有一回公公与一熟人说什么，眉飞色舞，扳着指头数：一，二，三……十五，十六……数到十九，数不下去，说："记不清了，总有个整数吧。现在不行了，心有余力不足啊！"丑丑端茶过去说："爹退休了，国家让你歇着，你就歇着吧！"那熟人却哈哈大笑。丑丑当时很窘，不明白自己那话哪里说错了，惹人耻笑。

公公现在退休了，拿的还是全工资。公公有的是钱。

陕南的风俗是儿媳在家，夜夜要给公婆拿尿盆，黎明起来，又去端倒尿盆的。农民是这样，干部也是这样。婆婆在的时候，丑丑黎明去端尿盆，偶尔几次瞧见老两口睡一个枕头，听见她进去，婆婆装睡着，公公还看一眼她。她脸红红地出来，听婆婆在里边说："多难看的！"公公说："咱的儿媳妇嘛！我瞧着她端尿盆，心里倒觉得做老人的福分。"

后来婆婆死了，丈夫又到学校去，端尿盆的规矩还没倒。丑丑好为难。但想想是爹，还是去端，再不敢往炕上看一眼，出门的时候，听见爹要说："把门给爹闭上！"公公依然这阵是醒着的。

公公是干部出身，懂得疼小，吃饭要丑丑和他都坐桌子吃。也和丑丑说笑，丑丑看多了别人家媳妇和公婆闹矛盾，自我感觉自己挺幸福。

有了孩子，孩子总是不好好吃奶，丑丑喂一次奶要哄说多少话。公公也就在一旁哄孙孙，说："好好吃奶，奶奶甜呢！"丑丑觉得这话有些那个。但公公就是不生分自己，往好处想，也就没什么了。一日，孩子又是不吃奶，公公走近来，逗着孩子说："你不吃，爷就吃呀！"公公在教孩子，要作示范，果然极快地去吃了一下奶。

一切太快，丑丑反应过来已经迟了。她红着脸回到卧房，觉得公公糊涂了。这事不能对外人讲，星期六丈夫从学校回来，说给丈夫。丈夫却火了，说："爹一辈子的老毛病！"丑丑吓了一跳："老毛病？"丈夫却不说了，起身去找爹。丑丑又吓得缩在炕上不动弹。后来就听见父子在那一间屋里吵，公公也是火急了，说："算账，咱就算吧。你吃了我老婆三年奶，我说你了没有？我吃了你老婆一口奶，你就凶了？"丈夫骂："你就不够爹！是牲畜！"把什么摔了，稀里哗啦地响。

丑丑自那以后才知道公公一生就吃了那方面亏，要不他可以当县长，但他终只当个镇长。丑丑随丈夫搬出了那家，借居到镇上另一家空屋去了。

离开了爹，小两口最大的难处是没钱花。如今又没有了房，丑丑就想到湖畔村的娘家。娘家没了人，空留一院房子。她想去典卖了，再在镇上盖新屋。

丑丑是九月二十八日回的村。

赵家的房子虽然破旧，但院落完整，面积还大。丑丑开院门，锁已锈了，最后还是砸了锁进去。院子里原本砖铺地，砖缝里长了草，一方块一方块的，倒好看得像铺了地毯。中堂上尘土已经很厚，爷爷奶奶的灵牌还在，爹和娘的灵牌还在，当然没有供献。有麻雀走过的踪迹，是无数的"个"字。

丑丑从隔壁借了一床被褥，打扫了一面炕后，就坐在院中，独想这人生变化，世事沧桑。其时已经入夜，万籁俱静，倏乎却听得门外窸窣声，不禁骨悚起来。接着是有什么细微的吱吱响，旋即又停了。丑丑吓得发慌，四周看看，又一切安静。就想，一定是老鼠作祟了，自己给自己宽心壮胆。当她拾身去检查院门关了没有，然后去睡，突然那院门嘎地推开一条缝来。多亏门已关了，虽然门关得松，但里边又挂了铁链，门只能推开一条缝的。一个笑声在那里喘起，喘而不止，后来就有什么倒下去，笑喘声伏小伏低了。丑丑骇绝！锐声呼喊。四邻的人披衣出来，发现倒在丑丑家门外的是郑老大。

郑老大被人架走了，郑老大还在笑喘着："丑丑回来了，我媳妇回来了！"

八、卖房

赵阴阳的旧宅，湖畔村的人都说好，价格又适合。可丑丑征询买不买时，却都为难了。湖畔村是个穷村，谁能一下子买起一院房子？再说，现有的住宅紧张也够紧张，将就也能将就，进门盘一个大土炕，老婆娃娃挤上去也便是了。丑丑好不扫兴。也遗憾郑老二被逮了，郑老二若是还在，他一定会第一个跑来买这房的！

丑丑扳指头数，计算村里的富裕户。丑丑当然是以往的观念，就想起"老军需"家来。傍晚在村口上，碰着了钱一仁。钱一仁走得慢悠悠的。丑丑就说："钱医生，又要出去散步了？嫂子呢？"钱一仁苦笑着："才转回来，你嫂子先回做饭去了。"丑丑说："你们两个好有福！"钱一仁说："有豆腐。"话说得几分悲哀。丑丑的声调也低了，发现钱一仁寒瘦，没了早先的风流潇洒。且右手里提着一个瓶子。那不是酒瓶子，因为瓶子上有一个皮管一直钻到衣襟下去了。

丑丑问："你是病了？"

一仁说："可不。"

丑丑说："医生也病？"

一仁说："丑丑该笑话我了。"

皮管里一阵咕咕地响，那瓶子里就出现了一种黑黄的浓液。钱一仁同时蹴下了，脸上极度困窘。

丑丑立即明白了一仁患的是什么病。她赶紧作一身的同情，双手去搀一仁。

“怎么得了这病，几时得的？”

“有两个月了。先是上茅房出血，还以为是痔疮的。后来出血厉害，去县上检查，就不行了。还好，命是保下来了。”

钱一仁和阿媛和睦得如漆如胶，村里人羡慕过，也议论着。议论的内容是这样：这两个好得不像夫妻了，像是前世互相有了恩德要来世上报答的。在湖畔村人的经验中，夫妻是冤家对头，离不得也见不得的。打打闹闹是正常的，而正常的夫妻方能一辈子天长地久的。于是就判断：一仁和阿媛不长久。

果然一仁就病了，病的不是头痛脑热，却是癌症，以致把肛门封闭了。医生是给人治病的，医生倒得这顽症，这不是恶作剧吗？

丑丑卖房的愿望彻底是没希望了。她只好请人来拆除，欲将砖瓦便宜处理，木料则运到镇上去重盖新房。拆房的这日，村人都来帮忙，造一院房不容易，拆一院房却要快得多。人们先溜了瓦，就开始下椽，檩条、大梁一件一件往下吊，烟灰尘土使一个个变了形态。郑老大是少不了的角色，他站在最危险的地方，承担着最大的重量，当一根木头断下来砸着他的肩头后，血就印了一片。郑老大跳下来，捂着肩头在地上疼得兜圈圈。众人说：“老大，没事的，这是给你媳妇干的！”老大哭不得笑不得，闭着眼睛吸了一阵凉气。终不甚疼了，就从地上抓了一把土按在伤上，说：“过去了，刚才好疼哩！”

丑丑听说老大伤了，忙过来要看伤，旁边人喊：“老大，不敢让看，看了丑丑会心疼烂的！”老大果然不让丑丑看，说：“不疼，我不嫌疼哩！”又嘿嘿笑着爬上墙头去。

丑丑说：“你们不要作践瞎人！”

大家就说：“瞎人？老大才不瞎哩，老大什么事情都知道！”

劳动到黄昏，村人骑在墙头歇息。虎山上就刮过来一阵风。风在院子里旋起来，后来就翻过院墙顺着村口那条土路一直旋过去了。大家看着那远去的旋风，便发现在那尘土柱里有了一仁和阿媛。小两口又在散步了。现在他们不是肩并肩地走，是阿媛扶着一仁走，左手里还帮着提着粪便瓶子。

村人似乎很感动，本要说说这两口子那几年散步，阿媛走一走就啵地亲一仁一口。但现在这种笑话说不出口，谁也得叹息人生的无常，夸赞阿媛的贤淑。不免骂起自己的老婆。骂过了，却又要说：

“他们还这么好，这不是好兆头呢。夫妻还是骂骂打打白头到头的。这老大爱不爱丑丑，爱，可老大能和丑丑做夫妻吗？多亏丑丑心里没老大，这老大傻成这样才不死的。‘老军需’和老大的娘也好吧，那也是成不了的。要是成了的话，瞧着吧，两个人就得有一个该入土了！”

丑丑在厨房忙着为帮工人做饭，她没有听到这一番真理。她烧着火，奶憋得生疼，就想起放在镇上的孩子。孩子几天未吃奶了，这饱满的奶汁就往外溢流，连胸前衣服都湿了，她连忙到茅房去，将奶汁挤掉，不禁作想起公公的龌龊事，感念湖畔村的人还是忠厚本分。从茅房出来，钱一仁和阿媛已经到了院门外。阿媛说：“丑丑，实在不成一回事，我们没给你帮忙啊！”

丑丑说：“嫂子说到哪里去了，我还能去劳累你们吗？”

一仁说：“丑丑把房子一拆，怕永远也不会回湖畔村了！”

丑丑说：“哪里，清明节还要上祖坟啊！”

阿媛就想起那个传奇性的赵阴阳来，说：“你爷爷要是活着，他要是给一仁禳治禳治，我一仁这病恐怕也就好了。”

丑丑说：“一仁哥的病会好的。你们夫妻这么亲，是神是鬼都要感动的。”

丑丑说罢这话，就目送阿媛他们回去。她于第二天彻底将旧宅拆除，砖瓦一时未找着要买的人家，先在院中盘了。就又托村人忙了三天，把所有大小木料运到镇子里。

这四天里，丑丑几乎没有睡过囫囵觉，安排好了镇上的事后，就带了许多糕点糖果，挨家挨户去话别。最后到祖坟上去，以杯酒之浇，纸钱之化，香烟之绕，祭祀了爷爷奶奶、先考先妣。末了，竟不忘对着赵阴阳的坟墓说：“爷爷，你如果有灵，你就阴中为钱一仁禳治禳治吧，我拜托你了！”

丑丑的话并没有奏效，或许赵阴阳并没有听到。钱一仁的病突然加重了，那瓶子里开始出现血水。人不到两天就睡倒了。

村人扎了一副软轿儿，把钱一仁抬到县上。县医院治不了，又送至州城医院。剖腹检查时癌已经扩散了。医生并没有切除什么，原样又针缝了伤口。钱一仁又被抬回湖畔村。

这一日正好是四月五日，未名湖上祭龙王。人还很多，但阵势没有先前大，也没有人笑。钱一仁被抬到了石岛，生产的鱼一仁第一个看。

九、心迹

钱一仁睡在炕上，并没有独自流泪，疼痛起来，也不呻吟。他加量服止痛片，实在不可忍耐了，就笑着说："阿媛你和孩子出去吧，我想静静睡一会儿。"阿媛和儿子毛旦女儿绒花出去了，他就咬着被角浑身抽动，头发也一撮一撮抓下来。

阿媛度日如度年，看见一仁疼痛，从早上盼不到天黑。天黑了，在墙上画道道，眼前就一片黑。"他只有二十天了。"这是医生告诉阿媛的。阿媛又恨不得这一日如一年。

十七天的时候，一仁似乎一整天没有疼，沉沉地睡过一宵，天明起来，竟要阿媛把他抱到院子里去。阿媛心里想：一仁或许会发生奇迹，说不定他会好的。抱一仁在院里坐定，指说着门前龙山的浮云。那时朝霞正起，阳光已将浮云染涂，十分鲜艳夺目。阿媛说："明日我抱你湖边去，湖里鱼又多了，飞来的鹭鸶多得很。"

一仁说："鱼多了，郑老二却不在了。"

阿媛说："听说郑老二要挨枪子的，他也该死的。"

阿媛真后悔自己说到死，赶忙就又说："你知道傻老大和丑丑的事吗？"

一仁说："什么事，是傻老大欺负丑丑了？"

阿媛说："老大爱丑丑爱到骨子里去，老说丑丑是他媳妇的。"

一仁就笑了："这傻子！"

阿媛说："傻子倒是真爱，可惜他傻了。"

一仁却说："他傻了才真爱的。"

一仁说罢，就给阿媛又笑笑。阿媛觉得一仁的笑很特别。

又是一天，阿媛并没有抱一仁到湖边去。这一日湖上的鹭鸶果真很多，在碧水之上白如玉绢。但一仁看不到了，他夜里又病情加重，已经不吃不喝。可怕的日期只剩下两天，阿媛的心提在喉咙。她不忍心再瞒着要死去的丈夫，将医生的话说知了一仁。

"一仁，"她说，"孩子都在身边，你有什么要说的，你就全说了吧。"

一仁看着一对儿女，看了好久，却笑了笑。再挥手让孩子去了。

这举动阿媛也吃了一惊，孩子们出去了，也皆感到纳闷，是爹放心他们已经长大懂事了，还是爹以为他们年幼没有说的必要？小女天真，跑去找爷爷哭去了。儿子却蹲到屋外的窗下，听爹还要说些什么。

钱一仁突然在炕上伸出手来，把阿媛拉住了，说："阿媛，我知道我是不行了。你让孩子出去。我想和你多待一会儿的。"

阿媛眼泪唰地流了下来。

"不要哭。阿媛。"一仁说，"我死了，你也不要哭。真的。"他很平静。

阿媛说："一仁，你怎么说这话？"

一仁说："阿媛，你说我对你好吗？"

阿媛说："村里人都说咱好。"

一仁说："我要你说。"

阿媛说："好，你待我好。"

一仁却说："不。阿媛，我本来要好好待你的。可我却要死了。我要给你说一句话。这话我藏了十多年了，我不能给你说。现在我要死了。我不能再不说的。"

阿媛心突突地跳起来，不知道他要说些什么。

"人都说咱夫妻好。可我不好，我理解到这样一句话，最不了解男人的是自己的妻子。你知道吗？我当年在湖畔村插队。我因我爹没权没势，不能招工进城。我就想当个英雄，立功了再被招工。我在冰层到石岛的木板下，故意支了块石头，才使你掉进湖里。我不是救你的恩人，是害你落水的人。"

阿媛脸色骤然苍白，像被电击似的坐在炕头。

一仁却微微闭上了眼睛。他脸上平静多了，犹如终于办完了他人生最重要的事情而一身轻了。

阿媛回过头来，死死地看着丈夫。突然泪如泉涌，扑在一仁的身上，说："一仁，这我不怪你，你毕竟救了我的！不是你对不起我，是我对不起你呀，我也给你说了吧……你还记起我那个表哥吗？在你和我没结婚之前，那表哥在上大学，他答应爱我，娶我，我便把我的宝送给他了。可他玩了我却甩了我……我和你结婚时我不是处女……我一直不敢对你说，我一直想待你好来弥补我的罪过……一仁，一仁……"

但钱一仁什么也没有听见，他永远也听不到阿媛的忏悔了。他面部并没有与死神搏斗而弯曲变形，唇红面嫩，犹如病前。

阿媛方知道一仁已经死了。他提前一天上路，终于轻轻省省地走了。走了的悠然而去，留下的负荷加倍沉重。阿媛痛感到自己的卑劣和可耻，撕心裂肠地号哭起来。

同时在窗外，也有一声锐叫。但阿媛的耳朵已失去了功能，她没有听见。

湖畔村的人为钱一仁的死悲哀着，他们帮助年轻贤淑的寡妇阿媛买来了柏木棺材，买来了衣布裁剪缝制，买来了新砖新瓦拱造坟墓，买来了白布黑布设了灵堂。阿媛三天三夜哭守在灵桌下的麦草上。她哭得惨不忍听，却全然不是为自己以后寡妇生活的哀叹，却是声声句句的自责，让一仁的上天之灵饶恕她。

湖畔村的人更觉得阿媛是难得的好女人啊。

但是，三天里，一仁的儿子却没有露面。当人们忙乱筹备葬事的时候并没有注意到这些，待到灵堂设起，发觉时，四处却找不到。待到下葬的那日，儿子必须是要披麻戴孝摔孝子盆的，但毛旦还没有回来。人们就害怕起来，几乎全部出动，在村里、山上、湖边寻找。"老军需"和秃女也在找。秃女在自己屋后麦草秸堆上抱柴火的时候，在那里发现了。

谁能想到，这儿子却已经疯了。

七岁的孩子，他竟不穿衣服。衣服全撕成絮絮缠在头上。他强被人拉去摔孝子盆，盆子摔碎了，却哈哈地笑，笑得像大人一样。

有个长辈就扇了他一个耳光。原本是要将他的迷魂打走。可这一耳光太重，孩子当下就倒在地上，口鼻出血。但他还是在笑。村人立即意识到这是不可救药了，去按住他，将他拉到坟地去，总算让儿子送老子入了土。

十、龙卷风

未名湖的鱼重新繁殖起来，又恢复了往昔水碧鱼肥的光景。郑老二虽然逮捕了，蹲在死牢里受罪，但湖畔村的老规矩却从此彻彻底底地破了：四月五日的祭龙节已不像先前那么庄重；鱼不是一种恶物和神物，被视做是钱票的代名词。各家又归于管理各家的湖面了。

再没有郑老二第二的人物出现，这湖不能整个承包，各家就相持着，谁也不能去捞。这种相持终于使村十字口的王家耐不住。借着全家的青壮劳力多，在一个早晨首先动手了。

王家捞上来十二筐鱼，像烂银一样耀眼。旁的人家就十分气愤，与王家恶声辩理。

“这一溜湖是分给我家的，我怎么不捞？”王家的人理直气壮地，“我是到你家的湖面上捞了吗？”

各家与各家划分的有界限。湖水里没有插杆，但湖岸边上却栽有界石。王家的界石是从自家后院移来的一块儿石碑，上边凿着汉隶大字：泰山石敢当。

旁边人说：“鱼是游动的，我家的鱼跑到你家那边去了！”

王家的说：“你能担保我家的鱼就没跑到你家那边去吗？”

理是无法说的，因为说理的舌头是软的。结果全村的人都来，都各自在自家的湖域区内捕捞。那鱼就全乱了，被谁捞着就是谁的，大到十斤的小到二两的，网网打尽。家家都有收获，家家也以收获到的鱼而博得了一大把钱票。

有了钱，王家的人按人头分之，几个兄弟领着老婆和孩子去县上州城旅游去了，虽然这次旅游并不愉快，二媳妇在州城住宾馆，宾馆的门是旋转门，她被夹住了又扭伤了腿。这是后话不提。而别的人家有了钱，就全由男人掌管，倒后悔当初没有应下买赵阴阳旧宅的事。他们是有钱就置房置地，土地现为国家所有，不能随便买卖，这钱就只有花在房上了。既然赵阴阳的旧宅已拆除，但那一大堆旧砖旧瓦还在出售，大家就谋算开了。

丑丑在镇子上得到消息，就准备着再回湖畔村来处理砖瓦。这天，“老军需”却领着孙子毛旦找她了。

丑丑抚摸着疯毛旦，同情地说：“真可惜，这孩子怎么得了这种病！”

毛旦的疯病是阵发性的，当时倒清醒，但眼睛明显痴呆，偎在爷爷身边如小猫儿。

“老军需”说：“丑丑，你公公他好？”

“好。”丑丑说。

“孩子和他爹也好？”

“好。”

“他们近日不去州城吗？”

“不去的。伯伯有在州城办的事吗？”

“老军需”说：“我来找你，你这儿工作的人多，或许有上州城去的。我想让把我毛旦带到州城我一个熟人那儿去，得给孩子看病啊！”

丑丑说：“伯伯是老医生，伯伯还看不好吗？”

“老军需”说：“我倒有治这病的方子，可这里没药。”

丑丑说：“唔。过几日行吗？我公公听说过几日去州城的。”

“老军需”算算日子，为难了：“过几日不行了，要越快越好的。我是老了，腿不行，要不我亲自送去了。”

丑丑就到他们单位去。过会儿回来说：“这下好了，我们单位领导去开会，人家先不肯带，我好说歹说，是同意了，明日一早走的。让毛旦就留在我家吧。”

“老军需”感激不尽。说他已给州城熟人去了信，一旦送去就不要管了。便开始询问丑丑家的新屋几时建造，丑丑也便问了湖畔村人要买砖瓦的事，托付“老军需”在村里先打听，靠个实处，她三天后就去。

三天后，丑丑来了。可是，连“老军需”也吃惊的是，在头一天夜里，丑丑家的那一大堆旧砖瓦竟被偷走了。丑丑问这家，这家说不知道。问那家，那家也不知道。可各家都有砖瓦。丑丑没证据，她说不上人家是贼，且若认为家家是贼，那丑丑就不是好人了。

丑丑哭着说："这湖畔村是怎么啦！怎么全坏心了。才有了钱就坏了？！"

她趴在赵阴阳的坟头上擂拳头，怨自已没出息，没守住赵家财产，又怨赵家后代无男，让她一个弱女子受气。再怨爷爷赵阴阳精明了一生，反没有防着这一辈人的恶行。

也就在这一天，三百里外的州城南州河滩上，一声枪响，郑老二挨了枪子了。执行的人见郑老二倒在沙坑，便扭身上车走开，看热闹的人就潮水一样拥过来看。一个极小的孩子箭一般首先跑近，匆忙地将一个馒头在那里夹着什么。立即又迅疾往外跑，一边跑，一边吃馒头。看热闹的人们赶到沙坑边。瞧见郑老二的脑袋炸开了，像切开的葫芦。那葫芦里没有瓤。

这年冬天，未名湖变化了许多，深深的水里栽了水泥杆子，出现了用网隔离的一长条一长条的区域。湖畔村也有了一些新盖和新翻修的房屋。人们都说这一两年里宽裕了，人们又都在说些牢骚话。他们感到心里舒服，又感到心里痛苦。舒服说不来哪儿舒服，痛苦又说不来哪儿痛苦。

住在三间郑老二新屋的秃女，整夜都在打咳嗽。"老军需"是不嫌吵的，他睡得安妥。每日早晨，"老军需"就领着孙女去外边转转，说是活动筋骨，呼吸新鲜空气。叫秃女去，秃女不，她恋黎明的瞌睡，一直睡到饭辰。这时候她就做一种奇怪的梦，梦见手里老捉着一条蛇。弗洛伊德的潜意识说：女人梦蛇是表示一种性欲。但秃女实在没这个要求，按乡下说法，梦蛇是要拾钱的，所以秃女醒来情绪很好。阿媛做了好吃的，要孝敬爹，派疯病已经痊愈的儿子来叫"老军需"。"老军需"还和孙女在湖边溜达呢。未名湖虽然割裂成无数块，水还是碧绿。大清早太阳和月亮同时出现在那里，鱼在游动着，间或要掠出水面，无数的巨鸟就盘旋在其上。"老军需"看那大如簸箕的白肚鹰起飞悠然，也看着那小似酒盅的红嘴鸟在水面点波嬉戏。大物有大物的乐趣，小物有小物的快活，各得其所，热闹湖面。"老军需"很得启悟，不免要发一通孙女听不懂的感叹了。

孙女此时却被一种奇异的现象迷住，她瞧见就在那曾经有过鬼市的柏树洼地里，卷起了一个尘土大树。又不是树，像是塔。她问："爷爷，那是什么，还在长呀？"

"那是龙卷风。"

“龙山上有龙，是龙下山了吗？”

“不是，是雪山下来的两股硬风在刮。”

“两股硬风刮，怎么往上长呢？”

“它们原本是各自向不同方向刮的。对抗起来了，谁也不让，就两股力往上去，往上互扭住旋转，越是旋转就越向上，这就形成龙卷风了。”

“老军需”到底当过军需，懂得的知识多。说毕了，就和小孙女直看着那龙卷风旋过洼地，旋过湖畔村，最后在未名湖上变成一座水塔了。

草完于 一九八六年九月三十日夜

任 氏[1]

任氏是个女妖，与郑六在长安城里认识的。

郑六好酒色，但人丑陋，又贫困无家，托身于妻族，便终日跟从了妻表兄，叫韦崟的，喝三吆四，闲游瞎逛。一日，两人又约定去新昌里吃酒，走到宣平，郑六忽记起还有一桩别事，说要迟到一会儿，自个骑驴往南，在升平北门里遇着了任氏。任氏那天穿着白衣，款款在街上走，郑六猛地瞥见，一时惊艳，人驴都愣住不动了。想：天下还有这般美人！以为是在梦中，自己打自己脸，脸生疼，就哀叹自己贫而丑，只能守家中那个黄脸婆。恨恨骂道：美女人都叫狗 × 了！骂是骂了，却不忍掉过驴头，也忘了要办的事，策驴一会儿走到人家前边，一会儿又落在人家后边，欲要搭话，却又不敢。任氏并不做理会，裙长步碎，腰肢软闪，衽襟处掉下一条手帕，郑六急说："哎，掉东西了！"任氏捡了手帕，拿眼看他，眼是会说话的，郑六胆就大了，说："这么美的人儿，怎么步行呢？"任氏并不羞怯，却笑了说："有驴的不让嘛！"郑六立即翻下驴背，说："我这驴实在不配你骑的！你若肯，你坐了，我能跟在后边就高兴得很哩！"任氏说："是吗？"郑六说："是啊！"任氏也不扭捏，说："那我真要坐了！"坐上去，郑六驴前驴后颠着跑。

郑六信着任氏走，一直走到城东乐游原，天色便黑下来，见着路旁有了一庭院落，虽土墙车门，里边室宇却华丽清洁。任氏就下了驴，说："稍等

① 唐沈既济撰；贾平凹改写。

一会儿。”自个先走进去。门屏间有一女仆，过来问郑六名姓，郑六告诉了，也问女人名姓，方知姓任，排行二十，郑六说：噢，任二十娘！过了一会儿，被引入室去，室里早已有人列烛置膳，热情招呼吃喝。酒过三杯，任氏更衣出来陪伴，两人相互敬酒，酣饮极欢。郑六先是心意急迫，额头出汗，手却索索直抖，口里也语无伦次起来。暗自骂自己没彩，待稳住神气，借低头去捡掉下桌的筷子时，趁机将椅子往任氏身边挪近，见任氏并未退让，伸手过去捏了一下她的腿，慌忙缩回。任氏笑笑，倒端了酒杯又敬他，郑六已耳脸通红，接了酒杯，也接了女人身子，噘口就要吹灭灯盏。任氏说：“你啥不怕的，倒也怕灯？”郑六越发放肆，也不言语，抱了任氏在椅上解怀松带。任氏推拒，郑六已跪下说：“你是我见到的第一个美人儿……你救救我吧！”任氏看着郑六，擦了他口角涎水，扶起来，说：“这也是我命里所定……”郑六就抱起去了卧房。女人的妍姿美质，郑六从未见过，女人的歌笑态度，郑六从未经过，这一夜，郑六如狼如虎不能歇，如痴如醉又不敢信。

天明，任氏却催郑六早走，说是其兄在南衙任职，每日清晨要回来的。郑六不得已，又强支精神折腾了一番，还不忍走，任氏约了再会的日期，郑六方吻了女人从头到脚，又嗅了女人的衣衫鞋袜离去。

到了城门下，门还未开，城门外有家卖饼小店，店主正生火起炉，郑六一边坐于帘下等候城楼鼓响，一边与店主说话。

郑六说：“从这儿往东，那一大院落的是谁家呀？”

店主说：“哪里？那里一片荒地，没人家呀！”

郑六说：“我刚才还经过那里，怎么能没有？”

店主一脸疑惑，突然说：“噢，我知道了，这里有一个狐狸精，常诱男人过夜的，已经有过几个遭了道儿，今日你也遇了？”

郑六登时羞赧，却说：“没。”但郑六终不肯信，天大亮后，偏反身回去看，果然只见土墙车门，里边却衰草败柳，是一片荒芜的园子。

灰沓沓回来，见了韦崟，韦崟指责郑六失约，郑六也不好实说，支支吾吾只是受着。想自己所遇美人原是妖狐，甚觉悔恨，发誓道：再不寻女人了，美女人都是狐狸精！但一见到老婆，黄脸焦发，又唠叨不已，不去想任氏，怎能不想？夜里与老婆上床，老婆噗地吹灭灯，他就想到那日之夜，闭了眼，幻想身下老婆是了任氏，老婆说："你现在刚强哩！"郑六也不作答，事毕翻滚一边，眼睁睁着直到天亮。

每日清晨焚香，希望当天能见上任氏一面，但就是见不上，也去了那土墙车门处张望几回，仍无踪影。几乎心已经灰了，这日去西市买衣服，人多如蚁，正在人窝挤着，偶一回头，却见任氏在前边，急声呼叫。任氏才与一衣铺伙计论价，听到呼声，并未回头，竟裹入稠人之中就走。郑六哪里肯放过，掀倒了一排人，连呼前追，任氏是站住了，却背向，又以扇遮面，说："你什么都知道了，还来寻我干什么？"郑六说："知道是知道，但我不管！"任氏说："你不管，我却羞愧了，你走吧。"郑六说："我不走，我要看你哩！"任氏一时哽住，但仍不转身，也不扯扇。郑六转到她的正面，她又背过身去，如此周旋，郑六说："我想你都要想死了，你就忍心抛弃我？"任氏说："我哪里敢抛弃你的，只怕你见了要恶心我……"郑六心下一怔，莫非她脸面毁了？猛地扳过任氏身子，拨开扇面，任氏美艳如初，顿时情不能禁，下身有热东西滑出。任氏说："我是妖人……你自己看不来，也怪不上我。"两人重归于好，出了西市，郑六见四下无人就搂抱了任氏，要求在一棵树背后寻欢，任氏拒不，却说："像我这样的，被人所恶，我也明白人恶心并不为别的，就害怕伤人，其实并不是这样的。在野外慌慌张张的，能有什么乐趣，你若觉得我并不会害人，又要长久乐趣，你得有个住处，我愿一生伺奉你。"郑六欢天喜地。但郑六无家，与任氏往哪儿住呢？任氏说："你往东，看见巷口有一高树的，那里有一处幽静房子，可以租住。前些日子，与你分手乘白马而东去的是不是你妻的表兄？"郑六说："是的，你什么都知道？"任氏说："他家生活用具多，可以借一些用嘛。"

郑六寻到有高树的巷子，果然有一处房子可租，就又去借用韦崟的家具，韦崟说："你做什么用？"郑六说："最近弄到一美女，已租了房，缺些日用家具。"韦崟笑了，说："郑六呀，瞧你这模样能弄到什么美女？！"借给了帷帐榻席之具，却让家仆跟着去看看丑八怪。

家仆去了，不一会儿就气喘吁吁跑回来。崟问："有没有女人？"又问："是个什么恶心样？"家仆说："这事日怪了，他竟能弄到那么样个大美人儿！"韦崟姻族广茂，又一贯风流，什么好女人没见过，当下就问有没有某某美？家仆说：“不是一个档次！”韦崟又问有没有某某美？家仆说：“不是一个档次！”如此比过四五个，都是韦崟见过的绝色，家仆都是“不是一个档次！”韦崟说：“难道有吴王六女之美？！”吴王之六女是韦崟的内妹，艳如神仙，中表素推第一。家仆说：“吴王六女美不过她！”韦崟惊讶不已，遂洗了澡，换上新衣，要亲自去眼见为实。

韦崟去时，郑六恰好不在家，一仆正在扫庭院，一妇人一脚门里一脚门外，鲜艳异常，韦崟问仆：那位可是郑六的新人？仆人说：“她哪里是？！”韦崟暗自叫道：这女人够美了，难道还有什么美人？就走进屋去周视，忽见有穿红衣者立于窗下，急近去，任氏已藏于窗扇之间，不得其面，只见其脚，精巧绝伦，便过去一把拉出光亮处来瞧，一时惊得目瞪口呆。韦崟是风流坯子，更是豪爽男人，见未能见到之美，爱之发狂，一下将任氏拥入怀中，口舌乱吻，手探入胸。任氏不从，百般挣扎，无奈韦崟力大，任氏被箍得不能动，就说：“我就是服你，你也不能这样呀！”韦崟说：“那好。”但不用力，任氏却逃脱就跑。韦崟又追上搂紧，伸出舌来，任氏闭口不接，头扭转如轴，说：“你松开我，我依你。”松开又挣脱欲逃，衣带都撕断了。如此四回五回，韦崟就使了全身力气，终将任氏压上床去。任氏力气耗尽，汗湿了衣服，就不再拒抗，而神色突然大变。韦崟说：“我经过多少美人，倒没有你这样，我这么爱你，你就偏偏讨厌我吗？”任氏哽然长吁，说：“郑六可怜啊！”韦崟说：“他可怜什么？”任氏说：“郑六枉是一个男人，连自己的女人都保护不了！”韦崟说：“难道我不如郑六吗？”任氏说：“你当然比他好，可你是富贵人家，人又英俊，什么美人没见过，而郑六穷贱，样子又丑，他见过的女人能满意的却唯独有我，你怎么以有余之心夺人之不足呢？如果你觉得他穷贱不能自立，穿你的衣，吃你的饭，为你所用，他的女人也应该给你的话，你要我干什么我便给你干什么！”韦崟听了，咽下口液，登时冷静，放脱了任氏，任氏偏也不逃，侧卧床头，韦崟就整理了自个衣衫，鞠礼而说：“我不敢了。”唤仆人取水洗脸，一派严正。

从此，三人归好，往来频繁，韦崟没有将强迫任氏的事告诉郑六，任氏也未说过韦崟坏话。三人相处日久，韦崟最为活跃风趣，对任氏百般殷勤，更口无禁忌，但再不有别想。任氏当然知道韦崟爱她，也从心里爱这男人，就说："你这么对我好，我真不知道怎么才能报答你！我有什么能耐，女人家就是个身子，但我想过了，我就是以身许你，一是我这陋质不足以回报厚意，二是你又不能负了郑六，欢悦难以惬意。如果你肯，我一定要给你物色一个好的女儿家！"韦崟自然是肯，当下作揖称谢。

有一鬻衣之妇叫张十五娘的，肌体凝洁，韦崟一直暗恋她。就问任氏认识不认识，任氏说："那是我表妹，我可以让你们撮合。"一月后，韦崟心想事成。但又数月，生了厌意，任氏说："绝好的女子一般不在市面上抛头露面，市人易找，但易得到的又难长久，我愿再给你慢慢找更好的吧。"韦崟说："昨日我去千福寺，刁将军张乐于殿堂，而其中有个吹笙的女子，年纪二八，双环垂耳，好得很，不知你认识不？"任氏说："她呀，那是我内妹的女儿哩。"韦崟就求任氏，任氏一指头戳他额头，说："你呀你……"日后还是去了刁家。

刁家的女儿恰好染疾，看过了多少郎中，医药无效，又请了巫婆在家禳治。自任氏去后，韦崟三日五日就来问情况，任氏只是劝告别急，直到一月，韦崟又问，就让韦崟出双缣行赂。韦崟极快送来了双缣，任氏将双缣便赂于巫，一番密议，巫婆对刁将军说女儿病要得好得换居住，最好为东边，若巷前有高树，其中房子幽静则更好。刁家人查访了正好是任氏处，刁将军就亲自来求任氏，任氏却托辞屋窄狭，有些不愿，刁将军夫妇连来求过三次，任氏方才应允。那女儿住过来后，果然病情好转，任氏就引韦崟来通之，竟经月乃孕。其母害怕，遂领女儿回去，也怨怪任氏经管不严，再与任氏不复往来。韦崟过意不去，往后任氏和郑六的一切生活费用就全包了。郑六也怪过任氏，不该老是拉牵自己的亲戚，弄到孤家寡人地步。任氏说："我也知道这毕竟不好，但韦公子是何等人物，他要弄谁必会弄到手的，我只是报答他，使他得获顺利些罢了。况且，你也知道，我是妖人，我的亲戚都是妖人，这也无妨。"谁知郑六自此见着美人就作想是妖人，甚至提出让任氏也给他拉牵，任氏怒而责之："你们做男人的这般德行？天下的美色并不都是妖人，妖人即使异物，异物之情也有人道，你哪里能识得出，又哪里能揉变化之理？"说得郑六满脸羞愧，再不敢有非分之念。

但郑六毕竟贫，每日在家恨富人，恨自己，见了富人又热羡巴结。任氏说："你能不能借到五六千钱？若能借到，我可以为你谋利。"郑六就借钱六千。任氏着他去市上，但凡见到马股上有疵者便买。郑六果然买了，很遭妻昆弟一顿笑话。过几日，任氏又着郑六去卖马，言说可得三万钱。郑六牵马去市，又果然有人愿出二万钱买，郑六不卖，至市尽，牵马返回，买者纠缠而随，已增价二万五千，郑六仍是"不给三万不卖"。昆弟得知聚而奚落，郑六才将马卖出，也觉奇怪，问买者为什么须要买这匹马？买者说，昭应县的御马疵股，死了三年了，但管养马的官吏并未及时除籍，官征其估，计钱六万，而以一半数再买，就能获半数以上利，何况有马以充数，三年的养马费用又能私得，所以才这么一定要买的。郑六深感任氏精明，以卖马钱买了许多新鲜服饰给任氏。任氏有了新衣，愈发美艳，每着一次，郑六就要求叙欢，任氏接受了，不免也说："你给我买衣，其实全是为了你哩！"

一年后，郑六经韦崟推荐，被授槐里府果毅尉。平日郑六与任氏昼游于外，但因有妻室而夜寝于内，恨不得专其夕，故将官上任，便要任氏同他一块儿去。任氏顺从惯了，这回却不愿，说：那么长的路程，人困马乏，同行也不见得有什么乐处，你留些粮钱，我过些日子一定再去。郑六不行，再三恳求，又请韦崟劝说。任氏作难良久，方说："有巫者对我说，今年我不宜西行。"郑六就对韦崟说："这么明智的人却听巫者说！"还是恳请。任氏说："就是不信巫，我这一去死了，有什么好处？"郑六和韦崟说："哪有这事？！"任氏只好同郑六上路。韦崟特意借她一马，又送到临皋，挥袂别去。

出城往西到马嵬，任氏乘马在前，郑六骑驴在后，女仆又在后，正行走着，草丛中忽有苍犬汪地扑出，郑六还未定神，便见任氏歘然坠地，竟变一狐向南急奔，而犬穷追不舍。郑六知任氏是妖人，但眼见幻变成狐，仍是惊骇丧魄，掉下驴背。爬起来见狐虽快，苍犬更快，危在旦夕，遂撵赶叫呼，而犬仍是不止。一直追出二里远，撵是撵上了，但狐已被犬咬死，雪样洁白的美狐，脖子断而连皮，血殷殷染红一片草地。郑六痛哭不已，双手掘坑将狐埋了，返回见马仍在路边吃草，衣服还在鞍上，履袜还在镫内，如蝉蜕一般，唯首饰在地。女仆也不知去向。

又一月后，郑六从槐里府回长安城，韦崟迎见，问任氏还好吧，郑六潸然泪下，说："死了。"韦崟当下哭出声来，问患什么疾病死的？郑六说："为犬所害。”韦崟说：“犬就是再厉害，怎么能害人?！”郑六说：“她不是人。”韦崟惊道：“不是人？是啥?！”郑六叙说本末，韦崟叹息不能已，第二日，特意同郑六往马嵬，发掘坟丘看之，又是长哭一场，说：“她是妖人，咱们也非精人，徒悦其色而不懂其情性，要说是苍犬害她，其实是你我二人害了她啊！”

此后，二人视万物有灵有性有情，再不敢妄动。

一九九七年十二月一日

读《西厢记》

孟三白得了本《西厢记》，清康熙吕世镛的评注，在医院一边坐在沙发上打吊针一边读。书是线装书，纸脆得一揭就要烂去，且密密麻麻的竖行字，中间又圈点又夹批，如蚂蚁爬树，孟三白看过一页眼就发涩。《西厢记》以前是读过新版的，蛮记得“待月西厢下，迎风户半开，拂墙花影动，疑是玉人来”。这次朋友探病，送来旧版，剧本与评注连同读，一字一句地仔细，一个上午只看一折，已经是如痴如醉了。

病室在医院的最北边，一排简易平房，蒸闷如笼，待读到“怎当他临去秋波那一转”，怦然心动，仰头看着输液架上的吊瓶，第一瓶药液已经完了，静静地想：钟情者正于将尽之时，露其微动之色，故足致人思焉。猛地惊道：药液完了？！急喊：护士！护士！二〇三完了！

护士从护办室跑过来，手里提着第二瓶药液，说：“药完了还是人完了？”

孟三白笑了笑，抬着手让护士看，药液已滴到输液管下端，血回流了出来。

“用词不当，还讲究看书哩！什么书呀？”

“《西厢记》。”

“嗯？盖房子的事吗？”

“你看过《拷红》的戏没？”

“看过，演秀才跳墙哩。你才养得有些精神了，就看这号书，心里五花六花弹棉花了？！”

“能跳了东墙的人才能跳龙门。”

孟三白说着，从竹帘里看见门外小小的花园子阳光普照，一丛一丛清早灌过水的玫瑰，花叶精神，柳树上的知了一声接一声地嘶叫。雪杉前的那一尊太湖石瘦皱透漏，阴凉里四个病人已经打完吊针了，开始叫喊着打扑克。有人一手高举着吊瓶，一手平端着，身子前倾着经过门口。病人们输液时要上厕所都是这样去的。那一件赤红的T恤衫，孟三白瞭了一眼，就知道是三四七，鼻子里哼了一下。

病员住院是没有了姓名的，床号就是代号。三四七这个瘦高个儿年轻人，毛发整齐，衣着时兴，许多病人都称他是帅哥，孟三白却觉得他是宦官样：已经有几个晚上，与女病人二一五在太湖石后拉手。月亮白花花的，太湖石有遮挡，远处雪杉的阴影也铺过来，三四七和二一五就躲在石背面，但孟三白还是看见了。

孟三白不能再看见三四七的身影，一看到就通身的不舒服。护士换上了第二瓶药液，孟三白开始继续读《西厢记》，读到“穿一套缟素衣裳”，感觉里，竹帘外的柳树下有人坐着了。抬头一望，果然坐了女人！女人依旧是那一件白衣白裤。病室闷热，许多病人把吊针拿到室外去打，柳树下的石桌却似乎永远是这女人的。这女人或许太特别，男病人都亲近她，如同一只羊在狼群，狼与狼相互监视着，羊倒很安然了。女病人竟也不肯到那石桌边去，因为她们觉得去只能陪衬了她。孟三白想，浓艳并不足以悦世，淡而转觉雅，雅了可爱。石桌正对着孟三白的室门，女人每次并不是面对着门坐，也不是背对着门坐，是侧坐，那一只扎针的手软软放在石桌上，身子后背恰好贴在门的右边，后腰的曲线透着光，而长长的两条腿斜着蹬出了门的左边。然后弯头看书，把剪影给三白，三白能看到那长的睫毛、高鼻梁和隆起的嘴。孟三白没有见过这么长的睫毛。她为什么总坐在我的门前呢？三白不止一次地这样想，但她没有一次扭过头来看他的门上的竹帘。其实从外边看竹帘里是看不到他的，但竹帘里的人却可以放胆地长久地注视她，孟三白倒觉得自己阴暗，有些像幽灵。

孟三白就合上了《西厢记》，把眼光盯定在天花板上。芦苇席搭成的棚顶已经衰败得掉了色，有老鼠在上面印有尿痕，或许是屋上漏雨，天花板边的土墙上浸蚀了一道一道。书法里讲究锥沙漏痕，现在书坛上有人故意把字写得颠三倒四，殊不知乱石铺街，黄叶落地，或是破屋漏痕，求得的只是一种自然而然的境界呢。

“快完了吧？”

“快啦。”

门外有了说话声。三四七从厕所扑扑沓沓回来了，他又在殷勤二一五，接着就走近了石桌，把自己的药瓶挂在了女人的输液架上，竟坐下来，正遮住了孟三白的视线。孟三白猛地想到了纪晓岚的一段故事，说是宫里的一个小宦官让纪晓岚讲故事，讲着讲着纪晓岚因事要走，小宦官还拉着他问“下边呢，下边呢”，纪晓岚说，“下边？没了！”

孟三白笑了笑，只好继续看《西厢记》，满书上的字却如蚂蚁炸窝了。自肝病复发后，孟三白住在这个简陋的医院里已经两个月了，肝功能在前十天化验全部正常，而他还没有出院。病室里没有后窗对流空气，也没有空调，一日三餐都是那大锅饭菜，许多一同进院的病友都出院了，他还没有出院的意思，他说不清是不是为了这女的。他曾想，这女人这般漂亮，怎么害肝炎呢？却又想如果这女的不害肝炎，自己怎么能见得着呢？即使见着，她不害肝炎，她肯与一个害了肝炎的人接触吗？孟三白相信这是一份缘分。这份缘分有多长多久，能不能认识而发展为熟人朋友，他做过试验，在那一日，坐在竹帘里的他在心里说：如果可能，让她咳嗽一声吧。一分钟后，帘外的女人果然咳嗽了一下。声音很轻，但毕竟是咳嗽了。孟三白还是没有自信。“如果真有缘分，她明日出来打吊针，不穿拖鞋的，穿那一双白色的皮鞋。”第二天坐在柳树下的女人竟真是穿了白皮鞋。孟三白“啊”的一声，心旌飘摇！从此就忌恨三四七，觉得是仇人，不共戴天。

昨天下午，孟三白提着水壶去打开水，当然要经过她的室门口，孟三白偏不往门里看。其实他已经瞭见了半开了窗子的室内，女人是躺在床上的，她是侧卧的，臀部很高，腰像折断似的伏下去，一只脚的鞋掉在地上，一只脚上鞋挑着欲掉还未掉。打了开水，又一次经过门口，不想她正掀帘出来，孟三白猛不防与她要撞个对面了，两人同时在发呆里站住。

“孟先生好！”女人说。

“好！”

孟三白说罢慌乱回来，回来就激动：她知道我姓孟？她为什么不白搭话呢，为什么不叫我二〇三呢，怎么就知道了我姓孟？说明她是已经在注意到我了！那么，每日坐在我门外的柳树下是一种什么暗示呢？！孟三白后悔自己当时没有回答，应该这样回答：陆小姐近来觉得好些了吗？（孟三白是在护办室病员表上查出女人姓陆，而且叫陆小琳。）她如果回答治了两个月，精神好多了，他就要询问她是什么时候染上病的，然后讲：你的病是不重的，万万不得有思想负担，社会上的人对肝病缺乏认识，谈肝色变，其实注意休息，调整饮食，过一段来医院治治就可以了，尤其要精神放松，瞧，我就是这么过来了十几年！虽然现在对治肝病还没有特效药，但全世界那么多害肝病的人，一定有专家在研究的，再坚持五年，最多十年，会攻克这道难题的，咱们就等待着那一日吧！孟三白在室中想这一席话多么自然流畅，又情深义重，就恨自己那一阵却仅仅回答了一个“好”字就走了。孟三白失去了一次绝好的机会。

三四七一直坐在石桌边和女人聊天，后来干着嗓子喊护士，护士去了，他的吊针还没有完，完的是女人，护士给女人拔针，女人哎哟哎哟叫疼，三四七不停地叮咛慢点慢点。

漂亮女人容易上当，就是这么上当的。孟三白站起身，斜着一条腿勾掩了门扇，坐下又翻开了《西厢记》，连着往后翻，几行字钻进了眼里：

有美一人兮，见之不忘。
一日不见兮，思之如狂。
凤飞翱翔兮，四海求凰。
无奈佳人兮，不在东墙。
张琴代语兮，欲诉衷肠。
何时见许兮，慰我彷徨。
愿言配德兮，携手相将。
不得于飞兮，使我沦亡。

孟三白住的不是西厢，没有诗可以口歌，也没琴不能手弹，孟三白不如那个张生。打完吊针，灰沓沓上床睡下。

人一睡下热汗就出，虽然脱了长衣长裤，凉席上立即溻有汗湿的一个人形。更讨厌的有苍蝇在叮。苍蝇的叮并不疼，但它落在身上，酥酥爬动，难受使人无法入眠，孟三白恨恨地不停用手去拍打，拍打的只是他自己。在这个病室里，一直是有个苍蝇的，天黑就不见了，天一稍亮，它就出现，准时得像报时的钟。孟三白每日数次要消灭苍蝇的，但没有成功过，几乎是蝇拍一拿起，苍蝇就无踪无影了，你刚放下蝇拍，耳边又立即有了嗡嗡声，细而快如抽去的一线细绳。有一次它哪里也不落就落在孟三白的头上，又落在蝇拍上，弄得三白哭笑不得。"喂，刘得贵！"他给它起了个很俗的人名呼唤，将讨厌转换为一种欣赏，要看刘得贵到底要落在哪里？这个上午，苍蝇勇敢异常，无数次进攻了他的身子后，终于速度缓下来，最后停落在桌上的镜子上。三白想，它照镜子哩，女人是喜欢照镜子，这只苍蝇是个女的！猛地心有所动：苍蝇是那女人的化身，她在逗耍自己吗？

孟三白幸福地睡着了。不知什么时候，又在苍蝇的叮爬中醒来，一睁眼，似乎窗外正走过一人，他立即觉得这是那个女人了，就拿眼睛盯着已落在墙上的苍蝇，会心地给它笑。孟三白再也不会打这只苍蝇了。他开了门走出来，见女人病室的竹帘还在晃动，是刚刚有人进去，他决定经过那里一定要往门里看看，如果那女人看见了他在看她，他就要主动地与她说说话的。但是，当他走到了女人的门口，瞧见了里边还坐着三四七，孟三白立即脚步不停，平静着脸要走过去。

"二〇三——二〇三哎！"三四七在叫着他。

孟三白装着没有听见。

"二〇三——哎！孟先生！"三四七掀了竹帘探出了头。他的头发很长，当头顶却有一片没头发，是旁边的长发遮盖着，他一定以前患过秃疤。孟三白驻了脚。

"孟先生，听说你那儿有书？"

"有。"

"能借给我看看吗？"

“是线装本《西厢记》。”

“《西厢记》我知道，是本淫书！”

孟三白没有应声，心里说，当初王实甫作《西厢记》时就发愿只与后世锦绣才子共读，曾不许贩夫皂隶也来读。你读得懂吗，你配读吗？孟三白扬着头要往前走。

“你才是胡说！”女人却也从竹帘里出来，说，“张生要是淫人，那世上的皇帝算什么了？”

“哎，我记起一副对联了。”三四七说，“去年我去过唐陵，那碑子上写着‘后宫佳丽三千人，铁棒磨成绣花针’，妙不妙？”

女人没有应声，用手拂着面前飞来飞去的苍蝇，问孟三白室内有没有苍蝇拍。

“我不打苍蝇。”孟三白说。

“不打苍蝇？”女人说。

“那是我在室中养的。”

一只苍蝇落在女人的额上，像一颗美人痣，孟三白觉得这只苍蝇是他。

“你养苍蝇？”三四七说，“吖你的苍蝇都是母的吧！”

孟三白这次真的要走了。

“你进来坐坐呀！”女人再次对他说。

“我上厕所去的。”

其实他不上厕所，但他还是去了。他拒绝进去坐坐，感觉女人是在真诚地邀请他，他偏也不理那女人了，他知道三四七越是殷勤，孟三白则越要冷淡的。

第二天，孟三白的药液打完了，隔帘瞧见女人的药液也打完了，喊护士来拔针，护士却在西头抢救一名肝昏迷病人，孟三白就出来，去抢救室把护士叫来。这一次主动帮助进行得自然之极，孟三白甚至对女人没有做任何表示，掀帘要返回病室时，女人说：谢谢你！

“不用，”他说。

“孟先生，你最近做过化验吗？我再打十天针就该出院了。”

“急什么呢？”

“针把我都扎怕了。如果把针眼加起来，我也像杨七郎，万箭穿身了！”

回到室中躺下，那苍蝇又来了，孟三白心想：这个时候，也该有一个苍蝇在叮她吧。歪身在那里读《西厢记》的《寺警》：“系春情短柳丝长，隔花人远天涯近”，倒担心女人出院。为什么要出院呢，既然得了肝炎，就永远住在医院，医院是一直就住着他们治不愈的肝炎患者才是哩。

一天一天过去，孟三白觉得日子来得太快，他计算着离十天越来越近，每日就借各种口实要经过女人病室门口多次。这所医院不同于别的医院是没有严格的隔离区和探视规定，这也是孟三白之所以第二次住院在这里的原因。但是，病人的自由出入和随时的探视，医院的管理也就松散，平房区的那间厕所便尿流恶臭，苍蝇乱飞。孟三白当然也就发现了医院大门内的东墙根有个小厕所，那里去的人少，相对干净。他就在没事时从女人的病室门口走过，走过了，似乎又忘掉了什么返回来，往往返回只带一支烟再经过女人的病室门口，然后茫然四顾，不知再做些什么，就只好踱步到远处的那个厕所去方便了。

孟三白终于把这个厕所的秘密告诉了女人。这是一次他打完了药液走出室门，才面对着竹帘结帘绳儿，感觉里柳树下的女人在看他。想：我一定要看看你，如果我扭过头去，发现你真在看我，我一定要和你说话的。一扭头，果然女人在看他，两人的目光唰地撞在一起，孟三白瞧见她的脸红了，如小偷在行窃时突然被人抓住。

女人立即站起来，一只手抓着扎针的胳膊。

“疼吗？”他说。

“……我方便去。”

她从输液架上取下药瓶，一手高高举着，往厕所去。她的身子高挑，臀与腰的过渡部位太是好看，孟三白心里怦地一下，一股说不出的什么滋味从牙根沁出来。但孟三白是不能帮她过去举药瓶，随她去厕所的。一只苍蝇却同时起飞，他目送了它往东边的女厕所飞去。

女人返回来了，又坐在了石桌边。

“这里的护士不尽责，厕所太脏了。”孟三白说。

“是太脏。”女人说。

“其实医院里有一处干净的厕所，你知道吗，进大门往左走，走过药房再往南，到了院墙根那儿有个小小的厕所，以后不妨到那里去。”

“是吗？”

“是，一般人不常去的。”

晚饭后，孟三白在水池上洗碗，女人也来洗碗，女人告诉了他：那个厕所是干净，但墙那边是医院的太平间。

“哦，”孟三白说，“怪不得人去得少。”

“我不怕的，”女人说，“医院里哪个床上没死过人，咱还不是在床上睡吗，何况太平间？”

“不怕。”孟三白说，他突然拿眼睛四下看，女人的话使他顿悟到医院里到处都是鬼的，鬼已经拥拥挤挤，只是他看不着罢了。

自有了这种顿悟，孟三白在继续读《西厢记》时，禁不住低笑或叹息，就似乎所见在什么地方也有了微微的低笑和叹息。便猜想房间里有鬼，鬼在天花板上或窗帘上。而且那里出现的苍蝇，墙角上的小红蜘蛛，窗棂上爬着的壁虎都是鬼的化身。透过竹帘，女人静静地在柳树下的石桌边，那柳树、石桌、太湖石、雪杉和雪杉上的知了，都不是无生命的和无人性的，它们有它们存在的原因，都与他或这个医院病人有这样那样的关系。

为什么在医院里遇着这个女人，这个女人为什么又肯同三四七说话，这又是一种什么前定呢？

但孟三白发现女人以后是每次去太平间旁的厕所的，而三四七则依然去东边肮脏的厕所。女人是没有告诉三四七的，去太平间旁厕所是他与女人的胡志明秘密小道。

孟三白再去那里方便，就想象隔墙的女厕所里曾经是蹲着那女人的。这里极其幽静，以至他每日来三至四次，即使黄昏天黑，他也要来，安静的环境能给他许多遐想。当有时一个人进来，突然发现蹲坑上还蹲着一个两个人，或他正在那里吸烟，猛地悄没声地进来一个人，孟三白不免有些害怕了：这是不是人，是从院子里来的游鬼，还是从旁边的太平间来的？这么想想，倒有些不害怕了：我倒要看看他们会怎么样？有了这样的怪异念头，孟三白在医院里看一草一木都觉得是人，这些一草一木都曾经是医院的病人吧？而医院里来来往往的人，又让他产生这是些真人呢还是鬼幻变的？回坐在病室，又细细辨认对着自己门口的那棵柳树，又醒悟人与物是轮回的，这棵柳树是以前生着的和死去的这个病室的病人以及现在自己的魂灵所致吧，走出来看女人病室门口的那棵树吧，树长得很细很高，树梢斜斜地向他的柳这边倾，心里无限慰藉。

这天晚上，孟三白心情好，自配曲调儿吟唱《西厢记》“哭宴”的词儿，才唱过：

倩疏林你与我挂住斜晖，
昨宵今日清减了小腰圈。

就觉得口里很寡，出来去医院大门口买一包小食品来吃，而且想，如果在院中或平房前能碰着那女人，他要将一包萨其马送与她的。但是，院子里没有人，差不多的病人都进室睡了，有的还亮着灯，在里边看电视或说笑。孟三白路过女人病室门口，门掩着，窗帘拉着，但窗帘小，里边的灯光映出来，他扭头极快地看了一下，并没有看见什么，就走回自已病室站了一会儿，又一手拿了脸盆，一手还拿了那包萨其马，装作去水池打水，再一次跑过了女人的病室门口。这次扭头那么一望，却看见了三四七正坐在女人的床边，而女的光了脚靠坐在床头，三四七正弯了腰在女人的脸上亲吻了一下。孟三白一阵昏眩，感到了极大伤害和愤怒，他几乎要把手中的脸盆“咣”地砸在地上。但孟三白毕竟没有，在那一刻里倒轻手轻脚倒退回来。

孟三白在房间里如蔫了一般窝在沙发上，他恨死了三四七，后来就恨那女人，他虽然认为女人善良和软弱，但为什么就经不起三四七的纠缠和无理而还肯同意他到她的房间呢？孟三白终于不能忍耐，走出来去敲护办室的门。

“笃笃笃。”

护办室里亮着灯，有隐隐的嬉笑声和什么吱呀响。

“笃笃笃。”

一切声响戛然而止。接着，有人在问：“谁？”

“我！”

“我是谁？”

“二〇三。”

“哦，二〇三……什么事？”

“二一五突然肚痛，让你们过去看看。”

“知道了，你去吧。”

孟三白要离去的时候，他听见里边两个人在小声说话。

“出来出来，你瞧你穿的什么？”

“把他的……”

“……”

“我想起一个故事。”

“你有正经故事？！”

“……说一对夫妻正那个，昏头晕脑的，突然门响，女的一把掀开男的说，我丈夫回来啦！男的爬起来就从后窗往外跳，把腿摔断了……”

“你……”

孟三白明白了护办室发生了什么事，觉得今晚自己是倒霉了，懊丧自己去买什么小食品，看到听到不应看到听到的事，已无心再读《西厢记》，沉沉睡去，认定这个世界所有人都在暗算自己。

不知什么时候，他被一阵哭声惊醒，睁开眼来，天是大亮了，他以为这哭声是那女人发出的，意识到是不是自己昨晚的行为终于使三四七和那女人受到了惩罚。出来后，平房的过廊上站了许多人，原来是西头那个病室的病人在凌晨五点吐血而死了。两个护士把尸体抬上了小推车，尸体上盖着床单，那头在小推车推动时还在动，像被单包着一颗西瓜。死者的家属，可能是他的老婆吧，瘫坐在那里哭，而护士已把死者的碗、水杯、牙刷和大包小包的食品拿出来堆在窗台上。苍蝇轰轰地飞，落在过廊上站着的所有人的头上和身上，又飞向病室的门上窗上，后来全趴在小推车上，随护士的推动往太平间去了。

一个病人死去了，这么多苍蝇来送行，病人的灵魂都是苍蝇。孟三白想，或许以前所有死去的病人的鬼魂都以苍蝇的形式出来欢迎了。

“孟先生，”孟三白听见那女人在轻轻唤他。回过头来，女人就在他身后不远，脸色憔悴。

“早上好！”他问。

“不好。”

不好是应该的，孟三白从她的神色里看出昨晚医生或护士去过了她的病室。她和三四七是怎样下场呢？

“这医院待不成了。”女人说。

“怎么着？”

“在医院里永远有一种恐惧感。”

孟三白没有问昨晚的事，他看着女人，看女人被三四七吻过的左腮。女人似乎羞涩地低了一下眼皮。突然之间，孟三白觉得三四七就是他自己，是自己的上世或下世，在昨天的晚上亲吻了女人。这个早晨，在死亡病人家属的嚎哭声中，孟三白不知怎么有这么个想法，倒没了意思昨晚去打小报告的行为，感到了自己的无聊与可耻。

“孟先生……二〇三！让我再叫你二〇三吧！”

奇迹出现了，三四七从他的病室出来叫他，三四七今早穿得很整齐，皮鞋也换了一双新的。

“……”孟三白一时手脚无措。

“我要出院啦！”

“出院啦？肝功能指标正常了吗？”

“一个礼拜前就正常了。”三四七说，“我原本还要住一段时间，昨天晚上却决定得出院了。”

“昨天晚上？”

“是的，”三四七说，笑笑的，“孟先生，是你昨天晚上去叫的医生吗？”

“我……”三白慌了，“你这……”

“我不怪你的，你也不怪我吧？”三四七说着看了一下女人，女人转身往她房间去了。

“她是个好女人。”三四七说。

“是个好女人。”孟三白也说。

“这是我的名片，希望出院后咱们联系……我求你一件事，你肯吗？”

“你说吧。”

“你已经把《西厢记》看了，能借给我看看吗？”

“……”

但是，孟三白没有借给三四七《西厢记》。

三四七在这个中午出院了，孟三白没有送他，而且孟三白发觉女人也没有送他。他离开了医院，去了没有患病的另一群人中，另一群人怎么看他，他怎么看另一群人，又会有什么故事发生呢？孟三白午休时突然惊醒，房间里那只苍蝇异常活跃，再读《西厢记》，吟一句“惨离情半林黄叶”，听见门前石桌上那女人在对护士说：“苍蝇叮得人睡不着。”越发感觉他就是那个三四七，而女人房间的苍蝇却又是他，在窗前嗡嗡叫。

一九九七年八月三十日写

水 意

之 一

这一年，是一九八五年，八月里州河又发了水。先是雨下得汪汪一片，就不是好兆头；到夜里，灯还在亮着，老鼠便顺着柱子往梁上爬，一只，两只，三只四只的。老寿老爹最恶心的是这老鼠，下了两副夹子捕捉，捉到了还浇上煤油点着让它在运动中自焚，这阵心里却楚楚地动。三只老鼠一溜儿往上爬，前一个大的，后一个大的，中间的很小，那该是幼儿，四肢扑朔，吱吱不已，他听出来似乎是说：水要淹了，水要淹了！眼瞧屋梁上拥挤着世界上另一类存在的生命，他满心满怀地涌动了同情，没有睡意，从里间屋里抱出木椽、木棒，冒雨在门前的钻天杨下，以树身为轴，编扎起木筏来。

一溜儿看过去，家家门前的钻天杨下，老者们都在编筏子了。

“老寿，你会编吗？”

“会的。只是手上没劲，铁丝拧不紧了。”

“用葛条缚住就行，还能有多大水呢！”

“那说不来的！一更天水能下来吧？”

“满满也真没说回来？”

“看样子不回来了。”

“养儿真不如栽杨……”

老寿老爹没有作答，眯着眼睛从钻天杨根部往上看，杨树钻天而上，高不见顶，黑际里白亮如射上的光柱。杨树是造屋时栽的，家家造屋时都栽，这如同过州河，入水时就看准出水处，如同砌新灶就修好厕所棚。家家门前的钻天杨是守卫家家的兵，“养兵千日，用兵一时”，钻天杨每年八月用得一次。

老寿老爹终于编扎好了筏子，就将一切日常用具装在木箱里，挪放于筏上。木箱一共是八个，都是儿子满满装订的，早些年儿子会将一页劈柴也要放到筏上去的，现在却全不理会，不牵挂一切了！

老寿老爹将存款全装在牛皮钱夹里，死死地系在裤带上，把木梯搭在屋檐，底端又用绳拴在杨树根了，就取下墙上老伴的遗像挂在门栓上，一边吸起水烟袋，一边看着。

“一更天水会来的，”他说，“你不用惊慌，水一进台阶根我就揣了你的像到房顶去。满满没有回来……那也不仅是满满，村里十有七八的儿子都没回来。水能有多大呢？年年水都要淹，半天也便就退了，咱这村子有风脉哩。”老伴的像是死前三年照的，照得很柔和，慈祥。老寿老爹就作念起许多事，尽想到她的好处。可惜他们夫妻了一场，在一处生活却不多：他在州城的药铺里当药司，一个月回家一次，她总是当贵客一样伺候他，他要怎么她也就怎么于他。他也觉得她把他不当作是自己的男人，而是她的领导，但她依旧是那么热情又客气，他就想：这是夫妻不常在一起的缘故，待到退休了，他回到村里来，情形或许就变了。可是，他还没有退休，老伴就病了，满满领着娘到州城来看医生，看不好，又领着去省城医院只说十天半月病好后就回来了，一去却是四十五天。四十五天后，满满回来了，人黑瘦黑瘦，背了个大包袱。他问：“你娘呢？”满满说：“我背着。”放下来竟是一个小小的骨灰匣子！原来满满领娘在省城医院，病没有治好，倒闭眼死了，满满哭了一场，就自作主张将娘的尸体去火化了。老寿老爹一生脾性好，第一次骂了儿子一顿！但事已如此，也只好做了棺木，放骨灰匣入其中，在祖坟的先考先妣脚下处拱墓重葬了。“农民做什么火化？”老寿老爹自此一提起这事，就咒骂满满，“人死在外边就够惨了，你还让她阴魂到处飘荡吗？咱村子风脉多好，咱祖坟风脉多好，埋在这好穴上，于子子孙孙都好啊！”

老寿老爹虽是药司，几十年的生涯也就略懂了医道。中国的哲学原是从阴阳五行来整体感知和把握世界的，老寿老爹从中医的金木水火土，也学会了看河流山川的走向，阴宅阳舍的风水。他之所以退休后坚持要回来，除了信奉“叶落归根”的道义，再就是舍不得生他养他埋有先考先妣和老伴的这块土地。

雨还在下着，无声无息，天黑得没见到一颗星子。几只老鼠从雨地跑上台阶，从他的脚下慌张疾过，爬柱子又上梁了，他旋即就听得有闷闷的吼音，接着有了锣响。锣是州河下湾村敲的，那村子前的河堤年年高筑，年年出现危机。老寿老爹想象：那堤上又是人如蚂蚁，砍树木，背沙袋堵堤了。就镇静地灭了吃烟的纸煤儿，将油灯瓶放在猪尿泡做成的灯笼里，提了，把老伴的遗像挂在脖项，披了蓑衣，戴一顶雨帽沿梯往房顶去。那只肥得光亮、吃饭而不吃鼠的猫也顺梯上来了。每一家的房顶上都坐了人，人在房脊上骑着，如做骑马游戏。村子建筑原本是不整齐的，因为村后靠的是罗山，罗山主峰很高，两边缓下来又如两条胳膊挽抱，背有“靠山”，这风水是极不错的。但州河对岸的山，叫莽岭，有五个锯齿形的峰，阳舍门窗对准那个峰才是正穴，各个风水先生见识不同，各家的房屋的摆布就不一样，有正北的，也有西北东北或略西略东的。如今居于房顶，一个人一盏猪尿泡灯，他们没有大难前的惊慌失措，悠然地一边往州河方向望去，一边呼应着会话。

“水漫到台阶根了。”

“是上了台阶了，筏子也浮起来了！”

“下湾村的堤怕又保不住了？”

“那村子穴位不好，州河到那里是‘煞水’嘛！”

“哎呀，筏子已经那么高了，今年的水大啊！”

“超不过窗顶的……”

“土墙抵得住吗？”

“没事的，水就到檐下也没事，这是回水嘛！”

“水也真不敢到了檐下！真要出个事，村里没几个精壮年轻人……”

屋顶上是寂默了。上了年纪的人虽然一生还未经过上过檐的大水，但天有不测风云，万一水齐了檐……大家都屏住气息，不言语了。老寿老爹突然说：“月河里没有涨水吗？”

这话原本是解脱性说的，但立即有了接应：

“一个老天下雨，月河能不涨水吗？”

“那他们还淘什么金子？！”

“他们不淘金子，也不想回来的！”

“他们的心好硬！”

他们骂的是他们的儿女，眼见着筏子随着钻天杨往上浮，突然间更集中了对儿女的不孝的记恨。

“让水涨吧，把咱们全淹死了看他们回来不？”

“那他们更不会回来了！”

“水不会再涨的！”

老寿老爹又反过来说解脱话，这话又提醒了大家。

“老先人能把村子建在这里，水不会绝人的。”

“水一退，地里又用不着上肥了！”

“赶后天州河行了船，咱到月河滩上找他们去，老寿哥，你去叫满满吗？”

“叫的。”

水果然淹到窗顶处，就不上涨了。但退水要到明日早饭时辰方能退尽，这是历年的经验，也就是说，房顶上的人要一直在房脊上骑到明日早晨。这些人全没有睡意，大睁着眼瞧着房顶，瞧着已经接近房顶的木筏，瞧着木筏上的大木箱。老寿老爹抚着怀里的老伴遗像，心里说：没事的，没事的，咱这地方好哩，你的坟淹了，水一退我就去修修土的。就看见一直偎在身边的那只猫，样子极温柔地叫，眼睛发出一种绿光。

突然有人锐叫了一声。

“瞧，河面上出来水妖了！”老寿老爹也立即向州河水面处看去，自己也感觉到眼睛变成了绿光，他看到就在回水湾的崖头方向，先是有了一个光球，里边是红的，外沿是蓝的，旋转着升上去，又沿河面下移，直到与这村子快成直线方位了，倏忽灭亡。接着又出现一颗，又出现一颗，一闪则逝去了。

这奇景，村子里的人虽不人人目睹过，却都知道，州河从上游下来，走了几千里路，一直都是大川大湾，到了那崖头处，也就是罗山的左胳膊伸延下来的脉峁处，突然缓缓拐一个小弯，这村子就处在这弯里。弯里的地势并不高，土壤极沃，年年一涨水，水就漫了田地，屋舍，但全无冲了地毁了房的历史。水是回水，全仗了这崖头，崖是黑崖，临河直陡陡的，生就怪木，如龙盘绕，春秋夏叶并不茂，挂几片红云，艳若血点，冬里远看，犹如崖裂了缝隙，坐船近去，则见根如铁铸，硬是在石壁上盘绕，如浮雕一般。但近去的木船十有八九不能生还，平浮的水面，船一至就旋，突然船头直立而没，落水者有好水性的逃生，会告诉说那里有一旋涡，急如龙卷风。说者面有土色，似诉阴间地府，从此过往船只再不敢靠崖根行走。但崖头上却刻有石画，人非人，兽非兽，人兽皆非，谁也不知道这画谁人所刻，刻于何时。

满满在外边跑的时间长了，回来在村里说：那画叫“崖画”，上古人刻的，有一本书上专门有人还提到这里的这些画。崖上的画当然叫“崖画”，用得着满满说吗？问满满那崖画有什么用？满满说：书上讲，是古人用于镇水妖的。满满在外学油了，什么都是人家书上说的！既然是镇水妖，那么现在每每一涨大水，那水妖怎么又出来呢？满满当然又强辩那出现光球是别的自然现象，并不是水妖的。但光球别的地方没有，偏偏这崖头出现，平日不出现，又发大水出现，满满也糊涂了，他一张嘴说不清！

老寿老爹却感念崖头，这出现的光球水妖，他的阴阳五行不精深，解释不了这水妖是为什么，但认为水妖并不是坏东西！正因为如此，这一湾的土地才这般肥沃，这村子从未被毁掉，这是州河上最好的风水地。

但满满这些后辈人却没良心，看不起这一湾土地，看不起这村子！

“这水妖真怪，移到村前就看不见了！”

“水妖护咱这湾子哩。”

“咱村子真是好风水啊！”

“满满他们不回来，真造孽！”

“他们都跑出去，不会冲了这风水吧？”

“不会吧？到老了他们能不回来吗？！”

之　二

同是一块儿天，天上只有一颗太阳；州河里发了水，月河里也是发了水。河滩里的窝子才见到石板层，第一个下午淘到了五錋金子，只说运气好，水就把窝子漫了！满满骂娘，骂得挺野，同伙也戏谑说：

"满满，城里人可不说'× 他娘'！你放文明些。"

"我奸他母亲！"

满满说罢，自个也笑了。大家也都笑，笑到最后，却苦苦的，全不言语，一起回到岸上的住家户里去喝酒了。

住家户是个驼子，样子委琐，心计极鬼。他守着月河，眼瞧着河沙里有金子，却没力气去挖窝子淘，除了收取外地淘金人的房租外，就收集淘金人的烂草鞋去在金盘里洗。满满他们喝酒，喝得没死没活，逮上合意的话，说几句笑几声，论起岔气的事，恨一阵骂一通；驼子提了门口的几双草鞋到河边去，半晌回来，眉开眼笑的。

"驼子伯，又见金了？"

"见了！你瞧瞧，有命不在乎睡半夜起五更，是根金条！"

"金条？"

果然是金条，黄灿灿的在驼子的金盘底，一指长短，针尖粗细，亮，中间却是白的。

"月河里不光有金子，还有水银哩，这是水银蚀了金子，要么怎成了白的？！"

"驼子伯，你老奸巨猾，尽赚便宜，我们的草鞋再不让你捡了！"

"不捡草鞋我也能拾到金子的，民国二十四年我割草路过河滩，还拾过绿豆大一颗哩！"

"好吧，你命好，咱摸几盘麻将吧！"

"满满，你又忌恨我了？你霉着，我手气正好，想把你口袋的票子全送给我吗？"

满满只是一言不发，大声出气，空酒瓶子就摔在门外响一个爆炸；麻将哗哗啦啦倒在桌子上了。

“满满，你又犯老毛病！你喝醉了吗？”

驼子的女儿云云在门口，眉毛扬得高高的，拿眼盯满满，云云的眼睛是蛇眼，有毒，满满就蔫下来了，目光落在云云那一双穿着塑料凉鞋的白脚上。脚后，是那两只雪一样的白狗，温顺可人。满满颓废地离开桌子，爬梯子上楼去，钻进自己的卧铺上睡下了。

河里的水还在流，浑浑汤汤，急而躁地与岸石咬嚼，也咬嚼着岸上的人家，和人家里投宿的外地淘金人。

天至黑，满满没有起来，一夜也未苏醒。第二天中午，大红的日头从楼顶的窟窿里透进来，满满下了楼，睡得眼皮发肿。

“天晴啦，满满，河里水塌了！”

“不塌也好，让它使劲儿涨嘛！”

话是这么说，几个人还是步出房子，到河滩上张望。月河的水是天下雨时最大，天不下雨了最小，小人和女子的脸，哭得快亦笑得快。已经有好多人在那里重新开窝子了。岸边的一片白茅子草，经水一淹，并没有倒伏，枝叶直耸耸地在阳光下，两只雪一样纯毛的白狗一个卧着，一个站着，云云就停立在双狗之后往河上看。

“满满什么也不怕，就怕云云！”

“不是怕，是那个。”

“哪个？”

满满黑了脸，训斥着同伙把手扶拖拉机开到河滩，拖拉机并不是运东西的，专用着带动抽水机。同伙就将笼担、金床扛了跟满满走，满满是这伙淘金人的头儿，他会看得河脉，哪儿有金，哪儿无金，走到一个回水湾的地方，左右看看，屏息闭目念一通咒语，窝子便起开来。半个时辰，一个窝子挖下二尺，水便嘟嘟往上冒，抽水机就架上抽，满满已经热得剥了上衣，露出裤腰带上挂着的装金竹筒，一猫腰，瞥见那白茅子草丛里的人和狗。

云云在那里想什么？和驼子老爹又闹别扭了？驼子老爹为云云的婚事操碎了心，找了一家，云云不悦意，再找了一家，云云还是不悦意。骂云云：

"你要老死在这里不嫁吗？"满满知道云云，云云不是不嫁人，云云想女婿想得要疯了，她才养了两只雪白狗！云云是不想在这里做了婆娘，她思想着州城。驼子养了云云却不了解云云，枉做了爹，满满了解。

"满满，你发财了！"一次满满淘出了一颗大金片，云云说，"发财了，回去盖一院子青堂瓦舍！"

"我才不哩，有了钱我到州城里买房做生意去！"

"你吹牛皮！"

"政策允许哩，州城里我为啥不能去得？！"

"你也是个心比天高命比纸薄！"

打那以后，云云总来看看满满淘金，说起州城的楼，说起州城的人，还说起州城公园里的假山和水湖。有一次说到老爹，满满怨爹不该退休了回到老家去，云云也怪爹该管的事不管，不该管的事偏要管，整天唠叨她的婚事。满满就和那两只白狗腻熟了，打一个哨就勾引过来，抱住狗想了许多好事。

但满满想是想过了，却全在肚子里，因为他现在还仅仅是淘金人！

窝子已经起开了，有一处见着了河床，满满把金床安好，指挥人掏沙的掏沙，担沙的担沙，洗沙的洗沙。人如同疯子一般，各守其位，各行其责。

"今晌午吃什么饭？"

"洋芋糊汤！"

"没肉吗，肚里寡得很！"

"今天见金子，买一个猪头去！都好好干，夜里口条下酒，喝个醉！"说到口条下酒，有人就想到别的事上去，说上河那人家住的淘金人，怎样和主人的老婆好上了，有人看见在牛棚后搂着亲口口，"吃口条"哩！

"满满吃过没？"

"满满淘金时间久，有钱了，却谋着到州城去哩！"

"那说不定，满满怕将来要吃最好的口条了！"

说话的拿眼睛瞟远处的云云，见满满从金床那边过来，偏故意住了口。这种住口表面上不让满满听见，实际里却硬要神秘地让满满听见，满满就骂一声："吃你娘的口条！"惹得自己和大伙都乐着笑。

说话的挨了骂，就实行报复，把话往另一处引：

“月河水涨得快也落得快，州河就不同了！”

“这一涨水，咱村子怕又淹了！”

“就是房淹倒了，那点家产又值几个钱？”

“咱倒无所谓，满满他爹从城里却带回许多东西啊！”

满满自然就想到爹。爹真是老了，糊涂了，在州城里干了一辈子，末了却一定要回去住？！满满气上来，无穷的气力，不用扁担，双手拎了两个沙筐到金床上去，咚地一放，心里说：爹！你不理解我，还是我不理解你！？

嘴皱起来，要打个口哨，招引那两只白狗过来。云云却在那里同一个人说话了。

“老王，从城里才来吗？”

“乍脚刚到。”

“城里河街淹水了吗？”

“淹不到的，修了大堤了，州河再涨五尺，也淹不到了！云云，新近不去州城吗，安徽有个‘新潮流’歌舞团正在那里演出，热火得很，你不去看看吗？”

“哦。”

姓王的是收金人，是一个鬼，一只苍蝇。淘金人淘出的金子原本是去交给县银行的，收金人却隔三隔四来收买，他的价出得高，又现淘现买，满满虽然也乐意让这些人买去，心里却骂这些人捣鬼大，不知经他们一倒手，从中又会赚得多少钱。

老王和云云说过话后，直走到金窝子这里来，锐声叫满满：

“满满，水才塌落就淘开了！我还以为你回家了。”

“没回。”

“听说你们那儿又淹了水，不回去看看吗？”

“不回。”

“金子一定是淘到兴了！今日见了多少？”

“我们的金子要涨价了！”

老王却笑了，取出高级香烟，一一散给大家，故意说出一些粗野的咒骂来加强亲近的气氛。

“满满，你他娘的别给我来这一手！你是看我米汤碗里浮了一层油皮，就忌恨了吗？”

“老王，这你知道，国家的政策是淘出的金子要卖给国家啊！”

“那好，那好，你可以卖给国家！”

老王笑吟吟地，叫满满过来。

“你托我在州城买两间门面房，我差不多快谈妥了，人家的价是四千，一个子儿不落！”

“能开个铺子吗？”

“当然能的，还有个小后院，也可以盖两间房的。到时候，一间你爹住，一间你们两个住。”

“还有谁？”

“你不结婚吗？”

满满无声地笑了一下，抬头看见太阳把天上的云化得一块儿一块儿，河滩上也就光一片暗一片，白茅子草丛里的两只白狗像两尊玉白石头。

满满再不理会老王，默默地走到金床边，对洗沙的小伙子说了什么，小伙子就坐到一边吸烟了。于是，所有淘金人都歇息了，到窝子旁的手扶拖拉机上取了口袋，一边掏馍馍啃着“打垫”，一边拢过来，睁着大而圆的眼睛看满满开始清金床。

清金床的时候，所有淘金者都要监看，一是众心向往，神灵就会暗中感动，使这一床能多出现些金子，二是众眼睽睽，就不疑心清床人在清床时会突然偷拿了颗粒大的金子。满满是这个集团的主儿，满满明人不做暗事，他有言在先：清床只能他清，清时都要看着！

满满将金床上的沙石冲到金盘里了，就直腰闭目屏息，口里又念念作词一番咒语，然后端了金盘到浅水里三摇两摇，七摇八摇，沙石泥土就顺水荡出，眼见得金盘底有了一小摊黄灿灿的东西，众人都兴奋起来。

“啊。”

“啊。”

“苦是苦，这月河不负下苦人，见淘就有金子的！”

“这一晌每人分五元没问题了！”

“到底比守在老家种庄稼强！”

金子装在满满腰带上那个竹筒里了，大家激奋的情绪还未退，别几个集团的淘金人就走过来了，眼里馋馋的。

“你们这窝子好吗？”

“不行，明日得重起窝子了！”

满满平静着脸说。

之　三

老寿老爹户口到乡下了，吃的却是国家粮，要是没有满满那一份地，他真闲得没有什么事情做。水淹了秋后的地，果然淤了老厚老厚的河泥，一站在地畔就闻到腥臭味。已经过了霜降，淤泥还是软的，麦种不到地里去真是煎熬，老爹看见别人在淤泥里撒种，用耙子搂搂就罢了，他也如此照办。这个冬天，他伺候这块地就如当年伺候满满娘坐月子，麦一露土，就过几天摆了炕灶的草木灰去撒撒，再过几天，又挑了马桶去泼泼尿水。村里的人瞧见了，惊呼道：“老寿，你是要麦子倒伏吗？”

“原先没上底肥，浅浅种的呀！”

“那一层淤泥还不是底肥吗？！”

老爹不再去施肥了，照旧每日清晨去地畔转转，看地两头的界石是不是歪了，看有没有野兔夜里宿在那里刨开一处麦根。有一根草，弯腰便拔了。这种对待土地的忠诚有如几十年在药店，每日第一个到单位扫尘土、抹门窗一样。然后就精心务弄门前的花草，坐下来，沏一壶茶慢慢品饮，感到十分的惬意。

但老爹愈来愈遗憾的，还是房子。经水一淹，房子没有倒，只是山墙的一头垮了，墙皮浸泡后，一片一片剥脱下来，常在夜半起来小解，灯一点，满地的湿湿虫如败阵的逃兵。老寿老爹就谋算要翻修翻修这些房了。他端出那个钱匣，把家里存储的，把自己退休的津薪，一一清点，然后一边于口里嚼了馍，又吐出来喂那只小猫，一边估摸：四堵墙全部换上砖，这得四千砖，五袋水泥，二百斤石灰；再将地基垫高，这得二十方沙石；再修一个院墙，一个门楼……老爹的钱全部花完，还得几百，无论如何得满满拿出一笔钱了！

满满却不同意。满满是让人捎书带信才叫回来的，他回来穿得很帅，穿了皮鞋，还戴了墨镜，老爹骂他“装狼不像狼，装狗尾巴长”，总之，不像个农民了！

“我这钱不能动，我要在州城买房呀！”

“那这房就不管了？”

“只要不倒，回来有个窝就行了！”

“屁话！‘长安虽好，不是久留之地’，你在州城住一辈子？”

“城里还不是人住的？！”

“满满啊，爹在州城里待够了。走遍天下，哪儿有咱老家这地方好呢？树长千丈，叶落归根啊，不守住这块地方，你要到底后悔呀！”

“我不后悔！”

“你这没根没基的东西，你以为你本事大吗，你就可以不要你列宗列祖，也不要你爹吗？你走吧，你永远也不要回来，没有你，你看着把这房子翻修得成翻修不成！？”

父子俩一场争吵，红脖子涨脸，末了，老寿老爹火上来，扇了满满一个耳光，又举了锨把来打。满满却拦腰将老爹抱住了，老爹好轻，他一下子抱到炕上去，让爹知道知道满满已经长大了，力气大得很，他顺门就走了。

和老王约定好，满满是到州城相看谈妥要买的房子去了。

州城是在州河上游，距老家的村子八十里，距州城逆北而上的月河淘金处六十里。这不是一块儿平地，沿州河边一座平平的山，城就依山而筑，一直繁衍到山后的沟坝里，再到沟坝后面的一面平缓坡地。州城人都称“小重庆”，重庆是什么样子，满满没去过，但满满每每一到州城，就被这人、这楼、这街、这巷，所震惊所吸引！要干事就得到这里来，满满觉得自己一身能耐，在村子里是无法施展的。谈妥了准备购买的房子是在州河边的山根下的河街上，这是州城最繁华的街面，房子正好在好地方，满满很是满意啊。

满满在旅馆里住下来一方面商定一个月后房钱交齐，收拾门面，一方面物色了一些采购员，早早筹备收拾门面的材料和将来经营的货物，就在一家饭馆里谢请了联络人老王。这饭馆是两层楼，临窗坐了，吃狗肉喝烧酒，醉眼蒙眬，便瞧见楼下一家店铺门口卧了两只狗，白狗，纯得一根杂毛也没有。

“这不是云云的狗吗？”

“是云云的狗！”

“云云的狗怎么到这儿？”

老王就诡诡地笑，咬耳朵说，云云也托他在州城寻个合同工干干，最近寻下了，就在那一家服装门市部工作。她要老王替她保密，偏不让先告诉满满。

满满就笑了，嚼一根狗骨头，嚼得挺有味，牙齿剔尽了肉，又砸断了骨头吸取了髓油。

这天夜里，一个圆月亮，满满邀了云云在城里逛。夜市上人很多，每家店铺门口的灯，五颜六色的，一闪即逝，忽明忽灭，两人走着，拉开距离，人太多，不时就冲散了，不知什么时候，云云牵了满满的手，不感到害羞，亦不觉紧张，谁也是谁的小狗，后来就从河街的石阶路下去，走到了州河的沙滩上。

“你知道这叫什么滩吗？”

“叫铁链滩。听说州河里再涨水，这滩也淹不了，是这样吗？”

“听说是。滩下真有铁链吗？”

据说这滩上真有过一个铁柱，铁柱上系有一铁链，有人曾扯动过，扯出了几十丈长，后来就不敢扯了。满满和云云在沙滩上寻那铁链，却未如愿，就坐看山城的夜景。

“满满，你的房子买定了吗？”

“谈妥了，钱还不够。明日我就到月河上去，再淘它一个月金子，你给你爹捎什么东西吗？”

“你给我爹说，我什么都好！”

语气是冲冲的，满满知道云云出走时和爹又言语冲突过。云云有心思，他也有心思，满满就不说了。

月辉清朗，流水潺潺，满满倏忽之间，感到身下的沙滩已不是沙滩，是一片芦苇席，是一朵云，顺水会冲走的。这感觉对云云说了，云云也有同感。

“这是铁链滩呢！”

“铁链滩上有铁链，水冲不走的！”

于是他们从沙滩上又走上河街，在一条尽是古老建筑的小巷口，吃一小吃担上的“炸饺”。炸饺是米面做的，先和了面粉汁，倒在一个半月形的炸勺里，装上豆腐馅，再倒一层面粉汁，入油锅炸后，是一个荷包，一个半圆。两个人咻咻笑着，吃得满口满手油。

身子逛得乏乏，心还活跃，分手后满满躺在旅馆的床上，似睡非睡，不梦又欲梦的，就觉得他又从州城往北，逆月河六十里。州河是那样强悍，那样博大，完全是男子汉气魄，这月河却从六十里外迂回而来，绕来弯去，到州城处汇州河了。月河是女儿家，女儿家心性坚定，样子却柔，是千呼万唤的月亮，出来了还被云遮了半边？满满在月河里淘金子，金子在沙石里，满满好福气，什么都淘到了……

也就在这一夜里，驼子老爹的家里来了客，客是远路来的，是满满的爹。老寿老爹是来找满满的，满满不在，就骂了同满满一起淘金的年轻人，说这样下去，他们的村子就荒了，前十多天村头王寡妇死了，能抬动棺材的人都没有！满满的同伙不爱听，嘻嘻哈哈了一阵就又出去淘金了。留下两个老爹，说了一通人事沧桑，互骂了一通儿子女儿，末了就排说一方水土养一方人的旧话，老寿老爹有了知己，谈兴颇好，就出门来看这村子的风水，说在山区怎么看山，在平原上怎么看朝暮蒸气，有河如何辨方位，无河如何下雨看流水，无山无河无雨无蒸气又是要在平地上，竖一拐杖，自然倒下，扶手处为首、为阳，顶端处为尾、为阴。末了，两人默然而坐，良久不语。

“让他们去吧，不在外边跑跑不知道乡下的好！”

“吃些亏，他们就回来了！”

之　四

古书上讲：孔子在河边，发了很大的感慨，说：逝者如斯夫。

这也正是，州河水日日在流，活活泼泼，可刚才看到的州河又不是现在看到的州河。河水是哪儿来的？总是流！村子里的房子越来越陈旧，人越来越少了。一年过去，老寿老爹没有看过戏，正月里也没能看到社火。听过一次吹唢呐，声音怪中听的，出门看时，是下湾邻村在埋人，棺木往山上送，除了孝子和孝子婆娘，帮忙送死者上阴路的，坟上去添土的倒没有吹唢呐的鬼子班人多。老寿老爹先是欣赏那孝歌曲牌，到后就兔死狐悲，又发了一通感慨，骂满满，又想满满。

但老寿老爹毕竟把房子翻修了，他是囫囵囵将一切修缮交给一个建筑队承包的。因为开始他从邻村的砖瓦窑上买了砖瓦，请村里的年轻人去运，年轻人却没有几个，请邻村那些多少还沾亲带故的后人来帮忙，只说管人家好吃好喝就行了，没想人家首先是打问工钱！老寿老爹只好包给建筑队，在村里说："现在这世风哟，世风哟！……"接应他的也差不多苦苦一笑，摇摇头，交臂而过。房子翻修了，讲实际话，确实排场：屋基垫高了二尺，再不会鞋放在炕下生白毛，湿湿虫也不繁衍迅跑；四堵墙全是青砖，白灰合缝，房顶瓦背灌了水泥，两块小圆镜面北嵌一块儿，面南嵌一块儿；院墙也有，门楼也有。年老人到底虚静，从地里回来，拔一棵嫩白白的萝卜掐几根青莹莹大葱，下厨里做了，于花盆栏下一边夹着往自已口里送，一边又挑几条软面夹给小猫。要不，在地里翻一条蚯蚓，系在一个针弯的钩上，悠悠地到州河边上去垂钓。当然，有收获的少，无收获的多，醉翁之意不在酒，他于此清幽之中专注的却是村里的老翁老妪们在地里侍弄庄稼。这日子烦闷也烦闷，却不至于无聊，常常就将一种意会伸远到州河上游八十里外的那个州城去，却一想到州城里的满满，便一肚子气。

"小子，到底哪儿适合你呢？！"

住到乡下，于老寿老爹是最宜心境的，这翻修过的房子又使他充实了晚年的满足。可惜，这个村子的好房子太少了，是太少了！

到了八月，又是雨季，不用掐算，今年州河里又要涨水。这雨一扯起头，家家就开始编扎木筏子了。果然到了八月十一，门后墙上的喇叭里就传出县气象站的预报：州河里的洪水夜里两点就下来。天一黑，家具用什搬上木筏子，烙了好多面饼，人就早早上坐在房顶去。老寿老爹除了带上吃的喝的，他丢心不下的是他的花。花开得灼灼的，菊，兰，月季，海棠，一盆一盆地端上房顶；一切都安排就绪了，他怀抱着小猫，借猪尿泡灯笼的光向别的房顶上看。

“咱这是什么命呀，年年上房顶。”

“癞蛤蟆躲端午嘛！”

“老寿，今年你的房子冲不了了！”

“冲不了的！”

“明年麦季粜了粮，我也要翻修一下哩。”

“是要翻修的，翻修好了住上好舒服，比州城的住房好多了，州城里能住这宽展的房子？”

更远点的房顶上就接了声，语气里是充满了对老寿老爹的羡慕。

“满满没捎钱回来吗？”

“没。”

“听说满满的铺子生意红火……”

老寿老爹却没有言传，猪尿泡灯笼光有些暗，他低头去拨弄，不想竟弄灭了。黑暗里，老寿老爹听见那边有人骂自家的儿女，说解放前村子里年轻人少，那都是逃壮丁的，就那阵，还三更半夜偷偷回来看看家里的老爹老母的。如今，年轻人都出去挣钱，挣了钱就不想再回来了，做老人的想人家，人家倒不想着老人。

老寿老爹好容易将灯笼重新点亮，一团橘黄的光，款款地照着屋背上的花和花间的那只瑟缩的猫儿。

“金子是好东西，金子却把人心搅坏了！”

“听说了吗，月河上淘金的人要合股买一条采金船呀！采金船才厉害哩，现代化的，开过去，一边在地下掘土，一边筛金，每日能采出一大把金子的！”

“那不是要把月河翻个过了？”

“逢村搬村，遇田毁地……”

“天神，人不吃不住了？”

“重建村重修地嘛！采金船只用三年，第一年赔偿房屋田地，第二年捞回采金船的本钱，第三年就纯赚利喽。”

“这条采金船得多少钱？”

"说出来咱会吓死的！年轻人倒就敢弄，老寿，你满满也入了一股，没给你说吗？"

"他要给我说，我也懒得听！"

"月河一直要翻个过，翻到州城根……"

老寿老爹第一个念头是月河两岸从此风水破了，不知怎么，想到了那个驼背房主。

"州河是没金子的！"

他说过了，似乎有些宽心。

思绪还要伸延下去，恰此时有了风动，旋即是沉沉的吼声。房顶上的人都扭转了头朝河边一个方向，那边黑乎乎的，顿时又听见斜对岸的湾村里起了铜锣声：那边又在护堤了。

"水进来了！"

木筏子开始咯吱吱地响，很快地从钻天杨下升上来。今年的情况奇怪，筏子一袋烟工夫就浮上窗台高。房顶上有人惊慌起来。后来，水竟漫过窗子上板，明晃晃的，灯笼的光影就出现在房檐下一尺远的地方。

"哎呀，不好了，水要上房檐了！""快去洗脚，都洗脚啊！"

洗脚是一种传统的蹚水法，这些六十、七十的老人，在一生的记忆中，还从未这么洗过脚，但听上辈人讲，民国初年，州河里发大水，水上了房檐，就是洗脚才降下水涨的。前三年，听说州城河街进了水，城里好多人也都跑到城边去洗过脚的。老寿老爹也只好在叫喊声中，挪身坐在房檐边，脱了鞋，将脚在水里打溅，一边提醒大家小心，不想成群的老鼠就从房檐下窜上来，慌乱中一只鞋顺水而去了。

水并没有因洗脚而下落，反倒还在继续上涨，齐了檐头，翻上第一页瓦。老寿老爹往房背上退，老鼠就一片吱吱叫，一堆一堆地挤在房背处，像出窝待食的小鸟，他一看见那些小东西全前爪竖起，后爪站立，惊恐之态，又恶心害怕，又万分同情。老寿老爹没有打杀它们，脑子里一片空白。

远处的房顶有人在哭了，立即近旁的房顶上人将漂浮上来的梯子横搭在两房之间，引渡过来。但不久，近旁的房子也要没顶了，人又引渡着过来。一个房顶，到另一个房顶，再到另一个房顶，一时间全是哭声、喊声和咒骂声，末了，人全引渡到了老寿老爹的房顶来。

老寿老爹的房顶最高，面积又最大，幸好村里的老人不是怎么多。一个不剩地全安全坐在房顶了，就听见远处有倒塌声，猪尿泡的微光下，眼睁睁地看着几棵钻天杨身上系着的木筏子翻了，散了，家具用什无息无影。水爬上了第八页瓦上，开始稳定了，年纪最大的集中在脊梁上，稍轻的拢在两边，无数的瓦踩碎了，房顶似乎在吱吱吱做些微响动。

“房顶负担怕是太重了！”

老寿老爹说着，将一盆月季花丢到水里去，紧接着十盆、几十盆全丢下去了。后来，就揭瓦，搬掉了水泥和砖砌就的翘脊，四边的瓦一页一页揭丢了，人爬在木椽上，只余下当顶一小片有瓦，让力气不济的人坐在那里。而在光光的木椽上，人要待，老鼠也要待，人鼠进行着斗争，好几只老鼠在水里乱腾乱叫，之后就什么也没有了。

“只要它不咬人，就让它们留下来吧。”

老寿老爹悲哀地说，双脚努力地夹住一根椽，在身上四个口袋里寻火柴，因为全部的猪尿泡灯笼都在慌乱中熄灭了。但火柴没有寻着一根。

老年人可怜巴巴地寄生在这个世界，这个世界却太小了，黑乎乎的，到处是水，别的房子没见了，长着萝卜白菜青葱紫蒜的田地没见了。这水还涨不涨，不涨了几时退去？这块房顶会塌不塌，不塌了还要在房顶待多久时间？谁也不知也不道。突然有人叫了一声。

“水妖！”

果然水妖又出现了，在远远的崖头方向，飞起了一个光球，里边是红的，外沿是蓝的，旋转着升上去，又沿河面下移，与往年的情景一模一样。

“这水妖下来了，快到村前了！”

“水妖超过村子，咱就全完了！天神，咱是触怒了神灵？！”

猫儿为了不占用地方，一直在老寿老爹的怀里，这阵眼睛盯着光球，绿莹莹的像两颗鬼火。所有的人眼睛都绿了，一群活动着的鬼。

光球却恰在村前的方位处消灭了。

老寿老爹首先兴奋起来，大家都有了生之希望；一旦有了生的希望，他们就想到生存下来的奢图。“咱这村子是不会灭绝的！”

“怎么会灭绝呢？后边靠的是罗山，前边对的是莽岭，河上处是崖头，崖头上有神灵作的画，村子怎么就灭绝呢？！”

“儿子女子不在跟前，咱就死不了的！”

“死了也要埋在这一弯土里，怎么能漂尸到州河口去呢？！”

老寿老爹不知怎么，突然思想到州城，州河水这么大，会不会州城的河街也要淹了？满满的铺子就在河街上……

他立即收拢思维，在那里长长叹息了一声。

草于一九八五年十二月七日

烟

石祥小的时候去山上古堡，就知道古堡的瓦砾中有这么个烟斗。那一年，石祥只有七岁，现在却是十八年的烟龄了。

夕阳如血地照来，是一天最好的时光，微风踏斜蓑草，汗水已不黏腻，蚊子也不到来的时候，山沟里真是偷得一时的闲静了。这边山坡上没有向那边山坡放枪，那边山坡也不向这边山坡放枪，似乎彼此达成了一种默契，谁也不要辜负了美妙的时光。石祥就赤身裸体趴在那块已经趴得很久的光溜溜的洞口，用意念放松着头皮，再是眉部、腮部、后颈、双肩、胸部，一截截到了脚脖，一股酥酥凉气沿脚心而出，他想要唱一句戏呢。但石祥不能唱，咽了咽唾沫，木木地发半晌呆，点燃了烟斗里的一颗香烟，旋即一缕蓝烟升起，在洞顶上受阻而摇曳变幻，有一丝二丝便顺着草叶飘出去了。如果站在对面的山坡，这个洞是发现不了的。戴着草编的石祥的头也是发现不了的，但阳光能照着这个烟斗，铜的光亮会像一颗小星子一样的，可是石祥放大着胆子照常吸烟，正是出于年轻军人的一种得意的显示。后来目光便移开了铜的烟斗，乜眼瞧那个红与黄的落日，日渐下坠，但很长的天幕上似乎残遗了无数的日影，以至看到了日行之迹。“日也是铜造的?！”不知怎么石祥想到如果以烟斗去磕那落日，一定是悠悠动听的铜声。瞧啊，这最南的边境线前的一片连绵不绝的山岭，石祥看得好远，但他没有去过，如同他只见过那同样是连绵不绝的赛鹤岭而仅仅是上过其中一座山峰的一个古堡一样，待在这坡下的沟里，恐怕你是永远也兜转不出，躉躉岔岔，哪儿都是开始，哪儿又都是结尾，山深似海，实在是海的模样。石祥想入非非了，要是有一架飞机，从飞机上往下视，这片山地又该是一个环窝套着一个环窝，那是风的舞蹈留下的巨型脚印吗？可是，可是整个的战事却在这里进行，于两面山坡上，你向我轰一阵炮，我向你轰一阵炮，或是零星地施放冷枪，这战事好庄严好残酷，是不是又有些好玩的意味呢？年轻的军人突然为自己的想象感到高兴了，他想说话，将烟斗在铁管上磕了一下，铁管随之也传来金属的颤响声，石祥忙把耳朵贴了近去。

“你瞧那落日！”

原本要告诉的正是落日，全没想那人却是在提醒他了。

“瞧那落日。”他说。

“落日好酸！”

“又看着老婆的照片了吗？”

“我抽烟哩！”

远隔十三米外的一个洞中，趴伏的是二十二岁的小李子，他们自进入阵地以后，已经是十七天没有见过面。每日小李子在那边一敲动流水的铁管，那洞里的滴水聚成潭就可以将一部分输流到这边来供他饮用。这几乎是一种发明，秘密的水管倒成了他们通信的工具，只要口对着一头的管口说话，对方就能听到，当然这种低沉嗡嗡的音响，只有他们才能破译出其中的含义，以至于他们在这称之为电话的水管里对话时不止一次地得意说：咱们现在的耳朵是有了特异的功能，可以听辨鸟的语言和蚂蚁的语言了！

“抽烟你在想什么呢？”

“我想起你那个烟斗，它真的是古堡上的吗？”

“谁哄你天黑让挨了枪子！”

“你知道？这烟斗你曾用过？”

“那当然。”

“那么，你前世是做什么了，也是打过仗吗？”

石祥不言语了。当他带着这个烟斗来到了军队，他是军队中烟龄最长的兵，大家都在哧笑着他的这个玩意儿：在过去的年月，这或许是一件很精美很值钱的烟斗，但现在不免滑稽可笑，一副村相的蠢样，简直与一个现代军人不相称了。于是，他正经地讲过去的故事，故事当然使人人惊奇，随之皆又不信，做了士兵仍是一副乡间孩子憨态的石祥说完了故事，他也有些奇怪了：为什么就会知道呢？七岁的孩子，饥饿的苦焦使他跟着父辈一块儿去赶了驴驮贩粮，逼仄的山路上他们行走了一夜，天明方翻上了赛鹤岭。赛鹤岭是那么的广大，朝阳的涌出，使众峰群壑蚀上了红色，他看见了每一个山头上都是有一座石砌的古堡，也红如锈铁。父辈们感慨着，提出要往一个山头的古堡去，他们被壮观激动，为久远的发生在这一带许许多多的往事以及世事沧桑而长长叹息。他们自然是不允许石祥上去的，“看着干粮吧！”这么限制了他，似乎觉得不忍，就也允许他在看护干粮的时候可以大吃一气。但是，石祥却突然想吃烟，实在想吃烟，从来没有过的烟瘾令他这么烦躁，他也不晓得这是怎么啦。他将驴驮上的干粮袋一件一件卸下来往一处集中，就有一群长翅的鹰和黑丑的老鸦在头顶飞旋，数次冲下来要搏夺了那干粮袋子，就在他搬动了石板镇压住集中到一处的干粮袋时，一只老鸦已啄开了驴驮上的一条布袋，急忙呼叫扑打，老鸦竟衔了布袋起飞，那破了洞的布袋就遗漏着秫面糕的碎块四处扬撒。要是往常，石祥会痛惜大哭，会一面拾了石子掷打而一面捡着糕的碎块填到口里去，可这阵石祥的烟瘾是发了，当用身子趴在那压干粮袋的石板上时，烟瘾使他一阵昏眩，觉得眼前的一切是那么熟悉，他大声地对着已爬到半山头的大人们喊：不能上那个古堡，那个古堡什么也没有的，往左边那个古堡去呀，古堡的左边有一条小路的。大人们被他的话惊住，幼小的石祥并不在意，仍处于恍惚之中，说：古堡左角的那一棵树下，掀开那面白石板，下边是有一个烟斗啊！听着他这样的叫喊，大人们就认为这是在胡说了，但恰恰还是上了他所指点的古堡，更出奇的是在那树下的白石板底果真发现了一个小小的烟斗，人们呼叫着下来了。

“石祥，你说的是什么样烟斗呢？”

“子弹壳做的烟斗嘴，细铜管做的烟锅杆。”

说得一点没错。小石祥一把夺过来。

“这是我的！”

“你怎么知道这里有烟斗呢？！”

“我知道。”就这样，石祥能知道前身的事流传开来，但前身的事还知道些什么呢，譬如姓什么，叫什么，干过什么事情，石祥却无论如何是说不出来的。

他现在也无法对小李子说得出来。

百无聊赖的石祥这时只有把玩他心爱的烟斗了，虽然他带的是整条的高档香烟，他偏要拔掉过滤嘴，将纸烟插在烟斗里或是干脆撕开了烟丝按到烟斗里来吸。黑漆漆的牙咬着烟斗嘴，那一块儿铜已经咬得发扁，似乎只有这么咬嚼才有了烟的滋味。长长的一口吸使烟输送到了身子的每一个关关节节，又带着关关节节里的疲倦悠悠从口中涌出，这个时候石祥就最有了想象力，眯缝了眼睛想起什么便来什么，要看着什么也真的就是什么，以至于真假不能分辨，连自己也我非我非非我起来了。那在洞壁顶上缭绕的是朝朝暮暮的云雾吗，那湿津津的洞壁上也是露水附着吗？一只身上有着光洁油亮的壳背的昆虫一定就是刚刚爬出水面的龟了吧？哎呀，云雾生发的早晨空气里到处是呛呛的腥味，岸边的峰峦将晨曦分割成无数的三角，这一个三角幽暗，那一个三角明丽，三角与三角接连处就变幻着五色或是七彩。石祥隐约听到一种嗡嗡细音，不用看，那该是一只小蜂千百次扇动了带露的薄翼了。但他还是把眼睛睁开了，首入眼帘的还是那只漂亮的龟在爬行，触动了洞壁角的一盘小小蛛网，蜘蛛却没有动，缀在网上的和珍珠一般的水珠在一瞬间垂垂欲坠了，却没有掉下来。掉下来的时候，那是多么美妙的一种音响啊！烟雾越来越浓，真是云雾无心出山岫，几只蚊子在其中飞动了。不不，这不是蚊子，怎么是蚊子呢？呈祥的仙鹤姿势才这么优美。仙鹤呈祥，洞便是仙洞，洞中一日世上百年，这一句自幼便听得的古话使石祥却忧患起来，想到了遥远的那个有着自己童年和少年的故乡，想到了要在某一日回去村中的房子还在吗，人还认得他吗，他还认得那一座不会塌的石桥和那一口搬移不走的水井吗？烟愈是浓烈了，不再是袅袅，简直有翻腾涌滚之势，看不见了仙鹤的石祥担心天要下雨了，那么，天是什么呢，地是什么呢？噢，噢噢，天之所以为天的是云，地之所以为地的是水，水升蒸便为云了，云降落便为水了，天地原来是一样的。因此云纹和水纹多么相似呀，那云中的鸟水中的鱼除了毛和鳞还有什么区别呢？石祥在瞬间的玄想妙得后，感觉到了心身十分受活，在他重新打坐起来的时候，他发现了三面洞壁上茸茸地生就了一层绿苔，这是石祥为之得意的事呢，这些绿苔在很久前就生就的，它们已经同他沦同了一个生命，在他没有烟吃的时候，除了紧张的作战时间，他是无精打采的，这些绿苔也似乎蔫下去，附在洞壁上几乎没有了颜色也没有了形体，而他一吸烟，他来了精神绿苔也鲜活活地呈绿显形了。这么想起来，石祥突然觉得洞外的山坡上杂七乱八了的那些松、杉、栲、槲、青桐、白桦全然不是树了，是一群似乎见过面的熟人在陪他站着，站着的是那么英武和亲近。这是些怎样的人们呢，怎么就觉得熟悉呢？愈是这样想，耳际里就隐隐约约响起了激烈的枪声，且在枪声之中成片成片的人倒下去，然后是死死寂寂的安静，然后是树木萌生为林……这是怎么了，这是怎么了？恍惚中的石祥要求个究竟，满坡满谷的林子却突然像产生了无比强大的磁力，他又像是一只小鸟要被吸将包容而去，但他要被吸将去，林子却似乎一直在远处，他和林子同时在飞逝着而使他不知所以然地坠入一种境界中去了。

这是八十年前吗？这是那个赛鹤岭吗？

赛鹤岭上聚集着一群英武的人物。三省交界的边地，山高皇帝也远，这些落草的英雄差不多已经傲啸了十年，他们企图赶走三十里外的县城中的官家，目的却迟迟不能达到。当然，官家也并没有打败他们。可惜的是他们为着共同的业绩而生分抱怨起来以致内讧爆发，经历了残酷的厮杀，成片成片的人马死去，终于各自占领一个山头修寨筑堡为王起来。铁打的寨堡流水的大王，到后来，有一座五凤峰上突然出现了一位新的大王。大王从哪里来，什么出身，土著的群王谁也不知道，他们简直不能容忍这外来的人在他们地盘上吃饭。但是，每当红日西坠，这新大王骑马在古堡上扬手放枪，就将天空中的飞鹤一只一只打下来，然后一动不动如雕塑一样地立在那里，昏黄的天幕正衬着是他的背景，器宇是那样轩昂又沉静，似乎手一伸就要拍打着太阳有玻璃一样的脆声，这剪影使赛鹤岭的人都看见了，所有的大王都有些怵惧了。他们恨他，却又怕他，终有一个姓胡的大王历来是杀人不眨眼的枭雄，便派了一个头目去探虚实，他要试试新大王的厉害。这头目喝了三碗烈酒，自是汹汹豪气，爬上了那座最高的山峰，攀登了六十四台长条青石铺就的古堡门洞长阶，新大王正坐在最上的一台石阶上盘脚搭手着吸烟。那时所有的大王都吸用着装板烟丝的水烟袋，这位新大王口中却噙着一个铜管制作的小烟斗，烟斗锅里恰插着一支纸烟。头目不知怎么就慌乱地跪下，头也不敢抬的，说："禀告大王，我是南峰胡大王派来的。"新大王说："我等你好一辰了。抬起头来吧，坐到这里吸颗烟。"头目听见语句是那么柔软平和，于是把头抬了，却立即胆子壮大起来，他从来没有见过一个吃粮的逛山竟会长有这么俊秀的面孔，眉细眼长，鼻准圆润，腮帮有红似白的细嫩。头目差点嘻地笑起来，如果不是听闻到这就是那个厉害的新的大王，他会要初阳发动上去捏捏那细皮嫩肉的脸蛋了。新大王说："胡大王有什么事吗？"头目说："我家大王让告诉你，三天后有人要来端了你的窝子。"这话是胡大王来试探的，意欲新大王听后自动能离开此地，但头目现在想立功了，说完话就看新大王的脸，他要趁这美男子不注意，一刀砍了脑袋提回去。新大王听罢，却无动于衷，竟将双目微合了深气吸烟，那烟一丝一缕没有再飘出来，甚至刚才吐出的还绕在额头上的一团烟缕也悠悠吸进口去，像是一堆乱绳寻着了绳头收走一样无踪无影。头目便有些呆了。但也就这时候，那烟却又从新大王的口中飞出，飞出的是一个烟的小小的圈，旋即扩大，倏忽套在了头目的脖子上，接着又一个一个烟圈套来，瞬间烟圈接踵而生一个接一个地套在头目的脖子上了，头目立身不能动，脖子也僵硬起来，用手去抓又抓不下也赶不散，浓烈的呛味使他一时昏然不知所措。新大王却说话了。仍慢条斯理的："多谢你家胡大王，回报说我知道了。"头目已经听不见他在说什么，惊恐地看着脖子上的烟套终于慢慢散去，便真如绳捆索绑之后的身骨散架似的倒在地上。当新大王再要他也来吸一颗烟，说这烟真是好味道呢，他慌忙磕头，倒退着要从六十四阶石台上下去。新大王说："你这样回去，胡大王要怪罪你了，我送你一个立功的东西吧。"遂从地上捡起一块儿瓷片，只那么在左手上一划，便有一枚指头断下来，头目失声大叫，新大王说："这枚六指怕就是为胡大王长的。"左手扬了扬，还是五枚指头，那一枚却在地上虫子似的蹦跳不已。

从此新大王就长居五凤峰的古堡，他可以到每一个大王的领地内收取税款粮草，每一个大王领地的巡哨都不能拦截阻挡，新大王成了实际上的赛鹤岭上众大王的大王。

又一年的三月清明，赛鹤岭风传着新大王有了压寨夫人，众大王便都携了厚礼前来祝贺。宴席还没有开，五凤峰寨的场子上摆下了茶点供宴前小坐，新大王就让压寨夫人为大家斟茶了。夫人果然美若天仙，鸦云乌发，星月眉目，裙下的一点品红绸鞋小脚走过来如水上漂一样悄声静气，而散发的幽香却是每一个人都浓浓地闻到了。众大王的夫人都是有姿有色的雌儿，但却绝不能与新大王的夫人伦比，这毕竟使他们心中充涌了嫉妒和悲哀，便也立即想开：这武艺高强的青年大王有一张俊美的脸孔，其实人家是天设地造的一对啊！但是，很快他们交头接耳起来，因为有一个大王发现这夫人正是城里县太爷的姨太，却怎么现在成了五凤峰的压寨夫人了呢？那位胡大王发话了："尊敬的大哥，嫂夫人果真是天上人物，不知娘家何处，又是从何方娶了来的？"

新大王已经看出这些大王的猜疑，他不愿对着这些人推心置腹，见姓胡的如此问，就哈哈大笑了："这个你们也不知道吗？你们多少年里与官府打交道，还是我听了你们的传言，才去请了这位县太爷的姨太来给我压寨了！"

众人是已经知道这夫人的来历，听了新大王的话却更为惊讶，他们为了打败官府成十年的搏杀而不能。他竟不声不吭将县令的姨太掳来当了压寨夫人，且说得那么轻松，岂不无疑在对他们的无能而嘲弄吗？况且这新大王是在什么时候单独去攻打了县城呢？！姓胡的便说："大哥如此威风，想必县令的那一颗狗头也在这里了！"

新大王说："攻打县城是大伙的心愿，我怎能一人去坐了县城？我这夫人与我有缘，她一见我，随我就来了的。"胡大王说："我明白了，明白了，听说湖北山中有一种蛇叫魅蛇，人将猫尿洒在油布上后铺在蛇洞口，蛇闻见尿味出来交配，就把精液遗在油布上，再是晾干油布，只要拿这油布在女人面前摇摇，女人就三昏六迷自跟着来了。大哥原来是湖北人氏，这夫人怕是在县城关帝庙会上所得的了！"

年轻的武人面额微微红起来，说声"胡兄一定是很想去湖北一趟了"，遂哈哈大笑，将一盒只能在省城买到的纸烟发散给众人。

众大王早就听说新大王吸的是新式的纸烟，一上古堡看见他口噙烟斗，烟斗里插着稀罕玩意儿，便觉得自己那手捧的水烟袋而自惭了形秽，如今新大王发散纸烟，也就丢开了那压寨夫人如何得来的兴趣，只将发散到手的烟支反复玩看了叼在口角来吸。但是，新大王挨个发烟，偏就没有发散给胡大王，甚至走过了胡大王的面前看也不看一眼，兀自等大家全都把烟支点燃了问道："味道怎么样呢？烟是好东西，世上不吸烟的是那乌龟，乌龟有个大盖，吸了烟会呛的。兔也不吸烟的，兔是豁嘴叼不了烟支呀。驴蹄子是两半，它更是捏不住烟支啊！"众人哄然爆笑，扭头就看起胡大王了，胡大王顿时脸色灰白，站起来，一掌拍在桌上骂道："白脸小子，你这是要羞辱我吗？！"声起枪响，新大王还未转过身来就仆地倒地了，子弹洞穿了他的胸口，血水喷起来洒在石桌上，他的口里还噙着那柄烟斗，在冒着一柱细烟。

这个故事已经十分遥远了，只有年长的人似乎还记得父辈们隐约说到过一些，但是谁说得清细节呢，谁说得清这故事是发生在七十三座峰峦的赛鹤岭间哪一峰上的古堡呢？

一个月的最后一个太阳在最南的边境线上沉没了，土石洞下的坡沟里，那一道如线的细水开始了蛙鸣，战争并没有使水蛙灭绝，在仅有的几只中，依旧公的和母的交配，生出无数黏液的东西，无数的小蝌蚪甩掉了尾巴，在这一个宁静的夜里发出了声音。那钩心斗角的巉岩里，一咕涌一咕涌再也长不完整却还存在的梢林间一定是有着魔穴的，穴里的魔也一定是吸烟草的，现在喷烟似的冒着雾气，弥漫到坡上来，是洞里的蚊子打锣鼓般的轰嗡时间了。石祥最忍受不了的是夜晚，他的身上被蚊子叮得没一片完肤，只要随便用手在背上一抹，就是血糊糊一片。举手在眼前，看着艳红的往下缓缓流动的血道，他不知道这是自己的血还是蚊子的血。双方交战，到了这个年代，最痛快的是山顶上的大炮，可以将无数的雷霆轰然倾泻过去，也轰然倾泻过来，但是，他们却仍然要蹲在这低矮潮闷的土石洞中。石祥不明白将军们的作战意图，自己觉得这样必要吗？可这是命令，他只能在炮轰中于十七日前进入这里，直等十三天后又一次炮轰中再从这里撤离。现在无战事，一切静悄悄，他无声地与蚊子战斗，吸大量的纸烟把蚊子呛出去，更不失自豪地为自己有这个小烟斗而庆幸了。正是这烟斗使他有了强烈的烟瘾，等到将来复员归去，他可以炫耀自己抽烟的能耐了，嚯，胸部上挂着勋章的年轻英雄同时是超凡的吸烟之最者，一口气吸一包烟、两包烟，没有战争能吸这么多好烟吗？这时候，他想象不出右边十五米远的洞里的那个魏班长，一个从不吸烟的瘦小男人，这一夜该怎么过了？

第十五天，一早，对面山坡上向这边放冷枪，这边的洞里并没有回击，那边的枪声也停下来，而对面坡的一棵弯脖子树下的白石台上突然出现了三个赤身的女子。石祥先是以为三株柔弱的白桦，后来又以为是三只银光的长狐，终于看清为三个艳艳的女子，他的心头蓦地怔了一下。在霞光被山峰分割成巨大立体的明暗里，弯脖子树正在水津津的朝阳明辉之下，如舞台灯光罩住一般，女人在清丽的霞色中向着这边扭捏展示。毫无疑问，这是那边的敌军一种美人计，以此来羞辱和勾惹这边隐蔽的兵士。石祥确实是一股激荡的热气极快地流贯了全身，不自禁地想起了什么，同时舔了一下发干的嘴唇。“女人都是一样的美丽”，他这么想着，又愤愤起来，明白这是可望不可即的，既不论它的政治上的企图和阴谋，这种展示如水中月镜中花又能与一个战地的士兵何相干呢？他端起了枪瞄准，几次要钩动了扳机，但他放下手来，嘲笑自己这是一种不可及的怨怒呢，还是一种经不住引诱的逃避？同时却也觉得这里的战争真是不像所有书籍上所描写的战争，他索性又看了一阵女人，就蹲在洞口拉起屎了。洞边的树叶铺在地上，粪拉上去，然后提了叶子的四角摔出去，石祥为这种战地的大便感到滑稽可笑，也为对方女人出现的同样的滑稽可笑开心了。但就在这一时，他发现了对面山坡的左侧一片蒿草里有了敌兵向沟底爬行，草很深，几乎谁也没有注意，眼看就要进入沟底，那么，只等潜伏到了沟道，钻入这边的山坡草木林中，他们就可以摸进别的土石洞来了。这样的事情曾经发生了一次，结果牺牲了三个密洞中的战友。石祥来不及提起了裤子，端枪瞄准着爬行的头一个敌人开枪了，清晨的枪声特别清脆，那人跳了起来。像一只弓腰的狗，接着就重重地摔下去不动了，后边的四个爬起来就跑。几乎同时，这边山坡的各个洞穴发现了目标，四个敌人就在乱枪中全平摆在了地里。石祥抬头看那白石台上，已不见了三个赤身美女，倒后悔他上了美女的当，一梭子弹就射向那里，恐怕是这边所有的兵士都后悔了，他们几乎一瞬间里都向那白石台开火，火光在白石台上飞溅，石祥觉得那美女就在上边，如雪如玉的身子被子弹洞穿，殷红的血顺着起伏有致的躯体下行，感到了一种从未见过的美艳。

这样的仇恨的射击在久久的一段时间后对面坡上并没有回击，一种激起来的战斗的冲动未得到全部宣泄而结束，石祥又吸了一支烟，开始无聊地眯起了双眼。洞里的战争，使年轻军人有力使不出，深感窝囊，但战争确实是这样的战争，没黑没白，不激烈也不得放松，石祥最容易处于一种昏蒙状态。是的，他没有完整的不瞌睡，也就没有完整的瞌睡，随时打盹，一打盹就似乎做梦，梦大多支离破碎。现在，他就梦见他住在一个小而黑的房子里了，是房子里吗，还是就在这个土石洞里，石祥却搞不清起来，意识里一会儿觉得我现在是在土石洞里又做梦了吧，一会儿又觉得梦里我毕竟又回到了土石洞，或是在梦里梦到了土石洞里的我在做梦吧。

反正这个房子是小而黑，他没有烟吸了，他太想吸烟。

那个疤脸兀自在抽半截烟，眼睛红红的，两腮鼓得很起，几乎将所有的烟一丝一缕不漏地吸进肚去。这可恶的东西，贪鬼，烟蒂已经烧到手指了还不肯丢弃吗？打一个喷嚏吧，打一个喷嚏吧！阿弥陀佛，果然疤脸打了一个喷嚏，口鼻里的烟缕冒了出来，他们全张开了口，在空中吸着飘过来的烟味。

为什么又是做这样的梦呢？是梦中自己的烟瘾发了吗？人常说有所思则有所梦，但我现在并不觉得想抽烟呀！

石祥记起来了，三天前他也是做过烟的梦的。鬼知道他怎么就听到了警车响，正欲开门，门口有了三个警察说："你被捕了。"他不明白他为什么要被逮捕，但却觉得他是应该跟他们走的，就走了。那时，他口里正噙着烟斗，他把烟斗装在口袋向家人告别，警察却将他的烟斗夺过来，那么看了看，丢掉了，"不用了，牢里是不准吸烟的。"此时此刻的石祥立即感到坐牢并不可怕，可怕的是他将从此没有烟吸了！他被带进牢去，他什么也看不见的，过了一会儿，黑暗中出现五个人的脸，他笑着拱拱手。"都来得早？"五个人没有理他。"我来了，请多多关照。"还是没人理他。他要拣个地方坐下去，要歇歇好多好多的疲劳，是一个疤脸的，突然地说了："带草了吗？"他不明白什么是草，说："草？" 立即另外四人将他按在地上搜身了，搜得很狠，连下身也抓到了，终是在他的口袋里翻出了往日装烟时遗下的半根纸烟，交给了疤脸。疤脸走过来嘿嘿地笑了："你还敢欺骗我呀？" 这时他才明白说草是要烟的，未等解释，疤脸已揪住了他的头发："哥们儿，初来乍到，你可看看这里的电灯泡比你家的灯泡怎么样，是圆的还是方的？" 牢中的灯泡当然也是圆的。"圆的。"他说。他的头立即被扼着在墙上撞了，撞得咚咚响，撞起一个血泡。疤脸再问："是圆的方的？" 他说方的吧，疤脸放开他了，大笑起来："还聪明。我这是教你。"他从此又是大笑，笑得他从此老实得不能再老实了。

其实疤脸不揍他，他也是害怕疤脸的，在他一进牢门第一眼看见了疤脸，就觉得好眼熟，在哪儿见过，心里就飕飕泛凉气，曾有一次隐约想起赛鹤岭上的那个胡大王，似乎左脸上也是有过一个疤的，但这个疤和那个疤有什么联系呢，他得不出个明白来。

那是一场吓死人的梦，做过了也就过了，现在，他又梦见了疤脸，梦是怎么搞的，怎会反复一个境界呢？他每次打盹前总希望能梦见自己的父亲和兄弟，还有那个曾经相好过但并未确定恋爱关系的女同学，可没有一次梦见过他们，倒是梦到他从未有过的被捕和牢中的事。石祥迷迷糊糊之际，突然一个感觉袭上心头，使他悟到了梦是再世的幻影，或者说就是再世。这种感觉一经产生，他就极度地惊慌了，因为这感觉和他七岁时突然知道古堡上有个烟斗一样，自己这是怎么啦，一种特异的功能呢，还是他本身就是一个奇人？这么想着，他倒觉得蛮有意思，前身是做过一名英雄的山大王的，后身又是蹲过牢的，但那毕竟是前身和后身；而现在呢，他是一名军人，一名参加了战争的真正军人。遂又想，一个人在现今的生活中能知道过去和未来，这岂不是很幸运的事吗？枯燥艰苦的土石洞里，如同在看电影，他就希望每日都在回想前身之事，每日又在梦中经历后身之事，他极力想将这自己仅知的三世联系起来，看清其中的原因，一世与一世怎样地转化，但除了吸烟外，再也寻不出别的来。唉，罢了罢了，反正活一个人真怪的，既然如今是军人，就真真正正活个军人的样子，爱我的枪，爱我的这个土石洞，当然还有这个小烟斗了。

又是一个炮击的白天。炮击是土石洞最好的休息日，石祥敲打了水管让水放过来泡吃了一些饼干，就和小李子在那里通话。通话很长，声音很大，小李子情绪很高地说着梦见妻子的具体细节，后来又说到他们的新婚之夜。“你是不懂得女人的，”小李子说，“冬天女人睡过的被窝里有一种奇特的香，你闻过吗？”这是很悲哀的事，他不知道。那一位眉心有一颗痣的女同学，他很早很早就注意到了，曾经寻找着各种借口去接近她，在暗地里琢磨她的每一个眼神和对他说过的每一句话，企图发现她对自己的一点暗示或一种什么象征的东西，但是没有，×× 我这不是懦弱，只要你给我有那么丁点儿的意思，我就会有成倍的勇敢的啊！记得有一次，她是来到了他的家，家里并没有别人，他激动得不知怎么接待她，翻箱倒柜地寻找了那么一堆核桃亲自砸着让她吃，有一颗核桃就骨碌碌滚在了她的腿下，他原来是近去要捡核桃的，就在捡起的瞬间触着了她的腿，她明显地身子动了一下，脸色通红起来。他以为她不好意思了，愣了一下又回坐在他的座位上，却立即大觉后悔了：她脸色通红，是以为他突然去要拥抱或接吻的紧张和害羞吗？但她以为了只是紧张和害羞却并未成怒或避开岂不是对他的拥抱或接吻表示接受吗？！唉唉，他又失去了一次机会，失去了机会再也没有了机会，他就是这样在暗地里放诞着爱恋，当面了却那么无能的人，他连靠近她也没有靠近过怎么有闻到女人被窝里奇香的艳福经验啊！石祥停止了与小李子的通话，默然滚在了一旁。

炮击在继续轰鸣，对面远山头上已经没了树木，连一棵草也没有了，炮弹使那里成了一片焦土，浓浓的硝烟味直漫过来，使石祥连声咳嗽。他想象着在赛鹤岭上的那些远古的石堡算什么呢，如果用现在的大炮，几下就可以轰开了。那时的枪是有的，枪毕竟又仅是山大王的佩物，长矛大刀的兵器进行的是一种什么样的战争呢？还有，那个新大王，生就的一张俊秀如美妇的脸孔，怎么就统率了狼虎一般的喽啰部下？石祥觉得这样的脸是宜于花前月下的谈情说爱，他出战的时候，是应该戴一副凶恶的面具的。石祥又犯玄想了，一玄想就坠入别一种境界。是的是的，新大王是有一副面具的，这面具是他营建了五凤镇后才觉悟而制作的。当胡大王的头目试探失败之后，新大王的地位谁也不敢偷觑，远远近近的山民就潮水般地向五凤峰的辖地拥来，以求得生存的安定。新大王就选择了峰下的一块儿平坝，让山民规划住宅，极快地竟形成了赛鹤岭最大的镇落。为了镇落的安全，也是为了炫耀年少英雄的武威，新大王每日的清晨和夜晚要骑马在镇街上巡逻。这已经成了一种规矩，也渐渐成为镇民掌握时辰的标准，马蹄一响，人们就开始呼儿唤女地起床了，或是关门吹灯地歇睡了。但是，总有许多人家在这个时候要趴在了窗户缝里往街上看，就看见了一匹白色的大马上端坐着多么俊美的少年大王，晨曦或者月光之下，那额角分明鼻梁高耸，双目炯炯若星，简直是天神一样的人物啊！多少青春少妇和妙龄的女子从此心旌飘荡，夜里的风雨多么紧，她们是不会醒的，婴儿的啼哭多么吵，她们是不会醒的，而街的那头一有了嗒嗒的马蹄声和当当的马鞍上的铃铛声立即就翻身起来了。那时候，山寨和古堡里需要做饭的厨子，镇落里的人家要派出妇道去义务，但谁去谁不去得亲自由新大王决定，新大王就在巡逻时只消将那柄精制的皮革马鞭悬挂在某一家的门环上就是了。能到古堡中去，能到新大王的身边，这马鞭的悬挂就成了女人们企望的幸事，被视作了一件无上的体面和光荣。于是，一宗悲剧便产生了。镇落里最漂亮的一位姑娘，她差不多已等待了很长很长的日子，马鞭却并没有悬挂在自家的门上，她同爹爹做小炉匠的活计，几乎是全镇落第一个早起开门，等着新大王的马匹过来的时候她已经燃起炉火工作了。那一时里，她要红堂堂的炉火映照出她自以为最美丽的侧影，手在忙活，耳却在街上，小锤敲打铁皮的声响完全同马蹄声一致节奏。知道马匹已到了身后，这种知道是并不用眼看的，凭着感觉，凭着闻到的气息，她几乎停止了呼吸，一根一根汗毛都透起了紧张和羞怯，但马匹并没有停地依然走过，似乎是并没注意到她的存在，这姑娘不免在漫长的一天里泪流满面，再不好生干活，要给爹发脾气。镇落里来提亲的人很多，姑娘全不同意，她要嫁给新大王，最坏也是同新大王一样英武俊秀的人，她对自己充满了自信。但新大王压根儿不知道她，甚至连让去古堡为厨的差事也轮不到她，姑娘的神经就犯毛病了。常常夜半醒来，突然觉得马鞭是挂在了自家门上，她就要跑出来看一看，或者感觉到今晚马鞭会挂上的而一整夜在炕上长坐不眠。她知道新大王喜欢吸烟，她也喜欢新大王吸烟的那一种优雅潇洒的姿势，她决定要为新大王做一个烟斗。我不能接近他，烟斗却要时时揣在他怀里，噙在他口中。她是有高超的小炉匠手艺的，硬是用小锤锻打成了精美的烟锅和烟杆儿，为了有一个称心的烟斗嘴，她设计了无数的方案皆不满意，终在一次新大王持枪射击飞鹤时她捡到了一枚弹壳，竟透了孔儿恰到好处地安在上边。一件倾注了全部感情的烟斗终于做成了，她要在新大王的某一日的来到时亲手交给他，但是，她到底没有享受到门上挂马鞭的荣耀，且一个震撼的消息传来：新大王攻克了县城，杀退了官兵，收伏了县太爷的太太要做压寨夫人了！姑娘在那一天里如痴如呆，精神完全崩溃了，如一朵花寂然地在无人知晓的山阴处放绽了一番奇丽后而红英脱落。五天的不吃不喝，她要死去了，临死时还在唤呼着新大王的名字。这情况终于有人大胆地报告了新大王，新大王匆匆地骑马赶来，他全然不知道竟有这件事，坚强的很少动了感情的新大王为姑娘的痴情而后悔了，痛哭了，他用手拍了拍依旧美艳动人的姑娘的脸，将手中的马鞭轻轻放在了她的身上，却从她的攥着的手里取过烟斗噙在自己口中了。他没有说话，默默地插上一支纸烟，浓浓的烟雾就袅袅在姑娘的头上和脸上。

新大王再一次巡逻在镇落石街上的时候，戴着了一副凶恶的面具，而那张棱角分明的嘴上迟早是噙着那一柄烟斗。

这烟斗终于遗落在了古堡的乱石之下，八十年后的七岁的孩子竟明白无误地指点寻出，“我真是新大王的再世了”，石祥这么想，却怨恨了既是再世化身为什么不也是一张俊秀的脸呢？自己同那个女同学之所以迟迟确定不下恋爱的关系，她就是嫌石祥长得太憨啊！

石祥的头实在涨得厉害，眉圈阵阵抽痛，想要再知道一些过往的事体，脑子里出现一片空白，什么图像皆没有，浩浩茫茫一声长叹，再不知该做些什么，歪头睡去了。一睡去却立即听到了声响，屏息静听，不是蚂蚁，也不是蚯蚓，是疤脸在说了：“你去过堂，一定要沾回一颗烟蒂的！”他便被人带走了，穿的依旧是一双露出脚趾的破鞋，也已经在大拇指上点着了牙膏，头低着走过了长廊和院子一直往一间小屋去了。这一路线，他没有发现烟蒂，直到坐在了审问室中的椅子上了，仍在煎熬着怎么才能给疤脸带回一颗烟蒂呢？审问员问什么，他答什么，终于瞧见了就在椅子左前不远的地上有一个烟蒂！他把头扬起来对着审问员，一派认真听审的样子，一只脚却使力伸过去。离烟蒂一尺了，半尺了，身子不觉弯起来了，好了，碰着烟蒂了，他的大拇指就要去粘了，审问员突然问："你在干什么？"他坐端了身子，但腿又伸过去粘烟蒂。审问员又问："腿？"他只好说："那里有颗烟蒂。"立即，身后站立的警卫人员一脚将他的腿踹直了，那颗已粘上脚指头的烟蒂飞到了墙角。但就在这时候，一块儿弹片呼啸着落在了土石洞口，土石飞溅到石祥的身上。石祥醒来，一抹脸，一手血，同时感到有许多小砾粒深深嵌在肉里。石祥愤怒地骂了一句娘，第一个念头是沙石嵌进肉里是不能立即取出来，那将来就肯定是一个麻脸石祥了。石祥是麻脸，那个女同学该会果断地与他结束了吧？他使劲儿从肉里往外挤沙砾，结果又是血流满面，而且疼痛使他嗷地一声昏了过去。

苏醒过来，已是月在中天，炮击平息了。这一夜的月光十分好，但石祥口渴得难受，他用手去击打通水的铁管，手拍上去连他也听不见声音，就在地上摸索，摸到了那个小烟斗去敲打，旋即将大瓷缸接上去，但水没有过来。他嘴对了铁管口向里边轻声呼叫，仍没有回应。这是从来没有的事情啊，石祥心中掠过不祥的念头：小李子那边也出事了，负伤了，牺牲了？！那么，"我也要死了，我也要死了"。仰身倒在那里，手脚再也无法抬起来了。

整整两天，石祥未能喝上水，饼干无法下咽，勉强爬起来尿了三泡，三泡尿喝完，再也尿不出来了，现在唯有的是吸烟。

疤脸又在吸烟了。这烟是石祥的家人在送来的棉被中夹带的烟丝用卫生纸卷做的烟，但烟归属于疤脸，疤脸吸过了一半，终于递给了他，他双手颤抖，眼珠突出，腮帮深深陷下去，烟缕就进了肚中直至小腹，他感到了从未有过的舒服，每一个关节却酥酥发软。当他久久之后睁目四顾，看见了那三个可怜的人正涎水长流瞧着他，目光是多么卑下和乞求啊，"来，"他说，"你们也吸一口吧，只是一口！"他把烟递过去，三个丑陋者感动得泪水溢流，爬着过来接住，一个狠狠吸了，递给另一个再狠狠一口。仅仅是三口，没有冒出一丝烟缕，烟支已经燃到烧指的地方了……

又是梦，又是来世的情景，难道我的来世永远要在监牢中吗，永远是一个无烟吸的烟鬼吗？他惊怕而醒，醒来又渴又饥，吸过一支烟后便木木发呆起来。一只蚂蚁在洞口经过，这是一只很大的蚂蚁，头与肚滚圆，腰与脖却细若线丝，看上去若即若离的样子，但通体的油光黑亮是石祥前所未见。他伸出手去，蚂蚁就爬了上来，手握成拳，蚂蚁仍在上边爬，企图寻找能下去的边缘，他把拳顺着它的爬行而旋转，蚂蚁也就不停地匆匆地循环往复。这愚蠢的家伙！石祥似乎觉得这样戏弄它有些残酷，却不愿停止拳头的旋转，恍惚间自己也看拳头巨大起来，蚂蚁顺了那手纹爬行犹如是那山的鏊沟。

是一条鏊沟，一个人气喘吁吁往上爬，爬到了赛鹤岭最高山峰的古堡门洞。

“哐啷”一声，石祥从一个境界的边缘被扯回来了，他听见是铁管在响，忙俯近去，逮住了那边闷闷的呼叫声。

“石祥，石祥，你死了吗？”

“你没有死？你没有死？！”

石祥激动得低声急叫，泪水就流下来。他听见了小李子在说他才醒过来，不知是昏过了多久，是一两个小时，或是五六个小时。石祥还在哭，这哪里是几个小时，整整两天又一个晌午啊！但他说不出来。后来小李子又是怎么告诉他如何受的伤，石祥没有听见，直到水咕嘟嘟流过来，他用口接住了先喝个够，然后才在水壶里、缸子里接满。现在，脑子、眼睛、耳朵，一切都清楚了，天是瓦蓝瓦蓝，山坡那边的树一片翠绿，又有什么昆虫在动听歌唱，石祥要舒舒服服来享受一下了，他感到了活人的幸福的滋味。但是，不知怎的想起刚才闪过古堡的事，啊啊，今天是什么日子，过去的事和未来的事几乎在不长时间都显示给了他，这是一种什么天意呢？在这低矮艰苦的土石洞里，面对着凶恶的敌人，面对着死亡，他应该全身心地处于战斗状态，为什么竟要让他一次又一次知道得那么多呢？过去的生活毕竟还悲壮有趣，未来的事却如此恐惧厌恶，石祥想摆脱这种困境，不希望再做那些来世情景的梦吧。

那么，唯一的办法就是不打盹。不打盹的唯一办法就是战事进行。但现在双方都安静了，他只有吸他的烟来刺激精神了。

坚持了一个晚上，又坚持了一个白天，烟已经不能为他驱赶睡魔，恰在这又一个黎明他听见了鸟叫，偶一探头，发现了朦胧的晨曦里几个敌人已经爬到了沟底，不，还有三个人头在洞下并不远的树丛中闪了一下。石祥立即感到事情的危急了！这些可恶的敌人摸到了这边，如果再迟几分钟，不可设想的局面就发生了。当他把枪端起来，却寻不着了目标，他知道敌人藏在某一处的树木中，开枪不但不能消灭他们，而且只能暴露自己，急中生智，抓起了自己的几包纸烟丢过去。果然，在一丛蒿草深处有两个人头晃动，叭叭两枪，两个凶残的也穷惨了的偷袭者血水激溅，石祥同时看见三颗纸烟也溅了起来，不见了。沟底里的敌人往回逃遁，其余的掉头就跑，他们猫着腰跑得极快，如蛇在窜行，晨雾中只见有数道蒿草在动。所有土石洞的枪都一齐爆响。

石祥毫无睡意了，他为自己最早发现敌人和机智举动而激动不已。想着那些洞穴中的战友一定在感激他了，一定会在将来集体请求为他记一大功的。石祥一兴奋就噙了烟斗，拿手在一个布包里掏烟，但是令他沮丧的是布包里已经没有了烟！没有了烟，这日子怎么过呢？他空噙着烟斗，真是后悔得要骂起来了。这同时，猛烈的炮击开始了，山沟上空，炮弹呼啸着飞来飞去，到处是乱石飞木，到处是浓烟土气，石祥缩进了土石洞的里边开始去睡觉了。他原来是不愿再睡的，而现在没有他们潜藏在洞穴里的兵士的事可干，又没了烟吸，犯着烟瘾呆坐比那梦境更使他不堪忍受啊！

仅存的烟发现少了许多，疤脸立即把所有被褥翻起搜查，终在放尿桶的墙角的草下发现了。这是谁干的？三个人拒不承认，疤脸就和他将三人轮流按在地上打，便有一个承认了。承认了好，疤脸歇下来，又命令他和另外二人继续收拾那一个，抓了头发往墙上撞，竟撞得脑壳儿破裂，这一夜躺下没有动。第二天早上也没有动，等到中午看时，人都已经僵硬了。

他被判处死刑拉出去枪决了。他十分后悔，但有些不服，怎么疤脸没有枪决呢？刑车通过了大街。街上那么多人指指点点议论，他听见在说：“瞧，为了烟送了命！”“这个烟鬼，为了烟值得吗？”“该杀，为了烟都可以杀人，那什么事都可以干得出来的了。”他忍受着人们的咒骂，却心里说：为什么他要偷烟呢，有什么能比烟更重要呢？可惜我现在不能吸烟了。他抬起头来，看见了全副武装的行刑警察，有的在吸着烟，烟味是那么香，他暗中在逮吸着有烟味的空气，直吸得肚皮都鼓了，终于说："能让我吸颗烟蒂吗？"吸烟的刑警看着他，似乎要笑，但没有笑，说："临死了还想吸烟？"他说："要死了，让吸几口吧。"刑警就将吸过一半的烟塞进了他的嘴里，他嗞嗞地吸起来，很快吸完了，火已烧到了嘴唇，但他没有唾，还在吸，直到嘴上烧出的油和血把最后豆大的烟蒂沾灭，他仍未吐掉，一伸舌头将那烟蒂吞在口中嚼开了。嚼过了大街，嚼到了一片河滩，他跪在那里，口中的烟蒂还未彻底嚼尽，一声剧烈的响动，他立即死去了。

梦里，石祥是死去了，但是，土石洞里的石祥醒来的时候，他已被一块儿飞进洞里的石头击中了脑袋。石头并不大，来势却十分猛烈，立即在他的前额陷进一个洞，他昏迷了，再也做不出梦来。铁管在不停地响着，他似乎又苏醒了，硬着目光看着铁管，还知道小李子在为他焦急，但他醒来最急需的是想吸一口烟啊，隐隐约约的梦境依稀闪现，那个来世的他在死前已吸到了烟的，而他却带着烟瘾要死去了。他拼足了气力扑到铁管口，以最大的力量在喊：

"给我一支烟！给我一支烟！"

"石祥，你还活着，你真还活着？！"

"我要吸烟！我要吸烟！"

"烟怎么能给你呢？"

"你在那边吸一口，吹进管子里，我在这边就吸着了！"

一会儿，烟果然从铁管中飘过来，石祥将嘴张到极限，完全是把铁管插在口里，他吸到了烟，幸福的烟。当小李子在喊："石祥，你吸到了吗，吸到了吗？"石祥嘴还在铁管口上，眼睛微闭，一种满足了的微笑僵硬在了脸上。

十天过去了，又一次猛烈炮火的掩护下，土石洞里的军人按期撤下来了，又一批新的士兵重上岗位。战友们将石祥的已经发出臭味的躯体背了出来，装上了汽车，运往后方的火葬场火化。石祥的灵魂并没有远离了躯体，不，他现在才明白了这并不称作是灵魂的，是应该叫作古赖耶识的怪诞名字的。为什么不叫灵魂而叫这么个怪名，反正石祥现在获得了这么个名字，并且还明白了作为人是有八个意识的，即口、耳、目、嗅、感、思之外，第七是潜意识，第八就是古赖耶识，而人的躯体死亡，前七识都要随之而灭，但第八识是不灭的。当石祥的古赖耶识现在离开了躯体，也才发现满空中到处在游荡着古赖耶识，它只能是同类的一种，再称之为“石祥的”便是错误了，它除了是古赖耶识就是古赖耶识。这些古赖耶识似乎在自身裂变着，同时相互拥挤撞击而上升，已经有很厚很厚的一团聚集在天之高空了。世界竟原来就是这些古赖耶识吗，一切都是这些古赖耶识在发生着作用吗？它们这么聚集在一团游荡空中，寻找着地面上的似乎有着什么频率相通的东西而附体吗？那么，它们碰到了草木的花粉受孕而附就成为新的草木的生命，碰到了人类的男女交配而附就成为新的婴儿的生命吗？那么那么，同样的道理，它们也是成为了一切家禽和野兽、一切飞鸟和鱼虫的生命吗？当这个生命的个体成熟死亡之后，它又是飘离而去吗？啊，伟大神奇的古赖耶识，这无生无灭、无时无空的创造世界的种子，这一次附在了人身上成为人，下一次附在了树木之上成为树，如此反复不已就是人世上所说的轮回转世吗？石祥的古赖耶识，不，它飘离了石祥的躯体而在空中默默注视着石祥的躯体的古赖耶识，它为石祥没有坚持到任务完成而惋惜了！但是，它又是多么为它存在于石祥这个个体的生命期间完满了这个个体活人的价值而自豪得意了！

火葬场里，躯体装进炼尸炉，立即化为灰烬，一部分留下来，一部分顺着高大的烟囱冒上天空。古赖耶识彻底要与一个石祥永别了，它顺着巨大的烟囱而上，它突然感到丢失了一件什么东西，想了好久，是那个小小的烟斗。古赖耶识是不知道石祥所做的梦，因为它纯乎是无形无影无言的东西，它也不知道将来它又会附着哪个时候的哪一个物体，当它飘出了烟囱来到高空的时候，看见了那炼尸炉的大烟囱还在浓浓地冒着黑烟。

这是谁的烟斗呢？

一九九一年

听来的故事

第一个故事，是在很古很古的时候，世上有位英雄，他来到一个村庄问有没有需要他帮忙的事。村人说山上有只猛虎一直祸害着他们。英雄就去了山上，与猛虎搏斗了三天三夜，猛虎被除了。他剥下虎皮回到村中，问还有什么祸害，村人说："海里有条龙，你去杀死它吧。"英雄又赶到海里，苦战了七天七夜，提着龙头回来了。村人设下酒宴款待他，英雄喝下那壶酒，又问还有什么祸害只管说吧，英雄就是为民除害的！村人说："是还有一个祸害，如果消灭了就天下太平了。"英雄问："是谁？"村人说："是你。"英雄疑惑不解："怎么是我？"村人说："因为你是英雄啊！"英雄低头想了想，站起来要离开这个村子，但刚一迈步，却一头栽在地上气绝身亡。他喝下的酒里早放了毒药。

第二个故事发生在六十年前，一个人渡河时溺水，被另一个人救起。溺水者为了感激救命恩人，认了搭救人为干爹。一年后，这位被救过命的人路过山道，正遇到一只狼追赶一个人，他奋力赶走了狼，那人又认他为干爹。此后五年，干儿子逢年过节都要去拜会干爹，日子过得平静友好。一九四四年和日本人作战，日本人进山"围剿"游击队的时候，抓住这三个人带路。经过一片雷区，需要中国人先去踩雷开道，这三个人中必须有一个去死。日本人就指了那个溺水者说："你的说话，让谁去？"他看看被他救过的人，又看看曾经救过他的人，最后说："他去。"他指的是他的干爹。

第三个故事就简单了，是现在的故事。说的是一个单位有个叫来子的人，经常打扫厕所，年终就被评为先进分子。这个人从此就每日去打扫厕所，以致厕所稍不干净，大家就有了意见：来子，来，子！来子呢？后来厕所的下水道堵塞，需要打开大粪池下去疏通，大家说这肯定是要来子下去疏通的，来子就下去了。结果下去没有上来，来子被沼气熏死在粪池里。

玻 璃

约好的是在德巴街路南第十个电杆下会面，我去了却就是不见他。一年没来这条街，两边的店铺门面差不多全改装成玻璃的，冬季清冷，难得有太阳出来，玻璃就全闪着光，通街似乎开阔了许多，也深长了，一派亮堂。我靠在电杆下吸了一会儿烟。行人来来往往，在街上也在墙上，分不清谁是真人，谁是玻璃中的影子。后来感觉有人在批点着什么，还以为是对面商店里的售货员。一回头，才发现就在我身后咫尺，玻璃窗里，他们正盯着我交头接耳。是嘲笑我大冬天里还剃着个光头，还是鄙夷我提着的一捆脏兮兮棉被卷？管他的！我要见的是王有福！把头仰起来看天，天也清白，如是更大玻璃。但我后悔不该先去见那刘老太太，原本把钱交给她就完了，老太太却喋喋不休地问儿子在南方做什么工，服不服水土，能吃饱饭吗？一沓钱数过一遍又数过一遍，眼泪就流下来，叫“我儿……我儿！”误了一个小时，是王有福没有来，还是来过了又走了？

我决意再等一阵，踅进街对面的一家小茶馆里一边吃茶一边盯这边的电杆，一个蓬乱着头发的女人出现在电杆下，但没有停，只将一把清涕抹在上面，手又藏在襟下走了。一个矮胖子立在那里看电杆上贴着的治性病的广告单，极快地从怀里掏出一张什么也贴上去，拔腿跑过几步，又慢悠悠往前去了。王得贵一再说他爹是个大高个儿，走路向前一倾一倾的。茶馆的旁边新盖了一家全街最大的外资酒店，巨大的营业厅全部以玻璃装嵌，可能装修还未彻底完工吧，正有人用白粉在一排高大的玻璃上写“注意玻璃”的字样。

拐角处，四个人又忙着安装一块儿玻璃，脾气很大地不知在骂着什么，并且用脚踢着地上的一堆玻璃碴，太阳下玻璃碴就明灭着一片碎光。

如果是黄昏，太阳缓缓向西沉去，德巴街两边每一块儿玻璃上都将有一个太阳，是越来越大越来越低的日落轨迹吗？这景象是多么辉煌！我为我的想象兴奋了，然而我不能在这里待到黄昏！

吃过一壶茶后，我回到了家。妻子却说王有福来电话了，电话里反复解释他是病了，不能赴约，能否明日上午在德巴街后边的德比街再见，仍是路南第十个电杆下。病了？他病得真是时候，我骂了一句，他怎么就不死了？！但是第二天我还是赶到德比街，第十个电杆下果然坐着一个老头。见我走近，老头立即翻身起来，是大高个儿，比他儿子还要高，头却很小，小得有些滑稽。那张脸全肿起来，像一个面包，双眼几乎成了一条线，额头上包扎着一块儿纱布。我说你是王得贵的爹吗？他立即弯下腰，不住点头，说：我叫王有福。我说你受伤了，怎不告诉我你家的地址，我可以把东西直接带去呀。他支吾了一句，似乎是说家里地方太小，又乱，怎么能让你跑那么多路呢？就拿手摸摸额头，说是跌了一跤，不碍事的。

“昨日不能来，”他为难地对我笑笑，“你生气了吧？”

“没什么。”我说。

“你肯定是生气了，怎么能不生气呢？”

“没什么。”

“是生气了，真对不住你。我老得不中用了……”

我越是说没有什么，他越是给我道歉，甚至撕开纱布的一角要证明他真的是受了伤。老头的性格有些像他的儿子，我倒真的又生了气。

“你怎么这样啰嗦！”

他愣了愣，不言语了。

我把棉被卷儿交给他，告诉他得贵一切都好，又把得贵捎的钱交给他，让给娘好好治病。他极快地看了下四周没人，就解开裤带将钱装进裤衩上的兜里，说：“我请你去喝烧酒！”

我谢绝了。他转身往街的西头走去，又回过头来给我鞠了个躬。我问他家离这儿还远吗，要不要拦辆的士送送他。他说不远，就在德巴街紧南头的胡同里。我说那何必绕德比街西头，从这里穿个小巷就是德巴街，再穿下去不就更近吗？老头笑了一下，说："我不走德巴街。"转身走去，还嘟囔了一句。

"我才不去德巴街哩。"

他不去德巴街，我却要去德巴街的，昨日那家茶馆的茶不错，价钱又便宜；我可以打电话约几个哥儿们来，一年不见面了，如果他们混得还不如意，就鼓动跟我一块儿下南方去。走过了那家豪华的外资酒店门口，营业厅的高大玻璃墙上却贴出了一张布告——

昨天因我酒店装修的玻璃上未有标志，致使一过路人误撞受伤。敬请受伤者速来我店接受我们的歉意并领取受伤赔偿费。

看完布告，我立即被这家外资酒店的举动感动，但很快就想到王有福老头是不是撞了玻璃受的伤呢？越是这样想，越觉得有可能，倒高兴老头能得到一笔赔偿了！啊，啊，我在心里突然萌生了一个念头：既然肯赔偿，那就是他们理屈，何不得寸进尺，去法院上告，趁机索赔更大的一笔钱呢？！我为我的聪明而得意，第二天便给王有福打电话，再次约他有要紧事，当日下午到德巴街，不，到德比街红星饭店边吃边谈。

红星饭店门面普通，但里面的上下两层楼全部也是玻璃装修，坐在楼上的厅里就能看见走廊的行人。我选择这家饭店，就是要证实一下他是不是真的在外资酒店撞伤的。他果然按时赴约，我一发现他出现在玻璃走廊里就大声招呼，他看见了我，肿胀的脸上泛了笑容，步履却小心翼翼，明明到了通往厅里的门口，还是用手在那里摸，证实是门口了，一倾一倾地摇晃着小脑袋走进来。

"我没请你，你倒请我了！"他说，"这情我要回报的，得贵回来了，我让他一定请你。"

"这说到哪儿了，我和得贵是朋友，一顿饭算什么！"我把酒给他倒了一杯。他赶忙说："我不敢喝的，我有伤。"

"伤还没好吗？大伯，你是在德巴街外资酒店那儿撞伤的吗？"

“你……那酒店怎么啦？”

“这么说，你真的在那儿撞的！”

“这……”

老头看着我，瓷在那里，我看出他要抵赖，但脸色立即赤红，压低了声音说：“是在那儿撞的。”一下子人蔫了许多，可怜得像个做错事的孩子。

“这就好。”我说。

“但我不是故意。”老头急起来，“……玻璃怎么那样干净，像没有什么一样……你相信我，我说的是真的。我那日感冒，原本头就晕晕的，接到你的电话出来，经过那里，明明看着是没有什么的，就走过去，咚，便撞上了。我是小心了一辈子的人，老了老了却撞上玻璃了。真的是明明看着什么都没有呀，却就是有玻璃，玻璃把我骗了。墙就是墙，好好的，为什么都疯了似的要拿玻璃做墙？”

我怕老头紧张，扶他坐下。

“现在人多地方少，装上玻璃可以从视觉上扩大空间的。”

“可这就日弄人了嘛！真分不来哪儿走得通哪儿又是走不通？我这出门不知道该怎么走了！”

我笑起来。

“那酒店现在怎么啦？”

我偏不回答他，只是问：“你撞伤了，伤这么重的，怎么就走了？”

“哗啦一声，玻璃碎了，我才知道是撞上玻璃了。酒店里三个姑娘出来扶我，血流了一脸，把她们倒吓坏了，又进去要找干净布给我包扎伤口，我爬起来跑了。我是不好，有私心，我怕她们出来了不让我走。我赔不起那玻璃呀！”

“他们现在可是在到处找你哩。”

“是吗，还在找我？我已经几天没敢去德巴街了，他们是在街口认人吗？”

“他们贴了布告……”

“……”

老头哭丧下脸来，在腰里掏钱，却问我一块儿玻璃多少钱，玻璃有两丈多高的。

我嘿嘿笑起来。

“你笑我了？”

“不是你给他们赔，是他们要给你赔！”

“赔我？”

“是赔你。”我说，“他们贴了布告要寻人赔偿，但我约你来是要告诉你不要接受他们的赔偿，你应该去上诉，诉酒店装上玻璃而不在玻璃上做任何标志，导致你受了伤，他们赔偿能赔多少钱？上诉告他们，索赔的就不是几百元几千元了！”

老头兀自愣在那里，一条线的眼里极力努出那黑珠来盯我，说：“你大伯是有私心，撞坏了人家玻璃害怕赔偿才溜掉的，你是该笑话我的，可我也经了一辈子世事，老了老了又让玻璃骗了我一次就够了，我再也不受骗了！”

“这是真的，”我急了，“我没有骗你，你可以去德巴街看布告嘛！”

“你就是不骗我，那酒店也是骗我哩，我一去那不是投案自首了吗？”

“大伯，你听我说……”

老头从怀里掏出一卷软沓沓的钱来，放在了桌上：“你要肯认我是大伯，那我求你能代我把这些钱交给人家。如果还不够的话，你告诉人家，得贵一回来，我会让得贵一定补齐的。我不是有意，真的是看着什么也没有的，谁知道就有玻璃，我不好就不好在撞了玻璃跑了。你能答应我，这事不要再给外人提说，对得贵也不要说，你答应吗？”

“答应。”

老头眼泪哗哗的，给我又鞠了下躬，扭身离开了饭桌。

我怎么叫他，他不回头。

他走到玻璃墙边，看着玻璃上有个门，就伸手摸了摸，发觉那是对面的门反照在里边的，就又往旁边去，走到真正的出口了，再摸了摸，没有玻璃，走了出去。

足足有一个小时，我坐在那里喝完了一壶酒，一口菜却没吃，从饭馆出来往德巴街去。德巴街依旧是明晃晃的玻璃，人们在那里来来往往，如玻璃缸里的鱼。趁无人理会，我揭下了外资酒店玻璃墙上的那张布告：老头已不信任了我，更不信任这布告，布告继续贴着，只能使他活得不安生。顺街往东走，街口照相馆的橱窗下又是一堆玻璃片，残剩了一半的玻璃还连在那里，四分五裂的裂痕后，那些美女照也笑得四分五裂，照相馆的经理在大声骂：谁撞的，谁撞的，眼睛是瞎了吗？！

我终于走出了狭窄的德巴街，当天晚上，坐车再次去了南方。

一九九七年一月

油月亮

尤佚人一出审讯室便大觉后悔话不该那么说。七月的天气已经炎热，湿漉漉的手一按在椅子上就出现五个指印。三年前的公园条椅上起身走去了一对极厌恶他的男女，女人坐过的地方就有一个湿漉漉的圈。他以为发现了一种秘密。“尤佚人！”审讯员猛地叫了他的名字。“嗯。”他应着，立即就又说，“有！”“你杀了人吗？”“杀了。”“杀了几个人？”“这怎么记得，谁还记数吗？”一个，两个……有位是胖妇人，腰碌碡般粗搂不住，两颗大奶头耷拉下来一直到了裤腰带的。下雨天来的一男一女，不是父女，也绝不会是夫妻……臭男人本该早死却去上茅房了。女子就先死。男人回来一下没有死，还一脚踹在他的交裆处……但最后也是死了。女子白脸子，真好。尤佚人掰着指头搜寻起记忆，便发现审讯员脸色全白，立即被又一种记忆打断，将湿漉漉的手垂下来懊丧起说过的话。虽然那系一派真诚。“八个。”他嚅嚅地说。

河水构成一条银带，款款地在前面伸展；贴着已经裂脱而去了生命的知了壳的白杨、绿柳，急速地向后倒去。炎炎的红日真是有油的，汗全然变成珠子顺鼻尖滑，腻腻的。浴着这灼灼的烈日，看着不知何时从山梁的那边出现的寺院山门，以古柏古松浮云般的叶浸沉在袅袅的钟声，就这样，尤佚人和两名武装的刑警坐了三轮摩托，溯着汉江往瘪家沟去。

对于女人的生殖器，乡下人有着乡土叫法，简单到一个音，×，名字很不中听。所以又以另一个音代替，但这音没有文字写出来就只好别替为“瘪”

了。有学者说中国的文化主要表现在两个方面，一个是关于吃上，一个是关于瘪上。尤佚人和他的乡亲如果要做学问，必定会同意这观点的。

尤佚人知道自己生命的来源，虽然小时候问过娘，娘回答是从水中捞来的。“怎么捞的呢？”“用笊篱一捞就捞着了。”“人都是这般捞到的吗？”“是的。”母亲的表情极其严肃。这严肃的表情给尤佚人印象颇深，以致后来逐渐长大，成熟了某一块儿肌肉，就对母亲给予他的欺骗甚为愤慨。

夏日的夜晚，低矮的四堵墙小屋闷如蒸笼，有跳蚤，有蚊子，有臭虫，光棍们就集中到村口水田边的一座破旧不堪的古戏楼上。风东来西往，男人们可以数着天上的星星，一遍与一遍数目不同。又可以谈神秘的东西如女人和之所以是女人的标志。尤佚人的青春大学就从这里开始。

如果从汉江边的公路遥遥往北山看，这尤佚人已经习惯了。就看到那里一处方位的绝妙。一个椭圆形的沟壑。土是暗红，长满杂树。大椭圆里又套一个小椭圆。其中又是一堵墙的土峰，尖尖的，红如霜叶，风风雨雨终未损耗。大的椭圆的外边，沟壑的边沿，两条人足踏出的白色的路十分显眼，路的交会处生一古槐，槐荫宁静，如一朵云。而椭圆形的下方就是细而长的小沟生满芦苇，杂乱无章，浸一道似有似无的稀汪汪的暗水四季不干。

这就是天造地设的一个“瘪”。村子的穴位就是“瘪”的穴位。但生活在“瘪”的世界里的光棍们却享受不到那一种文化，活人就觉得十分没劲。一次躲在芦苇丛里的尤佚人偷听了一对夫妻在沟里烧香焚纸说：“儿呀你就出来吧，我们是三间房一院子，长大了能给你娶个媳妇的，你就出来吧！”他就想，母亲和父亲，一定没有按风俗曾在这里祈祷过，否则他是绝不会到这个人世间来了，来了也绝不会就做了父亲和母亲的儿子。对于没征求他的意见就随便生下他又以“捞来”之说欺骗他的母亲，尤佚人几乎是恼怒不已了。

从瘪家沟到县城是五十里，从县城到瘪家沟是五十里。五十里顺着汉江横过来的却是深涧似的漆水河。河上一座桥，十八个石磙子碌碡堆起的墩，交通了山区与城市，也把野蛮和文明接连一起，河水七年八年就要暴溢。一年里，水满河满沿，结果将桥冲垮了一半，十八个石磙子碌碡丢失了五个，瘪家沟的人都去下游泥沙里探寻，尤佚人踩了三天沙，腿肚子上患了连疮，夜里睡着烂肉和袜子被老鼠啃去了几处。最后石磙子碌碡却在上游找到，尤佚人莫名其妙，遂愤愤不平到这一个夏天，“文革”的运动就来了。村里人便跑贼似的往南山石洞跑。爹不跑，武斗的人扇了爹一个耳光。“扇得好，扇下我一颗铁耳屎！”爹就随着走了，背上一杆自制的长筒土枪。

石洞开凿于民国初年，在光溜溜的半石崖，从下边不能上去从上边不能下来，崖壁上凿着石窝栽着石椎架上木板，可以走，走过一页板抽掉一页板。尤佚人捉住了十只蝙蝠，还有一头猫头鹰，就眺望起远远的在烟里雾里笼罩的家。家里守着半死的老爷，一咳嗽就咯出鸡屎般大的一口痰，他突然听到了娘的声音。

一条粗如镢把的长蛇正在洞外的石砭上吸将起一只金毛松鼠了。

“啊？啊？！”

娘慌乱得叫着。那松鼠怎么不逃掉还盯着蛇一步步挪近去？“松鼠是吓昏了吗？”

他抱起一块儿石头抛过去，蛇跑了，他几乎在石头抛过去的时候连自己也抛过去。夜里娘就偷偷下洞回家了，正是一派攻克了一派的胜利之后，十二个人，一排的带枪者将娘压倒在炕上轮奸。赤条条的儿媳昏死在堂屋，老爷从厦房的病床上爬过来，用红布蒙住娘的眼睛，开始用烤热的鞋底敷那肿得面团一样的穴位，竟敷出半碗的罪恶来。老爷就撞在捶布石上死了。

这是一个相当清幽的院落。东边是一片竹篁，太阳愈是照，叶片愈是青，没有风你却感到腋下津津生凉。一支竹鞭从院墙的水眼道孔中爬过来，只有五天的时间，已经爬到了台阶下如黄蛇一般僵卧在砖缝繁衍的菌草里。一只麻雀湿脚从瓦楞上踏过，将双爪与扑撒的竹叶织就了一片“个”字。尤佚人半呆地立着，陡然生喜的心情倏忽如死灰如槁木。暑热底下一种空洞，唯一能听见的，粗糙的，愤怒的，是掘土的声，掏石块的声，镢头哐地掷下。西边院墙角的石磨被推翻了，墙角的土墙上，一根木楔，空吊着一副牛的“暗眼”。牛是戴着“暗眼”在磨道里走完了一生，于前三年就倒下死了的。而院墙的每一个打墙留下的椽眼塞满了头发窝子……尤佚人保持不动的姿势立在院中，默看着雇用来的人挥汗如雨地挖掘着，像是在觅寻什么金窖，紧张，又是湿漉漉的手。

"能让我说话吗？"他终于忍受不了炸弹爆炸之前的静寂。

"说！"刑警看着他。

"挖的都不是地方。"他指着台阶下那个捶布石说，"都在下边，曾经是个渗井的。后来倒污水就到院外去。"

于是，挖出了八具死尸。腥臭弥漫了院子，成群的苍蝇随之而来。对墙投下的明亮，强烈的光线斜射在潮湿窄小的渗井坑中。人们全恐惧地睁大了眼睛，用席要掩盖了那坑时，同时又发现坑底还有一条胳膊。

八个半？刑警脸皮上都生了鸡皮疙瘩。

"那胳膊是什么人的？"

"什么人的？"

"还杀了多少人呢？"

他真的记不起来了，这能是谁的胳膊？仰起球头，嘴陷进去一个深深的黑洞。有个时期，汉江北岸有许多收废品的。"谁有烂铜烂铁头发窝子酒瓶破纸喽——！"一吆喝，他就提一把斧头做刚刚劈了柴的姿势在门口应，我家有！收买者遂进了屋，接住了递过来的香烟，点燃上。"酒瓶都在柜底下。"头刚一弯下，斧头脑儿轻轻一敲那后脑勺，就倒了。他过去从死者的口里取了燃着的香烟。

收废品的都是男的。尤佚人端详起胳膊，胳膊腕下戴有绿塑料环。这是女人的胳膊，戴不起手表，也没有银镯子，臭美人！

是黄昏吧，晚霞十分好看，他是去过十八个石碌子碌碡的桥上的，让柔柔的风拂在脸上想象到一种受活。看桥那边远处的县城，看到了微尘浮动。有三个女子就从霞光里走过来了。她们都胖乎乎的身体。他身上的肌肉就勃动起来，又恨起来，听她们谈论着编草袋的生意，咒骂草价高涨又货物奇缺。"我家有稻草！"他主动地说。"有多少？""不多，七十多斤，够一个人用的！"三个女子却互相看看，走了。第二天竟来了那个最胖的，说她们都想买又害怕对方买去所以前一日没有应承，要求他替她守秘密。胖女子死了。他将她白日放在柜里黑夜抱到炕上，后来腐烂生蛆只好割碎去。但他确实为她守了秘密。

"你奸尸碎尸？！"

一个耳光打得尤佚人口鼻出血，又被三轮摩托车带回县城去了。尤佚人有生以来已经是第二次坐摩托车了，铐了双手，头塞在斗壳下，汗如滚豆子一样下来。他所遗憾的是没能看到十八个石磙子碌碡桥。这一个傍晚云烧得越来越红，漆水河上湉湉的水，与汉江交汇处漂浮的鸭梢子船，已经被腐蚀得通体金黄。

父亲靠着勇敢，当了武斗队长。队长可以背盒子枪，可以有一个穿一身黄上衣系着宽皮带的女秘书。女秘书有一双吊梢子眼。爹就不要娘了。

"你败兴了我的人！"爹拿烟头烧娘的脸，揪下娘头上一把一把头发。砸浆水瓮，砸炕背墙，疯得像一头狼，爹顺门走了。尤佚人扑出去抱住爹的大腿咬，他腮帮上挨了一巴掌眼冒火星倒在尘埃中。

"你要是我的儿子，"火星中爹在说，"跟我造反去！造反了什么都有！"

他说："我要杀了你！"一口唾沫连血连一颗牙吐出来。

爹嘿嘿笑着，捡了他的牙撂在高高的房檐上，说："落了牙撂在高处着好，你能杀了我就是我儿子！"

尤佚人和娘住在三间土屋里，娘常常惊起说有人进了院，吓瘫，下身就汪出一摊血来。天一黑，外边噼噼啪啪枪响，娘又要于黑暗中和衣下炕迈着干瘦如柴的腿去摸窗子关了没有。门关了，且横一根粗木。

每一夜都清冷漫长。风吹动着院东边的竹林，惶惶不宁。竹在这年月长得特别旺，衍过墙头，黑黝黝的浓重之影压在窗上如鬼如魅。尤佚人悄然下炕，夜行到汉江边的一个村子去找驻扎的一派。"谁？""我！""你是狗！""你娘是母狗！"黑暗处一个持枪人近来拉动了枪栓。"你动我，我爹杀了你！"那人不动了，扭头追撵影影绰绰一行人。他看清那里八个人押着五个俘虏，俘虏五花大绑且背上皆有一小石磨盘。是去汉江里"煮饺子"。他钻进村子，寻着了爹住的房。门关着，灯还在亮，窗缝里看去，一面大炕上铺了豌豆放了木板载着一男一女悠来晃去的畅美。夜风里，他将门前的一垛苞谷秆点燃了。

他逃坐在汉江边的弯脖子枯柳上，看熊熊的火光烧得半边天红，却奇怪地闻见了一种幽香，河岸石丛中的狼牙刺花的气味刺激着他大口吸了一嘴空气，而失身跌进河里去。第二天早晨冲在一片沙滩上，泥里水里拱出来，第一次捉住了鱼生吞活吃。

瘪家沟里唯独尤佚人个头儿太矮，七分像人，三分如鬼。家空空无物贫困似洗。娘得知丈夫已同女秘书同床卧枕，一夜里将老鼠药喝下七窍流血闭目而去。一条破板柜锯了四个腿儿将娘下葬后，白天吃稀粥糠菜，夜里玩弄那一根筋肉竟修长巨大，与身子失去比例。夏日之夜月明星稀，天地银辉，他浮游于汉江浅水之潭，那物勃起，竟划出水底淤泥如犁沟一般的渠痕，将河柳红细根须纠缠一团。遂碰见岸边一妇人经过，"我和你那个！"指着岸头两只狗在交媾。妇人扇他一个耳光。这耳光便从此扇去了他的正常勇敢，被村人嘲笑其父在革命中多享了几份女人，致使儿子见不上肉也喝不上汤。世界原本是大的，这年月使世界更空旷荒阔，于是他在瘪家沟无足轻重，走了并不显得宽松，回来亦不怎么拥挤。

偶然有人发觉他做贩肉的生意了。

"要赚钱呀？"

"……"

"挣女人呀？"

"……"

有人将他的肉全部买去，在十八个石礅子碌碡桥上，并约定他贩了肉专门卖他。他的肉很便宜。再挑着肉到桥上去，叫天子叫得生欢，往年冲垮了桥墩碌碡的洪水，吃水线高高地残留在半崖保存下纪录，他脑子在游荡。

往东，是繁华的县城，南城门外的渡口上成群的女子捣着棒槌洗衣，裙子之下也是没穿裤衩的吗？往西，一漫是山区，田野上的土路纠结，争取着三五日暮归人，女人直面走过来奶头子抖得像揣了两个水袋……他计算着自己的年龄，还要活着三十年和四十年……

拣着天高云淡的日子到县城去，县城人鄙视着他，他也更仇恨起县城的人。听说城关一家饺子店做食极美，踅进去买了坐吃，就认识了一位还看得上与他说话的老太太。她胖如球类，坐下和站着一样高，睡下也一定和坐下一样高，每一次总夸说这饺馅特别油，特别香。

“你也常在这儿吃吗？”

“不多。”

老太太健谈，对他夸说自己的丈夫在县政府任一个主任。说她的儿子在县公安局工作。说她年纪大了还能吃下四两饺子。然后问他身世，哀叹他没有媳妇。由没媳妇又说到没媳妇的可怜。

“中街口的那个寡妇告隔壁的一个男人强奸了她，你认为这可能吗？”

“……”

“这怎么会可能呢？你拿着这个吧，你往笔帽里捅！”老太太兴致倒高，把口袋里一支钢笔拔出来卸了笔帽，她拿了笔帽让他把笔尖往里捅。他莫名其妙，左捅她偏右，右捅她偏左。

“瞧瞧，这能行吗？一定是通奸，或许就是男人用刀子逼着她，把她杀了！”

尤佚人默然同意，但脸变得铁青。

这一次在饭店里又碰着老太太了，她带了小孙女来吃，吃得满嘴流油。

“奶奶，我不吃这漂着的油珠花儿。”小孙女嚷着。

“油珠花儿要吃的，一个油珠花儿多像一颗太阳啊！”

“奶奶，太阳是圆的，油珠花儿是半圆的。”

“半圆？那就是月亮了！”

“啊啊，油月亮！”

孩子在喜欢地叫着，尤佚人猛然才发觉满碗的油珠花儿皆半圆如小月。脑子里针扎地一疼，放下筷子逃走了，再不到这家饺子店用饭。

烈烈大火烧毁了苞谷秆垛，烧毁了一明两暗的三间瓦房。但队长和他的秘书逃出来及时，仅将上衣和裤子化成灰烬。尤佚人知道了爹没有死，也就“革命”了，参加到另一派。虽然没能够在武斗中杀人，别人却把人杀了让他去用树棍捅那裂开的脑袋，用石头砸那补镶的金黄铜门牙。

枪很长，背在肩上磕打膝盖。两派对垒在汉江，落日在河心大圆的黄昏里，风鸟啁啾，流水咽咽，河堤上的工事上架起乌黑的枪管。战壕里说着“革命”，又说杀人和女人，说得浑身燥热了枪放下都解了裤子手淫。他说：

“我没孩子？哼，我要是不糟蹋这东西，十个二十个孩子都站成排了！”说罢，孤独和冷寂并没有解除，便等待天一染黑，将准星对准对岸某一目标。这时候他被一声枪响惊动了。

对岸一发冷弹将这边一个提灯笼送饭的伙夫击倒了。

“他活该用右手提灯笼？！”朝灯笼左边一尺的地方打当然是没命的。

“左手提不会向右边打吗？”

“用树棍挑着！”

尤佚人默不作声，两眼死死盯住对岸就发现了一点红光，倏忽明灭，扳机就勾动了。那边有惊叫声：“队长被打中了！打中上嘴唇了！”

爹从此上嘴唇开裂，如兔嘴。他不该在击中提灯笼的伙夫后得意抽纸烟。

翌日，一辆卡车拉着队长和秘书去县城医院做手术。车上装了钢板。汉江岸上两派拉锯攻占，形势紧张，刻不容缓，车行驶得疾速如风，长长的土路上尘土飞扬，像点燃了巨大的导火索。在一个急弯，车上的钢板因惯性而错位滑动，两个人的脑袋，无声无息中从脖子处切除了。司机在反光镜中突然看见车角的两个木桩似的人身，悚然惊悸，停下车看时果然没有了头。折身往来路回返，软乎乎的转弯处湿地上两颗无血的脑袋滚在一起，脸还是笑笑的。

“尤佚人！”

“有！”

“你为什么杀人？”

“……”

“杀人的动机和目的？”

“……”

一双手又湿漉漉的了。审讯室的地上铺着砖块，一群从砖缝里钻出来的蚂蚁在激战，为一块儿馍粒，结果死伤无数。

轻轻一敲，就那么倒下去了，其实很简单。关上门，将灯芯点燃，四壁的漆黑的墙上却能映出他的黑影。那人脸上或许很痛苦，或者笑纹还在，看着，他要坐下来沉静静地吃一根烟卷。男人可以不管，女人则要剥脱衣服。全身凉硬脱不下来，用自己的肩膀扛起死者头，再努力用手去褪死者的两个袖子，这往往弄出他一头一身汗。

“你是图财害命，还是因奸杀人？”审讯员直逼着问。

这又该怎么老实坦白呢？判案总讲究个动机和目的，尤佚人否认自己是图财。“有钱人不可能到我家来的。”他想，只要能到家里来，他就产生着想杀的欲望这如身上发现了虱子能不弄死吗？杀完之后搜身子，虽然可以得十元二十元，甚至是一角或一角零五分。因奸杀人，自然只能是女性，“杀的不全是女人啊。”

无意中又闻到一种幽香，如烧毁了爹和秘书的房子后在汉江边闻到的一样。他歪头看见窗外是一花圃，开许多芍药、牡丹。花是靠风传播着花粉而延续生命的，它将生殖器顶在了头上。瘪家沟那么大个瘪。他不知道自己杀人的目的，完成不了老实坦白。

“油月亮！”尤佚人突然嘟囔了一句。

“油月亮？油月亮是什么意思？！”

他猛地清醒，想到他和娘在石洞的情景，想到爹打娘，便有了小小的心眼儿。不能去牵连和坑害了别的更多的人。他勾下脑袋，手又是湿漉漉的了。

油月亮，成了办案人员兴奋而又颇为头痛的一条重要线索，他们开始软的硬的，轮番地审讯。但笔录本上一直是“油月亮”三个字。他被特别关押在一个号子里，饭菜端进来，屎尿端出去，不能打他。要喝酒还必须给他拿酒。

一日，他说要到十八个石磙子碌碡桥去。办案人认为这次去一定与油月亮有关了。囚车将他带去。他站在漆水河的上游，怎么也没搞清那次断了桥后石磙子碌碡会冲到了上游泥沙里。他掬着水洗脸和脖子，搓下许多泥垢，拿着自己看还让办案人看。“你要坦白吗？”“坦白什么？”“油月亮！”他说：“我坦白我哄了你们，到这里来我想看看这桥的。”

尤佚人从来没有做过梦，当然更没有噩梦可言。但在一个冬天的正午，他睡在炕上似乎觉得做了一梦。梦到有许多女人，全来到他的炕上与他交媾，到后就阳痿了，见花不起，如垂泪蜡烛。沉沉睡下又复做梦，且竟延续刚才，却又都是些男人，恍惚间骂他是狼。他就绰绰影影回忆起自己的娘在地里收割麦子，疲乏了睡倒在麦捆上，有一只狼就爬近来伏在娘的身上，娘把他血淋淋地生下来了。醒来，一头冷汗，屋里正寂空，晌午的太阳从瓦缝激射下注。他爬不起身，被肢解一般，腿不知是腿手不知是手。

“娘，娘！”他觉得娘还睡在炕的那一头轻轻叹息。“娘，我是你和狼生下的吗？”

娘没有言语。他作想刚才阳痿的事，摸摸果然蔫如绳头，又以为娘知道了他的一切。“娘，是这东西让我杀人吗？我不要它了！我割呀！”窸窸窣窣在炕头抓，抓到一把剃头的刀，将腿根那东西割下，甩到炕地。

“娘，我真的割了！你不信吗？”

他坐起来，发现炕的那头并没有娘。娘早死了。炕地上那截东西竟还活着，一跳一跳的。

没有了想杀人的祸根，但尤佚人又常常冲动起杀人的欲望，他真不知道这是怎么啦？从瘪家沟走到县城，从县城走到瘪家沟。凡看见一个男人和女人，总觉得面熟。是他曾经杀掉的人？就怯怯地站定一边，等待着人家的讨伐。“这是阴鬼！”

他终于害怕了鬼。

他到山头上的寺院请求去当和尚。

住持却不接纳他。个矮丑陋，一脸杀相，文墨不识，住持立于山门的古柏古松之下，一番盘问之后将他撵下台阶去了。

尤佚人开始在门前屋后的空地上烧焚香表，他每夜更深人静之后要在地上画一个圆圈，一个圆圈是给一个人的，画上依稀还记得的模样，就默默焚纸。这奇异的现象使瘪家沟的人惊讶。惊讶一次，再惊讶一次，就生了疑窦。一半年来，到处传说有人失踪。有人就将这半截人的怪异报告了公安局。公安局叫去他一逼问，他毫不抵赖地说他杀过人了。

尤佚人终于有个罪名：歇斯底里杀人狂。法院判处他死刑。

宣判之后，问他有什么可讲的，他竟站过来对着麦克风说，我犯了个大错误。在我有生之年，我要为革命做出贡献。严肃的会场很是骚动，有人嘎地发笑了一声。

“你们知道油月亮吗？”他看着发笑的人说。

这正是一个夜晚，宣判室的门外夜空清净，半轮月亮一派银辉。

“油月亮就是人油珠花儿。”

“人油珠花儿？”

“菜油、花籽油、蓖麻油、豆油、猪油、羊油，油珠花儿都是圆圆的，人油是半个圆。”

宣判人不明白死囚犯话的意思，几乎忘记了追问下去。

“城关口的那一家饺子店是卖过人肉饺子的。店主也得判死刑。他害得人都去吃。你们可能都去吃过……”

宣判室里死寂了半晌，突然哗然了，宣判人脸色寡白地站起来发布纪律：此事谁也不能外传半点风声。遂让犯人在宣判书上按指印，便觉得胃里作呕，险些吐了什么出来。尤佚人终是坦白交代了一切，按指印很认真。但指印并不圆，半圆，一个红红的油月亮。

晚 唱

夜很静，月亮晕化了一切，城北低洼带的居民区里，溶溶的，看不见了街面、墙角；房顶浮着，是无数的三角和斜面。伴着一盏孤独的路灯，黑黝黝地歪着一幢木楼；已经是百二十年建筑物了吧，油漆全然剥落，檐角差不多也腐烂了；透过门窗，隐隐地有了一丝儿亮光，一种单调的，似乎又有些了节奏的声音就飘了出来，一会儿高了，一会儿低了，先是那么刺耳，细细听下去，又淡淡地有了那么一点儿音韵呢。夜凉凉地显得更深沉了。

“木楼大郎，敲高一点呀！”黑暗中，有人在叫着，接着是一下尖锐的口哨声。

木楼上的门“吱呀”却关了，似乎整个楼颤抖了一下，那打击乐仍又响着，一会儿高了，一会儿低了；夜似乎以此铿锵起来，似乎又以此和谐下去了。

击乐者，是一位四十多岁的男人，正坐在楼上的木板床上，弯曲了短短的一双腿脚，弓着腰，在用筷子敲打着面前的一摊儿灶具：盆儿是陶的，碗儿是瓷的，还有盘儿、碟儿；敲打着，是一声儿水音，是一声儿铜律。他虔诚地、认真地敲着，身心儿便陶醉过去，眼睛慢慢地闭合了，唯有鼻尖下的一条清水鼻涕，亮闪闪的，欲掉未掉。

他叫穆仁文，但人们都不这么叫他。说是他的这幢木楼，在这一带是独一无二的。而他的模样，又是那么猥琐，酷像《水浒》里的武大，便叫他“木楼大郎”了。至于他是哪一年住在这木楼上的，什么时候得到这绰号的，人们记不清楚，他也有些不理会了。只是每天早上，他穿着褪了色的蓝制服，夹着一把雨伞，去城里的一家行政单位上班，晚上回来，就走上楼去，击打他的音乐。在这小小的住宅里，四壁上没有挂一张女性图画，窗台上没摆一盆花花草草，家具也像他人一样：陈旧，矮小，看着让人窝囊。虽然楼是这一带最高的建筑了，但那窗户从未打开，室内黑漆漆的，大天白日也得开着灯。他没有娶过妻，也没有亲朋好友，从未动过烟酒，更没有多少外交活动的了。他想远远地避开人们，使谁也不知道这么个地方，住着他这么一个人。但人们反倒全知道了：当他出门上班的时候，缩着脖子，看着脚尖，默默地往前走，立即会被人叫起来：

"上班呀？木楼大郎！"

他知道那话的意思，没有去理，连头都不抬的，心里说："沉默是最好的反抗。"

几个孩子跑过来；和他平行了，猛地往上一耸，嚷道：

"只有我的肩头高！"

众人乐得大笑起来了。

他实在气愤了，骂一声：

"造孽！哪一次运动来了，非被运动了不可！"

众人越发哈哈大笑了。

今夜里，他又待在他的木楼里击乐了。他早年学过音乐，但没有学成，却从此有了听听什么曲调儿的嗜好。"文化革命"中，他曾经买过一台收音机，后来本单位揪出个反革命，罪行是偷听敌台，他第二天就把收音机卖了，怕落个嫌疑，以致现在，也没有了去买收音机的念头。兴头来了，就拿出这些灶具，慢慢地敲击起来。那敲击出来的声音，他听起来，是很醉心的，很快就会被带到一个银色的天国去了，尤其当他敲打几下，侧头看一眼柜盖上的那个小漆木匣子时，他就悠然得意而不能自已了。

那匣子里，装着一个精致的皮夹，皮夹里有着两百元钱。他闭上眼睛，就清楚地知道那是十张十元票子，十五张五元票子，还有七张二元，十一张一元呢。这都是他工作以来，一点一点积蓄起来的。积蓄着干什么？他不知道，但每月都那么存一些，觉得心里就充实了。钱藏在那儿，谁也是不知道的，谁也不常到他的房子来，他放钱和点钱的时候，门窗就全关了，连家里的猫也要赶到厨房里去。

但是，他对那猫，是有感情的，它是他唯一的家属，长得胖乎乎的，有一双大得出奇的神秘的眼睛。他只要一走进这房间里，就要抱起它了，用那短短的五指抚摸，竟常常在夜的黑暗里，看见了那皮毛上摸出了滋滋的火光星儿来。现在，猫已经在他的怀里睡了一觉，再不安宁起来，他拍了它一下脑袋，又当儿当儿地敲击起音乐来，眼睛又要闭合过去了。

猫却始终听不进这音乐的，不停地扭转着脑袋，耸着耳朵，咪儿咪儿地叫着。他奇怪了，停止了音乐的敲击，也支起耳朵来听。屋外，依然静寂，倏忽觉得风在袅袅，有一片树叶在窗外起浮吧？他讨厌地拧了一下猫的耳朵，猫一受惊，跳落地上，"咪"地叫了一声。他看着，就动起身来，去床头掏出一块儿点心，用牙嚼碎了，吐在那里，看着猫吃。

他毕竟有些困意了，看了一下表，已经是六点半了。六点半，是到了他的休息时间了。生活的规律化，是他多年来养成的习惯，他收拾了那些盆儿碗儿，脱了衣服，坐在了床上。

他那么坐着，呆呆的，开始想：我今日有害人之心吗？他检点着一天来的事情。

"没有。"他摇摇头，"害人之心不能有，防人之心不可无。谁今天对我有非议吗？"

他开始从早晨想到傍晚：大家对他都是平和的。那眼光可以证实。只是中午，书记让他去煤店给单位买煤，这是苦差事，别人都不去的，他是当即就去了。书记很高兴，说过"老穆同志好"的话……他坐在那里，无声地笑笑，拉灭了灯，溜进被窝里了。

他睡在床上，马上合上了眼睛，他有能使自己立即入梦的办法，那就是回想幼年自己爬山的事，他想着爬呀爬的……每次爬不到山顶，他就睡着了。现在，他爬起来，才爬了两分钟，突然坐了起来，想后窗的窗帘没有拉严呢，就披了上衣，迈着两条短短的疲腿下了床，摸黑去那里拉严了窗帘。才坐在床上，突然又怀疑起门闩插了没有呢？他记得是插了的，但又不敢十分肯定，还是又下床去了，伸手在门上摸摸，原来已经插了。他在黑暗中骂了自己一句，悻悻地重新溜进被窝，心安理得地要去"爬山"了。可是，他又听见了一种声音，似乎是什么锁子晃动了一下，他“啊”地叫了，一下子拉开了电灯，看那钱匣时，钱匣锁子果然在动着，但是，没有人，连人的影儿也不曾有；那只猫正惊慌地站在那里，灯光下，用羞涩的眼光看他。他心放了下来，骂道：

“你，你在干什么？”

猫耸耸耳朵，似乎要向门槛下的缝隙里钻出去。他立即生气了。他知道这猫正在怀春时期，夜里是不安宁的，这么个时候了，又要出去浪荡吗？

“你这个不正经的东西！”

他叫着，一下子扑下床去，把猫踢到了床边，拿木板挡住了门槛下的缝隙，就又大骂起猫来，说去年它怀了孕，让他踢了一顿，流产了，如今又忘了羞耻，又要出去，这怎么就不要脸面呢，不注意影响呢，不考虑主人是谁呢？

猫可怜地在床下哀叫，他抱起它来，放进被窝里，接着就躺下去，拉灭了灯，用手搂住了那一团毛乎乎的东西，心里说：睡吧，睡吧，这不是很好吗？

这时候，有人突然敲门，声音很大，又很急。他不作声，想：这是谁呢？是来偷盗我的吗？是不是假装敲门，侦察有没有人呢？或者，是楼下那一帮年轻人又来闲扯了。这些讨厌鬼，为什么要到我这里来，旁人不会说在搞小集团吗？而且又从不带烟茶，白吃白喝我的。但门还在敲着，而且有了问声，是大门口的收发老汉。他发话了：

“谁呀，我已经睡了。”

“有你的信，你又没来取，怕误了事。”

他拉开了灯，看见门缝里塞进了一封小小的白四方块；老汉咳嗽着从木梯上很响地下去了。

他拾起了信，果然是写给他的，下边落款是“内详”，他心头有些咚咚跳了。自他住进这个木楼，他从来没有给别人写过信，也从来没收到过别人的信，现在谁会给他来信呢？是流氓向他索钱的恫吓信，还是旁人给他的诬告信？他双手竟颤抖起来，用了好大的劲拆了信封，凑近灯下看起来：

穆仁文同志：

我叫苏梅，在西城区广播站当播音员，一生从未结婚，也未谈过恋爱，如今，一晃已经三十八岁了。我常听我舅舅提说过你（他叫王顺，和你在一个单位），知道你的情况，所以，冒昧给你去信，想和你认识。如果愿意，请于今晚十点在丁字街口的路灯杆下约会。内附一小照。

苏梅本日寄

“谈恋爱！”

他看完信，第一个反应，脑子里便“嗡”地响了一下，就立在那里呆呆痴痴的了。恋爱他是谈过的，但那都是年轻时的事。那时候，他认识了好多姑娘，也常常收到一些求爱信，但他都失望了。他认为，城市的姑娘，大都是不正经的，当他和几个姑娘见面时，总先要问：

“在这之前，你和别人谈过吗？”

“谈过，但现在全没联系了。”

他很快就和人家告吹了。原因很简单：和别人谈过恋爱的，必是不那么干净，要不失了身，要不感情上也不那么洁净了呢。但是，他却再没有碰到过第一次和他谈恋爱的姑娘……一天天虚晃过去了，一直到了今天。

“这苏梅是没有谈过的。”

他心里说，便端详起她的小照来。她形态淑贤，端正，是个美丽的人才。她难道也是像我一样，一直耽误到如今了吗？但他心里不觉慌慌起来，就站在那里，想：她为什么就要和我谈？她爱上了我的什么呢？他虽然是个干部，就地位太低下了，看上地位是不可能的。他摸摸下巴，胡楂儿硬硬的，已经是四十多岁的人了，模样儿是走不到人前去的。那么，是看上我的钱了。可是，钱谁知道呢？那一定是她的舅舅在她的面前美化了我。这个苏梅的舅舅！他又为什么对我这般好呢？他是对我有什么要求吗？

他心慌意乱起来，对着那信封发怔。突然，他看见了那信封上的笔体：软软地，弯弯扭扭；一看就是女人的笔迹。糟了，门房老汉一定认出这信是一个女人写的，那去门房的人都会看出来的，他们一定在说：

“瞧，有女人给木楼大郎来信了！”

“啊，女人信！他还有女人的信？！”

“别瞧他从不接近女人，也不娶妻，原来有情人嘛！”

他脸唰地红了：这会发生什么后果呢？明天上班，消息可能使单位所有的人都知道了，他们一定要嘲笑的，用鄙视的眼光看他了。他怎么说得清呢？那脏名声，跳进黄河里也洗不清啊！

“我得向领导汇报去，发生什么事情，我都得去让组织上知道。”

他决定之后，穿好了裤子，锁了门，拿了那信向楼下的平房里走去了。

楼下的巷道很挤，支部书记是住在前边的一个小四合院里的，他迈着短短的腿，才走过巷道，就听见巷中那间小房里，正拥了一房子人，吸着烟，在热烈讨论着什么小说。他隔着门看看，见是本单位的小赵他们一伙。这帮年轻人好爱写文章，组织了一个小说写作小组，他老早就为他们担心了：这样会不被人怀疑成立了什么反动组织吗？他赶快扭过了脸去，匆匆从门前走过去了。

书记家的院子，门还未关，但他没有走进去，却用一个指头在敲那开着的门扇：

“书记在家吗？”

屋里正有人说话，他听了一下，觉得是本办公室的老张在里边。这么晚了，老张来干什么？是不是来汇报我的什么情况了？他紧张起来，想听一下；书记却从里屋走了出来，大声地说：

“噢，是你啊！快进屋来，今晚倒有兴趣串门了！”

“书记，你还没歇下？我有事要给你汇报。”

书记让他进屋去，他不，说这事只能让书记一人知道。书记就把他引到另一间小屋去，他详详细细说了信的事，末了说：

“书记，这女的我可一点不认识，是她写给我的，我才收到的。”

书记看了信，却哈哈笑了，说这是大好事：

“大家为你个人事都焦心，既有这么个机会，你一定要去！”

“要去？”他简直吃惊了，怀疑书记的真诚，便说，“书记，你对我有什么要批评的吗？同志们对我有什么看法吗？”

“哪有那么多看法？”书记看了一下表，“现在是七点，还来得及，你一定要去，而且一定要谈好！”

他摇摇晃晃地回到木楼，觉得一身轻松：他不用再说什么话了；至于去约会不约会，他觉得未必要去，爱情对于他来说，不是什么神魂颠倒的事了，现在已经是四十多岁的人了，谈不谈也无所谓，何况这女人为什么爱上了他，他还没有搞清呢！

他重新要上床去，却冷丁在那里站住了，觉得这约会必须是要去的。他庆幸自己的“幡然悔悟”，因为书记要求他去，他能不去吗？明日书记问起这事，若说没去，这不是把书记的话当耳边风吗？

他锁好了门，回身要走的时候，突然觉得不妥，开门又进去，重新打量了房间的一切，看那钱匣是不是锁牢了，那窗闩是不是插严了。而且这猫呢？他这么一走，它也不是又要出去的吗？他看着那猫，猫也正看着他，似乎在得意地笑。

“你别高兴得太早！”

他说着，就细细检查了一下房间，看哪儿的漏洞会使猫溜出去。一切该挡该堵的都挡了堵了，他冲着猫冷笑了笑，锁上了门下楼去了。

他路过了书记家的门口，忍不住又敲起门来，书记出来了，他悄悄说：

“书记，那我就去去，这事你得保密，谁也不要告诉呢。”

走到街上，月亮显得小了，星星却多起来，一眨一眨地。街面上，行人已经很少，月光洒在那儿，有了柔柔的蓝光，又有了懈懈的白光，街两边的树木也幻化得朦朦胧胧。他似乎有了几分迷离，飘飘忽忽的，指头肚上，也感觉到了冷夜气息的微妙。突然间，唰的一声，一个什么东西从身边窜去了。他吓了一跳，定眼看时，是一只肥大的猫，已经蹲在了旁边的一堆水泥管道上，睁着两颗绿莹莹的眼睛看他。

这是谁家的猫？这么晚了，要到哪儿去？他想，是勾引他家的那只母猫去吗？他这么一想，气就上来了，认定这只猫一定是他家猫的“情夫”，那么，去年他家猫的大肚子，也就是这只猫作的孽了。他捡起了一块儿石头，向那猫狠力砸去，石头在水泥管道上击碎了，闪着火花，那猫尖叫着在黑暗里逃去了。

他长出了一口气，继续往前走。但是，脑子里很乱，尽是那公猫母猫，那难看的大肚子，那被他踢打之后流产的污血……他感觉脑子有些疼了，走向路边一个路灯杆下，倚了身子，想定一定神。才那么站定，却听见了什么地方，有一种窃窃之声，而且又有了笑声。他侧耳听听，听不清，回头看时，原来就在路的那边，也就是树林子的阴影里，模模糊糊地有了那么几对男女在那儿谈恋爱。

“呸！”他一下子犯恶起来了，心里骂道，“不正经！”

他听人说过，如今的年轻人常常在野外的恋爱中会发生关系，这些人一定无疑了。听那笑声，是一股什么味儿，又站得那么紧，一直在树的阴影里。他突然又幸灾乐祸起来：让他们乱搞去吧，反正我要见的这女人是正经的，她没有这么整夜整夜去阴影里嘻嘻哈哈。

一想到她，他又泛起了本来的惶恐：她给我来了情书，她怎么那样大胆，那样主动呢？他走了一段路，又站在路灯杆下，掏出她的信和照片看起来了。

“我要研究研究，我是四十多岁的人了，我不能像年轻人那样轻率。”

他看看她的照片，她确实很美，虽然三十八岁了，脸上有了细细的皱纹，但她依然是美的。噢，他终于想得明白了：这女人，模样这么好，工作又是播音员，高雅而文明，她占有了优越的条件，所以她才这么大胆和主动呢。

“她是正经的，她不是那种浪荡女人哩。”

他这么自言自语，就闭上了眼睛，手在动起来，似乎又在敲击他的音乐了。倏忽间好像已经看见了她：梳一头那么蓬松的黑发，穿一身贴体的西装，骑着车子上班去，街上行人全看着她，但一看见她的端庄，邪念便荡然无存。她到了单位，走进播音室，开始播音，声调那么清亮，甜美，所有的喇叭都响起来了……

一时间，他感到他似乎不是他了，回到了他年轻的时代，他想要叫喊一声什么了，但是，却兀自呆在那里，脸上发烧，奇怪和惊慌，他怎么会是这样：四十多岁的人了，会这么轻浮？！

他恨了恨自己，重新动了动身上的衣服，又恢复了原状，缩着头，看着脚尖，姗姗地往前去了。

现在，他站在了丁字街口的路灯杆下了，那里没有任何一个女人。他看了看表，时针指在九点。他就退过路灯杆，在一旁观望来往的行人。

这里是很热闹的地方，行人仍然很多。他这么等了一会儿，就不安起来，总觉得在什么地方，是那商店玻璃窗里呢，还是那巷口的灯影里，总好像有熟人在看他。他想，这是可能的，他们看见了，一定要笑话他：哟，那么老的人了，还在热恋？！他觉得很不是滋味了，终于低了头，用眼的余光扫视着街面，又走过去，在那巷口、商店里细细看了一遍，证实确实没有熟人，心才安然下来。他本来还要再回到路灯杆下，又觉得不如就站在街的这边好些，如果那女的来了，还可以远远先观察一番呢。

但是，鬼知道怎么又想起他的猫了。这时候，那被打伤的雄猫到了他的木楼上去了吗？那雄的一定在木楼的门口叫着，家里的猫是忍不住了，使劲儿抓门，抓窗。他对他的猫一向看管很严，可是，去年为什么就怀了孕了呢？是哪儿有它可以溜出去的地方吗？他一直疑惑不解。他想着房子的一切可能出去的地方，猛地就想起那窗户上边，冬天生炉子放烟囱的窟窿。对了，它一定是从那里出去的，可是，为什么来时就没有想到要去堵住呢？那不要脸的猫，听见了雄的叫唤一定是溜出去了！

他痛苦得心急火燎，骂自己太混账，但现在又无可奈何。他站在商店旁边的一家门口，又害怕被这家人怀疑要偷盗，才走到路边，一辆自行车忽地从他面前驶过，险些撞倒了他。他出了一身冷汗，看时，一个小伙带着一个姑娘，回头看了他一眼，又很快驶走了。

他要骂声“眼睛瞎了吗？”又没骂出口，害怕那年轻人下来打他一顿。瞧着人家远去的身影，心里说：“一定是流氓，那带的女的，十分之十不是他的爱人。爱人有那么个坐车姿势吗？会走得这么急吗？这么晚了，带到哪儿去干丑事了！”

他站在路灯杆下，一边揉着腿，一边看着对面的路灯杆下，那里开始站了好多男女。他一时又不知道她来了没有，就又掏出她的照片对看起来。没有，她还没有来。她为什么现在还没有来呢？是还在上夜班吗？广播员晚上要广播的，或许，她快要下班了吧，她心急如火似的要赶来呢。

一时间，他又不是他了，他又幻想开来，觉得她就坐在播音室里，梳着一头蓬松的黑发，穿得那么干净贴体，面前是高高低低的机器，她对着播音筒在念稿了。旁边呢，坐着一个男播音员，相貌堂堂，一身西服，和她交替播送……他去接她下班了，上到楼上，站在那播音室门口，正要推门进去，一抬头，门上大红字写着："任何人不得入内"……

"不得入内！"

他不禁叫了一声。就噢噢地拍打起自己的脑门，一下子害怕起来了：播音室里，必是一男一女，一上班，关在那室里，小小的，十几平方米里，谁也不得入内，他们在干什么呢？一天，两天……时间长了，能不发生别的事吗？

"有可能的，完全有可能的！"

他一下子清醒了那些想不通的问题：她三十八岁了，没有结婚，这么美丽的容貌，工作又那么舒服，怎么不谈恋爱呢？怎么没有人追求呢？那一定是在播音室内有了不光彩的事，名声很坏，所以，她舅舅提到了我，她就那么大胆，那么主动了！

他一把揉了信和照片，转身往回跑去。他庆幸他来得早，没有见到她的面，他更痛恨起这人生的可怕：这坏了良心的王顺，这坏女人！

现在，他唯一担心的只是他的猫了，他希望尽快到家，看它是不是出去偷情了；如果真是那样，他要狠狠地踢它，把它吊起来打个半死。

他匆匆跑回城北低洼带居民区，一进巷子，却照直往书记家去了。书记的院门已经上了闩，他绕到了后窗那儿，才要叫喊，又怕影响了书记的休息，但又不愿离去，那么待了好久，终用一个指头敲着窗子，书记问清了是他，他说：

"书记，我没有见到她。"

书记在屋里笑了：

"你这人！见就见了嘛，又不是去偷了人！"

"啊，我真的没有见，我经得起组织调查！"

书记又是笑了，说相信了他。他总算放心地上了木楼，一打开房间门，就高声嚷道："咪咪，咪咪！"

但是，没有了猫的踪影。他赶忙搭了凳子去窗户上看那个烟囱窟窿，果然那窟窿上，粘着有猫的绒毛。

"这不要脸的猫！这下贱的东西！"

他大声骂着，用木板钉死了那窟窿，发誓再不收留那猫了，以后再不饲养猫了。他关上了门，气咻咻地坐下来，但立即又跳起来，去看他的钱匣子：钱匣子还在。他摊摊手，笑了笑。

夜，已经很深了，露水下来，月色里有了晶晶的光亮，夜显得更神秘了，也更阴凉了。城北区低洼地的居民区里，雾色里浮着屋顶，无数的三角和斜面；孤独的路灯下，小木楼歪在那里，没有一丝儿光亮透出来，却飘出了单调的又有什么节奏的声音：一会儿高了，一会儿低了；夜似乎以此铿锵起来，似乎又以此和谐下去了呢。

一九八一年一月九日夜作于劳武巷

鬼 城

昨晚，船从任河到了汉江，我已经在舱里睡下了，水手们还在那儿喝酒；今早醒来，他们又在船头上喝了，一个个满脸通红，说话也含糊不清。吴七不在场，正从沙滩上踉踉跄跄跑来，手里提着一只鸡，一上船，就嚷道："他娘的 ×，钱是个熊，花了去，去了来！这鸡子嫩得很！"

大家都站起来，说吴七够朋友，就端过一碗黄酒，教吴七喝了。吴七嘴脸尤其乌黑，将鸡头握了一捽，鸡扑拉了一下翅膀，掉在船板上，鸡头却在了手里，血喷出来，洒到舱壁上，手上也粘上了。用舌头舔舔，说：

"还愣着出瘟吗？他娘的 ×，我请了你们的客，还等着我拔毛开膛？！"

我躺着没有动。我不喝酒，不吃肉，一路上落了个"善人"名誉，便懒得去忙活了。那火生起来，很快煮了鸡，就几只蒲扇一般的手去撕那鸡腿、鸡肚子。我躺在舱里只有听他们又说粗话了：

"吃喝都不行，你能干个屌！再喝一碗，敢？"

"好吴七，我怎么能和你比？"

"我比你多一颗脑袋？"

"可不，你是鬼城里来的么？"

几天来，他们总是这么说吴七是鬼城里来的，吴七就嘿嘿笑着不言语了。我曾经问过他："你家住在鬼城？"他脸色变了，骂了一句他娘的 ×。"鬼城在什么地方，怎么叫这么个名儿？"他见我问得诚恳，又嘿嘿地笑，但始终再没有说什么，嘿嘿地又笑了。

如今我又听他们说起鬼城来，就起身走出船舱，但他们却又扯起了别的粗话，又打又骂，间或就抬起一个人丢进江里。他们都是水猫子，事故是不可能有的，开心却使他们十分满足。我便又觉得无聊，站在舱后，盯着船下汩汩流去的水，开始打发着这个白天了。

吴七站起来，举着一杯酒，走近我：

"小白脸子！"三天前，我才搭上这条货船，他就这么叫我了，"你真的不喝酒？"

"不会。"

"你是看不上和我们这些粗人喝的？"

我赶快向他解释，说我真的不喝，可我真喜欢听他们说话。我说着，一直看着他，真怕他不高兴起来，会一把将我抓起来丢进江里。

"他娘的 ×！在这江上干事，酒就是命哩！你这旱鸭子，觉得这船上好吗？"

"太好。"

我说，我从关中来，万没想到水上这么多好事，这些像公牛一般强悍的水手，年年，月月，泡在汉江，从安康到任河，几百里水路线上，运着茶叶、木耳、核桃、生漆、党参、龙须草、木材、竹器……这秦岭巴山，真是取之不尽、用之不完的天然宝库啊！

"人呢，我说的是人！"他说。

"太好。"

我说，这几天水路而下，每到一个县城、村镇，沿街沿巷，都可以看见很娟美的女子，几乎都是白脸子，细蜂腰，极尽风韵。一个地方的水土好坏，女子就是证明。不来这儿，总以为是穷山恶水，可谁知在最深的山湾里，女子都出颖而脱俗。

吴七一直看着我，便从口袋里抓出一把蚕蛹塞进口里，嚼得嘴角流着白汁，突然说："我们男人呢，我呢？"

"都能出英雄。"

我肯定地说着，只说他会兴致起来，剥了身上的短袄，裸着那紫铜色样的案板脊背，让日光和水光照在上边，将那五指分开的赤脚扣在船板上。但

是，吴七却动也不动，转过身看着两岸的青山，慢慢低下了眼皮，把那一杯酒轻轻洒进江里去了

这使我十分惊奇，不禁有了惶恐，不知这汉子要做出如何动作。他却一指江岸上一片一片的坟墓说：

“看见那坟墓吗？他娘的，那就是我们将来要去的地方，一辈子泡在水里，死了就又远远避了水，要住到高山上去了。”

“你不是鬼城的人吗？”我说。

“那里本来是我该去的地方，但我永远不会埋到那里了。”

他说得很低沉，慢慢转身向那伙水手走去了。那神色、步态，全然不是了一个几天来印象中的吴七了。一时间，使我几乎全然了解的这些水手，又使我陷入了深不可测的疑惑。安康这块地方，原本是水上交通要道，这里三省交界，秦巴接壤，秦人住的蜀地，蜀人耕的楚田，土质瘠薄，地力不足，耕种多而收获少，便有三分之一人从事水上运输，三分之一人从事山上种茶。这些水手，就是山水结合的典型；老婆、女儿在山上种茶，有着南方的灵秀，男人、儿子在江上弄潮，继承着北方的笃实。这么一代一代，一年一年，山是他们的吃穿仓库，水是他们的生存命脉，默默劳作，苦苦奋争，完成着一个人的一生。

船又开动了。满船的人都紧张起来，我也跑来跑去帮着他们，吴七就大声训斥，不要我忙活，说这样是放屁添风，不但帮不了他们的忙，还会碍了他们的手脚。水手们就对我说：

“你安心坐下吧，你是什么角色，你十个顶得住他吗？他是鬼城里来的人嘛！”

大家都开心地笑。

吴七却啪的一拳打在船舱顶上，骂道：

“放你娘的屁！谁要再说鬼城的话，我一篙打下水去喂了鱼鳖！”

水手们都不敢言语了。

船又走了半日，到了紫阳城下游五十里地方，江面狭窄起来，两岸静镇之峰屑屑，冥顽之石嶙嶙。船走得小心翼翼，顺着水走道，沿南边山崖下通过，抬头看见崖头伸出江面，上有仄仄一径石路，如绳索挂着一般，不禁使

我心都提上了喉咙，想，从那石路上通过，望着这满江滚雪，一片呼啸，会如何举步呢？水手说："小心，这里有鬼了！"

大家都闭了气，努力把握船身，我双手紧紧握着船上的木杆，防着不测，竟出了一身冷汗。渡过了狭窄地，我问起这里怎么会有鬼，水手说：

"你知道吗？'文化革命'中，两派在前面坝子里武斗了一场，各自捉了对方的俘虏，就全捆起来。一派将俘虏在前十二里地的险滩上用石头活活砸死，一派为了报仇，第五天后，便将捉来的那一派俘虏拉到这里，从那石崖上一一推下来，煮了饺子。一次死二三十人呀，那个惨劲，在全国都是罕见哩。"

我听得毛骨悚然，再不敢看那崖头、江面。

"那俘虏都是些什么人？"

"还不是像我们这样的人！往日熟得很，连他爷爷的小名都知道。吴七就是在押往崖头的时候，他逃跑了。"

"吴七！吴七也参加过武斗？"

"他哥哥还是个大头头哩。"

"他哥哥如今呢？"

"住在鬼城……"

水手们却突然不说了，我知道他们的忌讳，看那吴七时，吴七脸上十分严肃，紧咬着牙关，举起了那竹篙，呼地插入水中，人就猴子般地将身子跃起来，慢慢地，慢慢地，往下落，船便不知不觉地运行而去，只听见那沉沉的水声和沉沉的从胸膛颤出来的呼吸。

船又行了十多里地，江面开阔起来，站在船上，看那河滩，全是青黑色石层河床，因地质的缘故，石层呈立栽状，经水浪冲刷，出现高高低低的并列的石梁坎儿，如一条一条偌粗的绳索，如一道一道电焊的鱼脊。我想着水手们的话，不知道就在这里，乱石之下，灭绝了多少人的生命；在这么个清亮的汉江，这么甜润的空气，这么生着养着美妙、温柔女人的地方，竟发生过如此残酷的事情！水手们讲，被杀的是同他们一样的人，那杀人者，也是同这些水手们一样吗？这些纯朴、勤劳的人，或许杀者和被杀者是同乡、同姓、亲朋、好友，可是，是什么东西使他们仇恨到如此程度？吴七，眼前的这个吴七，曾经被人要杀过，他也杀过人吗？为什么水手们要叫他鬼城里来的人呢？“文化大革命”虽然早已过去了，而我这个是在那种年代正十分不可清醒的幼儿，如今，却将人生的哲学书翻开在我的面前！可我如何不敢去问吴七。也不敢问鬼城在什么地方。

黄昏，船到了安康，便不走了。因为这船山货要运往白河县去，又因为水手们都是安康附近的人，夜里就留下守船人，都纷纷上岸去了。我茫然待在船里，计算着我该要去的汉阴县：还有多少水路？还要在这条船上坐多长时间？

吴七却过来拍着我的肩说：“他娘的 ×，都去伺候老婆去了！小白脸子，你呢？”

“我看船，翻翻书了。”我说。

“看那多么闷气！你愿意到鬼城去吗？”

鬼城，这是他的家了，他不允许别人说这话，自己却这么大方邀我去？我很是高兴了。

“去你们家吗？”

“那里永远不会有我的家了，去看看我的一些老熟人。”

我随他上了岸，岸头上就是安康城了，沿江岸的人家，如水路下来见的所有江边的城镇一样，岸壁上是无数的之字形的小路，一直通到依壁沿而筑起的房子去。那每一人家的房子，却都小得如鸽子棚，二层三层的，有一半搭在石壁，一半悬在空中，下边有木头顶着。有的竟用石块砌起极高极高的石柱，上面顶着小房子，又在那房子的背上，用木条和绳索系一个小小的房子，如背篼儿一样，算是凉台了。入了城门，街道是很窄的，人都很多，家家木板门前摆了酒馆，面皮摊，汤圆铺，茶水店。主人尽是白脸黑发的女人，眼睛很活，话语轻而滑，尾音上扬，如唱歌一般。吃喝者又大都是搭着湿浸浸的有着鱼腥味儿衣服的水手，大把抓钱，大碗喝酒，用指甲将那水锈得紫铜一样的肩膀，搔出一道一道的白来。我请了吴七的客，他敞怀喝了三碗米酒，脸又乌黑起来，一直拉我向南走去。走出城了，他还在走，竟领我不回头地往南山坡上走去了。

山上到处是松树，树林中，有一簇一簇的慈竹，那里边就有一所人家，或许是红瓦白墙，或许是草屋。山墙高极，前后墙却矮，屋顶是个陡峭峭的人字。屋前屋后的空地，有的被开垦种了庄稼，有的是行行茶垅；狗在篱笆外卧着，见了我们，并不叫咬，耸耸耳朵又卧下来；鸡儿却在那里无声地刨食……一切都安安静静，那波浪起伏形的缓缓的坡势，似乎是在弹奏着一首抒情曲，轻松而优美。

“啊，完全和江边的山势不同了！”我说。

“是吗？”

“这就是你们的鬼城？”

“去他娘的 ×！鬼城，还在后边呢。”

我却疑惑了：鬼城即使还在后边，那景致是不会坏的，这么好端端的风光，偏要起那么个丑名儿？而且那城呢，城的一点模样也看不出来啊！

突然间，那儿传来了唢呐声和咿咿呀呀的歌声，我站住了，向四周寻找，并不见什么乐队，吴七却一把扯了我的胳膊小跑起来。转过山坡，前面是一道沟，沟里淌着一股浅浅的水，一群穿白戴孝的人抬着一副棺材往山坡上走。棺材后边，是两个吹唢呐的人：一男一女。每人口中噙两支唢呐，一个冲天，一个冲地，那曲调十分悠长而深沉。而那咿咿呀呀的声音，原来是唱着孝歌，在这旷野的山沟里，却又是那么悲壮。我从未见过这样的葬礼，更从未听过这样的乐曲，急急撵上去，才见那吹唢呐的是年轻人，男的是驼背，女的却是跛子。这使我十分伤感，便再无心绪跟着那送葬队，站在一边等着吴七上来。

吴七却低着头，出奇地慢下来，缓缓往上走，步伐沉重，似有千钧的重量，我问了他好几句话，他竟不理，末了竟又像在船上的粗野劲，骂道：

“他娘的 ×，你烦什么呀！”

“我问还不到鬼城吗？”

“跟着我走！”

他兀自却在前边走了，使劲儿地扯了路边的树枝，一节一节地撕。我赌气拉开了距离。他却停下来，一直等我赶上了，却又兀自往前走。我知道他在后悔刚才骂了我；偏不理他，默默地走我的路。

“他娘的 ×，小白脸子，你怎么不和我说话，嘴哑巴了？！”

我害怕起来，想和他说说，可怎么也不知道说什么好。

山坡上，已经没有什么树了，满山坡却是坟墓，每个坟墓前用砖拱起一个门面似的建筑，绿绿的山上，青青的门面，一行一行，一层一层，这儿沿山而上，几乎是一大片山上都摆满了，从下看上，如蜂巢一般，从上看下，又如无数的馒头。这些坟墓，中间却有了一条直直的小路，将两边分开，那送葬队上到右边的坡洼处，开始下葬了。吴七还是一步一步从坟墓中间往上走。突然，他站在一座小小的坟墓前，木雕石刻一般，不动了。我赶上去问道：

“怎么不走了？”

“还往哪里走？”

“鬼城呀！”

“他娘的 ×，这就是鬼城！”

鬼城！原来这就是鬼城！这里果然是一座鬼的城市了！天色黑昏下来，四山合起苍茫，那山头的松树在晚风中泼墨一般摇动，低沉沉松涛强烈地向这边压过来。我不觉几分害怕了，但不明白，吴七，这么活活的人怎么是从这里出去的人呢？

“这坟墓里是你的什么人？”

“哥哥。”

“哥哥？”

吴七坐在坟头上，看着那边的死人已经下葬了，送葬人开始下山坡去，那吹唢呐的一弯一跛，还是冲天冲地吹，吴七突然无声地笑了。

“你的哥哥是死了？！”我还在不知所措中发问。

“死了，他永远死去了！”

我看着那坟，坟堆很小，便掬了一把土，撒在上边。

“别给他添土了。”吴七说，“本来是不该给他有这个土堆的，他娘的 ×，但为了使人知道他已经被埋葬了，才给了他这个土堆。”

我不明白：一个弟弟，对同胞的哥哥是这么冷情！他们有什么仇恨吗？他却大声说：

“走吧！”

“走？”

“他娘的 ×，不走干啥，他是该住在这里的，难道让我也住在这里吗？”

“那你为什么要到这里来呢？”

“我来看看我是怎么从这儿走出去的！”

“我不明白……”

“你明白个 ××！小白脸子，走！”

我再也不问他什么了，觉得往日“无事不可不对人言”的汉子，怎么变得这么无法捉摸，远远地来了，就为了看一眼土坟堆，又要回去？！我只好怨恨自己太无知，被他如此捉弄了一趟，臭骂了一趟。

走下山坡，他却显得高兴了，硬要我到山坡下的独独一间小屋里去做客。我没有同意，执意要回船上去，他又骂开了：“不去了拉倒！你们这些小白脸交不过！你带有钱吗？借给我二十元，我要送给小屋的人。他娘的 ×，你别担心，我姓吴的不会诳了你，到船上就还你！”

我掏出了二十元钱，交给他，他小跑地向那间草屋走去了。

我独独地回到船上，水手们还都没有回来。看守船的刘石，是船上唯一的老汉，还没有睡下，在灯下抽烟。他看见我的神色不好，问我到哪儿去了，我说了一路的委屈，老人狠狠地吸了一锅子烟叶，说：“吴七是顶好的人，他在船上干得久了，养得喝烂酒，说粗话，你若怪了他，你就错了。如果你在船上待得久了，就明白了我说的这话。”

“他为什么要骗我呢？难道就去看那一眼坟堆吗？”我说。

老人没有说话，却起身去煮茶了。茶端上来，说：“你是念书人，我全给你说了，他是够一本书呢。”

老人便给我讲起来，他说得很多，但却很笼统，常常就在那些我看来十分大的事件，他却一句话就说完了。

吴七的父亲就是个水手，安康有名的“混江龙”。但在吴七很小的时候，父母就死了。他哥哥吴山拉扯他长大，兄弟俩子承父业，也一直在这汉江上弄船。“文化革命”开始了，船便不撑了。兄弟俩都进了城去造反。光是破“四旧”，吴山揪斗了城南小巷口一个叫刘五的人，这刘五是个乐人，吹得一手好唢呐，谁家有了什么事，都去请他吹吹那些古戏古调。吴山便说刘五属“四旧”之列，带人抄了家，又拉去游街批斗。从此两家结了怨仇。后来武斗开始了，吴山丢下自己的老婆和一个小女儿，出门走了，这刘五也丢下老婆和一个儿子，出门走了，他们分别加入了对立派中。武斗越打越凶，两人都成了各派的头目。有一天，刘派围了安康城，赶走了吴派，刘五就派人抄了吴山的家，将吴山老婆和女儿抓去拷打，当场打死了老婆，小女儿打坏了一条腿。吴山得到消息，派吴七将女儿偷偷转到外地一个熟人家去。吴山就领人攻城，打了三天，城破了，刘五被捉住，当下用铁丝捆了，将一个炸药包系在背上，点着，放了他在河滩上跑，刘五就紧追吴山，但未追上，炸药包响了，粉碎在河滩上。剩下的那些俘虏，又用石头砸死。刘派的人就纠合了外地派别，一个夜里扑过来，又捉了吴派的人，吴七就那次被捉了，要押到汉江上下饺子时，吴七逃跑了。

这些武斗中死去的人，就统统埋在了城南山坡上，这派埋在这边，那派埋在那边，先距离很远，慢慢多起来，中间只隔成了一条小路，从此这地方再没人敢去，远近叫作鬼城了。

吴七脱险以后，找见了吴山，劝哥哥洗手不要干了。吴山杀红了眼，不听劝告，还命令吴七去捉那刘五的儿子，要斩草除根。吴七捉到了那儿子，吴七却带了他一块儿到了吴山女儿藏身的地方，远走高飞，没了音讯。

从此，吴七领了一男一女，埋名隐姓，奔走他乡。这一对儿女，先是谁也不知道谁是谁，后来知道了，趁吴七不在，打了起来，跛子女子一棍将刘五的儿子打趴在地，伤了脊骨。吴七回来了，将两人各扇了一个耳光，骂道："狗 × 的！我把你们收留下来，只想可怜你们，要你们逃出灾难，你们也这么打闹起来，要做冤家，咱们就都死吧！我先一个一个捏死了你们，我就在墙上把这个脑袋撞碎了！"

两个儿女害怕起来，吴山的女儿跪在地上，倒在地上的刘五的儿子，爬过来抱住他的腿，向他求饶，哇哇地哭。吴七心软了，说："好了，既然不死，咱就活下去，你们都要忘了你们的父母，你们不是他们的儿女，他们都是狼，咱们要活人，要好端端活下去！"

三人便又重新和好，跑到关中、甘肃，吴七给人干活儿挣钱，养活两个儿女。一天天两个儿女大起来，刘五的儿子落成个弓弓腰，但从小跟父亲学会吹唢呐，吴七就攒钱买了一把让他吹。刘五的儿子十分聪明，自己不但吹得十分像个样，又教吴山的女儿吹，先学会吹战斗歌曲，后吹民间流行曲调，哪儿有红白喜事，便去吹打，慢慢有了些名声，日子也苦苦巴巴地凑合着打发。

后来吴七做媒，便说成了这一对男女的婚事。

到了一九七〇年，全国武斗结束了，开始了“一打三反”运动。吴七得到消息，领了这对未婚夫妻奔回安康。跛子害怕回家后，父亲不同意这门婚事，吴七打了包票，说一切有他。三人从甘肃沿路吹打回来，挣了好多钱，准备一到家，就欢欢喜喜完婚。到了安康三十里外，听说吴山早被清查出来，逮捕归案，这日正在安康开公判大会。三人便急急赶来，一到安康，就到了公判会场。但是，大会结束了，吴山的尸体倒在法场上。

三个人站在尸体面前，没有流泪，没有哭泣。两个儿女扭头要走，吴七却买了一张席，雇拉车子的拉了，让两个儿女跟在后边。经过安康城，沿街响着鞭炮，吴七说：“孩子，给你们的爹吹吹吧，他应该去死，咱们高高兴兴送他去鬼城吧！”

唢呐吹起了，葬车缓缓向鬼城拉去。

“后来呢？”我听完了这个惊心动魄的故事，向老人问道。

“后来，吴七就又重新回到这汉江来了，那一对儿女结了婚，因为都是残废人，被安排到那鬼城后山的林场去护山。他们在前边的沟里盖了房，住下了。但那唢呐还在吹着，越吹越好，名声很大，以后死了人，那鬼城就变成了全城的坟地，他们也常常要去吹打一通呢。自他们在那里住下后，那鬼城再不是个可怕的地方，人也常去，也没有那些荒唐而可怕的鬼的传说，却都在议论，说是那一对吹唢呐的人镇住了这些鬼……”

告别了老人，我钻进舱里睡下了，先是怎么也睡不着，听着那船下的水声，听着那岸上安康城的热闹响声……第二天，一觉醒来，船却已经缓缓地在运行了。我仄起身来，从舱窗看出去，船正经过浅滩，船头上没有听见水手们在喝酒，吃烟，说粗话，有几个人在努力地撑篙，而那远远的山根下的沙滩上，三个人赤着上身在拉纤，领头的就是吴七，斜着身子移动，很沉重，很有节奏，低沉地，却十分有力地从胸脯里发出嘿哟嘿哟的号子声……

作于一九八二年三月二十日汉口至西安

土 炕

这大娘住在陕北羊儿沟，西离县城八十里，东离锁关镇三十里。她一生没去过县城，想不来城墙是怎么个厚法；锁关镇去过四次，一满去赶庙会，回来脚疼了几天。她恨过她娘，给她缠了脚；又发誓来世再不做女人了，不能英武武地走州过县。

她娘家是关中人，十九岁上，一个亲戚做媒，将她嫁到这里。丈夫姓王，比她小了三岁，小猴猴个头儿。她当时很不悦意，哭了一场，但爹娘用了人家的钱，拗不过，只好去王家炕上做媳妇。过门的那天，丈夫用毛驴接的她，四个唢呐吹天吹地，村子里的人都来看热闹，她吓得伏在驴背上，不敢抬头。晚上闹了新房，窑门关了，剩下她和小猴猴，她想起她娘，又哭了；丈夫也不敢动她。第三天半夜，小猴猴爬过来，叫她“婆姨”，她说：“谁是你婆姨，叫姐！”丈夫叫了一句“姐”，她才给他了个笑脸。

做了媳妇，滋味和做姑娘大不一样。丈夫虽然不能遮风挡雨，但对她尽心儿恩爱，她也就作罢了。他拉骡子去定边驮盐，一走一月两月，家里她里外忙活：冬种麦子，夏播糜谷；空闲下来，就拿了针线在村里串门。慢慢，倒觉得这地方不错，尤其是那土炕，在关中没有见过，她就兴趣了。

土炕很大，长一丈二寸，宽六尺零五，占了整整后半个窑。窑窗下是灶台，灶口是个深坑，炭填进去，既烧饭，又从脚地下的火道里通到炕上，冬天里，满窑都显得暖和。但她不习惯这么大的炕。丈夫出门后，她一个人裹着被子，夜里睡得满炕滚，倒却乐得笑了几次。她提议把炕盘小，丈夫不同意，说将来要生儿育女，这炕上十个八个都能睡下；她听后飞红了脸。半夜起来解溲，她总想：真有七个八个儿女了，那炕下的鞋子会一摆一长溜呢，就又噗噗地笑。

土炕成了她的天地，她在上边纺线、纳鞋帮；在炕上摊开包袱，一有空闲，就翻弄那些各色布头、丝线；晚上在上边和丈夫说悄悄话。她想：男人家走州过县，女人家就是要守住这块土炕。她便尽心儿打扮：单子不许折一个皱，炕沿不能沾半星尘。只是不习惯在上边坐着吃饭，说是委屈不了那腿儿。

过了三年，她却一个儿女也没有生养下来。丈夫虽然心里苦恼，对她也不敢说出重话。她背着人哭了一场，觉得有了亏，便不再对他要强；丈夫反倒更爱怜她。

这时候，中央红军已到了延安，解放了西北边儿几个县，可胡宗南常来侵犯，这地面就成了拉锯区：一会儿白的过来，一会儿红的过来；日月不安宁起来。这一天，东南方向枪响了一个时辰，村里人都躲在家里不敢出门。天一黑，她就关门睡觉，窑畔上“咯”地响了一下，便有什么落在院子里了。出来看时，是一个女八路。女八路说：前边战斗很残酷，队伍冲散了，自己掉了队，要求进窑来歇歇。她吓了一跳，但还是让女八路进了窑。

这女八路脸黄黄的，腰身很笨，她一眼看出有着身孕，就越发怜惜起来，做汤烧水，让坐在土炕上。女八路看着他们善良，很是感激，但见只有这一孔窑洞，又见是才成亲的小两口，便觉得住着不便，丈夫也没了主意。她说：

“快上炕，咱们陕北，就是这风俗，家里人几辈睡一个炕哩。”

她让女八路睡在西边，让丈夫睡在东边，她在中间躺下，做了界墙。那女八路还是不肯睡下。她只好推醒丈夫，让他睡到灶口前的脚地，说只许面朝外。丈夫一夜没敢翻身。

她夜里悄悄问女八路：

“你当了几年兵？”

“一年八个月了。”

“打死过人吗？”

“用枪瞄了一个胡儿子，倒下没有起来，我没去看死了没死。”

“你真行，我杀鸡手都颤哩。”

“逼出来的，我爹娘是被胡儿子用刺刀挑死的，族里把我卖给一家当童养媳，我偷跑的。”

她心里动了一下，不自觉看了一眼她的猴猴丈夫。

“现在丈夫在哪儿？”

“在延安。不知这阵在哪儿打仗。”

“孩子几个月了？”

“七个半月了。”

“真作孽，还敢这么凶跑？”

“我真后悔怀上了，恨不得一把抓了出来！”

第二天，女八路要走，她留住了，说那太危险，路上生养下来，如何了得？女八路就住下来。她也知道了这女八路叫龚娟，是个宣传员。

这天夜里，龚娟肚子果然就疼起来，一扭一扭地疼。她赶忙在灶口的脚地推醒了丈夫，让他出去抱了一捆麦草进来，就把他关在窑外了。两个人都没有生过娃，心慌手抖的，忙乱了几个时辰，孩子总算落了草。她用灰垫了脚地的血水，开门把丈夫叫进来，烧饭烧炕，又拿了一溜红布，挂在窑门栓子上，说是辟邪。

孩子是个女的，瘦得像只猫儿，她们就叫猫猫，龚娟喜欢，她两口也是喜欢，终日关了窑门，不透风声出去。过了十天，龚娟在土炕上坐不住了，要出门去追部队。临走，留下猫猫，给她跪下说：

“大姐，我不能再待了，这孩子带不走，就托付了你，权当你救了一命。要是个好的，你抚养长大，就是你的女儿；要是有个不好，你把她埋了，我一辈子都记着你的恩情。”

她扶起了龚娟，流着眼泪说：

“龚妹子，你放心走吧，我虽是人穷，良心还没坏，你孩子就是我的孩子，我一定好好抚养。等有了好日子，我等着你来接了她去。”

龚娟磕了几个头，抱着孩子又亲又哭，末了，就走了。

她开始在这土炕上养着猫猫长大。她没有奶，孩子饿得蛮哭，她让丈夫去卖了炕上一条新被子，买回来一头奶羊，天天给孩子挤着吃。她在外边放风，说是自己不生养，在路上捡到这个孩子的，村里人也没有生疑。以后自己也真的没生下儿女，两年过去，也不见那龚娟来接女儿，只道是牺牲了，就越发疼这猫猫。

猫猫长到三岁，猴猴丈夫得了痨病，没救得过来，没了。她哭了一场，不去改嫁，从此做了寡妇。那年她刚刚二十六岁。

做了寡妇，日月就更加艰难。她短了言语，轻易不大出门，偶尔窑外跑来几只野猫野狗的，要么撵出去，要么关了门。四邻八舍，谁也说不出个闲话来。

她心性高强，天大的难处，只藏在肚里，人面前不露一点恓惶。猫猫的衣服，虽然不十分鲜亮，但绝对干净。家里一切开支全靠她纺线，她线纺得又快又好，别人每天纺一斤六两，她纺二斤一两，拿到集上去卖，要比别人多卖出好多价。

这年春天，西北方面完全解放了，村子里纺线的人多起来，政府也收购棉线、毛线。她从此就不去集上卖高价了，一律卖给政府。干部表扬她，她公布了猫猫的身世，说：孩子的娘是八路军，人家能拿枪打敌人，她要多纺些线，才配得起是猫猫的养母。村上就选她和一个叫吴二章的到延安去开劳模会，但她终是没去，觉得妇道人家，走不到人前去，评不评模范，反正她是要多纺线的。结果吴二章当了模范，后来跟部队到山西去作战，立了功劳，解放后在西安城里做了干部。她依然还住在羊儿沟，黑天白日在土炕上纺棉花。

解放后，猫猫长大了，她供着去读小学。猫猫学习好，她脸上有光，夜里搂着在土炕上睡，说：

"爱我不？"

"爱。"

"长大养活我不？"

"养活。"

她把猫猫搂得紧紧的。

可是这年秋天，她们正在院子里打枣儿，听见车响，一抬头，沟畔的路上，嘟嘟地开来了一辆小车，跳下一伙城里的人，一直向她家窑门走来，她感到新奇，不知道这是些什么人，正教猫猫说那是小汽车，那伙人就进了院，一位壮年妇女看着她，叫了一声“大姐！”就哭出声来了。她莫名其妙。那女的说她是龚娟，她噢地叫了一声，说“你还活着！”就呜呜咽咽起来了。

这天夜里，她们说了一夜话，龚娟告诉她，当时从这里出去，找着了部队，就开到前线去了，后来又去了新疆，再没有回到陕北。解放后，打问了几次，又没有找到，前一个月才有了消息。

“大姐，真苦了你，这么多年，一把屎一把尿把孩子拉扯这么大，我真不知道怎么感激你呢！现在革命成功了，我真不忍心带了她去，留下你一个人在这里；你还是一块儿进城去吧，我永远叫你姐姐，猫猫也永远叫你是娘。”

她笑笑，说她有什么功劳，要到城里去？就劝说猫猫认了亲娘，猫猫不去，她倒变了脸。

第二天，她欢欢喜喜打发龚娟母女走了。车一拐过山弯，她却扑塌在路上，哭得哇哇地伤心。

从此，她有了一门亲戚在西安城里，三天两头托人给她们写信。母女俩也给她回信，时常还捎来钱，十元，八元。她舍不得花，买些山货特产又寄去。她们让她去城里游游，她信上应着，却一直没有动身。

猫猫在城里读完高中，龚娟便病故了。不久猫猫参加了工作，信便来得少了，先是两个月一封，后是半年一封，信又越写越短，最后竟再没有来过一句话了。

她却老是盼着，差不多过两天就去邮电所打问。村里人瞧她可怜，说：

“听说猫猫当了局长了。”

“是吗？”

“她真没良心，当了官把你忘了！”

“可不敢说那话！当了领导事忙么。”

“忙总不能忘了你。你把她抚养大了，你能不让她养活？”

“如果是为了如今养活我才收养她，那我成什么人啦！”

这话，是说给别人的，也是说给自己的。于是她就想开了，也不在心里埋怨猫猫。她只是纺她的棉花，春纺到夏，夏纺到冬，挣些钱，一半添了新衣，一半买了粮食。谁要再提说猫猫的事，她就抖着新衣，敲着碗沿说：

“说那话多没出息，我又不是七老八十了，过不去了？！”

只是那大炕，睡起来觉得太硬，一年四季上边铺了麦草。有人让打了那炕，给她盘个小的。她不，说她什么都可以丢下心，就是不舍这土炕，夜里睡在上边，可以做好多梦，梦见她那猴猴丈夫，也梦猫猫母女。

那几年里，省上、县上的干部经常下乡，男的来，女的也来。村里就把女干部派在她炕上来睡。她很乐意，十个八个都让挤在土炕上。她睡得迟，挑灯看她们每一张漂亮的脸，一看见那炕下的鞋，就想起当年和丈夫说的话，没笑出声来，却去把各色各式的鞋放得整整齐齐。早上，女干部刷牙，她也用盐水漱口，人老了，牙齿不齐，但白得像玉。

到她六十岁上，闹起“文化大革命”，到她炕上来睡的女干部就少了。她常常念叨她们，全记着她们的名字。但在人面前，她从来没有提说过猫猫。只是每年枣子红了，她在心里就想起来，很是难过一个时间。

几年过去，社会虽安宁不下来，却从北京、南京、西宁来了好多学生，是插队落户的。她悄悄打问过猫猫，有的稍有知道，说猫猫是走资派，在西安城里曾剃了光头游街。她听了，不禁伤了心，说她看着猫猫长大，从没动过一个指头，如何受得下那份罪？

忽有一日，邮电所送来一封信，她慌得厉害，不知道谁会给她来信，让人代念了，才知是猫猫的，信上写得更可怜，说她犯了错误，现在五七干校改造；说她已有三个孩子，受人歧视，准备要赶到边远的地方去下乡，她不放心，想让大女儿落户到羊儿沟，让养母护着；说她这些年忘了本，没给养母来信，害怕养母不愿意。

她听了，眼泪又流下来，连忙让人写了回信。信上说：

“让来吧，让来吧！我怎么不愿意呢？孩子有了难处，到这儿了，就住在我家，炕还是那老土炕，我也不孤单，谁也不敢欺负孩子的，快让来吧！”

猫猫的大女儿不久就来了。这孩子十六岁，叫秀秀，和猫猫眉眼儿似像。一见面，秀秀叫她一声“奶！”她叫着猫猫的名字，搂着就哭了。

从此，土炕上睡了秀秀，夜夜她给孩子讲猫猫小时候的事，婆孙俩就笑一笑。秀秀也讲这几年家里的遭遇，她抹一阵眼泪，成半夜睡不下觉。

秀秀什么也不会做，她教着认庄稼、拿锄、洗衣服，叮咛人品要正，要舍得出力。秀秀也乖，样样听她的，收工回来，见她做好了饭，总要第一碗让她先吃，她乐得脚颤手抖。过了冬天，秀秀来了例假，吓得不知道怎么办，她经管着，讲了好多事情，不让秀秀动冷水，不让干重活。秀秀反应大，身子不舒服，想起娘，夜里老哭，她就彻夜坐着劝说。村里人见她护着秀秀，谁也不敢作践。

待了两年，秀秀越发变成个大姑娘，肩膀宽了，胸脯高高挺起来，出脱得很漂亮。其中回了三次西安，猫猫让捎回了好多衣服给她。

她问秀秀：

“乡里好？城里好？”

“乡里好。”

“将来你娘在城里住着难受了，让她也来住。”

“那该是好，我就一辈子守着奶奶。”

“那我以后就给你招个女婿上门吧。”

“可往哪儿住呀？”

“这么大个土炕，还没你小两口睡吗？”

“嘻嘻……”秀秀脸红得像朵花。

过了春天，秀秀又进城去了，她让给猫猫捎话，说要愿意到乡下，全家都可来住在她家，看谁还敢剃了头发游街？秀秀回去后，却一个月没有回来。她很焦急，担心是在路上出了事，就拍电报去城里。不久，信回来了。

信是秀秀写的，说回到城里，正赶上娘平了反，又恢复了局长职务。便要让她们在乡下的姐妹都调回城。

“可我还想回羊儿沟，我舍不得离开你。”秀秀在信上写道，“我睡惯了热土炕，睡在楼上的沙发床上，反倒睡不着呢。”

她一颗心放了下去，又一颗心提了上来，怕秀秀万一不能回来。村里人都在说：“秀秀不会回来了，人家一定是有了工作，还来乡下受苦吗？”

“秀秀说要回来的，她说我这土炕好呢。”她总是这么说。

但是，秀秀到底没有回来，信倒来了四封，果然是工作了，信上尽是感激话，说永生永世不会忘了她的恩情，为了报答老人，就将那一套铺盖、衣物、用品，都留给她。只要求把户口关系代办一下，转进城就是了。

她听了，没有言语。当天下午，踮着小脚去办了户口，连夜邮寄去了。回来睡在炕上，只觉得炕大、炕空，天明时，浑身发烧，睡倒不起了。

这一病，睡了十五天，等下了土炕，人老了许多，头发全白了，棉花也没力气去纺，只能一天做三顿饭，饭也吃得寡味。秀秀以后也没有来信，村里人做了研究，就“五保”了她。

她言语越发少起来，更是不大出门，终日坐在土炕上。土炕是太大了，她觉得占了地方，实在不合算。那灶台也大，一个人全然用不着那么大个锅。那窑墙上的架板上，米面盆儿，油盐罐儿，也放得不是个地方。她有心去拾掇，没有力气，就眯着眼，像是睡觉，其实醒着，醒得又不清白，黑天白日都是这样了。

眼睛不甚济事，耳朵却还灵，听院里风响，是一片树叶又在旋了。接着，窑畔上有了脚步声，一直响到窑门口。她叫一声：“吴三章！”门帘一挑，进来的果然是吴三章。

吴三章是当年吴二章的弟弟。“文化革命”中，吴二章受了批斗，后来折磨死了，如今平了反，坟迁埋在城里烈士陵园，吴三章便成了烈属，有了优待，日子十分滋润，近来常来串门。

“嫂子，你真可怜，秀秀她们如今平了反，又是做官，你怎么还是这样？”

她总是笑笑。

“你为什么不向她们要吗？”

“我五保了，我还要什么呀？”

“天底下还有这没良心的，有难了就记着了你，好过了便全忘记。”

她再不说话，两人就默默坐半天，吴三章起身走了。

又过了三个月，她病复犯，一睡倒再不得起来，她知道自己不行了。村里人轮流照看她，吴三章对她说：

“给秀秀母女打个电话吧，让她们接你去西安，住大医院看看，或许会好了呢。”

她不同意，说是活到时候了，不必告诉秀秀母女，更没必要进城去治了。果然第三天黎明，她气弱得只有出的，没有入的。村里人都围在土炕边，她说：

“都上炕坐吧，这土炕大，能坐得下。大家都来看我，我也死得下了。只是担心秀秀她们，害怕我这一死，她们如果再有个什么难了，可来找谁呀？！”

说罢，便咽了气，眼睛没有合住。

众人哭了一场，替她揉合了眼睛，把她埋在窑外的埝畔上。

窑空起来，村里没人去住，就锁了门。几年光景，没了烟火，窑在雨天里塌了，把大土炕埋在里边。后来，县上、省上的干部经常来下乡，好些女干部到羊儿沟，问起了她。知道人死了，窑塌了，都伤心落泪，怀恋那土炕，说土炕真好，又大，又舒服。

作于一九八一年十月二十二日劳武巷

满月儿

去年夏天，我在乡下老家养病，末了的日子里到姨家去，正好是农历六月六。这一天，农民都讲究把皮毛丝绸拿出来晒日头，据说这样虫就不蛀。姨家的大杂院前，杨树上拴了一道一道铁丝，晒着皮袄、毛袜、柞绸被子、狗毛毡子，使人眼花缭乱。正欣赏着，就听见有“咯咯咯”的笑声，绕过杨树一看，原来是一个十七八的姑娘和一个老婆婆在拽被面。两人一松一拉，那洗后未干的被面就平展开来。姑娘很调皮，用力太大，把老婆婆一个劲儿拽着往前走，那老婆婆就骂道：

“这死女子！让娘夸你力大哩？轻点，轻一点！”

那姑娘只是笑，并不让步，把娘一直拽过来。

“没正经！”娘生气了，使劲儿一拽，那姑娘只管笑，没留神让被面脱手了，娘一个后趔趄，快要倒下去，姑娘箭步上前拉住，娘俩儿就势儿坐在地上。姑娘又“咯咯”笑起来，娘狠狠地在她眉心一点，自己也逗笑了。突然，娘捂了女儿嘴，拿手指指东边窗子，姑娘便轻手轻脚走到窗前，不小心，撞翻跌烂了窗台一页瓦；她一跳跳出二尺地来，叫道：“出来晒晒日头吧，别尽坐着发了霉了！”

这时候，姨发现了我，喜欢得沏了茶出来，让我在门前阴凉地坐了。我瞧见那姑娘还在那儿笑，就招呼她来喝喝茶，她立即过来了。她娘笑着用手戳脸羞她，她说：

“不该喝吗？我还要叫她大姐哩！”

"这好派风，见人熟！"姨说，"我这外甥女是农学院的'秀才'，你要叫老师哩！"

我便笑着问她刚才在窗口看什么？她说："那里边住着一个宝贝蛋儿！"

姨告诉我：这是月儿，屋里住的那是她姐姐，叫满儿，是大队科研站的，正在屋里搞试验哩；搞试验的时候，全家人连她娘也不许惊动的。

"人家嘛，是全家的重点，要保证重点呢！"月儿说。

"那你呢？"我问。

"咱是万人嫌！哼，我真怀疑我是不是娘从哪儿要来的？"

大家都笑了，月儿她笑得最响。

月儿开始翻我带的网兜了，她拿出了两本书来，看看里边尽是外国字，就问：

"这是哪国字呢？"

"英文。"

"你看得懂吗？"

姨说：人家一看一上午，坐在那儿纹丝不动，头晕都不晕。月儿高兴了，说她姐姐也有这样的书，只是没有这么厚；她顶爱听姐姐念那书了，但姐姐偏不让她听。

可是，我刚给她念了半页，她却跑走了：大场上，一个小伙儿踩着碌碡碾芦苇篾，她跳上去，一边踩得碌碡"呼噜噜"滚，一边"咯咯咯"地笑。

晚上，我正在灯下一边熬着中药儿，一边看外文书，突然听见门轻轻敲了一下，就没动静了，我以为是风吹的，但是，又是轻轻两下，接着就有人问：

"陆老师，你睡了吗？"

"谁呀？"我拉开了门，是一个二十四五的姑娘倚在门框上，当我看她的时候，她脸微微一红，就低下头摩挲起那长辫子，说："我叫满儿，住在斜对门的。这么晚了，打搅你了。"

我高兴了，赶忙让她进来坐。一挑门帘，她轻轻闪进来，连个声儿也没有，就稳稳地坐在炕沿上不动了。

"真不像是姊妹俩儿！"我想起了月儿，说。

"一个人一个脾性嘛。"她轻轻一笑，"下午我听她说你来了，还带了外文书，我喜得……陆老师，你住多长时间呢？”

“十天左右吧。”

“其实还可以长些。”她说，突然看见了药罐，“你有病吗？”

我告诉她：我患有慢性胃溃疡，这次主要是来疗养的。她眉心就一直打个疙瘩，末了说：“明天我给胜文写个信吧，他是我同学，现在是赤脚医生，他治这病有个偏方，灵验得很。本来我要求你一件事，但是你却病了……”

她说着，就坐在药罐前，拿筷子搅药。

“是学外语吗？”

筷子不动了，她抬起头问：

“你怎么知道了？”

“月儿说的。”

她扑哧笑了：“陆老师，原来只说咱农民嘛，学那些个外文干啥用呀。可搞起科研后，才知道多重要哩！自己就开始自学，可惜没个老师，费了好大的劲，才认得几个单词。”

“那我教你吧。”

她高兴得笑出声来。原来她笑得也是这么动人呀！她靠近灯前，用发夹挑了一下灯芯，我们便立即开始教学了。她从口袋里掏出一个单儿来，上边是“小麦，燕麦，分蘖，开花，授粉”，说她正搞小麦、燕麦远缘杂交，就先学会这几个单词吧。我教过三遍，她就开始默写，刚写好“授粉”单词，药罐就“咕嘟嘟”滚开了，她“呀”的一声就去取罐子，却“啊啊”地惊叫着，刚把罐子放到桌上，就把手搁嘴上直吹气。我忙看时，中指已烧起一个水泡来。我慌了，她却从头上拔下一根长发来，用针引过，挑破水泡，说：

“不要紧，让它慢慢往出流水。你看我‘授粉’写得对吗？”

她写得完全正确，而且那字母清晰、流利，就像她人一样苗条、温柔、漂亮。

临走，她向我约法三章：

一、每天晚上教她两个小时外文。

二、隔天晚上考试前一天的成绩。

三、每天三次中药由她煎熬。

从此，每天早上我还在炕上躺着，就听见满儿在斜对门的屋里念英文了。她学得很快，几乎每天晚上的考试，成绩都是优秀。晚上十点左右，月儿回来了，她在大队农田基建队里，每天没有早回来过；一回来，就来我这儿，立即便满房子是她的笑声了。她话题总不离他们基建队，我已经很熟悉他们那些未见面的战友了。我知道李三虎是个顽皮的家伙，他会一眨眼工夫就蹿上五丈高的白杨树梢上，而且一个猛子扎下河湾，好大一阵都不露出水面。基建队扛木头、挖河泥什么的，他是第一个少不了的。我知道张用是个憨头，他不喜欢和她们姑娘家在一块儿干活，她们就说他"封建分子"。可有一次她和他抬石头，他却总是偷偷把绳拉到自己跟前，她偏嫌他是小看女同志，和他吵，他竟委屈得抹眼泪水儿。我还知道韩芳儿说话最尖刻，她月儿谁都不怕，就怕芳儿，因为芳儿当众给她起了个外号"笑呱呱鸡"，搞得现在人人都这样叫她。

当月儿这么又说又笑的时候，那满儿不知什么时候拿了本书进自己的房里去了。她娘就在上屋骂开了："月儿！没黑没明，你笑不死！"

她就问我："陆老师，笑也是错吗？"

娘又在上屋骂："我像你这么大，一天啥事没干？哪有你这么笑的！"

月儿就说："你那时想笑笑不起来。你没笑过，就嫉恨别人笑！"

"这死女子！"娘说，"你还小哩？十八的人啦，也该生个心啦！"

"年纪大了就不准笑了吗？"

娘噎住了，过了会说："你也该学学你姐的样……"

"我学不会。她学外语有用，我用不着。就是用得着，我也坐不住，你不是说我是属猴的吗？"

我说："月儿，你也可以给你姐做个帮手嘛！"

她想了想，说："对。可不知人家稀罕不稀罕。"

我便到厨房给药罐添水，回来要给她再说什么时，却见她一头歪在我的炕上睡着了。

我就势拉了门，到满儿的房子来了。这里可真是个试验室了：盆盆罐罐、筐筐袋袋，装的全是各类种子，上边一律贴着型号："丰产 1 号""丰产 10

号”“东风206”“争光38号”;那墙上则挂满了各种试验比较图、观察记录本、历年时令变化表。本来就很小的屋子，被挤得那张简单的床铺只好安在屋角了。满儿正坐在灯下，用放大镜看几样麦种。我发觉了窗纸上贴着一幅“布谷飞过麦海”的窗花，那布谷的红嘴儿叫着，似乎使人能听到那悦耳的丰收的序歌。

“又搞出什么新品种了？”

“你快来看看！”她喜欢得叫着，“你给它起个名儿吧。”

我走近一看，原来是一把奇怪的麦粒：那颗粒儿比一般麦粒儿长一倍，两头尖尖的，泛着淡绿色。这是什么麦粒呀？她说，这就是他们搞了三年多的远缘杂交新品种。我惊呼起来，掂着麦种在手里，只觉得沉甸甸的，它里面包的面粉比一般麦粒多一倍呀！哪里是面粉呢，它是满儿他们的心血啊！我不禁叫道：

“就叫它‘胜利麦’吧！”

“不，”她轻轻笑了，“这还不能算胜利了，它还有很多明显的不足：一是粒儿不饱，再是颗粒间差大，还有个儿太高，我们还要向理想的高度攀登，就叫它‘攀登麦’吧。”

好名字！我问起下一步怎么个攀登法，她说，他们准备以这“攀登麦”为基础，再和别的良种麦杂交，到那时出了新成果，一定要叫它“胜利麦”！近几天，外地给他们寄来了好多良种麦，明年就分片杂交试种。但是，为了多方面杂交比较，他们决定到后山队采集一些高寒优良麦种，只是人手抽不过来，去后山又得走三十里路。我高兴地说：“月儿说，她可以给你做帮手。”

“我常怨她单纯，慌三慌四的。”

“那我俩去吧，我也可以看看后山是什么地方：你们这儿麦早收清了，那儿才刚收，差异为什么这么大？”

第二天早，我和月儿过了清影河，赶到了后山。后山果真麦子正收到紧张处，我问月儿为什么山下山上这么大差异，她又反问说：“那我为什么就爱笑呢？”

“谁知道你为什么呢？”一时把我问傻了。

“那你去问我姐姐吧。”她笑着说，“要问我吗？我可以告诉你：修田为什么土层不能乱？筑坝为什么是拱形？破石头怎样认纹路？打炮眼怎样套八字锤？”

征得后山大队同意，我们就在麦田里选种。终于发现有五株小麦秆儿高出一般麦来，那穗儿又粗又长，颗粒饱满。我们就像拣宝贝似的掐下穗来。日头在脚下端了的时候，开始往回走，月儿就一路摆弄着麦穗，又笑开了，说：她姐姐一定会高兴的，再也不会说她是只会笑的傻姑娘了。我问：

“你姐姐爱你吗？”

“爱，也不爱。”她说，“人家爱……爱科研。”

“为什么爱科研呢？”

“她说她有个理想。”

“什么理想呢？”

“她说队里规划是两年建成大寨队，他们科研站就要首先做出贡献，最少拿出四项新成果！”

我心里一震，要说出什么，却不知怎么说。抬头看着天空，天空晴得万里无云，青潭一般的蓝。天空有多高呢？路两旁的生产队大场里，是一座麦堆，一座麦堆，人们在那里装粮，时不时传来过秤员那长长的报数声……

这当儿，我们来到清影河上，月儿让我从桥上走，她偏脱了鞋从水里走。见我好久不言语了，下河时，突然问道：

“陆老师，什么叫恋爱？”

我惊奇了：她怎么问起这个？

她冲着我就“咯咯咯”地笑了，凑近耳朵悄声细气说：

“我姐姐一定爱上什么人了，她的信天天都有！我查对了，有一种笔体的信来得最多。”

我逗乐了：“这本来是应该的呀，再说，来信多的就是在恋爱吗？”

“她天天在盼信，盼得可慌哩！”

说完，她就笑着向前跑去了。那河水溅着白花儿。河风刮起她的红衫子，就像河中开了一朵荷花。我喊她慢点慢点，她跑得更欢了。突然一个趔趄，倒在水里了，赶忙爬起来，但立即又扑在水里了。原来她手中的麦穗儿被水冲走了，她没命地去抓。我害怕出事，大喊大叫要她别管了，她不理我，终于抓住了，但是只剩下了一穗，其余的都被卷进河底去了。

她从河里爬起来，浑身精湿，坐在岸边哭起来了。我劝说：幸好还有一穗嘛，再说，光哭就能把麦穗儿哭回来吗？她不哭了，却要我一定坐下，自己又跑到河沿乱石堆去，掀掀这块石头，翻翻那块石头，一会儿逮来五只大螃蟹，站在我面前时，"咯咯咯"地又笑了："陆老师，我不是干姐姐那号事的料子。我将功补过，逮了这几个螃蟹烧给姐姐吃！"

夜里，我已经躺下了，突然听见门外有哭声。谁怎么啦？我穿起衣服出来看时，院里没有人，走出院外，就在月儿和她娘拽布的地方，坐着一个人，月光下抽动着肩膀，哭得好伤心。走近一看，竟是月儿！原来姐姐知道她白天在河里丢失麦种的事后，对她发了火，那火大极了，她从来没见过，而且把那几个螃蟹一下子扔出几丈远。

"她老早就怨我没理想，没心计，她这次是存心和我过不去！"月儿愤愤地说。

"她对你还有什么过不去的事？她还不是为了种子？"我说。

"种子就那么金贵？明年试种不了，后年不会种吗？"

"那就错一年呵！如果明年试验成功了，早推广一年，那就要增产多少粮食啊！"

月儿不言语了，倒在我怀里说："陆老师，我以后再不笑了，你监督吧！"

"又傻开了！"我笑着说，"为什么不笑呢？姐姐不是叫你整天哭丧个脸，是要你生心，也有个理想啊！"

"那我现在怎么办呢？"

"走，向姐姐赔不是去。"

我们走进满儿的房里，灯亮着，人却不在。桌面上是一沓来信的信封，那信已用铁夹夹在一处，挂在了墙上。月儿一看那第一页上的字迹，就叫着说：

"陆老师，又是那一个来信了！"

"哪一个？"

"你念吧。我还嫌臊哩！"

她笑得要死，坐在一边翻报纸，却竖起耳朵听我念：

满儿：

接到你的信，我高兴透了，我在床上连翻了三个筋斗，叫着你的名字，哎呀，天知道我做了些什么！现在，请接受我的祝贺：举起茶杯来，干杯！

月儿"呀呀"地叫起来，赶忙用手捂耳朵："丑死了！丑死了！"

我继续念下去：

算起来，毕业已经六七年了，我做了些什么呢？医疗技术上提高得太慢了，可你，培育了"丰产1号"后，又和你的战友培育了"攀登麦"！说句笑话吧，昨儿夜我做了个梦，那"攀登麦"经过杂交，又培育出了一个新品种，那麦粒儿比普通的要大二倍，已经全国推广。哈，那麦浪滚滚，我坐在那麦穗上，怎么跳，怎么蹦，也掉不下来！

满儿，在我们团支部大会上，我念了你的信，大家提出一定要支持你们的试验，尽快使"攀登麦"成功。我们集中力量选挑了这一袋最好的麦种给你寄去，让它和"攀登"杂交吧。还需要什么帮忙的，尽快告知，我们尽一切力量，做你的帮手；因为——这不是你个人的事，而是一场革命啊！

再：随信寄去偏方药单，一日一剂，五剂一个疗程，共需三个疗程……

我大声地念着，突然觉得手上有热乎乎的东西，抬头一看，月儿不知什么时候站在我的身边，两眼盯着信，那眼泪正从眼眶里扑扑簌簌往下掉……

"你怎么啦？"我赶忙问。

"姐姐是我的姐姐吧？可我……"

我紧紧搂住了月儿！我感觉到一个天真少女的一颗纯洁、美好的心在跳动，跳得那样的厉害。

“陆老师，”她又问道，“我笨不？”

“不呀。”

“我坐得下来吗？”

“能呀。”

“那你教我测量知识吧，队里搞人造平原，要我参加规划，可我不敢上场……”

我说我不懂测量，她就要我到城里后给她捎买几本有关测量方面的参考书籍。我答应了。我看见她又“咯咯咯”地笑了。那满脸的泪珠儿全笑溅了，像荷花瓣上的露水珠儿一样。这时，我们听见门外有脚步声。月儿说姐姐回来了。果然，一会儿，我就听见了轻轻的背诵英语单词声音。

满儿回来说，刚才大队党支部书记叫她去，通知她到省里去参加一个科技交流大会。明日一早就要动身了。

鸡叫三遍的时候，我和月儿送满儿搭上了汽车。这以后几天，月儿每天起得很早，就在院子里背梯形地、扇形地、圆形地、三角地的测量公式。我隔窗看见她就站在井台葡萄架下，一边掐着葡萄叶，一边低声地念。当大家都起床了，就见她用扫帚扫出一堆撕成碎末的葡萄叶去。晚上回来，就到我房子来让我出各种地形的题让她算。她竟比满儿还要聪明，每次算完以后还要给我讲解一番。但是，当她每次从我房子满意而走时，那“咯咯咯”的笑声就在满院子响开了。

我该回校了。那天，姨和月儿娘把我送到村口，却没见月儿。她娘说，她上工去了，派人去叫她，还没见回来。我只好快快地向车站走去，只说见不上她了，可快到车站时，她却满头大汗地跑来了。

“陆老师，你能永远不走就好了。你可以督促我学得快些。”她说。

“我放假了，一定再来！回城后，马上把有关测量知识的书寄来。”我说，突然想起了什么，从网兜掏出那几本外文书让她转交给满儿。她高兴地说：

“好，这回你送我们书，到明年，我和姐姐就送你‘胜利麦’！”

正好，到省城后，我竟与满儿在电车上相遇了，她正抱着一本《英汉对照小丛书》看。我问起会上的事，她说关于远缘杂交，外地提供了好多经验，对她的启发很大，她决心回去后，下功夫加紧试验。我说：啥时候能成功呢？她说：这怎么回答呢？一年不行，再干一年！困难可能不少，但是，她用英文告诉我：

"Sure to be successful！（一定会成功！）"

一九七七年十二月

制造声音

我去采访这个州刚刚离休的专员。采访结束后我们坐在客厅喝茶，他却放了一段录音问我听到什么，我说是风里的树声。是树声，他说，你听得懂这树声吗？

有树风就有了形状，但风里的树是要说话的。

你知道，这个州是一个贫困的地区，但因处在交通要道上，过往的官员就特别多。我已经是上些岁数的人，实在不宜于干那些恭迎欢送的事，当组织上安排我来，我就想提前离休，或者调往省城寻一个清闲的部门，拈弄笔墨，句读里暗度春光罢了。但到任后的那年秋天，我改变了心态，就一直在州里干了五年。

秋天的这一日，因下乡崴了左脚，在专署里调养，正读一册闲书，上有“留此一双脚，他日小则拜跪上官，胼胝民事；大则跨马据鞍，驰驱天下”句，嘿然而笑，却接到通知：省上又要来一位官员。差不多成了定规，大凡省城、京城来了重要人物，除了布置安全保卫措施，州城的社会环境得治理，卫生得打扫。公安局长就将城中的小商小贩全集中到城南角一条巷中，几条主要街道两旁都摆上了花盆。而一些破烂地段无钱改造，就统统砌了大幅广告。他们在向我汇报时，特意指出已将一个长年在城中上访的疯子用车拉到城外五十里地方去了，因为这疯子形状肮脏，而且叫嚣省上来了大官他要拦道喊冤呀。

省城的官员到了，他十分的年轻。我的左脚打了封闭针，和地委书记汇报了我们的工作，再听取和认真记录了他的指示，然后陪他参观几个点。那个下午，我们从城南 ×× 县回来，才要步行去视察我们的商厦，十字路口那里就拥了一堆人，听得很嘶哑的喊声："树会说话的！树真的会说话的！"我立即知道出了事，脸都气红了，公安局长就跑过来拉我在一旁说，那个疯子谁也没有料到又出现在了城里，而且抱着那电杆拉不走，围观的群众就很多。他向我检讨着他的工作过错，我没时间去训责他，忙鼓动着省上的官员从另一条巷子转过去，但我仍听到那个嘶哑的喊声"树会说话的！树真的……"后边的话"唔"了一下，可能是被手捂住了。地委书记在介绍着那条巷里的明清建筑，我趁机退后，招手让公安局长过来，问疯子怎么喊树会说话的？公安局长说，他是为一棵树疯了的，就为一棵树多年在城里上访，满城人没有不认识他的。我说我来这么久了，怎么不知道？公安局长说一个疯子他怎能进了专署大院？我说，你去告诉他，让他不要找省上人，天大的冤枉，晚上到我办公室来说。

晚上，安排了省上官员在宾馆休息后，我虽然累着，但心轻松下来，也并没有睡意，在办公室等待那疯子。左等右等没来，我开始练书法。我这身份不可能去歌舞厅，不可能与人打麻将，下班之后就把自己关在办公室读书练字，我业余唯有这爱好。写了一幅古人句："死之日，以青蝇为吊客；使天下有一人知己，死不恨。"公安局长就亲自坐车把疯子拉了来。疯子竟是下午被关进了拘留所的。我对公安局长大为光火，并且要他赔情道歉。疯子是一个七十岁左右的老头，个子高大，但枯瘦如柴，头发和胡子已成毡片，浑身散发着一股难闻的酸臭味。老头进拘留所似乎并未介意，对公安局长的道歉也无动于衷，只嚷道："树会说话的！树是一九四八年栽的！"公安局长说："你嚷什么呀？这是专员！"老头说："专员，树会说话的！"公安局长就吓唬了："你再嚷？！"老头偏梗着脖子，脖子上暴起了几条青筋说："树就是会说话的！"我说："好吧，树会说话的。"老头得意地看了公安局长一眼，一颗清涕就吊在鼻尖，一把捏下来要揩向桌腿，后来还是揩在身上的裤腰处。我让他坐，他说他不坐。公安局长说："让你坐你就坐！"按他在椅子上。我摆摆手让公安局长出去，开始询问老头。

你叫什么名字？

杨二娃。

哪个县里的？

×× 县 ×× 乡东洼村。

多大岁数了？

不大，才七十还差十天。

你有什么冤枉事？

树是一九四八年栽的，不是一九五二年栽的。怎么能是一九五二年呢？不是一九五二年，是一九四八年。树会说话的。

就为这事吗？

就为这事。

你告了多少年了？

十五年零三个月。

为一棵树值得告十五年？

可树就是一九四八年栽的，为什么要说是一九五二年栽的？

这点事村里就可以解决嘛！

德贵是坏人！

德贵是谁？

村长。他谋算这棵树哩，他想收回去再买了给他爹做棺材的。

你找过乡长吗？

人家在一个壶里尿！

一个壶里尿？

德贵的婆娘是个卖 × 的，她和乡长……

住嘴！你怎么这样骂人？

我不骂了。

你说吧。

乡长我找过三十二次，他派人打我，我到县上去，县上的父母官我都找过，父母官两年就换了人。张县长说要解决，但他调走了。又来了陆县长，他让乡里解决，乡里不解决，向上反映我是刁民。我不是刁民。我又找刘县长、王县长、马县长，他们都不理我了，说我是疯子。你看，我是疯子吗？

不是疯子。

不是疯子！树是一九四八年栽的就是一九四八年栽的，我要是疯子我能记得树是一九四八年栽的？

你说树是一九四八年栽的，那树还在吗？

在的。它今年老了，身上有一个洞，东边那个枝丫枯了，那原先上边有个鸟窠的，八月初三的夜里刮风，窠就掉下来，这窠应该归我的，村长的儿子却捡了去，那是能做三天饭的柴火哩，我去……

你说树是一九四八年栽的，你有什么证明？

我老婆证明。一九四八年春上我和我老婆去她娘家，当天回来我栽的，栽了树老婆给我擀的宽片杂面，调的干辣面，没有盐的，老婆说你将就将就吃。

那你老婆怎么不出来证明？

她死了。这娘儿们害了我一辈子，该她作证的时候，她就上吊死了！这狗娘儿们，她死了我懒得给她烧倒头纸，别人家的老婆都是帮夫运，她却猪一样要我养活！

还有什么证明？

拴狗那老髌能证明。我栽树时他正在地头捡粪哩，但他瞧别人都是说树是一九五二年栽的，他就说他记不住陈年老事了。拴狗老髌我瞧不起他！没人作证明，可树会说话呀，他们就是不去听！

家里还有什么人？

一个儿子，死了。儿子是好儿子。他像我，村人都说我们是一个模子倒出来的。儿子陪我去县上上访，回来搭的拖拉机，拖拉机翻了，我没事，拖拉机却压在他肚子上，肠子就压了出来。我那老婆向我要儿子，我骂了她，她就死在绳上的。

嗯。

专员，树肯定是一九四八年栽的，不是一九五二年栽的，你去听听，树会说话的。

杨二娃——

在的。

就这样吧，你拿上这点钱，明日去车站买了票回去。不要再跑了。我派人很快去给你落实，是一九四八年栽的就是一九四八年栽的，是一九五二年栽的就是一九五二年栽的，我给你个结果。

是一九四八年栽的！如果你们硬要说不是一九四八年栽的，我还要告的。你叫什么名字？

惠世清。

那好。那我就告德贵、乡长、王县长张县长陆县长刘县长马县长，还有你惠世清，惠专员！

送走了省上的官员，我打电话给 ×× 县的马县长，托他把有关杨二娃的档案材料送上来。马县长亲自来州城向我汇报，杨二娃竟没有什么档案材料，但马县长知道这件事，说这棵树是在东洼村南头，树下的那块地解放前属杨二娃的地，解放后土地收公，树却归私人。那时树小，谁也没在意，后来树大了，杨二娃说树是一九四八年栽的，树权归他私人，村里人说树是一九五二年栽的，一九五二年栽在地头的树应归村里。村里每年要伐，杨二娃都护树，他把旧屋拆了重新盖在树下，现在树身就长在屋当堂里。

就为这棵树，能值几个钱？马县长说，农民爱认死理，杨二娃疯疯癫癫告了十五年，活得真没个意思！

那你说，怎么活着有意思呢？

我训斥着我的部下，命令他们组织个专案组，去东洼村落实这件事，树是有年龄的，可以请一些专家考证一下树到底是一九四八年的还是一九五二年的。

专案组很快就回来了，考证出树是一九四八年栽的。我作了批示：树归属于杨二娃。

这件事就这样结束了。

第二年春天，×× 县旱象严重，我下去检查灾情，突然想起了杨二娃和那棵一九四八年栽下的树。我和马县长坐车往东洼村，打问杨二娃，村人说，杨二娃吗，早死了！

杨二娃死了。这老头瘦是瘦，精神头儿还好，而树被断定为一九四八年栽的，又归属于他，冬天里他就病倒了。一开春，地气上升，病又加重，不知什么时候咽气在家里，村人发现了的时候，人已经僵硬。

马县长说，这老头，他要是继续上访，可能还要活着。

马县长的话是对的，这么说，是我害死了这老头。

嗐，朝闻道，夕死可矣，这是孔子说的吧？马县长指着一个小虫子，小虫子是从树上吊一条丝下来的，但小虫子是死的：这小虫子也闻道了！

这树要是不断定为一九四八年栽的，老头就一百年一千年地活下去吗？

树依然活着，树是常见的那种椿树，却是老得身上有个洞，除了东边的枝丫枯了，西边的枝丫也枯了，树身三分之一在一间歪歪斜斜的屋子中间。杨二娃因是孤人，死后村人就以他家的柜做了棺材，在屋中掘坑下葬，这房子也锁了门，让它自废自塌了将来就是坟丘。

我说，给老头奠奠酒吧。

秘书去买了一瓶酒，我就把酒全浇在屋前。这时起了风，风是看不见的，但椿树枝叶摇摆，嘎嘎作响，风就有了形状，树也有了声。老头给我说过树会说话的，树会说什么话呢？我听不出来，便用录音机录了。

多少年里，我一直在企图听懂这树声，你听听，这树在说的什么话呢？

一九九六年七月二十三日午写

阿尔萨斯

——一千四百年前发生在姑臧的故事

像《水浒》中的牛二一样，刁蛮愚顽的阿尔萨斯打上门来，要见才高八斗的纳尼班达老爷，他时哭时笑，时而耍赖，时而表现出弱者的谦卑，直闹到让纳尼班达老爷不得不准备出来见他……

阿尔萨斯一到了挡栏前，就喊："喂，你出来！"蹴在胡杨木桌底的小伙计正努力地搬动酒坛，一扭头看见了一双破旧肮脏的皮靴，还有一只羊；桌腿的横档遮住了脸，一把没有鞘的刀露着刀尖，早晨的太阳在上面跳跃。小伙计慢慢站起来，挡栏上就是一张紫红而有道长疤的脸，小伙计立即一声惊叫，连人带坛塌下去，发出巨大的哐当响。"喂喂，喊你的，小子！"阿尔萨斯已经躁了，开始啪啪地拍打起挡栏。

七八个粗壮的伙计踢里踏啦拥了出来，酒店还没有开张，他们在厨间忙活，全抄了勺子、铲子、烧火的棍子和菜刀。幸好没有打开大门上的挡栏，但挡栏是抵不住阿尔萨斯一脚踢的，他们在挡栏内站成一个半圆，怒目而视。

"我要见纳尼班达老爷。"阿尔萨斯说。他的声调缓下来，有疤的左脸却在不停地抽动。

"老爷不见你！"

"我不是德鲁菲浦派来的。"阿尔萨斯又说。

"滚吧，你这疤鬼！"

"怕我了？"阿尔萨斯笑了，"阿尔萨斯是带着羊来见纳尼班达老爷的，今天我可不愿弄乱了姑臧城最豪华的花门楼！"

阿尔萨斯斜坐在了挡栏外的石门墩上，用双腿夹住了羊的胯子，羊白洁得没有一点杂色，衬托人更加丑陋，但有着盘卷得十分优美的角的羊头乖乖就在怀里，阿尔萨斯将双手放了上去，轻轻地敲。

胡杨木桌底的酒流出来，一窝酒在砖铺的地上乱钻。面如土色的小伙计从桌后往二道门爬，后厅里并没有人，纳尼班达老爷在厅外的花园里晾书。纳尼班达老爷现在不仅是个大富商，而且已经是非常著名的学者了，新近从长安购置了十二箱书籍，晾书时是不让任何人插手的。小伙计从菱花格子门跑出去，因为急促，一下收不住脚步，待抱住晾书的木架，衣衫上的酒沾湿了一摞书，纳尼班达老爷的眼睛都竖起来了。

"老爷老爷，"小伙计说，"来啦来啦！"

"你来干啥？！"

"他来啦，德鲁菲浦手下的那个疤脸又来啦！"

纳尼班达老爷的脸一下子阴了。

"他牵着一只羊，坐在门口喊叫着要见你。"

"就说我不在！"

纳尼班达老爷转身就进了后厅，顺着二道门侧的楼梯到了二楼，他听见了疤脸的笑声，怪异得像夜空中的隼啸。

慌张的夫人和管家立即关闭了二道门，也顺楼梯上来。楼是转角结构，八根粗大的红松木柱里可以俯视一楼的大厅。天窗的阳光像雾一样弥漫下来，隔着柱子，斑驳一片，纳尼班达老爷并没有站在扶栏边。推开那间书屋门，老爷在垫着雪豹皮的椅上坐着，一脸铁青。管家说："老爷，你再仁慈，也不能让德鲁菲浦这样欺负啊？"

纳尼班达老爷没有做声。

"还要饶他，咱在姑臧城里就没法待了。"

花园旁边的客楼里传过来琵琶声，大珠小珠落玉盘似的滑润，一帮从敦煌来的商人并不知晓花门楼前发生了什么，依旧拥着歌妓在唱：姑臧古城十万家，胡人半解弹琵琶，琵琶一曲肠堪断，风萧萧兮路漫漫……

“把二道门关了，不要惊扰了客人。”纳尼班达老爷说。

夫人乍手乍脚地下楼去，才清醒二道门已经关了，便唤了两个奴仆守在那里。

“刊行书的时候，德鲁菲浦不是没有反应吗？”

“听说他得到了《中国通鉴》，顺手便扔了，他这个文盲，是不读书的。”管家说，“可是，《中国通鉴》一刊行，老爷你的威望如日中天，到处都在议论国王陛下可能要召回德鲁菲浦，让你取而代之……”

“不是让你想办法把这个疤脸从他那儿撬掉吗？”

“是这样的，老爷，原本要让这恶人的儿子去沙州收购那批香料赚钱，可夫人说这是肉包子打狗……”

纳尼班达老爷烦躁地摆摆手，让管家去门口应付，就胡乱地翻动案头上那一堆书。偶尔翻开的一页，是《庄子》的文章，文章写道：惠子相梁，庄子往见之。或谓惠子曰：“庄子来，欲代子相。”于是惠子恐，搜于国中，三日三夜。庄子往见之，曰：“南方有鸟，其名鹓鸰，子知之乎？夫鹓鸰，发于南海而飞往北海，非梧桐不止，非练实不食，非醴泉不饮。于是鸱得腐鼠，鹓鸰过之，仰而视之，曰：‘吓！’今子欲以子之梁国而吓我邪？”纳尼班达老爷叹息了。伴随着叹息，是客楼里继续传来的歌。曲调他是熟悉的，应和着听词：花门楼前见秋草，岂能贫贱相看老，一生大笑能几回，斗酒相逢须醉倒。就静静地坐在那里连眼睛都闭上了。

歌声渐渐软下去，商人们似乎真是醉了，纳尼班达老爷突然地站起来，想要去拜见州府大人：州府大人能否出面平息恶意的骚扰呢？但是，他走出了房间，却倚在那根漆得乌黑的楼柱上，看见了那个恶人还坐在大门挡栏外，左脸上从眼角一直斜到嘴边的伤疤泛着紫红颜色。

这是一千四百年前的一个上午，尊贵而文雅的纳尼班达老爷感到了无奈。作为粟特国的特使，纳尼班达老爷最得意于走遍了长安和洛阳各地，终于筹建了粟特国驻姑臧的商社，但遗憾的是商社建成，国王陛下却委派了德鲁菲浦来做首领。政治的落寞，然后他有一大批国内的朋友，又学会了一口流利的汉语，可以有更多的时间从事他喜欢的文化考察了。于是，他依旧留在姑臧，并且接来了家眷，一边做些小买卖一边开始了《中国通鉴》的写作。

德鲁菲浦是瞧不起他的，便把一批滞销的地毯送给了他。“能把这批货卖出去，你就有好日子过了！”德鲁菲浦拍着他的肩，“粟特人不做生意就不是粟特人啊！”纳尼班达老爷受到了嘲笑，但纳尼班达老爷真的是时来运转，他将这批地毯运往洛阳，经一位汉人朋友的帮助，全部以高价推销了出去，连国王陛下都赞叹了。纳尼班达老爷的生意越做越大，影响和势力几乎超过了商社，德鲁菲浦感到了威胁，竟在他修建花门楼时提出当年赠送的地毯是借给的，现在该是偿回了。纳尼班达老爷虽然生气，还是拨了一批地毯还给德鲁菲浦，但德鲁菲浦却要的是原货，如果没有了原货就折价五千两银子，以致双方的关系彻底闹翻。待到姑臧城里最繁华的花门楼客店开张，德鲁菲浦就派了心腹阿尔萨斯常来讨账。阿尔萨斯一来就指着脸上的疤说：要不来账，是不是觉得我丑呀？瞧见这条疤吗，这可是和人打架落的纪念！阿尔萨斯便和花门楼的众伙计打过了几场。当然是花门楼的伙计们赢了，但每次抬着血淋淋的阿尔萨斯像死狗一样扔到了花门楼外的土街上，阿尔萨斯爬起来又扑了来，或者在店里捣坏桌椅，或者就躺在店门口一把一把将脸上的血往门扇上抹，影响着前来用膳和投宿的过往商贩。

纳尼班达老爷已不畏惧德鲁菲浦，而真正害怕起丑恶的疤脸了。

“哈，这不是疤脸兄弟吗，怎么坐在门口？”肥胖得有些臃肿的管家是换了一套衬衣，从二道门走过来朗声地说，“德鲁菲浦老爷还好吗？”

“我要见纳尼班达老爷！”

“真不巧，老爷去州府了。”

“这你在骗我，今日德鲁菲浦老爷去了州府，纳尼班达老爷哪里还肯去呢？”

“这就不好了，兄弟，上次你雇了五十个流民连续三天来店里占了座位，只吃馕不吃酒菜，已经害得我们开不成店，你今日又坐在门口，岂不是成心要坏花门楼吗？”

“我要进去，他们不让进去呀！”

“你要见纳尼班达老爷，我家老爷真的不在，当然不让你进来了。”

“那我只有坐在这里等着喽。”

“我陪你坐。”

管家拉过一条凳子也坐下来。门外有了顾客，远远看见就走开了。而好事者却围上来，有指责疤脸的，有嘲弄疤脸今日这么温柔，不让进去就不进去了？羊咩咩叫起来，开始拿角撞挡栏。“管好你的羊！”管家说。

“这羊要把坟墓修到纳尼班达老爷的肚腹里的。”

“管好你的羊！”管家厉声地又说了一句。

持烧火棍的伙计一棍磕在了抵着挡栏的羊角。

阿尔萨斯终于有些火了，他一下子把羊拉住，再一次用双腿夹了，说：“纳尼班达老爷不肯要你！”拔出别在腰带上的刀在空中晃了晃，众伙计哗地退了一步。但阿尔萨斯的尖刀却落在了羊的额上划口子，一道血就殷红地流出来。羊毛洁白光亮，血流过了胯子竟不留一点痕迹在地上溅着。阿尔萨斯再不看管家，放慢了动作，把刀噙在嘴里，腿夹得更紧了，一手扼住羊角，一手塞在刀口往下剥皮。门外围观的轰地向后散了，散开来又驻住脚，众伙计面面相觑，拿眼看管家，管家抖了抖衣，依旧坐着。羊皮往下剥，剥出了羊头骨，剥到了羊的眼部，两颗琉璃一样的眼球骨碌滚下来，但各连着肉线儿没有掉到地上。羊的鼻骨露出来了，是一个槽形，嘴巴露出来了，白生生的两排牙齿。羊脸就一块儿厚布似的耷拉下，一晃一晃垂在下巴上。羊还在叫着，有了小儿的哭声，身子却不能挪动，一把粪蛋儿撒落得如爆豆在地上蹦，四蹄就踢跶着青石台阶，发出金属的响，浓烈的血腥味弥漫了整个大厅。纳尼班达老爷的脸色难看得厉害。管家从凳子上站起来，说：“是不是过分了，疤脸？”

“我剥我的羊。”阿尔萨斯说。

“我们怕你了，行不行？！”

“我要见纳尼班达老爷！”

“老爷确实不在”……

阿尔萨斯丢开了羊，他用刀刮起溅在右胳膊上的血，刮着刮着，刮净了，刀尖又是一旋，挑出来的是一疙瘩肉，围观人中有了尖叫，阿尔萨斯并没回头，将肉塞进了嘴里，慢慢地嚼，喉结骨上下滑动着，咽下去了，再用刀在胳膊上剜。

“这何必呢，兄弟，”管家说，“不就是五千两银子吗？”

“我不是为德鲁菲浦来的！”

“不是为德鲁菲浦老爷？”管家疑惑了，“那你见我家老爷什么？你可以告诉我，我传达给纳尼班达老爷。”

阿尔萨斯用左手到怀里掏，左手弯不过来了，他把刀扎在挡栏上，右手掏出一张纸来交给管家，管家并不收取。

“你念吧，纳尼班达老爷是不会收看沾血的信的。”

“我不识字，”阿尔萨斯说，“我是托人写的。”

管家让那个小伙计接过信来念，小伙计浑身颤抖，念道：“致辉煌的纳尼班达老爷的花门楼府地，一千次一万次地祝福。臣仆阿尔萨斯如同在国王陛下面前一样行屈膝礼，祝尊贵的老爷万事如意，安乐无恙。”

管家一定是知道了纳尼班达老爷就站在二楼的走廊上，他吩咐小伙计高声念，但他觉得小伙计是不是念错了？纳尼班达也觉得是自己耳朵有了问题。

“尊贵的老爷，我已经读过你的书了，《中国通鉴》的确是一部伟大的书！”

果然是书的事。可德鲁菲浦是不读书的，而不识字的疤脸读什么书呢？“有阴谋！”纳尼班达心提了起来。

“是范尔宝兹告诉我的，范尔宝兹是第三遍读你的书了，他念给了我其中写到我的部分。尊贵的老爷，臣仆能被你写进书里，我感到了天大的荣耀，老爷原来还熟悉我，甚至知道我的乳名！现在满姑臧城的人，不，粟特国里和所有来国内的商人都在读你的书，你的书犹如行夜路人手里擎着的灯笼，没有它就只能在黑暗中摸索。昨天中午，这是我亲自经历过的事，我和梅特尔斯打架了，我把他打趴在地，他爬起来，再打趴在地，他还是爬起来，我从怀里掏出了你的书，照他头上就那么一拍，他立即就昏了。老爷，你的书是多么有分量啊！”

纳尼班达老爷身子挪了挪，站近了扶栏。

“尊贵的老爷，我现在要向你汇报，拉兹美在酒泉一切顺利，纳尼司巴尔在沙州也一切顺利。拉兹美和纳尼司巴尔都听我的，他们反复地叮咛我要向你问候。

“……有一百名来自萨马尔干的粟特人现居在黎阳，他们远离自己的乡土，在沙州有四十二人，我想你是知道的。我要告诉你的，他们心里除了国王陛下，就完全是你了，老爷。我们曾经吃过饭，主席的座位没人坐，是空着留给你的，没有你来坐着，谁还能配坐在那里呢？

“我们已经说定了，要为你获取利益的，但是，尊贵的老爷，国内的永嘉战乱并没有结束，我们失去了在内地的支持和帮助，在此情况下，我们从敦煌前往金城，去销售大麻纺织品。这期间，我们共卖掉二百件纺织品。对我们来说，尊贵的老爷，我们希望金城至敦煌间的商业信誉尽可能地长时间得到维持，而这方面唯有你才能领导我们，否则，粟特人寸步难行，以致坐而待毙。

“老爷，我已为你收集到成捆的丝绸，这是属于老爷的。不久，拉兹美收到了香料，共重八十四司他特，对此曾做有记录，我本应让他把收据先捎回来，拉兹美竟不小心把收据烧了，这该死的白痴……”

不知什么时候，夫人已站在了纳尼班达老爷的身边，纳尼班达看了夫人一眼，夫人正要启唇，纳尼班达却走回了房间。

“拉兹美也不随从德鲁菲浦了？”

“拉兹美和这个疤脸都是小人。”

房门还开着，依然能清楚地听着小伙计的声音。

“……这些钱应该分别开着，你知道，我还有个儿子，转眼之间，他会长大成人，如果他离家外出，除了这笔钱之外，他将得不到任何其他的帮助。纳尼班达老爷定会尽力成全这件事的。他有了这笔钱，就能成倍地赚钱，如果这样，对我来说，你就像救命于大灾大难中的神灵一般的恩人，在儿子成年娶妻以后，就让他守在你的身边。儿子叫戈特斯尔范，你记着他的名字，他现在改成这个名字，我是把我的乳名重新给了他，为的是你能容易记住他。”

纳尼班达自己去斟了一杯酒，又给夫人斟了一杯，夫人有些迟疑，立即双手接了。

“老爷，这是怎么啦，事情会是这样？”

“他的乳名叫什么来着？他说我在书上写到了他，我写到了他吗？”

“这恶棍一定弄错了，你怎么会写到他呢？不管他叫阿尔萨斯还是叫戈斯尔范，死了喂狗狗也不吃的！”

“戈斯尔范？他的乳名叫戈斯尔范？！我是写过戈斯尔范的一段事迹的，可戈斯尔范是我在金城遇到过的一位楼兰人，忠厚刚强，乐于助人，是个了不起的人物，那个戈斯尔范已经死了，他怎么就是戈斯尔范？！”

“尊贵的老爷，我将要去敦煌收取三十二袋麝香，这是我个人买的，我要将它送给你……

“另外，我专门去了昆仑深山的牧场为你购买了一只羊，这羊毛色洁白，盘角晶莹，眼睛发亮得像宝石，它是我叩见老爷的见面礼品，也象征着我阿尔萨斯，不，是戈斯尔范对老爷你的忠诚！”

纳尼班达老爷仰头喝下了杯中最后一半酒，他要走下楼去。

“老爷！”夫人挡在了房间门口。

“我下去见见他。”

“他的话你能相信？你不觉得奇怪吗，咱们多想把他从德鲁菲浦那儿撬开都没个办法，他能这么容易就背叛了德鲁菲浦？！”

纳尼班达老爷看着夫人。

“他绝对是小人！”

“是小人。小人是经不住受宠的。”

“如果是德鲁菲浦要欺骗你，那也就是欺骗罢了。可来的是阿尔萨斯，你才不能露面，你瞧见他那样地屠羊和自残，这残忍的恶棍就不会伤害了你吗？”

“弱者才残忍。”纳尼班达老爷说，“你要清楚，他毕竟是可怜的弱者！”

纳尼班达老爷脱掉了长袍，一步一步脚声很响地走下了二楼。

草稿于二〇〇二年四月十三日下午

改定于二〇〇二年四月十五日夜

小人物

我们家乡的水土不好，人都长得小，而且牙黄面黑。但二叔是踢过足球的，当过兵，二十年前还曾在州城监护过被流放下来的一位大人物。家乡的人都念说二叔要混出个名堂了，他却退役后分配到县城中学教学生踢足球。至后，越来越退步，由中学到了小学，再是由教师到了教工，连足球也不让教了。我们伏低伏小，他竟还不如我们，一辈子没伴成女人。去年，他一场病没过来，死了，我到县城教育局领他的安葬费，局办公室的人说：这里有你二叔的几件东西，你要不要？我说二叔没老婆没娃的，凡是他的东西都给他在坟上烧了去！办公室人就给我了一个足球，足球上密密麻麻写着字，全是他某年某月踢过的场次。还有一袋材料，是二叔的档案，档案里有三份审查记录，三份认罪交代书，三份处分决定。这些情况二叔可从来没有给我们提说过，我读过了那三份审查记录，当天晚上到二叔的坟上，一页一页撕着焚烧。突然有一股风刮来，纸灰噻地腾了半空，呼啦呼啦地响，我就似乎听见有人在叫我，又似乎不是在叫我，是在叫着二叔的名字。

一

贾二狗！

在。

瞧你这名字！

这是爹娘给起的。我在部队的时候，我仍是改过名的，叫贾红兵。我们姓贾的姓不好，听起来叫假红兵，后来只好还叫二狗。

狗就是狗！哪一年参的军？

一九六四年的二月，不对，是三月。三月学校里足球比赛，部队上的人在球场相中了我，问我愿意不愿意去部队踢球？我爱踢球，害怕数理化，我说好呀，我就参军了。

哪一年监护 ×× 的？

一九六八年七月二日去的，一九七一年十月二十日离开的，这我记得清楚，三年三个月零十八天。

往严肃些！你以为你做了什么荣光的事吗？我们领导人被诬陷的时候，你落井下石，推下坡碌碡，充当了一个无耻的小丑角色！

我错了。

有罪！

有罪。

那你交代罪行！

那天我们买了瓜吃，吃过了我枕了一个瓜睡觉，醒来总觉得自己的脑袋成瓜了，偏偏首长来说贾二狗派你去监护吧，我说行嘛，就应承了。首长一走，我后悔了，我怎么去当监护人，这不是踢不成足球了吗？

不自量力！你结婚了？

没。

多亏没结婚，要不你要打老婆，还得老婆先把你抱上炕，你耳光才能打到她脸上哩。

我长得矮。可足球场上我的外号是矮脚虎哩，我还立过功哩！

唏！

真的立过功的，是全军的运动会，我们球队三战二平一负，最后一场球如果再不赢，出线肯定是没戏了。首长给我们下命令，这一场要恶战，不能平，只能赢！天神，眼看全场要结束了，还是零比零，教练都要急疯了，在场边叽吱哇啦喊，就在最后一分钟，后卫把球传给我，我带动中抬脚就踢，原本是踢偏了的，却撞在对方后卫腿上，球日地钻进网里，我就立功了。是三等功。

瞎猫逮了个死老鼠!

可后来有一年天气，比赛过十次，我没有进一个球。机会倒有，偏就是踢飞了或者打在门柱上。……我那几年真霉，找了个对象，马上要结婚了，她家补了成分，成了漏划的富农，婚退是退了，她却霉了我，一对一我却把球放了高炮……

对方球门如果再宽一点，高一点，你就又立功了。

立啥呀，我被球队开销了。

早该开销！……这说到哪儿了？贾二狗！坐好！今天是在审查你哩不是要听你扯足球的！我问你，让你去监护 × ×，你当时知道 × × 是什么人吗?

这谁不知道，大走资派，大反革命，不齿于人类的狗屎堆!

住嘴!

贾二狗!

贾二狗！你耳朵塞了驴毛了吗?

没有塞。

没有塞叫你为什么不回答?

你让我住嘴的。

……往下交代吧。

我去州城得胜街莲花巷七号院时，× × 已经在那里住了半年了。院子不大，三间上房，东西厦房。进院门靠右手是棵梨树。靠左手是一口井，四丈八的井绳。厕所在东墙根。× × 瘦高瘦高的，大鼻子大耳朵，老不笑。他老婆是病包，天一凉犯哮喘，咔咔咔，咔咔咔，你听着也觉得自己吸不上气，要过去了。她是负责经管王福贵、陈小艳和李得宝的。

这是些什么人?

王福贵是一头猪，陈小艳是母鸡，李得宝是一条狗。他老婆给起的名。

名字起得多好!

我的职责是监护他们，没经过允许是不能出州城的，就是在城里活动，出门也要登记的。什么人来找他们，也要登记身份和时间。一个月把登记册交给上边去过目。我给他们买煤，还打水，他们搅不动辘轱。他们有什么要求了，把报告交给我，我给往上转达。× × 每天去三里外的工厂上班，我没事了就在院子里踢足球，我是把球踢到院墙上，院墙弹回来我再踢。他老婆常坐在门槛上看我踢足球，他老婆也是球迷。

她还是球迷?

是球迷，但我逊球迷。

什么?

我后来没有踢好球，成了臭大脚，但踢球就是这样，你进球了球迷就欢呼你，说你是英雄，你进不了球，球迷就骂娘。球迷爱球爱的是他自己。

胡说八道!

我没有胡说，我踢过球，我知道踢足球就是踢足球，我只是想踢愿意踢，才不理会你怎么看呢。有一回，球踢出了院墙，他老婆去捡，李得宝用爪子把球一拨一拨的，他老婆把李得宝撵开了，说:咦，你以为你是谁，是贾二狗，也要踢足球，愿意在哪儿踢就在哪儿踢?！她骂我了。

你以为你是谁，骂不得?！你回骂了?

我看了看她，咽了一口唾沫，没言传。以后我就不在院子里踢了。

往下说。

没了。

没了?贾二狗，那我问你，是你动员工人修了从院门口到工厂的那条路?

问这事呀！那一年雨水多，多得屋檐吊线的。先是院子的水眼道堵住了，咋也掏不通，水就积在院里，把院墙都泡湿了半截，我真担心院墙要塌了。我把院门下挖了个洞，水是导出去了，可巷道是土路，稀泥糊涂的，× × 每天上班去，路上穿雨靴，到厂里穿布鞋，下班了又换上雨靴，回到家再穿布鞋，天已经晴过七八天了，还得脚上穿一双，胳肘下夹一双。我就动员工人来修，前后修了一礼拜。这路修错了?

修路就修路，为什么让工人喊口号?

他是走资派，不让他们喊打倒 × ×，工人不修。

路没修前，× × 跌过跤没有?

跌过，把腰垫伤了，在家歇了五天。

修好路了，×× 没歇过？

没，一晌也没。

狼子野心暴露了吧？！你是把路修好了，要让他一天不空地去做工，要挣死他，累死他！

这……我想着让他走好……

笑话！这你骗谁呢？你是监护人，修路并不是你分内的事，你能那么好心去修路，鬼才信哩！

我再问你：他的小儿子是哪一年从下乡插队的地方来见父母的？

七〇年十一月吧。

来住了多长日子？

快要过年了。

好狠的心！他的小儿子几年与父母离散，好不容易来了，又要过年了，你竟逼着让走？

他的小儿子来的时间长了，我担心上边知道了，就是上边不知道，下乡插队的知青也有意见，反映上去，也是不得了的……可我没有逼呀。

没有逼？那小儿子怎么流着眼泪走了？

我只对他老婆说：你是不是辅导一下，让你儿子增加一点劳动观念。

这不是逼是什么？

第二天小儿子走，他老婆要给儿子煮鸡蛋，那只母鸡罩窝，她捉住用手指头去探鸡屁股有没有蛋要下。她到州城已经学会探鸡屁股了。她说：陈小艳陈小艳，你怎么没屁眼儿了？我知道她骂我做事不留后路……

骂得好！

但我没有把这话汇报上去。

你还要汇报？你还觉得把她没整死吗？

……

我再问你：×× 的儿女几时允许来同父母团聚的？

第二年秋里。那一天我忘不了，那天我踢足球窝了脚，骨头没伤，脚脖子却肿得明瓷溜溜，疼得……

他大女儿在厦房里结的婚？

是的。他大女儿是长脸，我的女婿也是个长脸，真是不像一家人不进一家门。

你也尿泡尿照照自己……阳谷县的货！

阳谷县？

武大郎！

你在揭我短呢。

我还想扇你哩！ ×× 受那么大的苦难，逢着女儿结婚，你也不让人家舒心一天？

我没有呀！结婚的事他们并没有通知我，等他们的亲戚来了后，我还不知道要结婚的。那天中午，他老婆端了一盘瓜子到我屋里，说阿梅今日结婚，你吃吧，拧身就走了，我才知道他大女儿要结婚。

按风俗，还盘子要送礼的，你送的什么礼？

风俗我当然知道，可我犯难了，我没钱呀，我那月身上只有二十元，要是买一条被面，那我就把嘴吊起来了。可我总得送礼呀！我就出去买了毛主席著作四卷，在扉页上写着：永远沿着毛主席的革命路线前进！送了去。

你这是什么意思，是在说人家没有沿着毛主席的革命路线前进？你以为就你学毛主席著作，×× 他们就不学习？你水平比人家高？！ ×× 同志闹革命的时候你在哪儿，你娘还在你外爷的腿上转筋哩！

我脑子进了水……

真是以小人之心度君子之腹！

我那时就是小战士。

屁！小帮凶，小爬虫！你知道不知道，你将永远被钉在历史的羞辱柱上！

……

今天就谈到这里，回去好好反省，明日写一份认罪书交来，听见了没有？

听见了。

听见了滚！

二

贾二狗！

在哩。

名字一看就不是好人！

这是爹娘起的，我还有个名字叫贾红兵，大家都叫我假红兵，所以还是叫了二狗。二狗是不好，但前面有个贾，假二狗就不是真二狗了。

都是狗！哪一年参的军？

一九六四年。三月份我在学校踢足球，球迷在旁边喊：矮脚虎！矮脚虎！

谁是矮脚虎？

这是喊我哩。球迷一喊我的绰号，我往场边一看，看到了有几个穿军装的人也在那里看球。踢完了，他们问我愿不愿去部队踢球？我说，还学不学数理化？他们说不学，我就参军了。

没走正经渠道。监护 ×× 是哪一年？

一九六八年七月二日到一九七一年十月二十日，时间不短哩，三年三个月零十八天。

嫌时间长啦？

有些长。

他应该被打倒在地，永世不得翻身！

坐好！你知道叫你来审查什么吗？

不知道。

你听着！ ×× 之所以再次被打倒，全在于他死不悔改，要带着花岗岩脑袋去见上帝！而你在监护期是怎么监护的？完全丧失了一个监护人的立场，与这样的走资派、黑帮、反革命，同流合污，沆瀣一气！

贾二狗！

在哩。

你老老实实交代吧！

那一年没踢好足球，如果踢好了，就不会派我去监护了。

你什么能干好，把你说得能的！？

我能踢哩！我踢足球还立了三等功哩！那是全军开运动会，我们球队三战二平一负，成绩不理想，最后一场再也输不起啦，全场眼看着要结束了，是右后卫把球传给了我，我往前带，往前带，我鬼得很，眼瞅着是左前方，球却往右边拨，堵截的人就摔倒了，我一脚把球踢过去，原本是踢偏了，却撞在对方后卫腿上，球变了方向，日地钻进网里。是我拯救了球队，我就立功了。我只是后来搞对象，刘秀玉家补划了富农，倒霉就从她那儿起的。你想想，一对一怎么会踢不进球呢？可就是踢不进去！我再上场，球迷喊臭大脚，当年喊的乃是矮脚虎……

矮脚狗！说监护的事，别往足球上扯！

让我去的时候，×× 在州城得胜街莲花巷七号院已住半年了。院子不大，三间上房，东西的厦房，进了院靠右手是一棵梨树，树下是鸡棚，靠左手是一眼井，四丈八的井绳。×× 是大个子，瘦是瘦，鼻子大耳朵大，我没见过那么大的耳朵，大人物都是大耳朵。

什么大人物，走资派，反革命，不齿人类的狗屎堆！

是狗屎堆。

往下说！

×× 每天去三里外的工厂上班，黑手脏脸的，一身旧工作服，真看不出他还当过大官！他老婆就差了，害哮喘，整天咔咔咔、咔咔咔地吐黏痰。养的李得宝倒胖，常往外跑……

李得宝？

她把养的狗叫李得宝，还有一头猪叫王福贵，一只鸡叫陈小艳。

给猪狗起人名，明明是发泄不满情绪哩，你就允许她这么叫了？

我想她是孤单，叫着人名，有个说话的。

那她叫你，你也就是猪狗了？

能给猪狗说话的，那她也不就是猪狗了？

说吧说吧。

李得宝常往外跑，和野狗连蛋哩，她说：贾同志，你给李得宝记一笔吧，昨晚她又跑出了一回，作风上犯错误了。她这是嫌我每天登记他们出外活动的时间和地点哩。有一回，王福贵从圈里出来往院外去，站在我的门口往里瞅哩，她又说：瞅啥哩，里边有你的办公桌？！我没理她。

你丢人哩，丢无产阶级人哩！你的职责跑哪儿去了？

我每日记录他们的活动。出门要登记，来什么人要登记，他们有什么事得通过我往上边转达。其实事情并不多，×× 一上了班，我就踢足球，我是把球踢到院墙上，院墙弹回来我再踢。他老婆就坐在门槛上看我踢球。

她是来接受改造的，你踢足球给她娱乐呢？！

她看就看吧，我才不理哩。踢足球是球员想踢，爱踢，看球的也只能为了满足他们自己，他们希望你永远进球，进了球就欢呼，说你是英雄，进不了球，就骂你，正经八百地骂你……我是把看球的看透了，我才不是为他们娱乐呢。

贾二狗！

在哩。

你是来谝足球的，还是来交代问题的？！

交代问题的。

交代吧！

我不知道还要交代什么，你提提。

你犯的罪行你不清楚？！我问你，为什么要工人修从院门口到工厂的路？三里路，多长的路啊！

因为路长，才修的。

要再长些，你得雇人用轿抬着他上班了！

那一年雨水多啊，屋檐吊线地下，院子里水半腿深，水眼道捅不开，院墙泡湿了半截，我真担心院墙要塌了。

塌了就好了！

怎么能塌了就好呢？我是监护人，我得管呀，我在院门下挖了个洞，才把水导出去的。院子里可以了，而去工厂的路是土路，稀泥糊涂的，×× 去上班，脚上穿一双雨鞋，胳膊下夹一双布鞋，走到工厂他常跌跤，又误了时间，我就去工厂动员一伙人修路。

让工人阶级给走资派修路？！你修的是什么路？

用煤渣铺了一层路面。

是资本主义路，反革命路！

路线问题是大问题！贾二狗！

在哩。

你站好！谁让你坐下的？

我一直站着的呀！

那怎么那样低？

我个头儿小。

……我再问你：×× 的小儿子哪一年来见父母的？

七〇年十一月吧。

来住了多长日子？

快过年了。

为什么住那么长时间？你让他住的？谁给你的权利竟允许住那么久时间？

……我还是让他走了，我对他老婆说：你是不是辅导一下，让你小儿子增加一点劳动观念。

温良恭俭让！给走资派、反革命乞求吗？你是他的监护人还是他的奴才？！

监护人。

你那样客气，得到他的好处了？

他老婆还骂我哩。他小儿子是第二天走的，走的时候他老婆要给小儿子煮鸡蛋，但陈小艳罩窝哩，没下蛋，他老婆捉了陈小艳用指头去探鸡屁股有没有蛋要下，说：陈小艳，陈小艳，你没屁眼儿了吗？

这就是你的下场！

我再问你：×× 的大女儿是不是在七号院结的婚？

是。

谁允许的？

人家有结婚证。

我问 ×× 的大女儿谁允许来同父母住在一起的？

这是上边允许的。

那你送了礼了？

我不知道初六那天他们要结婚，来了几位亲戚，我还是不知道结婚的事，后来他老婆端了一盘瓜子到我屋里，往桌上一放，说：阿梅今天结婚，你吃吧。我才知道阿梅要结婚了。

瓜子你吃了？

吃了。

你就那么不值钱，一盘瓜子就被收买了，就要给人家送礼了？

风俗是这样呀，我不能空盘子送回去呀，我送的是毛主席著作四卷。我那时没钱。

你要有钱，买一个商店送呀是不是？

我在扉页上是写了话的：永远沿着毛主席革命路线前进！

这是污辱毛主席革命路线！阶级敌人你不打他就不倒，不斗争不改造他就能走毛主席的革命路线？

……我这脑子……

你是猪脑子！你多亏只是个监护员，你要是个有大权的，我看你把无产阶级江山都要送了人家！

贾二狗！

在哩。

你说说，你这是什么行为？

我错了。

仅仅是错了？！你犯有不可饶恕的罪责，将永远要被钉在历史的羞辱柱上！

今天先谈到这里，回去再反省吧，写一份认罪书交来，以观后效！听见了没有？

听见了。

听见了滚！

就滚。

三

贾二狗!

在这里。

嘻，还有叫这名字的?

我大哥叫大狗，我弟叫三狗，我排行老二。

一窝狗!

爹妈给取的，他们没文化。我还叫过贾红兵，我这姓不好，叫什么好名字听起来都是假。

参过军?

六四年的兵。

六四年，你多大?

我初中还没毕业，我在学校里踢足球哩，部队上的人看上我了，问我愿意不愿意去部队踢球?我那时头痛数理化，就爱踢球，我当然愿意，就参军了。

噢，压根儿就不是真正军人。

我是真正军人!球场上穿运动服，踢完球我们就穿的军装，一颗红星头上戴，两面红旗挂两边。

……知道为什么要审查你吗?

我监护过 ××，他现在又是领导人了。

知道了就好，你老实交代吧，党的政策我想你也清楚，坦白从宽，抗拒从严。

我一直坦白的。监护是从一九六八年七月二日到一九七一年十月二十日，一共三年三个月零十八天，时间不长。

你想要多长?让 ×× 同志永世不得翻身?!

我不是那意思。

那你在球队踢球哩，为什么就去监护，自动要求去的?

我那阵已不踢球了，球队不要我了，才让我去监护的。

在球队就犯了错误？

不是的，我没犯错误，我还立过一次三等功的。你不信？那是全军的运动会上，一场决定球队能不能出线的比赛上，眼看要结束了，最后一分钟，后卫把球传给了我，我就带球往前冲，三拐两拐，突然起脚，球原本是踢偏了，却撞在对方后卫腿上，球线路一变，日地进了网，我就立功了！我那时外号叫矮脚虎，之所以后来成了臭大脚，离开了球队，都是刘玉秀的霉气！

刘玉秀是什么人？

我谈的对象。恋爱时她家是贫农，可后来补划成分，她家成了漏划的富农。……要是没有她，我哪能就去监护 ××？！

你是怎样监护的？

×× 是住在州城得胜街莲湖巷七号院，三间上房是 ×× 夫妇住的，东边厦房是杂物间，西边厦房是灶房，我住在大门口的两间小屋里。我第一面见到 ××，他高我整整一个脑袋哩。大鼻子，大耳朵，我没见过那么大鼻子大耳朵的人！他老婆却是胖子，坐下像一堆没骨头的肉，哮喘得厉害，天一冷就下不了炕啦。×× 每天去三里外的工厂上班，他老婆在家。我的任务是登记他们外出的时间和活动内容，来的什么人也要登记。

都来过什么人？

×× 上班后，除了他老婆，王福贵，陈小艳，李得宝，基本上没人来过。

王福贵是谁？

是猪。那只鸡叫陈小艳，狗叫李得宝。这都是他老婆给起的名。

嘻，狗叫李得宝，你叫贾二狗，那年月人狗不分。

我叫二狗，可我是人呀！

咬 ×× 同志的狗！

我给他买煤的，打井水也是我，四丈八深的井，他们摇不动辘轱。×× 有什么要求，他写的报告还是我转达的，我从没压过……

这么说，你保护他了？

……但我没咬……只是他老婆……

说！

× × 每天上了班，他老婆有病在家喂王福贵和陈小艳，我没事了就踢足球，我是往院墙上踢，院墙弹回来再踢，他老婆坐在门槛上看我踢。有一回，球踢出院墙，他老婆去捡，李得宝也用前爪一拨一拨的，他老婆说：咦，你以为你是谁，是贾二狗吗，也要踢足球，愿意在哪儿踢就在哪儿踢？！她这是在骂我哩。× × 不骂人，他老婆爱转着弯儿骂人。

你回骂了？

我才不骂哩。球迷看球都是一个德行，你踢好了，他们就欢呼你，说你是英雄，踢不好了，就骂娘，什么难听骂什么，我经得多了，欢呼也好，骂娘也好，我踢球只是我想踢球。但他老婆这么一骂，我以后再不在院子里踢了。

这就是迫害！

这也算迫害？

她病得那么厉害，需要安静，你在院子里踢球她怎么休息？

还有什么罪行，继续交待。

我不知道还有什么……

贾二狗！

在这里。

你以为我们不掌握情况吗，就可以蒙混过关吗？我问你：修从院门口到工厂的路是怎么回事？

那一年雨水多，下得屋檐吊线的，院子里的水一脚脖子深，墙都快要泡塌了，院子里的水眼道捅不开，没了法儿，我在院门下挖了个洞，我整整挖了一个上午才挖通的。院子里没水了，那条路是土路却稀泥糊涂地下不了脚，× × 每天上班就穿一双雨靴还要带一双布鞋，天都晴了七八天了，他还是出门带两双鞋，浑身泥猴似的。我就去工厂动员工人来修路，不修不行嘛。

修路时为什么不用沙，要用煤渣？

煤渣方便，城里火电厂里就能拉，要用沙才麻烦了，得出城八九里去河里，我寻不下汽车嘛。

司马昭之心路人皆知，你是认为 × × 那时是黑帮就应该走黑路！

没修路前 × × 是不是跌过跤？

跌过。跌过，把腰拧了，在家歇了五天才好的。

修了路跌过没有？

没有。

问题就在这里，你是不想让他歇一天的！

歇不歇是工厂说了算的……××他对我说过，说贾同志呀，这路修得好哩。

××同志说过这话？

我要说谎我是狗哩！

你就是狗！

我要说谎我是李得宝！

就算××同志这么说过，那正说明你迫害他的手段高明，你是用棉花包了木棒子打人，打了人看不来外伤！

我再问你：是你残忍地逼他小儿子离开父母？

我没有逼。他小儿子来的时间长了，小儿子是在别处下乡插队的，住得久了我害怕上边知道了要追究，我只是对他老婆说：你是不是辅导一下，让你小儿子增加一点劳动观念？我再没多说什么，他小儿子第二天自己走了的。

把猫叫个咪，这不是逼是什么？！你这么毒的，谁没个儿子，要是你的儿子让人逼走，你怎么样？

我没儿子。

你该断子绝孙！

我再问你：他大女儿是在七号院结的婚？

是呀。

举行婚礼你为什么不参加？

他们没通知我，那天来了他们的亲戚，我还不知道要结婚哩。后来他老婆端了一盘瓜子到我房里，往桌上一放，说：今日阿梅结婚，你吃吧。说完就走了，我才知道他大女儿要结婚了。

吓，多大的架子，让人家给你端瓜子！瓜子吃啦？

吃啦。

吃不要脸的！你知道风俗吗？

盘子不能空还，要送些礼去。

你送的什么？

我犯难了，送什么呢？我实实是没有钱。只有二十元，买一条被单吧，那我嘴就吊起来了！我思来想去，上街买了毛主席著作四卷，在扉页上写了：永远沿着毛主席革命路线前进！

形左实右！你是把毛主席著作当石头砸 ×× 他们嘛！

我可没有那么想……

你经过“文化大革命”，我也是经过“文化大革命”的，这一套办法我见得多了，两派武斗的时候，常常用高音喇叭进行舆论攻击，双方就拿枪瞄准喇叭射击，后来喇叭上就贴了毛主席像，谁敢射击？谁射击了毛主席谁就是反革命！

……我。

你还有什么要说的？

我不说了。

你无话可说！但你得认罪！

我认罪。

你永远被钉在历史的羞辱柱上！

你永远被钉在历史的羞辱柱上！

是谁？！

我说错了，是我。

今天就谈到这里，你去吧，明日写一份认罪书交来！

……

怎么还不走？

我能不能问一句话？我是写过两份认罪书的，这一回写了，是不是再不写了？

你问我，我问谁去？哎，你这是什么意思？

我祝 ×× 同志从此就一直是我们的领导人！

滚吧滚吧。

那我滚呀。

滚！

写于一九九七年十月

人极

商州有俗：朋友之交，亦称亲家；亲到极处，若妻室各有身孕，又分别生产一男一女的，长大便做夫妇。此俗陈陋，却有野味，虽缺乏时代精神，但山地的经验是，长大恋爱的不一定百年会偕好，自小指腹成婚的，却未必终生无幸无福。

商南光子，姓张，二十年前指腹在洛南，洛南拉毛出生偏也是男儿，两厢生世不能完婚，却信缘法，从此认作兄弟，往来年长日久。后，父辈亡故，两人愈加依靠，学得劁猪骟驴手艺，在乡里串游谋生。“文革”二年，社会混沌，光子到拉毛家住下，两人结伴行走，身影从不分离。又一年，搞清查运动，闹哄哄挖出一宗大案，曰“卫刘总队”。刘，刘少奇。保卫刘少奇，冒天下之大不韪也。故涉及面甚广，先后上百余人被镇压，被投狱，被管制。光子心寒，思想逃脱是非之地回商南去，拉毛说：“先人讲，盛世宜方，乱世宜圆，你黑红组织未参加，只靠手艺巧要饭，咱怕了怎的？过了今夏，到冬里再做回去打算吧。”光子又住过一月。此日天气突然转凉，传说洛河上游下了大雨，两人一早从南山劁猪返回，买了一壶酒在炕上坐喝。隐约听得有阵阵闷响，以为打雷，却见母猪并未在屋里叼草进窝。又喝，窗外巷里已有脚步嘈杂，旋听人喊：“水下来了！”就呼呼隆隆有了吼音。出门看时，村人皆拿了捞兜和背篓往河边跑。拉毛说：“快走，咱也发发财去！”洛河水，年年涨水，涨时，上游的柴草、木料就浮在浪头，下游的人趁机打捞，叫“发水灾财”。到了岸边，夕阳正落得满河，浊水漫沿儿，浪头上什么样的物什都有。村人已占据了每一个突出的岸崖，赤裸裸立定那里，持长长的捞篼打捞。拉毛说："咱到岸上去，那里站脚不好，却能捞得更多东西。"到上岸，也剥了精光，用热尿揉搓了肚子。抓污泥涂了腿根处那块部位，拉毛便瞅定一根木料，唰地甩出虎爪钩，不偏不倚抓在木头的一端，努力收绳，木料悠悠而来。提上岸，两人大悦，坐下吸烟，其时夕阳收尽，满河已退苍黄，水声之外，一切俱寂。正念叨木料价值，忽闻风起萧萧，崖湾下河芦偃折有声，注念间，风声渐近，身后毛柳摇曳，俄而河面出现一黑物，浮浮沉沉而下。思未定，那黑物急到崖下，铿锵一声，触崖石又旋转而去。光子看时，见是一枯树桩，急呼拉毛，拉毛早甩出虎爪钩，牵了树桩收绳。却又在河芦丛中牵制住，拉扯不动，险些将拉毛闪落水中。拉毛说："兄弟，莫非有了水鬼，怎拉不动？"光子说："那里是河芦丛，必是被剐住了，我下去看看。"光子也是水豹人物，当下口叼了一把砍刀，溜下水去，眨眼间到了树桩前，钻没下去，又浮出头来脸色大变，拉毛说："是河芦剐住了，还是毛柳剐住了？"光子说："怪了，肉肉的，像是个人。"拉毛大骇，说道："是人？一定淹死的。快上来，别让水鬼拉了替身！"光子却又钻下水，拉毛说："死了还抱着树桩，既是死了，用刀砍了那手，看他还拉不拉？"光子再又钻下水，再出来，手中扬着一片破布，上有花纹，叫道："是个女的，她是双手抱着树桩，身子被河芦缠住了。"拉毛便见水面上浮上一团碎河芦，后就是一个人被托上树桩。光子冒出脑袋喊："收绳，收绳！"树桩及人靠了岸边，光子先将死尸背上来。拉毛说："洛河涨水，哪一回不淹死人？人已死了，你背着作甚？"光子说："她心口还热着。就是死了，上游的家人来找，也做一场好事吧。"女尸放在树下，两人定睛看时，其女年轻，面润如生。揣试心口，果有余温，忙活动双膊，压腹倒水，捏掐人中，那女子双目紧闭，鼻间有了气息。两人一时沉默，相互对视，光子说："此人命大，她又活过来了！"拉毛说："这人活该是冲咱们来的。"两人背了回去，在牛背上驮了溜达，又吐出许多清水，放在炕上让其清醒。村人得知，全来相看，有懂中医的，掏洗了口中、耳内淤泥，以酒擦胸，用薄荷搓了前额鼻根，便各自散去。入夜，兄弟两人在堂屋挑灯喝酒，等候女子醒来。鸡叫头遍，卧房里窸窣作响，看油灯时，光芯扑闪数下，屋内更加幽暗。两人好生疑惑，起身欲进卧房，但布帘一挑，那女子斜斜靠在门框，头发蓬乱，却弱态生娇，眼波流慧，艳丽从未见过。光子说："你醒来了，你还能站起来？"女子静静看着两人，身子就慢慢跪下去，灯光落在脸上，有两道泪痕，说："二位大哥，是你们救了我？"拉毛忙过来扶她起来，让坐炕边，让她喝酒，女子竟也不推辞，接酒就喝了。光子说："你才醒来，不敢喝酒，做些拌汤喝吧。"兄弟两人就生火做饭，女子慢慢喝下，渐渐有了气力。光子又和拉毛喝酒，喝得醉眼蒙眬，问那女子话，得知女子名叫亮亮，吉川人，路过洛河时，突然洪水下来，卷了而去。问家里还有何人，却缄口不语，眼泪汩汩流下。酒壶喝干，拉毛又取酒喝，眼即瞻顾女子，停睇不转。女子发觉，头便垂下。拉毛说："亮亮，是我们救你上来，你知道不，你鼻子都不出气，手还抱着树桩不放哩！"说着嘿嘿直笑，不能自主，拍着光子说："兄弟，先人说，救人一命，胜造七级浮屠，你我今生还做了这桩好事！"光子见他酒劲发狂，忙去制止，拉毛却溜下炕，醉作烂泥。女子说："大哥，我亮亮记着你们恩德，现我无一相报，等我有了一日，定来重重酬谢！"就起身出门要走。光子说："亮亮，你这是到哪里去？"亮亮说："我也不知道。"光子说："这三更半夜的，你一个女子，身子又刚刚好，你能往哪里去？我们兄弟二人是粗人，心却不坏，既然救你上来，也不是为了什么报答，你夜里就睡在卧房，明天再走。我背他到牛圈楼上去睡好了。"亮亮还要推辞，光子已背了拉毛竟走了。

翌日，光子起来，天麻麻作亮，想起昨日早晨答应给镇子几家去劁猪，就叫道："拉毛哥，起来，不早了！"拉毛却昏沉不醒，嘴里咕咕着，双眼不睁，而且丑陋地躺在那里，口角流出一摊涎水。光子笑骂一句："你就死睡吧！"拉被子将他盖好。夜里在牛圈楼上的草窝里，两人合盖了一条被子，草窝里虼蚤，咬得浑身疙瘩，光子就暗笑夜里酒喝得多了，竟能睡得那么浓！扑索了头上的草屑下楼，堂屋的门还关着，叫过了一声，又觉得不妥，寻思道：这女子天明就走，也顾不得送了，转身就独自往镇上去。镇子并不远，短短的一条街面，平日里寂寞寞，昨日里也有人去河里打捞，门口就堆了许多河柴。街这边的门里照例坐有妇人，脚下放着针线笸篮，一边儿在头上逼针纳着鞋底，一边儿和街那边门口的妇人说话。那妇人是坐在织布机上的，脚一踏，手一扳，云扳起落，木梭飞动，嘴里应和着昨日落河沿的事。一个说:“昨日那水发得可大,街口刘家劳力多,捞了十根木椽。”一个说:“听说又死了好多人。掌柜说,眼瞧着河心漂下一个木盆,里面坐了一个妇人喊救命,浪就翻了,再没踪影。”一个说:“听说吗,劁猪的拉毛两兄弟捞了一个女的,捞回去却活了!”光子一出现在街口,妇人就不说话,家家门里有头探出来,嘻嘻望着他笑。光子进了一家,主人早备了酒等候,几杯下肚,面热耳赤,当下从猪圈提出一条猪来,光子蹲在那里,一脚踩了猪后腿,手在后腰带上摸,抽出一刃刀子,寒光一闪,就在猪腿根后划出血口,指头再一勾,拉出血淋淋的一节东西,操弄一会儿,用刀子割下一个疙瘩来。说:“就是这东西,使它不得安然!”丢下让猫吃了。旁边一人说:“光子你好作孽!有那一点东西,活着才有情有乐呢。”光子也笑道:“有情有乐,才招来有祸有悲的。”众人大笑。一妇女骂道:“光子贱小子,你说得那么好,你怎不自己劁了自己?洛河里淹的什么人没有,偏偏就要捞出一个女子!”光子说:“嫂子,可不敢说这话,我和拉毛哥捞那女子,却没那个歹心!”当下缝了猪的伤口,放生而去,洗手坐下又喝酒。酒到七成,主人说:“光子,听说捞上来的女子长得白漂漂的?”光子说:“生得出脱,不像是托生在农家的。问她的家世,她却不说。”主人说:“这就奇了,怕是外边来的。现在世事乱,这号女子时常有,你老大不小了,也该拾掇一个女人。既然让你们救了她,也活该前世有缘。”光子倒生了气,说:“你也是贱看人,我兄弟俩救人,不是为了得老婆。她一早怕就远走高飞呢!”说罢,气氛尴尬,不欢而散。光子心里纳闷,他不明白镇上的人怎么会这么看他和拉毛,真是社会混乱,人心也都龌龊!光子偏颇,有些谁也信不过的了,就贪那酒,将所得的酬金全丢给镇上的酒馆,揣一个瓶子,一边儿往回走,一边儿喝,脚下就拌起蒜来。才到拉毛家一推门,门掩着,哗地倒地上,一口秽物吐了出来,同时却听见卧房里“啊!”的一声。光子说:“拉毛哥!”卧房里却悄然无息,窗子响了一下,有人似乎在跳出去。光子生疑,以为贼,卧房里就走出亮亮,头发乱乱的,蛾眉初颦,两腮赤红。光子大惊,说:“你还未走?!”亮亮不语,拿怯怯的目光看他。光子又问:“拉毛哥呢,谁在卧房?”走进去,炕上狼藉,炕下一双拉毛的草鞋,界墙头放着拉毛的烟袋。光子醉眼看亮亮,亮亮却猫儿似的浑身在抖,未等光子再问,便跪下来说:“是我不好,光子哥！你不要怪他，是他救了我，他提出那事，我报他救命之恩。”光子骇绝，一耳光竟将亮亮扇倒在地，出门到后窗外找拉毛，没有人影，空留从窗上跳下的一双脚印。回来一拳将柜上的面罐打碎，吼道：“牲畜，牲畜！”瓦罐瓷片刺破了手，血水在流，人靠在柱子上呆得像一尊石头。

拉毛当时正躲在牛圈，半个身子仄在草粪里不敢出声，悔恨做了伤天害理之事。听光子臭骂打砸。一直待过半日，屋里渐渐安静，灰沓沓地出来，见门板上一行炭写的字，近去看了，是“猪狗不如！”忙里外寻找，未能找见，知道光子是一怒回商南去了。第二天搭车去见光子。三天后到商南，光子果然在家。兄弟相见，拉毛跪倒在尘埃里磕头。光子只是不理，起身去厨房做饭。端上来，满当当一碗面条。拉毛揣思：光子肯饶我了。饿口急吃，吃到一半，碗底却是料豆和禾草节，明白光子在拿喂驴的东西辱他为牲畜。顿时羞愧不已，顺门出去，一条绳索吊在村后的柿树上。光子得到消息，赶去时，拉毛浑身已经僵硬。大悔，痛哭得死去活来。后移尸院里，搭芦席设了灵堂，重金买置棺木寿衣，埋葬在自己屋后的谷子地里。见天三餐盛一碗饭供在灵前，人也精神恍惚，无心无劲打发日子。如是三载，不谈婚事，不近女色，蓬首垢面，形如饿鬼，村人以为痴傻。

来年，商州大旱，到处田地龟裂，庄稼歉收，出门讨要的人甚多。光子一人养活一人，倒也罢了，每日里吃饭，村巷四邻的孩子就坐门口，眼巴巴瞅着他吃。光子骂一句：“全是爹娘教唆的！”却不免将锅里的饭拨一勺打发孩子去。忽一日，光子在锅里炒了荞麦皮和红苕干，又炒了半升大麦，掺和了在碾子上碾炒面。石磙子重，累得他满头是汗。正低头推着，却觉得顿时轻了许多，抬头看时，碾杆那头帮推的是一个女人，面陌生，一副苦容，当时就愣了。那女人见了光子看她，苦皱皱地笑，说道：“这位大哥，你不嫌弃我帮你吧？”光子问：“你是谁？哪里人？”女人说：“我是南山的，出来逃命的。我帮你推了碾子，你能打发一碗炒面给我就是了，大哥！”光子最害怕的是女人，当下自己倒不自在起来，忙说：“使不得的，这使不得，我给你一碗炒面，你快走吧。”便从笸篮里舀了一瓢罗过的炒面倒在女人的布袋里，自个儿又低头推碾。女人却并不走，又来帮着他推，后来就替他罗炒面，右手中指上戴一枚黄铜顶针，磕着罗帮，节奏蛮是中听。光子停下来，拿眼看她，女人是副大脸，颧骨突出，眉毛很淡，似乎看着只有一半，左耳下豆大一颗黑痣，使这张脸有了几分媚态。不觉神思飞扬了一阵。猛然间却想起拉毛的事，满腔火烧，过去把罗收了，催那女人快走。女人茫然立起身，说："这位大哥，你也别上怪，我在这里也是住了上十天时间，谁家的活都帮过，我不是坏女人的。"说罢旋脚而去。此后，光子果然得知这女人叫白水，帮过每一家做活，赚得吃喝，夜里就睡在二郎庙里。二郎庙在村南，先前供有一尊泥像，麦秋二料了，生产队在里边存放粮食。曾有人夜里睡在那里，三更时分，就听得大梁上"叭叭叭"地从这头一直响过那头，然后万籁俱静；夜夜如此，疑为鬼祟，无人再敢投宿。后泥塑被掀了，二郎神的两颗瓷烧的明如宝珠的眼睛嵌在庙墙上，庙窗捣烂，两扇门也在风里呼地打开，呼地合上。光子真不知道这白水是怎么在那里过夜的。

一日，村里一位叫秃子的，来光子家闲聊，挤眉弄眼地说："光子，你没去过二郎庙？"光子说："去那作甚？"秃子说："我不信，好多人都去过了，那里有了神。"光子说："什么神？你说话嘴上要有点关子，莫让造反队的知道了，说你个封建残余！"秃子说："就是造反队的常去呢，那神就是南山那个白水。"光子骂道："你造孽！"秃子说："第一夜他们去，连毛也没沾上，那女人拿了一把刀，谁敢近身？第二夜三更天里，把那白水就按住了……"光子把秃子推出门，没让他再讲下去，以为信口雌黄。不久，村人就议论起来，说白水在二郎庙里做饭，没柴烧，捡了村头猪羊骨头烧，臭气呛人，又说她在河畔的芦苇地里，专剥死婴身上的裹布，回来洗净了又卖给村人做鞋底"袼褙"，队长拿了鞭子抽过她，赶她出去。光子就不明白白水为什么不离开，担心她真会出事。果然不出三天，一个黄昏里，光子在巷口遇着队长，队长那时也"造反"，拉住说："光子，革命不分先后，你革命不革命？"光子说："不革了怎样，革了又怎样？"队长说："不革了就没观点，没观点就等于没有灵魂。要革了，晚上和我到二郎庙去，白水不走，我们已经怀疑她一定是逃避运动来的，不是好人，夜里要去审问她。"光子说："那好吧，我就革哩！"当下五人往二郎庙，光子心里就叽咕：一个讨饭的女人，还能是什么阶级敌人？这伙人凶神恶煞惯了，咱和他们浪荡什么？就说肚子疼，要上茅房。队长说："那你随后就来吧。"光子一闪过巷子，摸黑到家睡去了。明日，村里一片风声，说是那伙果然拷打了白水，后来就赤条条将她衣服剥了轮奸。光子又是血气冲心，去找着队长讨骂，队长说：“你有证据吗？就是轮奸了，又怎么样？她是南山人，无家无室，就是靠那东西糊口的！”倒赏了光子一个耳光。光子咽了恶气回去，只是同情那白水，四处打听她被赶走后的消息，却传说是让狼吃了。说那夜被轮奸出走，到了东山龙王沟讨要，后来有人就在二道梁的梢林子见到她，五脏六腑全被狼掏吃了，头却完好，大颧骨脸盘上还是笑笑的。光子听了闷了半日，自此痴傻病又犯了，除了伺弄地里庄稼外，更是任何事不理不睬，人缘就愈发坏起来。到了秋季，秋庄稼还是歉收，苞谷颗儿未饱满，就砍了连苞谷芯子一块儿上碾子，砸成粥，回来拌了糊糊喝，喝得肚皮老大，像气蛤蟆。且喜后山五分自留地里，种了荞麦，倒长势茂密，眼见到了成熟日了，只害怕被人偷去，就在地边搭了庵棚，夜夜前去厮守。一日将荞麦割倒，堆在地头，天就黑严了，寻思明日一早背了回去，便坐在庵棚抽烟。抽过一个时辰，月色已满巷顶，突然间想到三日后就是拉毛的生日，不觉往事涌动，泪潸然落下。恰时听得索索声响，举目看时，巷外远处有一人影，绰绰如鬼，正移步荞麦堆旁。光子心中叫道：“有贼！”却并不喊，等贼走近荞麦堆见其用绳扎紧了一大捆，然后捆下铺了衣服，就从荞麦根部一把一把往出抽，抽出来的是光秆，颗粒就全脱下，然后又紧捆住，又是抽，反复不已，那衣服上便堆了好大一堆荞麦颗。贼已经在包起荞麦了，光子猛地扑过去，一下将贼按住，再伸手去抓头发，才发现是个女的。女贼一惊，却并未挣脱逃去，光子左一个耳光，右一个耳光抽打，女贼满口是血了，反倒仰起脸来，说：“你打吧，我白水是贼，打死了也不屈。”光子定睛急视，果真是白水，倒骇倒在地，叫道：“白水？你不是被狼吃了吗？”光子不知如何是好，默了多时，将那衣服包起来，挥挥手说：“你去吧，你去吧。”白水并不推辞，接了衣服包，转身走了，光子看见女人的腰身笨笨的，似乎是吃胖了。

回到庵里，光子如在梦里，疑心自己是否遇见鬼魔，起身又去看那荞麦，被偷去颗粒的荞麦秆还在，便信任白水并没有死，真真正正是在做了贼，心中好生蹊跷。天明在村里说了，人人也皆吃惊。入夜，天气闷热，光子将门大开，拉张席在门道处来睡。天微亮起来小解，一翻身，触着一个热乎乎的东西，看时却又是白水，惊愕得张口结舌，回想夜里是何时来的，是否做过什么事情？白水见他苏醒，也翻身坐了，惨惨一笑，起身走了。光子跑出门来，残月还在半空，四面没个人影。走回家来，心仍在怦怦作跳。第二夜，独身一人睡下，天明又是白水在身边，再是惨然一笑，悄然而去。光子恐极，出来又不敢对人讲说，免得黑白说不清。第三夜再不敢在门道处睡，前后门关了。第四天下午，从地里回来，门却掩着。不见了门上挂着的锁子，以为忘了锁门，忙到门脑上摸钥匙，钥匙竟不见，脸都吓白了。推门进去，堂屋的土炕上，一炕桌冒热气的饭菜，端坐着白水，腰里套了绳子鞋耙，在织编草鞋。白水还是那身打扮，脸却洗得干净，头发光整，形容判若两人，从炕上溜下说："你不要赶我，赶我我也不走。我不为别的，我只要你一句话，你把我收留下吧。"光子不知所措，说："我怎么能收留你？你哪儿都可去得；这儿我不能要你。"白水就扑咚跪下，泪水婆娑了："我往哪儿去？我出来这两年里，因为我是女的，我才没有被饿死；也因我是个女的，我才哪里也不敢去了。你是老实人，你把我留下吧，我知道你没老婆，没儿子，我没别的本事，我能下苦，我能生孩子……"光子却已经把她推出门了，白水抱住门限不走，哇地就哭了，说道："我不是个好女人，我该去死，可孩子他没有罪呀，你让我把这孩子也弄死吗？"光子说："孩子，孩子在哪儿？"白水眼睛看着自己的腰，光子这才注意到她的肚子微凸，就叫道："这是哪来的孩子，谁的孩子？"白水说："我不知道，我不知道是谁的。"光子一阵恶心，唾了一口骂道："不要皮脸，你还有脸寻到我这儿来！"浑身打颤，砰地把门就关了。院子里一阵脚步声，接着是"咚"地一下，光子开门看时，白水瘫坐在地上，无声的眼泪纵横而下。光子也感觉到天地旋转，身子靠着门限软下去，好久好久，气缓过来，说："白水，你走吧，你到二郎庙再去住下，我到时候找你吧。"白水颤悠悠爬起来，慢慢地走了。这一夜，光子在炕上辗转，心里好生难受，他不明白自己这辈子是怎么啦，尽遇些奇奇怪怪的女人。拉毛的事发后，他就不想再找女人，宁愿绝了这宗这门，也准备打一生光棍下去，可偏偏有女人就寻上门来。白水不是好女人，好女人宁肯死去，也不这么窝窝囊囊活着，可白水恨死了那些糟踏她的人，却对那些恶人带给她的恶种孩子这么死心疼爱。这就是女人吗？光子不是没情没欲的木头石头，可光子怎么能娶了这么一个女人？！他跪倒在拉毛的灵位前，给拉毛发誓，回到炕上，一闭眼却看见那白水挺着大肚子……他心真慌，思想心能掏出来，他就要把心掏出来扔了，撂了，少了这许多煎熬。他连夜去敲二爷的门，二爷是门中长者，听了却拉住光子的手说："光子，权当积福吧，行善吧，女人能三番五次寻到你门下，那也是到了实在没地方的时候，你拾掇了吧。这不同拉毛，拉毛是趁人家大难占便宜，你这是难中救人啊！"光子听了老人言，到二郎庙里去接了白水，去队长家开了证明到公社办结婚证。队长说："哈，找了这女人，老婆娃娃一块儿有了！"光子没有言语，回来接了白水到家，就算是结了婚。土炕上添两个枕头，夜里不再隔门缝撒尿了，买了一个新陶瓦尿盆。

腊月里，白水生下一子，虎头虎脑，光子起名虎娃。虎娃生性拗执，要哭就愣哭，每哄不下，却不大生病，喝米汤能喝一碗，且嘴始终不离，两眼直盯碗面，鼻孔喷出的粗气，竟冲得米汤出现两个小窝。光子见儿子可人，日子也过得比先前有味。白水有了丈夫，颜色也上了脸，腮帮丰满，白净光洁，倒比村中同龄妇人嫩面，人皆以为稀罕。光子往往从地里回来，瞧见妇人抱了孩子在院里打转转，一见却嚷："虎娃要骑你的马马哩！"将孩子架在他的脖子上。他也就势在地上爬动，孩子揪他的头，后来热乎乎的东西从脖子上流下来。白水见了，反要说："那又怎么啦？童尿大人喝了还治病哩。"饭菜便端上来，稀稠是现成的，热的。光子知道了女人的好处，也便第一碗献在拉毛的灵牌前。他说："我真后悔作践了他。"

孩子两岁，腊月十四就过生日，光子积攒了一个冬天，筹款买了六斤肉，五十斤白萝卜，三十斤红萝卜，又将家里二三斗红薯面全舀了，等着那天客来，压了饸饹招待一次。头天晚上，什么都忙活罢了，鸡已叫了头遍，光子迷迷糊糊的，白水突然摇醒了他，说："他大，我做了瞎瞎梦！"光子说："什么梦，倒把你惊醒了？"白水说："我梦见有人到咱家来，把你打死了，把虎娃也打死了，一把火烧了咱家的房子。"光子迷信，当下心里也寒，说："日有所思，夜有所梦，你告我，那来的是什么人？"白水却不说了，含糊其词，末了咬了被头嘤泣。光子说："罢了，为一个梦咱倒这么害怕。人常说梦是反着来的，睡吧。"就又睡下。天明，一家人起来，里里外外扫除卫生，虎娃裹新衣，又用洋红水在眉心点了，客人就来了，立在门前哔哔叭叭放一串鞭炮，就抱了虎娃，说孩子长得好，虽不是光子的血骨，却长得几分厮像，光子只是嘿嘿地笑。后来村中一伙人瞧光子不在场，都来抱了虎娃逗，说："叫爹，叫爹！"气得白水抱了孩子进了屋。客到齐了，全部入席，光子给每一个人盅子里倒酒，后自个儿端一盅，说："都不要嫌弃，喝啊！"就有一个帮忙的过来说："光子，院门又来一伙人，不认得的。"光子说："只要能来，就让入席坐吧。"帮忙人出去，立时院里进来几个人，横眉冷眼，直叫："谁是光子？"白水正抱了孩子出堂屋，抬头看了，"呀！"的一声急转室内，但四个人已经瞧见，冲进去反手扭住了，推搡到院里。众人大哗。光子上前责问，一个麻脸说："白水是我老婆，走了四年，我到处打听，原来在这里！"光子脸色变了，问白水："这是怎么回事？白水，这是真的？"白水叫道："我不回去，我不回去！"哭声狼嚎一般。麻脸冷笑道："现在你明白了吧？"一巴掌打在白水脸上，骂道："你不回去？你活着是我家的人，死了也得是我家的鬼！"动手就往出拉。光子抱住不放，麻脸说："兄弟，她给你做了两年老婆，你也是到还的时候了吧？眼再不亮，我还要到政府告你，你拐良家妇人！"光子眼前一黑，跌坐在院子里。孩子大声哭娘！光子疯了一般把孩子抱在怀里，叫："白水，白水！虎娃他娘！"白水被人拉到门外，将手中的顶针卸下来，丢给了光子，哭叫着被人拉走了。

光子一病，半个月没有下炕，虎娃被邻居的婶娘养着，日日夜夜哭着要娘。半月后，光子在村里走动，村人不敢相信他的头发胡子全花白，见人也不说话靠墙立着，只是手在裤腰里抓。偶尔捏出一个肉肉的东西，也不挤，在空中撂了。整整三年，拉扯着虎娃长大，男不男，女不女的，日月过得头份糟心。这年秋天，虎娃在外耍玩，和人打架，被骂是"杂种"，回来哭着一定要娘。光子心里发酸，说："孩子，你是有娘的，娘在××，这村子爹也没法待了，我领你去寻你娘去！"锁了门，往××一带去，到了洛南，寻着白水家住的地方，那是一片沟地，阴洼里有几孔窑，窑门却锁着，有蜘蛛在上结网。场院里生了蒿草，膝盖深的，人一进去，黑蚊子就扑上身，登时一身红肉疙瘩。光子出来问村人，回答是：白水回来后，痴痴傻傻，终日念叨她的虎娃，不和麻子同床卧枕，麻子用绳绑了她打，第二年春上她就死了。白水一死，麻子也破罐子破摔，迷上赌博，隔三间四地在地窖里要钱，一次犯了事，被公安局抓去，再没回来。光子握着那枚黄铜顶针，扑倒在窑门口呜呜地哭。村人见父子俩可怜，安置了，让暂在一孔破窑里住下。窑已经快塌了，用一根木头在里边支着，如柱子一般，光子找了树枝编了柴门。白日里，领虎娃走东串西，帮人打些杂活混饭，夜里就回来歇身。村人说："光子，这不是个长久，你说，你还会什么手艺不成？"光子说："早年学过劁猪骟驴，我多年已不营生了。"村人说："这倒好，你置上一套家具，把这手艺捡起来，总比现在饥一顿饱一顿的好，何况大人什么都可以混，这孩子还小，也不能这样下去呀！"光子觉得言之有理，就便重操旧业，赚得一些钱财粮食，竟也想法将虎娃送到村中小学去插班听课。他感激这地方人的厚道，也没脸回老家去，越发为人谨慎，殷勤处事，有了几分人缘，慢慢，此村也承认了他，帮他弄个证明，算作是村中一户了。

当时，此地面正闹腾一件大事，当地政府平反了一件冤案，村子里有好多人，曾被判刑二十年、十五年，如今回来，家家喜庆。逢着喝酒，光子也去了，席间问："这是什么冤案，竟判你二十年？"平反的人说："'卫刘总队'呀！只说此案一辈子不能翻了，真是三十年河东，三十年河西，'四人帮'却就倒了，刘少奇却是好人，监狱的人就全放了。"光子想起当年拉毛村里的案子，感叹这一桩案子牵涉这么大！乜眼看着窗外，院门楼上有人正放鞭炮，下边一伙儿孩子抢着拾，吵得大呼小叫。主人又在让酒，人已经八成醉了，酒淋淋地湿了前心，光子说："大哥，平反是平反了，这多年的牢也就这么白坐了！"不忍再喝下去。主人说："哪里就是白坐了！政府还是好啊，每人放出来，十五年以上的补偿六百元，十年以上的补偿四百元，十年以下的也三百元。你想想，就是不坐牢，农民哪儿能拿得出这么多钱？现在有了钱，买了粮，置了衣服，我还准备翻修一下房子，受苦是受苦了，可权当是去挣钱了呢。"光子没有接话，又喝了一盅，苦涩难咽，就告辞回窑里歇下。

三日后，光子出外劁猪，挣得一些钱，便买了一斤肉回来。虎娃不在，出去捡柴火了。窑里就来了一个人，棒槌脸，人中处长就一个黑痣，茸茸长了毛，见了光子笑道："嗨，日子不错嘛，有肉吃了！"光子说："多时没见腥了，孩子肚里寡哩。今日你不走，就在这儿吃吧。"那人也坐下来。果然不走，只瞅定光子发笑。光子说："你笑什么？"那人不语，扳正光子头细细瞧那眉毛，说："让我看看，你的眉骨白色了没有？"光子就笑："你还会看麻衣相？"那人说："是白色了，事情该成了。光子，这顿肉我是该吃了，我给你来做媒的。"光子并不反应，手里忙活。那人说："吓，我给你说这么大的事，你竟不吭不哈？这女人好多人都在抢了，我闭口不允，专是给你的。"光子说："我没那个福分，谁嫁了我，也只是要饭的。"那人说："女人对我说了，她不图高官厚禄，图的是人，说死也不找本地的，你不是正好吗？"说话间，虎娃回来，担一笼柴火，一身泥土汗水。瞧见炒肉，喜欢得就趴在锅沿上。那人说："虎娃，你要娘不要？"虎娃说："要的，有娘了我能穿新衣裳。"那人就说："光子，女寡难磨，男寡更难磨，一家两个光葫芦，被子破了没人补。"光子心便动了，问道："这是啥女人？"回答是："人没说的，梢子货哩，要是平常，你光子提百八十的礼也聘不到的，她是坐了牢才出来的，手里还捏有五百元钱哩。"光子叹了一口气，说："是'卫刘总队'的？一个女人也判了十五年？"那人说："受了难，知道的事就多了，光子，这事就说定了，下午我领人来，你和她见见面吧。"当下肉已炒好，三人狼吞虎咽了一场，午后，光子把虎娃支应出去，等着那女人来，心里慌得不行，思想今生还能再娶个女人，犹如在梦里一般。对于女人，光子不是馋嘴猫，那份情火，昔日的冷水已经扑灭了，只是虎娃还小，没人照应，自己若这么下去，人不人，鬼不鬼，也没能力以后让孩子上学，这女人真能嫁过来，就可回商南去住，囫囫囵囵一个家，一生也就对得起虎娃了。思忖不已，听得窑前有了脚步声，心就怦然而动，偏故意坐着不动。媒人在外边叫："客来了！"光子才迎出去，窑门口站着一个女人，不看则已，一看骇绝，女人也变脸失色，张嘴呼不出一个字来。媒人也呆了，叫道："你们认识？"光子说："认得。"便叫那女人，"亮亮，你怎么能在这儿？怎么就坐了牢？"亮亮随之泪如泉涌，径直入窑坐了，说："人世上不走的路也要走几遭，不见的人也要见几面，光子哥竟也在这儿！拉毛哥呢？"光子说："死了，我作践了他，上吊死了。"亮亮说："死了？死了也好。"两人说起往事，都没了激动，心平气和。光子见亮亮身子发胖，胖得极不正常，知道是患了肥胖病，性格也全然变了，若不是那张脸，谁也想不到这就是当年的亮亮。三人说了一些话，媒人便起身走了，说:“既然都是熟人，我在这儿也是多余，你们好好叙叙，明日我来讨你们的准话。”两人坐着到天黑，虎娃也回来，亮亮招之，则热乎而来，似前世有缘，亮亮也全无往昔的羞愧，说了很多这些年的遭遇。先是亮亮在洛南北川，父亲为北川中学教师，母在家务农，亮亮无兄长，一直跟爹住校念书。“卫刘总队”案子发后，爹受到牵连，清查时被人打死。亮亮四处给爹翻案，也被诬陷为“卫刘总队”的人员，就到外寻着抓她，她出逃时在洛河落水，才被拉毛、光子打捞上来。她感激拉毛和光子，却不敢说明自己的身份。那天，她正在熟睡，拉毛拔了门关进来，要和她睡觉，她先是不肯，后觉得有救命之恩也就迁就了他。被光子发觉后，她羞愧难言，等光子一走，自己也就走了。没想这次事却有了后果，七个月后，生下一个女孩。她抱着孩子逃回老家，母亲经人威逼交出女儿，悲愤上吊死了。也就在当天晚上，来人将她抓走了。孩子当时交给一个陌生人，只说是其父叫拉毛，在洛南 ×× 村，从此身陷囹圄，与外界隔绝。光子听罢，已是泪流满面，后悔那时不该羞辱拉毛，若那时他们做了夫妇，也不至于弄到现在地步。亮亮说:“光子哥，过去的事就不说了。”光子说:“是的，不说了。这些年里，你在牢里也受了苦？”亮亮说:“苦是苦，我只说今生今世就死在牢里了，没想到还能出来，出来了，我亮亮还要办一件大事呀！”光子问道:“什么大事？”亮亮便从桌上取了烟来抽，直直拿眼睛看光子，说:“难道这牢就这么一坐几年就了了？我爹就那么白白死了？”光子说:“政府不是给你发了钱吗？”亮亮便从腰里取出一沓钱，啪地压在桌上:“是发了钱。可一件冤案，牵涉了二三百人，这是谁制造的？总不能一尽儿推给‘四人帮’？！当年一手搞的那些人，却说当年抓是对的，现在放也是对的，他们照样还在位上。那个姓巩的军宣队现转业了还是个主任，那个公安局长还是局长，这件冤案，他们先是压住不理，后来上边有人提说这事，查下来，才不得已着手办的。从公社到区上，当年设公堂拷打人的，现在依旧原样不动，没想山里人，在这么多年里，也没一个人去上告，放出来的人拿了钱，就喜之不尽！我还是要告的！”光子只听着，脑袋放沉，狠劲吸烟。

这一夜，光子睡不着，看了一夜窑窗窟窿里透进来的月光，听了一夜窑外的蟋蟀声。虎娃爬起来，瞧爹的眼睛光光的，说:“爹，你也没瞌睡？”问话问得奇怪，光子说：“没瞌睡。”虎娃说：“你也想着那个婶婶吗？”光子久久地看着儿子，心里发酸，问道：“婶婶好吗？”应答是：“婶婶好。我好像在哪儿见过！”光子赶紧催他瞌睡：“信嘴胡说，你能在哪儿见过？睡吧，睡吧！”

虎娃睡着了，他却直感到命运竟这样捉弄他！他同情亮亮的遭遇，却又害怕同亮亮结婚，当年亮亮和拉毛，是自己侮辱了他们，拉毛才身亡的，如今自己却要同亮亮结婚，虽说过去的事已经过去，但心里总有一个阴影。自己是什么人？农民，最窝囊最不景气的农民，怎么能要一个教师的女儿？亮亮虽然坐过牢，但她已经平反了，她是可以找着比自己更强的人的。他是不敢再见着亮亮，也不能对媒人说明原委，天未明就将虎娃摇醒，收拾了全部家当，拉着走了。虎娃说：“爹，咱这到哪儿去呀？”他说：“这儿不是咱久待的地方，回到老家去吧。”虎娃再问：“那个婶婶也和咱走吗？”光子说：“你没有那个婶婶的！”拉了孩子却去了白水的坟上，父子双双跪下磕头。他们一直往东走，白日吆喝着给人劁猪骟驴，到谁家，也不收费，只求管饭，黑了就睡在谁家。如此半月过后，还未走出洛南县境。一日到县城，父子俩正踅行街头，呼啦啦一群人往东跑。光子不知有了什么事，问时，说是“去看热闹呀！”光子问：“什么热闹事？”那人说：“有一个女人，天天到县委来告状，书记被她找烦了，再不见她，后来连门房也不让进，她又吵又闹，是个神经病哩。”光子也就不再问下去，到一饭店去吃饭。吃着，虎娃却出去了，再找没有找见，急得光子满头大汗，虎娃回来了，说是他去看那神经病人去的，就附在爹的耳边说：“爹，那神经病人我认得呢！”光子问：“认得是谁？”虎娃说：“就是那个婶婶。”光子脑袋嗡一下，浑身麻木，他万万没想到，亮亮会是这样，一个肥胖症的独身女人这么告状，她住在哪儿，吃在哪儿，一肚子委屈又会向谁诉呢？光子在心里骂自己：“光子，你一辈子干些啥呀？亮亮之所以要找个家，就是有个落脚，好为上告申诉，你却又不言不语走了，这女人已经苦了半辈子，第二天再去找你时，那心里会怎么个想法？”便对虎娃说：“走，领爹去看婶婶！”

去时，人已走散，亮亮也无踪影。问门房的姑娘，姑娘说：“神经病，谁知道住在哪儿！天底下还有这号没脸面的女人，才出了狱，寻着又要进狱哩！”旁边有人说：“我知道她住在哪儿。”光子就拱手打问，那人说：“谁也不收留她，她去联合那些坐过狱的人一块儿上告，却被人家笑骂了一场，说她无事找事，不肯让她住，怕再连累。她白日四处找各位领导，夜里就睡在城关七队的看庄稼的庵棚里。”光子道了谢，就一路寻城关七队的庵棚。庵棚没门，里边果然有一床破被子，像是人睡过的，但亮亮没有在。光子流了两股眼泪，对虎娃说：“虎娃咱让婶婶和咱们一块儿走行不行？”虎娃说：“行的。”光子又说：“你以后愿意叫她娘吗？”虎娃说：“我娘已经死了。”光子说：“你亲娘死了，她就给你做后娘，你叫不叫她？”虎娃说：“叫的。”父子俩默默坐了一会儿，光子就让虎娃在这儿等着，他去买了几个饼子。赶回来，虎娃已经在亮亮的怀里睡着了，光子叫声“亮亮”，两人相抱，悲痛欲绝。

光子父子从洛南往回走，同行的从此有了亮亮。他们没有结婚手续，但光子做了丈夫，亮亮也做了妻子；虎娃跑前跑后，叫一声“爹”，就要叫一声“娘”。一家三口沿途一边儿做手艺，一边儿混嘴赶路，早起晚归，历尽辛苦。光子说：“亮亮，这状是告不倒的，那些人当年制的冤案，现在寻他们告，这不是自讨苦吃吗？咱们回去，将家安顿了，我陪你，咱往上边告，省上告不赢，往中央告！”亮亮说：“有了你，我心里也踏实。一个女人，遇着大事，心里也是没个主见，我为了告他们，是没个主心骨，没个知我疼我的，天黑睡在那庵棚里，半夜半夜地流泪。你娶了我，你不嫌弃我不安分吗？”光子说：“这么大的冤案，我怎能不让你上告？他们作践你是神经病，我看你是比男人家还强哩！我是穷光蛋的人，那天虽偷偷走了，我是嫌我配不上你，没想你……”亮亮也流了泪，说：“日月把我折磨得也男不男、女不女的，一个女人家，谁没有自尊心？可我不那样做，我这心不死啊！咱们穷是穷，总算是一家人了，我相信这案子能翻，恶人会得到惩罚的，到那时，咱的日子是会像人一样过的。”

到了商南，村人皆惊奇，说是光子出去一趟，竟发了，领回来一个老婆。亮亮在村里，劳动不行，又会吃烟，动不动又发大火，又爱认个死理，村里人就又议论她不像个女人。后来知道她是才出狱的，又四处告状，就拿冷眼看她。光子出外，村人就说：“光子，什么人不可找，偏找这号女人，她坐过牢狱，什么也不怕了，能好好跟你过日子？”光子只是不反驳，回来也不对亮亮提说。买了许多纸，夫妇两人在家写状子，光子文化浅，不会写，夜夜就守着灯看着亮亮写，自己拿了鞋耙打草鞋。稻草拉动索索地响，亮亮写不下去，他就笑一声，独自拿了到院子去打。半夜了，亮亮说：“你歇着吧。”光子坐炕上，亮亮将写好的状子念给他听，某一处说得太重，他说：“话不能这么说，当官的也是人，咱不能一笼统说怎么坏，要告咱就具体告县上那几个制造冤案的人，上边必然会下来调查，一调查了咱再说。”亮亮连连点头。可是，状子接二连三寄到省上，却泥牛入海，没有消息。亮亮又去洛南询问。那做头儿的说：“你问状子吗？状子在我这儿。你就是告到天上玉皇大帝，还是批下来让我们处理的。”亮亮回来只气得呜呜哭。光子见女人恸哭，心也软了，好劝说歹劝说，亮亮只是哭得厉害。光子说：“你是刚强人，怎么一下子软成这样？”亮亮说：“我也不知道，以前遇到什么样的事，我都从未哭过，自从嫁了你，不知道这眼泪就这么多了。你说，现在咱怎么办呀？”光子说：“省上告不成，咱往中央递状子。”夫妇就上书北京，每隔十天寄一封出去。亮亮已经在村里住过五个月，苦苦焦焦的，身子不但没有瘦，反倒越发肥胖。渐渐天气转凉，到了冬日。一日窗外雪雨潺潺而下，光子和亮亮拥坐在火炕，光子忽问：“你没有什么感觉吗？”亮亮脸色泛红，摇头不语，后来说：“光子，你也是这把年岁的人，我知道你盼有个儿女，这么长时间没个身子，我害怕是这病的原因呢。”一脸羞愧。光子就安慰道：“不会的，你是会有个儿女的，你爹娘死得惨，你上无兄，下无弟，我并不是一定要你给我生个儿女，我想你们这一宗门也不至于从此就没了后代。”话这么说着，又过了数月，亮亮还是没有任何迹象。到了七月十五，瓜果成熟，晚上亮亮上炕去睡，觉得有硬硬的东西，揭了被看时，竟是一个大北瓜。问光子是怎么回事，光子只是含笑不语，问得紧了，说：“是给你偷娃呢。”原来此地风俗，不孕妇女到了七月，村里好心人就从地里偷了瓜果悄悄塞在其妇被窝，这样可祈望怀孕。光子前几天就让村里人给亮亮偷一次“娃”。村人嘴上答应，实际并不肯干。光子就自己从自留地摘了北瓜，塞在自己炕上。亮亮听了原委，先是哧哧笑，后来抱着北瓜则嘤嘤抽泣，说她全是这病得的，以前和拉毛，不该生育时倒生了一个女儿，如今成心要生了，却生育不下。光子就说：“拉毛留下的那孩子现在不知道活在世上不？可怜这孩子命苦。”自此亮亮更待虎娃好，家里好吃好喝的全让他吃。虎娃也乖巧，将“娘”叫得很甜。

又是一春，告状依旧没有消息。亮亮说：“与其咱们这么在家死等，不如让我亲自去跑一趟，到北京去！”光子说：“你这是疯了，你知道北京在什么地方？”亮亮说：“鼻子下有嘴，我可以问着去，到了北京，就寻那天安门，北京人还能不知道状在哪里告吗？”光子说：“那要多远的地方，我跟你一块儿去吧！”亮亮说：“我怕这连累了你，这次告不赢，或许我还会坐牢的。你还是在家吧。”夫妇两人就四处筹钱。光子为人家劁猪骟驴，几个月里家里不见油水，如此省吃俭用，积攒了百十元。百十元哪儿够盘缠，后来他就上山去砍荆芭卖，他心重，别人一次背百十斤，他背二百，分两次，一百背下山了，再上山背另一百，然后一路反复倒转，天黑严了才能回来。亮亮身子笨拙，行动迟缓，就和虎娃找着公路养路段，为人家砸铺路石。用竹子编一个圆圈，套了石头，举锤子砸，母子天不明就坐大路边，直砸得满天星月方回。村人皆议论：这一家浪子回头了，像个过日子的人家了。再见着光子，便说：“你们夫妇若早早这样，日子早也富了！”光子说：“我们在攒钱，有了钱再去北京告状呀！”村人说：“还要告状？再要告，就会家破人亡的。人是要安分，农民嘛，还想怎么的？亮亮得了五百元还不足数吗？”光子说：“这你不懂。”村人说：“不懂，我不懂？我看你娶了那女人图了啥，一不能生娃，二不能劳动，就是陪她告状？”越发认为光子是傻子。

阴历七月，虎娃六岁，夫妇双双送去上学。这孩子极尽聪慧，四岁上就开始认字，认得百位以下数目，五岁上有亮亮教授，能背得十首唐诗绝句。一到校后自然比别的孩子学业长进，老师也以为奇。八月里，夫妇清点了积蓄，要上北京去，亮亮却病了，光子说：“你这身子，我怎忍心让你一人出门？不如我去。”亮亮说：“这不行的，事情原原本本全装在我肚里，你又是没嘴葫芦，我才不放心你哩。”两个作难半日，最后决定一块儿上路，只是虎娃年幼，带上不方便，又要误了课业。迟疑不决，说知给了老师，老师并不知这段冤情，当下也流了眼泪，说：“若不嫌弃，虎娃我管他几个月吧。”又掏出三十元钱给亮亮。亮亮推托不过，跪下竟磕了头，发誓道：“老师，这恩情怎么报你！三十元我收了，权当借你的。日后我会加倍偿还的。”两人背了一卷铺盖，又烙了石子饼带上，一路不敢住大旅社、下馆子，讨水泡了石子饼充饥。石子饼是乡里特产，将面团揉到醒透，擀出薄纸一般，放洗净的石子在锅烧热，面饼摊上，再覆一层热石子所做。如此有车扒车，无车步行，走了半月，到了郑州，亮亮已经精疲力竭，坐在火车候车室里不能动弹了。其时天还热，候车的人多极，光子说："我打问了，咱如今方走了一半路程，你就病成这样，什么时候才能赶到北京？还是买了票，坐火车走吧。"一问，车票每人十几元，亮亮就心疼，说："咱不是到北京事就完了，听人说如今上告的人多，全都到北京来，要在国务院门口坐了长队等候，十天八天或许不行，一月两月也说不定。咱们到了那时，没了钱吃什么，花什么？"急得光子挠头抓耳，苦无良策，买了两杯水就石子饼来吃。亮亮说："这鬼地方，什么都是要钱，咱老家水用井盛着，这儿一口水也值得花钱来喝。"候车室人都带有干粮却差不多全坏了，瞧见光子他们吃石子饼，顿觉稀罕，问是几时烙的，亮亮说："二十天前。"众人愕然。亮亮就让他们品尝，尝者莫不叫好。就有人掏钱来买。连光子也未想到，十三张石子饼竟卖得二十三元，两人喜不自禁，便买了车票，一天赶到北京。没人处亮亮哈哈大笑："石子饼救了咱们，往日都说城里人捉弄乡下人，倒是咱乡下人捉弄了城里人！咱也尽量不吃这饼了，说不定以后还能卖个好价钱的。"

在京城，他们沿着路两边屋檐下走，眼睛东瞅西看，脚步抬得老高。四处打听告状地方，有人就指点，告状有好多个，全国各地上访的都是在国务院的门口，在 ×× 大街那儿。光子就拉着亮亮去找 ×× 大街，问了几个人皆不知道，却要说："又是告状的，如今告状的人这么多！"后问着一个人，听口音是北京的，亮亮上前问道："同志，你们北京 ×× 大街怎么个去法？"那人说话极快，言语尽是在舌尖上绕，说怎么过了前边的大街，怎么往右拐进一条街，再向左进一条街。后来总算找到了告状的地方，那里确实挤了好多人，全是外地的，许多装扮是农民。光子也觉得不自在，上去和农民拉话，一拉开，都是告了几年状，皆告不赢的。那人说："现在要告状，就要到邓大人那里告。"光子问："什么邓大人？"那人说："就是邓小平呀！"可是告状人多，每天接待的时间有限，光子和亮亮从早到晚，每次都轮不到，两个人也不敢走散，一块儿出去找吃素面，夜里在街道什么拐角靠墙睡一会儿，天亮又赶去，人又是一长队。亮亮说："咱这样跑，到哪年哪月才能接待上？还是一个在这儿排队，一个去吃饭，轮流着来吧。"亮亮就担心光子出去，寻不回来，千叮咛，万叮咛。但光子还是走失了，他走了许多大街，急得满头大汗，在地上吐下一口痰。才转身，便被人拉住，他吓了一跳，赶忙用手按住腰间那硬硬的一套东西，问："怎么啦？"那人凶了脸说："罚款五角！"光子大惑："我走得好好的，不偷不抢，罚我什么钱？"那人说："随地吐痰！"光子更不解了："吐痰怎么啦？不吐出来，憋在口里？"立即围观一群人，则一起指责光子，光子心慌了，说一句："北京城才怪了，痰也不准吐！"手只好在腰里掏，掏了半天，掏不出钱来。那人逼得越紧，他越掏不出，就哭丧了脸说："同志，你跟我到背人处掏吧，这里人多眼杂，保险没贼吗？我是来上告的，农民一个钱不容易啊！"那人就引他到一边儿去，他方解了裤带，在裤裆之间掏出一笔钱，抽一张一元的让找。那人倒不耐烦了，说："没找的，你耽误这么长时间，罚一元吧。"光子急了，拉住不行，那人面如凶煞，喝斥一通，竟扬长而去，光子气得满口白沫，没个办法，就骂道："这不是明着抢人吗？唾一口罚五角，凭什么收我一元？"气上来，又吐了一口，泪眼婆娑地走了。到了 ×× 街，亮亮好生埋怨一顿，他也没敢说罚款一事，只恨自己认不得路。从此两人再不拆伴，一天一夜未敢吃饭，在那里守着。这一日终于受到接待，问明了情况，人家又让到 ×× 街 ×× 部门去找，两人又跑了一天，拿了一份证明，又要叫到 ×× 街 ×× 部门去办理，结果又是一天。那部门就收了状子，答应处理，亮亮说："什么时候有下落？"回答："你们回去吧，会批转下去的。"亮亮就说："批下去，还是一层一层住下批，那又不是肉包子打狗吗？"眼泪就流下来，千声万声诉其冤情。部门的人就说："那好吧，你们等着，过几日来问结果，给你们个具体答复。"两人谢天谢地，出来，光子说："人家那是什么地方？你怎么又是鼻涕又是眼泪的！"亮亮说："就要这样，要越可怜越引起同情，要不，告状人这么多，能轮到咱？"这么三日后又去，未有结果；又三日，还是无消息；一连又是半月，两人钱花得差不多了，蔫得霜打一般。光子就又坐街头卖起石子饼来，一人买起，众人都买，一时竟有了声名，传说这石子饼的好处，落得了一笔钱。亮亮说："北京人怎么爱吃这东西？若是以后案子彻底平了，要做生意，咱也到北京来做吧。”第二十天里，有了答复，他们得到一张批文，同时说明，另一个批件已经批转下去，保证会得到解决的，让回去直接找省上 ×× 领导，两人连夜搭车赶回，又到省城待了七天，便返回商南老家。

一个月后，“卫刘总队”一案进行全面调查落实，亮亮被叫回到了原籍洛南。很快，那些当年制造冤案的人受到了党纪国法的制裁，亮亮父亲彻底得到了平反，亮亮转入居民户口，接替其父的职业。消息传出，轰动了商州地面，那些冤案涉及到的二百余人，那些受害的人的成百成千的家属、亲戚，莫不震惊，同时脸上无光，视亮亮是一位英雄了。亮亮从商南还未回到洛南，村里人已经见天到光子家里，齐声夸说亮亮好，说光子憨人憨福，竟能找了一个吃公家粮的老婆。甚至虎娃在外，也常被人抚摸了头，评论这孩子长相就不是个当农民的，喊他“城里人”。背过身去，却拍了腔说：“亮亮好是好。但不一定以后就还是光子的老婆，天下的事是有男的在外工作，女的在家务农的。却未听过有女在外工作，男的在家务农，阴阳颠倒。”光子听见，只当耳边风。亮亮一回来，他却就筹备几桌酒菜，在家招待乡里邻居。亮亮说：“花这么多为甚？这些人都是阴阳脸，咱往日恓惶时，个个如乌眼鸡一般，如今案翻过来了，都好得如同几世的亲戚！”光子说：“世事就是如此，事到如今，他们能来，咱也高兴。何必招惹了他们呢？”酒席间，皆喝得颠三倒四，闹腾了多半夜才走。

客人散后，屋里一片狼藉，夫妇两人累得精疲力竭，坐着说话，恍惚如隔世。虎娃说：“娘，你是要做老师吗？”亮亮说：“娘是要做老师。”虎娃说：“那你就要走了吗？”亮亮吃了一惊，忙问：“你怎么知道？”虎娃说：“村里人说的，说你一走，我又没娘了。娘，你要走，你领我去，你要不要我呢？”亮亮一把揽过虎娃，痴呆呆看着光子。光子也在灯下愣了，忙说：“虎娃！”却说不下去。亮亮便走近去，说：“光子，村里人怎么能这样对孩子说话？我亮亮不是没心肝的人，没有你，哪会有我一个女人的今日！你可不要有这份心思，我亮亮今生今世是你的老婆！”光子一脸尴尬，却笑了：“孩子说话，你也往心上去呀！”三天里，夫妇恩恩爱爱，如漆似胶。四天里，光子送亮亮去洛南，他们没有走公路，斜插了走山路，亮亮背了铺盖卷，一把雨伞，光子挑了一个担，箩筐一头坐着虎娃，一头放着吃食用品，鸡鸣牛儿岭，踏霜到了七道川，一路快走，到了洛南某学校报到。在校待过五天，光子说要回去，虎娃却留下不走，亮亮说："你也不走吧，多住些日子回去，你我夫妇好容易有了今天，好好在这儿过过轻省日子。"光子就住下来。学校老师都来看过，看过了皆说光子身体好。夜里光子就对亮亮说："我来这里，也给你丢了人了！"亮亮说："丢什么人？你正正气气在这里住着，只要我不嫌弃你，世上就不会嫌弃你！"从此，光子白日吃罢饭，亮亮去上课，虎娃也去上课，他就在学校外游逛，游腻了，呆在房里闷坐。不到半月，倒闷出病来，只感头痛，以为是头发长，到镇上剃了头，但头还是沉重，终于说："亮亮，我活该是土命，享不了这轻省福的，你还是让我回去，过上一段时间，我再来看你母子。"亮亮留不住，只得放行，相送十里路，招了招手看着他去了。

光子回到村里，房子却被邻居占了。邻居的父子分家，老子撵儿子出来，以为光子不回来了，就私自扭了锁，住了进去。当下见了光子叫苦不迭："只说你攀了高枝，你怎么又回来了？"光子说："我能识几个字，我留在那儿干什么呀？"还是把家三间房一隔两半，间半让那邻居住了，间半自个儿住。转眼过了五年，夫妇俩从不通信，麦秋二料农活毕了，光子就去洛南一次两次，寒暑二假，亮亮和虎娃回来探亲。日子过得万般滋润，村中人人企羡。又是一个秋季，虎娃升到中学。消息传回来，光子动身就要去。院子里一树梨结得比往年都繁。光子就天天看着那梨成熟，好带了果子去看望那母子。到了新梨摘下，突然收到一信，说是亮亮病危，催他速去。光子吓得失了魂魄，披星戴月赶去，亮亮却前一天夜里闭了眼。亮亮心神憔悴，又患着肥胖病，到校以后心松下来。身子一下子也就垮了。一个晚上，虎娃已经睡着了，她还伏在案上批改作业，天明虎娃醒来，以为娘是伏在桌上睡着，叫声"娘，你一夜没睡？"娘未应声。过来看时，她已经死了。光子默默地为亮亮洗擦了身子，换了新衣，买棺材盛了，一下下在板盖上钉钉子，声响沉重，师生们全哭了。光子没有哭，也没有流泪，雇人运回村里埋了。人们都在奇怪，光子为什么没有哭？即就是夫妇生活很短，亮亮没为他生养一男半女，可一夜夫妻百日恩啊，他竟不为她哭一声？！虎娃也在怨爹、恨爹，光子让他转学回到老家来，他不，他不愿意这个没良心的爹，他要继续在娘的学校上学。睡到了学生宿舍，在集体灶上搭伙。光子月月将钱和粮票兑去。

从此，光子再没有走出过商南，他极少说话，只字不提亮亮的事。多少人问他为什么那样心硬，皆闭口不言。精心伺弄着田地，有空就出外劁猪骟驴，但全不少收别人的分文。每月初一，准时到邮局去，给虎娃寄钱，却绝不写一个字的信，而且每月十九元八角，连邮费两角，整整二十元，一分不多，一分不少。虎娃也从不来信，初中毕业后，考到洛南县高中。光子一天老出一天了，差不多头发和胡子都灰白了，再没了气力出外劁猪骟驴，将分到的一份土地，一半种了粮食，一半种了西红柿。这一年西红柿长得茂旺，结果累累。光子就每晚坐在棚里看守。一日黄昏，夕阳西下，西红柿架丛中雾色苍茫。光子默默地吸着烟，眼光已经发花了，却呆呆地看着天边。天边的浮云，七彩流溢，忽聚忽散，幻变无穷，末了，就全然乌黑。忽闻有窸窸细响，以为飞虫扇翼，一回头，却隐约觉得一个人影钻进架丛去。光子欠了欠身，正待叫喊，那人影趴在架丛下往前爬，用尽了努力。原来是个小儿。他便收起身子，重新端坐，默默地平静地吃他的烟。小儿已经摘了三个西红柿，又爬出去，一溜烟没在庄稼地里不见了。自此，三天五天，小儿便又来，来了便从地垅趴着爬来，在架丛上摘三个四个西红柿再悄悄趴着爬出。后来察看地垄，那里已被四肢和肚皮磨出了许多道痕，连草都压平了，他不忍心小儿这样艰难，就拣最大最红的西红柿放在地头。但是，三天过去，五天过去，小儿却再没过来。光子每天黄昏在庵边静候，心里倒觉得那么空，那么慌，一直坐到星月满空，远处有了鸡鸣声，方一边看着地边一边回到庵里去睡，又一直支着耳朵听动静。万籁俱静，他听到的是虫鸣。终于，他走出地来，提了一篮西红柿到镇上，想寻找到那个小儿，却再未寻到。又一日寻无踪影，闷闷在一家酒馆坐喝，喝至八成，头重脚轻。一抬头，忽地看见一个人匆匆从店门外走过，那身影极像一个人。候了半天，便叫："这不是当年落水时的亮亮吗？"就惊慌出来，那人的走式又完全是拉毛的样子，再揉揉眼，那人却再没有。顺街追了一段，依旧未见，就痴痴地立了一会儿，笑一声，摇摇头踉跄归去。夜里，却似醒非醒，是梦非梦，觉得那是一个姑娘，是亮亮和拉毛的女儿，她已经长大了，养母告诉了她的生父是拉毛，是住在洛南的。她去洛南找爹，村人说早年去过商南他那儿，再没回来。姑娘就赶到这边来找他了。天明起来，便认定这是真的，说："这姑娘比虎娃大一二岁，大是大些，'媳妇姐'也是有的，白水不是就比我大吗？"一连半月，西红柿便没看守，四处打听姑娘，但四乡八村皆说未见。

一九八五年

羊事

老闷卖了白羊的那天，我去的他家。我去他家为了能借到二百元钱，提了一捆韭菜。一进院，老闷坐在堂屋门槛上吃饭，已经吃完了，舔碗，舌头伸着像狗舌头。“是五巴子呀！”老闷没有拿筷子敲碗沿，斜着眼看我。

“还是吃了饭来的？”

“啊，吃过饭了……”

“还是不抽烟？”

“不抽烟。”

“还是不喝茶？”

“不喝茶了。”

“还是放下礼就走？”

“……就走。”

“……就走。”

我走出了院门，骂老闷这老东西，真个啬！骂过了却想，我这不是白白送了他韭菜吗？偏又折身回来给老闷的老婆招手。三婶在羊圈门口扫羊粪，一放簸箕，黑豆子撒落一地。她走出来问我有啥事的，我说三叔把羊卖了？三婶说多好的羊，白羊。我说现在羊价跌着咋就把羊卖了？三婶说：“馕子！”一只鸡嘎嘎嘎地站在院墙头上笑，三婶捡了一把羊粪蛋掷过去，鸡飞走了。“五巴子，”三婶说，“你记着，几时这个家里没你三婶了，也就是你三叔把我拐卖了！”

老闷的胡楂儿上沾着一颗米，舌头一卷，把米卷走了，说：“馕子？！那是只病羊，草不吃，拌了料都不吃，让它死在家里呀？五十元钱卖了，我又没给他缰绳，我是馕子？！”

可能是生了气，咯儿咯儿想呕吐，但又极力忍着，老闷的脸憋得通红。

我说三叔三叔，老闷闭合着嘴，给我摇手不要我说话。我说：“要吐就让吐，别憋出毛病了。”老闷一动不动了一会儿，好像缓过了劲，说：“我才不吐哩，今日吃的是米儿饺子！五巴子咋顾得上我这儿来，肯定是求我啥事了吧？”

“是的，三叔。我家房漏得不行，要抹绽的，搭住手了，三叔得借我二百元钱。”

“哦，哦。”

老闷放下了碗，手拔嘴唇上的胡子，稀稀的几根胡子，拔起一根，半个脸的松皮就挪了五官。

“哎呀，抹绽房呀，你那房是陈年旧屋了！如果你三叔有二百元钱，说啥也得先垫给你了，三叔卖了羊就落了五十元，这你也看到了，你三婶正和我置气哩，须让我再买只羊呀……”

“白羊！”三婶说。

“白羊，就给你买白羊！把他的，羊养惯了，没了羊就像少了口人似的。我得重买只羊呀，五巴子！”

这就是我借钱的落脚。我真傻，本不该给老闷开这个口的。一捆韭菜权当是喂了猪了。

我们镇上是逢三天一集，第三天我装了一口袋麦子去集上粜，在村口又碰着了老闷。老闷披了件棉袄，反抄着手，手里提着那根羊缰绳。老闷说：“五巴子，房抹绽了没？”我说：“你不肯借钱么，我只有粜粮了。”老闷说：“话不能这么说，五巴子，三叔这不是去集上买羊吗？”说毕了，他又说：“唉，钱这狗东西把咱农民坑扎咧！下辈子要托生，我托生钱呀，你呢，五巴子？”

“我托生三叔！”

在集上，老闷果然在买羊。羊市上有一大群羊，都是白羊。老闷就绕着羊群转悠。有人在说老闷要买羊吗？老闷说买么。“上一集你卖羊，这一集又买羊，老闷做羊生意呀？！”“少废话！”老闷绕着羊群转悠了三圈，一只羊就咩咩地冲着他叫唤。老闷就站在了那只羊旁边，说：“这羊能认得我？”卖羊人说：“人看羊都是羊，羊看人都是人。”老闷说：“这羊和我有缘分！”卖羊人就抱了一捆干菜丢在了那只羊面前，那只羊急不可待地咬嚼。老闷说：“吃手好！不会是故意吊了几天胃口吧？”卖羊人说：“哪里，它就是肚里有个掏食虫，我喂不起了才卖的。”老闷就问多少钱？卖羊人说便宜，一百元。老闷说你以为我是瓜子呀？四十元。卖羊人袖了手，仰面看天，天上一疙瘩白云。

“五十！”

“九十。”

“五十五！”

“八十五。”

“六十！”

“八十。”

老闷梗了脖子走了。老闷来到我跟前，低声说：“他狗日的不喊叫我！”我说：“八十够便宜的了。”老闷说：“是便宜吧？”我说：“你还是买了好。”老闷说：“我赌气走了，再回去他又得涨价。你去帮三叔买了，记着，连缰绳一块儿买的。”老闷把钱交给我，我把羊买过来了。

老闷牵着羊到了街口，老闷欢喜得给羊顺毛，把羊的缰绳解下来给我看，说缰绳是条好缰绳，至少也值三元钱的。羊没了缰绳却顺着街口往东南的路上走，一路撒羊粪蛋儿。老闷说：“有缘分哩，五巴子，这只羊造下该我买的，你瞧瞧，它能寻着咱村的路么！”

我粜了麦子，跟着老闷一块儿回村。羊就一直走在我们前头，确实是好羊，白生生的，像白棉花疙瘩。羊真的是能寻着我们村的路，到了三岔路口，它不往东也不往西，竟然就顺了中间那条路小跑着起来了。

进了村巷，巷子第五个院子是老闷家，门口的柿子树底下三婶往树上挂萝卜串儿，羊就端端地往她家院门里走。三婶不挂萝卜串儿了，一直看着羊，羊进了院，就卧在羊圈边，说：咩儿！咩儿！老闷人还在巷里，说：“我买了羊啦，狗日的，这只羊真的和咱家有缘分，能寻着村子的路，还寻得着咱的家！”

三婶还在看着羊。

“多少钱买的？”

“八十元。还多了个缰绳哩。能行吧？！”

“能行得很么，五十元卖了出去，八十元又买了回来！”

“咋啦？！”

“这就是咱家的那只羊么！”

二〇〇五年三月十九日夜

小城街口的小店

“丽丽回来了？”

“它能不恋着黄黄吗？”

“黄黄一直没有出去？”

“可不是病了呢。”

“咳，那全是累的。”

“累的。”

“巢，这回该能编好吧？”

“能吧！”

中午的这时候，小店里两个人在说着话：一个是店的主人，一个，还是店的主人。

小店里卖着饺子，半天了，还没有几个吃客。主人耐着功夫将饺子仔仔细细地包：中间鼓凸凸的，压着皱儿，边角又小心翼翼地捏了齿儿，好看得像年三十夜给孩子烧的面香包。一行一行的，案板上已经摆满了，店的主人，坐在一条长凳子上看着店门外的柳树。

柳树很老了。早在老汉穿开裆裤的时候，柳树就长在这儿，如今他六十五岁了，柳树还是这个模样；只是躯干已经空洞，敲着嘭嘭响。树枝上的巢里，住着一对白眼圈、黑肚子的鸟，整天嘁嘁喳喳。老汉叫那大的丽丽，老婆叫那小的黄黄。鸟儿出去衔柴棍儿，他们就目送着飞过长街，一直消失到那城墙角儿。

这是岭南最西边的一个很小的县城，城墙至今还在，破破烂烂像一圈腐朽的篱笆。城中央还有着一个钟楼，四个门洞已经封了，上面空悬着一口钟。城的四边是山坡，新建了许多楼房，依山排叠，前墙垒起十几丈，后墙却仅仅三五尺。四面围起来，像个筛子，一条条小巷就是筛子的竖眉根儿，向着城中的大街。大街仅一条，老长老长，门面全染了品蓝，颜色似乎不吉利，却偏一直流传下来。这小店就在街口，立身不高，台阶却不低，一到夜里，电灯吊在房檐下，从城四边高处能看到，从长街的那头也能看到。

小店没有什么字号，柳树身上挂着摊贩准许证，却是两个，用镜框装着，一个写着老汉的名字，一个写着老婆的名字。冬日里短，小店开得早，关得迟，却也没有多少人来吃饭，两个店主人就围着火盆儿，说前朝，道后代。

老汉是城里的老户，据说前五代祖先，还做过这个城的知县。老汉三十岁上，便在城关中学当校工，四十三岁，没了妻子，拉扯着女儿磨男寡，前年退了休。女儿在商店工作，女婿在县上当科长。小两口待他很好，细粮全让他吃，穿着也总是里外新，但他却越来越病多。一场瘫病，总算好了，却从此一条胳膊变硬，不能打弯儿。老汉一辈子热心肠，经常帮人难处，落了个好人缘儿，在城里受人尊重。女儿、女婿也觉着脸上放光。春天里，老汉突然对女儿说：他要找个老伴了。女儿女婿哧地笑了，以为是说趣话。等老汉说了那要找的女人的身世姓名，并说准备就要结婚时，小两口脸面才失了颜色。好说歹说，老汉主意不变。末了，女儿就托人去劝说那家的老婆子。

那老婆子是城东五里外大杨庄人，六十一岁，也是四十出头守了寡，门庭前一直名声高尚。早年在城里当保姆，供那独生儿子念书。儿子现在县工交局当了局长。儿媳妇是一个剧团演员，两个孙子都已上学。老婆子跟儿子享清福，大杨庄的人眼热，说寡妇亏得一生贞节贤惠，得了好的晚年。只是，老婆子早年的风湿关节炎加重了，儿子他们白日黑夜出去上班了，看电影了，独自守着家，空落落的，久而久之，也就感到孤寂难堪。这时突然提出要嫁人；经别人一撮合，对上了退休校工，各人的名声都早听说过，事情就变得简单，私下里把事情说定了。

这事情立时就传遍城里，人们当作笑话谈，说他们活糊涂了，不庄重了。两方做儿女的，更是恼火，但也只能以好多道理说服。

“爹，是我们虐待你了吗？”老汉的女儿说。

“没。你们是孝顺孩子，爹全知道，爹如今退休了，不能英英武武地做事、挣钱了，但我说没有吃的，向你们要吃，你们总是要给的吧？”

“给呀！”

“我说没有穿的，向你们要穿，你们总是要给的吧？”

“给呀！”

“可我说我太寂慌了，向你们要，你们能给我吗？”

“寂慌？”

女儿觉得这词儿太古怪，怎么冒出这么个词儿呢？

“爹，二十年里你还不是一个人过来的？人老了还能坐不住吗？如今你有了外孙，一家人和和气气，你寂慌什么呢？”

老汉苦涩地笑了一下，头却摇起来了。

“这怎么说呢？咳，说给谁听呢？”

两家老的、少的，各自就联合起来，分头想着说服的法儿。终于有一日，做儿女的，将两个老人叫到一起，语带威胁了，说他们都是在众人面前走动、说话的人，如今自己老人这样，岂不影响了他们的威信？接着，又都哭哭啼啼，好不让人同情。可两个老人还是不吐一个“了”字。儿女们就到城关公社，向文书走了后门，暗中把事情做了安排。

两个老人去领结婚证，果然没能领到。

婚事办不了，两个老人却双双去了税务所，各自办了小摊贩准许证，说要办小吃店。做儿女的当然高兴，供粮，供柴，供油盐酱醋。可是，两个老人却合在一起，开办了这个小小的饺子店了。

一个店两个户主，两个户主开着一个店。

小小两间门面，中间用墙隔儿，一间是内室，支了两个单人床；中间一张桌子上，放着纸糊的小盆，盛着烟丝。每天夜里，一个暖壶，你暖热了被窝，再给我来暖；一把水烟袋，一个抽足了，伸手递过去，一个接着抽。人老三件事：怕死，话多，没瞌睡；彻夜说说笑笑。

另一间，就是店堂，支一张案板安一张桌子，锅台盘在台阶上，正对着窗子。老婆腿不好，在窗内案前坐下擀皮包馅，老汉一个胳膊不便，跑出跑进，加水添火。客人一进店，说了碗数，老婆在窗里喊："两碗饺子！"老汉在窗外应："两碗饺子！"客人走了，那剩饭晒在台阶上，逗那柳树上的鸟儿来吃。夜里刮了风，鸟巢刮掉了半边，两人伤心叹气，看着鸟儿出出进进衔那柴棍，老婆就叫老汉出去捡了好多柴火放在树下，但鸟儿总是要从外边衔，使他们很是一阵遗憾。

天很冷，老婆坐在案边包饺子，老汉就拿了小毡子盖在她的膝盖上，又把火盆放在案下。

"我用不着！"老婆说，要把火盆挪过去。

"听话点！"老汉说。

"冻不了。"

"放在那儿就放着！"

"放着就放着。"

老汉剥了蒜苗，洗了，拿刀去切。

"谁叫你去切！"老婆说。

"剁不了手的。"

"慢一点！"

"慢一点就慢一点。"

老汉的女儿和老婆的儿子，从来是不来的；孙子、外孙来了几次，做父母的唬了几次，孩子也不来了。但是，店里没面了，没柴了，老人打个电话，做儿女的还是要给的，很快就让别人背了来。

城里人都提这个小店，进店吃饭的却还是很少。两个老人一天卖不了几个钱，他们也不发急，也不去大声吆喝。没人来吃，自个儿煮着吃，一个饺子碟儿，两双筷子，蘸着辣酱，你一口，我一口。两老人不时就吃慢了，要说：

"咱没犯法吧？"

"咱犯什么法！"

"咱是没有为儿女吗？"

"咱为什么要为儿女呢！"

"儿女也不为咱！"

“儿女也不为咱。”

“咱怕要把什么都失了呢。”

“咱有这个店呢！”

“有这个店呢。”

小店开了半年，城里的议论并没有一阵风过去，每天都有人说着，而且常说常新。

老汉从此也不再知道这长街上的三十三盏路灯，哪一夜哪一盏不亮了，也估计不来夏日的那个卖冰棍的小个女人，一天能卖出多少冰棍，能获得多少利润了。只是，身体却一天一天好起来，没有犯什么毛病，老婆也显得富态多了。

老人的儿女们依然没有来过，城里的人却慢慢来店里多了，虽还是不吃那饺子，但爱听这两个店主人说些趣事。

两个老人说着说着，就又说起那柳树上的鸟儿了：

“昨夜风真大，我真担心鸟巢要刮掉了。”

“我也是。”

“我听见丽丽和黄黄说了一夜话哩！”

“我也听见。”

“它们不会搬走吧？”

“不会吧！”

“那鸟巢刮掉了呢？”

“哪能刮掉！”

“真要刮掉了呢？”

“再造嘛，只要这柳树不倒，它们会有巢的。”

“会有巢的。”

一九八二年